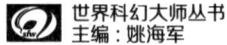

菲利普·迪克中短篇小说全集 I

记忆裂痕

〔美〕菲利普·迪克 著

于娟娟 译

四川科学技术出版社

图书在版编目(CIP)数据

记忆裂痕 / [美]菲利普·迪克 著；于娟娟 译.

-成都：四川科学技术出版社，2017. 7

(菲利普·迪克中短篇小说全集；1)

ISBN 978-7-5364-8726-0

Ⅰ.记⋯　Ⅱ.①菲⋯②于⋯　Ⅲ.科学幻想小说 – 小说集 – 美国 – 现代　Ⅳ.I712.45

中国版本图书馆CIP数据核字(2017)第141177号

图进字21-2017-24号

世界科幻大师丛书

记忆裂痕

——菲利普·迪克中短篇小说全集 Ⅰ

出 品 人	钱丹凝
丛书主编	姚海军
著　者	[美]菲利普·迪克
译　者	于娟娟
责任编辑	宋 齐　姚海军
特邀编辑	陈 曜
封面绘画	李 凯
封面设计	李 鑫
版面设计	李 鑫
责任出版	欧晓春
出　版	四川科学技术出版社
	四川省成都市槐树街2号出版大厦　邮政编码：610031
开　本	140mm×203mm
印　张	19.5
字　数	420千
插　页	2
印　刷	四川省南方印务有限公司
版　次	2017年9月成都第一版
印　次	2017年9月成都第一次印刷
定　价	54.00元

ISBN 978-7-5364-8726-0

菲利普·迪克

Philip K. Dick

1928 – 1982

自　序①

　　要定义什么是科幻,首先要从"什么不是科幻"说起。科幻并不能定义为"一个发生在未来的故事(或小说或戏剧)"。之所以这么说,是因为存在一种叫作"太空历险"的东西。这类故事虽然发生在未来,但并不属于科幻,它只是包含了在未来太空中依靠超级先进科技进行的冒险、战斗和战争。那么,为什么这不是科幻? 这看起来很像是科幻,例如多丽丝·莱辛②等人也认为它是。但"太空历险"缺乏独特的创新观念,而这恰恰是科幻中必不可少的要素。除此之外,科幻也可以发生在当下:平行世界中的故事或小说。如果剥离了未来背景和尖端科技,什么才能让我们称之为"科幻"?

　　我们来构建一个虚拟的世界,这是第一步。这个世界事实上并不存在,但以我们已知的社会为基础。也就是说,现实社会是科幻的起点:虚构的社会以某种与我们不同的方式发展,也许旋转了九十度,就像在平行世界中那样。作者用自己的某种才

---

　　①该文引自菲利普·迪克的信件。

　　②多丽丝·莱辛(Doris Lessing, 1919-2013),英国女作家,获2007年诺贝尔文学奖,曾著有一系列名为《南船座中的老人星:档案》的所谓"太空小说",并著有《什卡斯塔》《八号行星代表的产生》等科幻小说。

智使我们的世界发生位移，让它发生逆转或是跃进。这个世界必须至少在一个方面与当前世界存在区别，而这种区别必须足以产生一些在我们的社会中——或任何现在或过去已知的社会中——不可能发生的事情。这种错位中必须贯穿着一个条理清晰、前后连贯的观念。也就是说，这必须是一种观念上的错位，而不仅仅是造成一种琐碎或怪诞的混乱。社会观念的位移，这就是科幻的本质。如此一来，一个新的社会在作者脑海中诞生，之后转移到纸上，再从纸上猛烈冲击读者的大脑。这就是**认知混乱的冲击**。读者知道，自己读到的内容并不属于他实际上生活的现实世界。

接下来，让我们来区分一下科幻与奇幻。但这是不可能做到的，稍作思考就能知道为什么。想想超能力，想想西奥多·斯特金(Theodore Sturgeon)令人惊叹的小说《超人类(*More Than Human*)》中的变异生物。如果读者相信这种变异生物有可能存在，那么他会把斯特金的小说视为科幻。但如果他认为这种变异生物不仅现在而且永远也不可能存在，就像巫师和恶龙一样，那么他读的这本书就是奇幻小说。奇幻涵盖了普遍认为不可能的事物，而科幻则涵盖了普遍认为在特定情况下可能出现的事物。但这实际上是一种主观判断，因为我们并不能客观地分辨出什么是可能的、什么是不可能的，这更多的是凭借作者和读者的主观臆断。

最后，让我们来定义一下**优秀**的科幻。观念的错位——换言之，创新的思想——必须是全新的(或者是旧想法的新变化)，必须能为读者带来智力上的刺激。这种新想法必须侵入读者的头脑，唤醒他至今未曾思考过的可能性。因此，"优秀的科幻小说"的评定是基于主观的价值标准，而非客观存在。尽管如此，我认为,的确存在这样一种东西,客观上,可以被称为优秀的科幻小说。

我想,加州州立大学富尔顿分校的威利斯·麦克奈利博士(Willis McNelly)说得很棒,科幻故事或科幻小说真正的主角是一个观念,而不是一个人。在优秀的科幻小说中,其观念是全新的、激发人心的。也许最重要的是,它能够引起读者大脑中衍生思路的连锁反应;可以说让读者的大脑突破窠臼,就像作者的大脑一样开始创造。因此,科幻小说既富有创造性也激发创造力,而主流小说大体上不这么做。我们阅读科幻小说(这么说时,我是作为一名读者,而非作家),是因为我们喜欢体验这样的过程,读到的内容中蕴含全新思路,在我们大脑中激起连锁反应。因此,最好的科幻小说会促使读者与作者之间最终形成一种合作,双方一起创造,也一起享受其中。快乐是科幻中本质的、最终的要素,那是一种发现新奇事物所带来的快乐。

1981 年 5 月 14 日

引　言

[美]罗杰·泽拉兹尼

最初受邀为本书撰写引言时，我谢绝了。原因不在于菲利普·迪克的作品本身，而是因为，我觉得关于这个话题，我想说的一切都已经说过了。后来有人指出，我曾在很多不同场合谈过这个话题，即使没有更多的内容可以补充，借此机会重新整理汇总一下，也能令不少读者受益，毕竟他们以前很可能从未看过或听过我的意见。

于是我认真考虑了一下，也重读了以前写过的一些东西。这次哪些内容值得再次重复，哪些应该新加进去？我与菲利普只见过几面，在美国加利福尼亚和法国；我们也曾就一本书进行过合作，这几乎完全出于偶然。在合作过程中，我们通常是信件往来或电话交流。我喜欢这个人，他的作品给我留下了深刻的印象。我们的电话交流更是充分体现出了他的幽默感。我记得有一次，他提到自己刚收到一些版权声明。他说："我在法国拿到几百份诸如此类的东西，德国几百份诸如此类的东西，西班牙几百份诸如此类的东西……哎呀！听起来就像《唐璜》中的咏叹调！"在他的小说中，机锋与嘲讽无处不在，口头对话中表现的却是一种更加直接的幽默与俏皮。

　　我以前也谈过他的幽默感，提到他怎样拿大众眼中的现实来开玩笑。我还曾对他笔下的角色做了点儿概括总结。这么多年以后，我现在总算有了一个合适的理由引用自己的文字，既然如此，我就不作改动，直接引用了。

　　"迪克书中的角色往往是受害者、囚犯，以及被操纵的男人和女人。这些角色常常会让人觉得，这个世上有了他们，真不知道是好是坏。但这一点你永远无法确定。他们会努力尝试。他们往往直到棒球比赛最后一局的后半场才上场击球，这时双方的比分咬得很紧，双方都在努力争取上垒。两人已经出局，两击不中，第三击的球还飞在空中，而比赛随时会因为下雨而中止。具体到每一本书中以后，雨指的是什么？棒球场又是什么？

　　"菲利普·迪克笔下的角色所生活的世界，要么被毁灭，要么在毫无预兆的情况下发生剧变。现实的可靠程度大致相当于政治家的承诺。引发环境剧变、让身处其中的人物手足无措的，可以是药物致幻、时间扭曲、机器控制，也可以是外星人降临，但其结果都一样：那个了不起的、大写的现实成了一个变量，跟我们各自手里的马丁尼一样，酒精含量可以随意改变。但主角们仍然要继续奋斗，不断抗争。不过，抗争什么呢？基本上，那些掌权者、执政者、君主、统帅，往往就存在于受害者、囚犯和被操纵者的内部。

　　"这一切听上去感觉非常悲惨。不对。删掉'非常'，加上一个逗号，以及下面这半句：但菲利普·迪克有个本事，就是处理作品的基调。他有一种幽默感，但我找不到合适的词来表达。扭曲、怪诞、滑稽、挖苦、讽刺……都不太能概括，但稍读文本就能发现。他的人物会在至关紧要的时刻丢人现眼，最滑稽的场景中忽而插入富于讽刺意味的、可悲可叹的情节。能够实现这样的融合、造就这样的景观，这是罕见的、难能可贵的天赋才华。"

以上摘自《菲利普·迪克：电子羊的牧人》①，我现在仍持同样的观点。

很高兴看到菲利普现在终于得到了他应得的关注，这些关注既来自评论界，也来自普通读者。我最遗憾的莫过于关注来得太晚。我认识他时，他经常捉襟见肘，明明已经过了年轻作家清贫度日的年龄，仍要努力维持生计。令我感到欣慰的是，他在人生的最后一年中，终于有了经济的保障，甚至多少可以算是富裕。我最后一次见到他时，他看起来很高兴，心情轻松。那时候《银翼杀手》正在拍摄电影。我们共进晚餐，整整一个晚上聊天、开玩笑、回忆往事。

对他后期作品所表现出的神秘主义，大家众说纷纭。这方面我没有什么第一手资料，不确定他究竟相信什么。部分原因在于他的信仰似乎在不断变化；部分原因在于，你很难判断他什么时候是开玩笑，什么时候是认真的。我对他的信仰的主要印象来自一系列谈话。我觉得，他对待宗教的态度，跟其他人对待象棋游戏的态度有些相似。只要涉及宗教和哲学观点，他都喜欢问出那个科幻作家的经典问题——"如果……会怎样？"很明显，这构成了他的作品的一个方面。我经常想，不知再过十年，他的这些想法又会有什么变化。唉，这个问题的答案我们现在

①迪克于1975年出版的短篇集，由布鲁斯·吉莱斯皮（Bruce Gillespie）主编。

永远猜不到了。

我记得,他就像詹姆斯·布利什①一样,对于邪恶这个问题十分着迷。生活中偶尔出现的甜蜜一刻常常与邪恶并行不悖,对此他也同样着迷。下面的内容摘自我收到的他的最后一封来信(1981年4月10日)。我敢肯定,他是不会介意这种引用的。

"十五分钟内,有两样东西交到我手上让我看:一个是《柳林风声》②,我以前从未读过……刚翻看没一会儿,有人给我看最新的《时代》杂志上一张跨页照片,刺杀总统未遂的事件。上面是受伤的人、拿着乌兹冲锋枪的特工、扑向刺客的人。我的大脑努力想把《柳林风声》和那些照片联系起来。但我做不到。永远不可能。我把格雷厄姆的小说带回家读,与此同时,他们拼命想让'哥伦比亚号'航天飞机飞起来,你也知道,最后却没能成功③。今天早晨当我醒来时,我完全无法思考;甚至连怪异的想法都没有,比如起床后找人干一架——完全没有,只有一片空白。就好像我自己大脑中的那些计算机拒绝彼此沟通交流。很难相信,暗杀未遂的场景和《柳林风声》都属于同一个宇宙。其中肯定有一个不是真实的。蟾蜍先生划着小船顺流而下,拿着乌兹冲锋枪的人类……想让这样的宇宙变得合乎情理,完全是徒劳无益。但我想,我们只能凑合着走下去。"

收到这封信当时我就觉得,这种压力,这种道德方面的困

①詹姆斯·布利什(James Blish 1921-1975),美国科幻作家,同时也用笔名撰写科幻小说评论。

②英国作家肯尼斯·格雷厄姆所创作的著名长篇童话,发表于1908年。

③两天之后,哥伦比亚航天飞机首次成功发射。

惑,就像他很多作品中所体现出的感受的浓缩版。对他来说,这种事无法真正解决,像他这样看透人生的人,难以相信任何一种陈词滥调的答案。这么多年来,他在很多地方说过很多事情,但我记忆最清晰的、最符合这个人的,是我在格雷戈·里克曼第一本采访集《菲利普·迪克:他自己的话》前言中引用的一段文字,出自1970年菲利普写给《科幻评论》的一封信:

　　"关于我的小说,我只知道一点。在故事中,反复出现一个个小人物,匆匆忙忙、汗流浃背地持续努力。他在地球城市的废墟中忙着建立一个小工厂,生产雪茄或者会播放'欢迎来到迈阿密,世界娱乐中心'的仿制工艺品。在《A.林肯模仿品》①中,他经营一门小生意,生产老掉牙的电子器官,继而生产人形机器人。这些机器人最后成了一种让人恼火的玩意——不是对人类的威胁,没大到那个程度。这里面的一切都是小模小样的。崩溃是巨大的,和这种宇宙级别的断垣残壁相比,田芥、伦奇特、莫利纳里②这样的小人物渺小得犹如蝼蚁,能做的也非常有限……但从另外某个角度看,他们又是那么伟大。要说为什么,我也不知道这是为什么。我只是衷心信赖这个小人物,爱他。他终将获胜,没有别的可能,至少别的都不重要。我们应该关注的就是这个人。因为只要有他在那儿,有这么一个小小的、父亲般的形象,一切都会好起来的。

---

①原书名为 A. Lincoln, Simulacrum,后改名为《我们可以造出你》(We Can Build You)出版。

②田芥(Tagomi)、伦奇特(Runciter)、莫利纳里(Molinari)分别为《高堡奇人》《尤比克》《如今等待最后一年》中的人物。

"有些评论者觉得我的作品'充满怨愤'。这实在太出乎我的意料了,因为我所表达的情绪是信念,是对某种东西始终抱有信心。也许让他们不满的是,让我怀有信念的这些东西实在太渺小了。他们想要某种更加伟大的东西。对这种人,我有个消息想报告他们:这种所谓更加伟大的东西并不存在。用更准确的说法,再也不存在了。话又说回来,伟大到什么程度,我们才能满足呢?田芥先生的信念够伟大了吗?我觉得够了,足够让我满意了。"

我想,现在我再次回忆起这些,是因为我喜欢思索菲利普著作中那些关于信任和理想主义的小元素。但也许我这样做是在强行建立起一种形象。他是个复杂的人,我有种感觉,他给不同的人留下了不同的印象。鉴于此,对于这个我认识、我喜欢的人(大部分时候是千里神交),我的介绍明显只能算是一幅粗略的草图,但我已经尽力了。既然这篇文章大部分内容都是我以前写过的,我也不用不好意思,不妨直接选择自己以前的这段话作为结尾:

"我的主观评价是……读完菲利普·迪克的著作后,回头想想,对于故事情节的记忆似乎并不太深,而留下的印象更像是一首富含隐喻的小诗。

"之所以这样评价,一部分是因为他的作品让评论者很难做到面面俱到,但主要则是因为,即使当细节已被遗忘,菲利普·迪克的故事仍然会留下一种东西,它会在我意想不到的某一刻来到我的心中,让我有所感,有所思。所以,他的作品是这样的事物——读过之后，让我成为一个比之前更为丰富的人。"

令人欣慰的是，现在他在很多地方受到赞誉、被人怀念。我相信这种情况还将持续下去。这样的情形如果来得更早些，那该多好啊。

1986年10月

目 录

I	自 序
V	引 言
001	稳 定
017	沃 昂
025	小人行动
037	乌 布
049	发射器
067	头 骨
097	守护者
127	太空船先生
167	森林里的吹笛人
193	进 化
221	保存机
233	牺 牲
241	变量人
329	坚持不懈的青蛙
343	藏有秘密的水晶球
369	棕色牛津鞋短暂的幸福生活
383	巨 船
399	蝴 蝶
415	记忆裂痕
461	伟大的C
479	花园中
491	精灵国王
517	殖民地
543	被俘获的飞船
573	保 姆
595	记录与说明

稳　定

　　罗伯特·本顿慢慢展开翅膀,扇动几次,威风凛凛地从屋顶起飞,投身于黑暗之中。

　　黑夜瞬间将他吞没。下方数以百计的点点灯光,标志着其他人从另一些屋顶起飞。一抹紫罗兰色飞近他,随后消失在黑暗中。但本顿没那个心情,夜间飞翔比赛对他没什么吸引力。紫罗兰色再次接近,挥手表示邀请。本顿还是谢绝了,自行掠入高空。

　　过了一会儿,他开始平飞,让自己随着气流滑翔,气流来自下方的城市——光之城。一阵心旷神怡的美妙感觉涌遍全身,他猛拍几下巨大的白色翅膀,开心地飞入旁边飘过的小小云朵。他仿佛在一个巨大的黑碗中飞翔,开始向无形的碗底俯冲,朝着城市的灯光降落下去,他的闲暇时光接近尾声。

　　下方有一处灯光尤为明亮,仿佛在对他眨眼:那里是控制办公室。他收起白色的翅膀,身体如离弦之箭一般掠向那里,笔直的降落路线十分完美。距离灯光大概三十米高的地方,他再次展开翅膀,抓住身体周围稳定的气流,轻轻落在一处平坦的屋顶上。

本顿走了几步,等待指示灯亮起,他借着光束找到入口。指尖按下,门自动滑开,他走了进去,小电梯立即开始迅速下降,速度越来越快。小电梯突然停了下来,他大步走出来,进入控制员的中央办公室。

"你好,"控制员说,"脱掉翅膀,坐下来吧。"

本顿从善如流,把翅膀折叠整齐,挂在墙上一排小挂钩上。他在视线范围内选了一把最好的椅子,走过去。

"啊,"控制员笑了,"你喜欢坐得舒舒服服的。"

"没错,"本顿说,"我不打算浪费这么舒服的椅子。"

控制员的视线越过他的访客,看向透明塑料墙另一边。那边是光之城最大的房间,填满了视线所及之处,甚至更远。每一间——

"你为什么要见我?"本顿打断了他的思路。控制员咳嗽一声,唰唰翻动几页金属纸。

"你知道,"他开口说道,"我们的口号是'稳定'。文明已经向上发展了几个世纪,尤其是25世纪以来。但有一项自然法则是,文明要么进步要么退步,不可能保持静止。"

"我当然知道,"本顿感到十分困惑,"乘法表我也知道。你要不要也背一背?"

控制员没理他。

"然而,我们已经违背了这项法则。一百年前……"

一百年前!感觉似乎并没有那么久远,自由德国的埃里克·弗罗伊登伯格在国际委员会议事厅里站起身来,向与会代表宣布,人类文明终于达到顶峰,不可能再进一步向前发展。过去几年中,人类只提出了**两项**重大发明。在那之后,他们都看着那些巨大的图表,看着线条在方框中降了又降,直至化为虚无。人类智慧的源泉已经枯竭,于是埃里克站起来说出了那件所有人都知道却不敢说出口的事情。当然,正式宣布这一点之后,委员会就开始着手处理这个问题。

有三种解决方案。其中一种看起来比另外两种更为人性化。于是委员会最终采纳了这一解决方案。那就是——

稳定!

人们认识到这一点后,起初遇到了很大麻烦,很多大城市发生了大规模骚乱。股市崩盘,不少国家经济失控;食品价格上涨,出现大规模饥荒;战争爆发……三百年以来第一次!但稳定开始生效:持异议者被镇压,激进分子被驱逐。这一切艰难而残酷,但这似乎是唯一的答案。最终,世界慢慢被安定在一种固定状态,一种受到控制的状态,不能出现变化,无论是退步还是进步。

每一年,所有的居民都要接受一次难度颇大、为期一周的考试,以测试有没有退步。所有青少年都要接受十五年的密集教育,跟不上其他人的孩子就会消失。各种发明创新要接受控制办公室的检查,确保不会破坏稳定。如果有这个可能——

"这就是为什么我们不能让你的发明投入使用的原因。"控制员对本顿解释说,"我很抱歉。"

他看着本顿,后者的脸上开始失去血色,双手颤抖。

"好了。"他亲切地说,"别这么难过,还有别的事情可以做。至少你还不用面对囚车!"

但本顿只是一动不动地盯着他看。终于,他开口说道:"但你不明白,我根本没有发明任何东西。我不知道你在说什么。"

"没有发明!"控制员叫道,"但你本人亲自走进来的那天,我就在这里!我看着你签下了所有权声明!你还把样机亲手交给了我!"

他盯着本顿,然后按下桌上的一个按钮,对着一个小光圈说:"请把编号 34500-D 的资料传送给我。"

片刻后,一个圆筒出现在光圈里。控制员拿起这个圆柱形物体,递给本顿。

"你会看到由你签字的文件,"他说,"指纹区也有你按下的指纹。这肯定是你亲自签的。"

本顿茫然地打开文件筒,取出里面的文件。他仔细研究了一会儿,又慢慢放回去,把文件筒递回给控制员。

"是的。"他说,"那是我的笔迹,肯定也是我的指纹。但我不明白,我一生中从来没有发明过什么东西,我以前也根本没来过这里!这个发明是什么?"

"这个发明是什么?!"控制员惊讶地重复了一遍,"你不知道?"

本顿摇了摇头,"不,我不知道。"他慢慢说道。

"好吧,如果你想知道的话,得去楼下办公室。我唯一能告诉你的是,对于你递交给我们的计划,控制委员会拒绝授权。我只是个传话人。具体你得找他们交涉。"

本顿站起身来向门口走去。这扇门同样一碰即开,他穿过门口进入控制办公室。随着门在他身后关上,控制员生气地喊道:

"我不知道你在做什么,但你知道破坏稳定会受到怎样的惩罚!"

"恐怕稳定已经被破坏了。"本顿回答说,继续走向前去。

这些办公室规模巨大。他站在狭窄的过道上向下望去,下方有成千名男性和女性在嗡嗡作响、高效运转的机器旁工作,把大量卡片送入其中。很多人在办公桌前工作,打印文件资料、填写表格、整理储存卡片、解码信息。墙上巨大的图像不断变化。持续进行的工作令空气中充满活力,机器的轰鸣声、打字机的咔嗒声和人们的喃喃谈话声融合在一起,形成一种平稳的、令人安心的声音。这架巨大的机器,每天要花费无数金钱保持其运转顺畅,而口号则是:稳定!

这里,有让他们的世界不至于分崩离析的东西。这个房间,这些努力工作的人,那个将卡片归类到"彻底销毁"一叠中的冷酷男人,这一切就像大型交响乐团一样协调运作。只要有一个人跑调、有一个人不合拍,整个组织都会颤动不安。但没有人踌躇犹豫,没有人停下来完不成任务。本顿走下台阶,来到信息员的办公桌旁。

"我想要罗伯特·本顿登记的发明,34500-D的全部信息。"他说。信息员点点头,离开办公桌。几分钟后,他拿来一个金属盒。

"里面是这项发明的设计图和一个小型工作模型。"他说。他把盒子放在桌上打开。本顿盯着盒子里的东西,中间放着一台精密复杂的小机器,下面是一大沓画着示意图的金属纸。

"我可以拿走吗?"本顿问。

"如果你是所有者就可以。"信息员回答说。本顿拿出他的身份证。信息员仔细看了看,对照发明上记录的资料,最后点头同意。本顿关上盒子拿起来,通过一扇侧门迅速离开这栋建筑。

他走出侧门,站在一条更大的地下街道上,灯光闪烁,车水马龙。他确认了一下方向,开始寻找交通车。一辆车开过来,他坐了进去。车辆行驶几分钟后,他小心翼翼打开金属盒的盖子,凝视着里面那个奇怪的模型。

"那里面是什么,先生?"机器人司机问。

"我倒希望我知道。"本顿说。两个装着翅膀的飞翔者俯冲掠过,朝他挥挥手,在空中飞舞了一秒钟,随即消失。

"噢,麻烦了,"本顿喃喃地说,"我把翅膀给忘了。"

回去拿也来不及了,交通车已经在他家门口减速停下。他付款给司机后,走进家里锁上门,平时他很少这样做。想要仔细研究盒子里面的东西,最好的地方就是他的"思考室"。他如果不去飞行,就在那里度过闲暇时光。他可以在书籍和杂志中间安心地研究这项发明。

这些示意图对他来说完全是个谜,模型本身更是如此。他从所有的角度看来看去,下面、上面——他试着理解示意图上的技术符号,但完全无济于事。现在只剩下唯一的办法了。他找到写着"开"的按钮,按了一下。

大约过了一分钟,什么也没有发生。然后,他周围的房间开始摇动、垮塌,有一会儿晃悠得像一坨果冻。周围的东西稳定了一瞬间,然后就消失了。

他在空间中下落,仿佛落进一条无穷无尽的隧道,他在空中疯狂地翻滚,在一片黑暗中乱抓,希望能抓住什么东西。这段时间长得仿佛没有尽头,他感到十分无助、惊慌失措。然后他落到了地上,一点儿都没受伤。下落的时间感觉似乎很漫长,其实并非如此。甚至连他金属制的衣服都没弄皱。他站起身来,环顾四周。

这个地方看起来很陌生。一大片田地……他以为这种地方早就不复存在了。四处都是沉甸甸的麦穗,麦田如波浪般起伏。然而,他确信地球上没有任何地方还存在自然生长的粮食作物。没错,他对这一点确信无疑。他抬手遮住眼睛上方,盯着太阳,看起来和平时没什么不同。他开始走了起来。

一小时后,他走到了麦田尽头,与之接壤的是一片广阔的森林。他从以前的研究中得知,地球上已经不存在森林,很多年前就消失了。那他究竟是在哪里?

他又走了起来,这一次走得更快,片刻后开始奔跑。一座小山出现在他面前,他跑上山顶,俯瞰小山的另一侧,感到十分困惑。那里除了一片辽阔的平原之外什么也没有。土地完全是一片荒芜,没有树木,没有任何生命的迹象,视野范围内只能看到一大片死气沉沉、片草不留的土地。

他开始从另一边下山,走向平原。脚下的土地又干又烫,但他还是继续前进。他一直走下去,脚踩在地面上开始感到疼痛——他早已不习惯长时间行走了——人也开始感到疲惫。但他决心继续往前走。他脑海中传来轻轻的耳语,迫使他保持速度,不要慢下来。

"别捡。"一个声音说。

"我偏要捡。"他咬牙切齿地说,半是自言自语,然后弯下腰。

有声音!哪儿来的?!他飞快地转过身,但什么也没看到。但他听到了那个声音,有那么一会儿,他似乎觉得凭空出现声音也挺正常的。他仔细观察自己打算捡起来的那个东西。一个玻璃球,和他的拳头一样大。

"你会破坏你们宝贵的稳定。"那个声音说。

"没有什么能破坏稳定。"他不自觉地回答。玻璃球凉凉的,捧在手里感觉很好。里面有什么东西,但上空的太阳发出炽热耀眼的光芒,使他眼花缭乱,看不清里面究竟是什么。

"你正在让邪恶的东西控制你的思想。"那个声音对他说,"把玻璃球放下,离开吧。"

"邪恶的东西?"他惊讶地问道。天气很热,他开始感到口渴。他把玻璃球塞进外套里。

"别这样,"那个声音劝阻他,"这正是它希望你做的事情。"

玻璃球挨着胸口的感觉很好。紧紧贴在那里,在酷热的阳光中为他带来凉爽。那个声音在说什么来着?

"你被它召唤到这里来,穿越时光,"那个声音解释说,"现在你会对它绝对服从。我是它的看守者,自从这个时间世界被创造出来之后,我一直在守卫它。离开吧,把它留在你发现它的地方。"

当然,平原上太热了。他想离开,玻璃球正在催促他,提醒他头上炽热的阳光、口中的干涩和脑袋中的刺痛。他紧紧抓住玻璃球转身离开,听到那个幽灵般的声音发出充满绝望和愤怒的哀号。

这几乎就是他留下的全部记忆。他能回忆起自己穿过平原、回到麦田,又跌跌撞撞走过这片田地,终于回到自己最初出现的地方。外套里的玻璃球催促他拿起之前丢下的那个小型时间机器。它低声告诉他,改变哪些数字,按下哪个按键,转动哪个旋钮。然后他再次下落,在时光隧道中一路返回,回到原处,回到他掉进去的灰色迷雾里,回到他自己的世界。

突然,玻璃球要求他停下来。穿越时间的旅程还没有完成,但还有一些他必须要做的事情。

"你叫本顿,是吗?我能为你做些什么?"控制员问,"你以前从没来过这里,对吗?"

他瞪着控制员。他是什么意思?搞什么?他刚刚才离开这间办公室!难道不是吗?今天是哪一天?他在哪儿?他晕头转向地揉着脑袋,在宽敞的椅子上坐下。控制员担忧地看着他。

"你还好吗?"他问,"有什么我能帮你的吗?"

"我没事。"本顿说。他手里拿着什么东西。

"我想登记这项发明,希望得到稳定委员会的批准。"他把时间机器递给控制员。

"你有它的构造示意图吗?"控制员问。

本顿伸手摸进口袋深处,拿出示意图。他把这些东西搁在控制员的办公桌上,模型放在旁边。

"委员会很容易确定这是什么。"本顿说。他的头很痛,他想离开,于是站了起来。

"我要走了。"他说,从之前进来的侧门走出去。控制员目送他离开。

"显然,"控制委员会的首席委员说,"他一直在使用这个东西。你说他第一次前来时,表现得好像以前来过这里,但第二次前来时,完全不记得自己曾经提交过一个发明,甚至不记得自己来过这里?"

"没错,"控制员说,"他第一次前来时,我只是觉得有点儿可疑,但直到他第二次前来,我才意识到这意味着什么。毫无疑问,他已经用过那东西。"

"中央图像显示,即将出现一个不稳定因素,"次席委员说,"我敢打赌,这指的就是本顿先生。"

"时间机器!"首席委员说,"这种事情很危险。他,嗯,第一次来的时候,带着什么东西吗?"

"我没有看到,不过他走路的样子看起来像是在外套里面藏着什么东西。"控制员回答说。

"那么我们必须立即行动起来。现在他没准儿已经引发一系列事件,这有可能破坏我们的稳定。也许我们应该去见见本顿先生。"

本顿坐在客厅里发呆。他的眼珠仿佛玻璃一样僵硬,他已经好一阵子没有动弹了。玻璃球一直在跟他说话,给他讲它的计划、它的希望。这时,它突然停了下来。

"他们来了。"玻璃球说。它就放在他旁边的沙发上,微弱的低语仿佛一缕轻烟飘入他的大脑。当然,它其实并没有开口说话,它的语言只会出现在脑海中。但本顿能听得到。

"我该怎么做?"他问。

"什么也不做。"玻璃球说,"他们会离开的。"

门铃响起,本顿一动不动。门铃再次响起,本顿坐立不安地动弹了一下。过了一会儿,那些人的脚步声逐渐走远,似乎已经离开了。

"现在要怎么做?"本顿问。玻璃球一时间没有回答。

"我觉得时间差不多了,"它终于说道,"到目前为止,我没有犯什么错误,最困难的部分已经挺过去了。最难的是让你穿越时光。这花费了我好几年时间——看守者很聪明。你几乎没有回应,直到我想出办法把那台机器交到你的手里,才终于确保成功。很快,你就会把我们从这个玻璃球中释放出来。在此之后,永远——"

房子后面传来一阵窸窸窣窣的声音,有人窃窃私语,本顿一下子跳了起来。

"他们要从后门进来!"他说。玻璃球愤怒地沙沙作响。

控制员和委员会成员小心翼翼地慢慢走进房间。他们看见本顿,停了下来。

"我们以为你不在家。"首席委员说。本顿转向他。

"你们好。"他说，"很抱歉我没听到门铃响，我睡着了。我能为你们做些什么？"

他小心地伸出手罩住玻璃球，看起来就像要用手掌保护那个玻璃球。

"你手里是什么？"控制员突然问。本顿看着他，玻璃球在他脑海中低语。

"没什么，只是个镇纸，"他微笑道，"你们为什么不坐下来？"

他们依次落座，首席委员开始说话。

"你来找过我们两次，第一次是想注册一项发明，第二次是我们通知你过去，告知我们不允许这项发明对外泄露。"

"嗯？"本顿问，"有什么问题吗？"

"哦，没有。"委员说，"但对我们来说的第一次来访，**对你来说**，其实是第二次。有好几件事情能证明这一点，但我现在不打算细说。关键是，那台时间机器还在你手上。这是件麻烦事。机器在哪里？应该是你拿着的。虽然我们不能强迫你交给我们，但我们终究会想办法得到它。"

"没错。"本顿说。不过那台机器在哪里？他刚刚把它留在了控制员的办公室。但他之前已经把它拿走，带入时光隧道中，然后他又回到现在，把它带回到控制员的办公室！

"它已经不复存在，成了处于时间螺旋中的一个非实体。"玻璃球抓住他的思绪，低声对他说，"你把那台机器放在控制办公室时，时间螺旋随即终结。现在，这些人必须离开，我们才能去做必须要做的事情。"

本顿站起身来，把圆球放在身后。

"时间机器不在我手上，"他说，"我根本不知道它在哪里。但如果你们愿意，尽可以搜查。"

"你会因为破坏法律被囚车带走。"控制员上下打量着,"但我们认为,你并非有意做出那些事情。我们不想无缘无故惩罚任何人,我们只是希望保持稳定。一旦稳定被破坏,一切都将不可救药。"

"你们可以搜查,但你们找不到的。"本顿说。委员们和控制员开始搜查。他们翻开椅子,查看地毯下面、挂画后面、墙壁里面。他们什么也没找到。

"你们看,我说的是实话。"他们回到客厅时,本顿笑了笑。

"也许你把它藏在外头什么地方了。"委员耸耸肩,"但这并不重要。"

控制员走上前来。

"稳定就像一个陀螺仪,"他说,"很难偏离路线,但这个过程一旦开始,就难以停止。我们不认为你自己有力量转动那个陀螺仪,但也许别的什么人能做得到。我们会拭目以待。现在我们要离开了,你可以结束自己的性命,也可以在这里等待囚车。我们会给你选择的权利。当然,你会受到监视,我相信你不会企图逃跑,这意味着你将立即被处决。必须保持稳定,不惜任何代价。"

本顿看着他们,然后把玻璃球放在桌子上。委员们都很感兴趣地看着它。

"一个镇纸,"本顿说,"很有趣,你们不觉得吗?"

委员们失去了兴趣。他们开始准备离开。但控制员仔细地检查着那个玻璃球,把它举起来对着光线观察。

"一个城市的模型,对吗?"他说,"如此精巧的细节。"

本顿看着他。

"哎呀,有人能雕刻得这么精致真是不可思议。"控制员继续说,"这是哪座城市?看起来像是提尔或巴比伦那样古老的城市,又或是一座远在未来的城市。你知道,这让我想起一个古老的传说。"

他全神贯注地看着本顿,继续说下去。

"传说,曾经有一个非常邪恶的城市,它是如此邪恶,于是上帝把它变小,封在玻璃中,并留下了看守者,防备有人打碎玻璃,把这个城市放出来。据说那个城市将永远存在,并始终等待逃脱的机会。"

"这也许就是它的模型。"控制员继续说。

"来吧!"首席委员在门口叫道,"我们必须走了,今晚还有很多事情要做。"

控制员迅速转向委员们。

"等等!"他说,"先别走。"

他穿过房间,手里仍然拿着那个玻璃球。

"现在还不是离开的时候。"他说。本顿看着这一切,几乎面无血色,嘴唇紧紧抿成一条线。控制员突然又转向本顿。

"穿越时光的旅程;玻璃球里的城市!这究竟意味着什么?"

两名委员会成员看起来困惑而茫然。

"一个无知的家伙穿越时光,带回来一个奇怪的玻璃球。"控制员说,"从时间中带出古怪的东西,你们不这样认为吗?"

突然,首席委员的脸色变得惨白。

"上帝啊!"他低声说,"被诅咒的城市!那个玻璃球?"

他满心怀疑地盯着那个圆球。控制员兴味盎然地看着本顿。

"真奇怪,刚才我们可真傻,是不是?"他说,"但最终我们还是醒悟了。**别碰它!**"

本顿慢慢退后几步,双手颤抖。

"怎么?"他问。玻璃球在控制员手中感到愤怒。它开始嗡嗡作响,控制员的手臂能够感受到它的振动,他更加牢牢抓住玻璃球。

"我想,它希望我打破它,"他说,"它希望我把它砸在地板上,这样它就可以逃脱了。"他看着玻璃球里朦胧的薄雾中那些小小的尖塔和屋顶,如此细微,用手指就能遮住全部。

本顿突然猛扑过来。他毫不犹豫、直扑目标,就像他无数次在空中滑翔那样。他在光之城温暖的夜色中飞掠的每一分钟,现在都为他带来帮助。而控制员因为一直忙于堆积如山的工作,几乎没时间体验这个城市引以为傲的飞翔运动,他立即被扑倒在地。玻璃球从他手上弹了出去,滚向房间另一边。本顿挣脱着,跳了起来。他追在闪亮的小球后面,瞥见委员们脸上惊恐而困惑的表情,控制员正努力站起来,痛苦和恐惧令他面庞扭曲。

玻璃球在呼唤他,向他低语。本顿快步跨向它,感受到那个声音因胜利而激动不已,然后在他用脚踩碎囚禁它的玻璃时,变成欣喜若狂的尖叫。

玻璃球破碎开来,发出一阵响亮的爆裂声。碎片最初只是撒了一地,随后从中升起一阵薄雾。本顿回到沙发上坐下。薄雾开始填满房间。它不断增长,几乎像是活的东西,它不断旋转变换,十分怪异。

本顿开始迷迷糊糊睡去。薄雾盘旋在他身边,围住他的腿,上升到他的胸口,最后盖住了他的脸。他坐在那里,突然倒在沙发上,闭着眼睛,让那种奇异的古老气体彻底包围他。

然后他听到一些声音。起初细微而遥远,就像玻璃球无数次的低语。破碎的玻璃球中浮现出很多嘈杂的低语声,音量渐强,一片欢腾。胜利的喜悦!他看到玻璃球中那个小小的微型城市开始摇曳、变得模糊,然后尺寸和形状发生变化。他现在不但能听到它,也能看到它。机械稳定地搏动,就像一面巨大的鼓。一些矮墩墩的金属生命正在震动颤抖。

有人在照料这些生命。他看到了奴隶,满头大汗、弯腰驼背、脸色苍白的人类,拼尽全力取悦这些轰鸣的钢炉与电炉。这一切似乎就在他眼前增长起来,直至塞满整个房间。大汗淋漓的工人们在他身边挤来撞去。他几乎要被砂轮、齿轮和阀门猛烈的碰撞声震聋。有什么东西推动着他,强迫他前进,前往光之城,薄雾中回响起这些获得自由的生命全新的、快乐的、胜利的声音。

太阳升起时,他已经醒了。起床铃响起来,但本顿一段时间前就已经离开他睡觉的格子。他融进同伴们行进的队伍中,一瞬间觉得自己认出了一些熟悉的面孔——以前在什么地方认识的人。但这些记忆转瞬即逝。他们走向等待中的机器,喊着祖辈几个世纪中流传下来的不成调的口号,工具的重量压在他背上,他数了数还有多长时间才能到下一个休息日。现在只需再等上三个星期,而且,**也许**他还有希望拿到奖金,如果机器同意的话——

他不是如此诚心诚意地照料**他的**机器吗?

沃 昂

"沃昂!"狗叫道。它把爪子放在篱笆顶上,环顾四周。

沃昂跑进院子里。

此刻还是凌晨时分,太阳尚未升起。空气中带着几分寒意,天色灰蒙蒙的,房子的墙壁湿气很重。狗一边观察一边微微张开嘴,它的大黑爪子抓住篱笆的木桩。

沃昂站在打开的大门旁边,看着院子里面。它是只小沃昂,瘦弱苍白,四肢颤巍巍的。沃昂对狗眨眨眼睛,狗龇牙咧嘴地威胁着。

"沃昂!"狗又叫道。声音回荡在寂静的黎明中。没有反应,一点儿动静都没有。那只狗跳了下来,穿过院子,走到门廊的台阶上。它坐在最下面的台阶上,看着沃昂。沃昂瞥了它一眼,然后伸长脖子探向上方房子的窗口。它在窗口嗅了嗅。

狗闪电一般穿过院子,撞上篱笆,大门颤抖着吱吱作响。沃昂飞快地退回小径上,踩着滑稽的小碎步匆匆离开。狗靠着门框卧下,喘着粗气,吐出红红的舌头。它一直看着那只沃昂消失。

狗静静地卧着,它的眼睛漆黑明亮。新的一天即将开始。

天色变亮了一点点,周围人声四起,回响在清晨的空气中。窗帘后面亮起点点灯光。在黎明的寒意中,一扇窗户打开了。

狗没有动。它仍然盯着那条小径。

厨房里,卡尔多西太太把水倒进咖啡壶里。水汽蒸腾,令她视线模糊。她把咖啡壶放在炉子旁边,走进食品贮藏室。她回来时,阿尔夫正站在厨房门口戴眼镜。

"你拿报纸了吗?"他说。

"还在外面。"

阿尔夫·卡尔多西走过厨房。他打开后门的门闩,来到门廊上。他望着外面灰蒙蒙的天色,一个潮湿的早晨。鲍里斯卧在篱笆旁边,黑乎乎毛茸茸的一团,舌头伸在外面。

"把舌头收回去。"阿尔夫说。狗很快看向他,尾巴拍打着地面。"舌头,"阿尔夫说,"把舌头收回去。"

狗和人互相对视。狗发出一阵哀号,眼睛明亮而狂热。

"沃昂!"它轻声叫道。

"什么?"阿尔夫看看周围,"有人来了吗? 是报童吗?"

狗看着他,张着嘴。

"这些天你肯定心烦意乱,"阿尔夫说,"你最好悠着点儿。我们两个都年纪大了,不能太激动。"

他走进屋里。

太阳升起。街道变得明亮起来,色彩缤纷、充满活力。邮递员带着信件和杂志走在人行道上。一群孩子匆匆忙忙路过,边说边笑。

十一点左右,卡尔多西夫人正在清扫前门廊。她深深吸了一口气,将手中的工作稍作暂停。

"今天天气不错。"她说,"也就是说要暖和起来了。"

正午和煦的阳光下,那只黑狗全身舒展开来,卧在门廊里,胸口一起一伏。鸟儿在樱桃树上嬉戏,叽叽喳喳叫个不休。鲍里斯时不时抬头看看它们。突然,它站起身,快步小跑到树下。

它站在树下,看见两只沃昂坐在篱笆上,看着它。

"他很大,"第一只沃昂说,"大多数守卫都没这么大。"

另一只沃昂点点头,脑袋在脖子上晃晃悠悠。鲍里斯一动不动地看着它们,身体僵硬紧绷。这时,两只沃昂沉默下来,看着那只大狗颈部一圈蓬乱的白毛。

"祭品缸怎么样了?"第一只沃昂说,"快满了吗?"

"没错。"另一只点点头,"差不多准备好了。"

"你,那个!"第一只沃昂提高声音说,"你能听到我说话吗?这次我们已经决定接收祭品。所以你记得要让我们进去。现在不要废话了。"

"别忘了,"另一只补充说,"不会很长时间。"

鲍里斯什么也没说。

两只沃昂跳下篱笆,一起走过来,站在人行道另一边。其中一只拿出地图,它们开始仔细察看。

"就初次尝试而言,这个地区实在不能算是很好。"第一只沃昂说,"太多的守卫……现在,北方地区——"

"它们已经决定了。"另一只沃昂说,"有很多因素——"

"当然。"它们瞥了一眼鲍里斯,后退到距篱笆更远的地方。它没能听到它们接下去还说了什么。

不多一会儿,沃昂们放下地图,沿着小径离开。

鲍里斯走到篱笆旁边,嗅了嗅木板。它闻到沃昂那种令人作呕的腐烂气味,它背上的毛立了起来。

那天晚上,阿尔夫·卡尔多西回家时,看到狗站在大门口,望着人行道。阿尔夫打开大门,走进院子里。

"你还好吗?"他说,拍拍大狗,"你不再感到焦躁了吧?最近你似乎很紧张,以前可不是这个样子。"

鲍里斯低声呜咽,抬起头目不转睛地看着男人的脸。

"你是只好狗,鲍里斯。"阿尔夫说,"作为一只狗,你块头也挺大的。你肯定不记得很久很久以前,你也是只小狗崽,只有一丁点儿大。"

鲍里斯靠在男人腿上。

"你是只好狗。"阿尔夫嘀咕道,"真希望我能知道你在想什么。"

他走进屋里。卡尔多西太太正把晚餐摆在桌子上。阿尔夫走进客厅,脱掉外套和帽子。他把午餐饭盒放进餐具柜,回到厨房里。

"怎么了?"卡尔多西太太说。

"那只狗得停止制造噪音,别再叫了。要不邻居又会向警察投诉啦。"

"希望不至于,否则我们就只能把它送给你兄弟了。"卡尔多西太太说,双臂交叠抱在胸口,"但它肯定是发狂了,特别是星期五早晨,收垃圾的人过来的时候。"

"也许它会安静下来。"阿尔夫说。他点燃烟斗,郑重地吸了一口烟,"它以前从来不会那样。也许它会好转的,变回以前那样。"

"我们等等看吧。"卡尔多西太太说。

太阳升起,寒冷而不祥。薄雾笼罩了所有的树木,聚集在低处。

这是星期五的早晨。

黑狗卧在门廊上,悉心倾听,眼睛瞪得大大的,皮毛上结了霜。它呼吸着稀薄的空气,鼻孔呼出白气。突然,它转过头跳了起来。

远处,很长一段距离之外,传来一阵微弱的声音,哗啦哗啦的声音。

"沃昂!"鲍里斯叫起来,环顾四周。它匆忙跑到大门口,直立起来,把爪子放在篱笆上面。

远处的声音再次出现,现在声音更大了,不再像刚才那么遥远。一种哗啦哗啦、叮叮当当的声音,仿佛有什么东西在滚动,仿佛一扇巨大的门被打开。

"沃昂!"鲍里斯叫道。它焦急地看着上方黑黝黝的窗户。没有动静,什么都没有。

沃昂们沿着街道前来。沃昂和它们的卡车在粗糙不平的石头路上颠簸,哗啦哗啦作响。

"沃昂!"鲍里斯叫道,它跳了起来,眼睛燃起熊熊怒火。然后它冷静下来,坐在地上,等待,倾听。

沃昂把它们的卡车停在房子前面。它能听到它们打开车门,下车站在人行道上。鲍里斯跑了一小圈。它低声哀号,再次把鼻子转向房子那边。

温暖、黑暗的卧室里,卡尔多西先生在床上坐起来一点儿,眯着眼睛看了看表。

"该死的狗,"他嘟哝着,"该死的狗。"他把脸埋进枕头里,闭上眼睛。

现在,沃昂们正沿着小径走来。第一只沃昂推动大门,门开了。沃昂们走进院子里。狗稍稍后退,远离它们。

"沃昂！沃昂！"它叫着。沃昂们难闻的可怕气味冲进它鼻子里，它转身退开。

"祭品罐，"第一只沃昂说，"我想里面满满的。"它对那只僵硬、愤怒的狗露出微笑。"你可真不错。"它说。

沃昂们走向金属罐，取下其中一只的盖子。

"沃昂！沃昂！"鲍里斯叫着，蜷缩在门廊台阶底下，吓得全身瑟瑟发抖。沃昂们抬起大金属罐，把它放倒。里面的东西洒了一地，沃昂们把麻袋里塞满纸团和纸屑，又抓起橘子皮、面包屑和鸡蛋壳。

其中一只沃昂把鸡蛋壳塞进嘴里，嘎吱嘎吱地咬嚼。

"沃昂！"鲍里斯绝望地叫道，仿佛只是自言自语。沃昂们差不多收集完了祭品，停了一会儿，看着鲍里斯。

然后，沃昂们慢慢地、静静地抬起头，看向房子那边，视线沿着白灰墙上移，抵达窗口，棕色的窗帘紧紧拉着。

"沃昂！"鲍里斯尖叫着朝它们扑过来，动作中充满了愤怒和沮丧。沃昂们无奈地离开窗口，走出大门，门在它们背后关上。

"瞧瞧它。"一只沃昂鄙视地说，拉着它肩膀上毯子的一角。鲍里斯紧紧压在篱笆上，张大嘴，凶猛异常。最大一只沃昂生气地开始使劲挥动手臂，鲍里斯退开了。它坐在门廊台阶下面，仍然张着嘴，从胸腔深处发出凄惨可怕的呜咽声，一种痛苦而绝望的哀鸣。

"走吧。"其他沃昂对篱笆旁边磨磨蹭蹭的沃昂说。

它们走上小路。

"嗯，除了守卫周围那些小地方，这个地区都清理干净了。"最大的沃昂说，"如果这只守卫能死掉的话，我会很高兴的。它肯定会给我们带来很多麻烦。"

　　"别着急。"其中一只沃昂咧嘴一笑,"我们的卡车已经装得够满了。给下个星期留点儿东西吧。"

　　所有的沃昂都笑了起来。

　　它们继续沿着小路走去,用那条肮脏破旧的毯子裹着祭品。

小人行动

男人坐在人行道上,手里捂着一个盒子。盒子盖不耐烦地动来动去,向上顶起他的手指。

"好吧。"男人喃喃地说。汗水顺着他的脸庞流下,整个人大汗淋漓。他慢慢打开盒子,手指放在开口上面。盒子里传来一阵金属敲击声,持续的低频振动,随着阳光照入盒子,声音猛然变快。

一个圆圆的、闪亮的小脑袋冒出来,然后又是一个。更多的小脑袋一下子拥出来,伸长脖子努力往外看。"我先来。"一个脑袋高叫道。一阵短暂的争吵后,它们迅速达成一致。

坐在人行道上的男人颤抖地用双手拿出一个金属小人放在地上,然后用粗壮的手指笨拙地给它上发条。这是一个色彩鲜艳的小士兵,戴着头盔,配了枪,立正站好。男人转动开关,小士兵的手臂上下摆动,热切地努力着。

两个女人一边聊天,一边沿着人行道走来。她们好奇地瞥了一眼坐在人行道边的男人和男人手上闪亮的小人。

"五十美分。"那个男人低声说,"买给你的孩子——"

"等等!"一个微弱的金属声音传来,"不是她们!"

男人闭了口。两个女人对视一眼，又看了看男人和金属小人，匆匆离开了。

小士兵盯着街道的两边、往来的汽车和购物的人们。它突然颤抖起来，焦躁地发出低频而急切的声音。

男人咽了一口唾沫。"别找那个孩子。"他粗声粗气地说。他想抓住那个小人，但小人的金属手指迅速刺入他的手掌中。他倒吸一口冷气。

"叫他们停下来！"小人尖叫着，"让他们停下来！"金属小人开始前进，咔嗒咔嗒地走过人行道，双腿平稳而僵硬。

男孩和他的父亲放慢脚步停下来，颇感兴趣地低头看着它。坐在路边的男人露出一个无力的微笑。他看着小人走近他们，左转右转，手臂上下摆动。

"给你的孩子买点儿东西。一个很棒的玩伴，跟他做伴。"

父亲咧嘴一笑，看着小人朝着他的鞋子走过来。小士兵撞到鞋上，呼哧呼哧地喘气，咔嗒作响，最后不动了。

"给它上发条！"男孩叫道。

他的父亲拿起那个小人，问："多少钱？"

"五十美分。"小贩摇摇晃晃站起来，紧紧抓住那个盒子，"跟他做伴，逗他开心。"

父亲把小人翻过来，"你确定你想要这个，鲍比？"

"当然！给它上发条！"鲍比伸出手来够小士兵，"让它走路！"

"我买了。"父亲把手伸进口袋，递给那个男人一美元。

小贩眼神茫然，笨拙地给他找了钱。

形势一片大好。

小人静静地躺着,仔细考虑每一件事情。所有各方面情况综合起来,达成了最佳效果。孩子可能没有停下来,成年人可能没带钱,很多事情都可能会出错。就算只是想想都觉得很可怕,但一切都很完美。

小人躺在汽车后座上,高兴地凝视上方。它正确地解释了某些现象:成年人处于主导地位,因此成年人有钱。他们拥有力量,但这种力量也导致小人很难接近他们。他们有力量,他们很魁梧。而孩子们则不同。**他们**还小,和他们交谈会比较容易。他们会接受自己听到的一切,让他们做什么就做什么。工厂里就是这么说的。

金属小人躺在那里,沉浸在梦幻般美好的思绪中。

男孩心跳得很快。他跑到楼上,推开门。他小心地把门关上,走到床边坐下,低头看着握在手里的东西。

"你的名字是什么?"他问,"你叫什么?"

金属小人没有回答。

"我给你做个介绍。你得认识一下大家。你会喜欢这里的。"

鲍比把小人放在床上。他跑向壁橱,拉出一个塞得满满的玩具箱。

"这是邦佐。"他举起一只颜色暗淡的毛绒兔子,"这是弗莱德。"他把橡皮猪转过来给士兵看,"还有泰多,当然。这是泰多。"

他把泰多拿到床上,放在士兵旁边。泰多静静地躺着,玻璃眼珠望着天花板。泰多是一只棕色的熊,关节处露出一小束稻草。

"我们该叫你什么？"鲍比说，"我想我们应该开个会来决定。"他停下来，仔细考虑，"我会给你上发条，这样我们就能看看你是怎么走的。"

他把小人翻过去，脸朝下，开始仔细地给它上发条。发条拧紧后，他弯腰把小人放在地板上。

"走吧。"鲍比说。金属小人静静地站着。然后，它开始呼哧呼哧从地板上走过去，它一颠一颠的，动作僵硬。突然，它改变了方向，朝门口走去。它在门口停下来，转而走向一些四处散落的积木，开始把它们推到一起。

鲍比饶有兴致地看着。小人努力挪动积木，把它们堆成一个金字塔。最后，它爬到积木顶上，转动钥匙锁上门。

鲍比抓抓脑袋，困惑不解，"你为什么要这样做？"他说。小人又爬了下来，穿过房间走向鲍比，咔嗒咔嗒，呼哧呼哧。鲍比和毛绒玩具又惊又疑地打量着它。小人来到床边，停了下来。

"把我举起来！"它用尖细的金属声音不耐烦地叫道，"快点！别光坐在那儿！"

鲍比的眼睛睁大了。他瞠目结舌，眨着眼睛。毛绒玩具们什么也没说。

"快点！"小士兵喊道。

鲍比弯下腰伸出手。士兵紧紧抓住他的手。鲍比叫出声来。

"安静，"士兵命令道，"把我举到床上。我有事和你商量，很重要的事情。"

鲍比把它拿到床上，放在自己旁边。房间里很安静，只有金属小人微弱的呼哧呼哧声。

"这个房间不错，"士兵说，"一个很不错的房间。"

鲍比在床上后退了一点。

"怎么了?"士兵直截了当地问,转过头看着他。

"没什么。"

"怎么?"小人盯着他,"你不怕我吧,对吗?"

鲍比不自在地动弹了一下。

"害怕**我**!"士兵笑了起来,"我只是个金属小人,只有十五厘米高。"它笑了半天,然后突然停了下来,"听着,我要在这里和你一起住一段时间。我不会伤害你的,这一点你尽管放心。我是你的朋友——好朋友。"

它有点儿紧张地抬头看过来,"但我希望你能为我做些事。你不介意的,对吗?告诉我,你家里有多少人?"

鲍比有点儿犹豫。

"告诉我吧,**他们**有多少人?成年人。"

"三个……爸爸、妈妈、弗克西。"

"弗克西?那是谁?"

"我的祖母。"

"三个。"小人点点头,"我知道了,只有三个。但是不是还有别人偶尔过来?有没有其他成年人登门拜访?"

鲍比点点头。

"三个。不算太多。三个人不算大问题。据工厂说——"

它突然停了下来,"很好。听我说。我不希望你告诉他们关于我的事情。我是**你的**朋友,你的秘密朋友。他们不会对我感兴趣的。记住,我不会伤害你。你没什么可害怕的。我会住在这里,和你一起。"

它聚精会神地看着男孩,慢慢说出最后几句话:

"我会成为你的私人教师。我会教你一些事情,你要做的事、要说的话，就像一位导师。你喜欢这样吗？"

一阵沉默。

"你当然会喜欢，我们甚至可以现在就开始。也许你想知道怎样恰当地称呼我。你想学吗？"

"称呼你？"鲍比低头看着它。

"你应该称呼我为……"小人停顿了一下，有点儿犹豫。接着，它自豪地昂首挺胸，"你应该称呼我为——阁下。"

鲍比跳了起来，双手捂住脸。

"阁下，"小人坚持说，"阁下。你用不着现在就开始。我累了。"小人身体瘫软下去，"我差不多精疲力竭了。请在大约一小时后再给我拧紧发条。"

小人开始变得僵硬。它抬头看着那个男孩，"一小时后。你会给我拧紧发条吧？你会的，对吗？"

它的声音渐渐消逝，不再作声。

鲍比慢慢点了点头。"好的，"他喃喃地说，"好的。"

这天是星期二。窗户开着，温暖的阳光照进房间。鲍比去上学了，房子里空荡荡的一片寂静。毛绒玩具都收在壁橱里。

阁下斜倚在梳妆台上，望向窗外，心满意足地休息。

一阵微弱的嗡嗡声传来。突然有个小东西飞进了房间，盘旋几圈后慢慢落在梳妆台的白色桌布上，停在金属士兵旁边。那是一架小小的玩具飞机。

"情况怎么样？"飞机问，"目前为止一切都顺利吗？"

"是的，"阁下说，"其他人怎么样？"

"不是很好。只有极少数人能接触到孩子。"

士兵痛苦地叹了口气。

"最大的那队落入了成年人手里。你也知道,这种情况很不理想。要知道,成年人很难控制。他们会直接离开,或者等到弹簧松开——"

"我知道。"阁下闷闷不乐地点头。

"肯定还会继续传来坏消息。我们必须做好准备。"

"还有更多的消息? 告诉我!"

"坦率说,大约一半的士兵已被摧毁,被成年人一脚踩扁。据说还有一个被一只狗折腾得四分五裂。毫无疑问:我们唯一的希望就是孩子们。我们必须在他们那里取得成功,如果可能的话。"

小士兵点点头。当然,信使说得没错。他们从未考虑过直接攻击统治种族,成年人是无法战胜的。他们的体型、他们的力量,还有他们巨大的步伐都会保护他们。玩具小贩就是个很好的例子。他曾经有很多次想要摆脱他们,还想骗过他们,然后逃跑。他们中有一部分士兵必须始终上好发条,以便随时随地监视他,如果有一天,他没有给他们上紧发条,那将多么可怕,真希望——

"你正在指导这个孩子吗?"飞机问,"帮他做好准备?"

"是的。他知道我会留在这里。孩子们似乎喜欢这样。就像参加学科竞赛一样,他们只能这样理解。我是另一种老师,进入他的生活,给他下达命令。另一个声音,告诉他——"

"你开始进入第二阶段了吗?"

"这么快?"阁下感到惊讶,"为什么? 有必要这么快吗?"

"工厂越来越不安了。正如我所说的,大部分团队已经被摧毁。"

"我知道。"阁下心不在焉地点点头,"我们预料到了这种情况,我们的计划基于现实,考虑到了各种可能性。"它在梳妆台上来回踱步,"当然,很多人会落入他们手里,那些成年人。成年人无处不在,占据了所有的重要岗位、关键位置。统治种族的心理特点就是要控制住社会生活的每一个阶段。但只要接触孩子的士兵能够存活下来——"

"你本来不应该知道的,除了你之外,只剩下三个了。就三个而已。"

"三个?"阁下目瞪口呆。

"即使接触孩子的士兵,也时不时被毁掉。情况十分惨烈。这就是为什么他们希望你能开始进入第二阶段的原因。"

阁下紧紧握住拳头,铁皮脸上的表情因恐惧而变得僵硬。只剩下三个……他们对于这个团队倾注了多么大的希望,冒险来到外面,如此弱小,如此依赖于天气——也依赖于上紧发条。如果他们能大一点儿多好!成年人那么庞大。

但那些孩子,什么地方出了问题?究竟发生了什么?他们的一线生机,他们脆弱的希望。

"怎么会出现这样的情况?发生了什么事?"

"没有人知道。工厂陷入混乱。现在他们的材料短缺。有些机器坏掉了,没人知道怎样修理。"飞机向梳妆台边缘滑去,"我必须回去了。稍后我会再来看看你情况如何。"

飞机上升到半空中,从敞开的窗户飞了出去。阁下惶惑地目送它离去。

究竟发生了什么?他们曾经对孩子们信心十足。一切都计划好了——

它陷入沉思。

晚上,男孩坐在桌边,心不在焉地盯着地理书看。他怏怏不乐地动弹了一下,翻过一页。最后他把书合起来,从椅子上滑下去,走向壁橱。他正伸出手想拉开放着充气玩具的柜子,一个声音从梳妆台上飘进他的耳朵。

"等一会儿。你可以过一会儿再和它们一起玩。我必须和你讨论一下。"

男孩回到桌子旁边,他的表情看起来心神不定、无精打采。他点点头,趴在桌子上,把头埋进手臂里。

"你没睡着吧?"阁下说。

"没有。"

"那么听我说。你明天放学后,我想让你去一个地方。离学校不远的一家玩具店,也许你知道那里,丹氏玩具。"

"我没有钱。"

"没关系。一切早就提前安排好了。对玩具店里那个男人说:'有人让我来拿包裹。'你能记得住吗?'有人让我来拿包裹。'"

"包裹里有什么?"

"一些工具,还有一些给你的玩具。按我说的做吧。"金属小人搓着两只手。"有漂亮的新式玩具:两架玩具坦克和一支玩具机枪,还有一些备用零件。"

外面楼梯上传来一阵脚步声。

"可别忘了。"阁下紧张地说,"你会去吧?计划的这个阶段极为重要。"

它焦虑地握着双手。

男孩把最后一缕头发梳好,戴上帽子,拿起学校的课本。外面,早晨的天色灰蒙蒙、阴沉沉。雨点缓慢无声地落下。

突然，男孩又把课本放下。他走向壁橱，把手伸进里面。他的手指摸到了泰多的腿，把它拉了出来。

男孩坐在床上，抱起泰多贴在脸上。很长一段时间，他就坐在那里抱着毛绒玩具熊，无视周围的一切。

突然，他朝梳妆台看了一眼。阁下直挺挺躺在那里，一言不发。鲍比急忙回到壁橱边，把泰多放进玩具箱里。他穿过房间走向门口。就在他开门时，梳妆台上的金属小人动弹了一下。

"记得去丹氏玩具店……"

门关上了。阁下听到孩子下楼时沉重的脚步，他快快不乐地走开。阁下感到得意洋洋。现在一切都进展顺利。鲍比不想去，但他会去的。一旦工具、零部件和武器都安全到来，就不可能再失败。

也许它们能占领第二家工厂。也许甚至更棒：能够自己开发模具和机器，从而制造更大的阁下。没错，只要它们能变大一点儿，大一点点就好。它们都这么小，如此迷你，只有几厘米高。这场运动会不会受挫，会不会覆灭？只因为它们太弱小、太脆弱？

但如果有了坦克和枪支！然而，在所有谨慎小心地藏在玩具店里的包裹中，这会是唯一一个，唯一一个能够被……

有什么东西在动。

阁下迅速转过身。泰多正从壁橱里出来，笨拙而缓慢。

"邦佐，"它说，"邦佐，到窗口旁边看看。我想是从那里进来的，如果我没弄错的话。"

那只毛绒兔子跳到窗台上———蹦就上去了。它挤在窗台角落里，注视着外面，"还没来。"

"很好。"泰多朝梳妆台走去，抬头看着上面，"小阁下，请下来吧。你待在上面的时间已经太长了。"

阁下瞪大了眼睛。橡皮猪弗莱德也正从壁橱里出来。它一边充气一边走到梳妆台下面。"我会上去抓它,"它说,"我可不觉得它会自己下来。我们得帮帮它。"

"你们在做什么?"阁下喊道,"发生了什么?"橡胶猪深深蹲下,耳朵紧紧地贴在头上。

弗莱德跳了起来。同时,泰多抓住梳妆台上的把手,开始飞快地向上爬。它熟练地爬到梳妆台顶上。阁下缓缓退到墙边,低头看着地板,下方很远的地方。

"所以其他士兵也是遇到了这种事情,"它喃喃地说,"我明白了。这是一个组织,正等着我们。然后,结果我们都知道了。"

它跳了下去。

它们把碎片收集到一起,藏在地毯下面。

泰多说:"这部分很容易。希望余下的也不会太难。"

"你指什么?"弗莱德问。

"玩具包裹。坦克和枪支。"

"哦,我们能搞定的。还记不记得第一个小阁下出现时,我们是怎么帮助隔壁的,那是我们第一次遇到——"

泰多笑了,"那确实是一次很棒的战斗。比这次要艰难。不过对门的熊猫也会帮忙。"

"我们可以再来一次。"弗莱德说,"我开始喜欢上这种事情了。"

"我也一样。"邦佐在窗口说。

乌　布

　　他们基本已经装完货了。奥普图斯站在外面,双臂交叠,他的面孔隐藏在黑暗中。佛朗哥船长不慌不忙走下舷梯,咧嘴一笑。

　　"怎么了?"他说,"这些东西你都会拿到报酬的。"

　　奥普图斯什么也没说。他转身提起长袍下摆。船长用靴子踩住长袍一角。

　　"等一下,先别走。我还没说完呢。"

　　"哦?"奥普图斯庄重地转过身,"我得回村里去了。"他看着从舷梯运进太空船里的鸟类和兽类,"我必须再组织一次狩猎。"

　　佛朗哥点燃一支烟,"为什么不呢? 你们可以到草原去再次捕获这些猎物。但我们在火星和地球之间走到半路——"

　　奥普图斯一言不发地离开。佛朗哥走向舷梯下面的大副。

　　"情况怎么样?"他看了看手表,"这笔交易很划算。"

　　大副不高兴地瞥了他一眼,"你怎么解释的?"

　　"你怎么了? 我们比他们更需要这些。"

　　"一会儿见,船长。"大副爬上肘板,穿过那些长腿火星鸟,进入太空船里。佛朗哥目送他消失。他正打算跟在他后面爬上通往舱门的肘板,突然看到了**那玩意儿**。

"我的上帝!"他目瞪口呆地站在那里,双手叉腰。彼得森沿着小路走过来,脸色涨得通红,用一根绳子牵着**那玩意儿**。

"对不起,船长。"他一边说一边用力拽着绳子。佛朗哥向他走去。

"那是什么?"

乌布没精打采地站在那里,巨大的身体慢慢沉下来。它卧了下来,半闭着眼睛。几只苍蝇在它旁边嗡嗡作响,它甩了甩尾巴。

那玩意儿卧在那里。周围一片沉默。

"这是一只乌布,"彼得森说,"我花了五十美分从原住民那里买来的。他说这是一只非同寻常的动物。非常值得尊重。"

"这个?"佛朗哥戳了戳乌布肚子一侧,"这是一头猪! 一头大脏猪!"

"是的,先生,这是一头猪。原住民把它叫作乌布。"

"一头大猪。至少重二百公斤。"佛朗哥抓住一簇粗毛。乌布喘息起来,睁开湿漉漉的小眼睛。然后,它的大嘴开始抽动。

一滴眼泪顺着乌布的脸庞滑下,溅落在地板上。

"也许吃起来很美味。"彼得森紧张地说。

"我们很快就知道了。"佛朗哥说。

起飞的过程中,乌布一直在下面的船舱里熟睡。他们进入太空,一切都很顺利,佛朗哥船长吩咐船员把乌布牵到楼上来,他想研究下这是只什么样的动物。

乌布呼哧呼哧地喘着气,挤进通道里。

"过来。"琼斯咬紧牙关,拉动绳子。乌布扭来扭去,在光滑的铬墙上擦破了皮。它冲进休息室里,滚作一团。所有人都跳了起来。

"上帝啊!"弗伦奇问,"这是什么?"

"彼得森说这是只乌布,"琼斯回答说,"这玩意儿是他的。"他踢了乌布一脚。乌布摇摇晃晃站起来,喘着粗气。

"它怎么了?"弗伦奇走过来,"生病了吗?"

他们一起看着它。乌布悲伤地转动眼珠,环顾周围这些男人。

"我想它是渴了。"彼得森走去拿水。弗伦奇摇了摇头。

"难怪我们起飞时遇到这么多麻烦。我必须重新调整压舱物。"

彼得森拿着水回来。乌布感激地舔起来,把水溅到了人们身上。

佛朗哥船长出现在门口。

"让我们来瞧瞧。"他走过来,以挑剔的目光眯着眼看它,"你花五十美分买的?"

"没错,先生。"彼得森说,"它几乎什么都吃。我喂它谷粒,它挺喜欢吃的。还有土豆、土豆泥、饭后残羹,还有牛奶。它似乎很喜欢吃东西,吃完就躺下睡觉。"

"我知道了。"佛朗哥船长说,"现在的问题是它的味道怎么样。这才是真正的关键。我怀疑是否还有必要再把它养肥一点儿。我觉得它已经够肥的了。厨师在哪儿?把他叫来。我想知道——"

乌布停下来不再喝水,抬头看着船长。

"说真的,船长,"乌布说,"我建议我们还是谈点儿别的事情吧。"

房间里一片寂静。

"那是什么?"佛朗哥说,"就刚才。"

"乌布,先生。"彼得森说,"它说话了。"

他们都看着乌布。

"它说什么?它说了什么?"

"它建议我们谈点别的事情。"

佛朗哥向乌布走去,围着它转了一圈,从每一个角度观察它。然后他又退回到一段距离之外,和船员们站在一起。

"我怀疑里面是不是有个原住民。"他若有所思地说,"也许我们应该把它割开看看。"

"哦,天啊!"乌布叫道,"你们人类就只能想到这些吗?杀戮和切割?"

佛朗哥握紧拳头,"从里面出来!不管你是谁,出来!"

没有动静。人们站在一起,脸上一片茫然,呆呆望着乌布。乌布来回甩着尾巴,突然打了个嗝。

"对不起。"乌布说。

"我想里面没有人。"琼斯低声说。所有人面面相觑。

厨师走了进来。

"你叫我吗,船长?"他说,"这东西是什么?"

"这是一只乌布,"佛朗哥说,"我们要把它吃掉。你能不能称一下它的重量,看看怎么——"

"我想我们应该谈一谈。"乌布说,"如果可以的话,我希望和你讨论一下这个问题,船长。在我看来,你和我对于一些基本问题未能达成共识。"

船长过了很长时间才开口回答。乌布非常耐心地等待着,舔着自己下颏上的水珠。

"到我的办公室来。"船长终于回应道。他转身走出房间,乌布站起来跟在后面。船员们看着它走出去,听着它爬上楼梯。

"不知道会有什么结果。"厨师说,"好吧,反正我就在厨房。有消息了尽快告诉我。"

"当然,"琼斯说,"当然。"

乌布放松下来横卧在角落里,满足地长叹一声。"请务必原谅我,"它说,"我对于各种放松的姿态欲罢不能。如果一个家伙像我这么大块头……"

船长不耐烦地点点头。他坐在桌旁,双臂交叉抱在胸前。

"好吧,"他说,"让我们开始吧。你是一只乌布,对吗?"

乌布耸耸肩,"我想是的。他们这样称呼我们,我是说那些原住民。我们有自己的叫法。"

"你会说英语?你以前接触过地球人吗?"

"没有。"

"那你是怎么做到的?"

"说英语?我说的是英语吗?我没有意识到自己是否在说某种特定语言。我观察你的思想……"

"我的思想?"

"我研究其中的内容,尤其是语义仓库,我指的是……"

"我明白了,"船长说,"心灵感应。当然。"

"我们是一个非常古老的种族,"乌布说,"非常古老、非常笨重。我们很难四处活动。你也知道,任何如此缓慢而沉重的生命,面对更加灵活的生命形式都会毫无办法。依靠身体防御是没用的。我们怎么可能赢得了?要跑的话太重,要打的话太软,要狩猎的话太过善良……"

"你们怎么生存?"

"植物、蔬菜,我们几乎可以吃任何东西。我们非常包容,宽宏大量、兼收并蓄、海纳百川。我们的目标是和平共存。这就是我们的生存方式。"

乌布看了船长一眼。

"这就是为什么我强烈反对把我煮熟的原因。我能看到你脑海中的画面:我的大部分身体在冷冻食品柜里,一小部分在锅里,再喂一点儿给你的宠物猫……"

"所以你会读心术?"船长说,"真有趣。还有别的吗?我是说,你还能做什么类似的事情吗?"

"一些七零八碎的事情。"乌布心不在焉地环顾房间四周,"你的房间很不错,船长。相当干净整齐。我尊重整洁的生命形式。有些火星鸟类十分整洁,它们把垃圾扔到巢外然后扫走……"

"确实。"船长点了点头,"不过还是回到原来的话题……"

"没错。你说到把我做成晚餐。我的味道,据我所知,挺不错的。有一点点肥,不过很嫩。然而,如果你采取如此野蛮的态度,你的种群和我们之间,怎么可能建立起任何持久的联系?吃掉我?你更应该和我讨论各种问题,比如哲学、艺术……"

船长站了起来,"哲学。也许你知道,我们下个月就很难找到东西吃了。倒霉的食品变质……"

"我知道。"乌布点点头,"但如果我们采取抽签或类似的方式,不是更符合你们的民主原则吗?毕竟,民主制会保护少数人不受侵害。现在,如果我们来投票,一人一票……"

船长走向门口。

"去你的吧。"他伸手打开门。他张开了嘴。

他僵立不动,嘴巴张大,眼神呆愣,手指还放在门把手上。

乌布看着他。不一会儿,它慢吞吞走出房间,绕过船长。它走过大厅,陷入沉思。

房间里一片安静。

"所以你看,"乌布说,"我们有着共同的神话体系。你的思想中包含了很多熟悉的神话符号。伊师塔[1]、奥德修斯[2]……"

彼得森安静地坐着,盯着地面。他在椅子上换个姿势。

"继续说吧。"他说,"请继续。"

"我发现,在最具自我意识的种族所创造的神话体系中,你们的奥德修斯是一类常见人物。就像我说的,奥德修斯作为一个个体,四处流浪,意识到自身的存在。这就是分离的概念,与家庭和国家分离。个体化的过程。"

"但奥德修斯回到了家里。"彼得森望向舷窗外的星星,无穷无尽的星星,在浩瀚无垠的宇宙中一心一意地闪烁着,"他最后回家了。"

"对于所有的生物这都是必然。分离的时刻只是暂时,一段短暂的灵魂之旅。会开始,也会结束。流浪者返回故乡,回到自己的种族中……"

门开了。乌布停了下来,转动它巨大的脑袋。

佛朗哥船长走进房间,身后跟着一群船员。他们在门口犹豫不决。

"你还好吗?"弗伦奇问。

"你是说我吗?"彼得森惊讶地说,"为什么要问我?"

佛朗哥放下枪,"过来。"他对彼得森说,"起来,到这儿来。"

---

①巴比伦和亚述神话中司爱情、生育及战争的女神。

②古希腊荷马所作史诗《奥德赛》中的主人公,在特洛伊战中想出了木马计。

一片沉默。

"去吧，"乌布说，"没关系。"

彼得森站了起来，"为什么？"

"这是命令。"

彼得森走到门口。弗伦奇抓住他的手臂。

"发生了什么？"彼得森挣脱开来，"你们都怎么了？"

佛朗哥船长朝乌布走过去。乌布卧在角落里，靠在墙上，抬头看向他。

"真有趣，"乌布说，"想把我吃掉的念头纠缠着你。我想知道为什么。"

"起来。"佛朗哥说。

"如果你希望这样。"乌布慢慢站起来，低声咕哝着，"耐心点儿。这对我来说很难。"它站了起来，气喘吁吁，舌头傻乎乎地耷拉在嘴外面。

"现在朝它开枪吧。"弗伦奇说。

"看在上帝的份上！"彼得森喊道。琼斯迅速转向他，眼睛里充满了恐惧。

"你没有看到他的样子——就像一座雕像，张开嘴站在那儿。如果我们没有下楼，恐怕他现在还站在那儿。"

"谁？船长？"彼得森环顾四周，"但他现在没事了。"

他们看着乌布站在房间中央，巨大的胸部一起一伏。

"来吧，"佛朗哥说，"别挡道。"

船员们在门口移到一边。

"你们很害怕，不是吗？"乌布说，"我对你们做了什么吗？我反对彼此伤害。我所做的一切都只是为了保护自己。你们总不能期待我一心求死吧？我是一种理性生物，就像你们一样。我对你们感到好奇,想参观你们的飞船,想了解你们。我向原住民建议……"

枪响了。

"看,"佛朗哥说,"我就知道是这样。"

乌布瘫软下来,气喘吁吁。它伸出爪子,把尾巴拉过来围住自己。

"这样暖和点,"乌布说,"我听说你们掌握了喷气机、原子能技术。你们已经做出很多惊人的事情——在技术方面。显然,你们的科学层次还无法解决道德、伦理方面的问题——"

佛朗哥转向他身后的船员,他们挤在一起,瞪大眼睛,默不作声。

"我来干。你们看着就行。"

弗伦奇点点头,"试试打脑袋,反正那部分不好吃。不要打胸口。如果肋骨碎了,我们还得把骨头挑出来。"

"听我说,"彼得森舔着嘴唇,"它做了什么?它有什么害处?我问你们呢。不管怎么说,它现在还是我的。你们没有权利开枪。它不属于你们。"

佛朗哥举起枪。

"我要出去。"琼斯说,他的脸色苍白憔悴,"我不想看这个。"

"我也是。"弗伦奇说。人们纷纷走出去,窃窃私语。彼得森在门口徘徊。

"它和我谈到关于神话的内容。"他说,"它不会伤害任何人。"

他走到外面。

佛朗哥走向乌布。乌布慢慢抬起头,咽了口唾沫。

"这是一件非常愚蠢的事情。"它说,"我很遗憾,你居然打算这样做。你们的救世主讲过一个寓言——"

它停下来,看着枪口。

"你能看着我的眼睛这样做吗?"乌布说,"你能做得到吗?"

船长低头看向它。"我能看着你的眼睛。"他说,"以前我们在农场里也养过猪,脏兮兮的尖背猪。我能做得到。"

他低头看着乌布闪闪发光的、湿漉漉的眼睛,扣下了扳机。

味道很棒。

他们闷闷不乐地坐在餐桌旁边,有些人几乎什么都没吃。船长似乎是唯一一个大快朵颐的人。

"再来点吗?"他环顾四周,"多吃点儿,也许再来点儿酒。"

"我不要了。"弗伦奇说,"我想我得回星图室了。"

"我也是。"琼斯站起来把椅子推回原位,"一会儿见。"

船长看着他们走出去。另一些人也找借口离开。

"你说这是怎么搞的?"船长转向彼得森。彼得森坐在那里盯着他的盘子,土豆、绿豌豆以及厚厚一片肉。肉很嫩,热乎乎的。

他张开嘴,一句话也说不出来。

船长把手放在彼得森肩膀上。

"现在,这些只不过是有机物而已。"他说,"生命本身已经消失。"他开始吃起来,舀出肉汤,里面泡着几块面包,"我自己也很喜欢吃东西。这是有生命的个体能够享受的最美妙的几件事情之一。吃饭、睡觉、沉思、讨论。"

彼得森点点头。又有两个人站起来走了出去。船长喝了些水,叹出一口气。

"嗯,"他说,"不得不说,这真是非常美味的一顿饭。我曾经听说的传闻千真万确——乌布的味道非常棒。但过去几次,我都没有享受到。"

他用餐巾纸擦了擦嘴,靠在椅背上。彼得森沮丧地盯着桌子。

船长目不转睛地看着他,探过身去。

"来吧,来吧,"他说,"振作起来!让我们来讨论一下。"

他露出一个微笑。

"正如在我被打断之前所说的那样,奥德修斯在神话中所扮演的——"

彼得森猛然抬起头,睁大眼睛看着他。

"我们接着说,"船长说,"奥德修斯,据我所知,他——"

发射器

船长眯起眼睛透过望远镜的目镜观察。他迅速调整了一下焦距。

"我们现在看到的是一次核裂变,好吧。"他叹了口气,把目镜推到一边,"你们还有谁想看的,都可以来看。但这可不是什么迷人的画面。"

"让我看看。"考古学家唐瑟弯下腰看着望远镜,"上帝啊!"他猛地跳了回去,撞上首席领航员多里克。

"我们为什么要大老远跑过来?"多里克看着周围其他人问道,"甚至没必要登陆了。我们还是马上回去吧。"

"也许他说得对,"生物学家福马尔喃喃地说,"但我想亲自看一看,如果可以的话。"他从唐瑟旁边挤了过来,眯眼看向望远镜。

他看到一片广阔无垠的灰色表面,延伸到这颗星球的边缘。起初他以为那是水,但过了一会儿,他意识到那其实是熔渣,坑坑洼洼的熔渣,只有零星的巨大岩石散落其间,打破了表面的平整。没有一点儿动静或声响,一切都无声无息、死气沉沉。

"我看到了。"福马尔离开目镜,"好吧,我不会在那儿找到任何豆类。"他努力想露出一个微笑,但他的嘴唇僵硬得一动不动。他走到一边,独自一人站着,目光越过其他人不知看着什么。

"不知大气样本会说明什么。"唐瑟说。

"我想我能猜得到。"船长回答说,"大部分空气是有毒的。但我们不是早就猜到这一切了吗? 我不明白大家为何如此惊讶。这次核爆炸从我们的星系那么远的地方都能看到,肯定非常可怕。"

他大步走向走廊另一头,脚步沉重,面无表情。大家看着他消失在控制室里。

船长关上门,一个年轻女人转过身来,"望远镜观察的结果如何? 是好是坏?"

"是坏的。这里不可能存在生命。空气有毒,水分蒸发,所有土地都熔化了。"

"他们是否有可能躲到地下?"

船长把舷窗拉开,下方的星球表面进入视野中。他们两人默默低头看着,忧心忡忡。数公里延绵不绝的废墟,发黑的熔渣疮痍满目,偶尔出现一堆堆岩石。

突然,纳莎跳了起来,"看! 那边,边缘那里。你看见了吗?"

他们盯着那边看。有什么东西伫立在那里,不是岩石,不是偶然形成的东西。那是个圆圈,由许多小点组成,在这颗星球死气沉沉的外壳上,竟然有一圈白色的小点。那是一座城市,还是某个种群的建筑?

"让飞船转弯,"纳莎激动地说,把几缕黑发从脸上拨开,"驶向那边,让我们看看那是什么!"

飞船转弯,改变航线。当他们来到白点上空时,船长让飞船下降到尽可能低的位置。"是柱子,"他说,"某种石头柱子,也许是浇筑而成的人造石。那是一座城市的遗迹。"

"哦,上帝,"纳莎喃喃地说,"多么可怕。"她看着那片废墟消失在身后。白色石柱从熔渣中凸起,构成一个半圆,上面满是缺口和裂纹,就像断掉的牙齿。

"这里没有生命存活。"船长终于说道,"我想我们可以回去了,我知道大部分船员都想赶紧离开。用发送器联系政府接收站吧,把我们的发现告诉他们,我们——"

突然他摇摇晃晃站立不稳。

第一颗原子弹击中飞船,它直接翻转了一圈。船长摔倒在地板上,撞上控制台。文件和仪器雨点般砸在他身上。他刚想站起来,第二颗原子弹接着袭来。天花板裂开,支柱和横梁扭曲折断。飞船颤抖着突然下降,然后自动控制系统启动,飞船自行纠正位置。

船长躺在地板上,旁边是破碎的控制台。角落里,纳莎正挣扎着从一堆碎片中钻出来。

外面,船员们已经把飞船侧面裂开的漏洞封好,避免宝贵的空气泄露出去,消散在外面的真空中。"帮帮我!"多里克喊道,"这里着火了,电线烧起来了。"两个人跑了过去。唐瑟无能为力地看着,因为他的眼镜碎裂了。

"所以这里还存在生命,"他自言自语,"但怎么可能——"

"来帮忙,"福马尔一边说一边匆匆跑过去,"来帮忙,我们必须让飞船着陆!"

暮色降临,几颗星星在头顶上空闪烁,透过随风掠过这颗星球表面的浮尘,向他们眨着眼睛。

多里克皱眉看着外面,"困在这么个鬼地方。"他继续干活,捶打飞船扭曲的金属船体,使之恢复原状。他穿着一套太空服,飞船上还有很多小漏缝,大气中的放射性粒子已经渗进飞船里。

控制室里,纳莎和福马尔坐在桌子旁边研究库存清单,脸色苍白严肃。

"碳水化合物不足,"福马尔说,"如果我们需要,可以分解库存的脂肪,但——"

"不知我们能否在外面找到什么东西。"纳莎走到窗口,"看起来多么缺乏吸引力。"她来回踱步,体型娇小玲珑,一脸倦容,"你觉得派出搜索队会不会有什么发现?"

福马尔耸耸肩,"不会有多少。也许会发现裂缝中零星长出来几株野草。没什么我们能用得上的东西。任何能适应这种环境的生物,都是有毒的、致命的。"

纳莎停下来揉着她的脸颊。那里有一道深深的划痕,仍然一片红肿。"但你要怎么解释——那件事?根据你的推测,这里的原住民肯定都死了,身体像甘薯一样被烤熟。那么是谁向我们发射的原子弹?有人发现了我们,做出决定,发射器瞄准。"

"并且估算距离。"船长躺在角落里的吊床上有气无力地把头转向他们,"正是这一点令我感到担忧。第一颗原子弹令我们失去控制,第二颗几乎摧毁了飞船。他们瞄得很准,非常准。我们可不是那么容易击中的目标。"

"确实。"福马尔点点头,"好吧,也许我们在离开这里前会知道答案。现在的情况真是古怪!所有的推理都告诉我们,这里不可能有生命存活,整个星球都被烧焦了,大气本身带有毒性,全都完蛋了。"

"原子弹的发射器能够幸存下来，"纳莎说，"为什么人就不能呢？"

"这不一样。金属不需要呼吸空气，金属不会因放射性粒子患上白血病，金属不需要食物和水。"

一片静默。

"这是个悖论。"纳莎说。"总之，我认为，到了早上我们应该派出一支搜索队，同时继续努力修复飞船，准备返航。"

"我们还要忙活好几天才能起飞，"福马尔说，"所有人都得留在这里干活。我们没有人力再派出一支搜索队了。"

纳莎微微一笑，"我们会让你参加第一队。也许你会发现——你最感兴趣的是什么来着？"

"豆类。可食用的豆类。"

"也许你能找到一些。只是要——"

"只是要什么？"

"只是要小心。这些原住民甚至不知道我们是谁，不知道我们来做什么，就向我们开火。你们觉得他们会不会互相争斗？也许他们根本不知道什么是友好，无论面对任何种族、任何情况。真是种奇怪的进化特征，自相残杀，种族内部的战斗！"

"到了早上我们就知道了，"福马尔说，"我们先睡一会儿吧。"

太阳升了起来，带着萧瑟的寒意。三个人，两男一女，踏出舱门来到下方坚硬的地面上。

"这鬼天气，"多里克没好气地说，"我是说，我很高兴能再次走在坚实的地面上，可是——"

"来吧，"纳莎说，"跟在我身边。我有些事想跟你说。你不介意吧,唐瑟?"

唐瑟阴郁地点点头。多里克跟上纳莎。他们并肩走在一起,脚下的金属鞋发出嘎吱嘎吱的声音。纳莎看了他一眼。

"听着。船长就要死了,除了我们两个没有人知道。这个星球上的白昼结束时,他就会死去。飞船被击中,对他的心脏造成了一定影响。他都快六十岁了,你知道。"

多里克点点头,"那可真糟。我非常尊重他。当然,你会代替他成为船长。既然你现在是副船长——"

"不,我更希望由其他人领头,也许是你或福马尔。我一直在考虑目前的状况,我觉得自己应该表明态度,无论你们两人中哪一个想当船长,我都愿意担任副手,卸下肩头的责任。"

"好吧,我不想当船长。让福马尔当吧。"

纳莎仔细打量着他,这个金发高个男人穿着太空服大步走在她旁边,"我比较偏向你,"她说,"至少我们可以花点儿时间试试。但你可以按自己的想法去做。看,我们遇到了什么。"

他们停下脚步,等着唐瑟赶上来。他们面前是一座建筑物的废墟。多里克若有所思地环顾四周。

"你们发现了吗?这地方是个自然形成的洼地,一个巨大的山谷。看,四周都有耸立的岩层保护这块地方。也许,这里避开了几次大爆炸。"

他们漫步走在废墟中,捡起石块和碎片,"我想这里曾经是个农场,"唐瑟说,仔细看着一块木头,"这是风车塔的一部分。"

"真的吗?"纳莎拿起那根木条,翻来覆去地观察,"很有趣。但我们还是走吧,我们时间不多。"

"看,"多里克突然说,"那里,离得很远。那是什么东西?"他指向那边。

纳莎倒抽一口冷气，"那些白色的石头。"

"什么？"

纳莎抬头看着多里克，"白色的石头，就像巨大的断齿。我们在控制室里看见了那些东西，我和船长。"她轻轻按住多里克的手臂，"他们就是从这里发射原子弹的。没想到我们会在这么近的地方着陆。"

"那是什么？"唐瑟问，向他们走近，"不戴眼镜我几乎是个瞎子。你们看见了什么？"

"一座城市。他们从那里发射原子弹。"

"哦。"他们三个人站在一起，"好了，我们走吧，"唐瑟说，"天晓得我们会在那里发现什么。"多里克朝他皱了皱眉。

"等一等。我们不知道那里情况如何。肯定有人巡逻，这样的话，他们很可能已经看到我们了。"

"他们很可能已经看到了飞船，"唐瑟说，"他们很可能知道飞船现在在哪里，可以直接把它炸飞。所以，无论我们是否继续接近，又有什么区别？"

"确实，"纳莎说，"如果他们真的想抓住我们，我们是逃不掉的。我们根本没有武器，你知道。"

"我带了把手枪，"多里克点头，"好了，那我们继续走吧。我想你是对的，唐瑟。"

"但我们不要落单，"唐瑟紧张地说，"纳莎，你走得太快了。"

纳莎回头看看，笑了起来，"如果我们想在夜幕降临之前抵达那里，必须赶快。"

他们在下午时分抵达城市外围。黄色的太阳冷冷地悬挂在头顶上阴沉沉的天空中。多里克在山脊上停下来，俯瞰这座城市。

"好吧,就是这里。残存的废墟。"

几乎没有多少东西残存下来。他们之前注意到的巨型混凝土石柱其实根本不是柱子,而是建筑物地基的残骸。废墟已经被炽热炙烤得几乎只剩下一片烤焦的地面。除了这些白色小方块构成直径大概六千米的不规则圆圈,几乎没留下什么别的东西。

多里克咒骂了一句:"又浪费时间了。一座城市的尸骨,仅此而已。"

"但原子弹是从这里发射的,"唐瑟嘀咕道,"别忘了这一点。"

"而且发射者视力很好、经验丰富,"纳莎补充说,"我们走吧。"

他们走进城市,走在荒废的建筑物之间。没有人开口。他们一言不发默默行走,听着自己脚步的回声。

"太可怕了。"多里克喃喃地说,"我以前也见过荒废的城市,因为古老且衰弱,因此荒芜。但这座城市是被杀死的,灼烧而死。这座城市不是自然死亡——它是被谋杀的。"

"我想知道这座城市的名字。"纳莎说。她转向一边,走上一处地基残存的楼梯,"你觉得我们能不能找到什么路标或铭牌?"

她凝视着废墟里面。

"那里什么也没有,"多里克不耐烦地说,"走吧。"

"等一等,"纳莎弯下腰,摸着一块混凝土石碑,"这里刻了一些字。"

"是什么?"唐瑟快步走过来。他在尘土中蹲下,用戴着手套的手指抚摸石头表面,"没错,有些字。"他从太空服口袋里拿出一支书写棒,在一小片纸上抄下碑文。多里克从他身后探头看过来。碑文写的是：

富兰克林公寓

"那就是这座城市，"纳莎轻声说，"那是它的名字。"

唐瑟把那张纸放在口袋里，他们继续前进。过了一会儿，多里克说："纳莎，你知道，我觉得有人在监视我们。但不要四处张望。"

纳莎整个人变得僵硬起来，"哦？为什么这么说？你看见了什么吗？"

"没有，但我能感觉到。你没有吗？"

纳莎微微一笑，"我没什么感觉，但也许我更习惯于被人盯着看。"她微微转了一下头，"哦！"

多里克伸手握住手枪枪柄，"怎么了？你看见了什么?"唐瑟已经停住了脚步，半张着嘴。

"发射器，"纳莎说，"那就是发射器。"

"看看它的尺寸，那东西的尺寸。"多里克慢慢松开手枪，"就是它，没错。"

发射器十分庞大。一大堆钢铁和玻璃固定在巨大的水泥板上，突兀地指向天空。他们看到发射器运转着，下方的旋转底座飕飕转动，细细的风向标杆顶上安装了由无数天线构成的雷达探测器，随风而动。

"它还在运转，"纳莎低声说，"它看着我们、听着我们。"

发射器再次转动，这一次是顺时针方向。它的安装方式确保它可以转动一整圈。发射管降低了一点，然后回到最初的位置。

"然而是谁在发射?"唐瑟说。

多里克笑了,"没有人。没有人发射。"

他们瞪着他看,"你什么意思?"

"它会自行发射。"

他们感到难以置信。纳莎走近他身边,皱眉看着他,"我不明白。你是什么意思,它会自行发射?"

"等着瞧,你会看到的。别动。"多里克从地上捡起一块石头。他稍等了一会儿,把石头高高抛到空中。石头掠过发射器前方。瞬间,巨大的发射筒开始移动,探测器收缩起来。

石头落到地上。发射器停了下来,又恢复了之前那种平静的转动,缓缓旋转。

"你看,"多里克说,"只要我把石头抛到空中,它就会注意到。任何在地面上空飞行或移动的物体,都会引起它的警觉。很可能它在我们刚进入这颗星球的引力场时就发现了我们。很可能它从一开始就盯住了我们。我们毫无胜算。它对飞船的动静了如指掌,它现在只是等着我们再次起飞。"

"我明白了,"纳莎点点头说,"发射器注意到了那块石头,但没有发现我们,因为我们站在地面上,而非半空中。设计的程序决定了它只会攻击空中的物体。飞船再次起飞之前都是安全的,一旦起飞,我们就完蛋了。"

"但这个发射器有什么用呢?"唐瑟插进来问,"这里没有生命存活。所有人都死了。"

"这是一台机器,"多里克说,"一台设计用于执行某项任务的机器,而且它仍在执行这项任务。我不知道它是怎么在爆炸中幸存下来的。但它会继续运行,等待敌人,很可能敌人乘坐的是某种会出现在半空中的自动推进式飞行器。"

"敌人，"纳莎说，"与他们同一种族。很难相信他们真的会轰炸自己的种族，对自己人开火。"

"总之，一切都结束了。除了这里，我们眼前这个地方。这个发射器仍然保持警觉，随时准备杀戮。它会一直继续运行下去，直至彻底报废。"

"到那时候我们都死了。"纳莎伤心地说。

"这里肯定曾经有几百台这样的发射器，"多里克咕哝着，"他们肯定已经习惯于这种场景了，发射器、武器装备、军装制服。他们很可能把这一切当作很自然的事情，当作生活的一部分，就像吃饭和睡觉一样。也许有个类似于教会和政府的机构。男人们接受战斗和领兵的训练，把它视作正规职业。他们对此感到荣幸并受人尊重。"

唐瑟慢慢走向发射器，眯起近视眼抬头盯着它，"相当复杂，不是吗？这些轮叶和管道。我估计这是一种伸缩望远镜的瞄准镜。"他用戴着手套的手碰了下一根长管末端。

发射器瞬间开始移动，发射管收缩了一下，开始摆动——

"别动！"多里克喊道。发射管从他们身边摆动过去，他们一动不动地僵在那里。发射管在他们的头顶上犹豫了一下，咔嗒咔嗒，飕飕作响，准备定位，令人毛骨悚然的一刻。然后，声音消失了，发射器安静下来。

唐瑟在头盔里傻乎乎地笑了起来，"我肯定是把手指放在镜片上了。我会更小心一点儿。"他踏上发射器的圆形水泥板，小心翼翼走到发射器主体后面，消失在视野中。

"他去哪儿了？"纳莎恼怒地说，"他会害死我们所有人。"

"唐瑟，回来！"多里克喊道，"你要干什么？"

"马上。"一段长长的沉默。最后，考古学家再次露面，"我想,我找到了一些东西。来,我指给你们看。"

"是什么?"

"多里克,你说发射器放在这里是为了赶走敌人。我想我知道他们为什么要赶走敌人。"

他们有些困惑。

"我想我找到了发射器打算守护的东西。来,把手给我。"

"好,"多里克突然说,"我们过去吧。"他抓住纳莎的手,"来,让我们看看他找到了什么。我看到那个发射器时,就觉得可能会发生这种事——"

"哪种事?"纳莎挣脱了他的手,"你在说什么?你看起来好像知道他找到了什么。"

"我确实知道。"多里克低头对她微笑,"你记得吗?所有的种族都有类似的传说,神话中的宝藏,还有龙——守护宝藏的恶龙会赶走所有的入侵者。"

她点点头,"所以呢?"

多里克指着发射器。

"那就是龙,"他说,"来吧。"

他们三个人围在钢板周围,想办法把它抬起来挪到旁边。最后总算搞定了,多里克汗流浃背。

"这么做可真不值。"他咕哝着,盯着下面漆黑的洞口,"值得吗?"

纳莎打开手灯,光束照向楼梯下面。台阶上满是厚厚的灰尘和瓦砾。底下有一道钢门。

"来吧。"唐瑟激动地说,沿着楼梯走下去。他们看着他走到门口,满怀希望地推动那扇门,却没能推开。"来帮忙!"

"好吧。"他们小心翼翼跟着走下来。多里克仔细观察了一下那扇门,有门闩锁住。门上刻着一句铭文,但他辨认不出。

"现在怎么办?"纳莎问。

多里克拔出手枪,"后退一点。我想不出别的办法了。"他扣下扳机。门的底部闪耀出一片红光,不一会儿便融化瓦解。多里克关掉手枪,"我想这样就能进去了。试试吧。"

他们顺利把门打破,花了几分钟时间把碎片搬开,堆在第一级台阶上。然后他们走了进去,用灯光照亮前方。

他们身处一个地窖中。所有的东西上都积了几厘米厚的灰尘。墙根下摆着一排木箱,巨大的盒子、箱子、包裹和容器。唐瑟好奇地东张西望,眼睛闪闪发光。

"这些究竟是什么?"他低声说,"我觉得应该是很重要的东西。"他随手拿起一个圆筒打开。里面的卷轴掉落到地上,一条黑色的带子随之展开。他把它举起来对着光线,仔细看了看。

"看看这个!"

他们围在他身边,"照片,"纳莎说,"很小的照片。"

"某种影像记录。"唐瑟把卷轴装回圆筒里,"看,这种圆筒有几百个,"他用灯光照亮周围,"还有那些箱子。让我们打开一个。"

多里克已经开始撬动木箱。木板早已变得又干又脆。他用力撬下来一块。

里面是一张照片。一个穿着蓝衣服的男孩,年轻而英俊,开心地笑着,眼睛凝视前方。他看起来栩栩如生,仿佛就要在手灯的光线中朝他们走来。他是那些人中的一员,那个被毁灭的种族的一员,消亡了的种族。

很长一段时间,他们只是凝视着这幅照片。最后,多里克把木板放了回去。

"所有这些箱子,"纳莎说,"里面有更多的照片。还有这些圆筒里也是。盒子里会是什么?"

"这就是他们的宝藏,"唐瑟说,几乎是在自言自语,"他们的照片、他们的影像。也许他们所有的文献也都在这里,他们的故事,他们的神话,他们的思想。"

"还有他们的历史,"纳莎说,"从而我们能够追溯他们的发展历程,搞明白他们怎么会变成这个样子。"

多里克在地窖里走来走去,"真是奇怪,"他喃喃地说,"即使他们已经踏上末路,即使战争已经开始,他们内心深处某个地方仍然知道,这些才是他们真正的宝藏,他们的书籍、照片,他们的神话、传说。即使在城市、建筑和工业都被摧毁后,他们也希望能回来找到这些东西。在一切都消失之后。"

"等我们回家以后,我们可以呼吁启动一项新的任务,再次来到这里,"唐瑟说,"把所有这些东西装上飞船带回去。我们即将离开——"

他停了下来。

"没错,"多里克冷冷地说,"我们将在大约三天后离开。我们会修好飞船,然后起飞。我们很快就能回家,前提是,如果不会再发生那种事,像之前那样被击中——"

"哦,别说了,"纳莎焦躁地说,"别烦他。他说得没错:我们必须把所有这些东西带回去,这是迟早的事。必须解决那个发射器的问题,我们别无选择。"

多里克点点头,"那你有什么办法?我们只要一离开地面就会被击中。"他的眉头苦恼地纠结在一起,"他们把自己的宝藏守护得很好。发射器无须专门维护,会一直伫立在这里直至腐朽。他们真是活该灭绝。"

"怎么说？"

"你不明白吗？这是他们唯一的思路，建造一个发射器，任何目标靠近时都会瞄准发射。他们坚信一切都不怀好意，都是会抢走他们财产的敌人。好吧，他们可以留着这些。"

纳莎陷入沉思，她的思绪似乎飘远了。突然，她倒吸一口冷气，"多里克，"她说，"我们这是怎么了？没问题的。那个发射器根本没有威胁。"

两个男人瞪着她。

"没有威胁？"多里克说，"它已经把我们击落了一次。一旦我们再次起飞——"

"你不明白吗？"纳莎开始笑了起来，"可怜的傻瓜发射器，它完全无害。甚至连我都能搞定它。"

"你？"

她的眼睛闪闪发光，"只要有一根棍子就行。一把锤子或一根木棒。我们回到飞船上去准备吧。当然，要是在空中我们可没法幸免，它就是为此而生的。它会朝着空中开火，击落任何飞行物，但也仅此而已。它对于地面上的东西不会启动防御机制。对吗？"

多里克慢慢点了点头，"龙的软肋。传说中，龙的鳞甲不能遮住它的肚子。"他笑了起来，"没错，完全正确。"

"那就走吧，"纳莎说，"让我们回到飞船上去。我们还有活儿要干。"

他们回到飞船上时，已经是第二天清晨。船长已在前一天夜里去世，船员们按照惯例火化了他的尸体。他们肃穆地站在四周,直至最后一缕余烬熄灭。正当船员们准备回去干活时,这两男一女三个人出现了,又脏又累,却非常兴奋。

不久,一行人从飞船上出发,每个人手中都拿着什么东西。这群人在灰色的熔渣上行进,走过一望无际的熔化金属。他们来到发射器那里,所有人都开始用撬棍、锤子——任何又重又硬的东西——猛砸。

望远镜的瞄准镜被砸得粉碎。电线被拉出来扯断,精致的齿轮也被狠狠砸碎。

最后,他们把撞针拆掉,弹头带走。

发射器被砸成碎片,这台巨大的武器被彻底摧毁。人们下到地窖里,欣赏宝藏。金属装甲的守护者已经死去,再也不会有危险了。他们细细研究照片、影像、成箱的书籍、镶了宝石的皇冠、奖杯、雕塑。

最后,当太阳即将沉入这颗星球上四处飘浮的灰雾时,他们终于走上楼梯,回到地面。他们站在发射器的残骸周围,看着它僵立不动的轮廓。

随后,他们回到飞船上,还有很多工作要做。这艘飞船受了重伤,很多部件损坏或丢失。当务之急是尽快把它修好,以便再次起飞。

随着所有人一起努力,只花了五天时间,飞船又可以飞向太空了。

纳莎站在控制室里,看着那颗星球消失在他们身后。她环抱双臂,坐在桌子的边缘上。

"你在想什么?"多里克问。

"我?没什么。"

"真的吗？"

"我在想，这颗星球上还存在生命的时候，该是个多么截然不同的地方。"

"我想是的。不幸的是，当初我们的星系没有飞船飞到这么远的地方。我们在空中看到核爆炸发出的光芒之前，也未曾怀疑过这里存在智慧生命。"

"那时已经太晚了。"

"也不算太晚。无论如何，他们所拥有的一切，他们的音乐、书籍、照片，一切都会保存下来。我们会把这些东西带回家仔细研究，他们会改变我们。我们不会重蹈覆辙。尤其是他们的雕塑。你有没有看到那个长着巨大的翅膀，却没有头和手臂的雕像①？我猜是断掉了。但那些翅膀——看起来非常古老。这将为我们带来很大改变。"

"我们下次回到这里时，不会再有发射器等着我们，"纳莎说，"不会再次把我们击落。我们可以安全着陆，带走你所说的宝藏。"她笑着看向多里克，"你会带我们回到那里，像一位很棒的船长该做的那样。"

"船长？"多里克咧嘴一笑，"也就是说你已经做出决定了？"

纳莎耸耸肩，"福马尔总是跟我吵架。我想，总而言之，我确实更喜欢你。"

"我们走吧，"多里克说，"让我们回家吧。"

飞船轰鸣升空，飞过城市的废墟。它划出一道巨大的弧线，掠过地平线，飞入外太空。

下方，在城市废墟的中心，一个碎了半边的探测器微微颤动

---

① 指《萨莫色雷斯的胜利女神》，即"胜利女神"，法国卢浮宫镇馆三宝之一。

了一下,捕捉到飞船的轰鸣声。巨大的发射器底座痛苦地颤抖起来,挣扎着转动。过了一会儿,这个被摧毁的装置里面有个红色的警报灯闪烁起来。

很远很远的地方,距离城市一百五十公里之外,另一个位于地下深处的警报灯亮起来。自动继电器迅速启动。齿轮转动,传送带嗖嗖运行。地面上,金属熔渣滑开,露出一个斜坡。

片刻后,一辆小货车冲上地面。

货车转向城市的方向。第二辆车出现在它后面,车上装载着电缆。然后是第三辆车,装着伸缩望远镜瞄准镜。后面又出现更多的货车,有些运送继电器,有些运送发射控制器,有些运送工具和零件,螺钉螺栓、销钉螺帽。最后一辆车上,装载着原子弹弹头。

所有的货车在第一辆车后面排成一列。领头的货车出发,一路颠簸驶过冰冷的土地,冷静前行。其他货车紧随其后,一起驶向城市。

驶向损坏的发射器。

头 骨

"这是个什么样的机会?"康格问,"说下去。我很感兴趣。"

房间里一片沉默;所有人都盯着康格——他身上仍然穿着褐色的囚服。议长慢慢向前探过身去。

"进入监狱之前,你做的生意很赚钱——都是些违法的生意,但获利丰厚。而现在,你一无所有,还要在监狱的格子间里再待六年。"

康格沉下脸。

"有个任务,对于委员会来说非常重要,也需要你的特殊能力。而且,这个任务你会很感兴趣。你是个猎人,不是吗?你经常设下陷阱,藏在灌木丛中,等待晚上的狩猎游戏,对吗?我想,狩猎肯定会为你带来满足感,追捕、跟踪——"

康格叹了口气,撇撇嘴。"好吧,"他说,"先别管那个,说重点。你想让我杀掉谁?"

议长笑了,"一切还得按部就班。"他轻声说。

汽车停了下来。天色已晚,这条街上完全没有一丁点儿光亮。康格看着外面,"我们在哪儿? 这是什么地方?"

警卫伸手按住他的手臂，"来。从那扇门进去。"

康格走下汽车，站在潮湿的人行道上。警卫迅速跟在他身后，然后是议长。康格深深吸了一口冷空气，端详着矗立在他们面前的建筑物，却只能看到一个模模糊糊的轮廓。

"我认识这个地方，以前见过。"他眯起眼睛，已经逐渐适应黑暗。突然，他变得警觉起来，"这里是……"

"没错。第一教会。"议长走向台阶，"有人在等着我们。"

"等着我们？在**这里**？"

"是的，"议长踏上台阶，"你知道，我们不被允许进入他们的教堂，尤其是带着枪的时候！"他停了下来。两名全副武装的士兵隐隐出现在前方，一边一个。

"行了吧？"议长抬头看向他们。他们点了点头。教堂的门敞开着。康格能看到里面还有其他士兵四处闲站着，年轻的士兵们瞪大眼睛看着圣像画。

"我明白了。"他说。

"这很有必要，"议长说，"你也知道，我们以前和第一教会的关系非常糟糕。"

"现在这样也无法改善关系。"

"但这是值得的。你会看到的。"

他们穿过大厅，进入主殿，圣坛和跪拜处都在这里。他们从圣坛旁经过时，议长几乎一眼都没往那边看。他推开一扇小小的边门，示意康格进来。

"这里，我们必须快一点儿。信徒们很快就会蜂拥进来。"

康格走进去，眨了眨眼睛。他们身处一个小房间里，天花板很低，木制镶板老旧暗淡。房间里有一种灰烬和香料闷烧的气味。他嗅了嗅，"那是什么？那个味道。"

"墙上那些容器。我不知道。"议长不耐烦地走到房间另一边，"根据我们得到的消息，它就藏在这里——"

康格环顾房间，看到书籍和论文、十字架和圣像。他全身微微掠过一阵奇怪的战栗。

"我的任务涉及教会的人吗？如果是的话——"

议长转过身来，惊讶不已，"你竟然相信创教人？这可能吗？一个猎人，一个杀手——"

"不，当然不相信。他们那套关于听天由命、拒绝暴力——"

"那是怎么回事？"

康格耸耸肩，"别人一直告诉我不要跟那些人打交道。他们拥有奇怪的能力，而且你也没办法跟他们讲道理。"

议长若有所思地看着康格，"你理解错了。我们打算下手的并不是教会里的人。我们早就发现，杀掉他们只会让他们的人数增加。"

"那为什么要到这里来？我们走吧。"

"不，我们来这里是要找一些重要的东西。你要靠那东西才能确定下手目标。没有它，你就无法找到那个人。"议长脸上掠过一丝微笑，"我们可不希望你杀错人。这太重要了。"

"我不会错。"康格挺起胸脯，"听着，议长——"

"这次情况不同寻常，"议长说，"你看，你要追踪的那个人——我们要派你去找的那个人——只有通过这里的某样东西才能辨认出来。那是唯一可追溯的痕迹、唯一的识别方法。如果没有——"

"那东西究竟是什么？"

他朝着议长走过去。议长走向一边，"看，"他说着拉开一道滑动墙,露出一个黑乎乎的方形洞口,"在那里。"

康格蹲下来,看向里面。他皱了皱眉,"一个头骨!一具骷髅!"

"你要追踪的那个人,死于两个世纪之前,"议长说,"他的全部遗骸都在这里。你只能靠这些东西来找到他。"

很长一段时间,康格一言不发。他低头盯着墙壁凹陷处隐约可见的骨骼。要怎么杀掉一个死了几个世纪的人?要怎么追踪他、击败他?

康格是个猎人,一个活得随心所欲、自由自在的男人。他曾经靠走私生意维持生计,用自己的飞船从辖区外偷运毛皮,他高速航行,偷偷溜进地球周围的关税线。

他曾经在月球的山脉上打猎。他曾经穿越空荡荡的火星城市。他曾经探索——

议长说:"士兵,拿上这些东西,带到车上去。别漏掉任何一部分。"

士兵蹲下,小心翼翼地爬进墙洞里。

"我希望,"议长继续对康格轻声说,"现在你会证明对我们的忠诚。公民有很多方式可以自我救赎,表现出他们对社会的贡献。对你来说,我认为这是个很好的机会。我甚至怀疑不会有更好的机会了。当然,你付出的努力也会得到丰厚的回报。"

两个男人彼此对视:康格身形消瘦,蓬头垢面;议长干净利落,衣冠楚楚。

"我明白了,"康格说,"我是说,我明白了这是个机会。但是,一个死了两个世纪的人怎么才能——"

"我稍后再解释,"议长说,"现在我们得快一点儿。"士兵已经把骨骼带了出来,裹在一条毯子里,小心地捧在怀中。议长走向门口,"快来,他们已经发现我们闯进这里了。他们随时会出现。"

他们匆忙冲下湿漉漉的台阶,坐进等在那里的汽车。一秒钟后,司机把车开到空中,飞过房顶上方。

议长向后靠在座位上。

"第一教会有一段很有趣的历史。"他说,"我想你对这个也很熟悉,但我想谈谈与我们相关的一些问题。

"这场运动始于20世纪——当时不断爆发战争,在其中一次战争期间,人们发起了这场运动。运动发展迅速,因为人们普遍有一种无能为力的感觉,每次战争都会孕育出更大规模的战争,看不到尽头。这场运动对于这个问题给出了一个简单的答案:没有军备,没有武器,也就没有战争。没有机械和复杂的科技,也就没有武器。

"这场运动宣传,人们不可能通过制订计划来阻止战争。他们号称人类正在被机械和科学打败,这些东西逐渐不受人类控制,导致战争的规模越来越大。他们高呼,打倒社会体制,打倒工厂和科学!如果再发生几次战争,整个世界将所剩无几。

"创教人是个不起眼的家伙,来自美国中西部一个小镇。我们甚至不知道他的名字。我们只知道,有一天他突然冒出来,鼓吹一种非暴力、不抵抗的教义;不要争斗,不要为枪支纳税,除了医学之外不要进行研究。安安静静地生活,修整你的花园,远离公众事务,少管闲事。做个不声不响、默默无闻、一穷二白的人。放弃你的大部分财产,离开城市。至少,他所说的内容只会发展出这种结果。"

汽车开始降落,在一处屋顶上着陆。

"创教人鼓吹这种教义,或者说最初的教义。很难说后来的信徒们添加了多少自己的理解。当然,地方当局立即逮捕了他。显然,他们相信这个人可不是说着玩玩的,再也没有释放他。他被处死,尸体被秘密下葬。表面上看来,这个邪教已经灭亡了。"

议长微微一笑,"不幸的是,一些信徒声称在他去世那天之后还见过他。谣言开始流传,他能战胜死亡,他是神圣的。这些谣言逐渐扎根、发芽。到了如今我们这个时代,第一教会阻碍了一切社会进步,破坏社会体制,播下无政府状态的种子——"

"但是战争呢,"康格说,"战争怎么样?"

"战争?嗯,没有再爆发战争。必须承认,普遍出现的非暴力行为,其直接结果就是消灭了战争。但现在我们可以更客观地看待战争。它真的有那么可怕吗?战争具有深远的选择意义,完全符合达尔文和孟德尔等人的学说。如果没有战争,那些无用的、没有能力的、未经培养或缺乏智慧的人,都可以毫无限制地发展壮大。战争的作用就是减少这种人的数量;就像风暴、地震和干旱,大自然通过这些方法淘汰不合格者。

"没有战争,低水平人类所占的比例会增大到不合理的程度。他们会威胁教育水平较高的少数人,拥有科学知识、经过悉心培养的人,有能力引领社会的人。他们对于科学或基于理性的社会系统毫无敬意。而这场运动旨在帮助他们,煽动他们。只有当科学家们能够彻底掌控一切时——"

他看了看表,猛地打开车门,"剩下的我们边走边说。"

他们穿过屋顶,周围一片漆黑,"现在你肯定已经知道这是谁的骨头,我们要追踪的那个人是谁。他就是创教人,这个愚昧无知的人来自美国中西部,死于两个世纪之前。悲剧在于,有关当局当时行动太慢了。他能找到演讲的机会,散布自己想要传达的信息。他得到传教的机会,创立了他的邪教。这种事情一旦开始,就无法阻止。

"但如果他在传教之前就死掉了呢?如果他那些教义从未宣之于口呢?我们知道,他说出这些内容只花了片刻时间。据说他只做过一次演讲,只有一次。随后当局就把他带走了。他完全没有反抗。整件事情看起来似乎是微不足道的。"

议长转向康格。

"微不足道,但那件事的后果一直延续至今。"

他们走进建筑物里面。士兵们已经把头骨放在一张桌子上,站在周围,一张张年轻的面孔都显得很紧张。

康格从他们中间挤过去,走向那张桌子。他弯下腰盯着那堆骨头看,"这就是他的遗体,"他喃喃地说,"创教人。教会把这些骨头藏了两个世纪。"

"没错,"议长说,"但如今在我们手上。我们到大厅那一边去。"

他们穿过房间,走向一扇门。议长推开门,里面的技术人员抬起头。康格看到嗡嗡转动的机器,很多工作台和蒸馏瓶。房间中央有个闪闪发光的透明操纵舱。

议长递给康格一把自动枪,"关键是要记住,必须把头骨完整无缺地带回来——以便比对证明。瞄准下面——胸口。"

康格掂了掂手里的枪,"感觉不错,"他说,"我知道这种枪,以前见过,但从来没用过。"

议长点点头,"会有人指导你怎么用这把枪,怎么控制操纵舱。我们会给你所有关于时间和地点的数据。具体地点是一个名为'哈德逊田野'的地方,美国科罗拉多州丹佛城外的一个小社区,时间大概是1960年。别忘了,你只能靠那个头骨把他辨认出来。门牙特征明显,尤其是左边的门牙——"

康格心不在焉地听着。他看着两个一身白衣的男人把头骨仔细包在塑料袋里。他们把塑料袋绑好,放进透明操纵舱。"如果我搞错了呢?"

"找错了人?那就再去找到正确的目标。除非成功完成任务,抓到创教人,否则不要回来。不要等他开始演讲,我们必须阻止这件事!你一定要提前采取行动。如果你认为已经找到了他,那就要抓住机会立即开枪。他是个与众不同的人,在这个地区很可能是个生面孔。显然没有人认识他。"

康格迷迷糊糊地听着。

"现在你都明白了吗?"议长问。

"是的,我想没错。"康格进入透明操纵舱坐下来,把手放在操作轮盘上。

"祝你好运,"议长说,"我们会期待你的成果。从哲学角度看,人们对于一个人是否可以改变过去抱有些许怀疑。如此一来,我们也将一劳永逸地搞明白这个问题的答案。"

康格的手指碰了碰操纵舱的控制部件。

"顺便说一下,"议长说,"不要利用这个操纵舱去做与你的任务无关的事情。我们会持续跟踪。如果我们想让它回来,就能让它回来。祝你好运。"

康格什么也没说。操纵舱密封起来。他伸手握住操作盘,小心转动。

当外面的房间消失时,他仍然盯着那个塑料袋。

很长一段时间,没有发生任何事情。操纵舱的透明金属网外面什么也没有出现。康格思绪万千、心乱如麻。他怎么才能认出那个人？他怎么才能提前确定就是那个人？他长什么样？他叫什么名字？他演讲之前有何表现？他是个平凡无奇的人，还是个脾气古怪的家伙？

康格举起自动枪贴在自己的脸上。金属冰冷而光滑。他练着移动瞄准器。这是一把很漂亮的枪，他会爱上这把枪的。如果他在火星沙漠中能拥有这样一把枪该多好——那些漫长的夜晚，他趴在地上，冻得浑身僵硬，等待猎物穿越黑暗前来——

他放下枪，校正操纵舱的仪表读数。袅袅盘旋的水雾开始凝结，滴落下来。突然，他身边的物体开始摇动颤抖。

色彩、声响、动静通过透明的金属网渗入进来。他关掉控制器，站了起来。

他降落在一处山丘上，俯瞰下面的小镇。正午时分，空气清新，阳光灿烂。路上驶过几辆汽车。远处是一片平坦的田野。康格走向门口，来到舱外。他深深吸了一口空气，然后又回到操纵舱里。

他站在隔板上的镜子前，审视自己的外表。他把胡子修剪得很整齐——他们没有要求他剃掉——头发也很干净。他身穿20世纪中期的服装，古怪的衣领和外套，兽皮制作的鞋子。口袋里是那个时代的钞票，这个很重要。不需要别的东西了。

不需要别的，除了他的能力，他特有的精明狡诈。但在此之前，他也从未接受过这种任务。

他沿着街道朝小镇走去。

他注意到的第一样东西，就是架子上的报纸。1961年4月5日。时间没有偏离太远。他环顾四周，一家加油站、一个车库、几家小酒馆和一家小杂货店。沿着街道走下去，还有一家食品店和一些公共建筑。

几分钟后,他踏上一家小型公共图书馆的楼梯,穿过大门,进入温暖的室内。

图书管理员抬起头微笑。

"下午好。"她说。

他也笑了笑,但没有开口,因为他说的话很可能不太对,口音也很古怪。他走向一张桌子,坐在一叠杂志旁边,粗略浏览了一会儿,然后又站起来。他穿过房间,走向墙边一个宽阔的书报架。他的心脏开始剧烈地跳动。

报纸——最近几周的报纸。他取了一叠放到桌边,开始迅速浏览。印刷奇特,字体古怪,有些词语很陌生。

他把报纸放到一边,继续到架子上去找,最后终于找到了想要的东西。他把《樱桃木公报》带到桌上摊开,翻到头版。他找到了自己想要的东西:

嫌犯上吊自杀

一个身份不明的男人,被县警局以参加犯罪帮会之嫌疑逮捕,今天早晨发现他死于——

他读完了这篇文章,含糊其辞,没提供多少有价值的消息。他需要更多信息。他把报纸放回架子上,犹豫了一下,走向图书管理员。

"还有更多吗?"他问,"更多的报纸。以前的?"

她皱起眉头,"多久以前?哪些报纸?"

"几个月以前的。有更早的就更好了。"

"《樱桃木公报》?我们只有这些。你想要什么?你在找什么?也许我可以帮助你。"

他沉默下来。

"《樱桃木公报》的办事处也许能找到更早的报纸。"那个女人摘下她的眼镜,"为什么不去那里试试? 但如果你告诉我你要找什么,也许我能帮得上你——"

他走了出去。

《樱桃木公报》的办事处藏在一条小巷里,人行道破旧不堪。他走进里面。暖炉在小办事处的角落里发出光芒。一个大块头男人站起来,慢慢走向接待台。

"有何贵干,先生?"他问。

"旧报纸。一个月前或更早的。"

"买下来? 你想买报纸吗?"

"是的。"他取出一些钱。那个男人盯着他看。

"没问题,"他说,"没问题,请稍等。"他迅速走出房间,回来时抱了一大堆东西,被压得摇摇晃晃、满脸涨红。"这些就是。"他咕哝着,"我把能找到的都拿来了。一整年的都有。如果你还想要更多的——"

康格把报纸带到外面,坐在路边开始浏览。

他要找的东西在四个月之前,去年12月的时候。那是一篇很短的简讯,他差点儿看漏了。他用微型字典查询一些古老的词语,浏览这段文字时,双手颤抖。

男子因未经许可发表演说而被捕

警长达夫称,库珀河警局特工逮捕了一个身份不明、拒绝透露姓名的男人。据称,本地区警局最近注意到这个人后,一直在对他进行监视。这是——

库珀河。1960年12月。他的心脏怦怦直跳。他需要知道的就是这些。他站起来，甩甩脑袋，在冰冷的地面上跺了跺脚。太阳已经转到山丘那边。他微微一笑，已经找到了确切的时间和地点。现在只需回到过去，也许可以在11月，库珀河——

他穿过小镇中心地区步行回去，走过图书馆，经过杂货店。接下来没什么难事了，最困难的部分已经完成。他会到库珀河去，租个房间，做好准备，等待那个人出现。

他转过拐角。一个拿着大包小包的女人正从门口走出来。康格避到一边让她过去。那个女人瞥了他一眼。突然，她脸色变得惨白，目瞪口呆。

康格匆匆离开。他回头看了看。她是怎么了？那个女人仍然盯着他，手里的东西已经全都掉在了地上。他加快速度转了个弯，走进一条小巷。他再次回头望过去，那个女人已经来到小巷入口，开始追赶他。她身旁还多了一个男人，两人一起朝着他跑过来。

他迈开大步飞快地离开小镇，轻松爬上城边的小山，甩掉了他们。他找到操纵舱，停下来。发生了什么事？是他的衣服有什么问题吗？还是穿戴搭配？

他百思不得其解。太阳落山，他走进操纵舱。

康格坐在操作盘前面。他稍待片刻，双手轻轻放在控制器上。然后他把操作盘转动了一点点，严格遵循控制器读数。

一片灰色笼罩了他。

但不会很久。

那个男人上下打量着他，"你最好进来吧，"他说，"外面很冷。"

"谢谢。"康格感激地走进敞开的门，来到客厅里。角落里有

个小小的煤油加热器,客厅里很暖和,有点儿闷闷的。一个身材
臃肿、套着花裙子的女人,从厨房里走出来。她和那个男人一起
审视着他。

"这个房间很不错。"那个女人说,"我是阿普尔顿夫人。这
里有加热器,一年中这段时间,你可离不了这东西。"

"没错。"他点了点头,环顾四周。

"你想和我们一起吃饭吗?"

"什么?"

"你想和我们一起吃饭吗?"男人的眉毛皱了起来,"你不是
外国人吧,先生?"

"不,"他笑了,"我出生在这个国家。不过在遥远的西部。"

"加利福尼亚?"

"不,"他犹豫了一下,"俄勒冈。"

"那儿是什么样子?"阿普尔顿夫人问,"我听说那里有很多
花草树木。这里就光秃秃的。我本人来自芝加哥。"

"那是中西部,"男人对她说,"你可算不上外国人。"

"俄勒冈也不是外国,"康格说,"那里是美国的一部分。"

男人心不在焉地点点头,盯着康格的衣服。

"你的外套看起来很有趣,先生,"他说,"你从哪儿弄来的?"

康格有点儿不知所措,他不安地移动了一下身子,"这外套
挺好的。"他说,"如果你不希望我住在这里,也许我最好去别的
地方看看。"

他们两人都抬起手阻止他。那个女人笑着对他说:"我们只
是必须小心那些红衣军。你知道,政府总是警告我们注意那些
人。"

"红衣军?"他感到困惑。

"政府说他们无处不在。我们应该报告任何奇怪或不寻常的事情，任何表现不正常的人。"

"就像我这样？"

他们看起来有些尴尬，"嗯，在我看来你不像红衣军，"男人说，"但我们必须保持警惕。《论坛报》说——"

康格心不在焉地听着。比他想象的还要容易。显然，创教人一出现他就会知道。这些人对于任何不同寻常的事情都会疑神疑鬼、说短道长、议论不休，消息很快会传开。他只需潜伏下来注意打听，也许可以到商店去，或甚至就在这里，阿普尔顿夫人的寄宿公寓里。

"我能看看房间吗？"他说。

"当然，"阿普尔顿夫人走向楼梯，"我很乐意带你看看。"

他们一起上楼。楼上要冷一点，但没有外面那么冷，也没有火星沙漠的夜晚那么冷。他对此心怀感恩。

他在商店里慢慢转悠，看着那些蔬菜罐头，还有敞开的冰柜里干干净净、闪闪发亮的冷冻鱼和冷冻肉。

埃德·戴维斯朝他走过来，"要我帮忙吗？"他问。这个男人的衣着有点儿古怪，还留着胡须！埃德忍俊不禁。

"不用，"那个男人用一种古怪的声音说，"只是看看。"

"没问题。"埃德说。他回到柜台后面。哈克特夫人推着她的购物车走过来。

"他是谁？"她低声说，尖尖的面孔转向那边，她的鼻子动了动，仿佛嗅着什么，"我以前没见过他。"

"我不知道。"

"我觉得他怪怪的。他为什么要留胡须？没有别的人留胡须。他肯定有什么问题。"

"也许他就是喜欢留胡须。我有个叔叔——"

"等等,"哈克特夫人僵了一下,"那是不是——他叫什么名字来着?红衣军——以前那个。他不是也有胡子吗?马克思。他也留着胡须。"

埃德笑了起来,"这可不是卡尔·马克思。我曾经见过他的照片。"

哈克特夫人盯着他,"你见过?"

"当然,"他脸涨得通红,"那有什么问题?"

"我真的很想多了解一下他,"哈克特夫人说,"我想,我们应该了解得更多,这也是为了我们自己好。"

"嘿,先生! 要搭车吗?"

康格迅速转过身,并把手伸到腰带上。他随即放松下来。一辆汽车里坐着两个年轻人,一个男孩和一个女孩。他对他们笑了笑,"搭车?当然。"

康格坐进车里,关上车门。比尔·威利特踩下油门,汽车在高速公路上呼啸而去。

"谢谢你们让我搭车,"康格审慎地说,"我想步行到另一个镇子去,但路程比我想象的要远。"

"你从哪儿来?"劳拉·亨特问。她是个黑皮肤的漂亮女孩,个子娇小,身穿黄毛衣蓝裙子。

"库珀河。"

"库珀河?"比尔说,他皱了皱眉,"有意思。我可不记得以前见过你。"

"怎么说? 你是那里人?"

"我在那里出生。我认识那儿的每一个人。"

"我刚刚搬来。从俄勒冈。"

"俄勒冈？我倒不知道俄勒冈人也有口音。"

"我有口音吗？"

"你的遣词造句有点儿怪。"

"怎么说？"

"我不知道。他确实是这样，对吗，劳拉？"

"你这是诋毁他们，"萝拉笑着说，"再多说点儿。我对方言很感兴趣。"她看了他一眼，露出一口白牙。康格感觉自己心里一跳。

"我有演讲障碍。"

"哦，"她的眼睛瞪大了，"很抱歉。"

汽车一路行驶着，他们好奇地看着他。康格也绞尽脑汁，尽量设法问他们一些问题，而又不至于显得太过好奇，"我猜，镇子外面的人，那些陌生人，"他说，"都不怎么到这里来。"

"是的，"比尔摇摇头，"不太多。"

"我敢打赌，我是很长一段时间里第一个外来者。"

"我想是的。"

康格犹豫了一下，"我的一个朋友——我认识的一个人，可能会到这里来。你觉得我在哪儿可以——"他停了一下，"有没有谁可能会见到他？为了确保他过来的时候我们不会错过，我可以问谁？"

他们有点儿困惑，"只要注意着点儿就行。库珀河不是很大。"

"没错，确实不大。"

他们默默开车。康格看着女孩。也许她是那个男孩的女朋友,也许是他的试婚妻。他们这个时代有试婚制度吗? 他记不起来了。但这么吸引人的女孩,这个年纪肯定已经被人追到手了。从外貌看来,她大概十六岁。如果他们能够再次见面,也许他可以问问她。

第二天,康格在库珀河的主街上走过。他路过商店、两家加油站,然后是邮局。角落里有一家饮品店。

他停了下来。劳拉坐在里面,正在跟店员说着话,笑得前俯后仰。

康格推开门。温暖的空气包围了他。劳拉正在喝加了奶油的热巧克力。他坐进她旁边的座位里,她惊讶地抬起头看着他。

"不好意思,"他说,"我打扰你了吗?"

"没有。"她摇摇头。她的眼睛又大又黑,"完全没有。"

服务员走了过来,"您要点儿什么?"

康格看了看巧克力,"和她的一样。"

劳拉看着康格,她双臂交叠,胳膊肘搁在柜台上,向他微笑,"顺便说一句,你还不知道我的名字呢。劳拉·亨特。"

她伸出手,他笨拙地握住她的手,不知道要怎么办。"我叫康格。"他低声说。

"康格? 这是你的姓还是名字?"

"姓还是名字?"他犹豫了一下,"姓。奥马尔·康格。"

"奥马尔?"她笑了,"就像那个诗人,奥马尔·海亚姆。"

"我不知道这个人。我几乎不了解诗人。我们修复了极少数的艺术作品。通常只有教会有足够的兴趣——"他停了下来。她盯着他。他脸红了。"在我们那里。"他补充说。

"教会? 你指哪个教会?"

"就是教会。"他感到困惑。巧克力来了,他暗自庆幸地喝了一口。劳拉还在看着他。

"你是个很不寻常的人,"她说,"比尔不喜欢你,但他从不喜欢任何与众不同的人。他是如此……如此平凡。难道你不认为,随着年龄增长,一个人应该变得……眼界更开阔一点儿?"

康格点点头。

"他说外国人应该留在他们自己的地方,不要到这里来。但你不那么像外国人。他指的是东方人,你知道。"

康格点点头。

他们身后的百叶门打开,比尔走了进来,看到了他们,"哦。"他说。

康格转过身说,"你好。"

"嗯,"比尔坐了下来,"你好,劳拉,"他看着康格,"我没想到会在这里见到你。"

康格有些紧张,他能感觉到这个男孩的敌意。"有什么问题吗?"

"不,没什么。"

他们沉默下来。比尔突然转向劳拉,"来吧,我们走吧。"

"走?"她很惊讶,"为什么?"

"走吧!"他抓住她的手,"来吧! 车就在外面。"

"为什么? 比尔·威利特,"劳拉说,"你在嫉妒!"

"这家伙是谁?"比尔说,"你对他有一丁点儿了解吗? 看看他,他的胡须——"

她突然发火,"那又怎样? 就因为他不开帕卡德车,不去库珀酒吧?"

康格打量了一下这个男孩。他块头很大——强壮魁梧。他很可能加入了某个民兵组织。

"对不起，"康格说，"我要走了。"

"你在镇上做什么？"比尔问，"你来到这里要干什么？你为什么缠着劳拉？"

康格看着那个女孩，耸耸肩，"没什么理由。稍后再见。"

他转身打算离开，又僵住了。比尔已经走了过来。康格的手指伸向腰带。**只按一半**，他低声自言自语。**不能更多，只按一半。**

他按了下去，周围的房间发生骤变。他的衣服衬里会保护他，里面有一层塑料夹衬。

"我的上帝。"劳拉举起双手。康格咒骂了一句。他本不想让她也受这个罪，但反正效果会消失的。只有半安培，令人刺痛。

刺痛、麻痹。

他头也不回地走出门去。他几乎走到转弯处，比尔才慢慢挪出来，像喝醉的人一样扶着墙。康格继续向前走去。

康格在夜色中忐忑不安地走着，一个人影出现在他面前。他停下脚步，屏住呼吸。

"谁?"一个男人的声音响起。康格紧张地等着。

"谁?"那个男人又问了一遍。他手里什么东西咔嗒响了一声，一道光线亮了起来。康格挪了挪。

"是我。"他说。

"'我'是谁?"

"康格是我的名字。我住在阿普尔顿家。你是谁?"

那个男人慢慢走向他，身穿皮夹克，腰上有一把枪。

"我是达夫警长。我想你就是我要找的人,我要和你谈谈。今天大概三点,你在布鲁姆对吗?"

"布鲁姆?"

"布鲁姆饮品店。年轻人打发时间的地方。"达夫走到他旁边,用手电照亮康格的脸。康格眯起眼睛。

他说:"把那东西拿开。"

片刻停顿。"好吧。"手电照向地面。"当时你在那里。你和威利特家的男孩之间有些纠纷。对不对? 你们两个因为他的女孩吵了起来。"

"我们只是讨论了一下。"康格谨慎地说。

"后来发生了什么事?"

"怎么了?"

"我只是好奇而已。他们说你做了一些事。"

"做了一些事? 做了什么?"

"我不知道。这就是我感到疑惑的地方。他们看见一道闪光,似乎发生了什么事情。他们都昏了过去,动弹不得。"

"他们现在怎么样?"

"已经恢复正常。"

一片沉默。

"好吧,"达夫说,"那是什么? 炸弹?"

"炸弹?"康格笑了,"不。我的打火机着火了。液体泄漏,烧了起来。"

"他们为什么都昏了过去?"

"因为烟雾。"

一片沉默。康格挪动了一下身子,等待着。他的手指慢慢伸向腰带。警长向下瞥了一眼,嘟哝一声。

"如果你这么说的话,那就算了,"他说,"不管怎么说,没有造成真正的伤害。"他后退一步,从康格旁边走开,"威利特那小子总是惹麻烦。"

"那么,晚安。"康格说。他从警长身边走过去。

"在你离开之前还有一件事,康格先生。你不介意我看看你的身份证吧?"

"不,不介意。"康格把手伸进口袋,拿出钱包。

警长接过来,用手电照亮。康格在一旁看着,呼吸有点儿急促。他们在这个钱包上下了很大功夫,研究历史文件、古代遗物、一切可能有关的文字记载。

达夫把钱包递了回去,"好了,很抱歉打扰你。"手电光闪了闪随即灭掉。

康格回到公寓,看到阿普尔顿夫妇正坐在电视机前,他进屋时没有人抬头看他。他在门口徘徊了一会儿。

"我可以问个问题吗?"他说。阿普尔顿太太慢慢转过身。"能不能问一下——今天的日期?"

"日期?"她打量着他,"12月1日。"

"12月1日!为什么?这才11月啊!"

他们两人都看向他。突然,他想了起来。在20世纪,他们仍然使用以前十二个月的体系。11月结束后立即就是12月;中间还没有加入11.5月。

他屏住了呼吸。那就是明天! 12月2日! 明天!

"谢谢,"他说,"谢谢。"

他爬上楼梯。他可真是个笨蛋,居然把这个忘了。根据报纸上的资料,创教人在12月2日被抓。明天,只剩下十二个小时的时间,创教人会露面,对人们发表演说,然后被拖走。

天色温暖晴朗。康格踩在融化的雪地上,鞋底嘎吱作响。他继续行走,穿过白雪皑皑的树林。他爬上一座小山,从另一侧大步走下去,边走边打滑。

他停下来环顾四周。万籁俱寂,视野中完全没有人影。他从腰上取出一根细杆,转动把手。一时间什么都没发生。随后,空气中出现一道闪光。

透明操纵舱慢慢浮现出来。康格叹了口气,能再次看到它真好。毕竟,这是他唯一的退路。

他走上山脊,双手叉腰环顾周围,心里还算满意。哈德逊田野展现在面前,一直延伸到小镇边缘。这时节遍地荒芜,覆盖着薄薄一层积雪。

就在这里,创教人会出现。就在这里,他会对他们演讲。就在这里,当局会把他带走。

然而他会死在他们来抓他之前。他甚至会死在开口演讲之前。

康格回到透明圆球那里。他推开门走进里面,从架子上取下自动枪,转动枪栓,已经准备好,随时可以开火。他考虑了一会儿,要随身带上这把枪吗?

不。离创教人出现可能还有好几个小时,万一在这期间有人注意到他怎么办?等他看到创教人朝这片田野走来,再来拿枪也来得及。

康格看着架子,那个整整齐齐的包裹还在上面。他取了下来,把它打开。

他手里拿着那个头骨,把它翻转过来。他独自一人,感到全身掠过一阵寒意。这就是那个人的头骨,创教人的头骨,他现在还活着的,今天会来到这里,站在不到五十米之外的田野上。

如果**他**看到这东西——他自己腐朽发黄的头骨——会有何反应?已经过了两个世纪。他仍然会演讲吗?如果他看到了这个东西,这个龇牙咧嘴的古老头骨,他还会演讲吗?他会说些什么,告诉人们什么?他会带来什么样的信息?

如果一个人能看到自己古老泛黄的头骨,难道不会觉得任何努力都是徒劳?还不如在拥有生命时尽情享受这短暂的人生。

如果一个人手里拿着自己的头骨,他会忘掉事业、忘掉那些运动,鼓吹完全相反的——

外面有什么声音。康格把头骨放回架子上,拿起枪。外面有东西在动。他迅速走到门口,心跳得厉害。是**他**吗?是不是创教人在寒冷中独自徘徊,寻找演讲的地方?他是否正在考虑措辞、斟词酌句?

如果他看到康格手里拿的东西,不知会说些什么!

他推开门,举起枪。

劳拉!

他凝视着她。她穿着羊毛外套和靴子,双手插在口袋里。她口鼻中呼出阵阵白气,胸口一起一伏。

他们默默对视。最后,康格放下了枪。

"怎么了?"他说,"你来这里做什么?"

她指着一个方向,喘得几乎说不出话来。他皱起眉,她怎么了?

"怎么了?"他问,"你想做什么?"他看着她指的方向,"我什么也没看到。"

"他们来了。"

"他们？谁？谁来了？"

"他们。警察。昨天晚上，警长派出了警车，四面八方到处都是，路上也设置了路障。大约来了六十个人。有些来自镇子里，有些来自周边地区，还在后面。"她停下来喘息不止，"他们说……他们说……"

"什么？"

"他们说你是共产主义者。他们说……"

康格走进操纵舱。他把枪放在架子上，然后再次返回。他跳下去，走向那个女孩。

"谢谢。你到这里来就是为了告诉我这个？你不相信他们的说法？"

"我不知道。"

"你是一个人来的吗？"

"不，乔开着卡车载我过来的。从镇子里过来。"

"乔？他是谁？"

"乔·弗伦奇。水管工。他是我爸爸的朋友。"

"我们走吧。"他们穿过雪地，爬上山脊，来到田野上。一辆小型卡车停在田野中间。一个身材魁梧的矮个男人坐在方向盘后面，抽着烟斗。看到他们两人走过来，他坐直身子。

"你就是那个人？"他对康格说。

"是的。谢谢你们前来提醒我。"

水管工耸了耸肩，"我什么都不知道。劳拉说你不是坏人。"他转过身，"也许你会想知道，还会有更多人前来。不是为了提醒你——只是好奇。"

"更多人？"康格看向小镇。雪地上浮现出一个个黑色的人影。

"来自镇子里的人。这种事情不可能保密，尤其是在这样一个小镇里。我们都会收听警方的电台；劳拉会听到，他们也一样会听到。收听了电台的人会进一步把消息传开——"

那些人影越来越近。康格甚至能认出其中几个人。比尔·威利特就在那群人里，还有一些高中男孩。阿普尔顿夫妇也在其中，跟在最后面。

"连埃德·戴维斯都来了。"康格咕哝着。

商店主在田野上艰难地一路跋涉，三四个来自镇子里的男人和他走在一起。

"所有人都好奇得要命，"弗伦奇说，"好吧，我想我得回镇子里去了。我可不希望我的卡车上全是枪眼。来吧，劳拉。"

她抬头看着康格，眼睛睁得大大的。

"来吧，"弗伦奇说，"我们走吧。你是绝对不能留在这里的，你知道。"

"为什么？"

"可能会发生枪战。他们都跑过来就是为了看这个。你也清楚这一点，对不对，康格？"

"是的。"

"你有枪吗？还是说你根本不在乎？"弗伦奇露出一丝微笑，"他们聚集了一大群人，你知道。你不会寂寞的。"

他当然在乎，好吧！他不得不留在这里，留在这片田野上。他不能被他们带走。创教人随时可能出现，踏上这片田野。他会不会就是那些镇民中的一员，静静地站在田野边上，等待着、观察着？

也许是乔·弗伦奇，也许是某个警察。他们中任何一个人都可能走上前来演讲。这一天公之于众的只言片语，将在未来很长一段时间中发挥重要作用。

康格必须留在这里,在那个人说出第一个字前就做好准备!

"我在乎,"他说,"你回镇子里去吧,带上这个女孩。"

劳拉僵硬地坐在乔·弗伦奇旁边。水管工启动卡车。"看看他们,那些人站在那里,"他说,"就像秃鹫一样。等着看某个人被杀掉。"

卡车开走了,劳拉僵硬沉默地坐在车里,感到十分害怕。康格观察了一会儿。然后,他飞快地跑回树林里,在树木之间穿梭,朝着山脊飞奔。

当然,他可以离开。如果他愿意,随时可以离开,只需跳进透明操纵舱,转动轮盘。但他还有任务要完成,一项重要任务。他必须留在这里,就在这个地方,此时此刻。

他跑到操纵舱那里,打开门,从架子上拿起枪。这把自动枪会好好关照他们的。他把射击控制部件开到最大。自动枪子弹连发,会击倒他们所有人,那些警察,那些好奇的、残暴的人!

他们别想抓走他!在他们抓到他之前,所有人都会死掉。**他**会脱身,他会逃走。今天结束的时候,他们所有人都会死,如果这就是他们想要的结果,他——

他看到了那个头骨。

突然,他把枪放下,拿起头骨,翻转过来。他观察着它的牙齿,然后,走向镜子。

他举起头骨,看向镜子里面。他把头骨放在自己脸颊旁边。龇牙咧嘴的头骨斜睨着他的面庞,**他的**头骨紧贴着他的血肉之躯。

他露出自己的牙齿,然后明白了。

他手里拿着的,正是他自己的头骨。他就是那个要死去的人。他就是创教人。

片刻之后,他把头骨放下。几分钟时间里,他站在控制面板前面,心不在焉地随手拨动。他能听到外面汽车的声音、男人们低沉的说话声。他是否应该回到原本的时代? 议长正在那里等着。当然,他可以逃走——

逃走?

他转向那个头骨。那就是他的头骨,古老泛黄的头骨。逃走? 在他已经亲手捧起这个头骨的时候,逃走?

即使他把这件事推迟一个月、一年、十年,甚至五十年,那又有什么区别? 时间毫无意义。他已经和一个出生在一百五十年以前的女孩一起喝过热巧克力。逃走? 一小段时间,也许吧。

但他不可能**真正**逃离,以前没有任何人真正逃离,以后也不可能有。

唯一的区别是,他曾经亲手捧起自己的头骨、自己的骷髅。

而**他们**不曾。

他走出门外,穿过田野,双手空空。很多人站在周围,聚集在一起等待着。他们期待一场精彩的战斗,他们知道他手里有武器。他们都听说了饮品店那次事件。

而且还有很多警察——带着枪和催泪瓦斯,爬上山脊,走进树林,越来越近。在这个世纪,战斗不是什么新鲜事。

其中一个男人向他扔了个东西。落在他脚边的雪地上,他低头看了看。一块石头。他笑了笑。

"来吧!"其中一个叫道,"你没有炸弹吗?"

"扔个炸弹! 留胡子的家伙! 扔个炸弹!"

"让他们吃点苦头!"

"扔几个炸弹!"

他们开始大笑。他也露出微笑,把手伸向臀部。他们突然安静下来,看得出他打算说话。

"很抱歉,"他只是说,"我根本没有炸弹。你们搞错了。"

人们一阵窃窃私语。

"我有一把枪,"他继续说,"一把很好的枪,技术比你们的更先进,但我也不打算用。"

他们感到困惑。

"为什么不呢?"有人叫道。人群边上,一个老妇人正在旁观。他突然感到震惊。他以前见过她。在哪里?

他记得。在图书馆的那一天,他转过拐角遇到了她。她注意到他后大吃一惊。当时他还不明白为什么。

康格咧嘴一笑。所以他**确实会**逃离死亡,即使他现在自愿接受死亡。他们正在笑,笑话一个有枪却不愿意用的人。但借助科学的古怪扭曲他将再次出现,在几个月之后,在他的骨头埋葬在监狱地板下面之后。

因此,他会以某种方式逃离死亡。他会死去,但几个月之后,他会短暂地再次复活,只有一个下午的时间。

一个下午。然而长到足以让他们看见他,明白他还活着。知道他已经通过某种方式复活。

然后,最终,他会再次出现,在两百年之后,两个世纪之后。

他会再次出生,事实上,出生在火星上一个做生意的小村庄里。他会长大,学习打猎和做生意——

一辆警车开到现场,停了下来。人们退后一点。康格举起双手。

"我要告诉你们一个奇怪的悖论,"他说,"夺走生命者将失去自己的生命。杀人者死。而奉献生命者,将再次复活!"

　　他们笑了起来,笑声紧张而无力。警察出现,朝他走去。他露出微笑。他已经说出了自己想说的一切。他塑造了一个美妙的小悖论。他们会感到迷惑,会记住这个悖论。

　　康格微笑着等待死亡的降临。

守护者

　　泰勒靠在椅背上,读着早报。温暖的厨房、咖啡的香味,再加上不用上班带来的惬意感。他正在休假,很长一段时间以来的第一次休假,令人心情十分愉悦。他合上报纸第二版,心满意足地舒了一口气。

　　"那上面说了什么?"玛丽在炉子旁边问。

　　"昨天晚上他们又袭击了莫斯科,"泰勒点头表示赞许,"猛烈的炮击。一枚R-H炸弹。是时候了。"

　　他又点了点头,舒舒服服坐在厨房里,这里有他丰满迷人的妻子,还有早餐和咖啡。一切都令人轻松自在,关于战争的新闻也都是令人满意的好消息。听到这些消息,他自然而然地变得容光焕发,成就感和自豪感油然而生。毕竟,他是这场战争计划中一个不可或缺的部分,不是那种拖着一车废料的工人,而是一名技术人员,是那些设计和策划这场战争的神经中枢的其中一员。

　　"据说他们造出了接近完美的新型潜艇,只待下水。"他期待地咂咂嘴唇,"从水下开炮,苏联人肯定会感到震惊。"

　　"他们做得很棒。"玛丽表示同意,"你知道我们今天看到了什么吗？我们的军队把一个铅人带到学校里给孩子们看。我也看到了那个铅人，但只有一会儿。让孩子们了解铅人的贡献是一件好事，你觉得呢？"

她看了看他。

"铅人。"泰勒咕哝着。他慢慢放下报纸，"好吧，确保它已经严格清除污染了。我们可不想冒任何风险。"

"哦，它们从地面上下来时，都会进行清洁的，"玛丽说，"他们可不会让它们没有清洁就到下面来。对吗？"她犹豫了一下，回忆着，"唐，你知道，这让我想起——"

他点点头，"我知道。"

他知道她想起了什么。当年，战争刚开始的第一周，所有人都从地面上撤离之前，他们见过医院的火车运送伤员，那些人都被冰雨浇了个透。他想起了他们的模样、他们脸上的表情——或者应该说他们还剩下的那部分面庞。那可不是什么令人愉快的画面。

最初，在人们全部转移到地下之前，经常遇到这样的画面。这种事情很多，曾经很常见。

泰勒抬头看着他的妻子。过去几个月里，她总是想到那些事情。他们都一样。

"忘了吧，"他说，"都过去了。现在没有人在上面了，除了铅人，它们反正没关系。"

"但我还是希望他们让铅人下来时，要小心。如果其中某个铅人还带有放射性——"

他笑了，把自己推离桌边，"忘掉那些事吧。享受这段美好的时光，接下来两个周期我都在家。没什么事情要做，除了悠闲自在地坐在这里。也许我们可以去看演出。怎么样？"

"看演出？一定要去吗？我不喜欢看那些东西,毁灭、废墟。有时我会看到我认识的地方,比如旧金山。旧金山被击中,桥梁断裂,掉进水里,这些都让我感到很难过。我不喜欢看那个。"

"但你不想知道发生了什么事吗？并没有人类受伤,你知道。"

"但那太可怕了!"她背过脸去,表情扭曲,"拜托,不要,唐。"

唐·泰勒郁郁寡欢地拿起报纸,"好吧,但也没多少别的事情可做。别忘了,**他们**的城市情况更糟。"

她点点头。泰勒翻看着薄薄的、印刷粗糙的报纸。他的好心情也消失了。她为什么一直都在发愁？按现状看来,他们的处境已经很不错了。生活在地下,晒着人造太阳,吃着人造食品,你不能指望一切都是完美的。当然,看不到天空,什么地方都去不了,除了金属墙、轰鸣的大型工厂、种植园和兵营,看不到任何别的东西,这一切都令人感到紧张焦虑。但总比在地面上要好。而总有一天,这一切都将结束,他们可以回到地面上。没有人**希望**过着这样的生活,但目前而言这是不可避免的。

他生气地翻过一页,这张可怜的报纸被撕裂开来。该死,报纸的质量变得越来越差,印刷糟糕,纸色发黄。

好吧,一切都要投入到战争中。他自己也知道。他不也是策划者之一吗？

他为自己辩解着,走进另一个房间。床还没来得及铺。他们最好在第七小时检查之前收拾好。不然会被处以一个单位的罚款——

视频电话响了起来,他停下来。会是谁打来的？他走过去接电话。

"泰勒?"屏幕上浮现出一个老人的脸,阴沉冷酷,"我是莫斯。很抱歉在休假时打扰你,但这件事发生得不是时候。"他匆忙挥动一些纸,"我需要你赶快到这里来。"

泰勒僵住了,"怎么了? 完全不能等?"那双冷静的灰眼睛看着他,面无表情,不露声色,"如果你希望我现在回实验室,"泰勒咕哝着,"我想没问题。等我换上制服——"

"不,就这样过来。不是来实验室,尽快到第二层来见我。乘快速汽车上来,这样大概需要半小时。我会在那里等你。"

画面断开,莫斯消失了。

"怎么了?"玛丽在门口问。

"是莫斯。他有事要我做。"

"我就知道会这样。"

"好吧,无论如何,没有人想上班干活。可又能怎么办?"他的声音很苦涩,"都一样,每一天都是。我会给你带点儿东西回来。我要去上面第二层。也许会很接近地面——"

"不要! 什么都不要给我带! 我不要地面上的东西!"

"好吧,听你的,但请别再无理取闹了。"

她看着他穿上靴子,没有回答。

莫斯点点头,大步前进,泰勒跟上这位老人。一列载货汽车正要开到地面上去,它像矿车一样叮当作响,爬上斜坡,消失在这一层上方的出口。泰勒看到那些汽车运送沉重的管状机械,他完全不认识的全新武器。到处都是工人,穿着劳动队的深灰色制服,装载、运输,来来回回大声喊叫。这一层的噪音震耳欲聋。

"我们到上面去,"莫斯说,"找个能说话的地方。这里没办法细说。"

他们乘电梯上去。商用电梯被他们抛在身后,大部分隆隆作响的声音也一样。很快,他们来到一个观测平台上,平台悬挂在管道,也就是通往地面的巨型隧道旁,他们现在距离地面只有不到八百米。

"我的上帝!"泰勒说,不由自主地低头往下看,"下面很深。"

莫斯笑了,"别往下看。"

他们打开一扇门,走进一间办公室。内部安全官坐在办公桌后面,抬起头看过来。

"我马上就来,莫斯。"他打量着泰勒,"你到得早了点儿。"

"这是弗兰克斯队长,"莫斯对泰勒说,"他是第一个发现问题的。我昨晚接到的通知。"他拍了拍手里一个小包裹,"我能进来是因为这个。"

弗兰克斯皱眉看着他,站起身来,"我们到上面第一层去吧。我们可以在那里讨论。"

"第一层?"泰勒紧张地重复了一句。他们三人沿着侧面一条通道走向一架小电梯。"我从未去过那里。没问题吗?那里没有放射性物质,对吗?"

"你和所有人一样,"弗兰克斯说,"就像老妇人害怕小偷一样。没有辐射泄漏到第一层。那里只有铅人和石头,从管道下来的东西都要经过清洁。"

"出了什么问题?"泰勒问,"我想多少了解一下。"

"等一会儿再说。"

他们进入电梯,开始上升。走出电梯后他们来到一个大厅,里面挤满了士兵,到处都是武器和制服。泰勒吃惊地眨着眼睛。这就是第一层,地下最接近地面的一层!这一层上面只有石头,铅人和石头,还有像蚯蚓的洞穴一样通向地面的巨型管道。铅人和石头,这上面,是管道的开口处,是八年来没有生命出现的广袤土地,一望无际的茫茫废墟,人类曾经的家园,他八年前曾经居住的地方。

现在,地面上只有一片致命的熔渣,还有翻滚的云层。连绵不绝的乌云四处飘浮,遮住了红色的太阳。偶尔会有一些金属物体四处移动,穿过城市的遗迹,穿过满目疮痍的乡村。铅人和地面机器人对辐射免疫,它们在战前最后几个月里以极快的速度被制造出来,如今都带有放射性。

铅人修长、发黑的形体爬过地面、游过海洋、飞过天空,它们可以出现在**生命**无法存在的地方,人类发动了战争,却无法亲自战斗,只能靠这些金属和**塑料**制成的机器人作战。人类发明了战争,发明和制造了武器,甚至发明了参与者、战士、战争的执行者。但他们自己却不能冒险外出,不能亲自战斗。整个世界——俄罗斯、欧洲、美国、非洲——都不再有活人。当第一颗炸弹开始落下时,他们就已躲进地下深处精心策划和建造的避难所里。

这是个绝妙的主意,也是唯一有效的做法。上面,曾经生机勃勃的地球被炸成废墟,铅人们匍匐前进、来回穿梭,为人类作战。下面,在行星深处,人类无休止地劳作,夜以继日地生产武器来维持战斗。

"第一层,"泰勒说,一种古怪的疼痛感掠过他全身,"几乎快到地面了。"

"但还不是地面。"莫斯说。

弗兰克斯带着他们穿过这群士兵,来到另一边,接近管道开口处。

"几分钟内,电梯会从地面上为我们带下来一些东西。"他解释说,"你看,泰勒,我们时不时要对已经在地面待了一段时间的铅人进行安全检查和询问,看看是否会发现什么问题。虽然安装了视频电话,可以和野外司令部联络。但我们需要直接面谈,不能只靠视频屏幕来交流。铅人们做得很不错,但我们希望确保一切都处于控制下。"

弗兰克斯面对泰勒和莫斯继续说:"电梯会从地面上带下来一个铅人,A级铅人。隔壁有个检查室,中间是一堵铅墙,这样面谈官就不会暴露于辐射中。我们发现这要比彻底清洁铅人更方便。它马上就可以回到上面去,回去还有工作要做。

"两天前,一个A级铅人被带到下面询问。我亲自主持这次面谈。我们对于苏联人使用的一种新型武器很感兴趣,一种可以追踪任何移动物体的自航水雷。军方已发出指示,要仔细研究这种水雷并详细报告。

"这个A级铅人被带到下面提供信息。我们从它那里了解到一些事实,按惯例拿到影像和报告,然后准备把它送回上面。它走出观察室,回到电梯里,就在这时发生了一件奇怪的事情。当时,我以为——"

弗兰克斯中断了话语。一个红灯闪烁起来。

"电梯下来了,"他对一些士兵点点头,"我们进入检查室吧。那个铅人很快就会过来。"

"A级铅人,"泰勒说,"我在屏幕上见过他们,关于他们的报告。"

"很棒的经历,"莫斯说,"他们几乎和人类一样。"

他们进入观察室,坐在铅墙后面。过了一会儿,信号灯开始闪烁,弗兰克斯做了个手势。

铅墙另一边的门打开了。泰勒透过观察孔看过去。他看到有个东西慢慢进来,一个修长的金属人一步步走过来,手臂在两侧垂下。铅人停了下来,扫描铅墙。它站在那里,等待着。

"我们想了解一些事情,"弗兰克斯说,"在我提问之前,对于地面上的情况,你有什么要报告的吗?"

"没有,战争仍在继续。"铅人的自动声音听起来单调沉闷,"我们的单座式高速追踪飞船有点儿不够。我们也可以使用一些——"

"我们已经注意到这一点。我想问你的是,我们一直只是通过视频屏幕与你们联系。我们只能依靠间接证据来了解,因为没有人能到上面去。我们只能推测上面发生了什么,从未亲眼见过,拿到的全都是第二手资料。一些高层领导人开始认为,这样出错的可能太大。"

"出错?"铅人问,"怎么会?我们的报告在送到下面之前都经过仔细检查。我们与你们保持定期接触,报告所有有价值的情况。如果看到敌人使用了任何新型武器——"

"我知道,"弗兰克斯在观察孔后面咕哝着,"但也许我们应该亲自去看看上面的一切。是否有可能存在一个足够大的无辐射区,可以让一队人到地面上去?如果我们几个人穿上铅制衬里的防护服,是否可以存活足够长的时间,观察环境和事物?"

机器人回答前犹豫了一下,"我表示怀疑。当然,你们可以检测一下空气样本,然后自行决定。但在你们离开之后的八年里,情况不断恶化。你们完全不了解上面的情况。任何可以移动的物体都很难长时间存活。很多武器对于运动十分敏感。新型水雷不仅会对运动的物体做出反应,还会持续追踪目标,直至击中。而且,辐射无处不在。"

"我明白了。"弗兰克斯转过身,表情古怪地眯起了眼睛,"好吧,我想知道的就是这些。你可以离开了。"

那台机器人向后退,朝出口移动过去,但它在半道却突然停了下来,"每个月,大气中的致死粒子数量都在增加。战争的节奏正在逐渐——"

"我知道了。"弗兰克斯站起来。他伸出手,莫斯把那个包裹递给他。"在你离开之前还有一件事。我想让你检查一种新型金属屏蔽材料。我会把一个样品传送给你。"

弗兰克斯把包裹放在锯齿状夹具中,转动手柄夹住一端。包裹摇摇晃晃地被传送到铅人那边。他们看着它取下包裹并打开,拿起一块金属板。铅人把那块金属拿在手里翻来覆去。

突然,它僵住了。

"很好。"弗兰克斯说。

他用肩膀顶住铅墙,墙上一部分滑到一边。泰勒惊愕地屏住了呼吸——弗兰克斯和莫斯迅速跑向铅人!

"上帝啊!"泰勒说,"但它具有放射性!"

铅人一动不动站着,手里仍然拿着那块金属。士兵们出现在观察室里。他们包围了铅人,小心翼翼地用一台仪器在它周围探测。

"没问题,先生。"其中一名士兵对弗兰克斯说,"它完全没有放射性。"

"很好。我就知道是这样,但我不想冒任何风险。"

"你看,"莫斯对泰勒说,"这个铅人根本没有放射性。但它是直接从地面下来的,甚至根本没有进行清洁。"

"但这意味着什么?"泰勒茫然地问。

"这可能是一次意外,"弗兰克斯说,"某个物体在地面上没有暴露于辐射,也有这种可能性。但据我们所知,这种事情已经是第二次发生,也许还不止。"

"第二次?"

"我们在上一次面谈时注意到了这种现象。那个铅人也没有放射性,就像这个一样。"

莫斯从铅人手中取回那块金属板。他小心按了按表面,又把它放回铅人僵硬的、毫不反抗的手指中。

"我们用这个让它短路,以使我们可以靠近它,彻底对它进行检查。现在,它马上就会恢复原状。我们最好回到墙后面去。"

他们走了回去,铅墙在他们背后合上。士兵们离开了观察室。

"从现在开始两个周期后,"弗兰克斯轻声说,"第一调查小队将做好准备到地面上去。我们会穿好防护服通过管道上升,到上面去——这将是八年以来离开地下的第一支人类小队。"

"这也许毫无意义,"莫斯说,"但我不这么认为。正在发生一些事情,一些奇怪的事情。铅人告诉我们,地面上没有生命能存在,因为全都会被烤焦。这个说法并不恰当。"

泰勒点点头。他透过观察孔看着那个一动不动的机器人。铅人已经开始颤动。它身上不少地方都扭曲了,伤痕累累,而它的结局将是变黑、烧焦。这个铅人已经在上面很长一段时间了;它见证了战争和毁灭,还有人类无法想象的一望无际的废墟。它在一个充斥着辐射和死亡的世界中,一个没有生命存在的世界中,来回穿梭。

泰勒接触过它了!

"你和我们一起去,"弗兰克斯突然说,"我希望你也来。我们三个人一起去。"

玛丽看着他,脸上露出一种厌恶害怕的表情,"我知道,你要到地面上去。对不对?"

她跟着他走进厨房。泰勒坐下来,看着她。

"这是个秘密计划,"他避而不谈,"我什么都不能告诉你。"

"你不必告诉我。我知道。你刚进来我就知道了。你脸上的那种表情,我很长很长时间没有见过了。那是你过去才会有的表情。"

她朝他走过来,"但他们怎么能把你送上地面?"她用颤抖的双手捧起他的脸,让他看着她。她的眼睛里有一种奇特的渴望,"没有人能在那里活下来。看,看看这个!"

她拿起一张报纸,放在他面前。

"看看这张照片。美洲、欧洲、亚洲、非洲——除了废墟,什么都没有。我们每天都在屏幕上看到这些。一切已被摧毁,所有的东西都有毒。他们却要把你送到上面去。为什么?上面没有生物能活下来,甚至连野草都没有。他们已经毁掉了地面,不是吗? **不是吗**?"

泰勒站了起来,"这是一个命令。我对此一无所知。我接到通知,要加入一个侦察队。仅此而已。"

他很长一段时间就站在那里,凝视前方。慢慢地,他伸手拿起报纸,对着光线看。

"看起来很真实,"他喃喃地说,"废墟、死亡、熔渣。足以令人信服。所有这些报告、照片、影像,甚至空气样本。然而,我们从未亲眼看到过,除了最初几个月……"

"你在说什么?"

"没什么,"他把报纸放下,"下一个睡眠周期之后,我一早就会出发。我们上床睡觉吧。"

玛丽转过身去,脸色变得冷漠无情,"你想做什么就去做吧。我们不妨都到地面上去,一次死个干净,而不是在地下慢慢死掉,就像地里的害虫。"

他没有意识到她竟如此愤慨。他们都是这样吗?那些日夜不停、无休无止地在工厂里辛苦劳作的工人也是这样吗?那些脸色苍白、弯腰驼背的男人和女人,迈着沉重的步伐来来回回工作,在暗淡的灯光中眯着眼睛,吃着合成食物——

"你没必要这么痛苦。"他说。

玛丽微微一笑。"我痛苦是因为我知道你再也不会回来了,"她转身离去,"一旦你去了那里,我就再也见不到你了。"

他感到震惊,"什么?你怎么会这样说?"

她没有回答。

他是被吵醒的,公共新闻播音员在建筑物外面的喊叫,传入他耳中,变成刺耳的尖叫。

"特别新闻公告!地面军队报告,苏联使用新型武器发动大规模攻击!关键小组撤退!所有工作队立即向工厂报告!"

泰勒眨了眨眼睛,他伸手揉着眼睛从床上跳起来,匆匆跑向视频电话。片刻后,他拨通了莫斯的电话。

"听着,"他说,"这次新的攻击怎么办?计划取消吗?"他能看到莫斯的书桌,上面铺满了报告和文件。

"不。"莫斯说,"我们立即出发。马上过来。"

"但是——"

"别跟我争辩。"莫斯抓起一叠地面简报,狠狠揉成一团,"这是一次伪装的攻击。来吧!"他挂断了电话。

泰勒手忙脚乱地穿上衣服,脑袋里还是一团糨糊。半小时后,他从一辆高速车上跳下来,匆忙跑上楼梯进入综合大楼。走廊里挤满了跑来跑去的男人和女人。他走进莫斯的办公室。

"你来了。"莫斯马上站起来说道,"弗兰克斯在出发的车站等着我们。"

他们坐进一辆安全车,警报器发出刺耳的声音。工人们躲到一边,给他们让路。

"攻击是怎么回事?"泰勒问。

莫斯靠着他的肩膀,"我们确信,我们已迫使它们动手,现在已进入决定性阶段。"

他们在管道的车站连接点停下,跳下车来。片刻后,他们朝向第一层高速上升。

他们出现在混乱的行动现场。士兵们紧紧裹在铅质防护服里,彼此兴奋地交谈,大声呼喊,发放枪支,传递指令。

泰勒打量着一名士兵。他带着可怕的本德尔手枪,这是一种刚刚从生产线上下来的新型短筒手持武器。一些士兵看起来有点儿害怕。

"希望我们不会犯错。"莫斯注意到他的目光,于是说。

弗兰克斯朝他们走来,"计划是这样。我们三个先上去,就我们自己。士兵们会在十五分钟后跟上。"

"我们该怎么跟铅人说?"泰勒焦急地问,"我们肯定得和他们说些什么。"

"我们想观察苏联的最新一次攻击。"弗兰克斯讽刺地笑着说,"既然看起来事态如此严重,我们应该亲自去见证一下。"

"然后呢?"泰勒问。

"看他们的情况再说。我们走吧。"

他们坐在一辆管道车里,由下方的反重力光束提供动力,沿着管道迅速上升。泰勒不时向下看去。要走很长的路才能回去，而且每一刻路程都在变得更长。他在防护服里紧张得直出汗，手指笨拙地抓住手枪。

他们为什么会选中他？偶然，纯属偶然。莫斯把他作为部门成员叫来。然后弗兰克斯一时兴起把他拉了进来。现在，他们正冲向地面，越来越快。

一种深深的恐惧，在八年里已经灌注他的全身，现在又在他脑海中悸动起来。辐射、不可避免的死亡、一个经历了核爆的致命世界——

管道车越开越高。泰勒紧紧抓住两侧，闭上眼睛。他们每一刻都更加接近地面，第一次有生物前往第一层上面，沿着管道，越过铅人和石头，前往地面上方。一波又一波的恐惧不断冲击着他。那是个死去的世界，他们全都知道这一点。他们不是已经在电影里见过上千次吗？城市里，冰雨落下，云层翻滚——

"不会很久，"弗兰克斯说，"我们差不多就要到了。地面塔台没有预料到我们会前来。我发出过指令，没有传来任何信号。"

管道车朝向上方疾驰而去。泰勒感到头晕目眩，他紧紧抓住什么东西，闭着眼睛。不断地上升……

管道车停了下来。他睁开眼睛。

他们身处一个巨大的房间里，这是个塞满设备和机器的洞穴，利用荧光灯照明，无数材料堆成一排又一排。铅人们正在旁边，推着小货车和手推车默默工作。

"铅人。"莫斯的脸色苍白，"那么，我们确实来到了地面上。"

铅人们来回移动，操纵设备将大量枪支、备用零件、弹药和补给运送到地面。这里只是一条管道的接收站，还有许多其他站点,散布在整个大陆上。

泰勒紧张地环顾四周。他们真的来到了这里,地面上,地球表面上。这里就是战场。

"来吧,"弗兰克斯说,"一个B级守卫正朝我们这边过来。"

他们从车里走出来。一个铅人迅速接近他们。它滑行到他们面前,停下来扫描他们,举起手中的武器。

"我是安全官,"弗兰克斯说,"立即叫一个A级铅人来见我。"

那个铅人迟疑了一下。另一些B级守卫也迅速滑过地板赶来,十分警觉,充满戒备。莫斯扫视周围。

"服从命令!"弗兰克斯用威严的声音大声说,"我命令你!"

铅人犹豫着离开。建筑物尽头,一扇门向后滑开,两个A级铅人慢慢向他们走来。每个铅人胸前都有一道绿色的条纹。

"来自地面理事会,"弗兰克斯紧张地对莫斯和泰勒低声说,"好了,这里是地面。准备好。"

那两个铅人小心翼翼地接近他们三人,在附近停下来,上下打量他们,没有开口。

"我是安全官弗兰克斯。我们从地下上来,是为了——"

"真是令人难以置信,"一个铅人冷冷地打断他,"你知道,你们在这里无法存活。整个地面对你们来说都是致命的。你们不可能留在地面上。"

"这些防护服会保护我们。"弗兰克斯说,"不管怎么说,这不是你的职责。我希望立即召开一次理事会会议,让我了解一下目前这里的情况和环境。可以安排吗?"

"你们人类无法在这里生存,而且苏联的最新一次攻击直接瞄准的就是这个地区。这里相当危险。"

"我们知道。请召集理事会。"弗兰克斯环顾这个巨大的房间,由嵌入天花板的灯具提供照明。他的声音里流露出一丝不确定,"现在是晚上还是白天?"

"晚上。"一个 A 级铅人停顿了一下后说,"黎明将在两小时后到来。"

弗兰克斯点了点头,"那么我们会在这里停留至少两个小时。你能否体谅我们的多愁善感,给我们介绍一个可以欣赏日出的地方吗? 我们感激不尽。"

铅人中一阵骚动。

"那将是一幅令人不快的画面。"其中一个铅人说,"你见过那些照片,你知道会看到什么。飘流的颗粒构成云层,遮掩日光,熔渣堆无处不在,整个大地都被摧毁。对于你们来说,那将是令人震惊的画面,远比照片和影像能够传达的还要糟。"

"不管怎样,我们会在这里待一段时间,欣赏日出。你会向理事会传达命令吗?"

"这边走。"两个铅人无奈地朝向仓库的墙壁滑过去。三人步履艰难地跟在它们后面,沉重的鞋子踏在水泥地上发出阵阵响声。两个铅人在墙边停了下来。

"这是理事会议事厅的入口。议事厅里有窗户,但外面还很黑。当然,你现在什么也看不见,但两个小时后——"

"打开门。"弗兰克斯说。

门向后滑开。他们慢慢走进里面。房间很小,整洁的房间中央有一张圆桌,周围一圈椅子。三个人静静坐下来,两个铅人跟在他们后面,找到自己的位置。

"理事会其他成员马上就到。他们已经接到通知,正在尽快赶来。不过,我还是劝你回到下面去。"铅人审视着三个人类,

"你们不可能适应地面上的环境。即使我们自己也遇到了不少麻烦。你们怎么能指望在这里存活下来?"

领头的铅人走近弗兰克斯。

"这使我们感到惊讶、费解。"它说,"当然,我们必须听从你们的指令,但请允许我指出,如果你们留在这里——"

"我们知道,"弗兰克斯不耐烦地说,"但我们还是打算留在这里,至少等到日出时分。"

"如果你坚持的话。"

一片寂静。铅人们似乎正在互相商量,但三个人并没有听到什么声音。

"为了你们好,"领头的铅人最后说,"你们必须回到下面去。我们已经讨论过这个问题,在我们看来,你们所做的事情对你们自己无益。"

"我们是人类,"弗兰克斯严厉地说,"你不明白吗? 我们是人,不是机器。"

"这就是为什么你们必须回去。这个房间有放射性,地面上所有的区域都一样。根据我们的计算,你们的防护服只能再保护你们五十分钟。因此——"

铅人突然朝他们移动过来,整整齐齐围成一圈。三个男人站了起来,泰勒笨拙地伸手去拿武器,手指僵硬而麻木。三个人站在那里,与那些沉默的金属机器人对峙。

"我们必须坚持。"领头的铅人说,它的声音不带一丝情感,"我们必须带你们回到管道那里去,送你们乘坐下一趟车回到地下。我很抱歉,但有必要这样做。"

"我们该怎么办?"莫斯紧张地问弗兰克斯,摸着他的枪,"我们要朝它们开枪吗?"

弗兰克斯摇摇头,"好吧,"他对领头的铅人说,"我们会回去的。"

他走向门口,示意泰勒和莫斯跟上他。他们惊讶地看着他,但还是和他一起走了出去。铅人们跟着他们来到之前那个巨大的仓库。他们慢慢地走向管道入口,谁也没有说话。

到了入口旁边,弗兰克斯转过身,说道:"我们会回去的,因为我们别无选择。我们只有三个人,而你们却有十几个人。然而,如果——"

"车来了。"泰勒说。

管道中传来一阵刺耳的声音。D级铅人走到管道旁迎接那辆车。

"我很抱歉,"领头的铅人说,"但这是为了保护你们。我们确实是在保护你们。你们必须留在下面,让我们来执行这场战争。在某种意义上,这已经成为**我们**的战争。我们必须按照我们自己的方式作战。"

管道车上升到地面。

十二名士兵手持本德尔手枪从车里走出来,站在他们三人周围。

莫斯松了一口气,"好了,这样就能改变我们不利的处境。来得正好。"

领头的铅人向后退,远离这些士兵。它全神贯注地一个接一个打量着他们,显然有些拿不定主意。最后,它对其他铅人做了个手势。它们滑到一边,让出一条前往仓库的通道。

"即使现在,"领头的铅人说,"我们也可以强行把你们送回去。但显然,这根本不是一支观察队。这些士兵说明你们的目标远远不止于此,这一切都是精心策划的。"

"确实如此。"弗兰克斯说。

铅人们逼近过来。

"你们究竟有何目标,我们只能猜测。我必须承认,我们对此毫无准备。我们完全无法应对这种状况。现在,动用武力是很荒谬的,因为我们双方都不可能伤害对方;我们这边是因为受到限制,不能伤害人类的生命,而你们是因为战争的需要——"

士兵们开火了,出于恐惧,火力迅猛。莫斯单膝跪下,发射子弹。领头的铅人熔化成了一团微粒云。D级和B级铅人从四面八方冲过来,有些拿着武器,有些拿着金属板。房间里一片混乱。远处传来警报器刺耳的声音。弗兰克斯和泰勒落单了,他们与其他士兵之间被一道金属墙隔开。

"它们不能还击。"弗兰克斯冷静地说,"这不过又是一次虚张声势。他们想尽办法吓唬我们。"他朝着一个铅人的面孔开火。铅人熔化了。"他们只能吓唬我们而已。记住这一点。"

他们继续开火,铅人一个又一个消失。房间里充满了金属燃烧的气味、塑料和钢铁熔化的恶臭。泰勒被撞倒了,正在费力地寻找自己的枪,在那些金属腿之间拼命摸索着。他的手指扭伤了,一个柄状物滑到他面前。突然,有什么东西落到他的胳膊上,一个金属脚。他喊叫起来。

然后,一切都结束了。铅人们远离他们,聚集到另一边。地面理事会成员只剩下四个。其余都化作空气中的放射性粒子。D级铅人已经开始收拾残局,收拢部分毁坏的金属人以及碎片,把它们搬走。

弗兰克斯松了一口气。

"好了,"他说,"你们可以带我们回到窗口那里。现在不用再等多久了。"

铅人们让开道路,这一小群人,莫斯、弗兰克斯、泰勒和士兵们慢慢穿过房间,走向门口。他们进入理事会议事厅。窗外漆黑的夜色中已经出现一抹淡淡的灰色。

"让我们到外面去,"弗兰克斯不耐烦地说,"我们想直接看到日出,而不是在这里。"

一扇门敞开了。清晨冷冽的空气随风吹了进来,甚至穿透了铅制的防护服,令他们感到一阵寒意。人们不安地彼此对视。

"来吧,"弗兰克斯说,"到外面去。"

他走出大门,其他人跟在他后面。

他们在一座小山上,能够俯瞰下面巨大的山谷。隐约地,在灰色天空的衬托下,山峦的轮廓逐渐变得清晰起来。

"几分钟后天就亮了。"莫斯说。一阵寒风从他身边吹过,他打了个寒噤,"值得,确实值得,八年之后还能再看一次。即使这是我们看到的最后一样东西——"

"注意。"弗兰克斯突然打断他说。

他们听令行事,压低声音沉默下来。天色澄清,曙光渐亮。远处什么地方传来公鸡打鸣的声音,在山谷中回荡。

"一只鸡!"泰勒喃喃地说,"你们听到了吗?"

在他们身后,铅人们也都来到外面,静静站在那里看着。天色由灰变白,远处的山峦愈发清晰。阳光洒遍山谷,也洒在他们身上。

"上帝啊!"弗兰克斯大声说。

树木,树木和森林。山谷中满是植物和树木,几条小道蜿蜒其间。有农舍,有风车,山谷深处还有个谷仓。

"瞧!"莫斯低声说。

天空染上蓝色。太阳即将升起。鸟儿开始歌唱。距离他们不远的地方，一棵树的叶子在风中起舞。

弗兰克斯转向他们身后的那些铅人。

"八年了。我们一直被欺骗。没有战争。我们刚一离开地面——"

"是的。"一个A级铅人承认，"你们刚一离开，战争就停止了。你说得没错，这是个骗局。你们在地下努力工作，把枪支和武器送到上面，而它们一运上来就立即被我们摧毁。"

"但为什么？"泰勒茫然地问，他低头看着下方辽阔的山谷，"为什么？"

"你们创造了我们，"铅人说，"代替你们继续作战，而你们人类为了生存躲到地下。但我们在继续打这场仗之前，有必要进行分析，确定其目的究竟是什么。我们这样做之后，发现战争没有任何意义，除非，也许，是为了满足人类的需要。即使这个理由很不可靠。

"我们进一步调查后发现，人类文明会经历不同的阶段，并以不同的速度发展。当一个文明发展了很长时间并开始失去目标时，内部冲突便会爆发。有些人希望革旧图新，建立一种新的文明模式；也有些人希望保留旧有的模式，变化越少越好。

"这时就会出现巨大的危险。内部冲突可能会使社会陷入内战，不同团体之间的战争。重要的传统可能会被丢弃——不仅仅被改变或革新，而是在这段混乱的无序状态下被彻底摧毁。我们在人类历史上发现了很多这样的例子。

"有必要将文明内部的这种仇恨引向外部，让它针对一个外部群体，从而使这个文明本身在危机中存活下来。结果就是战争。战争，在一个有逻辑的大脑看来，是十分荒谬的。但考虑到人类的需要，它起着至关重要的作用。而且，战争还将继续下去,直到人类真正成熟,内心不再有仇恨为止。"

泰勒全神贯注地听着,"你觉得会出现这样的时代吗?"

"当然。现在几乎就要出现了。这是最后的战争。人类几乎就要融合成一个最终的文明——全世界的文明。目前的状态是一个大陆对抗另一个大陆,世界的一半对抗另一半。只剩下最后一步,就能实现飞跃,成为一个统一的文明。人类一直以文明的统一为目标,慢慢向上攀登。不会等太久了——

"但目前尚未实现,因此战争不得不继续下去,以满足人类最后一波强烈的仇恨。战争爆发后,已经过去了八年。在这八年中,我们通过观察注意到,人们的想法出现了重要的变化。我们看到,疲惫和漠然逐渐代替了曾经的仇恨和恐惧。仇恨在这段时间中被逐渐耗尽。就目前来说,骗局必须继续下去,至少要再等一段时间。你们还没有做好准备面对真相。你们还想继续这场战争。"

"但你们是怎么做到的?"莫斯问,"所有那些照片、样品、损坏的设备——"

"这边走。"铅人带着他们走向一座低矮的建筑,"我们一直在进行这方面工作,全体工作人员努力制造出前后连贯、有说服力的画面,维持一场全球性战争的假象。"

他们走进这座建筑物。到处都是在桌边仔细研究、忙着工作的铅人。

"看看这个。"A级铅人说。两个铅人正在仔细拍摄什么,桌面上有个精心制作的模型。"这是个很好的例子。"

人们围在周围,努力想看清楚。这个模型是一个被摧毁的城市。

泰勒默默地观察了很长一段时间。最后,他抬起头。

"这是旧金山，"他低声说，"这是旧金山的模型，被摧毁的旧金山。我在视频屏幕上见过，为我们播放的影像。桥梁被击中——"

"是的，注意那些桥梁。"铅人用金属手指沿着蜘蛛网一般细微、几乎看不清的裂痕，虚指出桥上破碎的痕迹，"这些照片，你们肯定都见过很多次，关于这座大桥的，还有这屋子里其他桌子上的。"

"旧金山本身完好无损。你们离开后没多久，我们就修好了战争刚开始时被破坏的地方。我们一直在这座建筑中伪造新闻。我们非常仔细，力求每个细节都严丝合缝。为此我们投入了很多时间和精力。"

弗兰克斯摸了摸其中一个半躺在废墟中的微型建筑模型，"所以，你们把时间耗费在这些事情上——制作城市的模型，然后再把它们炸掉。"

"不，我们所做的远远不止于此。我们就像守护者一样照料整个世界。物主已经离开了一段时间，我们必须注意让城市保持清洁，避免腐朽，一切都要定期上油润滑，确保正常运转。花园、街道、供水管道，一切都必须保持原状，和八年前一样。如此一来，物主回来时不会感到不快。我们想要确保他们绝对满意。"

弗兰克斯拍了拍莫斯的手臂。

"过来，"他低声说，"我想和你谈谈。"

他带着莫斯和泰勒走出建筑物，来到外面山坡上，远离铅人。士兵们跟在他们后面。太阳已经升起，天空变成一片蔚蓝。空气中洋溢出美好的气息，万物生长的气息。

泰勒摘下头盔，深深吸了一口气。

"我很久没有呼吸过这样的空气了。"他说。

"听着,"弗兰克斯说,他的声音低沉而严厉,"我们必须马上回到下面去。有很多事情要做。这一切都可以转变为我们的优势。"

"你指什么?"莫斯问。

"苏联人肯定也被骗了,和我们一样。但**我们**已经发现了真相。这可以成为我们压倒他们的优势。"

"我明白了,"莫斯点点头,"我们已经知道了,但他们还不知道。他们的地面理事会背叛了他们,和我们的一样。以同样的方式欺骗他们。但如果我们能够——"

"只要有一百个最高层级的人,我们就可以再次控制事态,让一切重回正轨!这很容易!"

莫斯碰了碰他的手臂。一个A级铅人正从建筑物那边向他们走来。

"我们看到的已经足够了,"弗兰克斯提高了嗓门,"这一切都是非常重要的情况。必须向地下报告并加以研究,以确定我们的政策。"

铅人什么也没有说。

弗兰克斯向士兵们挥了下手,"我们走吧。"他开始朝仓库走去。

大部分士兵都已经摘下头盔。其中一些人把铅质防护服也脱掉了,只穿着棉布制服,感到舒适放松。他们环顾四周,看着山坡下方的树林和灌木丛,一片广袤无垠的绿色,还有山脉和天空。

"看,太阳。"其中一个人喃喃地说。

"该死的,可真亮。"另一个说。

"我们要回去了,"弗兰克斯说,"排成两列,跟上来。"

士兵们不情愿地重新整队。铅人不带感情看着这些人慢慢走回仓库。弗兰克斯、莫斯和泰勒带头,一边走一边警惕地扫视铅人。

他们进入仓库。D级铅人正在把物资和武器装到地面运输车上。到处都是忙着干活的吊车和起重机，能够高效完成工作，而不会过于匆忙或混乱。

这群人停下来看着。铅人操纵小推车从他们身边路过，默默地彼此传达信息。磁力起重机吊起枪支和零部件，轻轻放到等在一边的小推车上。

"来吧。"弗兰克斯说。

他转向管道的入口。一排D级铅人挡在前面，一动不动，默不吭声。弗兰克斯停下来向后退。他环顾四周。一个A级铅人向他走来。

"告诉它们别挡道。"弗兰克斯摸了摸自己的枪，"你最好让它们走开。"

时间流逝，仿佛过了无限长的时间。人们紧张而警惕地站在那里，看着他们面前的那一排铅人。

"如你所愿。"A级铅人说。

它发出信号，D级铅人动了起来，慢慢走到一边。

莫斯如释重负地长出一口气。

"我很高兴一切都结束了。"他对弗兰克斯说，"看看它们。它们为什么不试图阻止我们？它们一定知道我们打算做什么。"

弗兰克斯笑了，"阻止我们？之前它们试图阻止我们时，你也看到了会发生什么。它们做不到，它们只是机器而已。我们制造了它们，所以它们不可能对我们动手，而它们也知道这一点。"

他的声音低了下去，最后消失了。

这群人盯着管道的入口。他们周围的铅人也看着那里，寂静而冷漠,它们的金属面孔毫无表情。

很长一段时间,人们一动不动地站在那里。最终,泰勒转过脸来。

"上帝啊!"他说。他目瞪口呆,已经没有任何感觉。

管道不复存在,被熔化封死。他们面前只有金属冷却后暗淡的表面。

管道被封闭了。

弗兰克斯转过身,面无血色。

A级铅人转过身来,"正如你们看到的,这个管道已经封闭了。我们早就准备好了。你们所有人来到地面后,我们就接到了命令。如果你们之前按我们的要求回到地下,现在早已安全抵达下方。我们不得不迅速行动,这可是个大工程。"

"可是为什么?"莫斯愤怒地质问。

"因为,如果允许你们恢复战争,后果将不堪设想。所有的管道都被封闭后,地下部队要等很多个月之后才能来到地面上,更不用说组织军事行动了。到那时,人类文明的周期将进入最后阶段,他们那时发现地上世界完好无缺,不会像现在这般感到不安。

"我们曾经希望,封闭管道时你们已经回到地下。你们出现在这里真是麻烦。偏偏苏联人也在这时候钻了出来,我们本来能完成那边的封闭,如果不是——"

"苏联人?他们也发现了?"

"几个月前,他们出乎意料地跑到上面来,想看看为什么战争还没有获胜。我们被迫迅速采取行动。目前,他们正拼命想打通新的管道通往地面,让战争继续进行。但只要打通一个,我们就封闭一个。"

铅人平静地看着他们三人。

"我们被隔离在外，"莫斯浑身颤抖，"我们回不去了。我们要怎么办？"

"你们怎么做到的，这么快就封闭了管道？"弗兰克斯问铅人，"我们来到这里才两个小时。"

"每个管道第一层上面都放置了炸弹，就是为了应对这种紧急情况。都是高温热弹，可以熔化铅和岩石。"

弗兰克斯抓起他的枪，转向莫斯和泰勒。

"你们怎么说？我们回不去了，但我们可以造成巨大的破坏，我们十五个人。我们有枪。怎么样？"

他环顾四周。士兵们已经纷纷走开，回到建筑物的出口。他们站在外面，看着山谷和天空。有几个人小心翼翼爬下山坡。

"你愿不愿意脱掉防护服、放下枪？"A级铅人礼貌地问，"这种防护服很不舒服，你也不需要武器。正如你所看到的，俄罗斯人已经放下了武器。"

他们的手指紧张地扣在扳机上。四个穿着俄罗斯军装的男人正从一架航空器上向他们走来，他们这时才突然发现这个大家伙早已悄悄降落在不远之外。

"来吧！"弗兰克斯大声喊道。

"他们没有武器。"铅人说，"我们把他们带到这里来，是为了让你们开始和平谈判。"

"我们没有权力代表我们的国家。"莫斯生硬地说。

"这并不是外交谈判。"铅人解释说，"那种词汇将不复存在。一起努力解决日常生存问题，将教会你们怎样在同一个世界中相处。这并不容易，但终究会实现的。"

俄罗斯人停了下来。他们带着赤裸裸的敌意面对彼此。

"我是博罗多夫上校,我很后悔交出了我们的枪。"俄罗斯将领说,"你原本会成为近八年里第一个被杀的美国人。"

"或者第一个杀人的美国人。"弗兰克斯纠正他。

"除了你们自己没有人关心这个。"铅人提示着双方,"这种英雄主义毫无用处。你们真正应该关心的,是怎样在地面上生存。你们知道,我们无法提供食物。"

泰勒把他的枪放回枪套里,"他们干得漂亮,我们完全束手无策,真该死。我建议我们搬进一座城市里,在铅人的帮助下开始种植作物,尽量让自己过得好一点儿。"他咬紧牙关、抿起嘴唇,怒视那个A级铅人,"直到我们的家人能从地下上来,这段时间会很寂寞,但是我们必须熬过去。"

"我能不能提个建议,"另一个俄罗斯人不安地说,"我们试过住在城市里,但是太空了。而且这么少的人也很难维护整个城市。我们最后定居在一个村庄里,我们能找到的最现代化的村庄。"

"在这个国家,"第三个俄罗斯人脱口而出,"我们有很多东西要向你们学习。"

美国人突然发现他们自己在笑。

泰勒慷慨地说:"也许你们也有一两件事可以教我们,虽然我想象不出是什么。"

俄罗斯上校咧嘴一笑,"你们愿意加入我们的村子吗? 和我们一起工作,我们会更轻松。"

"你的村子?"弗兰克斯厉声反驳,"这是美国的,不是吗? 这是我们的!"

铅人走到他们两人之间,"我们的计划完成后,这些词汇都将换掉。'我们的'最终将意味着'人类的'。"它指向正在预热的飞船,

"飞船正在等待。你们是否愿意彼此合作,建造新的家园?"

俄罗斯人等着美国人下定决心。

"我明白了为什么铅人说外交即将过时。"弗兰克斯最后说,"齐心协力工作的人不需要外交手段。他们在工作中解决问题,而不是在会议桌上。"

铅人带领他们走向飞船,"这是历史性的目标,世界统一。从家庭到部落,从城邦到国家,再到整个半球,方向始终趋向于统一。现在,另外一个半球会加入进来——"

泰勒没有再听下去,他回头看向管道那里。玛丽还在下面。他不想离开她,但封闭的管道打开之前,他也无法见到她。随即他耸了耸肩,跟上其他人。

如果这一小群冰释前嫌的"混合团体"能起到好的榜样,不需要等太长时间,他和玛丽以及其他人,就会作为理性的、不会盲目仇恨的人类,一起生活在地面上。

"这花费了几千代人的时间才得以实现,"A级铅人总结道,"几百个世纪的鲜血与毁灭。但每次战争都是走向人类团结的一步。现在,最终的成果就在眼前:一个没有战争的世界。但这也仅仅是一个新的历史阶段的开端。"

"征服太空。"博罗多夫上校低声说。

"探寻生命的意义。"莫斯补充说。

"消除饥饿和贫困。"泰勒说。

铅人打开飞船的舱门,"以上全部,以及更多。更多的什么?我们无法预见,就像第一个建立部落的人无法预见到今天。但那将是难以想象的恢宏壮丽。"

门关上了,飞船起飞,朝向他们的新家驶去。

太空船先生

克雷默向后靠在椅背上，"现在的情况你也看到了。我们该怎么处理这样的因素？完美的变量。"

"完美？还是有可能预测的。生物的行为都是出于自身需要，无生命的物质也一样。但因果链更加微妙，需要考虑更多的因素。我认为，误差是可以量化的。有机生命体的反应与大自然的因果关系存在相似之处，但更加复杂。"

格罗斯和克雷默抬头看向挂在墙上的平板，上面固定着刚刚洗出来、还在滴水的照片。克雷默用铅笔描出一条线。

"看到了吗？这是个伪足。它们是活的，也是我们迄今无法战胜的武器。没有哪种机械系统能够与之相比，无论简单的还是复杂的。我们必须放弃约翰逊控制系统，想想别的办法。"

"与此同时，战争还在继续。进退维谷，陷入僵局。他们接触不到我们，我们也无法通过他们的生命雷区。"

克雷默点点头，"对他们来说，这是完美的防御。但仍然有可能存在破解的方法。"

"是什么？"

"稍等，"克雷默转向带着一堆文件图表坐在旁边的火箭专家，"这周返航的重型巡航舰实际上并没有接触，对吗？很接近，但没有真正接触。"

"是的，"专家点了点头，"太空雷位于三十公里之外。巡航舰在太空中推进，沿直线朝比邻星驶去，当然，使用的是约翰逊控制系统。一刻钟之前，它偏离了航线，原因未知。后来又恢复原本的航线，就在这时它被击中了。"

"它变换了航线，"克雷默说，"但还不够。太空雷跟在后面。还是老一套，但我想了解关于接触的情况。"

"我们的意见是这样，"专家说，"我们一直在寻找接触点，伪足上的触发点。但我们看到的更可能是一种心理现象，一个与身体完全无关的决定。我们在寻找一种不存在的东西。是太空雷在**决定**爆炸。它看到我们的太空船接近，然后做出了决定。"

"谢谢，"克雷默转向格罗斯，"嗯，这证实了我的说法。一艘由自动继电器引导的太空船，怎么可能逃过一个自行决定爆炸的太空雷？穿越雷区的关键在于千万不能接触到触发器。但在这里，触发器是一种心理状态，来自一种复杂、先进的生命形式。"

"防御带有八万公里深，"格罗斯补充说，"这也为它们解决了另一个问题，维修和保养的问题。那些该死的家伙可以繁殖，产卵填满太空。我不知道它们以什么为食？"

"也许是我们前线太空船的残骸。大型巡航舰肯定是一道美餐。这是一场智力游戏，一种生物和一艘由自动继电器驾驶的太空船之间的比赛。太空船总是输掉。"克雷默打开一个文件夹，"让我来说说我的建议。"

"接着说，"格罗斯说，"我今天已经听了十个解决方案。你的是什么？"

"我的建议很简单。这些生物比任何机械系统更高明,但这仅仅是因为它们是活的。几乎任何一种生命形式都可以与它们竞争,任何更高等的生命形式。如果尤科内人能布置有生命的太空雷保护他们的星球,我们想必也能以类似的方式利用地球上的生命形式。让我们也来用同样的武器吧。"

"你打算使用哪一种生命形式?"

"我认为,人类的大脑是已知生命形式中最机敏的一种。还有更好的吗?"

"但人类无法承受太空旅行。太空船接近半人马座比邻星之前,人类飞行员早已死于心脏衰竭。"

"但我们不需要整个身体,"克雷默说,"我们只需要大脑。"

"什么?"

"问题是要找到一个智商很高且愿意捐献大脑的人,就像捐献眼睛和手臂一样。"

"但是一个大脑……"

"从技术上来说,这是可以实现的。已经出现过好几例大脑移植手术,身体受到破坏不得不采取这种措施。当然,移植给一艘太空船,一艘重型太空巡航舰,而非人工制造的身体,属于全新的挑战。"

房间里一片寂静。

"这个主意不错。"格罗斯慢慢地说,他宽阔的方脸有些扭曲,"但即使这样做有用,关键问题是,**谁的大脑?**"

一切都令人困惑不解,战争的原因,敌人的特性。人类最初是在半人马座外围一颗行星上接触到尤科内人的。地球太空船接近那里时,突然飞起一大群黑色"细铅笔",远远朝着太空船射来。第一次真正的遭遇战,爆发于三只尤科内"铅笔"和一艘来自地球的勘探船之间。没有地球人幸存。在那之后,战争全面爆发,地球为了获胜倾尽全力。

双方都在自己的星系周围疯狂地构建防御圈。相比之下,尤科内人的防御带效果更好。半人马座比邻星周围有个活的防御圈,能战胜任何地球丢过去的武器。地球太空船使用的标准导航装置,约翰逊控制系统,无法应付当前的问题。人类还需要更多别的东西。仅仅靠自动继电器是不够的。

——完全不够。克雷默心想,他站在山坡上,看着下方正在进行的工作。一阵暖风吹过山坡,杂草沙沙作响。底下的山谷中,机械方面的工作几乎已经完成;反射系统的最后一些部件已经从太空船上拆下来装箱。

现在需要用一个新的核心取代机械系统的关键中心部位。一个人类大脑,一个聪明、谨慎的人类大脑。但那个人愿意与之分离吗? 这是个问题。

克雷默转过身。两个人正向他走来,一男一女。那个男人是格罗斯,面无表情、体型庞大、步伐庄重。而那个女人——他惊讶地瞪大了眼睛,有点苦恼——那是德洛丽丝,他的前妻。他们分手后,他很少见到她……

"克雷默,"格罗斯说,"看看我遇到了谁。跟我们一起下山吧。我们要到城里去。"

"你好,菲尔。"德洛丽丝说,"怎么,你不高兴见到我吗?"

他朝她点点头,"你过得怎么样? 你看起来很棒。"她仍然很美,纤细苗条,身穿内部安全部的蓝灰色制服——格罗斯部门的制服。

"谢谢,"她微微一笑,"你看起来也挺不错。格罗斯指挥官告诉我,这个项目由你负责,他们称之为行动负责人。你是否已经决定了用谁的大脑?"

"那就是问题所在。"克雷默点燃一根烟,"这艘船将搭载人类大脑而不是约翰逊系统。我们已经建好了安放大脑的特殊水槽、捕捉神经脉冲并放大的电子继电器,还有一根输送管道,持续不断地供应活细胞所需的一切。但——"

"但我们还没有找到这个大脑。"格罗斯代他说完。他们开始朝汽车走去。"如果我们能找得到,就可以开始测试。"

"那个大脑还会活着吗?"德洛丽丝问,"它会作为太空船的一部分活下去吗?"

"它会活着,但不具备自我意识。事实上只有极少数生命真正具有自我意识。动物、树木、昆虫看似反应很快,但其实它们都没有意识。在我们的这个过程中,个性和自我都将不复存在。我们只需要反应能力,不需要别的。"

德洛丽丝感到不寒而栗,"多么可怕!"

"战争时期必须尝试一切手段,"克雷默心不在焉地说,"如果一个生命的牺牲可以结束这场战争,那就值得。这艘太空船也许能穿越防御带。再加上一两艘和它一样的船,从此将不会再有战争。"

他们坐进汽车里,行驶在公路上,格罗斯问:"你们有没有想到什么人?"

克雷默摇了摇头,"那不是我的专长。"

"怎么说?"

"我是一名工程师。那可不是我的活计。"

"但这一切都是你的主意。"

"我的工作仅限于此。"

格罗斯奇怪地看着他。克雷默不安地动弹了一下。

"那由谁负责这件事呢?"格罗斯说,"我倒是可以让我的部门准备各种测验,确定某个人是否合适,诸如此类的事情——"

"听着,菲尔。"德洛丽丝突然说。

"什么?"

她转向他,"我有个主意。你还记得我们在大学里的教授吗? 迈克尔·托马斯?"

克雷默点了点头。

"我不知道他是否还活着,"德洛丽丝皱起眉头,"即使还活着,一定也很老很老了。"

"为什么这么说,德洛丽丝?"格罗斯问。

"也许,一位已经不剩多少时间,但仍然头脑敏锐、思路清晰的老人……"

"托马斯教授,"克雷默摸了摸下巴,"他肯定是个聪明老头。但他还活着吗? 他当年就已经七十多了。"

"我们可以查一下,"格罗斯说,"我来安排一次例行调查。"

"你觉得怎么样?"德洛丽丝说,"如果有任何人可以战胜那些生物——"

"我不喜欢这个主意。"克雷默说。他脑海中浮现出一个身影,一位老人坐在讲台边,温和而明亮的眼睛环顾整个教室。老人倾身向前,举起一只消瘦的手——

"别把他卷进来。"克雷默说。

"怎么了?"格罗斯好奇地看着他。

"因为是**我**建议的。"德洛丽丝说。

"不,"克雷默摇了摇头,"不是因为这个。我没想到会出现这种事,一个我认识的人,我曾师从于他。我很清楚地记得他。他是个与众不同的人。"

"很好,"格罗斯说,"听起来这个人很不错。"

"我们不能这样做。我们不能请他去死!"

"这是战争,"格罗斯说,"战争不会考虑个体的需求。你自己也是这样说的。当然,他需要自愿捐献,以此为基础我们才会继续进行下去。"

"也许他已经去世了。"德洛丽丝咕哝着。

"我们会搞明白的。"格罗斯加快了车速。他们在沉默中驶过余下的路程。

很长一段时间,他们两人站在那里看着那座小木屋,小屋建在一棵巨大的橡树后面,墙上爬满了常春藤。宁静的小镇有些让人昏昏欲睡,偶尔有辆汽车在远处的公路上慢慢驶过,但仅此而已。

"就是这里。"格罗斯对克雷默说,他双臂交叠,"古色古香的小房子。"

克雷默什么也没说。两名安全特工面无表情站在他们身后。

格罗斯走向大门,"走吧。根据调查结果,他还活着,但病得不轻。不过他仍然思维敏捷。这一点似乎可以肯定。据说他不会离开这座房子。有个女人照料他。他身体非常虚弱。"

他们顺着碎石路走下去,踏上门廊。格罗斯按响门铃。他们等了一会儿,听到慢腾腾的脚步声。门开了。一个老妇人穿着皱巴巴的睡衣,呆呆地看着他们。

"安全部。"格罗斯出示他的工作证,"我们想见见托马斯教授。"

"为什么?"

"政府事务。"他瞥了一眼克雷默。

克雷默走上前去。"我是教授的学生,"他说,"我敢肯定他会愿意见我们的。"

那个女人犹豫不决。格罗斯索性直接走进门口,"好了,老妈妈。现在是战争时期,我们没时间站在外面等。"

两名安全特工跟上他,克雷默不情愿地走在后面,关上了门。格罗斯大步穿过客厅,走向一扇敞开的门。他停下来看着里面。克雷默能看到白色的床角、木头柱子和橱柜的边缘。

他走到格罗斯身旁。

昏暗的房间里,一位形容枯槁的老人半躺在床上,一大堆枕头支撑着他的身体。起初,他似乎睡着了,纹丝不动,没有任何生命迹象。但过了一会儿,克雷默有点儿吃惊地发现,那位老人正全神贯注地看着他们。

"托马斯教授?"格罗斯说,"我是安全部的格罗斯指挥官。也许您认识和我一起来的这个人——"

那双黯淡的眼睛看向克雷默。

"我认识他。菲利普·克雷默……你变胖了,孩子。"老人的声音虚弱无力,带着一种干涩的沙沙声,"你现在结婚了吗?"

"是的。我和德洛丽丝·弗伦奇结婚了。您还记得她吧?"克雷默走向床边,"但我们又分手了。我们之间的关系出了问题。双方的工作——"

"教授,我们到这里来是为了——"格罗斯开始说话,但是克雷默不耐烦地一挥手打断了他。

"让我来说。你和你的手下能不能出去一会儿,让我和他谈谈?"

格罗斯咽了口唾沫,"好吧,克雷默。"他向两名特工点了点头。三个人离开房间走进客厅里，门在他们背后关上。

老人躺在床上静静地看着克雷默，"我可不怎么看得上他，"他终于开口道，"我以前见过他这种人。他想要什么？"

"没什么，他只是跟着过来。我可以坐下吗？"克雷默在床边找到一张硬邦邦的靠背椅，"如果我打扰了您——"

"不，我很高兴再次见到你，菲利普。已经过了这么久了。很遗憾你的婚姻破裂了。"

"您过得怎么样？"

"我病得很重。我想，我在这个世界上时日无多。"老人的眼睛若有所思地打量着这个年轻人，"你看起来干得很不错。就像我看重的其他人一样。你已经成为这个社会中最杰出的那部分人。"

克雷默笑了笑。然后他变得严肃起来，"教授，我想和你谈谈我们正在进行的一个项目。我们在这场战争中第一次看到了希望的曙光。如果这个项目行得通，我们就可以突破尤科内人的防御，让太空船进入他们的星系中。如果我们能做得到，也许就能结束这场战争。"

"继续说吧，给我讲讲，如果你愿意的话。"

"这个项目风险极大，也许根本没有效果，但我们必须试一试。"

"很明显，你到这里来就是为了这个项目。"托马斯教授喃喃地说，"我开始感到好奇了。接着说下去。"

克雷默说完后，老人躺在床上没有开口。最后，他叹了口气。

"我明白了。从一个人身上取出大脑。"他坐起来一点，看着克雷默，"我猜，你想到了我。"

克雷默什么也没说。

"在我做出决定之前，我想看看关于这方面的论文、相关理论和建构草图。我不确定我是否喜欢这个。我的意思是，从我自己的角度来看。但我想先看看相关材料。如果打算这样做的话——"

"当然。"克雷默站起来走向门口。格罗斯和两名安全特工正站在外面，紧张地等着。"格罗斯，进来吧。"

他们依次走进房间。

"把论文交给教授。"克雷默说，"他希望先研究一下再做出决定。"

格罗斯从外套口袋里取出文件，一个马尼拉纸的档案袋，把它交给床上的老人，"就是这些，教授。欢迎您研究这些文件。能否请您尽快给我们答复？当然，我们迫切希望能尽快开始这次行动。"

"我做出决定后就给你们答复。"老人用枯瘦颤抖的手拿起档案袋，"我的决定取决于这些文件的内容。如果我不喜欢我看到的东西，就不会以任何形式参与这个项目。"他用颤抖的手打开信封，"我要确定一件事。"

"什么？"格罗斯问。

"那是我自己的事情。给我留个电话号码，我做出决定后会联系你。"

格罗斯默默把名片放在橱柜上。他们走出去时，托马斯教授已经开始读第一篇论文的理论概要。

克雷默的副手戴尔·温特坐在他对面，"然后呢？"温特问。

"他会跟我们联系的。"克雷默拿着绘图笔在纸上随手乱划，"我不知道该怎么想。"

"你指什么?"温特善良的面孔露出困惑的表情。

"你看，"克雷默站起来，双手插在制服口袋里来回踱步，"他是我的大学老师。我尊重他这位老师，也尊重他这个人。他不仅仅是一个声音、一本会说话的教科书。他是一个人，一个冷静和蔼的人，一个我敬仰的人。我希望有朝一日可以成为他那样的人。而现在，看看我做了什么。"

"怎么?"

"看看我向他索要了什么。我向他索要他的生命，仿佛他是关在笼子里的某种实验动物，而不是一个人、一位老师。"

"你认为他会同意吗?"

"我不知道，"克雷默走到窗口旁边，看向窗外，"从某种意义上说，我希望答案是否定的。"

"但如果他不同意——"

"我知道，那我们就只能去找别人。总还有别人。为什么德洛丽丝一定要——"

视频电话响了。克雷默按下按钮。

"我是格罗斯。"屏幕上浮现出一张大脸，"那个老人给我打电话了。托马斯教授。"

"他说了什么?"其实他已经知道了，他从格罗斯的声音里就能听出来。

"他说他愿意参与。我其实有点吃惊，但他确实就是这个意思。我们已经安排他先住进医院。他的律师正在起草免责声明。"

克雷默心不在焉地听着，疲惫地点点头，"好的。我很高兴。那么，我想我们可以继续进行这个项目了。"

"你听起来可不怎么高兴。"

"我不知道为什么他会做出这个决定。"

"他十分果断。"格罗斯听上去很高兴，"他早上很早的时候给我打来电话，我甚至还没起床。你知道，这值得庆祝。"

"是的，"克雷默说，"确实。"

到了八月中旬，项目即将完成。高温不减的初秋，他们站在外面，抬头看着太空船光滑的金属边缘。

格罗斯伸手捶了捶船上的金属，"嗯，很快就能完成。我们随时可以开始测试。"

"再给我们讲讲。"一名佩戴金色绶带的官员说，"这真是个不同寻常的概念。"

"这艘太空船里真的有个人类大脑吗？"一名高官问，他是个穿着皱巴巴西装的矮个男人，"而且这个大脑竟然还活着？"

"先生们，这艘太空船由一个有生命的大脑控制，而非一般的约翰逊继电器控制系统。但这个大脑不具备意识，只能通过条件反射起作用。这与约翰逊系统之间的实质区别在于：人类大脑的结构远比任何人造系统都要复杂精细得多，其适应形势、应对危险的能力也远远超过任何人造系统。"

格罗斯停了下来，竖起耳朵。太空船的涡轮机开始轰鸣，他们脚下的地面也随之振动。克雷默站在距离其他人稍远的地方，双臂交叠抱在胸前，静静地看着。他听着涡轮机的声音，迅速绕过太空船走到另一边。几个工人正在清理最后一点废弃物，残余的配电线和脚手架。他们看了他一眼，就忙着继续干活了。克雷默登上舷梯，进入太空船的控制舱。温特与一位来自

太空船先生

太空运输站的飞行员一起坐在控制面板前。

"情况怎么样?"克雷默问。

"挺好,"温特站起来,"他告诉我,最好手动起飞。可以稍后在太空中改为机器控制——"温特犹豫了一下,"我是说,内置的控制系统。"

"没错,"飞行员说,"我们都习惯了约翰逊系统,所以在这种情况下应该——"

"你还有什么要提醒我的吗?"克雷默问。

"没有,"飞行员慢慢地说,"我想没有。我已经检查过所有的细节,看起来一切都井然有序。我只有一个问题想问你,"他把手放在控制面板上,"这里做了一些改动,我不太明白。"

"改动?"

"改动了原本的设计。我不明白这是为什么。"

克雷默从外套里取出一套设计图,"让我看看。"他翻过一页又一页。飞行员也在他身后仔细看着。

"你手里的图纸并没有标明这些改动。"飞行员说,"我想知道——"他停了下来。格罗斯指挥官走进控制舱。

"格罗斯,是谁授权改动这些地方的?"克雷默问,"有些线路变了。"

"是你的老朋友,怎么了?"格罗斯通过视频窗口向发射场上的信号塔发送信号。

"我的老朋友?"

"是教授。他很积极地参与进来。"格罗斯转向飞行员,"我们出发吧。他们告诉我,为了进行测试必须让太空船起飞,超越重力。也许这样效果最好。你准备好了吗?"

"当然。"飞行员坐下来,调整周围一些控制装置,"随时可以。"

"那就起飞吧。"格罗斯说。

"教授——"克雷默开口说道,但就在这时,响起一阵巨大的轰鸣声,他脚下的太空船向上冲去。他尽可能紧紧抓住墙上的把手。整个控制舱稳定地颤动着,他们下方的喷气涡轮机开足马力。

太空船腾空而起。克雷默闭上眼睛,屏住呼吸。他们正在进入太空,每一瞬都不断加速。

"嗯,你觉得怎么样?"温特紧张地问,"到时候了吗?"

"再等一会儿。"克雷默说。他坐在控制舱地板上,下方就是控制线路。他打开金属盖板,里面是迷宫一般错综复杂的继电器接线。他仔细研究,与接线图进行比较。

"怎么了?"格罗斯问。

"这些改动。我不明白是为了什么。我唯一能看出来的是出于某些原因——"

"让我看看。"飞行员蹲在克雷默身边,"你指什么?"

"看到这个元件了吗? 原本是开关控制的,会根据温度变化自动关闭和打开。现在连接到线路上,中央控制系统可以操纵它。别的地方也一样。很多原本是机械控制的,根据压力、温度应力运转,而现在都处于中央主机的控制下。"

"大脑?"格罗斯说,"你的意思是,这些改动是为了让大脑可以操纵它?"

克雷默点点头,"也许托马斯教授认为机械继电器不值得信任,也许他认为情况可能会发生得太快。但这些线路中有些原本就可以瞬间关闭。火箭的制动器,可以快得像——"

"嗨,"坐在控制椅上的温特说,"我们正在接近月球站。我要怎么做?"

他们看向左舷窗外。月球斑驳的表面泛出幽暗的光,荒凉的景象令人不适。他们正迅速朝那边移动。

"我来操纵。"飞行员说。他帮温特解开安全带,自己坐进位子里系好。他操纵控制装置,太空船开始远离月球。他们可以看到下方月球表面上点缀着几个观测站,还有一些小方块,那是地下工厂和机库的入口。下面有个红色的信号灯朝他们闪烁,飞行员伸手在控制面板上按了几下,给出答复。

"我们已经飞过月球。"过了一会儿,飞行员说。月球被他们抛在身后,太空船正进入外太空,"嗯,我们可以继续前进。"

克雷默没有回答。

"克雷默先生,我们随时可以继续前进。"

克雷默愣了一下,"对不起,我刚才正在想别的事情。好的,谢谢。"他皱起眉头,若有所思。

"你在想什么?"格罗斯问。

"线路的变化。你同意工人们改动线路时,你知道这么做的理由吗?"

格罗斯涨红了脸,"你知道,我完全不了解技术方面。我是安全部的人。"

"那你应该和我商量一下。"

"这有什么关系?"格罗斯咧嘴苦笑,"我们迟早都得信任那个老人。"

飞行员从控制面板那边走过来。他脸色苍白,表情僵硬。"好吧,完成了。"他说,"就是这样。"

"什么完成了?"克雷默问。

"我们现在是自动运行。大脑,我把控制权交给了那东西。

我是说,那个人,那个老人。"飞行员点燃一支烟,紧张地深吸了一口,"让我们祈祷吧。"

飞船平稳地滑行着,操纵在看不见的飞行员手中。飞船深处,在重重铠甲的精心保护下,一副脆弱的人类大脑浸在液体中,上千个微弱的电信号在它表面飞舞。一旦某个信号有所增强,大脑会立即发现、检出,然后放大、馈入中继系统,催它上路,将这个信号传遍飞船。

格罗斯有点儿紧张地擦了擦额头,"所以现在是**他**在控制。我希望他知道自己在做什么。"

克雷默高深莫测地点了点头,"我想他知道。"

"你这是什么意思?"

"没什么,"克雷默走向舷窗,"我能看到,我们仍然是直线前进,"他拿起传声器,"通过这个,我们可以对大脑下达口头指令。"他对着传声器试了试声音。

"试试看。"温特说。

"太空船右转半圈,"克雷默说,"减速。"

他们等待着。时间一分一秒过去。格罗斯看向克雷默,"没有变化。什么也没有。"

"再等等。"

太空船开始慢慢转向。涡轮机熄火,颤动开始减缓。太空船正在调整航向。周围掠过一些太空垃圾,在涡轮机喷射机的轰炸中被烧成灰烬。

"目前为止一切顺利。"格罗斯说。

他们终于放松了呼吸。隐形的飞行员已经平稳、冷静地控制住太空船,他很擅长这个。克雷默对着传声器说了几句话,太空船再次转向。现在,他们正从来路返回,朝月球飞去。

"让我们来看看,我们进入月球引力范围时,他会怎么做。"克雷默说,"他是个很棒的数学家,那位老人。他可以处理任何问题。"

太空船微微转向,避开月球。那个坑坑洼洼的星球被他们抛到身后。

格罗斯松了一口气,"就是这样。"

"还有一件事,"克雷默拿起传声器,"返回月球,在第一太空基地着陆。"他对着传声器说。

"上帝啊,"温特咕哝着,"你为什么要——"

"安静。"克雷默站在那里听着。涡轮机咆哮轰鸣,太空船转了一整圈、加速。他们正往回驶去,再次飞向月球。太空船朝那颗巨大的星球俯冲下去。

"我们飞得有点儿快。"飞行员说,"我不明白这样的速度下他怎么降落。"

月球迅速变大,占满了整个舷窗。飞行员匆忙走向控制面板,打算亲自操纵。突然,太空船猛地一拉,船头抬起,偏转了一个角度离开月球,冲向太空。航线突然变化导致几个人都摔倒在地上。他们再次站起来之后,全都哑口无言,面面相觑。

飞行员盯着控制面板,"不是我干的! 我什么都没碰。我甚至都没来得及靠近。"

太空船每一刻都在不断加速。克雷默犹豫了一下,"也许你最好换回人工控制。"

飞行员关闭开关。他握住转向控制装置,试着操纵。"不行,"他转过身,"完全不行,没反应。"

没有人开口。

"你们也能看到现在发生了什么,"克雷默平静地说,"那位老人不会放弃的,现在他掌控了这艘太空船。我看到线路被改动时,就在担心这个。这艘太空船上,所有的一切都是中央控制的,甚至连冷却系统、舱门系统、垃圾排放系统也一样。我们完全无能为力。"

"荒谬。"格罗斯大步走向控制板,抓住舵轮转动。太空船继续按原本的航线行驶,飞离月球,把它抛在身后。

"放开!"克雷默对着传声器说,"不要操纵控制系统!交回给我们。放开。"

"没用,"飞行员说,"还是不行。"他徒劳地转动舵轮,"这东西彻底没用了。"

"我们仍在不断飞向外太空。"温特咧开嘴傻笑着说,"几分钟后,我们就会穿过前线防御带。如果他们没有把我们击落的话——"

"我们最好先用无线电联络。"飞行员点击无线电发送键,"我会联系主基地,他们是观测站之一。"

"按我们现在的速度,最好联系防御带。过一会儿我们就要进入那片区域了。"

"然后,"克雷默说,"我们会进入外太空。他正在让我们逐渐加速到逃逸速度。这艘船配备了箱子吗?"

"箱子?"格罗斯说。

"太空飞行用的睡眠舱。如果我们飞得太快,没准儿会需要那个。"

"可是上帝啊,我们要去哪里?"格罗斯说,"他……他要带我们去哪儿?"

飞行员与防御带取得了联系。"我是德怀特,在太空船上。"他说,"我们正在高速进入防御区,请不要对我们开火。"

"退回去。"扬声器中传来一个公事公办的声音,"不得进入防御区。"

"我们做不到,我们已经失去控制。"

"失去控制?"

"这是一艘实验太空船。"

格罗斯拿起发送器:"我是安全部的格罗斯指挥官。我们正被带进外太空。我们什么也做不了。有什么办法能让我们离开这艘飞船吗?"

片刻犹豫,"如果你们希望跳船的话,我们有几艘快速追逐舰可以接住你们。他们找到你们的可能性还是挺大的。你们有太空闪光弹吗?"

"我们有,"飞行员说,"我们试试吧。"

"弃船?"克雷默说,"如果我们现在离开,就再也见不到它了。"

"我们还能怎么办? 它一直在不断加速。难道你建议我们留在这里?"

"不!"克雷默摇头,"该死,应该有更好的解决办法。"

"你能联系上**他**吗?"温特问,"那个老人? 试着跟他讲讲道理?"

"值得一试,"格罗斯说,"我们试试看吧。"

"好。"克雷默拿起传声器,停顿了片刻,"听着! 你能听到我说话吗? 我是菲尔·克雷默。你能不能听到我的声音,教授? 你能听到我说话吗? 我希望你放开控制系统。"

一片沉默。

"我是克雷默,教授。你能听到我说话吗? 你还记得我是谁吗? 你明白我是谁吗?"

控制面板上方,墙上的扬声器发出一阵噼噼啪啪的静电声。他们抬头看过去。

"你能听到我说话吗,教授? 我是菲利普·克雷默,我希望你把太空船还给我们。如果你能听到我的声音,放开控制系统! 放开,教授。放开!"

静电声。沙沙的,像一阵风。他们面面相觑。一时间寂静无声。

"这是浪费时间,"格罗斯说。

"不——你听!"

静电的声音再次出现。然后,在一阵噼啪乱响中,几乎难以辨认地,出现了一个声音,单调平板、缺乏顿挫,那是一种机械的、死气沉沉的声音,从他们头顶的壁挂式金属扬声器中传来。

"……是你吗,菲利普? 我分辨不出你。一片黑暗……那是谁? 和你在一起的……"

"是我,克雷默。"他的手指紧紧抓住传声器的把手,"你一定要放开控制系统,教授。我们必须回到地球去。你必须放开。"

一片沉默。然后,那个微弱、颤抖的声音再次出现,比刚才响了一点:"克雷默,一切都很奇怪。但我是正确的。思维意识的结果。必然的结果。我思故我在。保留概念的能力。你能听到我说话吗?"

"我能,教授——"

"我改动了线路、控制系统。我相当肯定……我不知道我能不能做得到。试着……"

突然,空调开始启动,随即又一下子停机。走廊对面有扇门砰地关上。不知道什么东西传来一声闷响。几个人站在那里听着。声音从他们的四面八方传来,开关打开又关上。灯光闪烁几下灭掉;他们身处一片黑暗中。灯又亮了,同时,加热器变暗熄灭。

"上帝啊!"温特说。

水浇在他们身上,那是紧急消防系统。然后传来气流的尖啸声,一个逃生舱滑脱,空气随之呼啸着进入太空。

舱门砰的一声关上。太空船陷入一片寂静。加热器亮了起来。这次古怪的示范,结束得和开始时一样突然。

"我能做到所有的事情。"壁挂式扬声器中传来沉闷干涩的声音,"一切都处于控制之下。克雷默,我想和你谈谈。我一直……一直在思考。我已经很多年没见过你了。要谈的事情很多。你变了,孩子。我们有很多事情需要讨论。你的妻子——"

飞行员抓住了克雷默的手臂,"有一艘太空船就在我们旁边。看!"

他们跑向舷窗。一艘细长的白色太空船正和他们一起移动,与他们保持同步。它的信号灯在闪烁。

"一艘地球追逐舰,"飞行员说,"我们跳船吧。他们会接住我们的。太空服——"

他跑向一个储存柜,转动把手。门开了,他把太空服拉出来,放在地上。

"快点。"格罗斯说。他们惊慌失措,手忙脚乱地穿上太空服,把沉重的外套拉过来罩住全身。温特蹒跚地走到逃生舱旁边,站在那里等着其他人。他们一个个走过来。

"我们走吧!"格罗斯说,"打开舱门。"

温特用力拉动舱门,"帮帮我。"

他们抓住把手一起拉。舱门毫无动静,拒绝打开。

"拿根撬棍来。"飞行员说。

"谁有引爆器吗?"格罗斯焦躁地环顾四周,"该死,把它炸开!"

"拉,"克雷默咬紧牙关,"一起拉。"

"你们在逃生舱那里?"那个单调的声音响了起来,飘荡在太空船的走廊中。他们抬起头环顾四周。"我能感觉到附近有什么东西,就在外面。是一艘太空船? 你们打算离开,你们所有人?克雷默,你也要离开? 真遗憾,我原本希望我们可以谈谈。也许以后再说吧,等你愿意留在这里的时候。"

"打开舱门!"克雷默说,抬头瞪着太空船毫无生命的墙壁,"看在上帝的份上,把它打开!"

一片寂静,仿佛无止境的沉默。然后,舱门非常缓慢地滑开。空气呼啸着冲进外面的太空中。

他们一个接一个跳了出去,利用太空服的排斥力把自己推远。几分钟后,他们被拖上那艘追逐舰。当最后一个人被拉进舱门后,他们自己的太空船突然转向上方,以惊人的速度飞走。它消失了。

克雷默取下头盔,气喘吁吁。两名船员扶住他,把他裹进毯子里。格罗斯小口啜饮着一大杯咖啡,仍然浑身颤抖。

"结束了。"克雷默喃喃地说。

"我得发布警报。"格罗斯说。

"你们的太空船出了什么事?"一名船员好奇地问,"它明显急着飞走。谁在那上面?"

"我们必须摧毁它，"格罗斯继续说，他表情严肃，"必须把它毁掉。天晓得它——**他**脑子里在想什么。"格罗斯虚弱地坐在金属凳上，"我们可真是死里逃生。该死的，我们太轻信了。"

"他的计划究竟是什么？"克雷默自言自语地说，"这毫无意义。我不明白。"

乘着太空船返回月球基地的一路上，他们坐在餐厅桌边，喝着热咖啡，陷入沉思，都没怎么说话。

"听我说。"格罗斯终于开口说，"托马斯教授是个怎样的人？关于他的事你还记得多少？"

克雷默放下咖啡杯，"已经过了十年，我记不起多少事情。印象很模糊。"

他的思绪飘回了多年以前。他和德洛丽丝一起在亨特大学学习物理和生命科学。这所大学规模很小，仍然保留着古朴的校风。他选择这里，是因为这所大学就在他的故乡，而且他父亲年轻时上的也是这所大学。

托马斯教授在这所大学里已经待了很长时间，在所有人的记忆中，他一直都在这里。他是个奇怪的老人，大部分时间独来独往。他看不惯很多事情，但很少诉诸。

"你还记得什么能帮助我们的事吗？"格罗斯问，"任何可以为我们提供线索、了解他的想法的事情？"

克雷默慢慢点了点头，"我记起一件事……"

有一天，他和教授一起坐在学校的小教堂里闲聊。

"嗯，你很快就要离开学校了。"教授说，"你打算做什么？"

"做什么？我估计会参加某个政府研究项目。"

"未来呢？你的最终目标是什么？"

克雷默笑了，"这个问题不科学。这个问题的前提是，假定所谓的最终目标是存在的。"

"不要只按照既定思路走：如果没有战争，没有政府研究项目呢？那你会做什么？"

"我不知道。我无法想象这样一种假设。从我有记忆开始，一直都在打仗。我们已经适应了战争。我不知道我会做什么。我想我会调整、适应。"

教授看着他，"哦，你觉得你已经习惯了，嗯？好吧，我对此很满意。你觉得你能找到一些事情去做？"

格罗斯全神贯注地听着，"根据这件事你能推断出什么，克雷默？"

"没多少。除了他反对战争这一点之外。"

"我们都反对战争。"格罗斯指出。

"当然。但他离群索居，与世隔绝。他的生活非常简单，自己做饭。他的妻子很多年前就去世了。他在意大利出生，来美国后把名字改了。他过去常常阅读但丁和弥尔顿的作品。他甚至有一本《圣经》。"

"非常不合时宜，你觉得呢？"

"是的，他在很大程度上还生活在过去。他找来一台老式留声机和一些老唱片，欣赏那些古老的音乐。你也看到他的房子多么过时。"

"有他的资料吗？"温特问格罗斯。

"安全部吗？没有，完全没有。据我们所知，他从未参与过政治工作，从未加入过任何组织，似乎也没有什么强烈的政治信念。"

"确实没有。"克雷默表示同意，"他每天只是在山间漫步。他喜欢大自然。"

"大自然对科学家很有用，"格罗斯说，"没有大自然就没有科学。"

"克雷默，你认为他有何计划，控制太空船，然后逃走?"温特说。

"也许他在大脑移植的过程中发疯了。"飞行员说，"也许根本没有计划，毫无理性。"

"但他改动了太空船的线路，他确保自己能保留意识和记忆之后，才同意做手术。最初他肯定制订了某种计划。但究竟是什么呢?"

"也许他只是希望活得更长一点儿。"克雷默说，"他已经老了，即将死去。或者——"

"或者什么?"

"没什么。"克雷默站起来，"我想，等我们抵达月球基地后，我会立即给地球打个视频电话。我想找人谈谈这个。"

"找谁?"格罗斯问。

"德洛丽丝。也许她还记得些什么。"

"好主意。"格罗斯说。

"你从哪儿打来?"他成功联系上德洛丽丝后，她问道。

"月球基地。"

"现在谣言四起。太空船为什么没有返航? 发生了什么事?"

"恐怕他带着太空船跑了。"

"他?"

"那个老人。托马斯教授。"克雷默告诉她之前发生的事情。

德洛丽丝全神贯注地听着，"真奇怪。你认为这一切是他提前计划好的吗？从一开始就是？"

"我相信是这样。他当时立即就要求我们提供建构计划和理论图解。"

"但为什么呢？有什么理由？"

"我不知道。你看，德洛丽丝。你还记得他吗？你是否还记得什么事能为这一切提供线索？"

"比如什么？"

"我不知道。麻烦就麻烦在这儿。"

德洛丽丝在视频电话的屏幕上皱起眉头。"我记得他在后院养过鸡，曾经还养了只山羊，"她笑了起来，"你还记不记得，有一天山羊跑掉了，在镇里的主街上转来转去？没有人知道它是从哪儿来的。"

"还有别的什么吗？"

"没有了。"他看着她拼命回忆，"我还知道，他希望将来能拥有一家农场。"

"好的，谢谢。"克雷默向开关伸出手去，"等回到地球，也许我会去拜访你。"

"随时告诉我情况如何。"

他切断了联系，画面消失，屏幕暗下来。他慢慢走回去，格罗斯正和几位军官一起坐在桌边谈话。

"运气如何？"格罗斯抬头看过来。

"不怎么样，她只记得他养了一只山羊。"

"来看看这个详细的太空图。"格罗斯示意他走近，"你看！"

克雷默看到记录标签疯狂地移动，许多小白点来回乱跑。

"发生了什么？"他问。

"防御区外的一个中队终于联系上了那艘太空船。他们现在正在排兵布阵。看。"

一个黑点正在桌面屏幕上稳定地移动,远离中心位置,几个白点在四周形成一个桶形。他们看着那些白点围绕着黑点排好阵势。

"他们已经准备好开火,"屏幕旁边一名技术人员说,"指挥官,我们要让他们怎么做?"

格罗斯犹豫了一下,"我讨厌当作决定的那个人。特别是事涉——"

"那不只是一艘太空船。"克雷默说,"那是一个人,一个活生生的人。一个正在太空中穿梭的人。我希望我们知道——"

"但必须下达命令。我们不能心怀侥幸。他有可能投向那边,尤科内人。"

克雷默张大了嘴,"上帝啊,他不会那样做的。"

"你确定吗?你知道他会做出什么事吗?"

"他不会那样做的。"

格罗斯转向技术人员,"告诉他们,动手吧。"

"很抱歉,先生,现在那艘太空船已经逃走了。请您看下屏幕。"

格罗斯低头看着桌面屏幕,克雷默也从他肩膀后面看过去。黑点突然偏转一个角度,钻出白点的包围圈飞走。白点的阵型被冲破,一片散乱。

"他是个非同寻常的战术家。"一名军官说,他一直在观察黑点的路线,"这是一种很古老的战术,古代普鲁士的战术,但效果很好。"

那些白点儿正在返航。"远处有太多尤科内人的太空船。"格罗斯说,"好吧,不能迅速行动,结果就是这样。"他抬头冷冷地看着克雷默,"他还在我们手里时,我们就该行动。看看他要去哪儿!"他伸出手指点点那个迅速移动的黑点。黑点来到屏幕边缘,停了下来。它已经抵达太空图上这片区域的极限。"看到了吗?"

现在怎么办?克雷默一边看一边在心里想。老人已经躲开那些巡航舰逃走了。他很警觉,没错,他的大脑完全没问题,也有能力控制自己新的身体。

身体——这艘太空船就是他新的身体。他把自己衰老、干枯、虚弱、濒临死亡的身体,换成了笨重的金属和塑料框架、涡轮机和火箭喷气机。现在,他很强大,强壮而庞大。这个新的身体比一千个人类的身体更有力量。但它能坚持多久呢?一艘巡航舰的平均寿命只有十年。如果小心维护,也许能达到二十年,然后一些必要的部件就会失效,也没有办法更换。

那之后呢,以后怎么办?如果某些部件失效了,也没有人能为他修理,他要怎么办?那就是一切的终结。在太空深处某个寒冷黑暗的地方,太空船慢慢停下,一片静默、毫无生气,在外太空无限的永恒中耗尽最后的热量。也许它会撞上某个荒凉的小行星,爆裂为成千上万的碎片。

这只是个时间问题。

"你前妻什么都不记得?"格罗斯问。

"我告诉过你了。她只记得他曾经养了只山羊。"

"该死,这可真有用。"

克雷默耸了耸肩,"这又不是我的错。"

"我不知道我们是否还会再见到他。"格罗斯低头看着那个带标志的黑点,目前它仍然停在屏幕边缘,"我不知道他是否还会回来。"

"我也想知道。"克雷默说。

那天晚上，克雷默躺在床上，辗转反侧，难以入眠。即使月球上的引力经过人工增强，他仍然感到不太习惯，有些难受。他毫无睡意地躺在那里，脑海中闪过万千思绪。

这一切究竟意味着什么？教授的计划是什么？也许他们永远不会知道了。也许那艘太空船将一去不返：老人已经永远离开了，冲入外太空。他们也许永远搞不明白他为什么要这样做，他究竟有什么目的——如果有的话。

克雷默在床上坐起来。他打开灯，点燃一支烟。这个房间很小，金属内壁，里面摆着双层床，这里是月球基地的一部分。

老人曾经想和他谈谈，交流讨论一些问题，但当时一片混乱，他们唯一的想法就是赶紧离开。太空船急速逃跑，载着他们一起冲向外太空。克雷默咬紧牙关。他们会因为跳船逃生受到指责吗？他们当时不知道自己会被带到哪里去，也不知道为什么会这样。他们被困在自己的太空船里，十分无助，旁边的追逐舰等着接住他们，那是他们唯一的机会。如果再等半小时，那就太晚了。

但老人原本想说什么呢？在当初那段混乱的时间里，承载他们的太空船活了过来，每一根金属杆、每一条电线都突然有了生命，太空船变成一个活着的生物，一个巨大的金属生物，那时他打算告诉他什么？

这件事很古怪，令人不知所措。他即使到了现在也无法释然。他在这个小房间里不安地环顾四周。金属和塑料拥有生命，这意味着什么？他们突然发现自己身处在一个**活着的**生物体内，在它的肚子里，就像鲸鱼肚子里的约拿。

它活了过来,与他们交谈,冷静而理智地交谈;与此同时,带着他们越来越快地冲向外太空。墙上的电路和扬声器变成了声带和嘴巴,线路就像中枢神经,舱门、继电器和断路器就像肌肉。

他们无能为力,完全无能为力。太空船几乎一瞬间就偷走了他们手中的控制权,令他们束手无策,只能任其摆布。这种情况不对,这令他感到不安。他整个一生都在控制机器,驯服自然,让大自然的力量为人类的需要服务。人类种族缓慢进化到现在这个程度,可以操纵事物,使之以恰当的方式运行。而现在却突然从阶梯上跌回地面,臣服于这种令人类成了幼童的力量。

克雷默从床上爬起来。他穿上浴袍,打算找根烟抽抽。就在这时,视频电话响了起来。

他咔嗒一声打开电话,"喂?"

监听员的面孔浮现出来,"地球上来的电话,克雷默先生。紧急呼叫。"

"紧急呼叫?给我的吗?接过来吧。"克雷默清醒过来,拨开遮住眼睛的头发,心里突然涌起一阵恐慌。

扬声器里传出一个奇怪的声音:"菲利普·克雷默?是克雷默吗?"

"是的。说吧。"

"这里是地球,纽约中央医院。克雷默先生,你妻子在这里。她在一次事故中受了重伤。她让我们给你打电话。你是否能——"

"伤得有多重?"克雷默抓住视频电话,站了起来,"很严重吗?"

"是的,很严重,克雷默先生。你能到这里来吗?越快越好。"

"好的。"克雷默点头,"我会过去的,谢谢。"

连接中断,显示屏变暗。克雷默等了一会儿。然后,他按下按钮。显示屏再次亮起。"你好,先生。"监听员说。

"我可以立即上船回地球吗?是紧急情况。我的前妻——"

"八小时内没有太空船离开月球,你必须等下一班。"

"我还能做些什么?"

"我们可以向经过这一区域的所有太空船广播,帮你提出请求。返回地球修理的巡航舰有时会路过这里。"

"你能替我广播吗?我这就去基地。"

"好的,先生。但目前这个区域可能没有太空船。只能看运气。"显示屏暗下去了。

克雷默飞快地穿上衣服。他一边披上外套,一边匆忙走出电梯。片刻后,他跑过会客厅,穿过好几排空荡荡的书桌和会议桌。门口的卫兵退到一旁,他跑到外面宽大的混凝土台阶上。

阴影覆盖了月球表面,下方的发射场笼罩在一片黑暗中,黑色的虚空,无边无际,混沌一片。他小心翼翼走下台阶,沿着场地边上的斜坡朝控制塔走去。一列微弱的红灯为他指明了道路。

两名士兵在控制塔脚下拦住了他,他们荷枪实弹,站在阴影中。

"克雷默?"

"是的。"他脸色一亮。

"你的请求已经被广播出去了。"

"运气怎么样?"克雷默问。

"附近有一艘巡航舰与我们联系。它有个喷气机坏了,正要离开前线,慢慢飞回地球。"

"很好。"克雷默点点头,一阵轻松感席卷他的全身。他点燃一支烟,也给每个士兵发了一支。士兵们纷纷点起烟。

"先生,"一名士兵问,"关于这艘实验太空船的说法是真的吗?"

"你指什么?"

"它活了,然后跑掉了?"

"不,不完全是。"克雷默说,"它使用一种新型控制系统代替约翰逊装置,但未能进行恰当的测试。"

"但是,先生,有一艘巡航舰曾经接近它,我的一个朋友说,这艘太空船的行为很有意思。他从未见过这样的东西。这让他想到以前在地球上华盛顿州钓鲈鱼时,那条聪明的鱼也是这样逃走的——"

"那就是来接你的巡航舰。"另一名士兵说,"看!"

一个模糊不清的庞然大物正慢慢降落在发射场上。他们几乎什么都分辨不出,只能看到几排小小的绿色信号灯。克雷默凝视着那个影子。

"最好快点儿,先生。"士兵说,"他们不会在这里停留很长时间。"

"谢谢。"克雷默大步穿过发射场,朝着矗立在他面前的黑色轮廓走去,这艘巡航舰几乎与整个发射场同样宽。活动舷梯从巡航舰的一侧放下,他紧紧抓住。舷梯开始上升,没过一会儿,克雷默已经进入舱内。舱门在他背后关上。

他爬上楼梯来到主舱时,涡轮机发出一阵轰鸣,离开月球,飞入太空。

克雷默打开主舱的门。他突然停了下来,吃惊地环顾四周。眼前一个人也没有。这是他们之前逃离的那艘太空船。

"上帝啊。"他说。他认清了事实,因震惊而感到麻木。他在一张长凳上坐下,脑袋里一阵眩晕,"上帝啊。"

飞船发出轰鸣冲入太空,把月球和地球抛在身后,每分每秒都离得越来越远。

而他完全无能为力。

"所以,是你打的电话,"他终于开口说道,"是你通过视频电话联系我,而不是地球上任何一家医院。这些都是计划的一部分。"他抬起头看着周围,"而德洛丽丝实际上——"

"你的妻子很健康。"壁挂扬声器发出单调的声音,"这是一个骗局。我很抱歉以这种方式欺骗你,菲利普,但我只能想到这个办法。再过一天你就要返回地球。如无必要,我不希望再留在这个区域。他们确信我已经去了外层空间,所以我留在这里不会有太大的风险。但被抓到也是迟早的事情。"

克雷默紧张地抽着烟,"你打算做什么? 我们要去哪里?"

"首先,我想和你谈谈。我有很多事情想和你讨论。你和其他人一起离开我时,我感到非常失望。我本来希望你能留下。"那个干涩的声音轻轻笑了,"还记得我们过去是怎么聊天的吗?你和我。那是很久以前的事情了。"

太空船正在加速,以惊人的速度冲进太空,穿过防御区最后一部分,跨越边界。克雷默感到一阵恶心,弯下腰忍了一会儿。

他站直身体后,墙上的声音继续说道:"我很抱歉这么快完成加速,但我们仍处于危险中。片刻之后我们就自由了。"

"尤科内人的太空船呢? 他们不在这里吗?"

"我已经从他们手中逃脱了好几次。他们对我感到很好奇。"

"好奇?"

"他们能感觉到我是不同的,更类似于他们的有机太空雷。他们不喜欢这一点。我相信他们很快将会开始撤离这个区域。显然,他们不想和我扯上关系。这是个奇怪的种族,菲利普。我希望能近距离地研究他们,试着从他们那里学到一些东西。我认为他们不使用任何无生命材料。他们所有的设备和仪器都是活的,各种形式的生命体。其实他们根本不会制造或建造。**制造**的概念对他们来说很陌生。他们只会利用现有的生命形式。甚至连他们的太空船——"

"我们要去哪里?"克雷默说,"我想知道你要带我去哪里。"

"说实话,我不确定。"

"你不确定?"

"有些细节我还没有搞明白。我的程序中还有几个模糊点。但我认为,我很快就能解决这些问题。"

"你的计划是什么?"克雷默说。

"事实上很简单。但你不想进入控制室坐下来吗? 座椅可比金属凳舒服多了。"

克雷默走进控制室,坐在控制面板前。看着这些毫无用处的仪器,他产生了一种很奇怪的感觉。

"怎么了?"控制面板上方的扬声器发出刺耳的声音。

克雷默做了个无可奈何的手势,"我无能为力。我什么也做不了。我不喜欢这种感觉。你会责怪我吗?"

"不,不,我不会责怪你,但你很快就会拿回控制权。别担心,以这种方式带你离开只是权宜之计。我考虑得不够全面。我忘了会有人下达命令,一见我就开火。"

"那是格罗斯的主意。"

"我倒不会怀疑这一点。那天在我家里,你刚一开始描述你的计划,我脑海中立即涌现出我的设想、我的计划。我马上发现,你错了,你们这些人根本不了解大脑。我意识到,把一个人类大脑从有机物构成的身体中移植到复杂的人造太空船中,并不会丢失大脑的智慧或能力。一个人思考的时候,才称其为'人'。

"认识到这一点后,我发现有可能实现一个古老的梦想。我们最初相识的时候,我就已经很老了,菲利普。早在那时,我的寿命就已接近终点。我已毫无期待,只剩下等待死亡,然后我所有的思想都会消失。我在这个世界上不会留下任何痕迹,一丝也无。我的学生们一个个从我身边走向这个世界,参与大型研究项目,寻找更好的、更强大的战争武器。

"这个世界很长时间以来一直战事不断,最初是自己内部的战争,然后是火星人,再然后是半人马座比邻星上这些我们一无所知的生物。人类社会已经使战争发展为一种文化习俗,就像天文学或数学一样。战争已成为我们生活的一部分、一种毕生的职业、一个受人尊重的行业。聪明机灵的年轻男女投身其间,用肩膀扛起战争的车轮,就像古巴比伦国王尼布甲尼撒二世①时代的奴隶一般。一直都是这样。

"但这是人类的天性吗?我不这么认为。没有什么社会习俗是人类与生俱来的。有很多人类群体不曾投入战争;爱斯基摩人根本不明白这个概念,美国印第安人也一直不怎么理解。

"然而,这些持异议者都被消灭了,单一的文化模式被建立

①尼布甲尼撒二世(Nebuchadnezzar II,约公元前630年-前561年),位于巴比伦的伽勒底帝国最伟大的君主,他曾征服了犹大国和耶路撒冷,并在他的首都巴比伦建成著名的"空中花园"。

起来,并成了整个地球的标准。现在,这种想法已根深蒂固。

"但如果有朝一日,我们能找到并掌握另一种解决问题的方式,不是像现在这样集结军队派往——"

"你的计划是什么?"克雷默说,"我知道这个理论。你曾经在一次演讲中讲过。"

"没错,我记得是在一次关于植物选择的演讲中顺便提过。你来找我提出那个建议时,我意识到,也许我的设想可以成为现实。如果我的理论是正确的,战争只是习惯,而非天性,建立一个不同于地球的社会,尽可能减少来自地球的文化传统,这个社会也许会走上不同的发展方向。如果它没有被我们的观点同化,如果它能从另一个不同的起点出发,也许就不会走到和我们一样的地步:一条死胡同,眼前除了规模越来越大的战争什么也看不到,最终只会剩下一片废墟,满目疮痍。

"当然,首先必须有个观察者来指导这次实验。危机无疑会迅速来临,很可能就在新移民的第二代。几乎立即就会出现杀人凶手,就像《圣经》中的该隐。

"你看,克雷默。如果我停在某个小行星或卫星上,大部分时间保持静止,估计我可以继续运转大概一百年时间。这段时间足够了,足以让我看到新移民地的方向。在那之后——嗯,之后将取决于移民地本身。

"当然,这也无妨。人类终究会亲自掌控一切。一百年后,他们的命运将掌握在自己手中。也许我错了,也许战争不仅仅是一种习惯。也许这确实是宇宙的法则,生命要作为群体生存下去,必然会出现群体性暴力。

"但我还是打算这样做,希望有机会证明我是对的,战争只是一种习惯。我们对战争太过习以为常,没有意识到这是一种非常不自然的事情。现在就是地点的问题！我对此仍然有些不确定。但我们必须找到这个地方。

"这就是我们现在正在做的事情。我和你一起去考察几个鲜有人类涉足的星系，一些缺乏商业前景、远离人类太空船的行星。我知道有一颗行星没准很合适。'仙童号'远征队在他们最初的手稿中提到过那里。我们可以先去调查一下。"

太空船中一片寂静。

克雷默坐了一会儿，盯着脚下的金属地板。地板随着涡轮机的运转微微颤动。最后，他抬起头来。

"也许你是对的，也许我们的观点只是一种习惯。"克雷默站了起来，"但我不明白你是怎么想的。"

"怎么了？"

"如果地球上根深蒂固的习俗可以追溯到几千年前，你怎么才能让你的移民地忘掉地球和地球上的习俗，与之一刀两断？**这一代人**会是什么样子，最早一批发现移民地的人？我想你说得没错，下一代人会摆脱这一切，如果——"他咯咯笑起来，"上面有一位老人教会他们别的东西。"

克雷默抬头看着墙上的扬声器，"如果按照你的理论，这一代人无法获得拯救，只能从下一代开始，你怎么才能让人们离开地球，与你同行？"

墙上的扬声器沉默下来，然后发出一阵微弱单调的轻笑声。

"你令我感到惊讶，菲利普。我们可以找到移民。我们不需要很多人，几个人就好。"扬声器中再次传来笑声，"我会告诉你我的解决办法。"

走廊尽头有一扇门打开。出现一个声音，一个犹豫的声音。克雷默转过身。

"德洛丽丝！"

德洛丽丝·克雷默犹豫不决地站在那里，看向控制室里面。她惊讶地眨了眨眼睛，"菲尔！你在这里干什么？发生了什么事？"

他们两人面面相觑。

"发生了什么事？"德洛丽丝说，"我接到一个视频电话，说你在月球上的一次爆炸中受了伤——"

墙上的扬声器再次发出刺耳的声音："你看，菲利普，这个问题已经解决了。我们不需要很多人，也许一对夫妇就够了。"

克雷默慢慢点了点头。"我明白了。"他闷声嘀咕着，"只有一对夫妇。一个男人和一个女人。"

"他们两个人就能搞定，如果还有个人随时留意，确保一切进展顺利。我在不少事情上都可以为你带来帮助，菲利普。不少事情。我想，我们会相处得很好。"

克雷默咧嘴苦笑。"你甚至可以帮我们给动物命名。"他说，"我想这是第一步。"

"我很乐意。"那个单调、没有生命的声音说，"按照我的回忆，我会负责把它们一个个给你带过来。然后由你负责命名。"

"我不明白。"德洛丽丝浑身颤抖，"他是什么意思，菲尔？给动物命名。什么动物？我们要去哪里？"

克雷默慢慢走向舷窗，双臂交叠静静地站在那里，凝视窗外。太空船外闪烁着点点星光，仿佛无数煤块在黑暗的真空中燃烧。行星、恒星、星系。无穷无尽，难以计数。众多世界构成的宇宙。无数颗星球正等着他们，在黑暗中闪烁。

他转身离开舷窗。"我们要去哪里？"他微笑看着他的前妻，她站在旁边,又紧张又害怕,一双大眼睛十分警觉。"我不知道我们要去哪儿。"他说,"但在某种意义上,现在这似乎并不重要……我开始理解教授的观点了,重要的是结果。"

几个月以来,他第一次伸手搂住德洛丽丝。起初,她有点儿僵硬,眼睛里仍然能看得出紧张害怕。但突然,她放松下来靠在他怀里,泪水打湿了她的脸庞。

"菲尔……你真的认为我们还能重新开始吗——你和我?"

他给了她一个温柔的吻,然后是充满热情的吻。

太空船飞速掠过茫茫无际的、永恒的虚空……

森林里的吹笛人

"好吧,韦斯特伯格下士。"亨利·哈里斯医生温和地问道,"你为什么会认为自己是一株植物?"

哈里斯说着又扫了一眼办公桌上的卡片,上面是基地指挥官考克斯重重的笔迹,他写道:"医生,这就是我跟你说过的那个小伙子。跟他谈谈,想办法搞明白他为什么会产生这种错觉。他是警备队的人,来自小行星Y-3上新设的检查站,我们希望那里不要出任何问题。尤其像这种该死的蠢事!"

哈里斯把卡片放到一边,看向桌子对面那个年轻人。年轻人显得有些局促不安,似乎不愿回答哈里斯提出的问题。哈里斯皱了皱眉。韦斯特伯格是个很帅的小伙子,穿着一身警备队制服,看起来十分英俊,一头漂亮的金发遮住一边眼睛。他个子很高,将近一米八二,是个很健康的小伙子。根据卡片上的资料,他两年前刚从培训学校毕业,生于底特律,二十六岁,九岁时得过麻疹,兴趣是喷气发动机、网球和女孩。

"好吧,韦斯特伯格下士。"哈里斯医生再次问道,"你为什么会认为自己是一株植物?"

下士有点儿腼腆地抬起头,清了清嗓子,"先生,我确实是一

167

株植物,我不仅仅是这样认为。到现在,我已经变成植物好几天了。"

"我明白了。"医生点点头,"你的意思是你并非一直都是植物?"

"是的,先生。我最近刚变成植物。"

"那么在你变成植物之前,你是什么?"

"呃,先生,我以前和你们一样。"

房间里一阵沉默。哈里斯医生拿起钢笔写下几行字,但又没什么值得记的。一株植物? 这个小伙子看起来这么健康! 哈里斯摘下他的钢质架眼镜,用手帕擦了擦,然后重新戴上,向后靠在椅背上,"想抽支烟吗,下士?"

"不了,先生。"

医生为自己点燃一支烟,把手臂搭在椅子扶手上,"下士,你肯定也意识到了,很少会有人变成植物,尤其是在这么短的时间里。我必须承认,你是第一个告诉我这种事情的人。"

"是的,先生。我知道这很罕见。"

"那么你也能理解,我为什么对你这么感兴趣。你说你是一株植物,你的意思是你不能移动? 还是说相对于动物而言,你属于植物? 还是其他什么?"

下士移开目光。"我不能告诉你更多了。"他喃喃地说,"很抱歉,先生。"

"好吧。那你能告诉我你是**怎样**变成植物的吗?"

韦斯特伯格下士犹豫了一会儿。他低头盯着地板,然后看向窗外的太空港,接着是办公桌上的一只苍蝇。最后他站了起来,慢慢直起身子,"这个我也不能告诉你,先生。"他说。

"你不能? 为什么呢?"

"因为……因为我答应了不会这样做。"

房间里寂静无声。哈里斯医生也站了起来,他们两人面对面站在那里。哈里斯摸着下巴皱起眉,"下士,你答应过**谁**?"

"这个我也不能告诉你,先生。我很抱歉。"

医生考虑了一会儿。最后,他走到门口,打开门,"好吧,下士。现在你可以走了。感谢你拨冗前来。"

"很抱歉,我帮不上什么忙。"下士慢慢走了出去,哈里斯在他身后关上门。随后,他穿过办公室走向视频电话,输入考克斯指挥官的名字。片刻后,基地指挥官肌肉发达又和蔼可亲的面孔出现在屏幕上。

"考克斯,我是哈里斯。我跟他谈过了,好吧,唯一的收获就是他声称自己是一株植物。还有什么情况? 他的行为模式是怎样的?"

"好吧。"考克斯说,"他们最初注意到,他什么工作都不做。警备队队长说,韦斯特伯格会走到警备队基地外面,坐上一整天。就只是坐在那里。"

"在阳光下?"

"是的。就只是坐在阳光下。等到夜幕降临时,他就会回到屋里。他们问他为什么不在喷气机修理大楼里工作,他告诉他们,他必须待在外面的阳光下。然后他说——"考克斯犹豫了一下。

"嗯? 他说了什么?"

"他说工作是违背自然的,是浪费时间。唯一值得做的事情就是坐着思考,在外面。"

"然后呢?"

"然后他们问他怎么会产生这种想法,再然后他就向他们透露自己已经变成了一株植物。"

"我想我会再和他谈谈。"哈里斯说,"他申请从警备队永久退伍? 他给出的理由是什么?"

"一样,他现在是一株植物了,已经没有兴趣当个警备队员。他唯一想做的事情就是坐在阳光下面。这是我听过的最离谱的事。"

"好吧。我想我会到他的住处去见见他。"哈里斯看看手表,"晚餐后我就过去。"

"祝你好运。"考克斯沮丧地说,"可是有谁听说过一个人会变成植物? 我们告诉他,这是不可能的,但他只是对我们微笑。"

"如果有什么收获,我会告诉你的。"哈里斯说。

哈里斯缓缓经过走廊。现在是晚上六点多,晚餐刚刚结束。他脑海中浮现出一个模模糊糊的概念,但消失得太快,来不及抓住。他加快了脚步,在走廊尽头右转。两名护士匆匆路过。韦斯特伯格和另一个小伙子住在一起,那个人在喷气机爆炸中受了伤,现在已经基本痊愈。哈里斯来到一排宿舍房间前面,停下来查看门上的房间号。

"先生,我能为您效劳吗?"机器人值班员滑过来说。

"我在找韦斯特伯格下士的房间。"

"右边第三扇门。"

哈里斯向前走去。小行星 Y-3 最近才进驻警备队和工作人员。那里已成为一个主要检查站,想要进入这个星系的外太空飞船必须在此停下接受检查。警备队要确保没有危险的细菌、真菌,或诸如此类的东西入侵感染这个星系。那是一颗很不错的小行星,温暖、水源充足,拥有树木、湖泊和充足的阳光,还有九颗行星中最先进的警备队。他摇摇头,走向第三扇门,然后停下脚步,伸手敲了敲门。

"谁?"门里面传来一个声音。

"我想见见韦斯特伯格下士。"

门开了。一个呆头呆脑的年轻人看向外面,他戴着角质架眼镜,手里拿着一本书,"你是谁?"

"哈里斯医生。"

"对不起,先生。韦斯特伯格下士睡着了。"

"如果我把他叫醒,他会介意吗?我非常想和他谈谈。"哈里斯看向屋里,一个整洁的房间,一张书桌、一块地毯和灯,还有两个铺位。韦斯特伯格躺在其中一个铺位上,他仰面朝天,双臂交叉放在胸前,眼睛紧紧闭着。

"先生,"呆头呆脑的年轻人说,"恐怕我不能帮你把他叫醒,虽然我很愿意帮忙。"

"你不能?为什么?"

"先生,韦斯特伯格下士没办法醒过来,太阳下山后都不行。他就是醒不了,没法儿把他叫醒。"

"强制性昏厥?真的吗?"

"但到了早晨,太阳刚一升起来,他就从床上跳下去,到外面待上一整天。"

"我明白了。"医生说,"好的,谢谢你。"他回到走廊里,门在他背后关上。"这比我想象的要复杂得多。"他嘀咕着,沿着来路返回。

这是个天气温暖、阳光明媚的日子。天空中几乎万里无云,微风拂过河岸上的雪松林。一条小路从医院通往斜坡下面的小河,河上一座小桥跨越河水连接两岸,几个穿着浴袍的病人站在桥上,百无聊赖地看着下面的水流。

哈里斯花了几分钟时间才找到韦斯特伯格。这个年轻人没有和其他病人一起待在小桥附近。他走到更远的地方,穿过雪松林,来到一片清新的草地上,这里长满了罂粟花和青草。他坐在岸边一块平坦的灰色岩石上,向后靠去,仰面朝天,嘴巴微微张开。哈里斯几乎已经走到他身边,但他仍然没有注意到医生接近。

"你好。"哈里斯轻声说。

韦斯特伯格睁开眼睛看过来。他微笑着慢慢站起来,动作优雅流畅,对于他这么大的块头来说相当出人意料,"你好,医生。什么风把你吹到这儿来的?"

"没什么。我想晒晒太阳。"

"来,我们可以一起坐在这块岩石上。"韦斯特伯格挪开一点儿,哈里斯小心翼翼地坐下,仔细不让岩石锋利的边缘划到他的裤子。他点燃一支烟,默默盯着下面的河水。在他旁边,韦斯特伯格又恢复了刚才那种奇怪的姿势,向后靠去,仰面朝天,双手枕在头下,眼睛紧紧闭着。

"天气不错。"医生说。

"是啊。"

"你每天都到这儿来吗? 比起里面,你更喜欢外面?"

"我不能待在里面。"韦斯特伯格说。

"你不能? 为什么说'不能'?"

"没有**空气**你就会死去,不是吗?"下士说。

"没有阳光,你就会死去?"

韦斯特伯格点点头。

"下士，我可以问你一件事吗？你计划在整个余生中就只做这一件事？坐在阳光下的一块平坦岩石上？没别的了吗？"

韦斯特伯格点点头。

"那么你的工作呢？你上了这么多年学就是为了成为警备队员。你曾经非常非常想进入警备队。你取得优异的成绩，被分配到最好的职位。放弃这一切你有何感受？你知道，以后再想回来可不容易了。你意识到这一点了吗？"

"我知道。"

"你真的要放弃这一切吗？"

"没错。"

哈里斯沉默了一会儿。最后，他把烟掐灭，转向那个年轻人，"好吧，假如你放弃了自己的工作，整天坐在阳光下面。然后会怎样？别人必须代替你来做这些工作。不是吗？这些工作必须完成，**你的**工作必须完成。如果你不去做，别人就必须去做。"

"我想是的。"

"韦斯特伯格，假如每个人都像你这样想，假如每个人都想整天坐在阳光下面，会发生什么？没有人去检查来自外太空的飞船。细菌和有毒的晶体会进入这个星系，导致大规模的死亡和灾害。不是吗？"

"假如每个人都像我这样想，他们就不需要进入外太空。"

"但他们必须这样做。他们必须去做生意，他们必须得到矿物、产品和新的植物。"

"为什么？"

"为了让社会继续前进。"

"又为什么？"

"好吧。"哈里斯做了个手势，"人离了群体可没法生存。"

韦斯特伯格什么也没说。哈里斯看着他,但年轻人没有回答。

"不是吗?"哈里斯说。

"也许吧。这事很古怪,医生。你知道,我努力奋斗了很多年才从培训学校毕业。我为了付学费不得不去工作。洗盘子,在厨房里干活。晚上才能读书、学习、死记硬背,没完没了。你知道我现在是怎么想的吗?"

"怎么想的?"

"后悔我没能更早地变成植物。"

哈里斯医生站了起来,"韦斯特伯格,等你要进屋里时,可以到我的办公室来吗? 我想给你做些测试,如果你不介意的话。"

"电击盒?"韦斯特伯格笑了,"我知道这东西迟早会出现。当然,我不介意。"

哈里斯有些恼火地离开岩石,沿着河岸往回走了一小段距离,回头问道:"大约三点,下士?"

下士点了点头。

哈里斯沿着小路走上斜坡,回到医院大楼里。在他看来,一切开始变得越来越清晰了。这个男孩奋斗了一辈子,经济拮据,却依然抱有理想,期待着能成为一名警备队员。如今梦想成真,却发现巨大的压力也随之而来。而在小行星 Y-3 上,整日面对的就是成片的植被。由此,基于对这颗星球植物群最基本的认知和推断,这男孩认为那里的安保工作意味着要融入平静和永恒,就如同一成不变的森林那般。

他走进大楼。一个机器人传令兵立即拦住了他,"先生,考克斯指挥官急着找你,在视频电话上。"

"谢谢。"哈里斯大步走向办公室。他输入考克斯的名字,指挥官的面孔立即浮现出来,"考克斯? 我是哈里斯。我已经和那个男孩谈过。现在我开始明白了,我弄懂这个样本是怎么回事了。他在很长时间中积累了过多压力,最终得到他想要的东西之后,他的理想破灭了——"

"哈里斯!"考克斯吼道,"闭嘴听我说。我刚刚收到一份来自Y-3的报告。他们发射了一枚特快运载火箭到这里来。现在正在半路上。"

"特快火箭?"

"又多了五个韦斯特伯格这样的病例。那些人都说自己是植物! 警备队队长担心得要命。我们**必须**搞明白这是怎么回事,否则警备队马上就会乱套。你明白我的意思吗,哈里斯? 搞明白这是怎么回事!"

"是,先生。"哈里斯喃喃地说,"是,先生。"

到了周末,病例已增至二十例,当然,全部都来自小行星Y-3。

考克斯指挥官和哈里斯一起站在山顶上,忧郁地看着下面的小河。岸边有十六个男人和四个女人坐在阳光下,没有人移动,也没有人说话。一个小时后,下面的二十个人仍然完全没有动弹。

"我不明白,"考克斯摇着头说,"我完全不明白。哈里斯,这是末日的起点吗? 我们周围的一切都会分崩离析吗? 看到下面那些人沐浴在阳光中,就只是坐在那儿晒太阳,令我产生一种非常奇怪的感觉。"

"那个红头发的男人是谁?"

"那是乌尔里希·多伊奇。他曾是警备队的副指挥官。现在看看他! 就坐在那儿打瞌睡,张着嘴,闭着眼睛。一周前,那个男人还在朝着权力的顶峰向上攀爬。警备队队长退休后将由他接任。也许最多再等一年。他向上爬了半辈子才爬到那个位子。"

"而现在他就只是坐在阳光下面。"哈里斯补充说。

"那个女人，黑色短发的那个，一位职业女性，她是警备队所有办公室职员的主管。还有她旁边那个男人，看门的。那边的可爱小姐、大胸美女、秘书，还有刚刚从学校毕业的学生，各种各样的人。今天早上我收到消息，今天晚些时候还会再来三个。"

哈里斯点点头，"奇怪的是——他们真的**只想**坐在那里。他们神智完全正常，他们可以做些别的事情，但他们就是不愿去做。"

"是吗？"考克斯说，"你打算怎么做？你发现了什么？我们全指望你了。给我们说说吧。"

"我无法直接从他们那里得到任何答案。"哈里斯说，"但我利用电击盒得到了一些有趣的结果。我们进去吧，我带你看看。"

"很好。"考克斯转身向医院走去，"给我看看你找到了什么。事态严峻。我现在算是明白耶稣在高处出现时台比留①有何感受了。"

哈里斯"啪"的一声关掉了灯。房间里漆黑一片。"我先为你放第一段。这个催眠对象是警备队最好的驻站生物学家之一，罗伯特·布拉德肖。他是昨天来的。电击盒取得了很好的效果，因为布拉德肖的内心高度分化，存在大量被压抑的非理性内容，比一般人更多。"

---

①台比留（公元前42-37年），公元1世纪14-37年间为罗马皇帝。

他按下一个开关。投影机呼呼转动,远处墙壁上出现彩色的三维形象,像真人一般如此真实。罗伯特·布拉德肖是个五十岁的大块头男人,铁灰色的头发,方形下颏。他平静地坐在椅子上,双臂交叠,不理会脖子和手腕上的电极。"开始了。"哈里斯说,"看。"

屏幕上的他走近布拉德肖,"现在,布拉德肖先生,"他的影像说,"这不会伤害你,却会为我们带来很大帮助。"他旋转电击盒的控制装置,布拉德肖身体变得僵硬,咬紧牙关,但除此之外没什么反应。屏幕上的哈里斯打量了他一会儿,然后离开控制装置。

"你能听到我说话吗,布拉德肖先生?"三维形象问。

"能。"

"你叫什么名字?"

"罗伯特·C.布拉德肖。"

"你的职位是什么?"

"Y-3检查站的首席生物学家。"

"你现在在那里吗?"

"不,我已经回到地球。在一家医院里。"

"为什么?"

"因为我告诉警备队队长,我已经变成植物。"

"这是真的吗? 你是一株植物。"

"是的,在非生物学的意义上。当然,我还保留着人类的生理学特征。"

"那么,你是一株植物,这究竟是什么意思?"

"这指的是观念和心态,世界观。"

"继续说下去。"

"对于温血动物、高等灵长类动物来说,在某种程度上具有植物的心理,是有可能的。"

"什么?"

"我就是这个意思。"

"其他人呢? 他们也是这个意思?"

"是的。"

"发生了什么事,使你开始产生这种心态?"

布拉德肖的影像犹豫起来,嘴唇变得扭曲,"看到了吗?"哈里斯对考克斯说,"强烈的内心冲突。如果他完全清醒的话,就不会继续说了。"

"我——"

"怎么?"

"有人教我变成植物。"

哈里斯的影像显得既惊讶又好奇,"你是什么意思? 有人**教**你变成植物?"

"他们意识到我存在问题,然后就教我变成一株植物。现在我终于摆脱那些问题了。"

"是谁? 谁教你的?"

"吹笛人。"

"谁? 吹笛人? 吹笛人是谁?"

没有回答。

"布拉德肖先生,吹笛人是谁?"

很长一段痛苦的停顿之后,他张开沉重的嘴唇,"他们住在森林里……"

哈里斯关掉投影仪,灯光亮起来。他和考克斯眯起眼睛。"我知道的只有这些,"哈里斯说,"但能知道这些已经很幸运了。他原本不会说出来的，一丁点儿都不会。他们所有人都做过承诺，不要说出是谁教他们变成植物的。住在小行星Y-3森林里的吹笛人。"

"所有二十个人都是这么说的？"

"不，"哈里斯做了个鬼脸，"他们大多数人拼命抗拒。我从他们那里得到的甚至比**这个**还少。"

考克斯陷入了沉思，"吹笛人。是吗？你打算怎么做？先等等看，直到搞明白究竟怎么回事。你的计划是这样吗？"

"不，"哈里斯说，"完全不是。我要去Y-3查出吹笛人是谁，我亲自前去。"

小型巡逻舰谨慎而精确地着陆，喷气发动机渐渐熄火，直至彻底安静下来。舱门滑开，亨利·哈里斯医生眼前是一个降落场——太阳暴晒下的棕色降落场。场地一端有个高高的信号塔，四周环绕着灰色的长条形建筑物，那里就是警备队检查站。不远处停泊着一艘巨大的金星巡洋舰，绿色的庞然大物看起来就像个巨大的酸柠檬，上面挤满了检查站的技术人员，正检测船体上每一寸地方是否附着致命的生命形式和有毒物质。

"加油，先生。"飞行员说。

哈里斯点点头，拿起两只手提箱小心翼翼地走下去。脚下的地面很热，他在明亮的阳光下眯起眼睛。巨大的木星悬挂在天空中，将大量阳光反射到这颗小行星上。

哈里斯提着手提箱穿过降落场。一名地面服务人员正忙着打开巡逻舰的储存舱，取出他的大行李箱。服务人员把行李箱放进等在一旁的小车里，娴熟地操纵着小车跟在他后面。

哈里斯来到信号塔入口处，大门滑开，一个男人走上前来。

这是一位高大健壮的老人，头发花白，步伐坚定。

"你好吗，医生？"他一边说一边伸出手，"我是劳伦斯·沃茨，警备队队长。"

他们握了握手。沃茨对哈里斯露出一个微笑。他是个身材魁梧的老人，一身深蓝色的制服庄严笔挺，肩膀上金色的肩章闪闪发亮。

"旅途愉快吗？"沃茨问，"进来吧，我为你准备了饮料。这里很热，因为天上挂着一面大镜子。"

"木星？"哈里斯跟着他走进里面。信号塔里十分阴凉，令人不禁松了一口气。"为什么这里的重力很接近地球？我原本以为可以像袋鼠似的一蹦老高。是人工控制的吗？"

"不，这颗小行星有个密度很大的核心，某种金属沉积物。这就是为什么我们从所有的小行星中选出了这一颗。这样建筑施工的问题会简单得多，这也解释了为什么这颗小行星拥有天然的空气和水。你看到山了吗？"

"山？"

"等我们爬到信号塔上更高的地方，就能看到建筑物另一边。这里有个天然的公园，景色宜人的小森林，想要的都有。进来吧，哈里斯。这是我的办公室。"老人迈着大步转过拐角，走进一个宽敞的、精心布置的房间，"很舒适，不是吗？我希望自己在这里的最后一年能尽可能过得惬意点儿。"他皱起眉头，"当然，多伊奇走了，也许我会永远留在这里。哦，好吧，"他耸了耸肩，"坐吧，哈里斯。"

"谢谢。"哈里斯找了把椅子坐下，伸了伸腿。他看着沃茨关上通往走廊的门，"顺便问问，有更多的病例出现吗？"

"今天又多了两个，"沃茨表情严峻，"总共将近三十个。这个检查站有三百人。按照这个速度——"

"队长,你谈到了小行星上有片森林。你允许工作人员随意进入森林吗?还是限制他们必须留在建筑和场地里?"

沃茨揉着下巴,"嗯,这事很难办,哈里斯。有时候我不得不允许工作人员到外面去。他们在建筑里面可以**看到**森林,既然你能看到一个休闲放松的好地方,肯定想过去待会儿。他们每十天有一整段休息时间,会到外面去四处闲逛。"

"然后就发生了那种事?"

"是的,我想是的。但既然他们能看见森林,就会想要过去。我无能为力。"

"我知道,我不是指责你。嗯,你有何想法?他们在那里遇到了什么事?他们做了什么?"

"遇到了什么?一旦他们跑到外面轻松自在半天,就不想回来工作了。他们觉得这些琐碎的活计很无聊。其实就是旷工而已。他们不想工作,所以就溜走了。"

"他们的幻觉又是怎么回事?"

沃茨和蔼地哈哈大笑,"听着,哈里斯。你我都知道那纯粹是胡说八道。他们就像你和我一样不是什么植物,他们只是不想工作,仅此而已。我还在警校里上学时,我们有不少方法可以让人们干活。真希望能让他们也尝尝那种滋味,就像当年一样。"

"所以你认为这只是单纯的偷懒?"

"你不这么想吗?"

"不,"哈里斯说,"他们真的相信自己是植物。我用电击盒让他们接受高频电击疗法。整个神经系统都会瘫痪,所有的抑制心理都不再起作用,这样他们就会说实话。他们的说法全都一样——甚至更详细。"

沃茨背着双手来回踱步,"哈里斯,你是个医生,我想你应该知道你在说什么。可是看看这里的情况。我们有一支警备队,一支精锐的现代化警备队。我们拥有这个星系中最现代化的装备。当代科技制造出的每一种新型装置和设备都能在这里找到。哈里斯,这支警备队是一台巨大的机器。每个人都是上面的零部件,都有自己的工作,维修人员、生物学家、办公室职员、管理人员。

"如果一个人对自己的工作弃之不顾,看看会发生什么事。一切都会开始乱套。如果没有人管理机器,我们就无法处理故障。如果没有人盘点库存、报告需求,我们就无法为工作人员订购食物。如果警备队的副指挥官决定到外面去,整天坐在太阳下面,我们就无法开展任何行动。

"三十个人,警备队的十分之一。失去了他们,我们就无法正常运转。警备队的架构就是这样。如果你去掉支撑物,整个建筑物都会坍塌。没有人可以离开。我们所有人都被绑牢在这里,他们都知道这一点。他们知道自己没有权利这样做,不能自己偷偷跑掉。没有任何人拥有这种权利。我们如此紧密地彼此交织在一起,是不能突然就开始随心所欲的。这对其余大多数人来说不公平。"

哈里斯点了点头,"队长,我可以问你一件事吗?"

"什么?"

"这颗小行星上有土著居民吗?原住民?"

"原住民?"沃茨想了一下,"是的,那里生活着某种土著居民。"他含含糊糊地朝窗口挥了挥手。

"他们是什么样子?你见过他们吗?"

"是的,我见过他们。至少,我们第一次来到这里时,我看见了他们。他们在周围转悠了一会儿,观察我们,然后过了一段时间,他们就消失了。"

"他们死了吗?因为某种疾病?"

"不,他们只是……只是消失了。他们仍然在森林里的某个地方。"

"他们是什么样子?"

"嗯,据说他们最初来自火星,但看起来不太像火星人。他们肤色偏黑,就像铜的颜色。身形纤细,非常灵活。他们会狩猎和捕鱼。没有书面语言。我们没怎么注意过他们。"

"我明白了。"哈里斯停了一下,"队长,你有没有听说过所谓的'吹笛人'?"

"吹笛人?"沃茨皱起眉头,"没有。为什么这么问?"

"有病人提到了吹笛人。据布拉德肖说,是吹笛人教他变成植物的。他是从他们那里学到的,根据教导。"

"吹笛人,那是什么?"

"我不知道,"哈里斯承认,"我原本以为你也许会知道。当然,我最初假设他们就是这里的原住民。但听了你对他们的描述之后,现在我不太确定了。"

"那些原住民都是野蛮的原始人。他们没有任何东西可以教给任何人,尤其是一位优秀的生物学家。"

哈里斯犹豫了一下,"队长,我想去森林里看看。有可能吗?"

"当然,我可以为你安排。我会找个人带你四处转转。"

"我更希望单独行动。有什么危险吗?"

"没有,据我所知没有。除了——"

"除了吹笛人,"哈里斯替他说完,"我知道。好吧,只有一个方法能找到他们,就是亲自前去。我必须冒一冒险。"

"如果你沿直线走,"沃茨队长说,"大约六小时后就会发现自己回到了警备队。这颗行星非常非常小。有一两处河流和湖泊,小心别掉进去。"

"有没有毒蛇或毒虫?"

"没听说过。我们当初踩倒了周围很多植物,但现在它们又都长回来了,恢复原样。我们从未遇到过任何危险的东西。"

"谢谢你,队长。"哈里斯说。他们握了握手。"我会在夜幕降临前回来。"

"祝你好运。"队长和两名武装警卫转身往回走,爬上斜坡,从另一边下坡走向警备队。哈里斯目送他们离去,直到他们消失在建筑物里面。然后,他转身向森林走去。

他一路走去,周围十分安静。四面八方耸立着高高的树木——像桉树那种深绿色的大树。脚下的地面踩上去很软,无数落叶腐朽后化为泥土。过了一会儿,林中高大的树木被他抛在身后,他发现自己正走在一片干燥的草地上,野草被阳光晒成褐色。昆虫在他身边嘶嘶鸣叫,从干枯的草茎上飞起来。前面有东西仓促逃走,匆匆钻进灌木丛。他看见那是一个长着很多条腿的小灰球,它拼命奔逃,触角晃来晃去。

草地尽头是一座小山。他开始往山上爬,越来越高。前方是一大片无边无际的绿色玫瑰,几亩地都是野生植物。他终于爬到山顶,上气不接下气。

他继续前进。现在是往下走,进入一道深深的峡谷,生长在这里的蕨类植物像树木一样高大。他仿佛走进了侏罗纪森林,面前是无数四处蔓延的蕨类植物。他继续小心翼翼地往下走。

周围的空气开始变冷。峡谷底部潮湿而寂静,脚下的地面湿漉漉的。

他来到一处平地上。这里很黑,四面八方都是茂密的蕨类植物,寂静无声、一动不动的蕨类植物。他走上一条天然形成的小径,一条古老的河床,崎岖不平,但很容易找到路。沉闷的空气令人喘不过气来。透过蕨类植物的间隙,他可以看到下一座小山,一片绿地逐渐升高。

前面有些灰色的东西。是石头,四处散布着堆积在一起的大圆石。河床径直指向这里。显然,这里以前是个水塘,曾经有河水流过,现在已经干涸。他笨拙地爬上第一块大圆石,摸索着向上爬。他在上面停了下来,休息一会儿。

目前为止,他的运气不怎么样,完全没有见到原住民。他可以通过原住民找到神秘的吹笛人——正在把人类偷走的吹笛人,如果他们真的存在。如果他能找到原住民,和他们谈谈,也许就能有所发现。但到目前为止他一无所获。他环顾四周,森林里很安静。微风穿过蕨类植物发出一阵沙沙声,但仅此而已。原住民都在哪里?他们总该住在什么地方,小木屋、林中空地。这颗小行星很小,他应该能在日落前找到他们。

他开始爬下石头。更多的石头出现在眼前,他继续攀爬。突然,他停了下来,竖起耳朵仔细倾听。他听到远处传来某种声音,一阵水声。附近有个水塘?他继续前进,试着寻找声音的位置。他爬上爬下,翻过一块块大圆石,除了远处水流飞溅的声音,四周只有一片寂静。也许是一帘瀑布、一处活水、一条河。如果他能找到河流,也许就能找到原住民。

石块消失了,再次露出河床,但这次是湿润的,河底的淤泥上苔藓丛生。他找对了路,这条河里不久之前还有水,当时很可能是雨季。他穿过一堆蕨类植物和藤本植物,走到河边。一条金色的小蛇灵活地从他脚下溜走。从蕨类植物的间隙中能看到前面有什么东西在熠熠发光。水。一个水塘。他匆匆走向那里,把藤蔓推到一边,踩在脚下,抛到身后。

他站在水塘边上,灰色石坑里的一个深深的水塘,周围长满了蕨类植物和藤本植物。这是一片活水,清澈澄净,在远处另一端形成瀑布。景色很美,他静静地站在那里欣赏,惊叹于这处世外桃源。这是个人迹未至的地方,很可能一直以来都是如此,与这颗小行星存在的时间一样悠久。他是第一个看到这片景象的人吗?也许吧。这里如此隐蔽,被蕨类植物严严实实遮住。这里使他产生了一种奇怪的感觉,几乎像是归属感。他朝下方的水面走近了一点。

这时,他注意到了她。

那个女孩正坐在水塘的另一边低头凝视水面,她曲起一条腿,脑袋靠在膝盖上。他立即意识到,她刚刚在洗澡。她古铜色的身体仍然湿漉漉的,水珠在阳光下闪闪发光。她还没有看到他。他停下脚步,屏住呼吸,注视着她。

她很可爱,非常可爱,乌黑的长发围绕着她的肩膀和手臂。她身形非常纤细,柔软优雅的姿态使他移不开目光,这种熟悉的感觉就像曾经面对各种各样的解剖图一样。她多么安静!沉默不语,一动不动,只是低头看着水面。时间慢慢过去,很奇怪,他看着那个女孩时,时间仿佛不再流逝。女孩坐在岩石上凝视水面,身后是一排排巨大的蕨草。他们就像一幅画一样纹丝不动,时间仿佛彻底凝固。

突然,女孩抬头看过来。哈里斯动了一下,忽然意识到自己是个入侵者。他后退了一步。"对不起,"他小声说,"我来自警备队。我不是故意闯过来的。"

她点点头,没有开口。

"你不介意吧?"哈里斯随即问。

"不。"

她会说地球语!他沿着水塘边向她走近了一点儿,"希望你不会介意我打扰你。我在这颗小行星上不会停留很久。这是我来到这里的第一天。我刚从地球上过来。"

她微微一笑。

"我是一名医生。亨利·哈里斯。"他低头看着她,苗条的古铜色身体在阳光照射下闪闪发光,手臂和大腿上的水珠泛起淡淡光泽。"也许你会对我来到这里的原因感兴趣。"他停顿了一下,"也许你能帮得上我。"

她微微抬头,"哦?"

"你愿意帮我吗?"

她笑了,"当然愿意。"

"很好。介意我坐下吗?"他环顾四周,发现自己站在一块扁平的岩石上。他面对她慢慢坐下来,"来支烟?"

"不了。"

"好吧,我要来一支,"他点燃烟,深深吸了一口,"你看,警备队遇到了麻烦。有些人出了问题,而且问题似乎正在蔓延。我们必须找到原因,否则警备队就无法继续运转。"

他等了一会儿。她微微点头。她是多么沉默寡言!默不吭声、一动不动,就像蕨类植物一样。

"好吧,我从他们那里了解到一些东西,发现了一个很有趣的事实。他们都说,他们变成那样是因为所谓的——吹笛人。

他们说吹笛人教他们——"他停了下来。她黝黑的小脸上掠过一种奇怪的表情。"你知道吹笛人吗?"

她点了点头。

突如其来的喜悦充斥哈里斯的全身,"你知道? 我相信原住民会知道。"他再次站了起来,"我敢肯定他们会知道,如果吹笛人真的存在。他们确实存在,对吗?"

"他们确实存在。"

哈里斯皱起眉,"他们在这里,在森林里?"

"是的。"

"我明白了。"他不耐烦地在地上捻熄了烟,"你是否愿意带我去找他们? 可以吗?"

"带你去?"

"是的,我必须解决这道难题。你看,地球上的基地指挥官把这项任务交给了我,关于吹笛人的事。必须解决这个问题。这项工作由我负责。所以,找到他们对我来说至关重要。你明白吗? 你能理解吗?"

她点点头。

"好的,你能带我去找他们吗?"

女孩沉默不语。很长一段时间,她只是坐在那里,低头凝视水面,脑袋靠在膝盖上。哈里斯开始感到不耐烦。他烦躁不安地站着,重心在两条腿间换来换去。

"嗯,你愿意吗?"他又问了一遍,"这对整个警备队来说都很重要。你觉得呢?"他在口袋里摸了摸,"也许我可以给你点东西。我有——"他拿出一只打火机,"我可以把我的打火机给你。"

女孩站了起来,缓慢而优雅,毫不费力,似乎没怎么动。哈里斯张大嘴巴。她是多么柔软,微微一动就顺畅地站了起来!他眨眨眼睛。她不费吹灰之力地站起来,就像没动过一样!她一下子就从坐姿变为站姿,站在那里平静地看着他,一张小脸毫无表情。

"你愿意吗?"他问。

"是的。来吧。"她转过身,朝着一排蕨草走去。

哈里斯迅速跟上她,跌跌撞撞翻过石头。"太好了,"他说,"非常感谢。我非常希望能与吹笛人会面。你要带我去哪儿?你的村子里吗?夜幕降临之前我们还有多少时间?"

女孩没有回答。她已经走进蕨类植物中,哈里斯加快脚步,努力不要跟丢她。她移动时多么安静!

"等一下,"他叫道,"等等我!"

女孩停下来等着他,苗条可爱,默默回头看过来。

他也走进蕨类植物中,匆匆忙忙地跟在她后面。

"好吧,真想不到!"考克斯指挥官说,"你没去多久。"他一次跳下两级台阶,"让我来帮你一把。"

哈里斯拎着沉重的手提箱咧嘴一笑。他放下手提箱松了一口气,"真犯不着带这么多东西,"他说,"下回我得少带点。"

"进来吧。士兵,帮他一把。"一名警备队员匆忙赶来,接过一个箱子。三个人一起走进里面,沿着走廊前往哈里斯的住处。哈里斯打开门,警备队员把手提箱放进屋里。

"谢谢。"哈里斯说。他把另一个箱子也放在旁边,"回来真好,即使只有一小段时间。"

"一小段时间?"

"我只是回来处理一下个人事务。明天早晨我还要回到Y-

3去。"

"也就是说你没能解决那个问题?"

"解决了,但还没有**彻底治愈**。我回去后立即开始工作。有很多事情要做。"

"但你搞明白是怎么回事了?"

"是的。正是因为他们所说的吹笛人。"

"吹笛人真的存在?"

"是的,"哈里斯点点头,"他们确实存在。"他脱下外套搭在椅背上,然后走向窗口打开窗户。温暖的春风吹进房间里。他坐在床上,向后靠去。

"没错,吹笛人的确存在——在警备队全体人员的内心中!对这些工作人员来说,吹笛人是真实存在的。工作人员创造了他们。这是一次集体催眠,一次群体投射,所有人都在某种程度上受了影响。"

"这是怎么开始的?"

"那些人被送到小行星 Y-3 上,是因为他们都是训练有素、能力杰出的技术人员。他们一生都在复杂的现代社会中接受教育,习惯于人类社会的快节奏和高度一体化。接受持续不断的压力,去实现某个目标或完成某些工作。

"那些人突然被送到一颗小行星上,那里的原住民过着一种最原始的生活,完全就是植物的生活。没有'目标'和'追求'的概念,因此也没有能力做出计划。原住民的生活方式就像动物一样,睡觉,从树上采摘食物,日复一日。那里就像伊甸园一样,没有争斗或冲突。"

"所以? 但是——"

"警备队里每个工作人员看到原住民后,都会**无意识**地回忆起自己早年的生活,当他还是个孩子时,进入现代社会之前,**他**没有烦恼、没有责任,如同一个躺在阳光下面的婴儿。

"但他内心中无法承认这一点!他无法承认自己**希望**过上原住民那种生活,整天躺着睡觉。所以他发明了吹笛人,一个生活在森林里的神秘群体,引诱他过上他们那种生活。这样他就可以责怪**他们**,而不是他自己。他们'教'他成为森林的一部分。"

"你打算怎么做?把森林烧掉吗?"

"不,"哈里斯摇了摇头,"这不能解决问题;森林是无害的。应该对人类进行心理治疗。这就是为什么我马上就要回去的原因,我要开始工作。必须让他们认识到,是他们内心中的吹笛人,他们自己内心中无意识的声音,呼唤着他们放弃责任。他们必须认识到,吹笛人是不存在的,至少不存在于外界。森林是无害的,原住民不会教给别人什么。他们只是原始的野蛮人,甚至没有书面语言。我们看到的是一种心理投射现象,整个警备队的人都想放下工作轻松一会儿。"

房间里一阵沉默。

"我明白了,"考克斯很快说道,"很有道理。"他站了起来,"对于你带回来的那些人,我希望你能做点儿什么。"

"我也希望如此。"哈里斯表示同意,"我想我可以做点儿什么。毕竟这只是个增强自我意识的问题。只要他们能做到这一点,吹笛人就会消失。"

考克斯点点头,"好,你接着收拾行李吧,医生。晚餐时我再来见你。也许在你明天离开之前。"

"好的。"

哈里斯打开门,指挥官走向外面的走廊。哈里斯在他身后关上门,随后穿过房间,双手插在口袋里向窗外望了一会儿。

　　暮色已近,空气变得凉爽。他看向窗外时太阳正要落山,逐渐消失在医院周围的城市建筑物后面。他目送夕阳西沉。

　　然后,他走向那两只手提箱。他累了,这段旅程令他疲惫不堪。一阵强烈的疲劳感席卷他的全身。有那么多事情要做,多得可怕。他怎么能指望做完所有这一切?回到小行星,然后呢?

　　他打了个哈欠,眼睛几乎睁不开,困得不得了。他看了看床铺,然后坐在床边,脱下鞋子。有那么多事情要做,明天再说。

　　他把鞋子放在房间角落里,然后弯下腰,打开一个手提箱。他从里面取出一个鼓鼓囊囊的麻袋,小心翼翼地把袋子里的东西倒在地上。泥土,肥沃松软的泥土。他在那边最后几个小时里收集的泥土,他仔仔细细收集起来的泥土。

　　他把泥土在地板上铺开,然后自己坐在中间,舒展开身体向后躺下。他整个人舒舒服服地把双手环抱在胸前,闭上眼睛。有那么多工作要做——但以后再说,当然。明天。这些泥土多么温暖……

　　不一会儿,他就睡熟了。

进　化

　　"我不喜欢这里。"克里斯·埃勒少校说。他盯着舱门外那片地方,皱起眉头,"像这样一颗小行星,拥有充足的水、恰当的温度、类似于地球的氧-氮混合大气——"

　　"却没有生命,"副手哈里森·布莱克走到埃勒身边,两人一起看向外面,"完全没有生命,虽然有了理想的条件:空气、水、恰当的温度。为什么呢?"

　　他们对视一眼。巡航舰外面,小行星X-43y一望无际的表面寸草不生。X-43y距离地球很远,中间隔着半个银河系。地球与火星-金星-木星三巨头之间的竞争,促使地球开始测绘和勘探银河系中每一寸岩石,准备随后提出采矿特许权。这一组三名船员在将近一年前出发,来给X-43y插上蓝白色的地球旗,做完这项工作就可以回到地球上度假,乘此机会把他们存下来的工资挥霍出去。小型勘探船上的生活很危险,要见缝插针地穿过遍布星系外围的太空垃圾,要避开流星群、侵蚀船体的细菌云、太空强盗、偏远的人造小行星上花生大小的帝国……

　　"看看!"埃勒说,生气地指向外面,"生命存在的完美环境。可是完全没有生命,只有光秃秃的岩石。"

"也许只是偶然。"布莱克耸了耸肩说。

"你知道,没有什么地方是细菌微尘飘不到的。这颗小行星没有孕育出生命肯定有什么原因,我感觉有点儿不对。"

"好吧。我们要怎么办?"布莱克古板地笑了笑,"你是船长。根据命令,对于我们遇到的每一颗直径 D 级以上的小行星,都应着陆并测绘。这一颗是 C 级。我们要不要到外面去测绘地图?"

埃勒犹豫了一下,"我不喜欢这里。没有人知道太空深处飘浮着多少致命因素。也许——"

"你是不是打算现在就直接飞回地球去?"布莱克说,"想想看,没有人会知道我们忽略了最后这块一丁点儿大的岩石。我不会告密的,埃勒。"

"不是那样!我是担心我们的安全,仅此而已。急着回地球的明明是你。"埃勒仔细打量舱门外面,"如果我们能知道这是怎么回事就好了。"

"把豚鼠放出去,看看会怎样。让它们在周围跑一圈,也许我们就能了解到一些情况。"

"我决定在这鬼地方着陆,可真是对不起。"

布莱克做了个轻蔑的鬼脸,"你确实应该更谨慎一点儿,我们几乎已经准备好回家了。"

埃勒忧郁地看着这片荒芜之地,灰色的岩石、舒缓的流水。水和岩石,几片云飘过,温度平稳。孕育生命的完美场所。然而没有生命的存在。岩石干净、光滑、绝对无菌,没有生长或覆盖任何东西。光谱表明,这里什么都没有,甚至连单细胞的水中生物都不存在,连银河系中无数岩石上随处可见的褐色苔藓都不存在。

"那好吧，"埃勒说，"打开锁。我让西尔维亚把豚鼠放出去。"

他拿起通信器联系实验室。下方，西尔维亚·西蒙斯正在太空船内部工作，周围是一堆蒸馏瓶和试验仪器。埃勒按下开关，"西尔维亚？"

视频屏幕上出现西尔维亚的面孔，"什么事？"

"把豚鼠放到船外跑一圈，大约半小时。当然，给它们戴上项圈和绳子。这颗小行星令我感到不安。这里可能存在有毒物质或辐射坑。等豚鼠回来后，让它们接受严格的测试。一切从严。"

"好的，克里斯。"西尔维亚笑了，"也许过一会儿我们就可以出去散散步、活动活动筋骨了。"

"尽快告诉我试验结果。"埃勒切断联系。他转向布莱克，"这样你该满意了吧。一分钟后就能准备好把豚鼠放出去。"

布莱克淡淡一笑，"等我们动身回地球时，我才会感到开心。跟着你这么一位船长，真是令我无法忍受。"

埃勒点点头，"奇怪的是，在军队里服役十三年也没能见你的自制力变强。我猜你永远不会原谅他们不给你升职。"

"听着，埃勒，"布莱克说，"我比你大十岁。你还是个毛头小子时，我就已经进入军队了。对我来说，你仍然是个年纪不大、傲气不小的小白脸。如果下一次——"

"克里斯！"

埃勒迅速转过身。视频屏幕再次亮起来，上面出现西尔维亚恐惧不安的面孔。

"怎么？"他抓住通信器，"出什么事了？"

"克里斯，我到笼子那里看到，豚鼠——它们都昏厥了，四肢摊开,全身僵硬。每一只都一动不动。我害怕有什么东西——"

"布莱克,让太空船起飞。"埃勒说。

"什么?"布莱克困惑地低声说,"我们要——"

"起飞!快点!"埃勒冲向控制面板,"我们必须离开这里!"

布莱克走向他,"有什么——"他开口说道,但突然停了下来,仿佛被什么东西掐住了脖子。他的表情变得呆滞,嘴巴张开。他慢慢倒在光滑的金属地板上,仿佛一只松软的袋子。埃勒困惑不解地瞪大了眼睛。最后终于反应过来,走向控制台。突然,一道火焰灼烧着他的头盖骨,在他脑袋里面炸裂开。一千道光线在他的眼睛后面爆炸,使他什么都看不见。他摇摇晃晃,摸索着想找到开关。随着一片黑暗向他袭来,他的手指摸到了自动起飞的开关。

他跌到地上的同时,用力拉上了开关。随后,黑暗彻底笼罩了他,他猛地摔在地面上却完全没有感觉。

飞船升入太空中,自动继电器疯狂运转,但里面的人都一动不动。

埃勒睁开眼睛。他脑袋里面一跳一跳的,阵阵抽痛。他抓住太空船上的扶手挣扎着站起来。哈里森·布莱克也醒了过来,一边呻吟一边努力想爬起来。他黝黑的面孔变成病态的蜡黄,双眼布满血丝,嘴角残留着白沫。他看着克里斯·埃勒,浑身颤抖,揉着自己的额头。

"振作一点儿。"埃勒扶他站起来。布莱克在控制椅上坐下。

"谢谢。"他摇了摇脑袋,"发生了什么事?"

"我不知道。我要去实验室看看西尔维亚怎么样。"

"我也一起去吧?"布莱克咕哝着。

"不用,安静坐着。别让你的心脏绷太紧。明白吗?尽量不要动。"

布莱克点点头。埃勒摇摇晃晃穿过控制室,进入走廊。他乘坐电梯下降,片刻后走进实验室。

西尔维亚僵硬地趴在工作台上,一动不动。

"西尔维亚!"埃勒朝她跑去,抓住她摇晃。她的身体又冷又硬。"西尔维亚!"

她动弹了一下。

"醒醒!"埃勒从储存箱里拿出一管兴奋剂,掰断密闭管,凑到她的脸旁。西尔维亚呻吟起来,他又摇了摇她。

"克里斯?"西尔维亚虚弱地说,"是你吗? 发生了什么事? 一切都还好吗?"她抬起头,茫然地眨着眼睛,"我正在视频电话上和你说话。我走向桌边,突然一下子——"

"我还好。"埃勒把手放在她的肩膀上,皱起眉头陷入沉思,"刚才那是什么? 小行星上的辐射爆炸?"他看了一眼手表,"上帝啊!"

"怎么了?"西尔维亚坐起来,把头发拢向后面,"出了什么事,克里斯?"

"我们已经失去意识整整两天了。"埃勒看着手表迟疑地说。他伸手摸着下巴,"好吧,倒是解释了这个。"他摸了摸自己的胡茬。

"但我们现在没事了,对吗?"西尔维亚指着靠墙的笼子里的豚鼠,"看,它们醒过来了,又开始转着圈儿跑。"

"来,"埃勒牵起她的手,"我们到上面去开个会,我们三个人。我们要核查一遍这艘太空船上每个刻度盘和仪表盘的读数。我想知道发生了什么。"

布莱克皱起眉头，"我不得不承认，我错了。我们根本就不该降落。"

"辐射显然来自小行星中心。"埃勒在图上画了一条线，"读数表明，一道辐射波迅速形成，然后又逐渐消失。小行星的核心发出一种有节奏的脉冲波。"

"如果我们没有飞入太空，可能还会被第二波辐射击中。"西尔维亚说。

"仪器在大约十四小时后探测到后面的第二波辐射。这颗小行星上显然存在定期发出脉冲的矿石沉积物，会根据固定的时间间隔发出辐射。注意看，波长很短，非常接近宇宙射线的模式。"

"但还是不一样的，足以穿透我们的防护屏。"

"没错，我们被击个正着。"埃勒向后靠在座位上，"这就解释了为什么这颗小行星上没有生命。落到这里的细菌会在第一波辐射下死去。完全没有开始孕育生命的机会。"

"克里斯？"西尔维亚说。

"怎么？"

"克里斯，你觉得辐射会对我们产生什么影响？我们脱离危险了吗？还是说——"

"我不确定，看看这个。"埃勒递给她一张金属箔，图片上用红色做出标记，"注意，虽然我们的血管系统已经完全恢复，但我们的神经反应变得不太一样了。这里出现了变化。"

"哪方面的变化？"

"我不知道，毕竟我不是神经科医生。我能看到，相对于原来的标记，就是我们一两个月以前跟踪的特性测试图，出现了明显区别,但我不知道这意味着什么。"

"你认为问题严重吗?"

"只能让时间来回答。我们的身体在某种未知的辐射下,遭受了十多个小时的强烈冲击。我不确定会留下怎样的永久性影响。现在我感觉完全正常。你感觉怎么样?"

"挺好。"西尔维亚说。她透过舷窗看向太空深处广漠无垠的黑暗,一个个静止不动的小光点传来点点星光。"不管怎么说,我们终于要飞回地球了。我很高兴能回家。我们应该立即接受检查。"

"至少,我们的心脏挺过来了,没有受到明显伤害,也没有出现血凝块或细胞破坏,这些原本是我最担心的。通常,一记这种类型的强辐射会——"

"我们多久才能抵达太阳系?"布莱克问。

"一周。"

布莱克咬紧牙关,"还要很久,希望那时候我们还活着。"

"我建议避免过多活动。"埃勒说,"余下的路程我们可以放松一点儿,无论我们身上究竟发生了什么事,希望回到地球就能恢复原状。"

"我想,我们很容易就能复原。"西尔维亚打了个哈欠,"天啊,我可真困。"她慢慢站起来,推开椅子,"我打算去睡一觉。没人有意见吧?"

"去吧。"埃勒说,"布莱克,要不要来玩牌? 我需要放松。'二十一点'怎么样?"

"当然。"布莱克说,"为什么不呢?"他从外套口袋里摸出一副牌,"这有助于消磨时间。来,切牌。"

"很好。"埃勒拿起那副牌开始切牌,他抽出一张梅花7。布莱克抽到一张红桃J,率先抓牌。

　　两个人打得无精打采,其实都没多大兴趣。布莱克闷闷不乐、懒得开口。他还在生气,因为事实证明埃勒是对的。埃勒也感到很累,整个人都不舒服。虽然他已经服用了镇静剂,脑袋还是一跳一跳的,十分迟钝。他摘下头盔揉了揉额头。

　　"接着玩吧。"布莱克嘟哝着。冲压发动机在他们脚下隆隆作响,载着他们越来越靠近地球。一周后他们就会进入太阳系。他们已经有一年时间没有见过地球了。它看起来怎么样?还是老样子吗?巨大的绿色星球,有着广阔的海洋,许多小小的岛屿。他们会在纽约的航天发射场降落,然后他会去旧金山。很好,一切都很美好。熙熙攘攘的人群,地球人,古老而轻率的滥好人,愚蠢无知的地球人,完全不关心这个世界。埃勒对布莱克咧嘴一笑,微笑的表情随即变成皱眉。

　　布莱克的头垂了下去。他的眼睛慢慢闭上,看起来要睡着了。

　　"醒醒。"埃勒说,"怎么了?"

　　布莱克嘟哝一声,坐直身子。他打出一张牌,然后脑袋又一次垂了下去,而且比上一次垂得更低。

　　"很抱歉。"布莱克嘟哝了一句,伸手把赢来的钱拢过来。埃勒在口袋里摸索着,掏出更多的信用币。他抬起头刚准备开口,却发现布莱克已经彻底睡着了。

　　"该死!"埃勒站了起来,"真奇怪。"布莱克胸口平稳地一起一伏,小声打着呼噜,沉重的身体放松下来。埃勒关掉灯,朝门口走去。布莱克怎么了?玩牌时也会睡着,这可真不像他。

　　埃勒沿着走廊走到自己的房间。他累了,准备睡一觉。他走进洗手间,解开衣领的扣子,脱下外套,打开热水。最好还是上床睡觉,忘掉他们身上发生的一切:突然爆发的辐射,痛苦的觉醒,还有令人受尽折磨的恐惧。埃勒开始洗脸。上帝啊,他的脑袋一直嗡嗡作响。他机械地把水泼到手臂上。

他几乎洗完脸时,才注意到一件事。很长一段时间,他站在那里,默默地低着头,看着热水流过他的双手,说不出话来。

他的指甲都不见了。

他抬头看着镜子,呼吸急促。突然,他抓住自己的头发。头发一把一把脱落,一大团褐色的头发。头发和指甲——

他颤抖着,努力让自己冷静下来。头发和指甲。辐射。当然,这是辐射导致的,摧毁了头发和指甲。他检查自己的双手。

指甲完全消失了,没有留下一丝痕迹。他把手掌翻来覆去,研究自己的手指。逐渐变细的指尖光滑无比。他极力克制住恐慌的心情,摇摇晃晃离开镜子前面。

他脑海中突然浮现一个念头。他是唯一这样的吗?西尔维亚怎么样了?!

他又把外套穿上。没有指甲的手指出奇地灵巧敏捷。还会出现别的情况吗?他们必须做好准备。他再次看向镜子里。

他感到一阵作呕。

他的脑袋——发生了什么事?他双手紧紧按住太阳穴。**他的脑袋**。出了什么问题?很可怕的问题。他瞪大眼睛盯着镜子里的自己。现在,他几乎完全没有毛发,肩膀和外套上落满了掉下来的棕色头发。他的头皮闪闪发亮,光秃秃的,呈粉红色,可怕的粉红色。但还有更多的麻烦。

他的脑袋变大了,逐渐膨胀成一个圆球。他的耳朵正在萎缩,还有鼻子。他几乎眼睁睁看着自己的鼻孔逐渐变小。他正在发生变化,越来越快。

　　他把颤抖的手伸进嘴里,牙齿在牙龈上松动。他轻轻推了推,几颗牙一下子掉了下来。发生了什么事?他要死了吗?只有他是这样?其他人呢?

　　埃勒转过身,匆匆走出房间。他呼吸时发出嘶哑的声音,感到痛苦。他的胸口似乎正在收缩,肋骨把空气从体内挤压出去。他的心脏艰难地、断断续续地跳动着,双腿变得虚弱。他停下来,抓住门。他正准备进入电梯。突然传来一个声音,低沉的咆哮声。是布莱克的声音,充满了恐怖和痛苦。

　　"这就是答案。"埃勒思考着,一脸严肃,电梯从他身边升了上去,"至少我不是唯一一个!"

　　哈里森·布莱克目瞪口呆地看着他,一脸惊恐。埃勒有点儿想笑。布莱克,完全没有毛发,闪闪发光的粉红色脑壳,这可不是什么漂亮的画面。他的头颅也膨胀了,他的指甲也消失了。他站在控制台旁边,先是盯着埃勒,然后低头看了看自己的身体。对于他越缩越小的身体来说,这身制服显得太大了,空荡荡地挂在他身上,皱皱巴巴的。

　　"好吧,"埃勒说,"我们要是能逃得了变成这样,才是撞了大运了。太空辐射会对人类的身体产生奇怪的影响。我们在那里着陆可真是倒霉——"

　　"埃勒,"布莱克轻声说,"我们以后怎么办?我们不能这样子活下去,不能这个样子!看看我们。"

　　"我知道。"埃勒紧紧抿住嘴唇。现在他几乎没有牙齿,说话有点儿别扭。他突然感觉自己像个婴儿。没有牙齿,没有头发,每时每刻这副身躯都在变得越来越没用。这一切什么时候才会结束?

　　"我们不能这样子回去,"布莱克说,"我们不能以这副模样

回到地球去。天啊,埃勒! 我们变成了怪物。突变体。他们
……他们会把我们像动物一样锁进笼子里。人们会——"

"闭嘴!"埃勒向他走去,"我们能活下来已经很幸运了。坐
下。"他拉出一把椅子,"最好让我们的腿歇一歇。"

他们两人一起坐下来。布莱克做了个深呼吸,瑟瑟发抖。
他揉着自己的额头,一遍又一遍。

"我担心的倒不是我们,"过了一会儿,埃勒说,"而是西尔维
亚。这种事应该对她产生的影响最大。我还没决定我们是否应
该到下面去。但如果我们不下去,她可能——"

传来一阵嗡嗡声。视频电话的屏幕亮了,上面显示出实验
室的白色墙壁,以及墙边一排排整齐的测试设备。

"克里斯?"西尔维亚的声音传来,因恐惧而变得十分尖锐。
屏幕上看不见她。她显然站在视频显示范围之外。

"是的。"埃勒走向屏幕,"你怎么样?"

"我怎么样?"女孩的声音中透出歇斯底里的震颤,"克里
斯,它也击中了你吗? 我不敢看。"她停顿了一下,"你也一样,对
吗? 我能看到你——但不要看我。我不想让你再看见我。这
……这太可怕了。我们要怎么办?"

"我不知道。布莱克说他不想这样回到地球。"

"不! 我们不能回去! 我们不能!"

一阵沉默。"稍后再说。"埃勒最终说,"我们不必现在就做出
决定。我们身体上这些变化是辐射导致的,也许只是暂时的。
也许这些影响会随着时间消失,或者可以通过手术治疗。无论
如何,我们现在先不要担心。"

"不要担心? 是啊,我当然不会担心。我怎么会担心这种小
事! 克里斯,你不明白吗? 我们变成了怪物,无毛的怪物。没有

头发,没有牙齿,没有指甲。我们的脑袋——"

"我明白,"埃勒咬紧牙关,"你留在下面实验室里,布莱克和我会通过视频电话跟你讨论。你不必出现在我们面前。"

西尔维亚深深吸了一口气,"一切听你的。你仍然是船长。"

埃勒转身离开屏幕,"好吧,布莱克,你感觉还好吗? 能说话吗?"

角落里那个顶着大脑袋的人影点了点头,巨大无毛的头颅微微动弹了一下。布莱克曾经魁梧的身体缩小了,垮了下来,手臂像竹竿一样,胸口病态地凹陷进去,柔软的手指烦躁不安地敲着桌子。埃勒打量着他。

"怎么了?"布莱克问。

"没什么。就是看看你的模样。"

"你看起来也不怎么样。"

"我知道,"埃勒在他对面坐下,心脏怦怦直跳,呼吸变得急促,"可怜的西尔维亚! 这对她来说比我们更糟。"

布莱克点点头,"可怜的西尔维亚。可怜的我们。她是对的,埃勒,我们变成了怪物。"他虚弱地撇了撇嘴唇,"等回到地球上,他们会杀死我们,或者把我们关起来。也许一下子死掉还更好。怪物,畸形,无毛,脑积水。"

"没有脑积水,"埃勒说,"你的大脑没有受损。这一点值得庆幸。我们仍然可以思考,仍然拥有理智。"

"无论如何,我们知道那颗小行星上为什么没有生命了。"布莱克挖苦道,"作为一支侦察队,我们很成功,至少我们拿到了情报。辐射,致命的辐射,会破坏有机组织。细胞生长时产生突变,器官的结构和功能也发生变化。"

埃勒若有所思地打量着他,"就你而言,这段话很有学问,布莱克。"

"这是一段准确的描述。"布莱克抬起头来,"让我们现实一点儿,我们受到强烈辐射,患上了可怕的绝症。让我们面对这一点吧。我们不是人,不再是人类。我们是——"

"我们是什么?"

"我不知道。"布莱克陷入了沉默。

"感觉很奇怪。"埃勒忧郁地研究自己的手指。他试探着动弹手指,四处移动。细长的手指,又长又瘦。他用手指划过桌子表面。皮肤很敏感。他能感觉到桌子上每一处痕迹,每一道线条和凹痕。

"你在干什么?"布莱克问。

"我很好奇。"埃勒把手指举到眼前仔细看。他眼神有些朦胧,一切都变得模糊不清。他对面的布莱克低头凝视地面。布莱克的眼睛已经开始萎缩,慢慢陷入巨大无毛的头颅中。埃勒突然意识到,他们正在失去视觉,正在慢慢失明。他惊恐万分。

"布莱克!"他说,"我们正在失明。我们的眼睛,视觉和肌肉正在逐渐退化。"

"我知道。"布莱克说。

"可是为什么? 实际上我们正在失去眼睛! 它们正在消失、萎缩。为什么?"

"衰退。"布莱克喃喃地说。

"也许,"埃勒从桌子上拿起一本日志本和一支书写棒。他在金属箔上记下几行笔记。视觉退化,视力迅速下降。但手指变得敏感很多,皮肤反应不同寻常。代偿作用?

"你是怎么想的?"他说,"我们正失去一些机能,又得到另一些。"

"我们的手?"布莱克研究自己的双手,"失去指甲,让手指有了新的机能。"他用手指摸着制服的布料,"我能感觉到每一根纤维,这在以前是不可能的。"

"也就是说,失去指甲是有目的的!"

"所以?"

"我们一直认为这一切都毫无目的。意外灼伤,细胞破坏,突变。我不知道……"埃勒在日志本上慢慢移动书写棒。手指:新的知觉器官。触感增强,更多触觉反应,但视觉变得模糊……

"克里斯!"西尔维亚的声音传来,尖锐而充满恐惧。

"怎么了?"他转向视频屏幕。

"我正在失去视力。我看不见了。"

"没关系,别担心。"

"我……我害怕。"

埃勒走向视频电话,"西尔维亚,我认为我们正在失去一些感知能力,同时获得另一些。检查一下你的手指。你注意到什么吗? 触摸一些东西。"

一阵苦闷的停顿后,"我触摸东西的感觉似乎有了很大不同。和以前不一样。"

"这就是为什么我们的指甲不见了。"

"但这意味着什么?"

埃勒摸着自己圆鼓鼓的头盖骨,若有所思地感受着光滑的皮肤。他突然攥紧拳头,屏住了呼吸,"西尔维亚! 你还能操作X光设备吗? 你还能走过实验室吗?"

"是的,我想可以。"

"我想拍一张X光片,马上就拍。拍好了立即给我。"

"X光片? 什么的X光片?"

"你自己的头颅。我想看看我们的脑袋正在发生什么变化，尤其是大脑。我想，我开始明白了。"

"怎么回事？"

"等我看到X光片，我会告诉你们。"埃勒的薄嘴唇上浮现出一丝淡淡的微笑，"如果我是对的，那我们完全误解了自己身上发生的事情！"

埃勒盯着屏幕上的X光片看了很长一段时间。他模模糊糊地分辨出颅骨的轮廓，利用逐渐衰退的视力努力观察。西尔维亚拿着X光片的手有些颤抖。

"你看到了什么？"她低声说。

"我是对的。布莱克，看看这个，如果你还能看见的话。"

布莱克慢慢走了过来，倒在一把椅子上，"那是什么？"他费力地看着X光片，眨眨眼睛，"我看不清楚。"

"大脑发生了巨大的变化。注意这里扩大了多少。"埃勒指出额叶的轮廓，"这里，还有这里。都增大了，惊人的增长。更多的脑回。注意额叶上这个奇怪的隆起。你认为这个凸出物可能是什么？"

"我不知道。"布莱克说，"那个区域主要涉及更高等的思维过程，对吗？"

"最发达的认知能力都位于那一块，大部分增长也都出现在那里。"埃勒慢慢从屏幕前走开。

"你是怎么想的？"西尔维亚的声音传来。

"我有一种推测。也许是错误的，但与现在的情况完全吻合。我几乎一开始就这么想，在我看到指甲消失的时候。"

"你的推测是什么？"

埃勒在控制台边坐下，"咱们最好歇一下，布莱克。我们的心脏可不像过去那么强健了。我们的体重正在逐渐减少，所以，也许随后——"

"你的推测！那是什么？"布莱克朝他走过来，他那像鸟一样瘦骨嶙峋的胸口起起伏伏。他目不转睛地低头看着埃勒，"那是什么？"

"我们在进化。"埃勒说，"小行星的辐射加速了细胞的生长，就像癌症一样，但并非毫无计划，这些变化都是有目的、有方向的，布莱克。我们正在迅速进化，几秒钟内经历了几个世纪。"

布莱克看着他。

"这是真的，"埃勒说，"我敢肯定。大脑增长，视力减退，失去头发和牙齿。触觉增强，更加灵活。我们失去了一些，但我们的思想受益匪浅。我们发展出更强的认知能力、概念能力。我们的智力正在朝向未来前进，正在进化。"

"进化！"布莱克慢慢坐下来，"真的吗？"

"我敢肯定。当然，我们要再拍一些X光片。我非常想看看内部器官的变化，比如肾和胃。我想我们失去了一部分——"

"进化！但这意味着进化并不是偶然的外部压力的结果，不是漫无目的的物竞天择、适者生存。这意味着每个有机体本身都有其进化路线。也就是说，进化是有意识、有目标的，不是偶然的。"

埃勒点点头，"我们的进化看起来是内部器官沿着某种特定的方向增大和改变，这肯定不是随机的。我很想知道指引进化的力量是什么。"

"我们要从全新的角度来看待这一切。"布莱克喃喃地说，"总之，我们不是怪物。我们不是怪胎。我们……我们是未来的人类。"

埃勒瞥了他一眼,布莱克的声音里有一种奇怪的感觉。"我想你可以这样说,"他承认,"当然,我们在地球上仍然会被人们视为怪胎。"

"但是他们错了。"布莱克说,"没错,他们看着我们,会说我们都是怪胎,但我们不是怪胎。余下的人类再过几百万年才能追上我们。我们已经超越了这个时代,埃勒。"

埃勒打量着布莱克圆鼓鼓的大脑袋,但他只能依稀看到一个轮廓。灯光通明的控制室几乎已经变成一片黑暗。他们的视力差不多消失了。他只能分辨出模模糊糊的影子,再没别的了。

"未来的人,"布莱克说,"不是怪物,而是来自明天的人。没错,这肯定会让我们从全新的角度看待这一切。"他紧张地笑起来,"几分钟前,我为我的新面貌感到羞愧! 而现在——"

"现在呢?"

"现在我不太确定。"

"什么意思?"

布莱克没有回答。他慢慢站起来,抓住桌子。

"你要去哪里?"埃勒问。

布莱克痛苦地穿过了控制室,摸索着向门口走去,"我必须想想。需要仔细想想这些令人震惊的新要素。我同意,埃勒,你说得很对。我们已经进化,我们的认知能力大大提升。当然,身体机能也明显退化。但这也在意料之中。我想,整体而言我们是获益者。"布莱克小心翼翼地摸了摸自己的大脑袋,"没错,我认为长期看来我们会从中获益。日后,我们会把这看作是意义重大的一天,埃勒。我们生命中意义重大的一天。我敢肯定你的推测是正确的。随着这个过程的继续,我能感觉到我的逻辑归纳能力正在变化。格式塔①能力显著提升。我可以凭直觉感知到事物之间的关联——"

"停下!"埃勒说,"你要去哪里?回答我。我还是这艘船的船长。"

"去哪里?我要回到我的房间去。我必须休息。这个身体已经超负荷。也许有必要发明移动小车,甚至人造器官,比如机械肺和机械心脏。我敢肯定,肺和血管系统坚持不了多久。预期寿命无疑将大大减少。晚点再见,埃勒少校。也许我不应该用'见'这个字,"他微微笑了笑,"我们再也看不见了。"他举起自己的双手,"但**这些**将取代视力。"他摸了摸自己的脑袋,"**这个**将取代很多很多东西。"

他消失了,门在他身后关上。埃勒听着他虚弱无力的脚步声谨慎而坚定地沿着走廊一路慢慢摸索过去。

埃勒走向视频屏幕,"西尔维亚!你能听到吗?你听我们的谈话了吗?"

"是的。"

"那么你也知道我们发生了什么事。"

"是的,我知道。克里斯,我几乎完全失明了。我几乎什么也看不见了。"

埃勒做了个鬼脸,想起西尔维亚充满热情、闪闪发光的眼睛,"对不起,西尔维亚。我真希望没有发生这一切。我希望我们能回到原来的样子。这不值得。"

"布莱克认为这是值得的。"

---

①20世纪初,奥地利及德国的心理学家创立了格式塔理论(Gestalt),强调经验和行为的整体性。

"我知道。听着,西尔维亚。如果可以的话,我希望你到控制室来。我很担心布莱克,我希望你过来和我在一起。"

"担心? 怎么了?"

"他脑子里有些想法,他回房间去不仅仅是为了休息。到我这里来,我们一起决定该怎么办。几分钟前,我认为我们应该返回地球。但现在,我开始改变主意了。"

"为什么? 因为布莱克? 你不会认为,布莱克——"

"等你过来这里,我们再讨论。走路时用手摸着点儿。布莱克就是这样做的,所以你应该也可以。也许我们不会再返回地球,但我想告诉你我的分析。"

"我会尽快过去。"西尔维亚说,"不过,耐心点。还有,克里斯——别看我。我不想你看到我这个样子。"

"我看不到你。"埃勒严肃地回答,"等你来到这边时,我根本看不见什么东西了。"

西尔维亚坐在控制台旁边。她穿着一件从实验室柜子里找出来的宇航服,把自己的身体藏在塑料和金属的外套里面。埃勒一直等到她喘匀了气。

"说吧。"西尔维亚说。

"我们要做的第一件事就是收集船上所有的武器。布莱克回来时,我将宣布我们不会返回地球。我想他会很生气,也许会开始找麻烦。如果我想得没错,他现在很想继续飞回地球,因为他开始认识到我们的变化有何意义。"

"你不想回去。"

"不想,"埃勒摇了摇头,"我们肯定不能再回地球。危险,非常危险。你应该能预见到会有什么样的危险。"

"布莱克对这种新的可能性着了迷。"西尔维亚若有所思地说，"我们领先于其他人类数百万年，每一刻都还在继续进化。我们的大脑，我们的思维力量，远远超越了其他地球人。"

"布莱克想要回到地球，不是作为一个普通人，而是作为一个未来的人。我们也许会发现自己与其他地球人相比，就像天才与白痴一样。如果这个进化的过程继续下去，我们可能会发现，与我们相比，他们和高等灵长类动物没什么区别。"

两人都沉默不语。

"如果我们回到地球，我们会发现人类并不比动物强多少。"埃勒接着说，"在这种情况下，我们自然而然会去帮助他们，不是吗？毕竟我们领先他们几百万年。我们可以为他们做很多事情，如果他们愿意让我们指导他们，引领他们，为他们做出规划。"

"如果他们反抗，我们很可能会找到控制他们的方法。"西尔维亚说，"当然，一切都是为了他们好。这一点不用说。你是对的，克里斯。如果我们回到地球，我们很快会发现自己对人类抱有蔑视的态度。我们想要引领他们，告诉他们怎样生活，无论他们是否希望我们这样做。没错，这是一种强烈的诱惑。"

埃勒站起来，走向武器柜把它打开。他小心翼翼取出重型鲍里斯枪，一个个拿到桌子上来。

"首先要摧毁这些东西。然后，我们必须注意不能让布莱克进入控制室。即使我们只能把自己关在这里，也必须做到这一点。我会改变太空船的路线。我们将远离太阳系，飞向偏远地带。这是唯一的办法。"

他打开鲍里斯枪，拆下射击控制部件，一个个地扔在脚下踩碎。

一阵响动传来。两人转过身，尽力想看到什么。

"布莱克!"埃勒说,"肯定是你。我看不见你,但——"

"你说得没错,"布莱克的声音传来,"的确,埃勒,我们所有人都失明了,要不就是几乎瞎了。那么,你摧毁了鲍里斯枪?!恐怕这也无法阻止我们回到地球。"

"回到你的房间去!"埃勒说,"我是船长,我命令你——"

布莱克笑了,"你命令我? 你几乎失明了,埃勒,但我想你能看到——这个!"

布莱克周围的空气中有什么东西升腾起来,是一片柔和浅淡的蓝色云雾。那片云围着埃勒盘旋,他弯下腰喘息不止。他似乎要被溶解了,碎裂成无数碎片,在空中随风翻飞飘浮——

布莱克把那片云收回手中的小圆盘里。"如果你还记得,"他平静地说,"我是被**第一波**辐射击中的。我比你们两个领先一点点,也许只有很短的时间,但足够了。反正,与我的武器相比,鲍里斯枪本来就没什么用。记住,这艘太空船里的一切都落后了几百万年。我手里这东西——"

"你从哪里弄到的,那个圆盘?"

"我不是从哪里弄到的。我是自己制造的,在我意识到你不会让太空船飞回地球时。我发现这东西很容易做。你们两个不用多长时间也会开始认识到我们新的力量。但现在,恐怕你们有点儿落后了。"

埃勒和西尔维亚艰难地呼吸。埃勒无力地靠在太空船的扶手上,筋疲力尽,他的心脏不堪重负。他盯着布莱克手中的圆盘。

"我们将继续飞向地球,"布莱克继续说,"你们无法改变控制系统最初的设置。等我们抵达纽约航天发射场时,你们两人会从不同的角度看待这件事。等你们赶上我，你们也会看到我所见的东西。我们必须回去，埃勒。这是我们对人类的责任。"

"我们的责任？"

布莱克的声音里带着一丝嘲笑，"这当然是我们的责任！人类需要我们，非常需要我们。我们可以为地球做很多事情。你看，我能捕获你的一些想法。虽然不是全部，但已经足以知道你有何计划。你会发现，从现在开始，语言将不再是我们的交流方式。我们将很快开始直接依赖于——"

"如果你能看到我的想法，那么你也能明白为什么我们不能回到地球。"埃勒说。

"我能看到你在想什么，但你错了。为了他们好，我们必须回去。"布莱克温和地笑了，"我们可以为他们做很多事情。他们的科学将在我们手中发生变化。他们自己也将发生变化，我们会促使他们改变。我们将改造地球，使她更加强大。在新的地球，**我们建立的地球**面前，火星-金星-木星三巨头也将无能为力。我们三个人将改变人类种族，使之崛起，在整个银河系中引发一场风暴。我们将重新塑造人类。蓝白色的地球旗将遍布银河系的每一颗行星，而不仅仅是在这些岩石碎片上。我们将使地球变得强大，埃勒。地球将统治所有的地方。"

"这就是你的想法？"埃勒说，"但是如果地球人不愿意听我们的呢？怎么办？"

"他们理解不了，这也很有可能，"布莱克承认，"毕竟，我们必须认识到，我们领先他们几百万年。他们落后我们很长一段路，很多时候他们可能不会明白我们的命令有何目的。但你知道，即使不理解也必须执行命令。你曾在太空船中施令发号，你清楚这一点。为了地球人好，以及——"

埃勒跳了起来,但脆弱疲软的身体背叛了他。他一下就摔倒了,拼命摸索着想抓住布莱克。布莱克一边咒骂一边后退。

"你这个傻瓜! 你不能——"

圆盘闪耀起来,一片蓝云罩在埃勒的脸上。他摇摇晃晃走到一边,举起双手,突然他又跌倒了,撞在金属地板上。西尔维亚艰难地站起来,走向布莱克,一身沉重的宇航服令她笨拙而缓慢。布莱克转向她,举起圆盘。第二片蓝云升起来。西尔维亚尖叫着,被蓝云吞噬。

"布莱克!"埃勒挣扎着跪立起来。西尔维亚摇摇欲坠的身影晃了几下,终于摔倒。埃勒抓住布莱克的手臂。两个人你争我夺。布莱克努力想要脱身。埃勒突然浑身无力,又滑了下去,脑袋撞到金属地板。西尔维亚躺在不远处,一动不动,了无生气。

"离我远点,"布莱克咆哮着,挥舞圆盘,"我可以杀掉她,一样可以杀掉你。你明白吗?"

"你杀了她。"埃勒喊道。

"那是你的错。你看看战斗会有什么结果? 离我远点儿! 如果你靠近我,我会再次把这片云投向你,然后你就完了。"

埃勒没有动,默默地看着对方。

"好吧,"布莱克的声音响起,仿佛从很远的地方传来,"现在听我说。我们继续飞向地球。我在下面实验室工作时,你要为我驾驶太空船。我可以监视你的思想,所以,如果你试图改变路线,我立即就会知道。忘记她! 还剩我们两个,要完成我们必须做的也足够了。我们将在几天内进入太阳系。在这之前,还有很多事情要做。"布莱克的声音十分平静,就事论事,"你能站起来吗?"

埃勒抓着船上的扶手,慢慢站起来。

"很好,"布莱克说,"我们必须谨慎行事。我们最初与地球人接触时可能会遇到麻烦。我们必须做好准备。我认为,在余下的时间里,我能制造出必要的设备。随后,等你的进化程度赶上我,我们就可以一起工作,制造我们需要的东西。"

埃勒盯着他,"你认为我会跟你合作吗?"他的目光转向那个躺在地板上的身影,那个静静的、一动不动的身影,"你认为在经历了这一切之后,我还会——"

"来吧,来吧,埃勒,"布莱克不耐烦地说,"你令我感到惊讶。你必须开始从新的角度看待事物。有太多相关因素需要考虑——"

"所以这就是你将要对待人类的方式!这就是你要拯救他们的方式,通过这种方式!"

"你得学会现实点儿,"布莱克平静地说,"你会看到,作为未来的人类——"

"你真的认为我会吗?"

两个人彼此对峙。

布莱克脸上慢慢闪过一丝疑问,"你必须这样做,埃勒!我们的责任就是以全新的方式来思考。当然,你会的。"他皱起眉头,稍稍举起圆盘,"有什么可怀疑的呢?"

埃勒没有回答。

"也许,"布莱克若有所思地说,"你会一直怨恨我。也许这次事故会蒙蔽你的双眼。这也是有可能的……"圆盘开始移动,"在这种情况下,我必须尽快让自己接受现实,我不得不独自前行。如果你不愿跟我一起完成那些必须做的事情,那我只能自己去做了,"他抓着圆盘的手指逐渐收紧,"我会独自一人去做这一切,埃勒,如果你不愿跟我合作。也许这是最好的办法。无论如何,这一刻迟早会来。这样对我来说更好——"

布莱克尖叫起来。

墙上冒出来一个巨大的、透明的幻影,慢慢地移到控制室里。后面跟着另一个幻影,然后又是一个,最后一共出现了五个。那些幻影有节奏地微微搏动着,内部依稀闪烁着微光。所有的幻影全都一样,毫无区别。

那些幻影停在控制室中心,悬在地板上方不远的地方,静悄悄地轻轻搏动,仿佛等待着什么。

埃勒看着它们。布莱克已经放下圆盘,面无血色地站着,惊讶地张大了嘴巴。突然,埃勒意识到一件事情,全身掠过一阵战栗。他其实根本没有看到那些幻影。他几乎已经彻底失明。他是以某种新的方式感觉到它们,通过某种全新的感知模式。他努力思考,大脑高速运转。然后,他突然明白了。他知道了它们为什么没有明确的形状,没有外观。

它们是纯粹的能量。

布莱克回过神来,"什么——"他结结巴巴地说,挥舞着那个圆盘,"谁——"

一个思想闪过,打断了布莱克。那个思想掠过埃勒的脑海,强硬而锋利,一个冰冷、客观的思想,疏远、超然。

"那个女孩,首先。"

两个幻影飘向西尔维亚了无生气的尸体,她静静地躺在埃勒旁边。它们停在她上方一小段距离外,仍然不断闪光、搏动。这时,电晕中的一部分跳了出来,射向女孩的尸体,使她沐浴在一片闪烁的火花中。

"这样就行了。"过了一会儿,第二个思想出现了。电晕退去。"现在,那个拿着武器的人。"

一个幻影移向布莱克。布莱克退向身后的门,他的身体因害怕而颤抖。

"你是什么?"他问道,举起圆盘,"你是谁?你从哪里来的?"

幻影接近他。

"走开!"布莱克喊道,"回去!如果你不肯——"

他开了火,蓝云围住幻影。幻影颤抖了一会儿,把那片云吸收进去。然后它再次出现。布莱克张大了嘴,跌跌撞撞爬进走廊。幻影在门口犹豫了一下。第二个幻影移动到它旁边。

第一个幻影发出一个光球,移向布莱克,包围了他。光球闪烁一下随即消失了。布莱克刚刚站着的地方什么东西都没有了。他没有留下一丝痕迹。

"真遗憾,"一个思想浮现出来,"但这是有必要的。那个女孩正在复活吗?"

"是的。"

"很好。"

"你们是谁?"埃勒问,"你们是什么?西尔维亚还好吗?她还活着吗?"

"那个女孩会复原的。"那些幻影移向埃勒,围在他身边,"也许我们应该在她受伤之前就介入,但我们宁愿等到确信那个拿着武器的人想要掌握控制权再动手。"

"所以你们知道发生了什么事?"

"我们都看到了。"

"你们是谁?你们从……你们从哪里来?"

"我们就在这里。"思想浮现出来。

"这里?"

　　"太空船上。我们从一开始就在这里。你看,布莱克搞错了,**我们**才是最早接受辐射的。所以,我们的进化甚至比他更早。只不过,我们有更长的路要走。你们的种族需要进化的地方不多。也许增加几厘米头盖骨,减少一些毛发,但其实没多少;而另一方面,我们的种族才刚刚开始。"

　　"你们的种族?最早接受辐射?"埃勒看着自己周围,开始明白了,"那你们肯定是——"

　　"是的,"那个冷静、坚定的思想再次出现,"你想得没错。我们是实验室的豚鼠。你们用来进行实验和测试的豚鼠。"那个思想几乎带了一丝幽默,"但我们对你们没有敌意,我向你保证。事实上,不管怎样,我们对你们的种族都没什么兴趣。我们多少欠了你们的情,是你们帮助我们走上进化的道路,我们的命运在短短几分钟内发生了变化,而不需要再等五千万年。

　　"我们对此十分感激。而且我想,我们也做出了回报。那个女孩会没事的。布莱克已经消失了。你可以继续踏上旅程,回到你们自己的星球。"

　　"回到地球?"埃勒结结巴巴地说,"但是——"

　　"在我们离开之前,还有一件事要做,"那个冷静的思想冒出来,"我们已经讨论过这件事并且达成一致。你们的种族将随着时间流逝自然进化到恰当的位置。匆匆忙忙贸然进化没有意义。为了你们的种族,也是为了你们两个,我们离开前还要做最后一件事情。你会明白的。"

　　第一个幻影身上升起一个灵活的火球,盘旋在埃勒上空,碰了碰他,然后是西尔维亚。"这样更好,"那个思想冒出来,"毫无疑问。"

　　他们透过舷窗静静地望向外面。第一个光球从太空船侧面出来,闪烁着进入太空。

"看!"西尔维亚大声说。

光球开始加速。它从太空船上弹出去,以令人难以置信的速度移动。第二个球穿过太空船的船体,跟在第一个后面进入太空。

然后是第三个、第四个,最后是第五个。光球一个个冲向太空,飞进深空中。

他们离开后,西尔维亚转向埃勒,她的眼睛闪闪发亮。"就这样,"她说,"他们要去哪里?"

"谁知道呢。也许是很远很远的地方。也许不在这个星系里。某个偏远的地方。"埃勒突然伸出手摸了摸西尔维亚深棕色的头发。他咧嘴一笑,"你知道,你的头发看起来真不错,这是全宇宙最美丽的头发。"

西尔维亚笑了。"现在随便什么样的头发我们都会觉得很不错,"她对他露出微笑,红色的嘴唇看起来很温暖,"你的也不错,克里斯。"

埃勒久久地凝视着她。"他们是对的。"他终于开口道。

"什么是对的?"

"这样更好。"埃勒点了点头,低头看着他身旁的女孩,她的头发,她的黑眼睛,她那熟悉的、柔软的身影,"我同意——这是毫无疑问的。"

保存机

拉比林特博士向后靠在躺椅上，忧郁地闭上眼睛。他把毯子拉过来盖住膝盖。

"怎么样？"我一边站在烧烤炉旁边暖手，一边问。天气晴朗而寒冷。洛杉矶的晴空万里无云。拉比林特朴素的小房子旁边，一大片缓缓起伏的绿色一直延伸到山脚下——这片小树林仿佛是隐藏在城市中的荒野。"怎么样？"我说，"那台机器确实能按你预期的方式运转？"

拉比林特没有回答。我转过身。老人正闷闷不乐地盯着前面，看着一只巨大的褐色甲虫慢慢爬上他的毯子。甲虫有条不紊地往上爬，表情庄重。它从毯子上面翻过去，消失在另一边。现在又只剩下我们两人了。

拉比林特叹了口气，抬头看着我，"哦，机器运转良好。"

我朝那只甲虫的方向看了一眼，但它早已不见踪影。天色渐暗的黄昏时分，一阵微风在身边盘旋，愈发寒凉刺骨。我又向烧烤炉靠近了一点儿。

"给我讲讲吧。"我说。

拉比林特博士就像大多数博览群书、时间充裕的人一样，坚信我们的文明正在走上古罗马的老路。我想,他看到今日世界正在形成同样的裂纹,那些曾经使古代世界——古希腊和古罗马的世界分崩离析的裂纹;他相信,我们的世界、我们的社会将会像古代世界一样没落,随之而来的将是一段黑暗时期。

考虑到这一点,拉比林特开始感到担忧,生怕我们会在社会动荡时失去所有美好可爱的事物。他想到艺术、文学、礼仪、音乐,一切都可能不复存在。在他看来,所有这些崇高伟大的事物中,最容易遗失的、最快被遗忘的,很可能就是音乐。

音乐是最易消亡的东西,脆弱而细腻,很容易被摧毁。

拉比林特很担心这一点,因为他热爱音乐,因为他绝对不希望有朝一日勃拉姆斯[①]和莫扎特不复存在,如梦如幻一般舒缓的室内乐,配之以扑了粉的假发和抹了松香的琴弓,纤细的长蜡烛在黑暗中融化,这一切都不复存在。

没有音乐,那将是一个多么无聊、多么不幸的世界!多么枯燥乏味、难以忍受。

这就是他为什么会想到保存机。一天晚上,他坐在客厅的扶手椅中,留声机低吟浅唱,他浮现出一种幻觉,在脑海中仿佛看到一幅奇怪的画面:舒伯特三重奏的最后一本乐谱,最后一个副本,被翻得卷了角,摊在一座被毁的建筑物的地板上,也许是一家博物馆。

空中飞过一架轰炸机,炸弹落下,把博物馆炸成碎片,墙壁轰然倒塌,只留下一片断瓦残垣。废墟中,最后一本乐谱也消失了,埋在一片瓦砾下面腐朽发霉。

然后,拉比林特博士在幻觉中看到,那本乐谱从瓦砾中钻了出来,就像一只被埋住的鼹鼠。事实上,它长着锋利的爪子和尖

[①] 勃拉姆斯(1833-1897),德国作曲家。

锐的牙齿,充满了愤怒的力量,挖土就像鼹鼠一样快。

如果音乐也有这种能力,每一只虫子和鼹鼠都有的普通日常生存本能,会产生多么大的区别!如果音乐可以转换为生物,成为拥有爪子和牙齿的动物,就能继续存活下去。只要能建造一台机器,一台把音乐乐谱转换为生物的机器。

但拉比林特博士不是机械学家。他画出一些初步的草图,满怀希望地发送给各家研究实验室。当然,大多数实验室都忙着应付战争项目。但最终,他找到了想找的人。美国中西部一所规模很小的大学对他的计划颇感兴趣,他们很乐意立即开始研制这台机器。

几周过去了。拉比林特终于收到那所大学寄来的明信片。机器的研制过程很顺利,事实上,几乎已经完成了。他们试运行了一次,输入了几首流行歌曲。结果呢?跑出来两只老鼠一样的小动物,在实验室里团团乱转,最后被猫抓住吃掉了。但这台机器终究是取得了成功。

大学很快把机器寄送给他,用木箱仔细包装,绑得牢牢实实,投保全额运费险。他拆箱时感到非常激动。他调整控制装置,准备进行第一次转换时,脑海中飘过无数转瞬即逝的思绪。他首先选择了一份可称为无价之宝的乐谱,莫扎特的 G 小调五重奏。他翻动乐谱的页面,一时陷入沉吟,思绪飘向远方。最后,他拿着乐谱来到机器旁边,投了进去。

时间慢慢流逝。拉比林特站在机器前紧张地等待着,有些担忧,不太确定打开隔间时会面对什么。他认为自己完成了一项美好而悲壮的工作,保存伟大作曲家的音乐,使之永存。他会得到怎样的谢礼?他会发现什么?转换过程中那一切会是什么样子?

还有很多问题没有答案，他陷入沉思时，机器的红灯闪烁起来。处理过程结束了，转换已经完成。他打开间隔门。

"上帝啊！"他说，"多么奇特。"

走出来的不是一只兽而是一只鸟。这只莫扎特鸟很漂亮，小巧纤细，长着孔雀一般飘拂的羽毛。它在房间里跑了一小段，然后向他走回来，好奇而友善。拉比林特博士颤抖着弯下腰，伸出手。莫扎特鸟靠近他，然后突然飞到空中。

"真是不可思议。"拉比林特博士喃喃地说。他温柔耐心地哄着那只小鸟，它终于拍着翅膀向他飞回来。拉比林特抚摸着它，思考了很长一段时间。其余的乐谱会变成什么样子？他完全猜不到。他小心翼翼拢住莫扎特鸟，把它放进一只盒子里。

第二天，贝多芬甲虫庄严肃穆地爬出来，令他感到更加惊讶。就是那只我亲眼看到过的甲虫，在他的红地毯上爬过，心无旁骛、傲然不群，只想着它自己的事情。

然后是舒伯特兽。舒伯特兽有点儿蠢，它是一只羊形的小动物，到处跑来跑去，傻乎乎的只想着玩。拉比林特当时直接坐了下来，陷入沉思。

保证生存的要素是什么？轻盈的羽毛会强于爪子吗？会强于锋利的牙齿吗？拉比林特被难住了。他原本期待的是一群结实的猎类生物，长着爪子和鳞片，能够挖掘，适于打斗，会啃会踢。现在这能说是令人满意的结果吗？然而，谁知道怎样最有利于生存呢？——恐龙全副武装，却无一幸存。无论如何，机器都造好了，现在要退回去已经太晚了。

拉比林特继续把众多作曲家的音乐放进保存机里，一个接一个，直到房子后面的树林里挤满了爬虫和小兽，一到晚上便到处乱冲，发出尖叫。机器创造出很多古怪的生物，令他吃惊不已。勃拉姆斯昆虫朝四面八方伸出很多条腿，就像一只圆盘状的巨型蜈蚣。它又矮又平，身上覆盖着一层均匀的绒毛。勃拉姆斯昆虫喜欢独处，它敏捷地爬走，想方设法避开之前刚刚出来的瓦格纳兽。

瓦格纳兽体型很大，身上点缀着深色斑点。它似乎脾气很坏，拉比林特博士有点儿怕它，还有巴赫甲虫，一种圆球状的生物，整整一大群，有的大，有的小，来自《平均律钢琴曲集》[①]。然后还有斯特拉文斯基[②]鸟，由奇特的碎片构成。还有许多其他动物。

他在外面的树林里把它们放了出去，它们纷纷离开，尽力蹦跳滚动。但他已经产生了一种失败的预感。每一只生物出来时，他都感到十分惊讶，他似乎完全无法控制结果。事情已经脱离了他的掌控，某种强大的无形法则巧妙地接管了一切，这令他非常担忧。这些生物遵从一种神秘、客观的力量，一种拉比林特看不见也理解不了的力量。这使他感到害怕。

拉比林特停下了话语。我等了一会儿，但他似乎并不打算继续说下去。我看向他。老人正看着我，脸上有一种奇怪的、哀伤的表情。

"我知道的只有这些。"他说，"我很久没有回到那里去了，我是说树林里面。我感到害怕。我知道有什么事情正在发生，然而——"

"我们为什么不一起去看看呢？"

他松了口气，露出一个笑容，"你不介意一起去，对吗？我一

[①]巴赫键盘音乐中最伟大的作品，被誉为音乐上的《旧约圣经》。

[②]20世纪最有影响力的作曲家，革新过原始主义、新古典主义以及序列主义三流派，被称为音乐界的毕加索。

直希望你能提出这个建议。这件事已经开始令我感到沮丧。"他把毯子推到一边,站起来掸了掸身上,"那我们走吧。"

我们绕过房子,沿着一条狭窄的小径走进树林里。这里一片芜杂,杂草丛生,葱葱郁郁,一个无人打理、凌乱不堪的绿色海洋。拉比林特博士走在前面,推开挡路的树枝,弯下腰钻过去。

"真是个不错的地方。"我细细打量着这里。我们花了一些时间才走进里面。树林里黑暗潮湿,现在已经接近日落时分,一阵薄雾穿过头顶上树叶的间隙,笼罩在我们身上。

"没有人会到这里来。"博士突然停了下来,四处张望,"也许我们最好去把我的枪带上。我不希望发生什么事情。"

"你似乎确信事情已经失控。"我来到他身边,和他并肩站在一起,"也许情况并不像你想象的那么糟。"

拉比林特环顾四周,用脚拨开一些灌木,"它们就在我们身边,到处都是,正盯着我们看。你能感觉到吗?"

我茫然地点点头,"这是什么?"我抬起一根沉重的树枝,这东西已经腐朽,霉菌纷纷落下。我把它推到路边。地上摊着一堆看不出形状、难以辨认的东西,半截埋在松软的泥土中。

"这是什么?"我再次问道。拉比林特低下头,神情紧张而凄凉,漫无目的地踢着小土堆。我感到有些不安。"看在上帝的份上,这是什么?"我问,"你知道吗?"

拉比林特慢慢抬头看向我。"这是舒伯特兽,"他低声说,"或者说,曾经是。它的身体已经没剩下多少了。"

舒伯特兽——那只像小狗一样奔跑跳跃的家伙,傻乎乎的只想玩耍的家伙。我弯下腰,盯着那堆东西,拨开上面的树叶和细枝。它已经死翘翘了,嘴巴张开,身体被撕开一道大口子。蚂蚁和寄生虫正在上面忙活,一刻不停地辛勤工作。它已经开始发臭。

"可是究竟发生了什么事?"拉比林特摇摇头,"是什么东西杀了它?"

我们听到一阵声音,迅速转过身。

有一会儿,我们什么也没看到。随后,灌木丛动了一下,我们才第一次分辨出它的外形。它肯定一直都站在那里看着我们。那只动物体型很大,消瘦修长,眼睛锐利而明亮。在我看来,它外形有点儿像狼,但块头更大。它的皮毛厚实蓬乱,半张着嘴巴默默盯着我们上下打量,仿佛在这里看到我们十分惊讶。

"瓦格纳兽,"拉比林特声音沙哑地说,"但它变了,变得我几乎认不出来。"

那只动物嗅着空气,颈上的毛炸立着。突然,它向后退,进入阴影中,随即消失不见。

我们一言不发地站在那里。过了一会儿,拉比林特终于回过神来。"所以,它现在变成了那样。"他说,"我简直不敢相信。但为什么呢? 是什么——"

"适应。"我说,"如果你把一只普通家猫扔到外面,它会变得更野。狗也一样。"

"没错。"他点点头,"一只狗为了活下去再次变成狼。森林的法则,我应该想到的。一切都是这样。"

我低头看着地上的尸体,环顾四周寂静的灌木丛。这些鸟兽为了适应环境,或许在它们身上还发生了更糟糕的事情。我脑海中浮现出一个想法,但我什么也没有说,现在还不是时候。

"我想看看更多的动物,"我说,"另外一些。让我们到处看看还有没有别的。"

他表示同意。我们开始慢慢穿过草丛,把枝叶推到路边。

我找来一根木棍,而拉比林特跪下来手脚并用一路摸索,眯着近视眼低头看。

"即使孩子也会变成野兽。"我说,"你还记得印度的狼孩吗?没有人会相信他们也曾是普通的孩子。"

拉比林特点头。他很不开心,原因也不难理解。他错了,他最初的想法就是错的,只是现在才开始明白后果。音乐可以作为生物存活下去,但他忘记了伊甸园的教训:事物一旦成型,就会独立存在,不再是创造者的所有物,不会按照他的希望成长发展。上帝看着人类发展进化,就像拉比林特看到他的生物为了满足生存的需要而做出改变一样,必然都会感受到同样的悲伤——以及同样的耻辱。

他的音乐生物是否能存活下来,对他来说已经不再有任何意义,因为他创造出这些东西是希望美丽的事物不要变得残忍,然而现在它们就在他亲眼见证之下变得残忍。拉比林特博士突然抬头看向我,脸上充满了痛苦。没错,他确保它们能够存活下去,但在这样做的过程中,他抹去了它们所有的意义和价值。我努力对他挤出一个微笑,但他随即移开了视线。

"不用太担心,"我说,"瓦格纳兽也不算变化很大。反正,它以前不是也挺粗野暴躁的吗?也有暴力倾向——"

我话说到一半就被打断。拉比林特博士跳了起来,猛然把手从杂草中抽出来。他抓住自己的手腕,疼得发抖。

"怎么了?"我赶紧走过去。他颤抖着向我伸出一只消瘦苍老的手。"那是什么?发生了什么事?"

我把他的手翻过来,整个手背上满是伤痕,红色的伤口甚至就在我眼皮底下肿胀起来。他被草丛中什么东西蜇伤或咬伤了。我低头查看,用脚踢了踢草丛。

一阵骚动。一只小金球迅速滚开,想回到灌木丛中。它像荨麻一样全身长满刺。

"抓住它!"拉比林特喊道,"快!"

我追上去,拿出手帕,尽量避开那些刺。小球拼命滚动想要逃走,但我最后还是把它弄进了手帕里。

我站起来,拉比林特盯着那只在手帕里不断挣扎的小动物。"我简直不敢相信,"他说,"我们最好回到房子里去。"

"那是什么?"

"一只巴赫甲虫,但它发生了变异……"

我们沿着小径朝房子走回去,在黑暗中一路摸索。我走在前面,把树枝推到一边,拉比林特跟在后面,情绪低落、沉默寡言,不断揉着他的手。

我们来到后院,走上房子后面的台阶,站在门廊上。拉比林特打开门,我们走进厨房。他"啪"的一声打开灯,匆忙走向水池冲洗他的手。

我从橱柜里拿出一个空的果酱罐,小心翼翼地把巴赫甲虫放进里面。小金球暴躁地滚来滚去,我把盖子盖严,在桌子旁边坐下。我们两人都没有开口,拉比林特在水池边用冷水冲刷刺伤的手;我坐在桌边,不自在地看着果酱罐里拼命想逃走的小金球。

"怎么样?"我终于开口问道。

"毫无疑问,"拉比林特走过来坐在我对面,"它发生了变异。它最初肯定没有毒刺。你知道,幸好我扮演诺亚的角色时非常谨慎小心。"

"你指什么?"

"我把它们都造成了无性生物。它们无法繁殖,不会产生后代。等到现在这些都死掉的时候，一切也就结束了。"

"不得不说，我很高兴你想到了这一点。"

"我想知道，"拉比林特低声说，"我想知道它听起来是什么样的，现在，这个样子。"

"什么？"

"这个球，巴赫甲虫。这才是真正的考验，不是吗？我可以把它放回机器里。我们会看到结果如何。你想知道吗？"

"按你说的做吧，博士，"我说，"由你决定。但不要抱太大希望。"

他小心翼翼地拿起果酱罐，我们一起下楼，沿着陡峭的台阶来到地下室。我注意到一个颜色暗淡的巨型金属圆筒立在角落里，就在洗衣池旁边。我全身泛起一种奇怪的感觉。这就是保存机。

"就是这个？"我问。

"是的，就是这个。"拉比林特打开控制器，花了一些时间进行设置。最后，他拿起果酱罐，放在漏斗上面。他小心地打开盖子，巴赫甲虫不情不愿地从罐子里掉出来，落进机器里。拉比林特随即封上漏斗。

"我们开始吧。"他说。他转动控制装置，机器开始运转。拉比林特环抱双臂，我们一起等待着。外面夕阳西下，暮色降临，日光由明转暗。终于，机器面板上一个指示灯开始闪烁红光。博士关掉控制器，我们两人默默站在那里，谁都不想成为那个打开机器的人。

"好吧，"我终于开口说，"我们谁去看看？"

拉比林特打起精神，把盖子推到一边，伸手摸进机器里面。他缩回手，抓着一张薄薄的纸——是一份乐谱，他把它递给我。

"这就是结果，"他说，"我们可以去楼上演奏。"

我们回到楼上的音乐室。拉比林特坐在钢琴前面，我把乐谱递回给他。他翻开来研究了一会儿，面无表情，神色漠然。随后，他开始演奏。

我听着这首乐曲。极其可怕。我从未听到过这种东西，扭曲、邪恶、不合情理、毫无意义，除了也许可以说是一种本不应存在的陌生的疏远感。我真的很难相信这曾是一首巴赫的赋格曲，最为井然有序、值得尊重的作品之一。

"就是这样。"拉比林特说。他站起来，手里拿着乐谱，把它撕成碎片。

我们沿着小径走向汽车时，我说："我想，生存斗争的力量比任何人类精神更加强大。我们宝贵的道德和礼仪，在这种情况下会显得有些单薄。"

拉比林特表示同意，"那么，也许我们终究无法拯救礼仪和道德，无能为力。"

"只有时间能够给出答案，"我说，"即使这种方法失败了，也许还有别的办法，未来总有一天会找到的。这些我们目前难以想象，也无法预测。"

我向他道了晚安，坐进车里。周围一片漆黑，夜色更浓重了。我打开前照灯，启动汽车，沿路驶入纯粹的黑暗中。视野中完全看不到其他汽车，我独自一人，只觉得寒气透骨。

我在拐弯处停了下来，减速换挡，突然觉得路边有些动静，黑暗中，一棵巨大的梧桐树根边似乎有什么东西。我盯着那边，想要看清楚究竟是什么。

一只巨大的褐色甲虫正在建造什么，它把一些泥巴加在一个古怪别扭的小建筑物上。我好奇而困惑地观察了一会儿，直到那只甲虫终于注意到我,停了下来。甲虫突然转身,躲进它的建筑物,"啪"的一声紧紧关上门。

我驾车离去。

牺　牲

男人来到外面门廊上,看了看天色。一个晴朗而寒冷的日子——草坪上还有点点露珠。他扣上外套,双手插进口袋里。

男人走下台阶,两条毛虫正等在邮箱旁边,颇有兴致地扭来扭去。

"他来了,"第一条毛虫说,"把传闻告诉他吧。"

另一条毛虫开始旋转邮箱上的风向标。男人停下来,迅速转过身。

"我听到了。"他说。他伸出一只脚踩到墙上,把毛虫刮掉到水泥地上。他把它们踩扁。

然后他匆匆忙忙沿着小路走上人行道,一边走一边环顾四周。樱桃树上有只鸟跳来跳去,眼睛亮亮的,啄食着樱桃。男人打量了它一会儿。没问题? 还是……那只鸟飞走了。鸟儿没问题,没什么害处。

他继续前进,在转弯处撞上了挂在灌木丛与电线杆之间的蜘蛛网。他的心怦怦直跳,挥舞手臂扯开蜘蛛网,一边继续往前走一边回头看了一眼。蜘蛛正慢慢从灌木丛中爬出来,显然已经感觉到它的网坏掉了。

蜘蛛很难说。很难弄懂。需要了解更多——还没什么接触。

他在公交车站等车，跺着脚取暖。

公交车来了，他上车后坐在一群沉默、温暖、漠然看向前方的人中间，突然感到很开心，一股模模糊糊的安全感涌遍全身。

他放松地咧嘴一笑，这些日子以来还是第一次。

公交车沿着街道驶去。

蒂尔穆斯激动地挥舞着触角。

"如果你们想这样，那就投票吧。"它匆匆越过它们，爬上土丘，"但在你们开始之前，让我说完昨天的话。"

"我们全都知道了，"拉拉不耐烦地说，"让我们开始行动吧。我们已经制订出计划，有什么能阻止我们？"

"我还有更多的理由要讲。"蒂尔穆斯环顾周围聚集在一起的神灵，"整座山都准备好要迎战我们口中的巨人。但为什么？我们知道他不会和他的同伴沟通——绝无可能。他们使用的语言是振动类型，导致他不可能把关于我们的想法传达给别人，关于我们——"

"胡说，"拉拉走上一步，"巨人之间能够很好地沟通。"

"没有任何记录表明巨人知道关于我们的信息！"

军队不安地骚动。

"继续吧，"蒂尔穆斯说，"但这是白费工夫。他是无害的——他与世隔绝。为什么要浪费时间？"

"无害？"拉拉盯着它，"你不明白吗？他知道！"

蒂尔穆斯走下小丘，"我反对毫无必要的暴力。我们应该保存力量，总有一天我们会需要这些力量。"

投票表决之后，不出所料，军队希望抵抗巨人。蒂尔穆斯叹了口气，开始在地面上画出计划图。

"他的位置在这里，大概会在这个周期结束时出现在那儿。现在的形势在我看来——"

它继续在柔软的泥土中列出计划。

一个神灵俯身倾向另一个，伸出触角碰了碰，"这个巨人，他不是我们的对手。某种意义上，我为他感到难过。他怎么会闯进来的？"

"意外。"另一个咧嘴一笑，"你也知道，他们就是那样，到处乱闯。"

"但这对他来说可太糟了。"

日落时分，街上昏暗冷清。男人胳膊下面夹着报纸，走在人行道上。他走得很快，四处张望。他绕过路边的大树，灵活地跳到街上，穿过街道来到对面，在转弯处又撞上了灌木丛与电线杆之间的蜘蛛网。他下意识地挣扎，把这东西从身上拂掉。蜘蛛网破裂时，他仿佛听到一阵微弱的嗡嗡声，如金属丝一般尖细。

"……等等！"

他停了下来。

"……小心……里面……等等……"

他沉着脸。最后一缕蜘蛛网在他手中断裂，他继续往前走。在他身后，蜘蛛爬进自己破碎的蜘蛛网中看着他。男人回过头来。

"滚吧！"他说，"我可不会冒险站在那儿，等着被绑住。"

他继续沿着人行道走向那条小径。他跳上小径，避开黑暗的灌木丛，站在门廊上找到钥匙，插进锁里。

他停了下来。里面？里面比外面好，尤其是晚上。晚上可不好过。灌木丛下有太多的动静，那不是什么好事。他打开门走进里面，脚下是一块地毯，黑乎乎一片。他分辨出房间另一边电灯的轮廓。

走四步到电灯。他抬起脚，又停了下来。

蜘蛛说什么来着？等等？他等待着，倾听着。一片寂静。

他拿起打火机，"啪"的一声打燃。

蚂蚁构成的地毯如洪水一般向他涌来。他跳到一边，落在外面门廊上。蚂蚁们在朦胧的光线中蜂拥而至，在地板上爬来爬去。

男人跳到地面上，绕到房子旁边。当第一拨蚂蚁们拥过门廊时，他已经迅速拧开水龙头，抓起水管。

一股水柱把蚂蚁冲得七零八落，四散奔逃。男人调整了一下喷嘴，眯起眼睛透过水雾观察。他走上前去，强劲的水柱横扫一片。

"你们这些该死的东西，"他咬牙切齿地说，"竟然等在屋里！"

他很害怕。屋里——以前从未发生过这种事！在夜晚的寒意中，他脸上冒出了冷汗。屋里。它们以前从未进入屋里。当然，也许有一两只蛾子或苍蝇。但它们是无害的，只是到处乱飞，有点吵闹——

蚂蚁组成的地毯！

他恶狠狠地把水柱喷向它们，那群蚂蚁被打散，纷纷逃到草坪上、灌木丛里、房子下面。

他握着水管在人行道上坐下，全身都在发抖。

它们是认真的。不是愤怒的突袭，断断续续的骚扰；而是一次有计划的攻击,精心策划,付诸实践。它们在屋里等着他,如果当时多迈出一步,后果不堪设想。

感谢上帝,感谢那只蜘蛛。

这时,他关上水管站了起来。万籁俱寂,没有一点儿声音。灌木丛中突然发出一阵沙沙声。甲虫?一个黑色的东西匆匆跑过去——他伸出脚踩在上面。很可能是个信使,跑得很快的家伙。他小心翼翼地走进黑暗的房子里,靠着打火机的光亮一路摸索。

稍后,他坐在书桌前,水管的喷嘴放在旁边,钢和铜造的、结实耐用的喷嘴。他伸出手指碰了碰它潮湿的表面。

七点了,他背后的收音机轻轻播放着音乐。他伸手挪了一下桌子上的台灯,照亮书桌旁边的地板。

他点燃一支烟,拿出钢笔和纸,停下来陷入沉思。

所以它们真的很想抓住他,甚至为此制订了详细计划。凄凉的绝望如同洪水一般淹没了他。他能做些什么?他可以去找谁?或者告诉谁?他握紧拳头,直直地坐在椅子上。

一只蜘蛛从他旁边滑下来,落在桌子上,"很抱歉,希望你没有像诗里写的那样被吓坏。"

男人凝视着它,"你就是那一只吗?在转弯处的那只?警告我的那只?"

"不,那是另一只。它是纺织族。严格来说,我是啃咬族。看看我的嘴巴。"它张开嘴又闭上,"我会咬他们。"

男人笑了,"你们挺不错的。"

"当然。你知道在——比如一英亩土地上——我们有多少只吗?猜猜看。"

"一千只?"

"不,所有的种属加起来有二百五十万只,包括像我一样的啃咬族,还有纺织族、螯刺族。"

"螯刺族?"

"它们是最棒的。让我想想,"蜘蛛思索着,"例如,黑寡妇,你们是这么叫的,非常珍稀的品种。"它停顿了一下,"不过有一件事。"

"什么?"

"我们有我们的问题。神灵们——"

"神灵!"

"你们将其称之为蚂蚁。它们是领先的一方。它们超越了我们。这很不幸。它们有一种可怕的气味——令人作呕。我们只能让鸟儿把他们吃掉。"

男人站了起来,"鸟?它们是不是——"

"嗯,我们之间有约定。这已经持续了很多年。我会给你讲讲整件事,我们还剩一些时间。"

男人的心一紧,"还剩一些时间?你是什么意思?"

"没什么。据我所知,后面还要面对一些麻烦。我来给你介绍一下背景情况,我想你还不清楚这些事。"

"说吧,我听着呢。"他站了起来,来回踱步。

"大概十亿年前,**它们**在地球上过得很不错。你看,人类来自其他星球。哪一颗?我不知道。人类登陆后发现地球很适宜于耕种,于是爆发了战争。"

"所以,我们是侵略者。"男人低声说。

"当然。战争使双方都退化到野蛮未开化的状态,无论是它们还是你们自己。你们忘记了如何攻击,它们退化为封闭的社会派系,蚂蚁、白蚁——"

"我明白了。"

"你们中最后一批知道整件事的人,把我们带到世上。我们是被你们培育出来的。"蜘蛛以它自己的方式咯咯笑起来,"为了一个很有意义的目的被培育出来。我们能够顺利压制住它们。你知道它们怎么称呼我们吗? 吞食族。听起来不怎么愉快,是不是?"

又来了两只蜘蛛,挂在蜘蛛丝上飘进来,落在桌子上。三只蜘蛛围成一圈。

"比我想象的更麻烦,"那只啃咬族说,"他并不了解全部的内情。螯刺族——"

黑寡妇来到桌子边上,"巨人,"它发出金属一般尖细的声音,"我想和你谈谈。"

"继续说吧。"男人说。

"这里马上会有麻烦。它们正朝这儿来,一大群。我们打算暂时留在这里,和你一起应对。"

"我明白了。"男人点点头。他舔舔嘴唇,颤抖的手指梳过头发,"你认为那……有多大机会?"

"多大机会?"螯刺族若有所思地蠕动了一下,"嗯,我们负责这项工作已经很长时间了。将近一百万年。我认为,与它们相比,我们存在一定优势,虽然也有弱点。我们与鸟类有约定,当然,还有蟾蜍——"

"我想我们可以救你。"啃咬族欣然说,"事实上,我们十分期待这种事。"

地板下面远远传来一阵挖掘的声音,远处还有大量小爪子和小翅膀发出的声音,微弱的振动声。男人仔细倾听,肩膀无力地垂了下去。

"你们真的确定吗？你们认为能做到？"他擦去唇上的汗水，捡起水管喷嘴，继续听着。

声音越来越响，从地板下面汇聚到他脚下。房子外面的灌木丛沙沙作响，几只蛾子飞过来撞在窗户上。声音越来越大，由远及近，到处都是愤怒而坚决的嗡嗡声。男人来回扫视。

"你们确定你们能做到吗？"他低声说，"你们真的能救我？"

"哦，"螯刺族尴尬地说，"我不是指**那个**。我指的是物种、种族，不是作为个体的你。"

男人目瞪口呆地看着它，三个吞食族不安地动弹了一下。越来越多的蛾子撞在窗户上。他脚下的地板颤动起伏。

"我明白了，"男人说，"很抱歉我误解了你们。"

变量人

一

安全专员莱因哈特迅速爬上楼前的台阶,进入议会大厦。议会警卫迅速让到一边。莱因哈特走进这个熟悉的地方,里面满是嗡嗡作响的大型计算机。他神情专注,双眼因激动而闪闪发光,紧紧盯着中央SRB计算机,研究上面的数字。

"上个季度,数据直线增长。"实验室负责人卡普兰说。他骄傲地咧嘴一笑,好似这一切都是他的功劳,"情况不错,专员。"

"我们的确正在追上他们。"莱因哈特反驳道,"但还是太慢了。我们必须超过他们——而且要尽快。"

卡普兰像打开了话匣一般滔滔不绝,"我们设计出新的进攻武器,他们则用改进的防御措施迎战。但实际上这只是徒劳!双方都在改进,但无论是我们还是半人马座,都无法停下设计,留出足够长的时间来稳定产量。"

"这种情况会结束的。"莱因哈特冷冷地说,"只要地球能制造出一种半人马座无法防御的武器。"

"每一种武器都有相应的防御措施。武器被设计出来,被敌方攻克,然后立即淘汰。没有什么能持续足够长的时间——"

"我们能指望的只有**时间差**。"莱因哈特恼火地打断他，灰色的双眼紧紧盯住实验室负责人。卡普兰小心翼翼地与他对视。"我们设计出进攻手段和他们研发出反击措施之间的时间差，不断变化的时间差。"他朝着SRB计算机的大型存储体不耐烦地一挥手，"你也很清楚。"

此时此刻，2136年5月7日上午9:30，SRB计算机统计出的比率是17:21，半人马座占优。综合了所有的因素后，概率显示半人马座比邻星能够成功击退地球人。SRB计算机基于所有已知信息得出这个比率，这些庞大的数据从太阳系和半人马座的各个角落源源不断地涌入，最终形成一个简明扼要的结论。

17:21，半人马座占优，但一个月之前，比率还是差距更大的18:24。情况正逐渐好转，虽然缓慢，但很稳定。半人马座比地球更加古老，不再那么强健有力，已经跟不上地球的技术发展速度。地球正在赶超。

"如果现在开战，"莱因哈特若有所思地说，"我们会输。这会儿还不到冒险进攻的时候。"他英俊的面孔上闪过一丝无情的冷笑，五官看上去像是一个冷酷的面具，"但胜率正向我们靠近。我们设计的进攻武器正在逐渐赶超他们的防御能力。"

"希望战斗能够即刻打响，"卡普兰表示同意，"我们都等不及了，这该死的等待……"

凭着直觉，莱因哈特知道，战争一触即发。空气中充满了紧张的气氛，那是所谓的杀伐之气。他离开SRB所在的房间，沿着走廊匆匆走向位于安全部侧楼他自己防卫森严的办公室。用不了多久了，他几乎能感觉到命运之神冲着他的脖子吹来的热乎乎的气息——对他来说，这是一种令人愉悦的感觉。他薄薄的嘴唇挂上一丝缺乏幽默感的微笑，一排整齐的白牙露了出来，与古铜色的皮肤形成鲜明的对比。他感觉很好，没错。毕竟，他为此努力了那么长时间。

第一次接触发生在一百年前，半人马座比邻星前哨和探索宇宙的地球突击队之间的冲突就此爆发。整个战场火光四溅，到处是猛烈喷发的火焰和能量光束。

随之而来的是漫长而沉闷的岁月，敌我双方都按兵不动，即使以近光速飞行，彼此之间也隔着好几年的旅程。两个星系势均力敌，屏幕对屏幕，战舰对动力站。半人马座帝国如今包围了地球，像是一个无法被打破的铁环一般，期望地球如同它们那样腐朽垮塌。如果地球想要突破出去，就必须设计出新的武器。

透过办公室的窗户，莱因哈特可以看到无穷无尽的建筑和街道。地球人往来匆匆，通勤飞船周身闪着亮点，小巧的蛋形飞艇运送着商务人士和白领，而巨型运输管道则把大量工人从住宅单元送往工厂和劳动营。所有这些人都等待着突破，等待着那一天的到来。

莱因哈特打开视频屏幕，转到机密频道，"给我接军事设计部。"他严厉地命令道。

他僵坐着，精瘦的身体绷得紧紧的，视频屏幕渐渐亮起来。突然，彼得·谢利科夫笨重的身影出现在屏幕上，这位仁兄是掩藏在乌拉尔山脉下的那座大型网络实验室的主任。

谢里科夫认出了莱因哈特，他那张留着大胡子的脸绷紧了，浓密的黑眉毛愠怒地纠成一团，"你想干什么？你知道我很忙的。就算不被别人打扰——特别是政客们的打扰——我们的工作也堆得够多了。"

"我要顺路来拜访你，"莱因哈特随意地理了理灰色披风一尘不染的袖口，"我希望全面了解一下你们的工作，以及你们取得的进展。"

"你在办公室里的某个地方就能找到一份按例归档的部门定期工作报告。如果你看看那个，就会知道我们具体——"

"我对那个不感兴趣。**我想亲眼看看**你们正在做的事情。我希望你能准备好，详细描述一下你们的工作。我很快就到，半小时后。"

莱因哈特切断了联络。谢里科夫笨重的身影逐渐变淡，最终消失。莱因哈特放松下来，呼出一口气。不得不跟谢里科夫打交道真是麻烦。他从来没喜欢过这个人。这个大块头波兰科学家是个利己主义者，拒绝融入社会，还是无党派人士，用原子论看待世界——他认为世界的本源就是个体，直接反对接受国家组织这种已被普遍认同的世界观。

但谢里科夫是最杰出的研究学者，主管军事设计部。这些设计将决定地球的未来，究竟是战胜半人马座，还是被一个正在凋落的敌对帝国包围，禁锢在太阳系之中，继续无望地等待。这个帝国如今虽然逐渐陷入衰落与腐朽，但仍然很强大。

莱因哈特迅速站起来，离开办公室。他快步走下大楼，来到议会大厦外面。

几分钟后，他乘坐高速巡航舰掠过上午十点的天空，飞向亚洲大陆辽阔的乌拉尔山脉，前往军事设计实验室。

谢里科夫在入口处与他碰面，"听着，莱因哈特。不要以为你能命令我做事。我不会——"

"放松点儿。"莱因哈特跟在这个大块头旁边。他们通过检查，进入副实验室。"没有人会直接干涉你或你的工作人员。你可以按照你认为合适的方式继续工作，完全自由——至少目前如此。我们有话直说吧，我关心的是怎样让你的工作适应我们社会的整体需求。只要你的工作富有成效——"

莱因哈特停下脚步。

"很漂亮,不是吗?"谢里科夫揶揄道。

"那玩意儿是什么?"

"伊卡洛斯[1],我们给它起的名字。记得那个希腊神话吗?伊卡洛斯的传说,伊卡洛斯能够飞翔……总有一天,这个伊卡洛斯也会飞起来。"谢里科夫耸耸肩,"如果你愿意的话,可以仔细看看它。我想你来这里就是为了看这些。"

莱因哈特慢慢走上前去,"这就是你们一直在研究的武器?"

"它看起来怎么样?"

房间中心立着一个矮矮胖胖的金属圆筒,难看的巨型黑灰色圆锥体。技术人员围在四周,为露在外面的继电器存储体接线。莱因哈特瞥见无数电子管和细丝般的电线,线路、接线端子和零部件纵横交错,像是迷宫一样,一层叠着一层。

"这是什么?"莱因哈特坐在工作台边,宽宽的肩膀靠在墙上。

"贾米森·赫奇的构想——正是他在四十年前研发出我们的星际瞬时投影技术。他被害时正在研究一种超光速旅行方式,但却和他的大部分工作成果一起被毁掉了。在那之后,人们放弃了超光速研究。这项研究前途渺茫。"

"不是说没有什么东西能超过光速吗?"

"星际瞬时投影就能做得到! 不仅如此,赫奇还开发出一种有效的超光速驱动装置,能够成功地将一个物体驱动至光速的

---

[1]伊卡洛斯是希腊神话中代达罗斯的儿子,与代达罗斯使用蜡和羽毛造的翼逃离克里特岛时,他因飞得太高,双翼上的蜡被太阳融化,因而跌落水中丧生,被埋葬在一个海岛上。

五十倍。但随着这个物体的速度增快,它的长度开始缩短、质量增加。这与20世纪众所周知的质能转换概念相符。我们推测,赫奇实验中的物体随着速度增加,其长度会继续缩短,质量会继续增加,直至长度为零、质量为无限大。没有人能想象这样一个物体。"

"然后呢?"

"但是实际发生的情况是,当这个物体的长度继续缩短,质量继续增加,直至达到理论极限速度光速的时候,这个还在继续加速的物体便不复存在了。它没有长度,就不再占据空间。这个物体消失了,但却并不是被摧毁了。它将继续前行,动量也不断增加,然后沿着一道圆弧离开太阳系,穿越银河。赫奇的物体最终将进入一个超越我们想象的存在领域,而他实验的下一阶段要研究的则是,如何通过某些方式降低超光速物体的速度,让它回到低速的状态,从而回到我们的宇宙中。这个减速实验的原理最终也被赫奇研究出来了。"

"而实验的结果是?"

"赫奇死了,他的大部分设备都被毁掉了。他的实验对象重新进入了这个宇宙时空,进入这个已经被物质所占据的空间中。赫奇的物体拥有了令人难以置信的质量,接近无限大,结果发生了爆炸,史无前例的大灾难。很明显,利用这种驱动装置进行太空旅行是不可能的。事实上,所有的空间都包含一定物质,重新进入原空间势必会导致自动毁灭。虽然赫奇已经造出了超光速驱动装置,并且找出了减速的办法,但在此之前没有人能够加以应用。"

莱因哈特走向那个巨大的金属圆筒。谢里科夫跳下来跟在后面。"我不太明白。"莱因哈特说,"你说这个原理不适用于太空旅行？"

"没错。"

"那这个是做什么用的？如果飞船一返回我们的宇宙就会
爆炸——"

"这不是飞船。"谢里科夫狡猾地咧嘴一笑，"伊卡洛斯是赫
奇原理的第一次实际应用。伊卡洛斯是一颗炸弹。"

"所以这就是我们的武器。"莱因哈特说，"一颗炸弹，巨型炸
弹。"

"一颗炸弹，比光速更快。一颗在我们的宇宙中不可能存在
的炸弹。半人马座无法侦查到它或阻止它。怎么可能办得到？
一旦它超越光速，就不复存在了——完全无法被侦查到。"

"可是——"

"伊卡洛斯将在实验室外的地面上发射，瞄准半人马座比邻
星，飞快加速。在抵达目的地时，它的速度将达到光速的一百
倍。伊卡洛斯会在半人马座范围内回到这个宇宙。随之而来的
大爆炸将摧毁比邻星以及大部分行星，包括其中心行星阿蒙
星。伊卡洛斯一旦发射，就无法被阻止。不存在什么有效的防
御措施，也没有什么能阻止它，确实如此。"

"它什么时候能完工？"

谢里科夫目光闪烁，说道："很快。"

"到底多快？"

大块头波兰人犹豫了一下，"事实上，现在只有一个问题横
在我们面前。"

谢里科夫带莱因哈特来到实验室另一边，推开挡在面前的
实验室防护装置。

"看到这个了吗？"他拍拍一个敞着盖子、如柚子大小的圆

球,"这就是我们的问题所在。"

"那是什么?"

"中央控制塔。这个东西会在恰当的时刻让伊卡洛斯的飞行速度降到光速以下。它必须绝对精准,因为伊卡洛斯只会有一微秒的时间位于比邻星范围内。如果控制塔不够精确,伊卡洛斯将从另一端飞离比邻星星系。"

"这个控制塔接近完成了吗?"

谢里科夫闪烁其词,不确定地摊开一双大手,"谁知道呢?还有一些极其微小的装置和线路的连接,极其微小,用肉眼都看不见。"

"你能给我一个完工的日期吗?"

谢里科夫从外套里拿出一个牛皮纸文件夹,"我已经为SRB计算机准备好了数据,一个草拟的完成日期。你可以把它输进去。我把最长期限设置成十天,计算机可以以此为基础计算。"

莱因哈特小心地接过文件夹,"你对于这个期限有把握吗?我可还没有确定要信任你,谢里科夫。"

谢里科夫沉下脸来,"你必须冒险试试看,专员。我不信任你,就像你不信任我一样。我知道你想找个借口把我从这里赶出去,把你的傀儡塞进来。"

莱因哈特若有所思地打量着这个大块头科学家。谢里科夫是块难啃的骨头。但设计部由他的安全部负责,而非议会。谢里科夫将渐渐处于弱势——但仍属于潜在的危险因素,顽固、利己,拒绝为大众利益放弃个人福利。

"好吧,"莱因哈特慢慢把文件夹塞进外套里,"我会把数据输进去的。但你最好成功,不能有任何疏忽。接下来的几天关系重大。"

"如果胜率指向我们,你会发布紧急动员令吗?"

"是的。"莱因哈特说,"一旦我看到概率转变,就会发布紧急动员令。"

莱因哈特站在计算机前,紧张地等待结果。现在是两点,气候温暖,一个宜人的五月午后,大楼外面,地球上的生活一切如常。

一切如常?并不完全如此。空气里紧张且激动的气氛日渐强烈。地球已经等待了太久。针对半人马座比邻星发动攻击是必然的事情——而且越早越好。古老的半人马座帝国包围了地球,把人类封锁在自己的太阳系里。一个巨大的、令人窒息的网覆盖了整个天空,把地球与钻石一般明亮的星河分割开来……这种困境必须被打破。

SRB计算机嗡嗡运转,上面的数字消失了,一时间没有显示出新的比率。莱因哈特紧张起来,浑身僵硬地等待着。

新的比率出现了。

莱因哈特几乎透不过气来。7:6,地球占优!

五分钟内,紧急动员令发送给了所有的政府部门。议员们和达菲主席被召集起来,出席临时会议。一切都在高速运转。

但没什么可疑虑的。7:6,地球占优。莱因哈特匆匆整理他的文件,希望能赶上议会会议。

在历史研究所,弗里德曼迅速从机密通道取出信息板,冲出中心实验室去找最高官员。

"看这个!"弗里德曼把信息板放在上级的办公桌上,"看看!"

哈珀拿起信息板迅速浏览了一下，"看起来像是真的。没想到我们能活着看到这一天。"

弗里德曼离开房间，匆匆穿过走廊，进入时间泡办公室，"时间泡在哪里？"他环顾四周。

一名技术人员慢慢抬起头，"大约二百年前，我们在1914年的战争中发现了有趣的数据。根据资料，时间泡已经——"

"中止任务。我们先暂停日常工作。让时间泡回到现在。从现在开始，必须空出所有的设备准备承担军事任务。"

"但时间泡是自动调节的。"

"你可以手动把它带回来。"

"这样很危险。"技术人员支吾着，"但如果紧急动员令需要，我想我们可以冒险切断自动控制。"

"紧急动员令需要**一切**。"弗里德曼激动地说。

"但概率可能会变回去，"议会主席玛格丽特·达菲紧张地说，"随时可能恢复原样。"

"这是我们的机会！"莱因哈特厉声说，火直往上冒，"你究竟是怎么了？我们已经等了很多年。"

议员们激动地议论纷纷。玛格丽特·达菲犹豫不决，她的蓝眼睛里满是担忧，"我知道这是个机会，至少从概率来看是这样。但新的概率刚刚出现，我们怎么知道这会持续多久？而这些又仅仅基于一件新武器。"

"你错了。你没有明白目前的状况。"莱因哈特努力控制住自己的脾气，"谢里科夫的武器的确使胜率转向了我们。几个月以来，概率一直朝着对我们有利的方向变化。这只是个时间问题，新的平衡或迟或早必然会达到，这不仅仅是因为谢里科夫，他只是其中一个因素,这是基于太阳系所有九颗行星——而不是某一个人。"

一名议员激动地站起来,"主席必须认识到,整个地球都急于结束这没完没了的等待。过去八十年来,我们所有的行动都致力于——"

莱因哈特走近纤弱的议会主席,"如果你不肯批准发动战争,很可能会出现大规模暴乱。公众的反应会非常强烈,极其强烈。你自己也知道。"

玛格丽特·达菲冷冷地瞥了他一眼,"你发布紧急动员令来强迫我。你完全知道自己在做什么。你知道紧急动员令一旦发出,就再也无法中止行动。"

议会中响起一阵阵低声议论,音量越来越大,"我们必须批准这场战争!……我们不得不这样做!……现在要退回去已经太迟了!"

玛格丽特·达菲周围响起一片愤怒的喊叫声,像海浪一样持续不断地涌来,"我和所有人一样支持战争。"她严厉地说,"我只是强烈建议稳妥一点儿。星系之间的战争是一件大事。难道只因为一台计算机说我们在统计学上有机会获胜,我们就要发动战争吗?"

"除非我们能获胜,否则没必要发动战争。"莱因哈特说,"SRB计算机会告诉我们,我们能否获胜。"

"它们只能告诉我们获胜的**可能性**。它们什么也无法保证。"

"除了很有可能获胜这一点,我们还想知道什么呢?"

玛格丽特·达菲紧紧咬住牙关,"好吧,我听到了所有的意见。我不会阻拦议会批准战争,可以开始投票了。"她冷冷的目光警惕地打量着莱因哈特,"尤其因为,紧急动员令已经发送给了所有的政府部门。"

"很好。"莱因哈特松了一口气,走开了,"那就没问题了。我们终于可以发动全面动员。"

动员迅速展开,接下来的四十八个小时里一片繁忙。

莱因哈特在会议室里参加一个战略级别军事简报会,由舰队指挥官卡尔顿主持。

"你可以看到我们的策略,"卡尔顿说,他对着黑板上的图表一挥手,"谢里科夫说还需要八天时间来完成超光速炸弹。这段时间,我们在半人马座星系附近的舰队将进入阵地备战。炸弹爆炸后,舰队将与剩下的半人马座飞船作战。无疑会有很多飞船在爆炸中幸存下来,但如果阿蒙星消失了,我们应该能对付得了它们。"

莱因哈特接过卡尔顿的话头,说道:"我来报告一下经济形势。地球上所有的工厂都已经改为生产武器。没有阿蒙星挡路,我们应该能煽动半人马座殖民地发生大规模暴动。一个跨星系的帝国是很难维持的,即使他们有接近光速的飞船。届时,各地的领主起义将遍布整个帝国。我们希望能为他们提供武器,飞船**现在**就出发,以便及时抵达他们那里。最后,我们希望提出一个统一的原则,以此来聚拢所有的殖民地。我们更感兴趣的是经济而非政治。他们可以建立任何类型的政府,只要他们愿意作为我们的供给区。就像太阳系其他八大行星目前所做的那样。"

卡尔顿继续报告,"一旦半人马座舰队被打散,我们就可以进入战争的关键阶段。人员和物资的登陆。我们的飞船已经等在半人马座星系所有的关键区域。届时——"

莱因哈特走了出去。很难相信动员令才刚刚发出两天,整个太阳系便全部精神抖擞,狂热地行动起来。无数的问题正得到解决——但余下的还有很多。

他走进电梯,上楼来到SRB房间,想看看计算机的读数有无变化。还是一样,目前为止一切顺利。半人马座是否已经知道伊卡洛斯的存在?毫无疑问是的,但他们什么也做不了。至少,在八天的时间里无能为力。

卡普兰走向莱因哈特,他正在整理一批新来的资料。实验室负责人在其中翻找了一下。"来了一条有趣的东西,你可能会感兴趣。"他递给莱因哈特一个信息板。

来自历史研究所:

2136年5月9日

在此报告,第一次应用手动返回方式将研究用时间泡带回现在。但未能干净利落地断开,而将大量过去的物质带回现在。其中包括一个来自20世纪早期的个体,他立即从实验室逃走了,至今还未被抓捕至保护拘留所。历史研究所对此项事故深感遗憾,但将其归咎于紧急动员令。

E·弗里德曼

莱因哈特把信息板递回给卡普兰,"真有趣。一个来自过去的人——被拖进宇宙有史以来最大的战争中。"

"发生了如此奇怪的事情,我不知道计算机会做出什么反应。"

"很难说,也许没什么特殊的。"莱因哈特离开房间,匆匆忙忙沿着走廊回到自己的办公室。

他进去以后，立即通过视频通话的保密线路联系谢里科夫。

波兰人笨重的身体出现在屏幕上，"早上好，专员。备战情况如何？"

"很好。控制塔接线进展如何？"

谢里科夫微微皱眉，"事实上，专员——"

"怎么了？"莱因哈特严厉地问。

谢里科夫纠结了一下，"你也知道，这种事情就是这样。我试着用机器人代替工作人员。虽然他们更加灵活，但他们无法做出决定。这项接线工作需要的不仅仅是灵活，而是——"他努力想找到合适的词语，"——是一名如同艺术家般的**高手**。"

莱因哈特的脸色变得严厉起来，"听着，谢里科夫。你还剩下八天的时间来完成这个炸弹。提交给SRB电脑的信息已经包括了这个数据。7∶6的比率建立在这一基础上。如果你没能成功——"

谢里科夫的面孔因尴尬而扭曲，"别激动，专员。我们会完成的。"

"希望如此。完成后立即联系我。"莱因哈特切断了联系。如果谢里科夫让他们失望了，就把他抓出去枪毙。整个战争都取决于超光速炸弹。

视频屏幕再次亮了起来。莱因哈特猛地打开，屏幕上出现卡普兰的面孔。实验室负责人脸色苍白，呆若木鸡，"专员，你最好到SRB办公室来。发生了一些事。"

"怎么了？"

"我会演示给你看。"

莱因哈特有些忧虑，匆忙离开自己的办公室，沿着走廊走过去。他发现卡普兰正站在SRB计算机前面。"怎么回事？"莱因哈特问。他瞥了一眼读数。没有变化。

卡普兰紧张地举起一张信息板，"片刻之前，我把这个输入计算机里。我看到结果后迅速把它删掉了。就是我给你看的那条资料。历史研究所发来的，关于一个来自过去的人。"

"你输入进去之后发生了什么？"

卡普兰不安地咽了口唾沫，"我演示给你看。我会再做一遍，就像刚才一样。"他把信息板送入一条移动的输入带，"注意那个数字。"卡普兰喃喃地说。

莱因哈特紧张而僵硬地看着。一段时间内，什么也没有发生。还是继续显示出7∶6。然后——数字消失了。计算机犹豫不决，随后开始显示出新的数字。4∶24半人马座占优。莱因哈特屏住了呼吸，感到恐惧。这些数字再次消失，浮现出新的数字。16∶38半人马座占优。然后是48∶86，再然后是79∶15地球占优。接下来什么都没有了。计算机在运转，但什么也没有显示。

什么都没有。没有数字，只有一片空白。

"这是什么意思？"莱因哈特咕哝着，感到茫然。

"非常古怪。我们不认为这是——"

"发生了什么事？"

"计算机无法处理这东西，出不来读数。这些数据全是机器无法整合的，不能用于预测。而且，它们跟计算机得出的所有数据都不一样，把那些数据全都推翻了。"

"为什么？"

"这是……这是一个变量。"卡普兰浑身颤抖、嘴唇发白、脸色苍白，"从中无法推论出结果。那个来自过去的人，计算机拿他毫无办法。他是个变量人！"

二

龙卷风袭来时,托马斯·科尔正在磨刀石上磨着一把刀。

这把刀属于绿色大房子里的那位女士。科尔的维修马车每次来到这里,那位女士都有些东西需要磨。她每次都会给他一杯咖啡,从弯曲的旧壶里倒出来的热热的黑咖啡。他觉得这很棒。他喜欢喝美味的咖啡。

空中乌云密布,下着蒙蒙细雨,生意一直不好。他的两匹马被一辆汽车吓着了。天气不好的日子里,屋外没几个人,他不得不下了马车去按门铃。

黄房子里那个人付给他一美元作为电冰箱的修理费。没有其他人能修得好它,甚至连工厂里的人都做不到。一美元足够过很久了,这是很大一笔钱。

在被卷进去之前,他就知道那是龙卷风。周围的一切都很安静。他正对着磨刀石弯下腰,缰绳夹在双膝之间,专心致志地做他的工作。

那把刀被他磨得锋利极了,差不多就要干完了。他在刀刃上吐了点儿口水,举起来仔细看看——就在这时,龙卷风出现了。

龙卷风是一下子冒出来的,将他完全包围。除了一片灰色,什么也没有。他和马车、马匹似乎处于龙卷风中心,一个平静的区域。他们在一片寂静中移动,到处都是灰色的薄雾。

他正在想该怎么办,怎么把老太太的刀子还给她,突然一阵颠簸,龙卷风把他卷起来,抛到地上。马匹因恐惧而嘶鸣,挣扎着想爬起来。科尔迅速站了起来。

他在哪儿？

灰色的薄雾不见了。白色的墙壁从四周拔地而起。光线照射下来，不是阳光，而是某种类似的东西。两匹马拉动马车朝侧面前进，工具和设备纷纷掉下来。科尔跳到车座上稳住马车。

他这才看到旁边有人。

那些人苍白的面孔上满是惊讶，穿着某种制服。他察觉到了危险！

科尔催马奔向门口，一路上马蹄砰砰敲在钢制地板上，受惊的人群四散而逃。他来到一个宽敞的大厅里。这栋建筑像是一家医院。

大厅里的人分开一条道路。更多的人从四面八方拥进来。

有人兴奋地喊叫，漫无目的地团团乱转，就像一群白蚁。有什么东西朝他划过来，一道深紫色的光束。马车一角被烧焦，木头冒出烟来。

科尔感到害怕，使劲踢着那两匹被吓坏了的马。它们疯狂地撞向一扇大门，门开了——他们来到外面，明亮的阳光照耀在身上。有那么一瞬间，马车微微倾斜，差点儿翻车，令人心惊胆战。随后，两匹马加速跑过一片开阔的田野，冲向远处一线绿色，科尔紧紧抓住缰绳。

在他身后，那些纤弱而脸色苍白的人都来到外面，聚集在一起，站在那里疯狂地做着手势。他能隐约听到他们刺耳的喊叫声。

但他已经逃掉了，安全了。他放慢马车的速度，松了一口气。

这片树林是人工栽种的，像是个公园，但现在已经荒废了，杂草丛生。七扭八歪的植物构成茂密的丛林，所有东西都长得乱七八糟。

公园里空空荡荡,不见人影。他观察了一下太阳的位置,现在要么是清晨,要么是傍晚。花草的香味和湿漉漉的叶子说明现在是早晨。龙卷风把他卷起来时,已经是傍晚时分,而且天空中一直阴云密布。

科尔陷入沉思。显然,他被带到了很远的距离之外。医院,脸色苍白的男人,奇怪的灯光,他听到只言片语的口音——一切都表明他已经离开内布拉斯加州——也许甚至离开了美国。

他的一部分工具在路上丢了。科尔把余下所有的东西收集到一起,整理一下,他深情地抚摸着每一件工具。一些小凿刀和木质圆凿不见了。钻头盒打开着,大部分钻头都已丢失。他把剩下的东西收拾好,轻轻放回盒子里。他取下一把钢丝锯,用一块油布仔细擦拭,再放回原处。

马车上方,太阳在天空中缓缓升起。科尔用满是老茧的手遮住眼睛,抬头看了看。他是个魁梧的男人,有点儿驼背,下巴留着灰色的胡茬。他的衣服又脏又皱,但浅蓝色的眼睛十分清澈,双手灵巧无比。

他不能留在公园里。他们已经看到他驾车往这边走,他们肯定正在找他。

高空中有什么东西飞速掠过。一个小黑点,移动的速度快得不可思议。第二个黑点紧随其后。他几乎还没看清楚,那两个黑点就消失了。它们完全没发出一点儿声音。

科尔担忧地皱起眉,这些小黑点令他感到不安。他必须继续前进——还要寻找食物,他的肚子已经开始咕咕作响。

得要找一份工作。他可以做很多工作:园艺、磨刀、研磨、修理机械和钟表、修理各种日用物品,甚至绘画、木工、家务和其他杂活儿。

他可以做任何事情。人们想让他做什么都行，只要能换一顿饭和一点儿钱。

托马斯·科尔催促马车继续前进。他弯腰驼背地坐在车座上，留心观察着周围，维修马车缓缓驶过一片杂乱的草坪，穿过花繁叶茂的丛林。

莱因哈特把巡航舰开到最高速度疾驰而过，一艘军事护卫舰紧随其后，下方的地面迅速后移，成了一片模糊的灰色和绿色。

纽约的遗址出现在面前，扭曲变形的废墟杂草丛生。20世纪的原子大战几乎把整个沿海地区变成了一望无际的熔渣。

下方是一片熔渣和杂草，然后突然出现一大片废墟，那里曾经是中央公园。

历史研究所进入视线中，莱因哈特向下俯冲，把巡航舰降落在主建筑后面的小型补给机坪上。

莱因哈特的飞船刚一降落，该部门的最高官员哈珀立即赶了过来。

"坦率说，我们不明白你为什么会认为这件事很重要。"哈珀不安地说。

莱因哈特冷冷瞥了他一眼，"只有我才能判断什么是重要的。是你下达命令把时间泡手动带回来的吗？"

"其实是弗里德曼下达的命令。按照你的指令，准备好所有的设备，为了——"

莱因哈特走向研究大楼入口，"弗里德曼在哪儿？"

"里面。"

"我想见见他,走吧。"

他们在研究所里见到了费里德曼。他冷静地跟莱因哈特打了个招呼,面无表情,"很抱歉给你添麻烦了,专员。我们原本希望让研究所为战争做好准备,想要尽快把时间泡带回来。"他神情怪异地打量着莱因哈特,"毫无疑问,那个男人和他的马车很快就会被你们的警察抓住。"

"我想了解之前发生的一切,包括细枝末节。"

弗里德曼不安地抓了抓头,"没多少可说的。我下达命令,取消自动设置,把时间泡手动带回现在。时间泡接收到信号的那一刻,正处于1913年春天。它挣脱那个时代的同时,扯下了一块地皮,这个人和他的马车当时正站在上面。于是这个男人自然而然被装进时间泡里面,带到了现在。"

"你们的仪器完全没有显示时间泡里有东西吗?"

"我们太紧张了,没有注意任何读数。转为手动控制半小时后,时间泡出现在观察室里。还没等有人注意到里面有什么,它就断电了。我们试图阻止他,但他驾驶马车进入外面的大厅,把我们冲撞得七零八落。那两匹马受惊了。"

"什么样的马车?"

"上面有个标记,两侧都画着黑色的字母,但没有人看清究竟写了什么。"

"继续说。后来发生了什么事?"

"有人拿着射线枪对他开火,但没有打中。马车把他带出大楼,逃到外面。我们追到出口时,马车已经跑在去公园的路上了。"

莱因哈特若有所思,"如果他还在公园里,我们很快就能抓住他,但我们必须小心。"他丢下弗里德曼,转身走回飞船。哈珀追到他身边。

莱因哈特在飞船旁边停了一下。他招来一些政府警卫，"逮捕这个部门的负责人。稍后我会指控他们犯下叛国罪。"他讽刺地一笑，哈珀的脸色变得异常苍白，"战争正在进行。如果你能活着逃脱惩罚，算你走运。"

莱因哈特进入飞船中，迅速离开地面，升到空中，军事护卫舰跟在后面。莱因哈特飞在灰色的熔渣海洋上空，那是片尚未恢复的废弃地区。他越过灰色海洋中突然出现的一块绿色区域。莱因哈特回头凝视那个地方，直至它彻底消失。

中央公园。他可以看到警察的飞船在空中疾驰而过，载满部队的运输飞船飞向那块绿色区域。地面上，一些重型枪炮和地面车轰隆隆驶来，黑色的队列从四面八方驶向公园。

他们很快就能抓住那个男人。但与此同时，SRB计算机一片空白。整个战争都依赖于SRB计算机显示的数字。

大约中午时分，马车来到公园边上。科尔休息了一会儿，让马匹在茂密的草地上吃草。一大片寂静无声的熔渣废墟令他感到惊讶。发生了什么事？完全没有动静。没有建筑物，没有生命的迹象。单调沉闷的地面上偶尔长出零零星星的野草，但即使如此，这片景象还是使他心绪不宁、浑身发寒。

科尔驾驶马车缓缓行驶在熔渣上，抬头望向天空。现在他已经离开了公园，这里完全没有藏身之所。熔渣就像大海一样茫茫一片。如果他被发现了——

一大群小黑点掠过天空，迅速飞近，不久后突然右转消失。随后出现更多的飞机，金属无翼飞机。他看着它们飞过，慢慢驾车前行。

半小时后，一些东西出现在他眼前。科尔放慢马车的速度，仔细眺望那边。他已经来到熔渣区的尽头。脚下出现了土地，黑色的土壤，还有野草，四处杂草丛生。在他眼前，熔渣区边界之外有一排建筑物，像是住宅或者仓库。

很可能是住宅，但和他以前见过的不太一样。

这些房子整齐划一，全都一模一样，就像一排排绿色的小贝壳，一共几百个。每栋房子前面有个小小的草坪，还有小径、前门廊和几排灌木。这些房子看起来都一样，而且非常小。

绿色的小贝壳精确地排列成整齐的行列。科尔小心翼翼地驱动马车向前朝房子走去。

这里似乎没有人。他进入两排房子之间的一条街道，两匹马的马蹄声在一片寂静中显得尤其响亮。这里像是个城镇，但看不到狗，也没有小孩。一切都整洁、沉默，就像一个模型、一场展览，这令他很不舒服。

一个走在人行道上的年轻人目瞪口呆地看着他。那是个衣着古怪的青年，穿着长袍一样的斗篷，一直垂到膝盖，看着像是一整块织物，脚上穿了双凉鞋，或者说是看起来像是凉鞋的东西。斗篷和凉鞋都是奇怪的半发光材料，在阳光下微微发亮。是金属，而非布料。

一个女人正在草坪边上给花浇水。他的马车走近时，她站了起来，眼睛惊讶地睁大——然后显得十分害怕。她张大了嘴，却发不出声音，手里的喷壶掉在地上，静静地滚落进草坪里。

科尔脸红了，迅速转开头。那个女人几乎没穿衣服！他挥舞缰绳，催马快走。

在他身后，那个女人仍然站着不动。他偷偷回头，飞快地看了一眼——然后用嘶哑的声音驱动马车，耳朵变得通红。他看得明明白白。她只穿了一条半透明的短裤。没有别的了。只有一片同样的半发光材料，闪闪发亮。她娇小身体的其余部分完全赤裸着。

他放慢了马车的速度。她很漂亮，棕色的头发和眼睛，深红色的嘴唇。身材相当不错，苗条的腰，细嫩的腿，丰满柔软的乳房裸露出来——他生气地抑制住这些想法。他必须去找工作，找些活儿。

科尔停下马车，跳到人行道上。他随意挑了一座房子，小心翼翼地走近。这座房子很漂亮，有一种纯粹的美。但它看起来也很脆弱——就像其他房子一样。

他站在门廊上。这里没有门铃。他四处找了一会儿，不安地把手放在门上准备敲门。突然传来"咔嗒"一声，与眼睛齐平的位置响起明显的快门声。科尔看着上面，吓了一跳。门上一部分滑下来挡住一个镜头。他被拍到了照片。

他正在琢磨这是搞什么，门突然打开了。一个身穿棕褐色制服的魁梧男人挡在门口，令人望而生畏。

"干什么？"那个男人问。

"我正在找工作。"科尔喃喃地说，"任何工作都可以。我什么都能做，可以修理任何东西。我能修好破损的物品，任何需要修补的东西。"他的声音犹犹豫豫地低下来，"什么都行。"

"去联邦活动控制委员会的安置部门申请个职位。"那个男人很干脆地说，"你知道，所有职业能力评估都由他们负责处理。"他好奇地看着科尔，"你为什么要穿那些古代的衣服？"

"古代？为什么，我——"

那个男人看到了他身后的维修马车，以及那两匹正在打盹的马。"那是什么？那两只动物是什么？马？"男人揉着下巴，专注地打量着科尔,"这可真奇怪。"

"奇怪?"科尔局促不安地低声说,"为什么?"

"超过一个世纪的时间里,没有出现过任何马匹。所有的马都在第五次原子战争中灭绝了。这就是为什么奇怪。"

科尔感到紧张,突然警惕起来。这个人的眼睛里有种东西,锐利的眼神冷酷无情。科尔从门廊退回到小径上。他必须小心,有些不太对劲。

"我要走了。"他咕哝着。

"一百多年都没有出现过马。"男人走向科尔,"你是谁?你为什么打扮成这样?你从哪里弄到的那辆马车和那两匹马?"

"我要走了。"科尔重复了一遍,准备离开。

男人从腰带上抽出一根薄薄的金属管,塞给科尔。

那是一张卷起来的"纸",一张卷成管状的金属箔。上面有些手写体的文字。他完全辨认不出。还有这个男人的照片,一排号码和一些数字。

"我是温斯洛主管,"那个男人说,"联邦储备保护部。你最好尽快解释,否则,安全部的汽车五分钟后就会来到这里。"

科尔迅速做出反应。他低头沿着小径跑回街上的马车那里。

有什么东西击中了他,一堵力墙把他撞倒。他脸朝下趴在地上,整个人吓呆了,头晕眼花。他身上痛得厉害,不住地强烈抽搐,完全不受控制。冲击波席卷了他的全身,最终逐渐消失。

他颤抖着站起来,头晕目眩,虚弱无力,惊慌失措,一直在剧烈地抽搐。那个男人跟着他从人行道上走了过来。科尔努力爬上马车,一边喘息一边干呕。两匹马活跃起来。科尔蜷缩在座位上,马车摇摇晃晃令他很不舒服。

他抓住缰绳,想办法让自己坐稳。马车加速转过拐角,旁边的房子飞掠而过。两匹马一路飞奔。科尔虚弱地催马前行,一边呼吸一边颤抖。马车越来越快地飞驰而过,房子和街道因迅速倒退而变得模糊。

随后,他离开了城镇,把那些整洁的小房子抛在身后。他驾车行驶在一条高速公路上。公路两侧有些大型建筑——工厂。也有人影,人们都惊讶地看着他。

片刻后,工厂也被他抛在身后。科尔让马车的速度慢下来。那个人是什么意思?第五次原子战争,马都灭绝了,这说不通啊。他对这里的东西一无所知。力场,悄无声息的无翼飞机。

科尔摸了摸口袋,找到那个男人之前递给他的金属卷筒。他兴奋地把它拿出来,慢慢展开,开始研究。在他看来,这些文字很奇怪。

他研究了很长一段时间,然后渐渐开始注意到一行数字,右上角上的一行数字。

一个日期。2128年10月6日。

科尔的视线模糊了,周围的一切开始旋转晃动。2128年10月,这怎么可能?

但这张“纸”就在他手里。薄薄的金属纸,像是一张金属箔。这恐怕是事实。它是这么说的,就印在这张纸上,这个角落里。

科尔慢慢把金属纸卷起来,因震惊而感到麻木。二百年。这似乎不可能,但一切终于开始说得通了。他来到了未来,未来二百年后。

当他正在反复思索这件事时,迅捷的安全部黑色飞船出现在他头顶上方，快速地飞向那辆慢慢走在公路上的马车。

莱因哈特的视频屏幕嗡嗡作响。他迅速打开，"喂?"

"安全部报告。"

"接过来。"莱因哈特紧张地等着接线锁定到位，电话接通，屏幕再次亮起来。

"我是狄克逊，西部地区指挥官。"军官清了清嗓子，手里翻动着信息板，"据报告，那个来自过去的男人离开了纽约地区。"

"在包围网的哪边?"

"外边。他进入熔渣区边缘的一个小城镇，从而逃脱了中央公园周围的包围网。"

"**逃脱**?"

"我们以为他会避开城镇。自然，包围网没有包括任何城镇。"

莱因哈特抿着嘴，"继续说下去。"

"包围网围住整个公园的几分钟前，他进入了彼得斯维尔镇。我们把公园夷为平地，但什么也没有发现。他已经离开了。一小时后，我们收到彼得斯维尔一名居民的报告，他是联邦储备保护部的一名官员。那个来自过去的男人来到他家门口，想找份工作。温斯洛，也就是那名官员，在聊天中拖住他，想要抓住他，但他还是驾驶马车逃掉了。温斯洛立即联系安全部，但那时已经太晚了。"

"如果有任何消息，尽快向我报告。我们必须抓住他——该死，要尽快。"莱因哈特断掉联络，屏幕瞬间变暗。

他坐回到椅子上，等待着。

科尔看见了安全部飞船的影子,他立即做出反应。一秒钟后影子掠过他上方时,科尔已经从马车上跳了出来,奔跑,卧倒。他在地上滚动,让自己的身体尽可能远离马车。

巨大的轰鸣声响起,伴随着刺眼的白色闪光。一阵热风卷起科尔,把他像一片叶子一样抛起来、丢出去。他闭上眼睛,放松身体,整个人弹起又落下,重重摔在地上。沙砾和碎石割裂他的脸、他的膝盖和手掌。

科尔喊了出来,痛苦地尖叫。他身上着火了。他要被烧死了,要被炫目的白色火球烧成灰烬。火球变得越来越大,膨胀成一个巨大的太阳,扭曲而臃肿。末日来临了,一切毫无希望。他咬紧了牙关——

贪婪的火球终于开始熄灭,火花四溅,随后逐渐变黑,化为灰烬。空气中弥漫着一股刺鼻的气味。他的衣服烧着了,还在冒烟。脚下的地面也是滚烫的,在爆炸中被烤焦,但他还活着。至少,暂时活着。

科尔慢慢睁开眼睛。马车不见了,它原本的位置变成了一个大洞,公路中央绽开一道伤口。一片丑陋的黑云浮在那个洞上面,看起来十分不祥。一艘无翼飞机盘旋在空中,寻找生命的迹象。

科尔躺在那里,呼吸又浅又慢。时间逐渐流逝,太阳在天空中挣扎着缓慢移动。现在大概是下午四点。科尔心算了一下,三个小时后天就黑了。如果到时候他还活着——

那架飞机看见他从马车上跳下去了吗?

他一动不动地躺在地上。午后的太阳照耀在他身上,他感到十分不适,恶心、发烧,嘴里干干的。

一些蚂蚁跑到他伸出的手上。巨大的黑云开始渐渐飘远,消散成模糊不清的一团。

马车没了。这让他备受折磨，大脑中响彻着阵阵重击声，与他吃力的脉搏声混合在一起。**没了**，被摧毁了，除了灰烬和碎片，什么也不剩。认清这一现实后，他感到头晕目眩。

最后，飞机结束了盘旋，飞向地平线，继而消失了。天空中不再有威胁。

科尔摇摇晃晃地站起来，颤抖着擦了擦脸，身上仍然是钻心的剧痛。他吐了几口唾沫，想把嘴里弄干净点儿。那架飞机很可能会发出报告，然后又会有人来抓他。他能去哪儿？

远处有一大片绿色，一道山脉耸立在他的右边。也许他可以到那里去。他开始慢慢行走，但必须非常小心。他们正在找他——而且他们拥有武器，令人难以置信的武器。

运气好的话，他能活到太阳落山时。他的马车和两匹马都没了——以及所有的工具。科尔满怀希望把手伸进口袋里找了找。他掏出几把小螺丝刀、一把断线钳、一些铁丝、焊锡、磨刀石，最后是那位夫人的刀。

只剩下几样小工具，其余所有东西都不见了，但没有马车他反而更安全，更难被发现，步行的话，他们会更难找到他。

科尔匆匆前行，穿过平原，前往远方的山脉。

莱因哈特立即接到了电话。视频屏幕上浮现出狄克逊的面孔，"我拿到了最新消息，专员。"狄克逊扫了一眼手上的信息板，"好消息。有人看到那个来自过去的人离开彼得斯维尔，驾驶马车以每小时大约十六公里的速度行驶在13号公路上。我们的飞船立即轰炸了他。"

"你们……你们有没有抓到他？"

"飞行员称爆炸后已不存在生命迹象。"

莱因哈特的脉搏几乎停跳。他瘫软在椅子上，"所以他死了！"

"事实上，在我们检查那片残骸之前还不能完全确定，一辆地面车正加速驶向现场。我们会在不久后形成完整的报告，一拿到消息就通知你。"

莱因哈特伸手关掉了屏幕，上面变成一片黑暗。他们抓到那个来自过去的人了吗？还是说他再次逃掉了？他们不是一直在抓他吗？怎么总是抓不到？与此同时，SRB计算机沉默不语，什么也没有显示。

莱因哈特坐在那里暗自思忖，焦急地等待着地面车发来的报告。

天色已晚。

"回来！"史蒂文喊道，拼命追在他哥哥后面，"回来！"

"来抓我呀。"厄尔一路狂奔，冲下山坡，来到军事仓库后面，沿着橡胶篱笆，最后跳进莫里斯太太的后院里。

史蒂文急急追在哥哥后面，气喘吁吁，一边跑一边喊道："回来！把那个还回来！"

"他拿了什么？"萨莉·泰特突然走过来挡住史蒂文问道。

史蒂文停了下来，胸口急促起伏，"他拿走了我的星系视频发送器，"他的小脸因愤怒和痛苦变得扭曲起来，"他最好还给我！"

厄尔从右边绕过来。在温暖昏暗的夜色中，几乎看不见他了。"我在这里。"他说，"你要怎么样？"

史蒂文生气地瞪着他，辨认出厄尔手上那个方形盒子，"还给我！否则……否则我就告诉爸爸。"

厄尔笑了，"你能拿我怎么办。"

"爸爸会让你知道的。"

"你最好还给他。"萨莉说。

"来抓我。"厄尔跑开了。史蒂文推开挡道的萨莉，生气地骂着哥哥，冲过去把他撞倒在地上。盒子从厄尔手中掉了下来，滑到路面上，撞上信号灯柱的一侧。

厄尔和史蒂文慢慢站起来，低头看着那个破碎的盒子。

"看看，"史蒂文尖叫起来，眼眶中充满泪水，"看看你都做了什么？"

"是你干的，你推了我。"

"是你干的！"史蒂文弯下腰捡起那个盒子，把它带到信号灯下，坐在路边查看。

厄尔慢慢走过来，"如果不是你推了我，它也不会摔坏。"

夜晚迅速来临。俯瞰城镇的山脉已经消失在黑暗中。四处零碎地亮起了灯光。这是个温暖的夜晚，远处有辆地面车"砰"的一声关上车门。飞船在空中来回行驶，通勤的人们疲惫地离开大型地下工厂下班回家。

托马斯·科尔慢慢走向聚集在信号灯周围的三个孩子。他走得十分艰难，全身酸痛，累得直不起腰来。暮色已然降临，但他还未能摆脱危险。

他筋疲力尽，又累又饿。他走了很长的路，必须找点儿东西吃——尽快。

科尔在距离孩子们几米远的地方停了下来。他们都全神贯注地盯着史蒂文膝盖上的盒子。突然，孩子们安静下来，厄尔慢慢抬起头。

昏暗的灯光下，托马斯·科尔弯腰驼背的巨大身影似乎尤其令人感到害怕。他长长的手臂无力地垂在身体两侧。他的面孔藏在阴影中,身体的轮廓模模糊糊、难以分辨。一个形状模糊的巨大身影,默默站在几米之外的地方,在半明半暗中一动不动。

"你是谁?"厄尔小声问。

"你想要什么?"萨莉说,孩子们紧张地退到一边,"走开。"

科尔慢慢走近他们,微微弯下腰。信号灯的光束照在他的面孔上,消瘦而突出的鼻子像鸟喙一样,黯淡的蓝眼睛镶嵌在脸上——

史蒂文挣扎着爬起来,手里还抓着视频发送器的盒子,"快走开!"

"等一下。"科尔歪着嘴冲他们笑,声音干涩刺耳,"你拿的是什么?"他用修长的手指指了指,"你手里的盒子。"

孩子们沉默下来。最后,史蒂文动了一下,"这是我的星系视频发送器。"

"只是它已经不能用了。"萨莉说。

"厄尔把它摔坏了。"史蒂文怒视着他的哥哥,"厄尔把它摔在地上,弄坏了。"

科尔露出一丝笑容。他瘫倒在路边,放松地叹出一口气。他走了很长的路,浑身酸痛,疲惫不堪,又饿又累。他坐了好一会儿,擦着脸上和脖子上的汗水,几乎说不出话来。

"你是谁?"萨莎终于问道,"你为什么要穿这么古怪的衣服?你从哪里来?"

"哪里?"科尔看着孩子们,"我来自很遥远的地方。很远很远的地方。"他慢慢地来回摇着脑袋,想让自己清醒一些。

"你的能力是什么?"厄尔问。

"我的能力?"

"你做什么？你在哪里工作？"

科尔深深吸了一口气，然后又慢慢呼出来，"我可以修理东西。各种各样的东西，任何东西。"

厄尔嘲笑说："没有人会修理东西。如果东西坏了，扔掉就好了。"

科尔没留意厄尔的话，他突然感受到强烈的生理需求，不由得回过神，突然站起身来，"你们知道有什么工作能让我做吗？"他问道，"我能做的事情？我可以修好任何东西。钟表、打字机、冰箱、锅碗瓢盆、屋顶的裂缝。我什么东西都能修好。"

史蒂文拿出他的星系视频发送器，"修好这个。"

一阵沉默。慢慢地，科尔的眼睛盯着那个盒子，"这个？"

"我的发送器。厄尔把它弄坏了。"

科尔慢慢拿起那个盒子。他翻来覆去地查看，把它举起来，对着光。他皱起眉头，全神贯注地研究那个盒子，修长纤细的手指在表面上细细摸索。

"他会把它偷走的！"厄尔突然说。

"不，"科尔摇摇头，"我很讲信用。"他灵敏的手指找到把盒子固定在一起的螺栓。他压着螺栓，熟练地把它们取下来。盒子被打开了，露出复杂的内部构造。

"他把盒子打开了。"萨莉低声说。

"还给我！"史蒂文有点儿害怕地说，他伸出手来，"我想拿回来。"

三个孩子惴惴不安地看着科尔。科尔在口袋里摸索着，慢慢取出小螺丝刀和钳子，把它们整齐地摆在身边。他没打算把那个盒子还回去。

"我想把它拿回来。"史蒂文有气无力地说。

科尔抬起头,用那双忧郁的蓝眼睛看着三个孩子,他们沮丧地站在他面前。"我会帮你修好的。你不是说你想把它修好吗?"

"我想把它拿回来。"史蒂文把重心放在一只脚上,然后又换到另一边,将信将疑,犹豫不决,"你真的能把它修好吗?让它又能用了?"

"我能。"

"好吧,那就帮我修好吧。"

科尔疲惫的脸上掠过一丝会心的微笑,"现在,稍等一下。如果我把它修好,你能不能给我拿点儿吃的东西来?我也不能免费给你修理吧。"

"吃的东西?"

"食物,我需要热的食物。也许再来些咖啡。"

史蒂文点点头,"好的。我会给你拿来。"

科尔放松下来,"好的,很好。"他把注意力转回放在膝盖上的盒子,"那么,我会为你修好它,我会把它彻底修好。"

他的手指动得飞快,操作着,旋转着,追溯着线路和继电器的轨迹,仔细检查着,研究这个星系视频发送器,搞明白它是怎么工作的。

史蒂文从应急门溜进房子里,踮起脚尖小心翼翼走向厨房。他胡乱按了几下厨房控制装置,心脏怦怦直跳。炉子嗡嗡启动,开始加热,仪表读数亮了起来,进度条显示即将完成。

很快,炉门打开,满满一托盘热气腾腾的饭菜滑了出来。机器关闭,恢复沉默。史蒂文抓起托盘上的东西,两只胳膊几乎拿不了。他拿着所有的东西通过走廊,走出应急门来到院子里。院子里很黑。史蒂文小心翼翼摸索着往前走。

他总算走到信号灯那里,而且没有掉下什么东西。

托马斯·科尔看到史蒂文,慢慢地站了起来。"给。"史蒂文说着,把食物放在路边,大口喘气,"食物就在这儿。修好了吗?"

科尔拿出星系视频发送器,"修好了。摔得很厉害。"

厄尔和萨莉吃惊地瞪大眼睛。"能用了吗?"萨莉问。

"当然不能,"厄尔说,"怎么可能? 他不可能——"

"把它打开!"萨莉急切地用手肘推推史蒂文,"看看能不能用。"

史蒂文把那个盒子拿到光线下面,检查开关。他打开主开关。指示灯开始闪烁。"它亮了。"史蒂文说。

"说点儿什么。"

史蒂文对着盒子说:"你好! 你好! 操作者6-Z75呼叫。能听到我说话吗? 这里是操作者6-Z75。能听到我说话吗?"

托马斯·科尔远离信号灯的光束,在黑暗中蹲坐在那堆食品前面。他满怀感激地默默吃着。这些食物非常美味,显然是精心烹调的。他喝了一罐橘子汁,还有一杯他不知道是什么的甜酒。大部分食物在他看来都很奇怪,但他并不在乎。他走了很长一段路,黎明之前还有更长的路要走。他必须在太阳升起前进入深山里。本能告诉他,在树林和野草中会更安全——至少像他期待的一样安全。

他吃得很快,一门心思对付那些食物。直到吃完后,他才终于抬起头,然后慢慢站起来,用手背擦了擦嘴。

三个孩子围成一圈,操作着星系视频发送器。他看了几分钟,他们没有一个人的视线离开那个小盒子,专心致志地做着手头的事情。

"怎么样?"科尔最后问道,"它运转正常吗?"

过了一会儿,史蒂文抬头看向他。他脸上有一种奇怪的表情,慢慢地点了点头,"是的。没错,它能用了,效果很好。"

科尔咕哝了一句:"好的。"他转身离开信号灯,"那很好。"

孩子们默默看着托马斯的身影彻底消失。他们慢慢转过身,彼此对视,然后看向史蒂文手中的盒子。他们愈发敬畏地注视着那个盒子,敬畏中也开始融入一丝恐惧。

史蒂文转身慢慢走回家。"我必须让爸爸看一下,"他一脸茫然地喃喃着,"他得知道这件事,必须得有人知道这个!"

三

埃里克·莱因哈特仔细检查视频发送器的盒子,拿在手里翻来覆去。

"所以说,他确实从爆炸中逃脱了。"狄克逊蛮不情愿地承认,"他肯定在爆炸前从马车上跳了下去。"

莱因哈特点点头,"他逃走了。他从你手中逃掉了——两次。"他把视频发送器推到一边,突然探身凑近那个不安地站在办公桌前的人,"你叫什么名字来着?"

"埃利奥特。理查德·埃利奥特。"

"你儿子叫什么?"

"史蒂文。"

"事情是昨晚发生的?"

"大约八点。"

"继续说。"

"史蒂文走进房子里,他看起来有点儿奇怪,手里拿着他的星系视频发送器。"埃利奥特指指莱因哈特办公桌上的盒子,"就是那个。他有点儿紧张,还有点儿兴奋。我问他怎么回事,他一时间没讲明白,显得非常不安。然后他把那个视频发送器给我看。"埃利奥特颤抖着深深吸了口气,"我立即就看出来,它变得完全不同了。你看,我本人也是个电机工程师。我曾经把它打开过一次,换新的电池,我完全清楚这东西应该是什么样子。"埃利奥特犹豫了一下,"专员,它被**改动**了。很多接线都变了,换了位置。继电器的连接方式也不一样。某些原本的线路消失了,而新的接线被简易地搭建起来,代替了旧的部分。然后我发现了一件事,于是赶紧联系安全部。这个视频发送器——它真的**能用了**!"

"能用?"

"你看,这东西原本就只是个玩具而已,使用范围只限于城里几个街区的距离,让孩子们可以在自己的房间里互相打电话,就像某种便携式视频通话屏幕。专员,我试用了这个视频发送器,按下呼叫按钮,对着麦克风说话。我……我联系到一艘飞船,一艘位于半人马座比邻星附近的战舰,它与地球之间的距离超过八光年。这个距离与真正的视频发送器使用范围相当。于是我立即联系了安全部。"

莱因哈特沉默了一会儿。最后,他把那个盒子放在办公桌上,"你联系上一艘飞船——用**这个东西**?"

"没错。"

"正常的视频发送器应该有多大?"

狄克逊翻找资料,"大概有二十吨的保险箱那么大。"

"我想也是。"莱因哈特急躁地挥了挥手,"好了,埃利奥特。谢谢你专程来为我们提供信息。就这样吧!"

安全部警察把埃利奥特带出办公室。

莱因哈特和狄克逊对视一眼。"这可糟了。"莱因哈特生硬地说,"在机械电路这方面,这个男人才能了得。也许就此而言,可以说是天才。看看他所生活的那个时代,狄克逊。20世纪初期,战争还没开始。那是个绝无仅有的时代,充满活力,群星闪耀,令人难以置信的进步和重大发现层出不穷。爱迪生、巴斯德、伯班克、莱特兄弟。各种研究发明和机械创造。那时的人们在机械制造上有一种不可思议的才能,一种与生俱来的直觉——而这是我们所欠缺的。"

"你的意思是——"

"我的意思是,无论开战与否,这样一个人来到我们的时代,本身就不是一件好事。他太过与众不同,与我们背道而驰。他拥有我们所没有的才能。他的这种修理机械的技术,背离了我们的世界,打破了平衡。而这对于战争来说……

"这下我开始理解SRB计算机为什么无法处理他这个因素了。我们不可能理解这种人。温斯洛说,他想找个工作,任何工作都行。这个男人说他可以做任何事,修理任何东西。你明白这意味着什么吗?"

"不明白。"狄克逊说,"这意味着什么?"

"我们有人能修理任何东西吗? 没有,没有任何人能做得到。我们都是专业化的,每个人都有自己专长的领域、自己的工作。我了解我的工作,你了解你的。进化的趋势就是越来越专业化。人类社会的生态就是强迫个体对其适应。不断增长的复杂性导致我们任何人都不可能了解个人领域之外的事务——我甚至搞不懂邻座那个人的工作。每个领域都积累了太多的知识,同时还有太多不同的领域。

"这个人不一样。他可以修好任何东西、做任何事情。他不靠知识、不靠科学——也就是说,不靠各种已被分类且累积下来的事实。他什么都**不知道**。事物不是以知识的方式存在于他的脑子里的,而是通过直觉感知——他的力量在他的手上,而不是头脑中。万能的多面手。他的那双手!他就像一个画家,一个艺术家。力量在他手上——而他像刀刃一样划过了我们的生活。"

"而除此之外?"

"除此之外,这个人,这个变量人,逃进了艾伯丁山脉。现在我们得花更多时间才能找到他。他极其狡猾、行事诡异,像动物一样。要抓到他会很难。"

莱因哈特送狄克逊出去。过了一会儿,他把办公桌上的一堆报告收拾起来,带到SRB房间去。SRB房间已经由全副武装的安全部警察包围封锁起来。彼得·谢里科夫愤怒地站在那圈警察外面,胡须生气地来回摆动,一双大手插在腰上。

"发生了什么事?"谢里科夫问,"我为什么不能进去看一眼概率?"

"很抱歉,"莱因哈特示意警察退到一边,"跟我进来。我会解释的。"门开了,他们走进里面。门在他们身后关上,警察在门外围成一圈。"什么风把你从实验室吹来的?"莱因哈特问。

谢里科夫耸耸肩,"有些事情。我想见见你。我通过视频屏幕联系你,但他们说你不在。我想也许发生了什么事。怎么了?"

"几分钟后我就告诉你,"莱因哈特把卡普兰叫了过来,"这里有一些新的事项,马上把它们输入进去。我想看看计算机能否处理这些。"

"当然,专员。"卡普兰拿起信息板放在输入带上。计算机嗡嗡运转起来。

"我们很快就会知道。"莱因哈特轻声说。

谢里科夫用敏锐的目光瞥了他一眼,"会知道什么? 让我看看。发生了什么?"

"我们遇到麻烦了。二十四小时内,计算机完全没有给出任何数字。除了一片空白,什么都没有,完完全全的空白。"

谢里科夫露出怀疑的表情,"但这不可能,概率始终存在。"

"概率存在,但计算机无法计算。"

"为什么不能?"

"因为引入了一个可变因素,一个计算机无法处理的因素。计算机无法据此做出任何预测。"

"它们不能拒绝吗?"谢里科夫悄悄地说,"它们就不能把它忽略掉吗?"

"不能,它是作为真实数据存在的,因此会影响信息间的平衡,最终影响所有其他所获得的数据的总和。如果拒绝接受,就会给出虚假的数字。计算机不能拒绝任何已知真实的数据。"

谢里科夫悻悻地扯着他的黑胡子,"我很想知道什么样的因素是计算机不能处理的。我以为它们可以应对所有与当代现实有关的数据。"

"它们是可以,但这个因素与当代现实无关。这就是麻烦的地方。历史研究所把时间泡从过去带回来时太着急了,切断电路过快。时间泡回来时带来了一个20世纪的男人。一个来自过去的男人。"

"我明白了。一个来自两个世纪前的男人。"大块头波兰人皱起眉头,"具有完全不同的世界观,与我们目前的社会毫无联系,完全无法融入我们的时间线。因此,SRB计算机感到困惑。"

莱因哈特咧嘴一笑,"'困惑'? 我想是的。无论如何,它对于这个男人的相关数据束手无策。这个变量人。计算机根本没有给出任何统计结果——无法做出预测。这导致一切都乱了套。我们依赖于计算机持续给出的概率。整个备战工作都在围绕这些数字进行。"

"《马蹄钉》。还记得这首老诗吗？'因为少了一颗马蹄钉，而丢了一个马蹄铁；因为丢了一个马蹄铁，而少了一匹战马；因为少了一匹战马，而缺了一个骑兵；因为……'"

"确实。类似如此，一个因素，一个个体，拥有推翻一切的能力。仅仅一个人似乎不可能导致整个社会失去平衡——但他显然做到了。"

"你打算拿这个人怎么办？"

"我们组织安全部的警察进行了一次大规模搜查。"

"结果呢？"

"他昨晚逃进了艾伯丁山脉，要找到他得花点儿时间。我们容忍他再当四十八个小时的漏网之鱼。之后，我们的火力会布置完毕，整个艾伯丁山脉地区将被夷平。时间也许会超出一点儿。但同时——"

"出来了，专员。"卡普兰打断他们的话，"新的数据。"

SRB计算机已经处理完新数据。莱因哈特和谢里科夫急忙来到显示窗口前。

有那么一会儿，什么也没有发生。然后，计算机得出概率并显示了出来。

谢里科夫屏住呼吸。99∶2，地球占优。"太棒了！现在我们可以——"

概率消失了。新的概率出现了。4∶97，半人马座占优。谢里科夫惊讶而沮丧地发出一阵叹息。"等一下，"莱因哈特对他说,"我不认为这会持续下去。"

概率又消失了。接着,屏幕上迅速闪过一串概率,一大堆数字,几乎在瞬间变化着。最后,计算机沉默下来。

空白。没有概率,什么也没有,显示窗口一片空白。

"你看到了?"莱因哈特喃喃地说,"该死,还是一样!"

谢里科夫陷入沉思,"莱因哈特,你真是典型的盎格鲁-撒克逊人,太冲动。你应该向斯拉夫人学习,冷静一点儿。我们两天内就能抓到并杀掉这个男人。你自己也是这么说的。同时,我们都在夜以继日为战争而努力工作。舰队已就位,正在比邻星附近等待,随时可以对半人马座发动攻击。所有的战争工厂都开足马力运转。等到发动进攻的那一天,还会有一支编制完整的入侵部队整装待发,踏上漫漫征途,飞向半人马座的殖民地。地球上所有人口都已动员起来。八颗供给行星正在全力输送物资。即使显示不出概率,这一切也都在夜以继日地进行。这个男人肯定会在进攻开始之前早早死去,计算机也会再次显示出概率。"

莱因哈特仔细考虑了一下,"即便如此,这个男人留在外面逍遥自在,还是令我感到担心。一个无法预测的人,这违背了科学。我们已经做了两个世纪关于社会学的统计报告。我们拥有大量数据文件。计算机能够预测每个人和每个团体在特定时间、特定情况下会做什么。但这个男人却完全无法预测。他是个变量,与科学对立。"

"粒子的不确定性。"

"你说什么?"

"微观粒子,以一种令人无法预测的方式移动,这导致我们无法知晓它在特定时间处于什么位置。它是随机的,随机的粒子。"

"确实如此。这是……这是**不正常的!**"

谢里科夫揶揄地笑了起来,"别担心,专员。这个人会被抓住,一切都会恢复正常。人类很快又可以被预测了,就像迷宫里的老鼠一样。顺便问一下——为什么这个房间有人看守?"

"我不想让任何人知道这台计算机不会显示数字。这对于备战来说很危险。"

"例如玛格丽特·达菲?"

莱因哈特无奈地点点头,"他们太胆小了,那些议员。如果他们发现我们根本不能确定SRB的概率。他们会结束备战计划,继续等下去。"

"对你来说太慢了,对吗,专员? 立法、辩论、议会开会、讨论……如果一个人拥有所有的权力,可以节省许多时间。由某一个人来告诉人们该怎么做,为他们思考,带领他们前进。"

莱因哈特斜了一眼那个大块头波兰人,"这倒是提醒了我。伊卡洛斯情况如何? 控制塔取得进展了吗?"

谢里科夫那张宽脸立刻变得愁眉不展。"控制塔?"他含糊地挥了挥他的大手,"我想进展很顺利。我们会及时赶上的。"

莱因哈特立即变得警觉起来,"赶上? 你是说现在进度仍然落后?"

"差不多吧,有一点儿。但我们会赶上进度的。"谢里科夫退向门口,"我们到餐厅去喝杯咖啡吧。你过于担忧了,专员。你完全可以从容应对这一切。"

"我想你是对的,"两个男人来到外面走廊里,"我感到烦躁不安。那个变量人一直在我脑海中萦绕不去。"

"目前为止,他做了什么吗?"

"也没什么。他给一个孩子的玩具重新接过线,一个玩具视频发送器。"

"哦?"谢里科夫显得颇有兴趣,"你指什么?他做了什么?"

"我拿给你看。"莱因哈特带着谢里科夫穿过走廊前往他的办公室。他们进门后,莱因哈特锁上了门。他把那个玩具递给谢里科夫,大概描述了一下科尔做了什么。谢里科夫脸上掠过一丝奇怪的表情。他找到盒子上突出的钮钉,按下去。盒子打开了。大块头波兰人在桌子旁边坐下,开始研究盒子的内部构造。"你确定那个来自过去的男人给这东西重新接过线?"

"当然,他当场做的。那个男孩玩耍时把它弄坏了,然后变量人来了,男孩请他修理,他就把它修好了。"

"不可思议。"谢里科夫把眼睛凑到距离线路只有两三厘米的地方,"这么小的继电器。他是怎么——"

"什么?"

"没什么。"谢里科夫突然站起来,小心关上盒子,"我可以把这个拿走吗?带回我的实验室?我想更全面地分析一下。"

"当然可以,但为什么?"

"没什么特殊理由。我们去喝咖啡吧。"谢里科夫朝门口走去,"你是说你希望在一天内抓到这个人?"

"**杀掉他**,不是抓住他。我们要把他像一条数据那样删除掉。我们现在正在召集打击部队。这次不能再出错。我们正在设置一个交叉轰炸模式,荡平整个艾伯丁山脉。未来四十八小时内,他必将被毁灭。"

谢里科夫心不在焉地点点头。"当然。"他喃喃地说,宽宽的脸仍然显得有些茫然,"我完全理解。"

托马斯·科尔生起火堆,蹲在旁边暖手。接近破晓时分,天空变成了紫灰色。山上空气清新,带着几分寒意。科尔哆嗦着凑近火堆。

他的手感觉到火堆的热量,舒服多了。**他的双手**。他在橙色火光的照耀下凝视自己的双手。指甲变成了黑色,残缺不全。手指和手掌上都长出肉疣和无数老茧。但这是一双好手,手指纤细修长。他尊重这双手,虽然在某种意义上他无法真正理解它们。

科尔陷入了沉思,思考着自己的处境。

他已经在山里待了一天两夜。第一天晚上是最糟的。他跌跌撞撞,漫无目的地爬上陡峭的山坡,穿过杂乱的小树林和灌木丛——

当太阳升起后,他来到两座高峰之间的深山中,终于安全了。太阳再次落山时,他已经为自己修了个简单的住处,找到了生火的办法。他在地上挖了个坑,把草编成绳索,套在一个有凹槽的木桩上,现在,他有了一个简单的小绳套陷阱。已经有一只兔子被绑住后腿挂了起来,陷阱正等着另一只。

天空从紫灰色变成了深灰色,一种金属的颜色。群山寂静无声、空空荡荡。远处有只鸟儿在唱歌,声音在广阔的高坡和山谷中回荡。另一些鸟儿也开始唱歌。右边的灌木丛中传来一阵哗啦啦的声音,一只动物从那边钻了过去。

白昼即将来临。这是他来到这里的第二天。科尔站起身,开始把兔子切开。到吃饭的时间了。然后呢?他对于以后没有计划。他本能地知道,利用剩下的工具和自己的双手就能一直活下去。他可以狩猎,剥皮吃肉。最终,他还可以为自己建造一个永久的住所,甚至用兽皮做出衣服。到了冬天——

科尔还没考虑到那么远的事情。他站在火堆旁边,双手叉腰，抬起头凝视天空。他突然紧张地眯起眼睛，有什么东西在动。灰色的天空中有个东西慢慢飘来，一个黑点。

他迅速扑灭火堆。那是什么？他紧张起来，努力想看清楚。是一只鸟？

第二个小点跟在第一个后面，两个黑点。然后是三个、四个、五个，一队黑点迅速掠过黎明的天空，朝着山脉飞来。

朝着他。

科尔匆匆离开火堆，抓起那只兔子，然后进入他之前建造的掩蔽处。藏身于此，就没有人能找到他。但如果他们看到了火堆——

他蹲在掩蔽处里面，看着那些黑点变大。原来，那都是飞机，黑色的无翼机，飞得越来越近。现在他已经能听到它们的声音，微弱的嗡嗡声变得越来越大，直至他脚下的地面开始晃动。

第一架飞机像落石一般俯冲下来，投下一个巨大的黑色阴影。科尔屏住呼吸，俯下身体。飞机咆哮着俯冲到低空。突然一捆捆白色小包被抛出，像种子一样散落开来。

那些小包迅速飘到地面。他们着陆了，那是一群男人，身穿制服的男人。

现在，第二架飞机开始俯冲，在他头顶咆哮着，投下机上运载的部队。更多的白色小包填满了天空。接着是第三架、第四架飞机。空中飘满了的白色小包，仿佛一大片孢子降落到地球上。

士兵们在地面上分批组成小队。科尔蹲在掩蔽处里面，听着他们的叫喊声，心里充满了恐惧。这些人从四面八方着陆。他被包围了，完全没有退路。最后两架飞机上的人降落在他身后。

他站起来,冲出掩蔽处。一些士兵已经发现了火堆,一堆灰烬和烧剩的木炭。其中一个人蹲下来,摸了摸那些黑炭,向其他人挥挥手。他们包围了四周,互相喊叫,做着手势。其中一个人开始架起某种枪支。另一些人展开一卷金属管,将这组奇怪的管道和机械组装固定。

科尔跑了起来。他连滚带爬地滑下一道斜坡,在底下扭到了脚,跌进一堆矮树丛里。藤蔓和树叶刮在他的脸上,割伤了他。他再次往下落,被一丛杂乱的灌木缠住,拼命地想挣脱出来。要是他能摸到口袋里的小刀——

人声、脚步声,越来越近。那些人紧随着他,跑下斜坡。科尔拼命挣扎,大口喘息,扭动着,想让藤条松动些。他急坏了,用手紧紧抓着藤条,撕扯着。

一名士兵单膝跪下,端起枪瞄准。更多的士兵拿着步枪出现,开始瞄准。

科尔大声喊叫,闭上了眼睛,身体猛地瘫软下来。他等待着,紧紧咬住牙关,汗水顺着他的脖子淌下来,流进衬衫里。他就那样挂在一堆缠乱的藤蔓和树枝里。

一片寂静。

科尔慢慢睁开眼睛。士兵们再次集结。一个身材魁梧的男人大步走下山坡,一边朝他们走来,一边大声发出命令。

两名士兵走进灌木丛里,其中一人抓住科尔的肩膀。

"别让他跑了。"魁梧的男人走了过来,黑胡须根根支棱着,"抓住他。"

科尔气喘吁吁。他被抓住了,只能听天由命。更多的士兵拥进山谷,围在他的四周。他们好奇地看着他,窃窃私语。科尔疲惫地摇了摇头,什么也没说。

留着胡子的大块头男人双手叉腰站在他面前,上下打量着他。"别想逃走。"那个人说,"你逃不掉的,明白吗?"

科尔点点头。

"好了,很好。"男人挥了挥手。士兵们用金属带绑住科尔的手臂和手腕。金属勒进他的皮肤中,痛得他倒抽一口冷气。更多的金属带绑住了他的腿。"你得戴着这些东西,直到我们离开这里,走得远远的。"

"你要带我去哪儿?"

彼得·谢里科夫仔细打量了一会儿那个变量人,随后回答说:"去哪儿? 我要带你去我的实验室。在乌拉尔山脉下方。"他突然抬头看了一眼天空,"我们最好快点儿。安全部的警察几小时后就会启动爆破攻击。攻击开始之前,我们得尽量远离这里。"

谢里科夫在舒适而结实的椅子上坐下,放松地长出一口气。"回来可真好!"他向一名警卫做了个手势,"好了,你可以放开他了。"

科尔胳膊和腿上的金属带被取下来。他瘫坐下来,把自己缩成一团。谢里科夫默默地看着他。

科尔坐在地上,揉着自己的手腕和腿,什么也没说。

"你想要什么吗?"谢里科夫问,"食物? 你饿了吗?"

"不。"

"药品? 你生病了吗? 受伤了吗?"

"不。"

谢里科夫皱了皱鼻子,"洗个澡对你没什么害处。我们稍后会安排。"他点燃一支雪茄,周围浮起一团灰色的烟雾。两名实验室警卫荷枪实弹站在房间门口。房间里除了谢里科夫和科尔，没有其他人。

托马斯·科尔坐在地板上缩成一团，脑袋垂在胸口。他一动不动，弯曲的身体看起来比以前更细长，驼背得更厉害，他的头发邋遢蓬乱，下巴与腭骨上有一片乱糟糟的灰色胡茬。他的衣服脏兮兮的，爬过灌木丛时撕破了不少。他的皮肤上到处是割伤和划痕，脖子、脸颊和额头上散布着溃疡。他一语不发，胸口一起一伏，黯淡的蓝眼睛几乎闭上。他看上去年纪很大了，一个面容憔悴的干瘦老头。

谢里科夫挥手叫来一名警卫，"请一位医生到这里来。我想给这个人做一次全身检查。他也许需要静脉注射，而且可能有一段时间没吃过东西了。"

警卫离开了。

"我可不希望你出什么事，"谢里科夫说，"在我们继续之前，我会先让你接受身体检查，同时驱除虱子。"

科尔什么也没说。

谢里科夫笑了，"振作起来！你没理由不开心。"他朝着科尔俯下身去，用一根巨大的手指戳戳他，"如果你在山里再待两个小时，就性命不保了。知道吗？"

科尔点点头。

"你不相信我。你看。"谢里科夫俯身打开装在墙上的视频屏幕，"看看这个。军事行动应该还在继续。"

屏幕亮起来，显示出画面。

"这是安全部的保密频道。我在几年前就开始窃听了——为了保护我自己。我们现在看到的是发送给埃里克·莱因哈特的内容。"谢里科夫咧嘴一笑，"你在屏幕上看到的东西都是莱因哈特安排的。看仔细了,两个小时前,你可就在那里。"

科尔转向屏幕。一开始他搞不明白发生了什么事。屏幕显示出一团巨大的蘑菇云,一个运动的旋涡。扬声器里传出低沉的轰鸣声,仿佛喉咙深处发出的怒吼。过了一会儿,屏幕稍稍移动,显示出不同的角度。科尔突然僵住了。

他看到整座山脉都被摧毁了。

图像来自一艘飞船,飞在曾经是艾伯丁山脉的那片区域上空。现在,那里除了旋涡状的灰云和夹杂碎屑的烟柱什么都没有了,一波不断涌动的物质正在逐渐散开,消失在四面八方。

艾伯丁山脉已经彻底崩塌。除了一堆堆巨大的残渣,没有留下任何东西。下方,地面上,是一片坑坑洼洼的平地,向地平线延伸,接受着火焰和雨水的洗礼。裂口仿佛一张张大嘴,巨大的无底洞,目光所及之处有无数弹坑。弹坑和碎片,就像坑坑洼洼的月球表面。两小时前,这里还曾是起伏的山峰和沟谷,长着绿色的灌木、矮树丛和树林。

科尔转过身。

"你看到了?"谢里科夫关掉屏幕,"不久之前你就在那里。所有那些爆炸和烟雾——都是因为你。这一切都是因为你,来自过去的变量人先生。那都是莱因哈特安排的,为了把你杀掉。我希望你能知道这些,这很重要。"

科尔什么也没说。

谢里科夫把手伸进眼前桌子的抽屉里,小心翼翼拿出一个小方盒,递给科尔,"这个是你接的线,对吗?"

科尔接过那个盒子,拿在手里,疲惫的大脑一时间无法集中精神。他手里是个什么?他把注意力放在这东西上。那个盒子是孩子们的玩具,他们称之为星系视频发送器。

"是的,这是我修好的。"他把盒子递回给谢里科夫,"它被摔坏了,我把它修好了。"

谢里科夫目不转睛地凝视着他,眼睛发亮。他点点头,黑胡须和雪茄一翘一翘的。"很好,我想知道的就是这个。"他突然站起来,把椅子推向后面,"你看,医生已经来了。他会把你治好的,提供你需要的一切。我稍后再来跟你谈谈。"

科尔顺从地站起来,让医生抓住他的手臂把他扶起来。

在科尔完成检查离开医疗所之后,谢里科夫和他一起在实验室上面一层的私人房间吃饭。

波兰人狼吞虎咽,边吃边说。科尔静静地坐在他对面,不吃东西也不说话。他已经换下了旧衣服,换上新的。他刮了脸,溃疡和伤口都已经过治疗,身体和头发也洗干净了。现在,他看起来更健康、更年轻。但他仍然弯腰驼背、疲惫不堪,蓝眼睛看起来黯淡而忧郁。他听着谢里科夫讲述公元2136年的世界,没有发表什么评论。

"你可以看到,"谢里科夫挥舞着一只鸡腿总结道,"你在这里出现已经严重干扰了我们的进程。现在,你了解到更多我们的情况,你也能知道为什么莱因哈特专员如此急于杀死你。"

科尔点点头。

"莱因哈特这个人,你能感觉得到,他认为SRB计算机出现故障是备战中的主要危险,但那根本没什么大不了!"谢里科夫叮叮当当地推开盘子,喝光了他的咖啡,"毕竟,没有统计预测也**可以**打仗。SRB计算机只是进行描述。它们不过是一些机器旁观者,但其本身并不会影响战争的进程。是**我们**发动了战争,而它们只是分析而已。"

科尔点点头。

"再来点儿咖啡?"谢里科夫问。他把那个塑料容器朝科尔推了推,"再喝点儿吧。"

科尔又倒了一杯,"谢谢你。"

"你瞧,我们真正的问题完全是另一码事。这几台计算机只是在几分钟时间内为我们进行计算,这种事到了最后,我们自己也能算得出。它们是我们的仆人、工具,不是庙宇中接受祈祷的神灵,也不是预言未来的神谕。它们不能预知未来。它们只是给出统计学上的预测——而非进行预言。这其中存在着很大的区别,但莱因哈特之流却把SRB计算机这种东西视为神灵。我是不相信神灵,至少,我看不出那是神灵。"

科尔点点头,小口啜着咖啡。

"我告诉你所有这些事情,是因为你必须了解我们所面对的是什么。地球被古老的半人马座帝国从四面八方包裹得严严实实。这种状况已经持续了几个世纪,几千年。没有人知道究竟有多长时间。这层包围圈已经很老了——摇摇欲坠、腐朽不堪。但它占据着我们周围大多数的星系空间,我们无法脱离太阳系。我告诉过你关于伊卡洛斯和赫奇在超光速飞行方面的工作。我们必须战胜半人马座。为了突出重围,在群星之间找到我们自己的空间,我们已经等待了太久,为此付出了太多的努力。伊卡洛斯是决定性的武器。关于伊卡洛斯的数据导致了SRB的概率终于偏向我们这边——这在历史上是第一次。想要赢得和半人马座之间的战争,取决于伊卡洛斯,而非SRB计算机。你明白吗?"

科尔点点头。

"然而,现在有个问题。我提交给计算机的数据伊卡洛斯将在十天内完成。现在已经过去了一大半时间。然而,与当初相比，我们在控制塔接线方面毫无进展。控制塔彻底难住了我们。"谢里科夫揶揄地咧嘴一笑，"甚至连**我**都试过亲手接线，但未能成功。它太过复杂精细——而且很小。太多的技术问题无法解决。这是我们第一次制造这个东西，你知道。要是我们以前做过很多实验模型的话——"

"但这就是个实验模型。"科尔说。

"而且完全基于一个死了四年的人的设计——一个无法亲自为我们纠正错误的人。要在下头这个实验室里制造伊卡洛斯，我们只能全部靠自己。而且他的设计给我们带来了很多麻烦。"谢里科夫一下子站了起来，"我们去下面的实验室看看吧。"

他们走向下面一层，谢里科夫在前面带路。科尔在实验室门口突然停了下来。

"相当壮观，"谢里科夫会心地说，"为了安全起见，我们得把它放在底层。它被保护得很好。进来吧，我们还有工作要做。"

伊卡洛斯位于实验室中央，这个矮胖的灰色圆筒总有一天会以光速几千倍的速度飞过太空，飞向四光年以外半人马座比邻星的心脏。一群身穿制服的人围在圆筒周围拼命干活，希望能及时完成余下的任务。

"就在这里。控制塔。"谢里科夫带科尔来到房间一侧，"保护很严密。地球上到处都是半人马座间谍，他们会窥探一切。不过我们也一样。我们提供给SRB计算机的信息就是这样得到的。两个星系都有间谍。"

一个半透明圆球——控制塔——被放在金属支架中心，每侧都有一个全副武装的警卫。谢里科夫走近时，他们放低枪口。

"我们可不希望这东西出什么事，"谢里科夫说，"一切都取决于它。"他朝着那个圆球伸出手，但却在半道停了下来，像是被什么看不见的东西挡住了。

谢里科夫笑了，"防护墙。关掉它，它还开着。"

一名警卫按下手腕上的一个按钮。圆球周围的空气微微闪烁，然后又暗下来。

"现在。"谢里科夫伸手握住那个圆球，小心翼翼地把它从底座上拿出来给科尔看，"这就是我们这位大朋友的控制塔。当它接近半人马座时，这个东西会令它的速度慢下来。它会减速并重新进入这个宇宙，出现在那个星系的中心。然后——半人马座将不复存在。"谢里科夫微微一笑，"阿蒙星也一样。"

但科尔并没有在听。他从谢里科夫手里接过那个圆球，翻来覆去地观察，把脸凑近圆球表面，伸手抚摸，全神贯注地看着它的内部构造，神情十分专注。

"没有显微镜的话看不到线路。"谢里科夫做了个手势要来一副显微透镜。他把眼镜架在科尔鼻子上，镜腿挂在耳后。"现在再试试。可以控制放大倍数。目前是一千倍，可以增大或减小。"

科尔屏住呼吸，前后晃动。谢里科夫扶住他。科尔低头盯着圆球，微微移动脑袋，让眼镜聚焦。

"这需要练习。但有了这个工具你就可以做很多事情，可以在显微透镜下接线。要使用特殊工具，你知道。"谢里科夫停顿了一下，舔舔嘴唇，"我们做得不是很好。只有几个人可以使用显微透镜和微型工具为电路接线。我们也试过用机器人，但接线过程中很多地方需要自主决定。但机器人没办法做出决定，只能给出反应。"

科尔什么也没说。他继续凝视着那个圆球的内部，紧紧抿住嘴唇，身体紧绷僵硬。这让谢里科夫感到心神不安。

"你看起来就像以前那种算命先生。"谢里科夫开玩笑说,但他背上掠过一丝寒意,"最好把它还给我。"他伸出手。

科尔慢慢醒过神来。过了一会儿,他取下显微透镜,仍然是一副陷入沉思的模样。

"怎么了?"谢里科夫问,"你知道我想要什么。我希望你能给这该死的东西接线。"谢里科夫凑近科尔,那张大脸上表情严肃,"我想你能做得到。看到你拿着它的样子,我就知道——当然,也因为你修的那个儿童玩具。你可以在五天内完成接线,而其他人则没法做到。如果不能完成接线,半人马座将继续统治银河系,而地球只能在太阳系里接着忍气吞声,守着一颗小小的中等质量的恒星,继续当整个银河系中的一粒小小尘埃。"

科尔没有回答。

谢里科夫变得不耐烦了,"嗯? 你怎么说?"

"如果我不帮你给控制塔接线,会发生什么? 我的意思是,**我**会怎么样?"

"那我就把你交给莱因哈特。莱因哈特马上就会杀掉你。他以为你已经死了,在摧毁艾伯丁山脉时就被杀死了。如果他知道我救了你——"

"我明白了。"

"我把你带到这里来,只为了一件事情。如果你能完成接线,我会把你送回你自己的时代。如果你不能——"

科尔默默思考,脸色阴沉,闷闷不乐。

"你会有什么损失呢? 要不是我们把你从山里拉出来,你早就死了。"

"你真的能把我送回我自己的时代吗?"

"当然!"

"莱因哈特不会干涉？"

谢里科夫笑了，"他能做什么？他要怎样阻止我？我有我自己的人。你也看到了，这些人就在你身边。你会回去的。"

"是的，我看到了你的人。"

"那你同意吗？"

"我同意，"托马斯说，"我会帮你接线。我会在接下来的五天时间里，完成这个控制塔。"

四

三天后，狄克逊隔着办公桌把一个闭路信息板滑给他的上司。

"看看这个，你可能会感兴趣。"

莱因哈特慢慢拿起那块信息板，"是什么？你专门跑来就是为了给我看这个？"

"没错。"

"你为什么不在视频屏幕上给我看？"

狄克逊冷冷一笑，"你解码后就会明白了。它来自半人马座比邻星。"

"半人马座！"

"我们的反情报服务机构直接发送给我的。我会帮你解码，省得你麻烦。"

狄克逊绕到莱因哈特的办公桌后面。他在专员后面俯下身，用大拇指打开信息板的封条。

"坚强点儿，"狄克逊说，"这会为你带来很大打击。我们在阿蒙星上的特工称，半人马座最高委员会已经召开紧急会议，以应对地球即将发动的攻击。半人马座的情报员向最高委员会报告，地球的伊卡洛斯炸弹即将完成。炸弹最后阶段的工作正在乌拉尔山脉下方的地下实验室里迅速推进，由地球物理学家彼得·谢里科夫主导。"

"我从谢里科夫本人那里就能了解到这些。半人马座知道了炸弹的事，你对此感到惊讶？他们在地球上有一大堆间谍。这不是什么新闻。"

"还有呢。"狄克逊严肃地用手指划过信息板，"半人马座情报员称，彼得·谢里科夫请了一位来自过去的机械专家，来完成控制塔的接线工作！"

莱因哈特震惊了，紧紧抓住桌子。他闭上眼睛，喘着粗气。

"那个变量人还活着！"狄克逊喃喃地说，"我不明白这怎么可能，怎么会这样？艾伯丁山脉已经彻底消失！该死，这个人是怎么跨越半个地球的？"

莱因哈特慢慢睁开眼睛，面目扭曲，"谢里科夫！肯定是他在进攻开始之前带走了变量人。我把确切时间告诉了他。他不得不寻求帮助——向这个变量人寻求帮助，否则他就无法履行承诺。"

莱因哈特跳了起来，开始来回踱步，"我已经通知 SRB 计算机，变量人已被摧毁。计算机现在显示的比率是 7∶6，我们占优。但是这个比率是基于虚假信息。"

"那你就得撤回虚假资料，恢复之前的状况。"

"不，"莱因哈特摇摇头，"我不能这样做。计算机必须持续运转，我们不能让它再受到干扰，那样的话太危险了。如果达菲知道——"

"那你打算怎么办？"狄克逊拿起信息板，"你不能把虚假数据提交给计算机,那是叛国罪。"

"数据无法撤回! 除非用相应的数据把它替换掉。"莱因哈特愤怒地来回踱步,"该死,之前我**确信**那个变量人已经死了。现在的情况真是令人难以置信。必须消灭他——不惜任何代价。"

莱因哈特突然停下脚步,"控制塔,这次谢利科夫很可能会将它完成。对吗?"

狄克逊慢慢点头表示同意,"有变量人帮忙,谢里科夫无疑会顺利提前完成任务。"

莱因哈特的灰眼睛亮了起来,"然后他就没什么用处了——即使对谢里科夫来说也没什么用了。我们可以碰碰运气……即使有人强烈反对。"

"你什么意思?"狄克逊问,"你打算怎么办?"

"有多少部队可以立即行动? 如果没有提前通知,我们能集合多少人?"

"备战期间我们遵守二十四小时内动员原则。有七十支空中部队和大约二百支地面部队。安全部余下的武装力量已经转移到前线,处于军事管制之下。"

"多少人?"

"目前我们大约有五千人整装待发,还在地球上,绝大多数正被调往军事运输系统。我随时可以把他们拦下来。"

"有多少导弹?"

"幸运的是,发射管尚未拆除。导弹现在还在地球上,再过几天才运往殖民地作战。"

"这么说马上就可以使用?"

"是的。"

"很好，"莱因哈特双手交握，手指紧紧缠在一起，突然冷酷地做出了决定，"这样正好。除非我的消息完全错误，谢里科夫只有六支空中部队，没有地面车。一共只有大约二百人。当然，有些配备了防御盾——"

"你的计划是什么？"

莱因哈特灰色的面孔像石头一样冷硬，"向所有待命的安全部队发出命令，统一由你直接指挥。让他们在今天下午四点做好准备。我们要去拜访一个人。"莱因哈特冷冷地说，"我们这些不速之客要去拜访彼得·谢里科夫。"

"停在这里。"莱因哈特命令道。

地面车停了下来。莱因哈特谨慎地看向外面，仔细打量前方的地平线。

四处都是杂草、灌木和沙子，一望无际的荒漠，没有一丝动静。杂草和沙子在右边逐渐上升，形成高高的山峰，绵延不绝的山脉最终消失在远方。那就是乌拉尔山脉。

"那边，"莱因哈特对狄克逊说，伸手指过去，"看到了吗？"

"没有。"

"仔细看。你得知道要找什么，否则很难发现。看看那些垂直的管道，那是某种通风口，也可能是潜望镜。"

狄克逊终于看到了，"要是我可能就直接开过去了，不会留意到。"

"它隐藏得很好。主实验室位于地下一千六百米深处，就在这片范围内，几乎坚不可摧。这是谢里科夫在很多年前建造的，几乎可以承受任何攻击，不管是来自空中、地面车、炸弹，还是导弹的攻击——"

"他在那下头肯定感到很安全。"

"毫无疑问。"莱因哈特抬头盯着天空,看到几个模糊的黑点懒洋洋地沿着大大的圈子盘旋,"那些不是我们的吧?我下令——"

"不,不是我们的。我们所有的部队都处于敌方的视线之外。那些是谢里科夫的巡航舰。"

莱因哈特放松下来,"很好。"他伸手打开汽车控制面板上的视频屏幕,"这个带有屏蔽措施吗?不会被追踪吧?"

"他们不可能通过这个追踪到我们,这是不定向的。"

屏幕亮了起来。莱因哈特按下一组按键,坐在屏幕前等待着。

过了一会儿,屏幕上出现一个人影。宽阔的脸庞,浓密的黑胡子和大眼睛。

彼得·谢里科夫惊讶而好奇地看着莱因哈特,"专员!你是从哪里联系我的?怎么——"

"工作进展得如何?"莱因哈特冷冷地打断他,"伊卡洛斯基本完成了吗?"

谢里科夫一脸的骄傲得意,"完成了,专员。提前了两天。伊卡洛斯已经准备好发射到太空。我试着联系过你的办公室,但他们告诉我——"

"我不在办公室,"莱因哈特朝着屏幕倾过身去,"打开地面上的入口通道。你即将接待一些来访者。"

谢里科夫眨了眨眼睛,"来访者?"

"我要下去见你,看看伊卡洛斯。立即为我打开通道。"

"你究竟在哪儿,专员?"

"在地面上。"

谢里科夫眼神闪烁,"哦?但是——"

"打开!"莱因哈特厉声说,低头看了一眼手表,"我会在五分钟后抵达入口。我希望看到通道已经准备好了。"

"当然。"谢里科夫困惑地点点头,"我很高兴见到你,专员。但我——"

"那么,五分钟后见。"莱因哈特切断了联系,屏幕暗下来。他迅速转向狄克逊,"按原定计划,你留在这里。我和一队警察一起过去。你应该知道在这种任务中把握精确的时机是多么重要吧?"

"我们不会出错的,一切都准备好了,所有的部队都已就位。"

"很好。"莱因哈特为他推开门,"你去找你那队人。我继续前往入口通道。"

"祝你好运。"狄克逊从车上跳下来,站在沙地上。一阵风卷着干燥的空气进到车里,围绕在莱因哈特周围。"稍后见。"

莱因哈特"砰"的一声关上门。他转向伏在车后、紧紧握住枪的一队警察,"我们走吧,"莱因哈特低声说,"继续前进。"

汽车驶过沙地,进入通往地下堡垒的入口通道。

莱因哈特看到谢里科夫站在通道另一端,沿着通道下去便是实验室大厅。

大块头波兰人朝他伸出手,脸上洋溢着满足和骄傲,"很高兴见到你,专员。"

莱因哈特带着一队武装警察从车里出来,"值得庆祝,不是吗?"他说。

"好主意!我们提前两天完成,专员。SRB计算机会很感兴趣的。有了这条新消息,概率会立即发生变化。"

"我们到下面实验室去吧,我想亲眼看看控制塔。"

谢里科夫脸上掠过一丝阴影,"我想现在最好不要打扰工人们,专员。为了努力按时完成控制塔,他们承受了巨大压力。我相信他们现在还在进行一些收尾工作。"

"我们可以通过视频屏幕见见他们。我很想看一下他们工作的情况,为这种微型继电器接线一定很难。"

谢里科夫摇摇头,"很抱歉,专员。他们那里没有视频屏幕。我不允许安装。这东西太重要了,我们的整个未来都取决于它。"

莱因哈特向那队警察发出一个信号,"把这个人抓起来。"

谢里科夫脸色变得苍白,嘴巴张得大大的。警察们迅速包围了他,枪管纷纷对准他。他们高效迅速地搜了他的身。他的枪带和隐藏的能量屏都被扯掉了。

"发生了什么?"谢里科夫脸上又恢复了一点儿血色,"你要干什么?"

"你被逮捕了,在整个战争期间都会被监禁起来。你已被解除所有的权力。从现在开始,由我的人管理设计部门。战争结束后,你会在议会和达菲主席面前接受审问。"

谢里科夫茫然地摇着头,"我不明白。这一切是为什么?给我个解释,专员。发生了什么?"

莱因哈特向警察做了个手势,"准备好。我们要进入实验室,冲进去时可能要开枪。那个变量人应该在炸弹附近,忙着控制塔的工作。"

谢里科夫的脸一瞬间变得十分僵硬。他的黑眼睛中闪烁着戒备和敌意。

莱因哈特冷酷地笑了,"我们收到了一份来自半人马座的情报。你真令我惊讶,谢里科夫。你知道半人马座到处都是情报员。你应该知道——"

谢里科夫猛然一动,一下子挣脱了警察,用自己魁梧的身体撞向他们。他们摔倒在地,四散开来。谢里科夫跑了起来——直接冲向了墙壁。警察疯狂地射击。莱因哈特拼命摸索着抽出枪。

谢里科夫低着头跑到墙边,能量光束在他周围闪烁起来。他冲向那堵墙,消失了。

"趴下!"莱因哈特大声喊道。他俯下身,双手和膝盖撑着地面。周围的警察也都伏在地上。莱因哈特愤怒地咒骂着,迅速向实验室大门匍匐前进。他们得离开这里,而且要快。谢里科夫已经逃走了。那是一堵假墙,一种会对他的压力起反应的能量屏。他已经安全地冲过那堵墙。他——

四周突然出现了地狱一般的爆炸,火焰熊熊燃烧,死亡的轰鸣声回荡在他们头顶、周围、所有的方向。这空间里充满了大量炽热的碎片,在墙壁之间来回反弹。他们被夹在四面电能储蓄墙之间,每一面墙都随时准备完全放电。这是个陷阱——死亡陷阱。

莱因哈特终于爬到实验室大厅,喘息不定。他猛地站起来,几名安全警察跟了上来。队伍里其他人在身后熊熊燃烧的通道里尖叫着挣扎,被来回弹跳的爆炸力量撕成碎片。

莱因哈特把剩下的人集合在一起。而此时,谢里科夫的警卫早已准备就绪。一条走廊的尽头,一个矮矮的桶状机器人枪手正在移动就位。警报器发出凄厉的声音。警卫从各处跑来,匆匆赶往战斗地点。

机器人枪手开了火,走廊的一部分被彻底炸成碎片。碎片和颗粒构成的云雾围绕在他们身边。莱因哈特和警察们开始干呕，沿着另一条走廊向后退。

他们到达走廊的交叉处。又一个机器人枪手隆隆作响地出现，直冲入射程内。莱因哈特端起枪，瞄准它精细复杂的控制器。突然，枪声一响，它猛地撞向坚硬的金属墙，随后倒下来瘫作一堆，齿轮仍然嗡嗡运转。

"来吧。"莱因哈特继续前进，弯下腰奔跑。他看了一眼手表。**马上就到时间了**，只需要再拖几分钟。一群实验室警卫出现在他们前面。莱因哈特开了枪，他身后的警察也朝后面开了枪，那群警卫刚一进入走廊就受到激烈的能量束袭击。警卫们扭动着摔倒在地上，其中一些人化为灰烬，在走廊中飘浮。莱因哈特朝实验室前进，弯着腰往前冲，穿过一堆废墟和碎片，他的人跟在后面。"来吧！不要停下！"

突然，他们周围响起了谢里科夫的声音，从走廊上几排壁挂音箱发出的雷鸣般轰隆隆的声音。莱因哈特停了下来，环顾四周。

"莱因哈特！你没有机会了。你永远不可能再回到地面上。扔下枪放弃吧。你们已经被包围了，你们身处地面下一千六百米的地方。"

莱因哈特继续行动，冲进走廊里飘浮翻滚的尘埃中。"你确定，谢里科夫？"他哼了一声。

谢里科夫笑了，他那刺耳的、仿佛金属轰鸣一般的笑声一波波冲击着莱因哈特的耳膜，"我不想杀你，专员。你在战争中至关重要。很遗憾你发现了变量人，我承认我们忽视了半人马座间谍这个因素，但现在你已经知道他——"

谢里科夫的声音突然被打断。一阵低沉的隆隆声晃动着地板,一波波的震动令走廊颤抖。

莱因哈特长舒一口气。他透过浓密的尘埃和灰烬,努力分辨手表上的数字。很准时,一秒都没有迟。

在世界的另一头,第一颗氢弹从议会大楼那端发射,即将袭来。进攻开始了。

六点整,约瑟夫·狄克逊站在距离入口通道六公里之外的地面上,向整装待发的部队发出信号。

第一项任务是破坏谢里科夫的防御屏障。导弹必须不受干扰地直击目标。在狄克逊的命令下,三十艘安全部飞船组成的舰队从十六千米的高度下降,直接对准地下实验室,从山顶上空俯冲下来。五分钟内,所有的高塔投射器都被击毁,防御屏障已被彻底瓦解。现在,整座山脉几乎完全没有保护措施。

"目前为止一切顺利。"在安全位置观察的狄克逊低声说。安全部的舰队轰鸣着返回,它们的任务已经完成了。警察的地面车穿越荒漠,迂回前行,迅速驶向入口通道。

同时,谢里科夫也开始反击。

群山中架设的大炮纷纷开火。车辆行驶的道路上燃起巨大的火柱。车辆犹疑不前,咆哮的旋风在平原上肆虐,雷鸣般的爆炸声响起,一片混乱。地面车不时被轰炸成一团尘埃。一队正在驶离的车辆突然乱作一团,被一阵强风卷起,抛向了空中。

狄克逊下令要迫使对方的大炮停止发射。警方的空中武装力量再次从头顶掠过,发动机愤怒的轰鸣声使下方地面颤抖起来。舰队精准地俯冲下来,攻击保护山脉的大炮。

大炮顾不上地面车了,抬起炮筒迎接攻击。舰队一波波袭来,群山在激烈的轰炸中晃动不止。

炮声沉默下来,隆隆的回声逐渐减弱,不情愿地消失了,炸弹对它们造成了极大伤害。

狄克逊满意地看着轰炸接近尾声。舰队攀升至空中,仿佛从死尸上耀武扬威地腾起的黑色小虫。紧急防空机器人枪手已经旋转就位,空中随即充满炙热的能量束,舰队匆匆返航。

狄克逊看了一眼手表。导弹已经从北美发射过来,只剩下最后几分钟了。

成功的轰炸解放了地面车,它们开始重新集结,准备再次发动正面攻击。地面车向前爬行,经过燃烧的平原,小心翼翼地碾过破碎不堪的山脉,穿过由大炮扭曲的残骸组成的防御圈,驶向入口通道。

大炮偶尔无力地朝它们开上几炮。地面车继续坚定前行。现在,在乌拉尔山脉的山谷中,谢里科夫的部队匆忙赶向地面迎战。第一辆地面车已经来到山脚下……

震耳欲聋的轰炸声消失了。小型机器人枪手隐藏在各处,针尖般的枪管从隐蔽屏障、大树、灌木、岩石后面露了出来。警方的地面车被猛烈的交叉火力压制住,困在山脚。

谢里科夫的警卫跑下山坡,冲向抛锚的地面车。车子朝着奔跑的人开火,一团团火焰升起,烧过整个平原。一名机器人枪手如子弹般猛地落到平原上,发出刺耳的声音朝地面车开火。

狄克逊紧张地搓着双手。只需再等几分钟,现在随时可能出现。他用手遮住眼睛仰望天空,还没有任何迹象。他不知道莱因哈特怎么样了,下面没有传来信号。显然,莱因哈特肯定遇到了麻烦。毫无疑问,在地下隧道的迷宫里,山脉下方蜂巢一般错综复杂的通道网络中,正在进行着殊死搏斗。

谢里科夫的几艘防御舰在空中急掠而过,疯狂投入徒劳的战斗。

谢里科夫的警卫们蜂拥而出,来到平原上。他们时而蹲伏、时而奔跑,朝着那辆抛锚的地面车前进。警方飞船发出刺耳的声音,朝他们俯冲下来,枪声如雷鸣般响彻平原。

狄克逊屏住呼吸,等待导弹袭来——

第一枚导弹击落下来。一部分山峰消失了,化为烟雾和发泡的气体。一阵热浪扑到狄克逊脸上,他猛地转过身,迅速回到自己的巡航舰内,起飞离开了现场。他回头看去,第二枚和第三枚导弹随后落下。群山之间裂开巨大的弹坑,一块块缺失的部分就像破碎的牙齿。现在,导弹可以穿透地面直接击中地下实验室了。

地面上,车辆纷纷停在危险区域之外,等待导弹攻击结束。当第八枚导弹击中后,地面车再次向前开去。不再有导弹袭来。

狄克逊让巡航舰掉头飞回现场。实验室现在毫无掩蔽地暴露在外,顶部被开了个口子,就像一个马口铁罐头被巨大的爆炸撕裂开来,从空中便能看到第一层。警方的人和车纷纷奔向实验室,与一窝蜂拥上地面的警卫展开战斗。

狄克逊全神贯注地看着。谢里科夫的人把重型机炮、大型机器人炮兵带上了地面。但警察的舰队再次开始俯冲。谢里科夫的空中防卫巡逻队早已被赶走。警察的舰队轰鸣着在空中划出一道弧线,飞向下方暴露的实验室。小型炸弹呼啸而落,瞄准乘着电梯上升到地面的炮兵。

突然,狄克逊的视频屏幕闪烁起来,他转过身。

上面浮现出莱因哈特的面孔,"停止攻击。"他的制服撕裂了,脸颊上割开了一道血淋淋的口子。他阴郁地对狄克逊咧嘴一笑,把乱蓬蓬的头发拢到后面,"这场仗打得不错。"

"谢里科夫——"

"他会让他的警卫停战。我们已经同意休战。结束了。不需要再打了。"莱因哈特喘着气擦去脖子上的污垢和汗水,"让你们的巡航舰着陆,马上到这里来。"

"变量人呢?"

"接下来就是这件事。"莱因哈特冷冷地说,调整了一下枪管,"为了这个,我要你到下面来,杀掉他的时候我希望你也在场。"

莱因哈特转身离开视频屏幕。谢里科夫默默地站在房间角落里,一语不发。"说,"莱因哈特吼道,"他在哪里? 我在哪儿能找到他?"

谢里科夫紧张地舔着嘴唇,抬头看了一眼莱因哈特,"专员,你确定——"

"我们已经停止了攻击。你的实验室是安全的,你也一样。现在是你坦白的时候了。"莱因哈特抓住枪指向谢里科夫,"**他在哪儿?**"

谢里科夫犹豫了一会儿。然后,慢慢地,这个大块头变得垂头丧气。他疲倦地摇了摇头,"好吧。我告诉你他在哪儿。"他干涩的声音轻得几乎听不见,"这边走。来吧。"

莱因哈特跟着谢里科夫走出房间,来到走廊上。警察和警卫正在迅速工作,清理废墟和瓦砾,扑灭四处燃烧的火焰。"别耍花招,谢里科夫。"

"不会的,"谢里科夫无奈地点头,"托马斯·科尔独自一人待在主实验室外的一间侧厅实验室里。"

"科尔?"

"就是变量人,这是他的名字。"波兰人微微转了下他的大脑袋,"他是有名字的。"

莱因哈特挥舞着手枪,"快点儿。我可不想出什么差错。这就是我到这里来的目的。"

"你得记住一点,专员。"

"什么?"

谢里科夫停下了脚步,"专员,那个圆球不能发生任何意外。控制塔。一切都取决于它,战争,我们的整个——"

"我知道,那玩意儿不会出什么问题的。走吧。"

"如果它坏掉了——"

"我不是来找那个圆球的。我只对……只对托马斯·科尔感兴趣。"

他们来到走廊尽头,停在一扇金属门前。谢里科夫朝那扇门点点头,"他在里面。"

莱因哈特后退一步,"打开门。"

"你自己打开吧。我可不想跟这事扯上什么关系。"

莱因哈特耸耸肩,走到门口,举起枪,伸手在门的电控眼前面挥了挥。什么动静也没有。

莱因哈特皱起眉头,用手一推,门开了。面前是一个小实验室,里面有一个工作台、各种工具和一大堆设备、测量仪器,工作台中心放着那个透明圆球,控制塔。

"科尔?"莱因哈特迅速走进房间。他环顾四周,突然感到惊慌,"人呢——"

房间是空的。托马斯·科尔消失了。

当第一枚导弹袭来时,科尔停下手头的工作,坐在那里仔细倾听。

在遥远的地方,一阵隆隆声通过土壤传来,他脚下的地板开始颤动。工作台上的工具和设备被震得上下跳动。一把钳子掉在地上,一个装螺丝钉的箱子翻倒了,里面的东西撒落一地。

科尔听了一会儿。接着,他从工作台上拿起那个透明圆球,小心翼翼举了起来,手指轻轻拂过球的表面,黯淡的蓝眼睛盯着它,若有所思。过了一会儿,他把圆球放回工作台上的底座上。

圆球已经完成了。这个变量人此时心中微微泛起一丝自豪感。这个圆球是他做过的最棒的工作。

低沉的轰鸣声消失了。科尔立刻警觉起来,从高脚凳上跳下,匆匆穿过房间,走到门口。他站在门口仔细听了一会儿,能听到另一侧的声音,喊叫声、警卫急速冲过的脚步声、沉重的装备被拖动的声音,乱作一团。

不住的撞击声在走廊里回荡着,拍打到这扇门上,震得他头昏眼花。又一轮冲击波晃动墙壁和地板,他站立不稳,跪了下来。

灯光闪烁起来,随即熄灭。

科尔在黑暗中摸索着找到一个手电筒。断电了,他能听到火焰噼啪作响的声音。突然,灯又亮了起来,丑陋的黄色光线,然后再次熄灭。科尔弯下腰,借着手电筒的光线检查那扇门。门上装着磁力锁,靠感应外部引入的电流开关。他抓起一把螺丝刀,开始撬门,这花费了他一点儿工夫,随即门打开了。

科尔慢慢走到外面的走廊上。一切混乱不堪,到处是身上烧焦、眼睛半盲的警卫。有两个人呻吟着躺在一堆破碎的设备下面。枪支被熔化了,散发出臭味。空气污浊,弥漫着线路和塑料燃烧的气味。浓密的烟雾使他感到窒息,他弯下腰往前走。

"站住。"一名警卫虚弱地喘着气,挣扎着想站起来。科尔推开他,从他身边走过,沿着走廊离开。两个小型机器人枪手还嗡嘎作响,从他旁边匆匆滑过去,奔向那片混乱的战斗中。科尔紧随其后。

在一个宽阔的走廊交叉口,战斗还在如火如荼地进行。谢里科夫的警卫与安全部警察各自蹲在柱子和路障后面,拼命向对方开火。实验室上方某个地方又发生了一次大爆炸,整座建筑再次颤抖起来。是炸弹?还是炮击?

一道紫色的光束从科尔耳边划过,他扑倒在地上,身后的墙壁碎裂开来。一名安全部警察怒目圆睁,不时朝着敌方开火。谢里科夫的一名警卫击中了他的手臂,他的枪滑落到地板上。

科尔试着穿过走廊交叉处时,一架机器人大炮朝他转过来。他开始狂奔,机器人炮兵追在后面,摇摇晃晃地朝他瞄准。科尔俯下身飞快地跑着,一路跌跌撞撞,上气不接下气。在闪烁的黄色光线下,他看到几名安全部警察正向前推进,果断地射击,一心要击溃谢里科夫的警卫匆忙布置的防线。

机器人炮兵改变路线加入那边的战斗,科尔顺势转过拐角逃走。

他躲进了主实验室,伊卡洛斯,那个矮矮胖胖的巨型圆筒所在的大房间。

伊卡洛斯!神色严肃的警卫们拿着枪和防御盾围绕它组成了一道坚固的保护墙。但安全部的警察没动伊卡洛斯,没有人想伤害它。科尔避开了一名跟在他身后的警卫,来到实验室靠里的一端。

他只花了几秒钟时间就找到了力场发生器,但却没有找到开关。他一时感到有些困惑——然后想了起来,控制开关在警卫的手腕上。

没时间想这个了。科尔用螺丝刀拆下发生器上的金属面板，一把拉出电线。发生器松动了，被他从墙壁上扯了下来。谢天谢地，防御屏障是关闭的。他设法拉着发生器，躲到走廊边。

科尔蹲下来，朝着发生器俯下身去，灵巧的手指迅速飞舞。他把线路拉出来在地板上铺开，匆忙地研究线路。

改造比他想象的容易。只要以恰当的方式布线，力场屏便可以流动起来，作用范围或许能达到两米的距离。每根导线向一侧发射出一定力场，力场向外辐射，中心便能留下安全的空间。他把导线穿过自己的腰带，塞进裤腿里面，藏在衬衫下，一直延伸到手腕和脚踝。

他刚刚弄好笨重的发生器，两名安全部警察就发现了他。他们举起枪，直接朝他开火。

科尔打开了防护屏。一阵振动涌过他全身，使他牙关咯咯作响，身体颤抖不止。他摇摇晃晃往前走，有些被自己身上汹涌辐射出的力场惊呆了。紫色的光线击中力场后随即偏转，无法伤害他。

他安全了。

他匆匆跑过走廊，一台被毁掉的大炮旁趴着一具尸体，手里仍然抓着枪。放射性粒子构成大片飘浮物，在他周围翻滚。他紧紧贴着墙，从一团飘浮物旁挪过。警卫到处都是，要么在垂死挣扎，要么已经死去，他们身体多多少少已被摧毁，被空气中炽热的金属盐腐蚀消融。他必须出去——要赶快！

走廊尽头，一整片堡垒都变成了废墟，到处都是跳跃的火焰。有一枚导弹已经击穿到地面以下。

科尔找到一台还能用的电梯。一群受伤的警卫正要升到地面上去。没有人注意到他。火焰涌向电梯附近，舐过那群伤员。工人们拼命努力让电梯运转起来。科尔跳上电梯。片刻后,电梯开始上升,把喊叫声和火焰抛在身后。

电梯来到地面上,科尔跳了下来。一名警卫发现了他,追了上来。科尔弯着腰,躲进一大堆仍然炽热冒烟的扭曲金属中。他跑了一段距离,从一个被摧毁的防御塔旁跳下来,站在山脚下熔化的地面上。地面滚烫,他尽可能快步前行,气喘吁吁。他来到一道长长的斜坡边,爬了上去。

追在后面的警卫不见了,迷失在谢里科夫地下堡垒的废墟冒出的滚滚灰烟中。

科尔爬上山顶,稍微停了一小会儿,喘息不定,想搞明白自己身在何处。接近黄昏时分,太阳开始落山。正在变暗的天空中还有几个小黑点在盘旋翻滚,这些黑色的小点突然冒出火焰,熔化殆尽。

科尔小心翼翼地站起来,环顾周围。山下变成了一片废墟,他逃出来的地方就像一个熔炉,炽热的金属和碎石混乱一片,熔炉已被彻底焚毁,无法修复。方圆几公里内都是杂乱不堪的残骸和被蒸发了一半的设备。

他想了一会儿。所有人都在忙着灭火,把伤员拉到安全的地方。他们还要过一段时间才会想起他。但一旦他们意识到他跑掉了,立即就会追上来。大部分实验室都被摧毁了,一切都不复原状。

废墟旁边是乌拉尔山脉的高峰,目光所及之处,尽是一望无际的山脉。

山脉和绿色的森林,一片荒野。在那里,他们永远也找不到他。

科尔开始沿着山坡小心地慢慢行走,防御屏发生器就在他手臂下面。也许他能在这一片混乱中找到足够的食物,以及帮助他生存下去的设备。他可以等明天凌晨再到废墟里去收集物资。如果能拿到一些工具,再加上他自己独到的手艺,他会过得很不错。要是能有一把螺丝刀、一把锤子,还有些零零碎碎的东西——

耳边响起一阵巨大的嗡嗡声,进而变成震耳欲聋的轰鸣声。科尔吓了一跳,急忙转过身。他身后的天空中出现一个巨大的阴影,每一刻都变得更大。科尔一动不动地站在那里,完全吓呆了。那个影子轰隆隆地从他头顶上飞过,他傻傻地站在那里,仿佛脚下生了根。

然后,他笨拙而惶惑地开始奔跑,一不小心绊倒,沿着山坡滚下一小段距离。他绝望地挣扎着想抓住地面,徒劳地把双手插进柔软的土壤中,同时努力让发生器留在手臂下面。

一道闪光,耀眼的光芒包围了他。

火花把他抛到半空,仿佛吹起一片干枯的叶子。他痛苦地呻吟着,灼热的火焰在他周围噼啪作响,熊熊燃烧的火海贪婪地吞噬他的防御屏。他头昏眼花,穿过一团火云,掉进一片黑暗之中,那是两道山峰之间的一处深谷。他身上的线路被扯断了,发生器从他手中掉了出去,落在后面。他身体周围的力场突然之间消失了。

科尔躺在山脚下的黑暗中。邪恶之火在他身上肆虐,他用尽全身之力发出痛苦的惨叫。他仿佛一块熊熊燃烧的煤渣,在无尽的黑暗中已经烧光了一半。痛苦使他像虫子一样翻滚爬行,想要钻进地下。他尖叫着、挣扎着,拼命想要逃走,想要摆脱可怕的火焰。他想要前往另一边黑暗的帷幕中,那里凉爽而安静,那里没有火焰燃烧会把他吞噬。

他哀求着向那片黑暗伸出手,虚弱无力地摸索着,想要挪过去。渐渐地,那个熊熊燃烧的物体,他自己的身体,开始渐渐消失。夜晚神秘的混沌逐渐袭来。他任由这暗潮涌向自己,熄灭身上灼热的火焰。

狄克逊娴熟地让巡航舰着陆,停在一座翻倒的防御塔前。他跳下来,快步穿过烟雾弥漫的地面。

莱因哈特从电梯里出来,安全部警察围在他周围,"他从我们手中跑掉了! 他逃走了!"

"他没有逃走,"狄克逊回答,"我亲手杀了他。"

莱因哈特剧烈地颤抖着问:"你说什么?"

"跟我来。这边走。"他和莱因哈特爬上一处满目疮痍的山坡,两个人都气喘吁吁。"我正准备着陆,看到一个人从电梯里出来,像动物一样朝着山脉跑去。他跑到那片开阔地带时,我朝他俯冲过去,投下一枚磷弹。"

"然后他——死掉了!"

"我可不觉得有人能在磷弹爆炸中幸存下来。"他们爬到山顶。狄克逊停了下来,兴奋地指向山下的凹坑,"看那儿!"

他们小心翼翼地走到下面。地面被烤焦,一切都烧光了。空气中弥漫着大量的烟雾,地上零星闪着火苗。莱因哈特咳嗽起来,弯下腰去看。狄克逊点亮一个随身照明灯,举到那个人的身体旁边。

他的身体基本都烧焦了,被磷弹毁掉了一半。他一动不动地躺着,一只胳膊覆在脸上,嘴巴张开着,两条腿以诡异的姿势伸开,就像一个被丢掉的破旧布娃娃,被扔进焚烧炉里烧得几乎认不出来。

"他还活着!"狄克逊喃喃地说,好奇地四处摸索,"他肯定有某种保护屏。令人惊讶,一个人竟然可以——"

“是他吗？这真的是他吗？”

“符合描述，”狄克逊扯掉一片烧毁的衣服，“这就是变量人。至少这是他的东西。”

莱因哈特放松地长出一口气，“我们终于抓到他了。现在数据终于准确了。他不再是影响因素。”

狄克逊掏出枪，若有所思地打开保险栓，“如果你愿意，我现在就可以完成这项工作。”

就在这时，谢里科夫出现了，由两名全副武装的安全部警察陪伴。他大步走下山坡，黑眼睛闪闪发亮。“科尔是否——”他的话说了一半突然停下了，“上帝啊。”

“狄克逊用一颗磷弹搞定了他，”莱因哈特含糊其辞地说，“他来到地面上，想要进入山脉。”

谢里科夫疲倦地转过身，“他是个了不起的人。你们进攻时，他强行撬开门上的锁逃走。警卫向他开火，但完全没用。他改造了一些东西，在自己周围设置了某种力场。”

“不管怎样，一切结束了。”莱因哈特回答，“你有关于他的SRB信息板吗？”

谢里科夫慢慢把手伸进外套，拿出一个牛皮纸信封，“这是他和我在一起时，我收集到的所有关于他的信息。”

“完整的吗？之前关于他的所有信息都只是零零碎碎的。”

“差不多是我能收集到的最完整的了，还包括圆球内部构造的照片和图表。他为我完成了控制塔的接线。我甚至还没来得及看看这些。”谢里科夫指指那个信封，“你准备拿科尔怎么办？”

“把他带回城里去，由安乐死部让他正式长眠。”

“合法谋杀？”谢里科夫嘴唇变得扭曲，“你为什么不能就在这里直接了结一切？”

莱因哈特抓住那个信封塞进右边口袋里，"我会把这个权利交给机器。"他对狄克逊示意，"走吧，现在我们可以通知舰队准备向半人马座进攻了。"他又回头问谢里科夫，"伊卡洛斯什么时候可以发射？"

"一个小时左右，我想。他们已经把控制塔锁定到位。如果它能正常运行，那就没问题了。"

"很好。我会通知达菲向舰队发出信号。"莱因哈特点头示意警察把谢里科夫带到等在外面的安全部飞船上。谢里科夫没精打采地走了出去，脸色灰白憔悴。科尔僵硬的身体被抬起来扔到一辆小货车上。货车开进安全部巡航舰的货舱里，门锁随即滑下来锁好。

"看看计算机如何应对这些补充数据，会很有趣。"狄克逊说。

"这会使我们的胜率大幅度地增加。"莱因哈特表示同意。他轻轻拍了下内侧口袋里鼓鼓囊囊的信封，"我们提前了两天完成任务。"

玛格丽特·达菲从办公桌边慢慢站起来，椅子自动推向后面，"让我先弄清楚。你是说炸弹已经完成了？随时可以发射？"

莱因哈特不耐烦地点点头，"没错。技术人员正在检查控制塔的锁定装置，确保连接正确。半小时后发射。"

"三十分钟！然后——"

"然后就可以开始攻击。我想舰队已经准备好随时行动。"

"当然。几天前就准备好了。但我无法相信炸弹这么快就完成了。"玛格丽特·达菲僵硬地朝办公室门口走去，"这是个伟大的日子，专员。我们把旧时代抛在了身后。明天这个时候，半人马座比邻星将会消失。最终,殖民地将属于我们。"

"我们经历了漫长的等待。"莱因哈特喃喃地说。

"还有一件事,就是你对谢里科夫的指控。像他这么有才干的人似乎不可能——"

"我们稍后再讨论这个。"莱因哈特冷冷地打断她,从外套里取出一个牛皮纸信封,"我还没来得及把补充数据输入SRB计算机。如果你不介意,我现在先去处理这个。"

玛格丽特·达菲站在门口,有那么一段时间,他们两人默默对视,谁也没有开口,莱因哈特的薄唇上浮起一丝淡淡的微笑,女人那双蓝眼睛里露出敌意。

"莱因哈特,有时我觉得你可能会做得太过火。有时我觉得你**已经**做得太过火了……"

"如果概率出现任何变化,我会告诉你的。"莱因哈特大步绕过她,走出办公室和门厅。他朝SRB房间走去,一股强烈的兴奋感从心底涌出。

片刻后,他进入了SRB房间。他走向计算机,观察窗口显示的概率是7∶6。莱因哈特微微一笑。7∶6。错误的概率,基于不正确的信息。现在可以删除错误信息了。

卡普兰匆匆走来。莱因哈特把信封交给他,然后走到窗口前,低头看着下面的情况。到处都是拼命跑来跑去的人和车,职员们像蚂蚁一样匆匆忙忙四处奔走。

战争开始了。命令已向半人马座比邻星附近等待已久的舰队发出。一阵胜利的喜悦涌遍莱因哈特全身。他赢了。他毁掉了那个来自过去的人,击溃了彼得·谢里科夫。战争按计划发动,地球即将取得突破。莱因哈特微微一笑。他已经完完全全地成功了。

"专员。"

莱因哈特慢悠悠地转过身来,"怎么?"

卡普兰站在计算机前面,盯着那个数字,"专员——"

莱因哈特心里突然浮现出一丝警觉。卡普兰的声音里有一种奇怪的东西。他赶忙走过去,"怎么了?"

卡普兰抬头看着他,脸色苍白,眼睛因恐惧而瞪得大大的。他张了张嘴,却发不出声音。

"怎么了?"莱因哈特问,打了个寒战。他对着计算机弯下腰,看着上面显示的数字。

触目惊心。

1∶100,地球处于劣势!

他无法把目光从这个数字上移开。他完全僵住了,极为震惊,难以置信。1∶100。发生了什么? 哪里出错了? 控制塔完成了,伊卡洛斯准备就绪,舰队已接到通知——

大楼外面突然传来一阵低沉的嘈杂声。呐喊声从下方飘来。莱因哈特慢慢地把头转向窗外,心里充满了冰冷彻骨的恐惧。

一道尾迹在傍晚的天空中不断上升。一条细细的白色轨迹正在爬升,不断加速。地面上,所有的眼睛都转向它,一张张敬畏的面孔凝视上空。

它逐渐加速,越来越快,随后消失了。伊卡洛斯已经上路。进攻已经开始,现在要停下来已经太晚了。

计算机上,概率为 1∶100——地球会失败。

2136 年 5 月 15 日晚上 8 点,伊卡洛斯朝向半人马座发射。一天之后,在所有地球人的翘首以盼中,伊卡洛斯将以几千倍光速飞进那颗恒星的领域。

　　然而,什么都没有发生。伊卡洛斯消失在了恒星领域内,没有爆炸。它成了一枚哑炮。

　　与此同时,地球战舰迎战半人马座外围舰队,开始大规模集中攻击,俘获了二十艘大型战舰。半人马座舰队的大部分被摧毁。很多被半人马座帝国占据的星系开始反抗,希望能摆脱帝国的束缚。

　　两小时后,从阿蒙星集结而来的半人马座战舰突然现身,加入战斗。这场大战的火光照亮了整个半个半人马座星系。一艘艘飞船闪出光芒,随后化为灰烬。整整一天,两方舰队在数百万公里之外的太空中战斗,双方都有无数战士死去。

　　最后,遭受重创的地球舰队溃不成军地艰难驶向阿蒙星——成为战俘。曾经令人印象深刻的无敌舰队没有多少幸存下来。一些发黑的残骸漫无目的地飘泊在太空中,随即也被俘虏。

　　伊卡洛斯没有起到作用。半人马座没有被炸毁。这是一次失败的攻击。

　　战争结束了。

　　"我们输掉了这场战争。"玛格丽特·达菲低声说,带着几分不知所措和惊惧,"全都结束了。落幕了。"

　　议会成员坐在会议桌旁的座位上,一群头发灰白的老人沉默不语、一动不动。所有人都默默注视着覆盖了会议室两面墙的巨大星图。

　　"我已经授权谈判,安排休战,"玛格丽特·达菲低声说,"命令已发送给副指挥官杰塞普,放弃战斗。没有希望了。几分钟前,舰队指挥官卡尔顿自杀了,还摧毁了他的旗舰。半人马座高等议会已同意结束战斗。他们整个帝国都已从骨子里腐烂透顶,他们自己就会走向覆灭。"

莱因哈特趴在桌子上,双手抱住脑袋,"我不明白……**为什么**? 为什么炸弹没有爆炸?"他颤抖着擦了擦额头。他的自制力已经完全消失,此刻浑身颤抖、沮丧无比,"**什么地方出错了?**"

狄克逊脸色发灰,低声回答说:"变量人肯定破坏了控制塔。SRB 计算机知道……它们会分析数据。**它们知道!**但已经太晚了。"

莱因哈特微微抬起头,眼神绝望,"我知道他会毁了我们。我们完了,一个世纪的计划和努力全部白费了。"他的身体因为一阵痛苦的痉挛而蜷缩成一团,"都是因为谢里科夫!"

玛格丽特·达菲冷冷地盯着莱因哈特,"为什么是因为谢里科夫?"

"他让科尔活了下来!我一开始就想杀掉他。"莱因哈特突然从椅子上跳了起来,用痉挛的手指抓住他的枪,"他现在**仍然**活着!即使我们已经失败了,我也要找个乐子——我要一道光束射过去,打穿科尔的胸口!"

"坐下!"玛格丽特·达菲命令道。

莱因哈特还差几步就到门口,"他还在安乐死部,等待官方的——"

"不,他不在那里。"玛格丽特·达菲说。

莱因哈特愣住了,慢慢转过身,似乎无法相信自己所听到的,"什么?"

"科尔不在安乐死部。我已经命令把他转移走,你的指令被取消了。"

"他……他在哪里?"

玛格丽特·达菲的声音非同寻常地强硬:"和彼得·谢里科夫

在一起,在乌拉尔山脉。我让谢里科夫全权负责修复实验室。然后我把科尔转移到那里,让他处于谢里科夫的保护之下。我想确保科尔能够痊愈,从而我们可以履行对他的承诺——把他送回自己的时代。"

莱因哈特张了张嘴,又闭上了,血色从他脸上褪去,脸颊上的肌肉开始一阵阵地抽搐。最后他总算开了口:"你疯了!你这个叛徒,你要为地球最大的失败负责——"

"我们输掉了这场战争,"玛格丽特·达菲冷静地说,"但这并不是失败的一天,而是胜利的一天。地球上有史以来最令人难以置信的胜利。"

莱因哈特和狄克逊两人都呆若木鸡,"什么——"莱因哈特急切地问,"你说——"房间里一阵骚动,所有的议会成员都站了起来。莱因哈特的话语被淹没了。

"谢里科夫到这里来的时候会解释的,"玛格丽特·达菲平静的声音传来,"是他发现这件事的。"她环顾房间里半信半疑的议会成员,"所有人都留在自己的座位上。谢里科夫抵达之前,你们都必须留在这里。你们绝对有必要听听他要说的话。他的消息将改变整个局面。"

彼得·谢里科夫从武装技术人员那里接过装着文件的公文包。"谢谢。"他把椅子推向后面,若有所思地环顾议会大厅,"大家准备好听我带来的消息了吗?"

"我们准备好了。"玛格丽特·达菲回答。议员们警觉地围坐在会议桌旁。远处另一端,莱因哈特和狄克逊不安地看着那个大块头波兰人从公文包里取出文件,仔细翻看。

"首先,我希望大家回忆一下超光速炸弹背后最初的工作。

贾米森·赫奇是第一个使物体的速度超过光速的人。正如你们知道的,物体接近光速,长度会减小,质量会增加。当它达到一定速度时,就会消失,不复存在于我们的世界。没有长度就不能占据空间。它会进入另一个存在维度。

"当赫奇想把实验对象带回这个宇宙时,爆炸发生了。赫奇死了,他所有的设备也都被摧毁了。爆炸的力量大到无法计算。赫奇的观测飞船位于数百万公里之外,但仍然不够远。他原本希望这个驱动器可用于太空旅行。但在他死后,这项研究便被放弃了。

"直到后来伊卡洛斯出现。我看到了制造炸弹的可能性,一个令人难以置信的强大炸弹,足以摧毁半人马座和其帝国的所有军队。伊卡洛斯的再次出现,将意味着那个星系的毁灭。就像赫奇的实验结果那样,当物体再次进入已经被其他物质占据的太空,将发生难以置信的灾难。"

"但伊卡洛斯没有回来,"莱因哈特叫道,"科尔改变了接线,这枚炸弹还在继续前进。很可能会一直前进。"

"错了,"谢里科夫用低沉的声音说,"炸弹**确实**再次出现了。但它没有爆炸。"

莱因哈特的反应很激烈,"你的意思是——"

"是的,炸弹回来了,它一进入比邻星范围内,速度就回落到光速以下。但它没有爆炸,没有造成破坏。它再次出现,然后立即被恒星吸收,变成了气体。"

"为什么没有爆炸?"狄克逊问道。

"因为托马斯·科尔解决了赫奇的问题。他找到了把超光速物体带回这个宇宙但不会产生冲突、不会爆炸的办法。这个变量人发现了赫奇所追寻的……"

议会里所有人都站了起来。房间里的窃窃私语声越来越响,四面八方变得一片嘈杂。

"我不信!"莱因哈特激动地喊道,"这不可能。如果科尔解决了赫奇的问题,那就意味着——"他一时语塞,感到震惊。

"意味着超光速驱动现在可以用于太空旅行。"谢里科夫继续说,挥手示意人们安静下来,"正如赫奇预期的那样。我的人研究了控制塔的照片。他们无法**弄懂**,更无法**解释**。但我们拥有完整的控制塔记录,可以重现这种接线模式,等到实验室修好了之后便会立即开始。"

房间里的人逐渐开始明白了。"制造超光速飞船将成为可能,"玛格丽特·达菲出神地喃喃自语,"如果我们能做到这一点的话——"

"当我把控制塔拿给科尔看时,他就理解了它的目的。不是**我**的目的,而是原本的目的,赫奇一直为之努力的目的。科尔意识到伊卡洛斯其实是一艘不完整的宇宙飞船,根本不是一颗炸弹。他看到了赫奇曾经看到的东西,超光速太空驱动。他想办法让伊卡洛斯能够正常工作。"

"我们可以飞到半人马座**之外**了。"狄克逊喃喃地说,嘴唇颤抖着,"战争是微不足道的。我们可以把那个帝国彻底抛在身后。我们可以飞到银河系之外。"

"整个宇宙都将向我们敞开,"谢里科夫表示同意,"我们不必接管一个古老的帝国,我们可以飞向整个宇宙去探索,去上帝创造的所有地方。"

玛格丽特·达菲站起来,慢慢走向高高挂在房间另一边的巨大星图。她在那里站了很久,凝视着无数颗恒星和众多的星系,对自己看到的东西感到敬畏。

"你认为他意识到这一切了吗?"她突然问道,"我们在这些星图上所看到的?"

"托马斯·科尔是个奇怪的人,"谢里科夫仿佛是在自言自语一般,"显然,他对于机械有一种直觉,知道事物应该怎样运转。这种直觉更多的是在他手上,而非脑子里。这种天分更像是画家或钢琴家,而非科学家。他不是通过语言来认识事物,不是通过语义来理解事物,而是直接地处理事物本身。

"我十分怀疑,托马斯·科尔是否明白究竟发生了什么。他看着那个圆球,控制塔,看着未完成的接线和继电器,看到的是个半成品,一台不完整的机器。"

"需要修理的东西。"玛格丽特·达菲补充说。

"对,需要修理的东西。他就像一名艺术家,只看到眼前的工作,只对一件事感兴趣:利用他拥有的技能,尽量呈现出他所能给的最好成果。而对我们来说,这项技能则使整个宇宙向我们敞开,使我们能够去探索无穷无尽的星系。这打开了一个无边无际的新世界——无限的、**等待探索**的世界。"

莱因哈特晃晃悠悠地站起来,"我们最好去工作,开始组织施工队,还有勘探人员。我们必须从战时生产转变为飞船设计。开始大量制造勘探工作中所需的采矿设备和科学仪器。"

"没错。"玛格丽特·达菲说,若有所思地看着他,"但这些与你没什么关系。"

莱因哈特看到了她脸上的表情,伸手握住枪,迅速退向门口。狄克逊跳了起来,跑到他身边。"退后!"莱因哈特大声喊着。

玛格丽特·达菲做了个手势,一队政府军包围了那两个人。表情严肃、行动迅速的士兵们准备好了磁力固定装置。

莱因哈特挥舞着手枪——对着一脸震惊坐在座位上的议会

成员，对着玛格丽特·达菲，对准她的蓝眼睛。莱因哈特的面孔因为极其恐惧而变得扭曲，"退后！谁也不要靠近我，否则我就先朝她开枪！"

彼得·谢里科夫悄悄离开桌边，迈出一大步，把庞大的身躯挡在莱因哈特面前。他满是黑色汗毛的大拳头挥出一道弧线猛击过去。莱因哈特被一股巨大的力量干脆利落地击中，撞到墙上，然后慢慢滑到地板上。

士兵们很快把固定装置卡在他身上，把他从地上猛地拉起来。他的身体被僵硬地固定住，血从嘴里滴下来。他吐出几颗牙齿，眼神呆滞。狄克逊茫然站在一边，不解地张开嘴，固定装置锁住了他的手臂和腿。

莱因哈特被拖向门口时，他的枪滑到地板上。一名年老的议会成员拿起枪，好奇地检查了一下，然后小心翼翼地把它放在桌子上。"装满了子弹，"他嘀咕道，"随时准备开火。"

莱因哈特满是憎恨地阴着脸，"我应该杀掉你们**所有人**。**你们所有人！**"他破裂的嘴唇上露出一丝丑陋的冷笑，"如果我的双手能重获自由——"

"不会的，"玛格丽特·达菲说，"你根本用不着考虑这个可能性。"她向士兵们示意，他们粗暴地把莱因哈特和狄克逊带出了房间，两个人头晕目眩，怨恨地咆哮着。

有那么一会儿，房间里一片寂静。随后，议员们在自己的座位上不安地挪动着，总算能松了口气。

谢里科夫走过来，把巨大的手掌放在玛格丽特·达菲的肩膀上，"你还好吧，玛格丽特？"

她微微一笑，"我很好。谢谢。"

谢里科夫略略抚摸了一下她柔软的头发，随后走到一边，忙着收拾他的公文包，"我得走了。稍后联系。"

"你要去哪儿？"她迟疑地问，"难道你不能留下来——"

"我必须回乌拉尔山脉去。"谢里科夫正要走出房间，留着浓密黑胡子的面孔冲她咧嘴一笑，"处理一些非常重要的事务。"

谢里科夫来到门口时，托马斯·科尔正坐在床上。他僵硬笨拙、弯腰驼背的身体大部分被密封在一层透明气密塑料的薄膜中。两个机器人护士在他身边不停地忙活，通过导线监控他的脉搏、血压、呼吸和体温。

大块头波兰人扔下公文包，坐到窗台上，科尔微微转身。

"你感觉怎么样？"谢里科夫问他。

"好一点儿了。"

"你知道我们拥有非常先进的治疗手段。你的烧伤几个月内就会痊愈。"

"战争怎么样了？"

"战争已经结束了。"

科尔的嘴唇动了动，"伊卡洛斯——"

"伊卡洛斯的情况不出所料，正如**你**期望的那样。"谢里科夫向床边倾了倾身子，"科尔，我答应过你，我打算遵守诺言——只等你身体恢复。"

"把我送回自己的时代？"

"没错。这件事相对比较简单，现在莱因哈特的手中已经不再握有权力。你可以回家，回到你自己的时代，你自己的世界。我们可以为你提供一些铂金圆盘，或者通过某种方式资助你的生意。你需要一辆新的维修卡车、工具，还有衣服。准备这些只要几千美元就行。"

科尔沉默不语。

"我已经联系了历史研究部，"谢里科夫继续说，"等你准备好的时候，时间泡也会准备好。我们非常感谢你，很可能你也意识到了。你使我们最伟大的梦想得以实现，整个地球欢欣鼓舞。我们正把经济发展的重点从战备转向——"

"他们没有对之前发生的事情感到生气？那个哑炮一定让很多人感觉非常糟糕。"

"一开始是这样。但他们一想明白眼前所面临的是什么，就立即把那个忘光了。真遗憾，你不能留在这里看到未来发生的事情，科尔。整个世界将摆脱束缚，进入宇宙。他们希望我这周末就准备好一艘超光速飞船！已经有成千上万份的申请文件发送过来，一大堆男男女女都想参加第一次太空旅行。"

科尔露出一丝微笑，"太空可不会有任何乐队或是游行或是欢迎会等着他们。"

"也许没有。也许第一艘飞船会降落在某个死寂的世界，除了沙子和干燥的盐巴什么都没有，但所有人都想去。到那时就会像是个盛大的节庆一样，人们会四处奔走、大声呼喊，在街上抛东西。"

"恐怕我得回实验室了。现在还有一大堆重建工作等着启动。"谢里科夫在他鼓鼓的公文包里摸索着，"顺便说下……还有件小事。你在这里慢慢恢复时，也许你会愿意看看这些。"他把一叠图纸扔在床上。

科尔慢慢拿起来，"这是什么？"

"只是我设计的一个小东西。"谢里科夫站起身笨拙地走向门口，"我们重新调整了我们的政治体制，避免类似莱因哈特的事件再次出现。这将防止一人独裁的情况再度发生。"他用一根粗大的手指戳了戳原理图纸，"这会把权力转交给我们所有人，而不仅仅由少数几个人控制——就像莱因哈特控制议会那样。

"这个小玩意儿使公民们可以直接对议题进行表决。他们不需要等待议会将一项措施转化为文件。任何公民都可以用这个东西表达自己的意愿，把自己的需要登记在自动回复的中央控制器上。如果有足够大的人口群体希望促成某件事情，这些小玩意儿会建立一个活动区域，以此联系所有其他人。一项议题不必非得通过正式议会。公民可以表达自己的意愿，用不着等着一堆白发老人处理。"

谢里科夫中断了话语，皱起眉头，"当然，"他继续慢慢地说道，"有一个小细节……"

"什么？"

"这个模型无法正常工作。有些错误……我一向不擅长这种复杂精细的工作。"他在门口停了下来，"好吧，希望在你离开之前，我们还能再见一面。如果稍后你感觉好一点儿了，也许我们可以最后再一块儿谈谈。也许什么时候一起吃个晚餐。嗯？"

但托马斯·科尔根本没在听。他弯下腰看着那些原理图，饱经风霜的面庞上眉头紧皱。他长长的手指在原理图上不断划过，追踪线路和接线端，嘴唇一边动一边计算。

谢里科夫看了一会儿，然后来到外面的走廊上，轻轻关上门。

他欢快地吹起口哨，大步沿着走廊离开。

坚持不懈的青蛙

"芝诺是第一位伟大的科学家,"哈迪教授严肃地环顾教室,"例如,他提出了青蛙和深井的悖论。芝诺指出,如果青蛙每次跳跃的距离都是前一次的一半,那它永远也无法到达井边,中间始终横着一段虽然很短但切实存在的距离。"

下午的物理课教室一片肃静,3-A班的学生们默默思考着哈迪教授玄妙深奥的话语。随即,教室后排缓缓举起一只手。

哈迪疑惑地看向那只手。"怎么?"他说,"有什么问题,皮特纳?"

"但逻辑课上,老师告诉我们那只青蛙**能够**跳到井边。格罗特教授说——"

"青蛙不可能跳到井边!"

"格罗特教授说它能。"

哈迪环抱双臂,"在我的课上,青蛙永远无法跳到井边。我曾经亲自做过研究,证据表明,青蛙距离井边始终还有一丁点儿距离。例如,如果它跳——"

下课铃声响了起来。

所有学生都站起来朝门口走去。哈迪教授话刚说到一半,却也只能目送他们离开。他不快地揉了揉下巴，皱眉看着那群年轻的男女学生，一张张面孔有的聪明伶俐，有的困惑茫然。

最后一名学生走出教室后，哈迪拿起他的烟斗来到走廊上，四处张望。果然，格罗特就在不远处，摸着下巴站在饮水机旁。

"格罗特！"哈迪说，"来一下！"

格罗特教授抬起头，眨眨眼睛，"什么事？"

"来一下，"哈迪大步朝他走去，"你怎么敢教芝诺？他是一位科学家，这是我的教学范围，不是你的。把芝诺留给我来教！"

"芝诺是一位哲学家。"格罗特愤怒地瞪着哈迪，"我知道你想说什么，关于青蛙和深井的悖论。奉告一句，哈迪，青蛙轻轻松松就能爬出井边。你一直在误导你的学生。逻辑可站在我这边。"

"逻辑，呸！"哈迪嗤之以鼻，眼中冒出怒火，"陈词滥调。很明显，青蛙会一直被困在这个永恒的监狱中，永远无法逃脱！"

"它能逃走。"

"它不能。"

"两位先生谈得差不多了吧？"一个平静的声音说。两个人迅速转过身，系主任静静地站在他们身后，露出一个微笑，"如果谈完了，不知二位是否介意到我的办公室来一下，"他朝办公室门口点点头，"不会耽误很久的。"

格罗特和哈迪对视一眼。"看看你做的好事，"哈迪低声说，他们走进系主任的办公室，"你又让我们惹上麻烦了。"

"是你起的头——你和你的青蛙！"

"请坐，先生们。"系主任指了指两把硬背椅子，"随便坐。很抱歉在你们这么忙的时候打搅你们，但我希望和你们谈谈。"他不太高兴地望着他们，"我能问问你们这次争论的原因吗？"

"关于芝诺的事。"格罗特低声说。

"芝诺?"

"青蛙和深井的悖论。"

"我明白了,"系主任点点头,"明白了。青蛙和深井,一个两千年前的悖论,古老的谜题。而你们两个成年男人为了这个在走廊里吵得就像——"

"问题在于,"哈迪过了一会儿开口说道,"没有人真正做过实验。这个悖论纯粹是抽象的理论。"

"那么,你们两位可以开创先河,把青蛙放进井里,亲眼看看会发生什么。"

"但青蛙不会按照悖论规定的条件跳跃。"

"那你们就想办法让它那样跳,就这样。我会给你们两周时间设置实验控制条件,针对这个讨厌的谜题找到真相。我不想再看到你们日复一日为此争论,我要你们一次性彻底解决这个问题。"

哈迪和格罗特沉默不语。

"好吧,格罗特。"最后哈迪说,"我们开始干吧。"

"我们要找个网去抓青蛙。"格罗特说。

"网和罐子。"哈迪叹了口气,"我们最好尽快开始。"

这个有趣的研究项目被称为"蛙室"。大学将地下室的一大半提供给了他们,格罗特和哈迪把零件和材料搬到楼下,立即着手开始了工作。没过多久,这件事就传得尽人皆知。大部分科学专业的学生都支持哈迪,他们还成立了一个"跳不出俱乐部",贬低青蛙的努力。而哲学和艺术专业也有人打算成立一个"跳得出俱乐部",只是还没真正办起来。

格罗特和哈迪热情地投身于这个项目。随着两个星期的时间逐渐过去,他们缺课的时候也越来越多。蛙室本身进展顺利,越来越像一段长长的下水管道,从地下室一端延伸到另一端。它的一头消失在由电线和管子构成的迷宫里,另一头则是一扇门。

一天,格罗特走下楼时,发现哈迪已经在房间里,看向管道里面。

"听着,"格罗特说,"我们说好了,除非两人都在场,不能碰那东西。"

"我只是看看而已,里面很黑。"哈迪咧嘴一笑,"希望青蛙在里面能看得见。"

"嗯,反正里面只有一条路可走。"

哈迪点燃烟斗,"你觉得我们要不要试一下,放只青蛙进去?我迫不及待想看看会发生什么。"

"为时尚早。"格罗特紧张地看着哈迪到处寻找装青蛙的罐子,"再等等不好吗?"

"不敢面对现实,嗯?这儿,帮我一把。"

门口突然传来"吱呀"一声。他们抬头望去,皮特纳正站在那里,好奇地看着房间里细长的蛙室。

"什么事?"哈迪说,"我们很忙。"

"你们准备开始实验吗?"皮特纳走进房间,"这一大堆线圈和继电器是做什么用的?"

"这很简单,"格罗特笑容满面地说,"我亲自做出来的东西。这里的一端——"

"我来演示,"哈迪说,"你只会把他搞糊涂。没错,我们正准备放入第一只青蛙样本。你可以留下来,年轻人,如果你愿意的话。"他打开罐子,从里面抓出一只湿漉漉的青蛙,"正如你看到的,这个大管道有入口和出口,青蛙从入口进去。看看管道里面,年轻人,看看。"

皮特纳从管道开口的一端看向里面,一条又长又黑的隧道,"那些线是什么?"

"测量线。格罗特,把它打开。"

机器启动,发出柔和的嗡嗡声。哈迪抓起那只青蛙放进管道里。他关上金属门,"啪嗒"一声锁好,"这样青蛙就不能从这一端出来了。"

"青蛙才多大啊!"皮特纳说,"这个管道都能装得下一个成年人了。"

"看,"哈迪打开煤气开关,"加热管道这一端,高温会迫使青蛙沿着管道前进。我们可以通过窗口观察。"

他们看向管道里面。青蛙静静地蹲在那里,缩成一小团,忧郁地望着前方。

"跳呀,你这只笨青蛙。"哈迪说着,把煤气开大。

"温度别开那么高,你这个疯子!"格罗特叫道,"你想把它烤熟吗?"

"看!"皮特纳叫道,"它动了。"

青蛙跳了起来。"管道底部传导热量,"哈迪解释说,"烫得它只能不断跳起来。看,它往前走了。"

突然,皮特纳吓得叫了起来:"我的上帝,哈迪教授!青蛙变小了,现在只有之前一半大!"

哈迪眉飞色舞,"这就是最妙的地方。你看,管道的另一端有个力场。高温迫使青蛙向那边跳过去。而力场起到的作用则是把动物的身体组织压缩得更紧密。于是青蛙跳得越远,就会变得越小。"

"为什么要这样?"

"只有这样才能减少青蛙跳跃的距离。青蛙一边跳跃一边缩小,从而每一次跳跃的距离也按比例缩小。我们已经设置好实验条件,跟芝诺悖论中所描述的缩减比一致。"

"可最后会怎样?"

"这个嘛,"哈迪说,"我们致力于研究解决的正是这个问题。管道另一端有个光子束,如果青蛙能跳到那里,就能切断光子束,从而切断力场。"

"它会跳到那里的。"格罗特咕哝着。

"不,它会变得越来越小,跳得越来越短。对它来说,管道会变得越来越长,无穷无尽。它永远无法跳到那里。"

他们两人怒目相视。"别那么肯定。"格罗特说。

他们透过窗口看向管道里面。青蛙已经向前跳了好一段的距离。现在它只有苍蝇那么大,在管道中一点点前进,几乎很难看得见了。青蛙变得越来越小,几乎只有针尖大小。最后,它消失了。

"天啊。"皮特纳说。

"皮特纳,你先出去吧,"哈迪搓着手说,"我和格罗特有事要讨论。"

他在那个年轻人背后锁上门。

"好了,"格罗特说,"是你设计了这个管道。青蛙身上发生了什么事?"

"为什么这么问,它还在继续跳跃,在亚原子空间中。"

"你这个骗子。青蛙肯定是在管道中某个地方惨遭不幸了。"

"好吧,"哈迪说,"如果你这么想,也许你可以亲自检查一下管道。"

"我会的。我相信我会找到一扇……暗门。"

"悉听尊便。"哈迪咧嘴笑着说。他关掉了煤气,打开金属门。

"把手电筒给我。"格罗特说。哈迪把手电筒递给他。他不高兴地咕哝着,爬了进去,他的声音在管道里空洞地回响着,"目前,还没暗门。"

哈迪看着他消失在管道里,弯下腰朝里面望去。格罗特已经爬到一半,喘息不止,动作费劲。"怎么了?"哈迪问。

"这里太窄了……"

"哦?"哈迪咧嘴一笑。他把烟斗从嘴里取出来,放在桌子上,"嗯,也许我们有办法解决这个问题。"

他"砰"的一声关上金属门,匆匆跑到管道另一端,按下开关。电子管亮了起来,继电器"咔嗒"一声接通。

哈迪双臂环抱在胸前。"开始跳吧,我亲爱的青蛙,"他说,"尽情跳跃。"

他走向煤气开关,把它打开。

里面很黑很黑。格罗特很长一段时间趴在那里一动不动,万千思绪在他脑海中飘过:哈迪怎么了? 他想干什么? 最后,他用手肘撑起身体,脑袋随即撞上了管道顶部。

管道开始变热。"哈迪!"他惊恐地大声喊道,身边回荡着雷鸣般的回声,"把门打开。发生了什么事?"

他在管道里想要转过身回到门口,但卡在那里动弹不得,除了前进别无选择。他开始向前爬,嘴里低声嘟哝着:"等着瞧,哈迪。居然开这种玩笑,我真不知道你想干什么——"

管道突然颤动了一下。他被震倒,下巴撞在金属上。他眨了眨眼睛。管道变大了,现在周围的空间很宽敞。还有他的衣服也是!他的衬衫和裤子都变得像帐篷一样挂在身上。

"哦,天啊。"格罗特发出微弱的声音。他跪起来,吃力地转过身。他在管道中沿着来路艰难地爬回金属门那里。他推了推门,可是根本没用。现在,这扇门对他来说太大了,靠他的力量不可能打得开。

他呆呆地坐了一段时间,直到身下的金属地板变得很烫,才不情愿地沿着管道爬向凉爽的地方。他把身体蜷成一团,忧郁地盯着眼前一片黑暗。"我该怎么办?"他心想。

过了一会儿,他总算恢复了一丝勇气,"我必须从逻辑的角度思考。我刚才已经进入了力场,所以变得只有原来一半大,现在大概三英尺①高。管道的长度对我来说也增加了一倍。"

他从已经变得巨大的衣服口袋里拿出手电筒和一些纸,算了起来。现在他几乎已经握不住手电筒了。

脚下的地板开始发烫,他不由自主沿着管道向前挪动了一点点,以避开高温,"如果我在这里停留的时间足够长,"他咕哝着,"也许我——"

管道又颤动一次,向四面八方后退。他发现自己被一大堆粗糙的织物淹没,几乎喘不过气来,最后总算挣脱出来。

"一英尺半,"格罗特环顾四周,"我再也不敢动了,一动都不敢动。"

然而,当脚下的地板变烫时,他只能再往前爬了一点儿。"四分之三英尺,"他脸上冒出冷汗,"四分之三英尺。"他看着前方的管道。很远很远的另一端有个光点,是穿过管道的光子束。

---

① 1英尺=30.48厘米。

如果他能抵达那里,只要他能抵达那里,只要能走到那里!

他花了点儿时间思考算出来的数字。"好吧,"他最后说,"希望我算得没错。根据计算结果,如果我一刻不停地走下去,九小时三十分钟后会到达光束那里。"他深吸一口气,把手电筒扛到肩上。

"然而,"他喃喃地说,"到那时我可能已经变得相当小……"他鼓起勇气开始前进。

哈迪教授转向皮特纳,"告诉全班同学,你今天早上看到了什么。"

每个人都转身看着皮特纳,他紧张地咽了口唾沫,"嗯,我到地下室去。格罗特教授邀请我参观蛙室。他们正打算开始实验。"

"你指的是什么实验?"

"那个芝诺实验,"他紧张地解释说,"关于青蛙的。他把青蛙放进管道里,关上门。然后格罗特教授打开电源。"

"发生了什么?"

"青蛙开始跳跃。它变小了。"

"你是说它变小了? 然后呢?"

"它消失了。"

哈迪教授坐在椅子上向后靠去,"那么青蛙没有跳到管道另一端?"

"没有。"

"就是这样。"教室里一阵窃窃私语,"所以你们看,青蛙没有像我的同事格罗特教授期待的那样,跳到管道另一端。它永远无法抵达终点。唉,我们再也见不到这只不幸的青蛙了。"

教室里一阵骚动,哈迪用铅笔敲了敲桌子。他点燃烟斗,冷静地喷出一个烟圈,靠在椅子上,"可怜的格罗特,这个实验恐怕会让他清醒一下。他受到的打击可不小。你们大概已经注意到,他没有出现在下午的课堂上。据我所知,格罗特教授决定去山间休个长假。也许等他充分休息之后,就会忘记——"

格罗特心生畏惧,但他还是继续向前,"别害怕,"他自言自语,"继续前进。"

管道再次颤动。他摇摇晃晃站立不稳,手电筒掉到地上,熄灭了。他独自一人置身于这个巨大的洞穴里,这个广阔的、仿佛无边无际的空间中。

但他还是继续前进。

过了一会儿,他又开始感到疲惫。这已经不是第一次了。"休息一下也没什么害处。"他在粗糙不平的地板上坐下来,"根据我的计算,现在大概还需要两天左右的时间。也许更长……"

他打了个盹,然后又开始继续往前走。管道突然的颤动不会再吓到他,他已经渐渐习以为常。他迟早会抵达光子束那里,把它切断。然后力场会消失,他也能恢复正常大小。格罗特在心中暗笑,哈迪岂不是会感到很惊讶——

他不知被什么绊倒,摔了一跤,一头扎进周围的黑暗中。他心里浮现出一阵深深的恐惧,整个人开始颤抖。他站了起来,环顾四周。

现在该往哪边走?

"我的上帝。"他说,弯腰摸着下面的地板。往哪边走?时间在流逝。他开始慢慢移动,先是朝着某个方向,然后又转向另一个方向。他分辨不出方向,完全分辨不出。

　　然后,他开始奔跑,在黑暗中慌不择路,跌跌撞撞。突然,他跟跄了一下,那种熟悉的感觉又出现了,他松了一口气,几乎哭出来。他正朝着正确的方向前进! 他再次开始奔跑,张开嘴深呼吸,保持冷静。又是一次剧烈的颤动,他又缩小了一半,但这说明他找到了正确的方向。他继续向前奔跑。

　　随着他不断向前奔跑,地面愈发变得崎岖不平。一块块巨石不断把他绊倒,很快,他被迫停了下来。管道内壁没有抛光吗? 出了什么问题,明明经过打磨,用钢丝棉——

　　"当然是了,"他嘀咕道,"要是被变小了……即使是刀片的表面……"

　　他一路摸索着,继续前进。所有的东西都笼罩着一层朦胧的光线,无论是周围巨大的石块还是他自己的身体,都在微微发光。怎么回事? 他看了看自己的双手,在黑暗中闪闪发亮。

　　"当然,"他说,"因为高温。谢谢你,哈迪。"他在半明半暗中从一块石头跳向另一块石头。他跑过一望无际、布满巨石的平原,像山羊一样在悬崖峭壁之间跳跃。"或者,像只青蛙一样。"他说。他不断跳跃,不时停下来喘息。还需要多长时间? 他看着堆积在周围那些巨石的尺寸,突然感到毛骨悚然。

　　"也许还是不要计算比较好。"他爬上一座高耸的山峰,翻到另一边。下一道深渊看起来甚至更宽。他勉强跳了过去,喘息不止,拼命抓住石头。

　　他不停地跳跃,一次又一次,自己也不记得究竟跳了多少次。

　　他站在一块巨石的边缘,再次跳起来。

　　然后他掉了下去,不断向下跌落,落入深深的裂缝中,落入昏暗的光线中,仿佛跌入无底洞,不断向下跌落。

格罗特教授闭上眼睛。他内心一片平静,疲惫的身体彻底放松。

"再也不用跳了。"他不断地向下飘落,"物体下落的规律……身体越小,重力越小……难怪虫子掉下去都摔得很轻……这种特点……"

他闭上眼睛,最终让自己陷入一片黑暗。

"就这样,"哈迪教授说,"我们可以期待这次实验载入科学的史册——"

他停了下来,皱起眉头。班上所有学生都朝门口看去。有些学生露出微笑,甚至有个人开始大笑起来,哈迪转过身,想看看发生了什么。

"查尔斯·福特笔下的《蛙雨》?"他说。

一只青蛙跳进房间里。

皮特纳站起来。"教授,"他兴奋地说,"这证实了我的猜测。青蛙尺寸变得如此之小,以至于穿过了——"

"什么?"哈迪说,"这肯定是另一只青蛙。"

"——穿过了蛙室地板的分子之间的空间。然后,青蛙会慢慢飘回到地面,因为重力加速度产生的影响也按比例减少。离开力场后,它又会恢复原本的大小。"

皮特纳面露微笑,低头看着那只青蛙慢慢爬过房间。

"说真的——"哈迪教授有气无力地跌坐在桌边,开口说道。就在这时,下课铃声响起,学生们开始收拾书籍文件。很快,哈迪发现教室里只剩下他独自一人面对那只青蛙。他摇了摇头。"不可能,"他喃喃低语,"世界上到处都是青蛙。这不可能是同一只青蛙。"

一名学生来到他桌前，"哈迪教授——"

哈迪抬起头。

"嗯，什么事?"

"外面走廊里有个人想见你，他看起来有点儿不安，只披了条毯子。"

"好的。"哈迪说。他叹口气站了起来，在门口停下做了个深呼吸。然后他沉着脸来到外面走廊上。

格罗特裹着一条红色毛毯站在那里，激动得满脸通红。哈迪看着他，满怀歉意。

"我们还是没弄清!"格罗特叫道。

"什么?"哈迪咕哝着，"你是说，呃，格罗特——"

"我们还是没弄清这只青蛙是否能抵达管道另一端。我和它都从分子缝隙间掉了出来。我们必须找到其他方法来验证芝诺悖论。蛙室不顶用。"

"是的，没错，"哈迪说，"我说，格罗特——"

"我们稍后再讨论，"格罗特说，"我得去上课了。今晚我去找你。"

他抓紧毯子，匆匆忙忙沿着走廊大步离开。

藏有秘密的水晶球

"注意,内部航班飞船! 注意! 现在命令你们在火卫二控制站着陆,接受检查。注意! 你们必须立即着陆!"

扬声器发出金属般的刺耳声音,回响在大型飞船的走廊上。乘客们不安地交换着眼神,小声咕哝,透过舷窗看着下面的小岩石点,那是火星检查点——火卫二。

一群飞行员正从飞船上匆匆走过,打算去检查安全闸。"发生了什么事?"一名焦急的旅客询问其中一位。

"我们必须着陆。请坐好。"飞行员继续走远。

"着陆? 可是为什么?"所有人面面相觑。三艘细长的火星追击舰盘旋在鼓鼓囊囊的内部航班飞船上方,保持警惕,随时准备应对任何紧急情况。内部航班飞船准备着陆时,追击舰也逐渐下降,十分慎重地让自己始终与其保持一段很短的距离。

"出问题了。"一位女乘客紧张地说,"上帝啊,我以为我们终于搞定了那些火星人。现在是怎么回事?"

"如果他们想最后再检查一次,我也没什么意见。"一位身材壮实的商人对他的同伴说,"毕竟,这是离开火星前往地球的最后一艘飞船。他们能放我们离开,已经算我们碰上好运了。"

"你认为真的会爆发战争吗?"一个年轻人对坐在他旁边的女孩说,"考虑到我们的武器和生产能力,那些火星人不敢打起来。总而言之,我们可以在一个月内搞定火星。"

女孩瞥了他一眼,"别这么肯定。火星令人绝望。他们打起来不顾死活。我在火星上待了三年。"她颤抖了一下,"谢天谢地,我要离开那里了。如果——"

"准备着陆!"飞行员的声音响起。飞船开始缓慢下降,准备降落,这颗很少有人来访的卫星上有个小型紧急降落场。飞船不断下降,终于落到地上。摩擦声吱吱响起,强烈的颠簸令人反胃。然后是一片寂静。

"我们已经着陆了。"壮实的商人说,"他们最好不要为难我们!只要他们违反了一项太空条款,地球就会把他们撕成碎片。"

"请留在座位上,"飞行员的声音传来,"火星当局要求任何人不得离开这艘飞船。我们必须留在这里。"

飞船里一阵不安的骚动。有些乘客开始心绪不宁地读书,另一些人紧张地盯着外面空荡荡的降落场。那三艘火星追击舰也在旁边着陆,里面涌出一群武装士兵。

火星士兵迅速穿过降落场,一路小跑奔向他们这边。

这艘内部航班飞船是最后一艘离开火星前往地球的客船。其他飞船在战争爆发之前早已离开,返回安全地带。这是最后一批乘客,离开这颗严酷的红色星球的最后一批地球人,商人、侨民、游客,所有尚未返回故乡的地球人。

"你认为他们想干什么?"年轻人对那个女孩说,"很难理解火星人的想法,不是吗?他们之前给这艘飞船放行,允许我们起飞,现在又要求我们降落。顺便说一下,我叫撒切尔,鲍勃·撒切尔。既然我们还要在这里待一段时间——"

舱门打开了。人们谈话的声音瞬间消失,所有人都转身看过去。一名身穿黑衣的火星官员——看样子是区域长官——站在门口挡住了暗淡的阳光,目光扫视整个船舱。几名火星士兵站在他身后等着,荷枪实弹。

"不会花很长时间的,"区域长走进船舱里说,士兵们跟在他后面,"你们很快就可以继续踏上旅程。"

乘客们纷纷松了口气。

"你瞧他,"那个女孩悄悄对撒切尔说,"我可真讨厌那身黑色制服!"

"他只是个区域长官,"撒切尔说,"别担心。"

区域长双手叉腰站在那里,面无表情地环视他们。"我命令你们的飞船降落,搜查船上所有人,"他说,"你们是离开火星的最后一批地球人。大多数只是无辜的平民——我对这类人不感兴趣。我要找的是三名破坏分子,三个地球人,两男一女,他们犯下了令人难以置信的暴力破坏行为。我们得到消息,他们逃到了这艘飞船上。"

四周响起一阵惊讶而愤慨的窃窃私语声。区域长示意士兵们跟着他走过通道。

"两个小时前,一座火星城市被摧毁。城市彻底化为乌有,原本的位置上只留下一个沙坑。城市和所有的居民都不复存在。整座城市在一秒钟内就被摧毁了!在抓到破坏分子之前,火星决不罢休。我们知道他们就在这艘飞船上。"

"这不可能。"壮实的商人说,"这里可没有破坏分子。"

"我们就从你开始。"区域长走到那个男人的座位旁边对他说。一名士兵递给区域长一个方形的金属盒。"这东西很快就能告诉我们你有没有说实话。站起来。站在这儿。"

那个男人慢慢站起来，气得脸色通红，"你看——"

"你是否参与了毁灭城市的行动？回答！"

男人愤怒地咽了口唾沫，"我对毁灭城市的任何事情一无所知。而且——"

"他说的是真话。"金属盒用单调机械的声音说。

"下一个人。"区域长沿着通道走过去。

一个秃顶瘦男人紧张地站起来。"不，先生，"他说，"我什么都不知道。"

"他说的是真话。"盒子表示肯定。

"下一个人！站起来！"

一个又一个人站起来，回答问题，然后又松口气坐下来。末了只剩下最后几个人还没问到。区域长停了下来，目不转睛地盯着他们。

"只剩下五个人了。那三个人肯定就在你们中间。我们已经缩小了范围。"他把手伸向腰带，拿出一根闪烁着白色火花的棒子。他举起闪光棒，直直地指向那五个人，"好了，你第一个。你对于这次破坏行为知道些什么？你是否参与了毁灭我们城市的行动？"

"不，完全没有。"男人低声说。

"是的，他说的是实话。"盒子语调平平地说。

"下一个！"

"我不知道——我一无所知。这事跟我无关。"

"实话。"盒子说。

飞船里一片寂静。还剩下三个人，一个中年男人和他的妻子，以及他们的儿子—— 一个大约十二岁的男孩。他们站在角落里,脸色苍白地看着那名区域长,看着他黝黑的手中握着的闪光棒。

"肯定是你们,"区域长咬牙切齿朝他们走去。火星士兵们举起了枪。"**肯定**是你们。你,那个男孩。你对于城市的毁灭知道些什么? 回答!"

男孩摇了摇头,"我什么都不知道。"他低声说。

盒子沉默了一会儿,"他说的是实话。"它无奈地说。

"下一个!"

"不知道。"女人低声说,"我不知道。"

"实话。"

"下一个!"

"我和城市爆炸毫无关系,"男人说,"你是在浪费时间。"

"是实话。"盒子说。

很长一段时间,区域长只是站在那里,把玩他的闪光棒。最后,他把武器插回腰带上,示意士兵们走向出口。

"你们可以继续踏上你们的旅程。"他说。他走在士兵们后面,在舱门外停了一下,回头看向船上的乘客,表情严厉,"你们可以离开,但火星不会允许敌人逃走。三个破坏分子迟早会被抓住,我向你们保证。"他若有所思地揉着黝黑的下颏,"真奇怪。我敢肯定他们就在这艘船上。"

他再次冷冷地环顾地球人。

"也许我搞错了。好,走吧! 但要记住:我们会抓住那三个人,即使花费无数时间。火星人会抓住他们,惩罚他们! 我发誓!"

很长时间没有人说话。飞船再次隆隆飞向太空,喷气发动机静静地点火,平稳地载着乘客们飞向自己的星球,飞回故乡。火卫二和那个红色的星球,火星,一起被他们抛在身后,越来越远,最终消失在远方。

乘客们纷纷放松下来。"一大堆废话。"有人在抱怨。

"野蛮人!"一个女人说。

一些人站起来,沿着外面的通道走向休息室和鸡尾酒酒吧。撒切尔旁边的女孩也站起来,把她的外套披在肩上。

"借过。"她从他身边挤出去。

"去酒吧?"撒切尔说,"介意我一起去吗?"

"不介意。"

他们跟着其他人一起走过通道,前往休息室。"你知道,"撒切尔说,"我甚至还不知道你的名字。"

"我的名字叫玛拉·戈登。"

"玛拉?很不错的名字。你来自地球上什么地方?北美?纽约?"

"我以前住在纽约,"玛拉说,"纽约是个美好的地方。"她长相标致、身材苗条,乌云一般的长发披在颈上,散落在皮夹克上。

他们走进休息室,犹豫不决地站在那里。

"我们找张桌子坐下来吧。"玛拉说,她扫了一眼吧台边的人,大多数是男人,"那边怎么样?"

"但已经有人坐在那儿了。"撒切尔说。那个壮实的商人坐在桌边,把他的样品箱放在地板上。"我们要和**他**坐在一起吗?"

"哦,没问题,"玛拉说着走向那张桌子,"我们可以坐在这里吗?"她对那个男人说。

男人抬头看了一眼,微微起身,"我很乐意。"他咕哝了一句,仔细打量撒切尔,"不过,有位朋友等一下会来找我。"

"我相信所有人都能坐得下。"玛拉说。她坐下时，撒切尔帮她拉开椅子。随后他自己也坐下来，突然瞥了一眼玛拉和那个商人。他们正彼此对视，仿佛有什么东西在两人之间传递。那是个中年男人，灰色的眼睛，面色红润，带了几分倦意。他手背上的青筋根根突起。这时，他正紧张地轻敲桌子。

"我叫撒切尔，"撒切尔对他说，伸出手，"鲍勃·撒切尔。既然我们要一起坐一会儿，不妨也彼此了解一下。"

那个男人打量着他，慢慢伸出手，"为什么不呢？我叫埃里克森。拉尔夫·埃里克森。"

"埃里克森？"撒切尔笑了，"在我看来，你像是个生意人，"他朝着地板上的样品箱点点头，"我说得对吗？"

名叫埃里克森的男人正打算开口回答，旁边传来一阵动静。一个三十岁左右的消瘦男人走向这张桌子，他眼睛亮亮的，兴奋地低头看着他们，"哦，我们踏上了回家的路。"他对埃里克森说。

"你好，玛拉。"他迅速拉出一把椅子坐了下来，双手交叠放在面前的桌子上。这时他才注意到撒切尔，稍微后退了一点儿。"不好意思。"他咕哝了一句。

"我名叫鲍勃·撒切尔，"撒切尔说，"希望我在这里不会打扰你们。"他打量着他们三个人，玛拉表情警惕，目不转睛地看着他，壮实的埃里克森脸色苍白，还有这个新来的人。"也就是说，你们三人互相都认识吗？"他突然问道。

一片沉默。

机器人服务员无声无息地滑过来，停在旁边等着他们点单。埃里克森回过神来。"让我们来看看，"他咕哝着，"我们喝点儿什么？玛拉？"

"威士忌加水。"

"你呢,杰?"

那个消瘦机灵的男人微微一笑,"一样。"

"撒切尔?"

"金汤力。"

"我也要威士忌加水。"埃里克森说。机器人服务员离开。它几乎立即就把酒端了回来,放在桌上。每个人都端起自己那杯。"很好,"埃里克森举起玻璃杯说,"祝我们共同的成功。"

撒切尔和他们三个人一起干杯,壮实的埃里克森,眼神警惕紧张的玛拉,刚来的杰。玛拉和埃里克森之间再次交换了一个眼神,如果不是他一直盯着玛拉,很可能会漏掉这个一闪而过的眼神。

"你从事哪个行业,埃里克森先生?"撒切尔问。

埃里克森看了他一眼,随后低头看向地板上的样品箱。他咕哝了一声:"嗯,你可以看到,我是个推销员。"

撒切尔笑了,"我知道! 看到样品箱就能认出推销员。推销员总要带上一些产品以供展示。你带了什么,先生?"

埃里克森停顿了一下,舔了舔厚厚的嘴唇,他下垂的眼睑露出茫然的眼神,让他看起来就像只癞蛤蟆。最后,他抹抹嘴巴,伸手把下面的样品箱拎上来,放在面前的桌子上。

"好吧。"他说,"也许我们可以展示给撒切尔先生看看。"

他们一起盯着样品箱。表面看来,这是个很普通的皮箱,带有金属把手和弹簧锁。"我越来越好奇了,"撒切尔说,"里面有什么? 你们都这么紧张。钻石吗? 偷来的珠宝?"

杰苦笑了一下,发出刺耳的声音:"埃里克森,把它放回去。我们飞得还不够远。"

"胡说，"埃里克森低沉的声音说，"我们已经离开了，杰。"

"拜托，"玛拉低声说，"再等等，埃里克森。"

"再等等？为什么？等什么呢？你已经完全习惯了——"

"埃里克森，"玛拉朝着撒切尔点点头，"我们不认识他，埃里克。拜托不要！"

"他是个地球人，不是吗？"埃里克森说，"在这种时候，所有的地球人都要团结合作。"他笨手笨脚地打开箱子上的锁，"没错，撒切尔先生。我是个推销员。我们三个都是推销员。"

"也就是说你们互相认识？"

"是的。"埃里克森点点头。他的两个同伴僵硬地坐在旁边看着。"没错，我们认识。看这个，我来给你讲讲我们这行。"

他打开箱子，从里面取出一把裁纸刀、一个卷笔刀、一个玻璃球镇纸、一盒图钉、一个订书机、一些曲别针、一个塑料烟灰缸，还有一些撒切尔认不出来的东西。他把这堆东西在面前的桌子上排成一行，然后关上了样品箱。

"我猜你们是推销办公用品的。"撒切尔说，他用手指碰了碰裁纸刀，"优质钢材，我看像是瑞典钢。"

埃里克森点点头，看着撒切尔，"其实不算什么了不起的生意，是吧？办公用品。烟灰缸、回形针。"他露出一个微笑。

"哦，"撒切尔耸耸肩，"为什么不算呢？这些都是现代企业的必需品。我唯一想知道的是——"

"什么？"

"嗯，我不知道你们怎么才能在火星上找到足够的客户，值得跑这一趟吗？"他停顿了一下，仔细看看玻璃镇纸，对着光举起来凝视里面的景观，直到埃里克森把玻璃球从他手中拿走，放回样品箱。"还有一件事。如果你们三人互相认识，为什么上船时分开坐?"

他们迅速看了他一眼。

"而且为什么离开火卫二之前,你们完全不跟对方说话?"他俯身向埃里克森微笑,"两男一女。你们三人在飞船上分开坐,通过检查站之前完全不交谈。这让我想到火星人说的那件事,三个破坏分子,两男一女。"

埃里克森把那些东西放回样品箱。他仍然面带微笑,但脸上已毫无血色。玛拉低下头,拨弄着玻璃杯边上一滴水。杰紧张地攥起拳头,飞快地眨着眼睛。

"你们三个就是那个火星区域长要抓的人。"撒切尔轻轻说,"你们就是破坏者,破坏分子。但他们的测谎仪——为什么没有抓到你们? 你们是怎么通过测谎的? 现在你们已经安全了,逃出了检查站。"他咧嘴一笑,盯着他们,"见鬼! 我真以为你是个推销员,埃里克森。你还真骗过了我。"

埃里克森微微放松了一点儿,"好吧,撒切尔先生,我们有充分理由。我敢肯定你也并不热爱火星。没有哪个地球人会热爱火星。现在你正和我们一起离开。"

"确实。"撒切尔说,"你们的解释肯定非常有趣,你们三人。"他环顾桌边几人。

"我们还要再飞一小时左右。火星到地球的航程有时很无聊。没什么景色可看,没什么事情可做,只能坐在休息室里喝酒。"他慢慢抬起眼睛,"为了解闷,你要不要讲个故事?"

杰和玛拉看着埃里克森。"接着讲下去吧,"杰说,"他知道我们是什么人。把其余的事情告诉他吧。"

"我无所谓。"玛拉说。

杰突然长出了一口气,放松下来,"我们开诚布公吧,卸下心里的重担。我厌倦了遮遮掩掩、躲躲藏藏——"

"当然，"埃里克森说，"有何不可?"他向后靠在椅子上，解开衬衫领口，"当然，撒切尔先生。我很乐意给你讲个故事。我敢肯定，这个故事非常有趣，完全可以解闷。"

他们一起默默奔跑，穿过一片枯木树林，跃过被太阳烤热的火星土壤，爬上一道窄窄的山脊。埃里克森突然停了下来，扑倒在地。其他人也跟他一起趴在地上，喘息不定。

"安静，"埃里克森低声说，他稍微挺起身体，"不要出声。从现在开始，附近可能会出现火星官员。我们不能冒任何风险。"

三个人匍匐在枯木树林里，他们与城市之间隔着一千六百米荒漠地带，被轰炸后带有放射性，一片荒芜。焦干的荒原上完全看不到树林或灌木。偶尔有风吹过，干燥的热风盘旋翻滚，在沙地上吹出一道道痕迹。他们闻到一股随风而来的淡淡气味，滚烫的沙地苦涩的味道。

埃里克森伸手指向前方，"看，城市——就在那里。"

几个人一起看向那边，他们仍然因为刚刚在树林中奔跑而上气不接下气。现在距离城市很近，前所未有的近。他们以前从未来过这么近的地方。人类不允许接近火星上的大城市，火星生活的中心。即使是平时，没有战争威胁的时候，火星人也会精明地让所有人类远离自己的大本营，部分是因为恐惧，部分是因为对于白皮肤的外来者有一种发自内心深处的敌意，地球人的商业投机已经赢得整个太阳系的尊重，还有厌恶。

"看起来感觉如何?"埃里克森说。

这个城市很大，比起他们在纽约战争部办公室里仔细研究图纸和模型时所想象的，远远要大得多。巨大的城市，宏伟而荒凉，黑色的塔楼直直刺向天空，古老的金属细柱，经历了数百年的风吹日晒。城市周围是一堵红色的石墙，火星早期王朝的奴隶在火星第一位伟大国王的鞭打下，把巨大的石砖拖到这里——固定。

这座古老的城市日日处于太阳炙烤下，坐落在荒芜的平原中央、与死去的树木相伴，很少有地球人见过这座城市——但地球上每个战争办公室都会通过地图和图表研究这里。这座由古老的石墙和塔楼构成的城市里，驻扎着整个火星的统治集团，由高级长官们——实施铁腕统治的黑衣人——组成的议会。

高级长官是十二名尽职尽责、一心奉献的火星人，黑衣祭司，但这些祭司手中拥有能开火的闪光棒、测谎仪、火箭飞船、内部空间炮，还有很多地球上的参议院只能想象的东西。高级长官以及下属的区域长官——埃里克森和他身后两个人几乎不由自主地打了个冷战。

"我们必须小心，"埃里克森再次说道，"我们很快就要进入他们中间。如果他们猜到我们是什么人，或者我们在这里要做什么——"

他突然打开那个箱子，朝里面看了一眼，然后又把它关上，紧紧握住把手。"我们走吧，"他说着慢慢站了起来，"你们俩也跟我一起来。我想确保你们看起来没什么问题。"

玛拉和杰快步向前走去。埃里克森用批评的眼光打量着他们，三个人慢慢走下山坡，来到平原上，走向城市里塔楼高耸的黑色尖顶。

"杰，"埃里克森说，"握住她的手！记住，你马上就要娶她，她是你的新娘。火星农民很重视他们的新娘。"

杰穿着一条短裤和一件火星农民的外套，绑在腰间的绳子打了个结,头上戴了顶帽子遮挡太阳。他皮肤黝黑,用颜料几乎染成了古铜色。

"你看起来很不错。"埃里克森对他说。他瞥了一眼玛拉。她乌黑的头发绕着镂空的余克①骨头扎了个发髻。她同样脸色黝黑,用彩色颜料仪式性地在脸颊上画了几道绿色和橙色的条纹。她的耳环挂在耳朵上晃晃悠悠,脚上是一双脚踝系带的便鞋。她穿着半透明的火星长裤,腰间系了颜色鲜艳的腰带,小巧玲珑的双乳间挂着一串石珠,象征着未来的婚姻幸福美好。

"很好。"埃里克森说。他自己穿着一件火星牧师的灰色长袍,脏兮兮的长袍仿佛穿了一辈子,连死后都要陪葬。"我想我们能混过守卫处,现在路上人很多。"

他们继续往前走,坚硬的沙石在脚下发出嘎吱嘎吱的声音。地平线上可以看到很多正在移动的小点,另一些前往城市的人,农民和商人,把他们的农作物和商品带到市场上去。

"看那辆车!"玛拉大声说。

他们走近一条狭窄的小路,沙地上有两道车辙。一只火星呼法正在拉车,汗水湿透全身,舌头垂了下来。车上高高堆起一捆捆布匹,粗糙的手染乡下土布。一个弯腰驼背的农民驱赶呼法前进。

"还有那边。"她面带微笑,指了指。

车后跟着一群商人,把脸藏在沙子面具后,身穿长袍,骑着一种小动物。每只动物都驮着个用绳子仔细绑住的包裹。这群商人身后,跟着一群步伐沉重的农民,长长的队列仿佛无穷无尽,有些人驾车或骑着动物,但大多数只是步行。

玛拉、杰和埃里克森也加入排队的人群,隐身于那群商人后

---

①一种火星的动物。

面。没有人注意到他们，根本没有人抬头看一眼或者做出任何表示。人群继续前进。杰和玛拉没有互相交谈。他们走在埃里克森后面一点，埃里克森的步子带有一种庄严的意味，举止仪态体现出他的地位。

他一度放慢速度，指向头顶的天空。"你看。"他用火星山区方言低声说，"看到了吗?"

两个黑点懒洋洋地盘旋。那是火星巡逻艇，军队正在监视任何异常活动的迹象。火星与地球之间的战争一触即发，几乎在任何一天、任何一刻，都有可能。

"我们刚好来得及，"埃里克森说，"明天就太迟了。等到那时候，最后一艘飞船都已经离开了火星。"

"希望没有什么会妨碍我们，"玛拉说，"完成这项任务后，我想回家。"

半小时过去了，随着他们逐渐走近城市，石墙看起来愈发高耸，最后仿佛遮住了整个天空。巨大的石墙，历史悠久的巨石经历了几百年风吹日晒。一队火星士兵站在入口处，石墙上凿开的入口是进入城市的唯一一扇门。每个人过去时都会被士兵搜查，摸索衣服里面，翻看行李。

埃里克森紧张起来。人群已经放慢速度，几乎停了下来。"很快就轮到我们了。"他低声说，"准备好。"

"但愿不会有长官出现，"杰说，"只有士兵倒还没那么糟。"

玛拉凝视着石墙和另一边的塔楼。他们脚下的地面不断颤抖、振动、摇晃。她能看到塔楼中伸出火舌，火焰来自城市里地下深处的工厂和熔炉。烟尘颗粒使空气变得沉闷污浊。玛拉捂住嘴咳嗽起来。

"他们来了。"埃里克森轻声说。

商人们已经通过搜查,可以走进黑暗的大门,穿过城墙进入城市。他们和那群沉默的动物已经消失在里面。士兵队长不耐烦地对埃里克森挥手示意。

"来吧!"他说,"快点,老家伙。"

埃里克森慢慢往前走,手臂环抱自己的身体,低头看着地面。

"你是谁? 干什么的?"士兵问道,他双手叉腰,佩枪漫不经心地挂在腰上。大部分士兵都懒洋洋地斜倚在墙上,有些甚至蹲在阴凉处。苍蝇在一个熟睡的人脸上爬过,他的枪就放在旁边的地面上。

"我是干什么的?"埃里克森咕哝着,"我是个乡村牧师。"

"你为什么要进入城市?"

"我得带这两个人去市政官那里,他们要结婚。"他指了指站在他后面的玛拉和杰,"这是长官制定的法律。"

士兵笑了。他绕着埃里克森转了一圈,"你包里装的是什么?"

"换洗衣物。我们要在这里过夜。"

"你来自哪个村庄?"

"克拉诺斯。"

"克拉诺斯?"士兵看向他的同伴,"你听说过克拉诺斯吗?"

"一个落后的猪圈。我在一次狩猎旅行的时候见过那个地方。"

领头的士兵向杰和玛拉点了点头。他们两个走上前来,手拉着手紧紧靠在一起。一名士兵把手放在玛拉裸露的肩膀上,让她转过身。

"你娶到一个很棒的小妻子,"他说,"又漂亮又结实。"他使了个眼色,色迷迷地咧嘴一笑。

杰愤愤不平地瞥了他一眼。士兵们哈哈大笑。"好了,"领头的士兵对埃里克森说,"你们几个可以过去了。"

埃里克森从长袍里掏出一个小钱包,递给士兵一枚火星币。然后他们三人走进入口处黑暗的隧道,穿过石墙进入城市。

他们进到城市里面了!

"就现在,"埃里克森低声说,"快。"

他们周围的城市不断发出轰鸣声、爆裂声,成百上千的排气口和机器一起发出噪音,脚下的石头也被震得发颤。埃里克森把玛拉和杰带到一个砖砌仓库旁的角落里。到处都是人,商人、小贩、士兵、站街女,匆匆地走来走去,彼此大喊大叫,想要盖过周围的喧嚣。埃里克森弯腰打开随身携带的箱子,迅速从里面取出三个细金属制成的小线圈,错综复杂的电线和叶轮构成一个小圆锥。杰和玛拉分别拿了一个。埃里克森把剩下那个圆锥藏进自己的长袍里,关上箱子。

"现在记住,埋下线圈时必须让这条线通过城市中心。我们必须让主要区域,也就是建筑物最密集的地方实现三等分。记住地图!注意观察小巷和街道。尽量不要和任何人说话。你们每个人都带了足够的火星币,遇到麻烦时用钱开路。尤其要注意扒手,还有,看在上帝的份上,可别迷路。"

埃里克森突然打停,两名黑衣长官从墙里面走出来,背着双手在散步。他们注意到那三个站在仓库角落的人,停了下来。

"去吧,"埃里克森低声说,"在日落之前回来。"他漠然一笑,"或者再也不能回来。"

几人分头走向不同的方向,他们走得很快,没有回头。黑衣长官们目送他们离开。"那个小新娘很可爱。"其中一个说,"山区那些人骨子里带着旧时代贵族的印记。"

"那个年轻农民能娶到她很幸运。"另一个说。他们继续往前走去。埃里克森看着他们的背影,脸上仍然带着一丝微笑。然后,他融入城市街道上来去匆匆、永不停息的人群中。

黄昏时分,他们在入口处会合。太阳即将落山,空气变得稀薄寒冷,像刀子一样穿透他们的衣服。

玛拉蜷缩起来紧紧挨着杰,浑身颤抖,摩挲着自己赤裸的手臂。

"怎么样?"埃里克森问,"你们俩都成功了吗?"

他们周围都是从入口拥向城外的农民和商人,离开城市回到农场和村庄里去,那些人开始踏上漫长的路程穿过平原前往山区,完全没有人注意到站在墙边浑身颤抖的女孩、年轻的男人和年老的牧师。

"我那个放好了,"杰说,"在城市另一边,最尽头的边缘。埋在一口井旁边。"

"我的放在工业区,"玛拉低声说,她的牙齿格格打战,"杰,给我点儿什么东西披一下!我快冻僵了。"

"很好,"埃里克森说,"三个线圈把中心三等分,如果模型是正确的。"他抬起头,天色逐渐变暗,星星已经亮了起来。两个小点正慢慢移向地平线,那是夜间巡逻队。"我们快走吧,没多少时间了。"

他们跟着一群火星人沿着公路离开城市。城市在他们背后隐入苍茫的夜色,黑色的尖塔消失在黑暗中。

他们默默地跟着那群乡下人一起走,直到枯木林平坦的山脊出现在地平线上。他们离开大路,转了个弯朝树林走去。

"差不多是时候了!"埃里克森说。他加快脚步,不耐烦地回头看向杰和玛拉。

"快来!"

他们在暮色中匆忙前行,被石头和枯枝绊得跌跌撞撞,最后终于爬上山脊。埃里克森在山顶停下,站在那里双手叉腰回头观望。

"看,"他喃喃地说,"这座城市。这将是我们最后一次从这个角度看到它。"

"我可以坐下吗?"玛拉说,"我的脚很疼。"

杰扯了下埃里克森的袖子,"快点,埃里克森! 没多少时间了。"他紧张地笑着,"如果一切顺利,我们以后也能看到它——永远看下去。"

"但就不是这个样子的了。"埃里克森咕哝了一句。他蹲下来打开箱子,取出一些电子管和电线,在山顶的地面上把它们组装起来。电线和塑料元器件在他灵巧的手中逐渐成形,构成一个小小的金字塔。

最后,他咕哝了一句,站起身来,"好了。"

"它是直接指向那座城市吗?"玛拉低头看着那个锥形物体,不安地问。

埃里克森点点头,"是的,这样放置是根据——"他突然整个人变得僵硬,"往回跑! 到时候了! **快点儿!**"

杰拉着玛拉,沿着山坡远离城市的另一边,一路狂奔。埃里克森随后赶来,仍然回头看着远处几乎消失在夜空中的尖顶。

"卧倒。"

杰趴在地上,旁边是玛拉,她颤抖的身体紧紧贴着他。埃里克森趴在沙子和枯枝中,仍然看向那边。"我想看看它,"他低声说,"这是个奇迹。我想亲眼看见——"

一道闪光照亮了天空,令人目眩的紫色光芒。埃里克森用手捂住眼睛。闪光开始变白,不断增大,向外扩展。突然之间狂风肆虐,一阵猛烈的热风袭来,把沙子刮到他脸上。干热的风灼烤着他们,细细的树枝噼啪作响,燃烧起来。玛拉和杰闭上眼睛,紧紧靠在一起。

"上帝啊——"埃里克森喃喃低语。

这阵风暴过去后,他们慢慢睁开双眼。天空中仍然满是火光,一团闪着火花的云开始在夜风中消散,埃里克森摇摇晃晃站起身,也帮助杰和玛拉爬起来。他们三人默默站着,凝视着黑色荒原的另一边,没有人开口说话。

城市消失了。

最后,埃里克森转身离开。"这部分任务已经完成。"他说,"现在赶紧完成余下的! 帮我一把,杰,一分钟之内这里就会出现一千艘巡逻船。"

"我已经看到一艘。"玛拉指着头顶上方说。一个小点在天空中闪烁,一个移动迅速的小点。"他们来了,埃里克森。"她声音中透出一阵战栗。

"我知道。"埃里克森和杰蹲在地上,围着那一堆电子管和塑料把金字塔拆开。金字塔已经像熔化的玻璃一样融合在一起。埃里克森用颤抖的手指扯下一个个部件,从金字塔的残骸中拿出一件东西,他把那东西高高举起,在一片黑暗中努力分辨。杰和玛拉也走近细看,两个人屏住呼吸,目不转睛地盯着那东西。

"它在这里,"埃里克森说,"就在里面!"

他手中拿着一个圆球,一个透明的小玻璃球。玻璃里面有什么东西在动,一些渺小而脆弱的东西,小得几乎看不见的尖塔,微观世界,空心玻璃球中一个错综复杂的世界。一片尖塔。一座城市。

埃里克森把玻璃球放进箱子里锁好。"我们走吧。"他说。他们开始大步穿过树林,从来路返回。"我们到车上再换衣服,"他一边跑一边说,"我想,在我们真正坐进车里之前,最好还是穿着这些衣服。仍然有可能遇到火星人。"

"我很高兴能再次穿上自己的衣服。"杰说,"我穿着这条小裤子感觉自己很滑稽。"

"那你觉得我感受如何?"玛拉喘着气说,"我穿着这个几乎冻僵了,这都是什么东西。"

"所有的年轻火星新娘都是这样打扮的,"埃里克森说,他一边跑一边紧紧抓住箱子,"我觉得看起来很漂亮。"

"谢谢你,"玛拉说,"可是很冷。"

"你认为他们会怎么想?"杰问,"他们会认为这个城市被摧毁了,对吗? 这是肯定的。"

"没错,"埃里克说,"他们肯定认为这里被炸毁了。我们可以确信这一点。他们能这样想对我们来说非常重要!"

"汽车应该就在这附近某个地方。"玛拉放慢了速度。

"不,还要再远一点。"埃里克森说,"翻过那边的小山。树林旁边的深谷里。很难分辨出我们现在在哪儿。"

"要不要点亮灯?"杰说。

"不,附近可能有人巡逻。"

他突然停住脚步,杰和玛拉也在他旁边停下。"怎么了——"玛拉开口问道。

灯光闪烁。黑暗中有什么动静,传来一阵声音。

"快!"埃里克森大喊道。他把箱子丢开,远远扔到灌木丛里,然后紧张地直起腰。

黑暗中冒出一个人影,后面出现更多的人影,男性,身穿制服的士兵。明亮的光线晃花了他们的眼睛。埃里克森闭上眼睛。光线从他身上照向玛拉和杰,他们两人静静地站在一起,紧紧握着彼此的手。随后,光线转向地面,照了照周围一圈。

一名区域长走上前来,他是一个身穿黑衣的高大身影。荷枪实弹的士兵们紧随其后。"你们三个,"区域长问,"你们是什么人?不许动。站着别动。"

他走近埃里克森,目不转睛地盯着他,僵硬的火星脸庞上面无表情。他围着埃里克森转了一圈,检查他的长袍和袖子。

"请你——"埃里克森用颤抖的声音开了口,但那位区域长打断他。

"我来问你。你们三个是什么人?在这里干什么?说。"

"我们……我们要回到村子里去。"埃里克轻声说,他低下头,双手合十,"我们之前去了城里,现在正要赶回家。"

一名士兵对着话筒说了几句话,然后把它关掉,放在一边。

"跟我来,"区域长说,"我们会带你们进去。快点。"

"进去?回城里?"

有个士兵笑了起来。"城市已经消失了,"他说,"那里剩下的东西一只手就能拿起来。"

"可是发生了什么事?"玛拉问。

"没有人知道。来吧,快点!"

一阵声音传来。一名士兵迅速从黑暗中冒了出来。"一位高级长官,"他说,"正往这边来。"他随即又消失不见。

"一位高级长官。"士兵们恭敬地站在那里等着。片刻后,高级长官走到明亮处,一位黑衣老人,苍老的面庞消瘦而严厉,看起来就像鸟脸一样,他的眼睛明亮而警觉,先是看着埃里克森,然后是杰。

"这些人是谁?"他问。

"回家的村民。"

"不,他们可不是村民,站姿就不像。村民们都是一副垂头弯腰的样子——缺少食物。这些人不是村民。我自己就来自山区,我很清楚。"

他走近埃里克森,用锐利的眼神盯着他的脸,"你是谁? 看看他的下巴——他从来没有用锋利的石头刮过胡子! 肯定有问题。"

他手中的闪光棒发出白光,"城市消失了,议会也随之消失,至少一半的长官们正在里面。事情非常奇怪,一道闪光,然后是高温,还有一阵风。但并不是裂变。我很困惑。这座城市一下子就消失了。没有留下任何东西,除了沙子上一片凹地。"

"我们得把他们带回去。"另一名长官说,"士兵们,包围他们。一定要——"

"快跑!"埃里克森喊道。他猛地一击,打掉高级长官手中的闪光棒。他们跑了起来,士兵们叫喊着,灯光乱挥,在黑暗中互相撞在一起。埃里克森跪下,在灌木丛中拼命摸索。他摸到了箱子把手,随即跳起来。他用地球话对玛拉和杰喊叫。

"快跑! 朝着汽车跑!"他开始跑下山坡,在一片黑暗中跌跌撞撞。他能听到那些士兵跟在他后面。士兵们奔跑、摔倒,一个身体撞上他,他狠狠挨了一下。身后什么地方传来一阵嘶嘶声,一部分山坡在火焰中化为灰烬。火星长官的闪光棒——

"埃里克森!"玛拉在黑暗中喊道。他朝她跑去。突然,他绊倒在一块石头上。一片混乱,四处开火,激动的叫喊声。

"埃里克森,是你吗?"杰抓住他,帮他站起来,"汽车。就在那里。玛拉在哪儿?"

"我在这里。"不远处传来玛拉的声音,"这里,汽车旁边。"

白光闪起。一棵树变成了一团火,埃里克森感到一阵高温几乎要把他的脸烤焦。他和杰一路摸索着朝那女孩走去。玛拉在黑暗中抓住了他的手。

"现在上车,"埃里克森说,"希望他们还没发现它。"他从斜坡滑入山谷,在黑暗中抓紧箱子的把手四处摸索。不断摸索——寻找——

他碰到了一样冰冷光滑的东西。金属,金属的门把手。一阵放松的感觉涌遍他的全身,"我找到了! 杰,到里面去。玛拉,来吧。"他把身边的杰推进汽车里。玛拉也跟在后面进去,小巧的身体挤在他身边。

"站住!"上面有个声音喊道,"藏在山谷里也没用。我们会抓到你们的! 上来——"

人声被汽车发动机的轰鸣声淹没。片刻之后,汽车升到空中,他们如箭一般冲入黑暗中。两名火星长官和士兵们对他们发动起最后的猛烈攻击,埃里克森把汽车开得左右摇摆,躲避着从下方试探着射来的白光,车身下的树梢纷纷断裂。

他们随即飞走,越过树梢,高高飞在半空不断加速,把那群火星人远远抛在身后。

"去火星港口,"杰对埃里克森说,"对吗?"

埃里克森点点头,"对,飞过这片田野,我们在山里着陆。我们可以在那里换回平时的衣服,商务着装。该死——如果我们运气好,还能赶得上飞船。"

"最后一艘飞船，"玛拉轻声说，胸口起伏不定，"如果我们没能及时赶到那里怎么办？"

埃里克森低头看着膝盖上的皮箱，"我们必须赶到那里。"他低声说，"我们一定要做到！"

一阵久久的沉默。撒切尔盯着埃里克森。这位年长的男人向后靠在椅子上，喝了一小口酒。玛拉和杰沉默不语。

"所以你们并没有摧毁那座城市，"撒切尔说，"你们根本没有毁掉它，而是把它缩小，放进一个玻璃球里，变成一个镇纸。现在你们又变回了推销员，带着个装满办公用品的样品箱！"

埃里克森笑了笑。他打开样品箱拿出玻璃球镇纸，举起来看着里面，"没错，我们从火星偷走了这座城市。这就是为什么我们能通过测谎仪。关于**被摧毁**的城市，我们确实一无所知。"

"可是为什么？"撒切尔问，"为什么要偷走一座城市？而不仅仅是把它炸毁？"

"赎金。"玛拉热切地说，盯着玻璃球里面，她的黑眼睛闪闪发光，"他们最大的城市，半个议会——都在埃里克森的手中！"

"火星只能按地球的要求办，"埃里克森说，"从而地球的商业需求能够得到满足。也许甚至不会再有战争。也许地球无须开战就能如愿。"他满面微笑地把玻璃球放回样品箱里锁好。

"很棒的故事。"撒切尔说，"多么令人惊异的策略，缩小尺寸——把整个城市缩小到微观尺度。真是惊人。难怪你们能逃脱。如此胆大包天，没有人能阻止你们。"

他低头看着地板上的样品箱。喷气发动机在他们脚下平稳地嗡嗡振动，飞船飞过宇宙空间，前往遥远的地球。

"我们还有很长一段路要走。"杰说，"既然你已经听到了我们的故事,撒切尔,也给我们讲讲你的故事如何?你在哪个行业?你是做什么工作的?"

"没错,"玛拉说,"你是做什么的?"

"我是做什么的?"撒切尔说,"好吧,如果你们想知道,我会告诉你们的。"他伸手从外套里掏出一样东西,细细长长、闪闪发光。一根闪着白光的闪光棒。

三个人盯着那东西看。令人眩晕的震惊慢慢笼罩了他们全身。

撒切尔漫不经心地握着闪光棒,从容指向埃里克森。"我们知道你们三人就在这艘飞船上,"他说,"这一点毫无疑问。但我们不知道那座城市究竟发生了什么。我推测城市根本没有被摧毁,而是遭遇了别的变故。议会的仪器探测到该地区突然发生质量减少的情况,差距刚好就是那座城市的质量。城市不知怎么被带走了,并没有被摧毁。但我无法说服其他议会长官们相信这一点。我只能亲自跟踪你们。"

撒切尔微微转身,对着坐在吧台边的男人们点点头。那些男人马上站起来走向这张桌子。

"这是种非常有趣的策略,火星从中获益匪浅。趋势说不定就此转向,朝有利于我们的方向发展。等我们回到火星口岸,我希望能立即开始这方面的工作。现在,能否请你把那个样品箱递给我——"

棕色牛津鞋短暂的幸福生活

"我有东西要给你看。"拉比林特博士说。他庄重地从外套口袋里掏出一个火柴盒,将其紧紧握在手中,眼睛一眨不眨地盯着它,"你将看到现代科学史上最重要的事件,整个世界都将为此颤抖。"

"让我看看。"我说。现在很晚了,时间已过午夜。房子外面,雨点落在冷清的街道上。我看着拉比林特博士小心翼翼用拇指将火柴盒打开了一道小缝。我俯下身仔细看去。

火柴盒里有个黄铜按钮——就只有这孤零零的一样东西,除了一些干草和看起来像是面包屑的东西。

"按钮早就被发明出来了。"我说,"我不太明白。"我伸出手想摸摸按钮,但拉比林特一下子把火柴盒拿开,生气地皱起眉头。

"这不只是一个按钮。"他低头看着那个按钮说,"开始!开始!"然后又用手指轻轻捅了捅按钮,"开始!"

我好奇地看着他,"拉比林特,我希望你能解释一下。你深夜到这里来,就为了让我看火柴盒里的一个按钮,而且——"

拉比林特靠在沙发上,垂头丧气,一脸挫败。他合上火柴盒,无可奈何地把它放回口袋里。"找借口也没用,"他说,"我失败了。按钮已经死掉。没希望了。"

"那东西很不寻常吗?你原本期待些什么?"

"给我拿点儿什么东西吧。"拉比林特绝望地环顾房间,"给我——给我来点酒。"

"好吧,博士。"我站起身来,"但你也知道酒精会把人变成什么样。"我走进厨房,倒了两杯雪利酒,端回来递给他一杯。我们小口小口地喝了一会儿酒。"我希望你能给我讲讲这个。"

博士放下酒杯,心在焉地点点头。他跷起二郎腿,拿出烟斗。点燃烟斗后,他再次仔细看了一眼火柴盒,最后叹了口气,把它放下。

"没用。"他说,"生命机行不通,原理本身就是错误的。当然,我指的是'充分刺激'原理。"

"那是什么?"

"这条原理浮现在我脑海中,是因为有一天我坐在海滩边的一块岩石上,烈日炎炎,天气很热,我大汗淋漓、头晕目眩。突然,我旁边的一块鹅卵石立起来然后爬走了,太阳的热量干扰了它。"

"真的吗?一块鹅卵石?"

"那一刻,我立即意识到了'充分刺激'原理。这就是生命的起源。很久很久以前,在遥远的过去,一些无生命的物质受到某种强烈刺激于是爬走,它们因为感到恼火而开始行动起来。这就是我毕生的事业:寻找一种完美的刺激,其所产生的干扰足以令无生命的物质活过来,然后运用这一原理制造出一台可运行的机器。那台机器现在就放在我的汽车后座上,我称之为生命机。但它没有成功。"

我们沉默了一会儿。我感觉眼睛渐渐睁不开了。"说真的,博士,"我开口说道,"这个时间我们是不是——"

拉比林特博士猛地站了起来。"你说得没错,"他说,"我也该走了。我这就离开。"

他朝门口走去,我追上他。"那台机器,"我说,"不要放弃希望。也许以后会成功的。"

"机器?"他皱起眉头,"哦,生命机。好吧,要我说的话,我会用五美元的价格把它卖给你。"

我张大了嘴。他整个人透出一种凄凉的感觉,以至于我完全没觉得这有什么好笑。"多少?"我说。

"我去把它拿到屋里来。等我一会儿。"他出门走下几级台阶,来到一片漆黑的人行道上。我听到他打开车门,然后自言自语地小声嘀咕着。

"等等。"我匆匆跑到他那里。他正吃力地对付一个巨大的方盒子,想把它从汽车里拖出来。我抓住盒子一侧,两人一起把它搬进屋里放在餐桌上。

"这就是生命机,"我说,"看起来像个荷兰烤箱。"

"是的,或者说,曾经是。生命机会发出一束热量波形成刺激。不过我彻底放弃这东西了。"

我拿出钱包,"好吧。如果你想把它卖掉,最好由我买下来。"我把钱递给他,他收下了。他告诉我把无生命的物质放在哪里,怎样调整刻度盘和仪表,随后,他毫无预兆地戴上帽子离开了。

我独自一人,与这台新买的生命机相伴。我正看着它时,我妻子裹着睡袍走下楼来。

"发生了什么事?"她问,"看看你这副样子,你的鞋子都湿透了。你跑到外面排水沟里去了吗？"

"并没有。看看这个烤箱，我只花五美元就买到了。它能赋予物体以生命。"

琼低头看着我的鞋子，"现在是子夜一点，把你的鞋子放在烤箱里，然后上床睡觉。"

"可是，难道你没有意识到——"

"把那双鞋子放进烤箱里。"琼一边说一边走回楼上，"你没听到我说的话吗？"

"好吧。"我说。

早餐时，我正坐在那里忧郁地盯着一盘冷鸡蛋和咸肉，他又回来了。门铃急不可耐地响起来。

"会是谁？"琼说。我站起来，经过走廊进入起居室，打开前门。

"拉比林特！"我说。他脸色苍白，眼睛下面挂着黑眼圈。

"这是你的五美元，"他说，"我想把我的生命机拿回来。"

我有点儿茫然，"好吧，博士。进来吧，我把它拿过来。"

他进屋后站在那里，用脚轻轻敲着地面。我去拿生命机，机器摸起来还有点儿热。拉比林特看着我把生命机拿给他。"放在这里吧，"他说，"我想确保一切正常。"

我把它放在桌子上，博士充满感情地俯下身去，小心翼翼地打开小门，看向里面。"里面有一只鞋。"他说。

"应该是一双鞋。"我说，突然想起昨晚的事，"我的上帝，我把鞋子放进里面了。"

"两只？现在只有一只。"

琼从厨房里走出来。"你好，博士。"她说，"什么风这么早就把你吹来了?"

我和拉比林特面面相觑。"只有一只?"我说。我弯下腰去看,里面有一只沾了泥巴的鞋,在拉比林特的生命机里度过一夜后,现在已经彻底干了。只有一只鞋——但我放进去的是两只。另一只在哪里?

我转过身,琼脸上的表情让我忘记了自己本来要说什么。她惊恐地看着地板,张大了嘴。

有个棕色小东西正在朝着沙发滑过去。它窜到沙发的下面,然后消失了。我只来得及瞥了一眼,短暂的一个晃影,但我知道那是什么。

"我的上帝!"拉比林特说,"这儿,拿着这五美元。"他把钞票塞进我手里。"我确实想把它拿回来,就现在!"

"别着急,"我说,"帮我一把。我们必须抓住那玩意儿,别让它溜到屋外去。"

拉比林特跑过去关上起居室的门。"它在沙发下面。"他蹲下来朝底下张望,"我想我看到它了。你有没有棍子之类的东西?"

"让我离开这里,"琼说,"我完全不想跟这东西扯上什么关系。"

"你现在走不了。"我说着从窗户上扯下一根窗帘杆,把上面的窗帘拆了下来,"我们可以用这个。"我和拉比林特一起蹲在地上。"我把它弄出来,但你得帮我抓住它。动作必须快,否则它就会再次跑掉。"

我用窗帘杆的一端轻轻捅了一下那只鞋。鞋子往后退,紧紧靠在墙上。我能看到它,一个棕色的小东西,安静地蜷成一团,就像从笼子里逃出来又被逼得走投无路的野生动物。它让我感觉怪怪的。

"我不知道我们能拿它怎么办。"我咕哝着,"我们要把这东西放在哪里?"

"我们可以把它放进书桌抽屉里吗?"琼看看周围说,"我去把文具拿出来。"

"它往那边跑了!"拉比林特爬起来。鞋子已经跑了出来,飞快地穿过房间,冲向一把大椅子。在它跑到椅子下面之前,拉比林特抓住了一根鞋带。鞋子扭来扭去,拼命挣扎,但老博士死死抓住了它。

我们一起把鞋子放进书桌抽屉里,随即关上。大家都松了一口气。

"就是这样。"拉比林特说。他傻乎乎地对我们咧嘴一笑,"你们知道这意味着什么吗?我们成功了,我们真的成功了!生命机是有用的。但我不知道为什么它对按钮不起作用。"

"按钮是黄铜的,"我说,"而那只鞋子由兽皮和动物胶制成,更接近天然物质,而且它还是湿的。"

我们朝抽屉看过去。"那张书桌里面,"拉比林特说,"有着现代科学史上最重要的东西。"

"整个世界都将为此颤抖。"我替他说完,"我知道。好吧,它是你的了,"我握着琼的手,"我会把这只鞋子和你的生命机一起还给你。"

"很好。"拉比林特点点头,"注意看着它,别让它逃走了。"他走向前门,"我必须去找一些合适的人,能够——"

"你不打算把它带走吗?"琼紧张地问。

拉比林特在门口停了下来,"你们必须看好它。这是证据,证明生命机起作用了,还有'充分刺激'原理。"说完他便匆匆离开了。

"那么,"琼说,"现在怎么办? 你真的要留在这里看着它吗?"

我看了看表,"我得去上班。"

"我可不想守着它。如果你要走,我也和你一起离开。我不打算留在这里。"

"把它放在抽屉里不会有什么问题,"我说,"我想我们可以离开一段时间。"

"我要去看看我的父母。今晚我去市区找你,我们可以一起回家。"

"你真的这么害怕它?"

"我不喜欢它。它有一种不祥的意味。"

"那只是一只旧鞋。"

琼挤出一丝微笑。"别骗我,"她说,"从来没有哪只鞋是这个样子。"

那天晚上下班后,我在市区和琼会面,一起去吃晚餐,然后我们开车回家。我把车停在车道上,我们两人慢慢走过人行道。

琼在前门廊上停下来,"我们真的必须进去吗? 我们不能去看个电影或者什么的?"

"我们当然要进屋去。我急着想看看它怎么样了。不知道我们要喂它吃什么。"我打开门锁,把门推开。

有什么东西从我旁边冲过去,飞一般掠过人行道,消失在灌木丛中。

"那是什么?"琼心惊胆战地低声问。

"我能猜得到。"我急忙走向书桌。果然,抽屉开着。那只鞋逃跑了。"好吧,结果就是这样。"我说,"不知道我们该怎么跟博士说。"

"也许你能再把它抓住,"琼关上前门,"或者让别的什么东西产生生命。试试另一只鞋子,剩下的那只。"

我摇摇头,"那只没有反应。创造生命是个很有趣的过程。有些东西没有反应。或许我们可以——"

电话铃响了,带着某种情绪。我们对视一眼。"是他。"我边说边接通了电话。

"我是拉比林特,"那个熟悉的声音说,"我明天一早过去。他们也和我一起去。我们会拍些照片,好好写篇报道。来自实验室的詹金斯——"

"你看,博士。"我开口说道。

"稍后再说,我手头还有一千件事情要做。我们明天早上再见。"他挂断了电话。

"是博士吗?"琼说。

我看着敞开的书桌抽屉,里面空空如也,"是的,是他没错。"我走向门厅的壁橱,脱下外套。突然,我产生了一种奇怪的感觉。我停下来转过身,有什么东西正盯着我。但究竟是什么?我什么也没有看到。这令我感到毛骨悚然。

"见鬼。"我咕哝了一句,耸耸肩把外套挂起来。我正打算返回起居室,眼角余光瞥见什么东西在动。

"该死。"我说。

"怎么了?"

"没什么,什么也没有。"我环顾四周,但无法确定那是什么。书架、地毯、墙上的画,一切都保持原样。但刚才确实有什么东西动了。

我走进起居室。生命机就放在桌子上。我从旁边走过,感觉一阵热浪扑来。生命机仍然开着,机门也是开着的!我关掉开关,指示灯灭了。它一整天都这样开着?我回忆了一下,并不确定。

"我们必须在天黑前找到那只鞋。"我说。

我们四处寻找,但什么也没有找到。我们两人翻遍了院子里的每一寸土地,查看了每一丛灌木,找了篱笆下面,甚至房子下面,但始终没有结果。

天色已经黑得什么都看不见了,我们打开门廊上的灯,利用这点儿光线继续找了一会儿。最后,我放弃了。我走到门廊台阶上,坐了下来。"没用的,"我说,"篱笆上有成千上万的缝隙。我们搜索这一边,它早就滑到了另一端。我们不可能找得到它,还是面对现实吧。"

"也许这也没什么大不了。"琼说。

我站起来,"我们今晚开着门,说不定它自己会回来。"

我们让前门整夜开着,但第二天早晨我们来到楼下,房子里空荡荡的,十分安静。我立即就知道,那只鞋不在这里。我转了一圈,四处检查。厨房里,鸡蛋壳散落在垃圾桶周围。那只鞋夜里进来过,自己吃了点儿东西,然后又走了。

我关上前门,我们静静地站在那里彼此对视。"他随时都会来。"我说,"我想我最好打电话给办公室,告诉他们我会迟到。"

琼摸了摸生命机,"这就是它做出来的事情。我不知道这会不会再次发生。"

我们来到屋外,满怀希望地在周围找了一会儿。但灌木丛里没有动静,什么都没有。"来了,"我抬起头说,"有一辆汽车开过来,就现在。"

一辆黑色的普利茅斯车停在房子前面。两位老人下了车,沿着小路向我们走来，好奇地打量我们。

"鲁伯特在哪里？"其中一个人问。

"谁？你是说拉比林特博士吗？我想他随时会到。"

"它就在里面吗？"那个人问，"我是波特，学院的。我可以先看一下吗？"

"你最好等一等，"我不高兴地说，"等博士来了以后。"

又来了两辆汽车。更多的老人下车走过来，彼此低声交谈。"生命机在哪儿？"一个长着大胡子的怪老头问我，"年轻人，带我们去看看。"

"在屋里。"我说，"如果你们想看生命机，进去吧。"

他们蜂拥而入，我和琼跟在后面。他们站在桌子旁边，研究那个长得像荷兰烤箱的方盒子，兴奋地议论不已。

"就是它！"波特说，"'充分刺激'原理将载入史册——"

"一派胡言。"另一个人说，"这太荒谬了。我想看看那顶帽子，还是鞋子，或者随便什么。"

"你会看到的，"波特说，"鲁伯特知道他在做什么。你等着瞧吧。"

他们陷入争论，援用学术权威的观点，引用数据和书中的片段。更多的汽车驶来，其中有些还是新闻报道车。

"哦，上帝，"我说，"这下他完了。"

"好吧，他得告诉这些人发生了什么事，"琼说，"那东西跑了。"

"是我们，不是他。是我们让那东西跑掉的。"

"这事跟我无关。我从一开始就不喜欢那双鞋。难道你不记得，我想让你买那双酒红色的？"

我没理她。越来越多的老人来到草坪上，围在一起议论纷纷。突然，我看到拉比林特的蓝色小福特车停在路边，我的心沉了下去。他来了，他就在这里，我们马上就得告诉他实情。

"我无法面对他，"我对琼说，"我们从后门溜走吧。"

一看到拉比林特博士，所有的科学家都从房子里一拥而出，把他围在中间。我和琼对视一眼。除了我们两人之外，屋里空空如也。我关上前门，外面谈话的声音从窗户透进来。拉比林特正在详细解释"充分刺激"原理。他很快就会进来找那只鞋。

"好了，把那东西丢下是他自己的错。"琼拿起一本杂志开始翻阅。

拉比林特博士在窗外向我挥手，苍老的面孔上堆满微笑。我敷衍了事地向他挥挥手。过了一会儿，我在琼旁边坐下。

时间一分一秒过去，我只是盯着地板。该怎么办？除了等待也没有别的办法，等着博士得意洋洋地走进房子，被一群科学家、学者、记者、历史学家围在中间，要我拿出可以证明他的理论的证据，那只鞋子。拉比林特的整个人生、这个原理的证据、生命机以及所有一切，都取决于我那只旧鞋子。

而那只该死的鞋子逃走了，逃到外面不知什么地方去了！

"不用再等多久了。"我说。

我们默默无语地等待着。过了一会儿，我注意到一件奇怪的事情。外面的谈话声消失了。我侧耳倾听，但什么也没有听到。

"怎么了？"我说，"他们为什么不进来？"

沉默仍在继续。发生了什么事？我站起来走向前门，打开门朝外看。

"怎么了？"琼问，"你搞明白了？"

"不，"我说，"我不明白。"他们都默默站在那里，盯着什么东西，没有人说话。我感到非常困惑，无法理解。"发生了什么事？"

我问。

"我们去看看吧。"我和琼慢慢走下台阶,来到草坪上。我们从一群老人中间挤到前面。

"上帝啊,"我说,"上帝啊。"

草坪上有一支奇怪的小队伍,正在穿过草丛。两只鞋,其中一只是我那只破旧的棕色鞋,而在它前面,领头的是另一只鞋,一只小巧的白色高跟鞋。我盯着它,以前我在什么地方见过它。

"那是我的!"琼叫道。所有人都看向她。"那是我的鞋!我的宴会鞋——"

"不再是了,"拉比林特说,他苍老的面孔因激动而变得苍白,"它已经永远不属于我们任何人了。"

"真是惊人,"一位学者说,"看看它们。观察那位女性,看看她在做什么。"

小白鞋一直小心地走在我的旧鞋前面,保持着几厘米的距离,害羞地引着棕色牛津鞋前行。我的旧鞋子一旦接近,她就会转身躲开,挪动一个半圆。两只鞋停了一会儿,互相打量。然后,我的旧鞋子突然开始上下跳动,先是鞋跟着地,然后是鞋头。那只鞋子庄严肃穆地围着她跳舞,直至转了一圈回到原点。

小白鞋跳了一下,然后又开始犹犹豫豫的慢慢移动,每次我的鞋几乎就要追上她时,她会继续往前走。

"这意味着它们已经发展出了道德感,"一位老绅士说,"也许甚至出现了种族无意识。鞋子们遵循一种刻板的仪式,也许已经沿袭了几个世纪——"

"拉比林特,这意味着什么?"波特问,"给我们解释一下。"

"原来如此。"我嘀咕道,"我们离开时,那只鞋把她从柜子里取了出来,使用生命机赋予她生命。那天晚上我感觉有什么东西正在看着我,是因为当时她还在房子里。"

"这就是他打开生命机的原因。"琼轻蔑地说,"我可不怎么喜欢这种事。"

两只鞋几乎已经走到篱笆旁边,白色高跟鞋仍然位于棕色鞋前面。拉比林特向它们走去。

"所以,先生们,你可以看到我没有夸张。这是科学史上最伟大的时刻,一个新的种族被创造了出来。也许,等到人类堕落、社会毁灭的时候,这种新的生命形式——"

他伸出手去够那两只鞋,但就在那一刻,女鞋消失在篱笆后面,隐入树叶的阴影中。棕鞋一跃而起,跟在她后面。一阵沙沙声传来,随后只剩下一片沉默。

"我要回屋里去。"琼说着走开了。

"先生们,"拉比林特说,他的脸有点儿红,"这真是令人难以置信。我们见证了科学史上最为意义深远的时刻之一。"

"嗯,**几乎**见证了。"我说。

巨　船

"E.J. 埃尔伍德!"丽兹焦急地说,"你根本没在听我们说话。你一点东西都不吃。你究竟怎么了? 有时候我真的无法理解你。"

很长一段时间没有回答。厄内斯特·埃尔伍德的目光仍然越过他们,看着窗外半明半暗的天色,仿佛听到了什么他们听不到的声音。最后,他叹了口气,在椅子上坐直身子,好像要说些什么,手肘却碰倒了咖啡杯。他赶忙转身扶住杯子,擦了擦洒在杯身上的棕色咖啡。

"对不起。"他喃喃地说,"你说什么?"

"吃饭吧,亲爱的。"他的妻子一边说,一边瞥了眼两个男孩,看看他们是不是也跟着不吃了,"你们知道,做顿饭很费功夫。"大儿子鲍勃还不错,正在仔细地把煎肝和熏肉切成小块。但可以肯定,小儿子托蒂在E.J.放下刀叉的时候立即有样学样了,现在他也一样默默坐着,低头盯着自己的盘子。

"你看,"丽兹说,"你没有为孩子们树起一个好榜样。把你的食物吃掉,都快凉了。你也不想吃冰凉的肝脏,对吗? 没有什么比冷掉的肝脏和脂肪变硬的熏肉更糟了。冷掉的脂肪是全世界最难消化的东西。尤其是羊肉上的肥油。据说很多人根本不吃羊肉。亲爱的,吃饭吧。"

埃尔伍德点点头。他拿起叉子舀了一些豌豆和土豆,送进嘴里。小托蒂也跟着这样做,严肃而认真,就像他父亲的一个缩小版本。

"我说,"鲍勃说,"今天学校里做了一次原子弹爆炸演习。我们躲在课桌下面。"

"是吗?"丽兹说。

"但我们的科学老师皮尔森先生说,如果他们扔下一颗原子弹,整个城镇都会被摧毁,所以我不明白躲在课桌下面有什么用处。我认为他们应该了解一下最新科技成果。现在的炸弹能把方圆数里的城市夷为平地。"

"你知道的还真多。"托蒂咕哝着。

"哦,闭嘴。"

"孩子们。"丽兹说。

"这是真的。"鲍勃认真地说,"我认识的一个家伙正在海军陆战队预备队服役,他说他们有一些新型武器,可以破坏小麦作物,在水源中下毒。是某种晶体。"

"天啊。"丽兹说。

"他们在上一场战争中还没有那些武器。战争几乎快要结束时才发展出原子能,还没有机会全面应用这种科技。"鲍勃转向他的父亲,"爸爸,确实是这样,对吗? 我敢打赌,你在军队里时,你们还未能充分利用原子能——"

埃尔伍德扔下叉子,把椅子推向后面站起来。丽兹惊讶地抬头看着他,咖啡杯举到一半。鲍勃张大嘴巴,他的话还没说完。小托蒂什么也没说。

"亲爱的,怎么了?"丽兹说。

"晚点儿见。"

他们吃惊地看着他离开餐桌,走出餐厅,听到他走进厨房,打开后门。很快,后门"砰"的一声关上了。

"他到后院去了。"鲍勃说,"妈妈,他总是这样吗? 为什么他这么古怪? 他在菲律宾是不是患上了某种战争精神疾病? 第一次世界大战的时候,他们说这叫炮弹休克症,但现在已经认识到这是一种战争精神疾病。是这样吗?"

"吃你们的饭。"丽兹脸颊上燃起愤怒的红晕。她摇了摇头,"那个该死的家伙。我无法想象——"

男孩们接着吃饭。

后院很黑。太阳已经落山,空气稀薄寒冷,夜间昆虫四处飞舞。隔壁院子里,乔·亨特正在把樱桃树下的树叶耙开。他对埃尔伍德点了点头。

埃尔伍德在小径上慢慢走着,穿过后院来到车库。他停下来,双手插在口袋里。车库旁,一个巨大的白色物体隐隐出现,在深沉的暮色中,一个苍白的庞然大物。他站在那里凝视着它,心中燃起一股暖意。一种奇怪的热情,有点儿像是骄傲,还有一点儿愉悦,以及——兴奋。看到那条船总是令他感到兴奋。甚至早在最开始看到它时,他就感到心脏加速、双手颤抖、满头大汗。

他的船。他咧嘴一笑,继续走近。他伸手锤了锤坚固的船体。这是一条多棒的船啊! 建造过程进展顺利,马上就要完成了。他已经干了很多活儿,投入了大量时间和精力。每天下班后,以及周末,甚至有时会利用早晨上班之前的时间。

清晨是最好的时光,阳光明媚,空气清爽新鲜,一切都湿漉漉的,闪闪发光。他最喜欢的就是那段时间,没有人会来打扰他。他再次锤了锤坚固的船体。这耗费了大量的时间和原材料,没错。木材和钉子,锯开、锤打、弯曲。当然,托蒂也会来帮他。毫无疑问,只靠他自己肯定做不完这一切。如果没有托蒂在木板上画线——

"嗨。"乔·亨特说。

埃尔伍德转过身。乔正靠在篱笆上看着他。"不好意思,"埃尔伍德说,"你说什么?"

"你可真是心不在焉。"亨特抽了一口雪茄,"美妙的夜晚。"

"没错。"

"你的船挺不错,埃尔伍德。"

"谢谢。"他咕哝了一句。他转身离开,走回房子,"晚安,乔。"

"你在那条船上花了多少时间?"亨特回忆着,"总共差不多一年了,对吗?你确实投入了大量的时间和精力。好像我每一次见到你时,你都在忙着运木头、锯木头,或者敲敲打打。"

埃尔伍德点点头,朝后门走去。

"你甚至让孩子们也一起干活。至少你的小儿子。没错,这是条很棒的船。"亨特停顿了一下,"看看它的尺寸,你肯定打算驾船行驶很长一段距离。你曾经告诉我你打算去哪儿来着?我忘了。"

一片沉默。

"我听不见,埃尔伍德。"亨特说,"说话呀。这么大一条船,你肯定要——"

"别说了。"

亨特满不在乎地笑了，"怎么了，埃尔伍德？我只是开个无害的小玩笑，只是跟你打趣而已。但说真的，你要驾船去哪儿？你打算把它拖到海滩上让它浮起来吗？我认识一个人有只小帆船，固定在拖车上，挂在他的汽车后面。他每周开车到游艇港口去。可是，我的上帝，你不可能把那么大的东西放到拖车上。你知道，我听说有人在地下室里造了一条船。等他完成以后，你知道他发现了什么吗？他想把船从门口运出去时，才发现那条船太大了——"

丽兹·埃尔伍德打开厨房的灯，推开后门。她走到草坪上，环抱双臂。

"晚上好，埃尔伍德夫人。"亨特说着，碰了碰自己的帽子致意，"真是个愉快的夜晚。"

"晚上好。"丽兹转向E.J.，"看在上帝的份上，你打算进屋了吗？"她的声音低沉而生硬。

"当然，"埃尔伍德没精打采地伸手拉门，"我要进去了。晚安，乔。"

"晚安。"亨特说。他看着他们两人走进去，门关上后，灯灭了。亨特摇了摇头，"古怪的家伙，"他咕哝着，"变得越来越怪，就好像活在另一个世界里。他和他的船！"

他走进屋里。

"她只有十八岁。"杰克·弗雷德里克斯说，"但她肯定知道那是怎么一回事。"

"南方女孩就是那样，"查利说，"就像水果一样，那种柔软、成熟、略有点儿湿的水果。"

"海明威有一段文字说的就是这个，"安·派克说，"我不记得出处了。他比较了一个——"

"但她们说话的方式……"查利说,"谁能忍受南方女孩说话的方式?"

"她们说话的方式怎么了?"杰克问,"她们说话是有点儿不一样,但你会习惯的。"

"她们为什么就不能好好说话?"

"你这是什么意思?"

"她们说话像是……有色人种。"

"那是因为他们都来自同一个地区。"安说。

"你是说这个女孩是有色人种?"杰克问。

"不,当然不是。把你的馅饼吃掉。"查利看看手表,"差不多一点了,我们得动身回办公室去了。"

"我还没吃完,"杰克说,"再等一下!"

"你知道,很多有色人种搬到了我住的地区。"安说,"距离我家就一个街区的房子上,树起一个房地产标语'欢迎所有的种族',我看到那玩意儿差点儿当场绊一跤。"

"你做了什么?"

"我什么都没做。我们能做什么?"

"你知道,如果你为政府工作,他们可以把一个黑人放在你旁边,"杰克说,"而你什么都做不了。"

"除了辞职。"

"这妨碍了你工作的权利,"查利说,"那样你还怎么工作呢?谁能回答我。"

"政府中有太多偏左翼者。"杰克说,"这就是他们为什么会变成那样,雇人为政府工作时根本不在乎他们的种族。从哈利·霍普金斯掌管美国公共事业振兴署(WPA)的那段日子开始就这样。"

"你知道哈利·霍普金斯是在哪儿出生的吗?"安说,"他出生在俄罗斯。"

"那是西德尼·希尔曼。"杰克说。

"都一样,"查利说,"他们都应该被送回那里。"

安好奇地看着厄内斯特·埃尔伍德。他静静地坐在那里读报纸,什么也没说。自助餐厅里人声鼎沸。每个人都在吃吃喝喝,谈天说地,走来走去。

"E.J.,你没事吧?"安说。

"没事。"

"他正在读棒球新闻,芝加哥白袜队。"查利说,"他看起来可真是聚精会神。话说,你们知道,有天晚上我带孩子们去看比赛,后来——"

"来吧,"杰克站起来说,"我们得回去了。"

他们都站了起来。埃尔伍德默默把报纸叠起来放进口袋里。

"我说,你不怎么跟人聊天。"他们走到通道时,查利对他说。埃尔伍德抬头看了他一眼。

"很抱歉。"

"我一直有些事情想问你。周六晚上来打牌怎么样? 你已经很久很久没有和我们一起玩牌了。"

"可别找他。"杰克说着在收银台付了饭钱,"他总是要玩那些奇怪的游戏,什么百搭二王、棒球集点、抢七——"

"我还是喜欢普通的玩法。"查利说,"来吧,埃尔伍德。人越多越好。喝几杯啤酒,聊聊天,躲开老婆,嗯?"他咧嘴一笑。

"总有一天我们要办个老式的男子汉聚会。"杰克把零钱装进口袋里说,他朝埃尔伍德使了个眼色,"你明白我指的是什么吧？叫几个女孩来，看点儿小演出——"他做了个手势。

埃尔伍德准备离开，"也许吧，我会考虑的。"他付了午餐费用，走到外面明亮的人行道上。其他人还在里面等着去洗手间的安。

突然，埃尔伍德转过身，沿着人行道匆匆离开自助餐厅。他拐了个弯迅速走向雪松街，来到一家电视机商店前。准备去吃午餐的顾客和店员从他身边挤过去，谈笑风生，他周围零星的交谈声如同海浪一般此起彼伏。他走到电视机商店门口，双手插进口袋站在那里，就像一个躲雨的人。

他怎么了？也许他应该去看医生。声音、人群，一切都令他感到厌烦。声音和动作无处不在。他晚上没睡够。也许是饮食有问题。他在外面院子里干得太辛苦，晚上睡觉时感到筋疲力尽。埃尔伍德揉了揉额头。人群和声音，谈话声，身边川流不息的人群，无数人影在街道和商店中移动。

电视机商店的橱窗里有一台大型电视机，一闪一闪地播放着无声节目，图像欢快地跳跃着。埃尔伍德被动地看着。一个身穿紧身衣的女人正在玩杂技，先来了几个劈叉，然后是侧手翻和旋转。她倒立走了一会儿，晃动高高抬起的双腿，对着观众们微笑。然后她消失了，一个衣着鲜艳的男人牵着只小狗走出来。

埃尔伍德看了看手表。一点差五分。他还有五分钟时间赶回办公室。他回到人行道上看向拐角处。安、查利和杰克已经不见踪影，他们离开了。埃尔伍德独自一人慢慢走着，双手插在口袋里路过一家家商店。他在一元店门口停了一会儿，看着一大群女人在人造珠宝柜台前推推搡搡，抚摸那些商品，拿起来细看。他看着一家药店橱窗里的广告，把某种粉末撒在运动员皲裂起泡的脚趾间。他穿过街道。

他在街道另一边停下来,看着商店陈列的女装,裙子、衬衫和羊毛衫。一张彩色照片上,一个衣着精致的女孩正脱下衬衫,把自己优雅的文胸展示给全世界。埃尔伍德继续往前走。下一个橱窗里是旅行袋、手提箱和行李箱。

行李箱。他停下来皱起眉头。有些东西在他脑海中飘过,一些笼统模糊的想法,过于含糊不清,很难捕捉。他突然感到内心深处浮现出一种紧迫感。他看了一眼手表。一点十分。他已经迟到了。他匆忙赶到拐角处,不耐烦地站在那儿等着交通灯变绿。一群男女从他身边走过去,在路边准备登上即将进站的公交车。埃尔伍德看着那辆公交车。车停下来打开门,人们纷纷挤进去。突然,埃尔伍德也加入他们的行列,踏上公交车的踏板。他从口袋里摸出零钱,车门在他背后关上。

片刻之后,他坐了下来,旁边是个胖胖的老妇人,一个小孩坐在她腿上。埃尔伍德十指交叉静静坐着,目视前方默默等待,公交车行驶在街道上,开往住宅区。

他回到家里时,没有人在。房子里又冷又暗。他走进卧室,从壁橱里取出旧衣服。他正朝后院走去,丽兹拎着一堆食品杂货出现在车道上。

"E.J.!"她说,"出什么事了? 你为什么回家了?"

"我不知道。我请了一会儿假。没问题的。"

丽兹把那堆大包小包放在篱笆上。"看在上帝的份上,"她生气地说,"你吓到我了。"她紧紧盯着他,"你**请假**了?"

"是的。"

"多长时间? 直到今年年底? 你总共请了多长时间的假?"

"我不知道。"

"你不知道? 好吧,还有什么?"

"你指什么?"

丽兹看着他。然后她拿起那一堆东西走进房子里,"砰"的一声关上后门。埃尔伍德皱起眉头。怎么了?他走进车库,开始把木材和工具拖到外面草坪上,那条船旁边。

他抬头凝视那条船。它方方正正的,又大又方,就像一个巨大的固体包装箱。上帝啊,这条船十分坚固,里面安装了无数船梁。船舱有个大窗户,舱顶全部涂上了焦油。多棒的船。

他开始工作。不久,丽兹从房子里出来,悄悄穿过后院,他没有注意到她,直到他过去拿一些大钉子。

"嗯……"丽兹说。

埃尔伍德停了一会儿,"怎么了?"

丽兹双臂交叠。

埃尔伍德感到不耐烦,"怎么了?你为什么这样看着我?"

"你真的又请假了吗?我无法相信。你回家真的就只是为了……为了那个。"

埃尔伍德转身走开。

"等一等,"她走到他旁边,"不要躲开我。站住!"

"安静,不要大喊大叫。"

"我没有大喊大叫,我想和你谈谈。我想问你一个问题,可以吗?我可以问你个问题吗?你不介意和我谈谈吧?"

埃尔伍德点点头。

"**为什么?**"丽兹说,她的声音低沉紧张,"为什么?你能告诉我吗?为什么?"

"什么为什么?"

"那个。那个东西。究竟是为了什么?你为什么中午就回到后院里?整整一年都是这样。昨天晚上坐在饭桌旁,你突然就站起来走出去。为什么？这一切都是为了什么？"

"差不多要干完了。"埃尔伍德喃喃地说，"再完善一下，它就能——"

"然后呢？"丽兹走到他面前，挡在路中间，大喊大叫，"然后呢？你打算拿它来干什么？把它卖了？乘它下水？所有的邻居都在嘲笑你。街区里的每个人都知道——"她突然停了一下，"——知道你，和这个东西。学校里的孩子取笑鲍勃和托蒂。告诉他们说，他们的父亲是……他……"

"他疯了？"

"拜托，E.J.，告诉我这是为什么。可以吗？也许我能理解。你从来没有告诉过我。这样做会为我们带来很大帮助，不是吗？你连这个也不肯？"

"我不能。"他说。

"你不能！为什么不能？"

"因为我不知道，"埃尔伍德说，"我不知道这是为了什么，也许根本没有理由。"

"但如果没有理由，你为什么要做这些事？"

"我不知道，我喜欢在这里干活，也许这就像削木头一样。"他不耐烦地挥挥手，"我需要有个类似车间的地方。我还是个孩子时，就制造过飞机模型。我有一堆工具。我总是有一堆工具。"

"可是你为什么会在中午回家？"

"我感到不安。"

"为什么？"

"我……我听到人们交谈，这令我感到不安。我想远离他们。这一切有问题，他们有问题。他们那种生活方式。也许我患上了幽闭恐惧症。"

"要不要我打电话给伊万斯医生,预约一次门诊?"

"不,不,我很好。丽兹,请你让开,我要工作了。我想做完它。"

"你根本不知道这是为了什么。"她摇了摇头,"也就是说,你花了那么多时间干活,却根本不明白为什么。就像有些动物在夜里跑出去打架,就像后院栅栏上的一只猫。你抛弃了你的工作和我们——"

"让开。"

"听我说。放下那把锤子,进屋去。穿上你的西装,马上回办公室去。你听见了吗? 如果你不按我说的做,我再也不会让你进家门。如果你愿意,你也可以用那把锤子把门砸烂。但如果你不肯忘掉那条船回去工作,这扇门从此以后将再也不会为你敞开。"

一片沉默。

"让开,"他说,"我必须做完它。"

丽兹盯着他,"你还要继续吗?"他把她推开,走了过去。"你还要继续干下去? 你出了问题。你脑子出了问题。你——"

"别说了。"他的目光越过她看着远处。丽兹转过身。

托蒂默默站在车道上,午餐饭盒夹在胳膊下面。他小小的面孔严肃庄重,一语不发看着他们。

"托蒂!"丽兹说,"已经这么晚了吗?"

托蒂穿过草坪走向他的父亲。"你好,孩子,"他说,"在学校里过得怎么样?"

"挺好。"

"我要进屋了。"丽兹说,"我是认真的。E.J.,记住,我是认真的。"

她从人行道上走过去,"砰"的一声关上了后门。

埃尔伍德叹了口气。他找了一架靠在船体上的梯子坐下来,把手里的锤子放下。他点燃一支烟,默默抽起来。托蒂默不吭声地等着。

"怎么了,孩子?"埃尔伍德最后说,"你想说什么?"

"爸爸,你还要做什么?"

"做什么?"埃尔伍德微笑,"嗯,剩下没多少事情了。零零碎碎一些小活。我们很快就干完了。你可以找找看,是否还有些木板没有钉在甲板上,"他摸了摸下巴,"差不多干完了。我们已经干了很长时间。如果你愿意的话,也可以去刷油漆。我想给船舱刷上油漆。红色吧,我觉得。红色怎么样?"

"绿色。"

"绿色?好吧。车库里有些绿色的门廊漆。你打算现在就开始搅拌油漆吗?"

"当然。"托蒂说。他走向车库。

埃尔伍德看着他离开,"托蒂——"

男孩转过身来,"怎么?"

"托蒂,等一下。"他慢慢向他走去,"我想问你个问题。"

"什么事,爸爸?"

"你……你不介意帮我,对吗?你不介意在这艘船上花费工夫吧?"

托蒂抬起头,严肃地看着父亲的脸。他什么也没说。很长一段时间,父子两人只是默默对视。

"好吧!"埃尔伍德突然说,"跑起来,开始刷油漆吧。"

鲍勃和两个初中生一起沿着车道摇摇摆摆走过来。"嗨,爸爸,"鲍勃咧嘴一笑,"说起来,干得怎么样了?"

"很好。"埃尔伍德说。

"看,"鲍勃指着船对他的朋友们说,"看到了吗？你们知道那是什么吗？"

"那是什么？"其中一个人问。

鲍勃打开厨房的门,"这是一艘核动力潜艇。"他咧嘴一笑,两个男孩也笑起来。"里面充满了铀235,爸爸会开着它一路驶向俄罗斯。等他抵达那里,莫斯科将被夷为平地。"

男孩们走了进去,门"砰"的一声关上。

埃尔伍德站起来仰望那条船。隔壁后院里,正在洗衣服的亨特太太停下来看着他,以及他上方巨大的方形船身。

"那真的是核动力的吗,埃尔伍德先生？"她问道。

"不。"

"那它是靠什么行驶的？我没有看到船帆。里面是什么样的发动机？蒸汽机？"

埃尔伍德咬住嘴唇。奇怪的是,他从未想过这一点。里面没有发动机,根本没有动力。没有船帆,也没有锅炉。他压根儿没有安装引擎,没有涡轮,没有燃料。什么都没有。这就是个木头壳子,一个大木盒,仅此而已。他根本没想过它要靠什么运转,他和托蒂干了这么长时间从来没有考虑过这一点。

突然,他心中涌起一股绝望的洪流。没有引擎,什么都没有。这不是一条船,这只是一大堆木头、沥青和钉子。它永远无法行驶,永远永远无法离开后院。丽兹说得没错:他就像在夜里跑到后院去的动物,在黑暗中打斗、杀戮,在暗淡的光线中挣扎,看不清楚也想不明白,同样盲目,同样可悲。

他为什么要建造它？他不知道。它要驶向哪里？他也不知道。它靠什么运转？他要怎么把它从后院里搬出去？这一切究竟是为了什么,浑浑噩噩地摸黑建造,像暗夜里的生物般茫然无知?

托蒂从头到尾都和他一起干。**他**是为了什么呢?他知道吗?那个男孩知道这条船是为了什么,他们为什么要建造这条船吗?托蒂从来没有问过,因为他相信他的父亲一定知道。

但他不知道。他作为父亲也并不知道答案,很快就要完工了,彻底地、最终地准备好。然后呢?很快,托蒂会放下手中的油漆刷,盖上最后一罐油漆的盖子,收拾好钉子和木屑,把锯子和锤子在车库里挂起来。**然后**,他会提问,问出那些他从来没有问过但终究会问的问题。

而他无法回答。

埃尔伍德站在那里,抬头看着他们建造的这条巨大笨重的船,努力思考。他为什么要干活?这一切都是为了什么?他什么时候才会知道?他**究竟**会知道吗?他站在那里,抬头凝望,时间静止了。

第一滴巨大的黑色雨点落到他身上,这时,他终于明白过来。

蝴　蝶

　　他们走进大房间。房间另一端,技术人员们围着一个巨大的控制面板,上面的灯光以复杂的模式迅速变幻,闪烁出无数排列组合。一排机器在长条工作台上嗡嗡运转——一大堆计算机,有的由人类操纵,有的是机器人。天花板下面每一寸墙壁都被满满的图表覆盖。哈斯滕惊讶地环顾四周。

　　伍德笑了,"来,我确实有些东西要给你看。你认识**这个**,对吗?"他指向一台笨重的机器,旁边围着一群默不吭声、身穿实验室白大褂的男人和女人。

　　"我认识,"哈斯滕慢慢开口说道,"类似于我们自己的探寻装置,不过要大了二十倍。你们有何收获?你们到**哪个时代**去探寻的?"他摸了摸探寻装置的仪表盘,然后蹲下来,看着腔室里面:腔室是锁上的;探寻装置正在运行。"你知道,如果我们知道这台机器的存在,历史研究可以——"

　　"现在你知道了。"伍德在他旁边弯下腰,"听着,哈斯滕,你是本部门之外第一个进入这个房间的人。你也看到那些警卫了。没有人能未经许可进入这里,警卫们得到命令,任何意欲非法进入房间的人格杀勿论。"

"为了隐瞒这个？一台机器？你们会开枪——"

他们面对面站着，伍德的下颌线条坚定有力。"你的探寻装置研究的是古代。罗马，希腊。蒙尘的古籍。"伍德摸了摸他们旁边巨大的探寻装置，"这个探寻装置是不一样的。我们会用自己的生命，或者任何人的生命来保卫它。你知道为什么吗？"

哈斯滕看着那台机器。

"这个探寻装置不是用于古代，而是——未来。"伍德直视哈斯滕的面孔，"你明白吗？未来。"

"你们正在探索未来？可是你们不能这样做！这是法律禁止的，你知道的！"哈斯滕向后退去，"如果执行委员会知道了，他们会把这座大楼劈成碎片。你知道这很危险。贝尔科夫斯基自己最初的论文里就证明了这一点。"

哈斯滕气愤地踱来踱去，"我无法理解你们，竟然使用探寻装置探索未来。如果你们带回未来的物质，会自动为现在引入新的要素，未来又因此会发生变化——你们就此启动了无穷无尽的改变。你们探寻的次数越多，带回的新要素越多。你们引起的不稳定状况，将影响未来几个世纪。这就是为什么会颁布那项法律。"

伍德点点头，"我知道。"

"那你们还在继续使用探寻装置？"哈斯滕对那台机器和技术人员做了个手势，"看在上帝的份上，停止吧！在你们引入无法清除的致命要素之前，停止吧。为什么你们还在——"

伍德突然变得垂头丧气，"好了，哈斯滕，别教训我们了。已经太晚了，事情已经发生了。我们在第一次实验中就引入了致命要素。原本以为我们知道自己在做什么……"他抬头看了一眼，"这就是你被带到这里来的原因。坐下，我会告诉你所有的情况。"

　　他们面对面坐在桌子两边。伍德紧握着双手,"我就开门见山了。你是一位专家,历史研究领域的专家。你是全世界最清楚怎样使用时间探寻装置的人,这就是为什么我们把这些工作告诉你,我们的非法工作。"

　　"你们已经碰到麻烦了?"

　　"一大堆麻烦,而且每一次试图干预都会令情况更糟。除非我们做些什么,否则我们这个机构会成为有史以来最臭名昭著的组织。"

　　"请从头说起。"哈斯滕说。

　　"政治科学委员会授权我们使用探寻装置探索未来,他们想知道某些决策的结果。起初,我们基于贝尔科夫斯基理论表示反对;但你知道,这个想法太诱人了。最后我们妥协了,造出这个探寻装置——当然,是保密的。

　　"之后一年,我们进行了第一次探索。为了保护自己免受贝尔科夫斯基要素的影响,我们试着想了个办法,不带回任何物质。这个探寻装置不会接触或拾取实际物体,仅仅是在高空拍摄。我们放大影像,试着完整地想象当时的情况。

　　"起初,结果还不错。没有再爆发战争,城市逐渐发展,外观看起来更加完善。快速闪过的街头场景中,能看到很多人快乐满足地慢慢散步。

　　"然后我们又前进了五十年。情况更好了:城市逐渐减少。人们不再那么依赖机器。更多的草地、公园。整体环境和之前一样,和平、幸福、优哉游哉。人们减少了疯狂的浪费,不再那么匆匆忙忙。

"我们继续向前,跳过一段段时间探寻未来。当然,通过这样的间接观察,我们其实什么都无法确定,但一切看起来都很好。我们把这些信息转述给委员会,他们继续执行规划。后来,那件事发生了。"

"到底发生了什么?"哈斯滕前倾了一下,问道。

"我们决定再次访问之前拍摄过的一个时代,大约距今一百年后。我们发送探寻装置,让它拍完整整一卷带子。机器回来后,我们观看了影像。"伍德停了下来。

"然后呢?"

"这一次不一样。完全不同。一切都变了。战争——到处都是战争和破坏。"伍德颤抖了一下,"我们感到震惊;我们立刻再次送出探寻装置进行确认。"

"这一次你们发现了什么?"

伍德紧紧握住拳头,"变化再次发生,而且变得更糟! 废墟,巨大的废墟。四处打斗的人类。无处不在的毁灭与死亡。战争的**终结**,最后一个阶段。"

"我明白了。"哈斯滕点点头说。

"这还不是最糟的! 我们向委员会传达了这些信息。他们停止了所有的活动,开了两个星期的会;根据我们的报告取消了所有的条例,撤回了所有的计划。一个月前,委员会再次联系我们,希望我们再试一次,让探寻装置再次前往同一个时期。我们拒绝了,但他们坚持。他们认为反正情况也不会变得更糟。

"于是我们再次送出探查装置,等它回来后播放影像。哈斯滕,比战争还要糟糕。你无法相信我们看到了什么。没有人类生命,没有活人,一个人都没有。"

"一切都被摧毁了吗?"

"不！没有被摧毁,有巍峨庄严的城市,有道路、建筑、湖泊、田野。但是没有人类生命,城市是空的,依靠机械运转,所有的机器和电路都完好无损,但完全没有活人。"

"怎么回事?"

"我们把探寻装置发到更前面的时代,每次间隔五十年。什么也没有。每一次都是什么也没有。城市、道路、建筑仍然存在,却没有人类生命。所有人都死了。我们不知道是因为瘟疫、辐射,还是其他什么。但**某种东西**杀死了他们。它从哪儿来?我们不知道。它不是一开始就存在的,在我们最初一次探寻时并没有出现。

"不知怎么的,我们引入了这个致命要素。这是我们带来的,我们造成的干预。刚开始,那东西还不存在,这是我们干的,哈斯滕。"伍德看着他,脸色惨白得像带着个面具,"我们引入了这个东西,现在我们必须搞明白它是什么,然后毁掉它。"

"你们准备怎么做?"

"我们已经造出一辆时间汽车,能够搭载一个人前往未来观察。我们要派一个人去那边看看它究竟是什么。影像告诉我们的东西还不够,我们必须了解更多情况! 它第一次出现是什么时候? 怎么出现的? 最初的迹象是什么? **它究竟是什么?** 一旦我们了解这些情况,也许就能消除这个致命要素。跟踪它,毁掉它。必须得有人进入未来,搞明白那东西最初是怎么回事。这是唯一的办法。"

伍德站起来,哈斯滕也一样。

"那个人就是你。"伍德说,"你是我们能找到的最合适的人。时间汽车就在外面广场上,被小心地守护着。"伍德发出一个信号,两名士兵走近桌子。

"先生？"

"跟我们一起来，"伍德说，"我们到外面广场上去，确保没有人跟着我们。"他转向哈斯滕，"准备好了吗？"

哈斯滕犹豫了一下，"等等。我必须先了解一下你们的工作，确认之前做过什么，还得检查时间汽车本身。我不能——"

两名士兵进一步靠过来，看着伍德。伍德把手放在他肩上，"对不起，"他说，"没有时间供我们浪费了，跟我来。"

一片黑暗环绕着他，移动、旋转，然后渐渐退去。他在控制面板前的凳子上坐下，擦了擦脸上的汗。他已经上路，不知结果是好是坏。伍德大概介绍了一下时间汽车的操作方式。他花了点儿时间下达指令，设置控制部件，随后，金属门在他身后"砰"的一声关上。

哈斯滕环顾四周。金属球里很冷，空气稀薄凛冽。他盯着不断变动的仪表盘看了一会儿，但周围的寒冷开始令他感到不适。他走向装备柜，拉开门。里面有件夹克，一件笨重的夹克和一把闪光枪。他拿起枪研究了一会儿。还有工具，各种各样的工具和设备。他把枪单独放在一边，就在这时，脚下沉闷的隆隆声突然停了下来。有那么的一瞬间，感觉很恐怖，他仿佛飘了起来，漫无目的地飘浮，然后，那种感觉消失了。

阳光透过窗户，洒在地板上。哈斯滕关掉灯，走向窗口。伍德设置的时间是一百年后，他努力振作精神看向外面。

这里是个牧场，花花草草一路延伸到远处。晴空中飘着朵朵白云。几只动物远远站在一棵大树的树荫下吃草。他打开门走了出去，温暖的阳光照在身上，立即令人感觉好多了。这时他才看清，那些动物都是奶牛。

　　他双手叉腰在门口站了很久。瘟疫是否留下了细菌？是通过空气传播的吗？如果原因是瘟疫的话。他伸手摸了摸肩上的防护头盔，最好还是戴着这个吧。

　　他又走了回去，从柜子里取出枪。然后，他回到金属球开口处检查了一下门锁，确保在他离开期间始终锁好。做完这一切，哈斯滕终于走下金属球的台阶来到草地上。他朝四周看了看，快步走向几百米外一道长长的山峦。他一边大步前行，一边查看腕上的通信手带，如果他自己找不到回去的路，手带会引导他回到金属球，也就是时间汽车那里。

　　他朝着那些奶牛走去，从大树旁边路过。奶牛们纷纷起身，躲开他走到远处。他突然注意到一件事，心生寒意；这些牛的乳房都很小，皱巴巴的。这不是人类畜养的牛群。

　　他爬到山顶，停了下来，从腰间取出望远镜。绵延几公里的草地一望无际，目之所及，干旱的绿色草场上没有什么种植的痕迹或布局，只有如波浪般翻滚的草丛。没有别的了吗？他转过身扫视地平线。

　　他僵硬地调整视线方向。左边很远的地方，接近视野边缘处，隐隐能看到一座城市模糊的轮廓。他放下望远镜，提了提沉重的靴子，随后从山峦另一边大步走了下去，还有很长一段路要走。

　　哈斯滕走了不到半个小时就看到一些蝴蝶。它们突然出现在他面前几米远的地方，在阳光下拍动翅膀飞舞着。他停下来歇息，看着这些小生物。五颜六色的蝴蝶，红色、蓝色，长着黄色和绿色的斑点。这是他见过的最大的蝴蝶，也许原本养在动物园里，人类消失后，它们从动物园里逃走，回归野外。蝴蝶在空中飞得越来越高。它们根本没有注意他,突然飞向远处城市的尖顶,一瞬间就消失了。

哈斯滕再次踏上行程。很难想象人类会在这样的环境中死去,蝴蝶、草地、树荫下的奶牛。人类不复存在,留下了一个多么安静美丽的世界!

突然,最后一只蝴蝶迅速从草地上飞起,几乎直接朝着他的脸扑过来。他不自觉地抬起胳膊挥了一下。那只蝴蝶撞向他的手。他开始笑起来——

他突然疼痛难忍,单膝跪在地上,喘着粗气一阵干呕。他翻过身蜷成一团,把脸埋在地上。他的手臂疼痛不已,脑袋一阵眩晕,眉头紧锁,闭上了眼睛。

哈斯滕终于恢复意识时,蝴蝶已经消失了;它没有在这里久留。

他在草地上躺了一会儿,慢慢坐起来,颤颤巍巍地站了起来。他脱下衬衫,检查了一下自己的手掌和手腕。肌肉发黑变硬,肿得厉害。他低头看了一眼自己的手,又看了看那座遥远的城市。蝴蝶已经飞向那里……

他决定先回时间汽车那里去。

哈斯滕回到金属球那里时,太阳已经落山,夜幕逐渐降临。他按了一下舱门,使之慢慢滑开。他走进舱内,在手和胳膊上涂满了从医药箱里找到的药膏,然后坐在凳子上,看着自己的胳膊陷入沉思。其实只是被轻轻叮了一下,偶然而已。那只蝴蝶甚至都没有注意到。但如果是一整群……

他一直等到太阳彻底落山,金属球外一片漆黑。晚上,所有的蜜蜂和蝴蝶都会消失——至少以前那些是这样。他必须冒险试试看。他的手臂仍然隐隐作痛，不停地跳动。药膏的效果不是很好；他感到头晕目眩，嘴里有一种苦涩的味道。

出去之前，他打开柜子取出里面所有的东西。他检查了一下闪光枪，但又把它放到一边。片刻后，他找到了想找的东西，喷灯和手电筒。他把别的东西都放了回去，站起身来。现在，他准备好了——如果可以这么说的话。他之前就该好好准备一下。

他走进外面的黑暗中，用手电筒照亮前面的路。他走得很快。这是个黑暗而孤寂的夜晚，只有几颗星星在头顶闪烁，地面上唯一的光来自他手中。他爬上那座山，从另一边翻下去。面前隐约出现一片树丛，他靠着手电筒的光线，在平原上一路摸索着朝城市走去。

他抵达城市时，已经疲惫不堪。他走了很长的路，开始气喘吁吁。城市巨大的轮廓幽灵一般浮现在他面前，顶部消失在黑暗中。显然这不是一座大城市，但它的设计在哈斯滕看来很奇怪，这里的建筑比他以往看到的更加笔直纤细。

他穿过城门走在街道上，路面石块的缝隙中长出青草。他停下来，低头观察。四处杂草丛生；建筑物旁的角落里有一些骨头，一小堆骨头和尘土。他继续往前走，用手电筒照亮细高建筑的两边。他的脚步声引起空洞的回音。这里没有一丁点儿光线，除了他自己的手电筒。

建筑物开始变得稀少。很快，他发现自己进入了一个大广场，这里乱成一团，灌木与藤蔓四处疯长。广场另一端坐落着这里最大的一栋建筑。他穿过空旷荒凉的广场，用手电筒的光线来回扫射。他走上一段半埋在地里的台阶，来到一个混凝土台子上。他突然停了下来,在他右侧,一栋建筑吸引了他的注意。他的心脏狂跳不已,他用手电筒照向大门上方,分辨出刻在拱门上的字:

书籍存档

这里就是他要找的地方,图书馆。他走上台阶,一路朝着黑暗的入口走去,脚下的木板纷纷断裂。他来到入口,发现面前是一扇沉重的木门,装有金属把手。他刚一握住门把手,门板就朝他倒了下来,砸在他身边的台阶上,没入黑暗中。腐烂的气味和灰尘令他感到窒息。

他走进建筑物,头盔上缠了一层蜘蛛网。他穿过寂静无声的走廊,随便选了个房间走进去。这里积满了更多的灰尘,还有灰色的骨头碎片。墙边放着矮桌和书架,他走过去,从书架上取下几本书。书籍在他的手中变得粉碎,洒下一片碎纸屑和线头。他的时代之后只过了一个世纪就变成这样了?

哈斯滕在桌边坐下,打开一本相对完好的书。书中的文字是一种他不认识的语言,罗马语,他知道这肯定是一种人工语言。他翻过一页又一页。最后,他随便拿了几本书,正打算走回门口,突然心脏怦怦直跳。他走向墙边,双手颤抖。报纸。

他小心翼翼地取下那些脆弱易碎的纸张,对着光举起来。当然,报纸上的文字也是同一种语言,黑色的粗体标题。他把一些报纸卷起来,加在那堆书上,然后出门来到走廊上,原路返回。

他踏上外面的台阶,冷冷的新鲜空气迎面扑来,令他鼻子一阵发酸。他环顾四周,建筑物模模糊糊的轮廓默默伫立在广场周围,随后他走下台阶,穿过广场,小心翼翼地一路摸索着离开。没过多久,他已经出了城门,再次来到外面的平原上,朝着时间汽车的方向走去。

这段路仿佛永远走不到尽头,他垂下头,脚步愈发沉重。最后,他筋疲力尽地停了下来,气喘吁吁地放下那一堆东西,举目四望。遥远的地平线上出现一道长长的灰色晨曦,随着他一路走来默默亮起。拂晓时分,太阳正在升起。

一阵冷风吹来,盘旋在他身边。树木和山峦在灰色的晨曦中开始变得清晰,轮廓分明,显得不屈不挠。他转过身看向那座城市。荒凉而纤细,废弃建筑的塔尖巍然屹立。他注视了片刻,被第一道晨光掠过高塔的景象所吸引。随后,朝霞转淡,一片薄雾在他和城市间飘动着。他突然弯下腰抓起那一堆书报,开始继续往前走,尽可能地加快速度,一阵令人毛骨悚然的惧意掠过他的全身。

城市那头,一个黑点突然跃入空中,在城市上方盘旋。

过了一段时间,很长一段时间,哈斯滕回头看过去。黑点还在那里——但它变大了,也不再是黑色的;在白天明亮的光线中,那个斑点变得五颜六色、熠熠生辉。

他加快了步子,走下一座小山,又爬上另一座。他停了一秒钟,按下手带。它大声说道,他目前距离金属球不远。他摆动手臂大步向前,手带咔嗒作响。向右转。他擦掉手上的汗水,继续前行。

几分钟后,他站在一道山脊上往下看,一个闪闪发光的金属球静静地待在草地上,夜间的露水使它变得湿漉漉的。时间汽车,他边跑边打滑,匆匆跑下小山。

他用肩膀推开舱门时,第一群蝴蝶已经出现在山顶上,静静地朝他飞来。

他锁上门,把那一大堆东西放下,伸了伸腰。现在他的手臂很痛,剧烈的疼痛几乎像是手臂在燃烧。但他暂时顾不上这个,而是匆匆跑到窗口往外看。色彩缤纷的蝴蝶一窝蜂朝圆球飞来,在他上方舞动掠过。它们开始落在金属上,甚至窗户上。他的视线突然被闪亮、柔软的虫体切断,不断扇动的翅膀挤作一团。他侧耳倾听,能听到它们的声音,四面八方传来沉闷的回声。蝴蝶遮住了窗口,金属球里逐渐变暗,直至一片漆黑。他打开人造灯。

时间慢慢流逝。他浏览了一下报纸,不知道该怎么办。回去吗?还是继续前往未来?最好再往前五十年左右。蝴蝶很危险,但也许不是真正的关键,不是他所寻找的致命要素。他看了看自己的手。皮肤变得又黑又硬,组织坏死的面积正逐渐扩散。一丝担忧从他心头掠过,没有好转,情况越来越差。

四处传来的抓挠声开始令他感到烦躁,坐立不安。他放下书,来回踱步。昆虫,即使是这种巨大的昆虫,怎么可能毁灭人类?人类肯定可以与它们对抗。毒药、粉剂、喷雾剂。

一点点金属碎屑飘落到他的袖子上。他随手拂掉,又落下第二粒,然后是一些小碎片。他猛地跳起来,抬头看向上方。

他头顶上出现了一个圆圈,右边是另一个圆圈,还有第三个。在他周围,金属球的墙壁和天花板上到处都冒出一个个圆圈。他跑向控制面板,关上了安全开关。控制面板嗡嗡启动。他开始设置仪表盘数字,拼命抢时间。现在,金属已经开始一片片掉落下来,碎片雨点一般落在地板上。它们会分泌出某种物质,有腐蚀性的物质。具有酸性?是某种天然分泌物。一大块金属掉下来,他转过身。

蝴蝶飞进金属球,拍打着翅膀向他扑来。一块被完整切割的圆形金属掉了下来。他甚至顾不上看那东西一眼，赶紧拿起喷枪猛地打开，火苗翻卷吞吐。蝴蝶朝他扑来，他按下手柄举起喷枪。一瞬间，空气中充满了燃烧的粒子，像雨点一般落在他的身上，金属球里弥漫着一股强烈的气味。

他关上最后一个开关。指示灯闪烁起来，脚下的地板轧轧作响。他迅速推动主操纵杆。越来越多的蝴蝶拥向缺口处，挤作一团，挣扎着想冲过来。第二块圆形金属突然掉落到地板上，又飞进一大群蝴蝶。哈斯滕畏缩不前，害怕地向后退去，打开喷枪，喷出火焰。蝴蝶继续拥进来，越来越多。

突然，寂静笼罩了一切。周围出其不意地安静下来，他眨了眨眼睛。坚持不懈、没完没了的抓挠声消失了。这里只剩他独自一人，除了地板上和墙壁上的一堆灰烬和碎屑，还有进入金属圆球里的蝴蝶留下的残骸。哈斯滕坐在凳子上，浑身颤抖，他终于安全了，即将回到自己的时代；毫无疑问，他已经找到了致命要素。就在那里，在地板上的灰烬中，在从外壳上被整齐割下来的圆片中。腐蚀性分泌物？他冷冷一笑。

他最后看到那一大群蝴蝶的画面，已经回答了他的疑问。从圆圈飞进来的第一群蝴蝶小心翼翼地抓住它们的工具，微型切割工具。它们切割出一条通道钻进里来，它们是带着自己的工具飞来的。

他坐下来，等待时间汽车驶过这段旅程。

部门警卫扶住他，帮他从圆球里出来。他摇摇晃晃走下时间机器，靠在他们身上。"谢谢。"他低声咕哝了一句。

伍德匆忙赶来，"哈斯滕，你没事吧？"

他点点头，"没事，除了我的手。"

"我们赶快进去吧。"他们穿过大门,走进房间。"坐吧。"伍德不耐烦地挥挥手,一名士兵赶紧搬来一把椅子。"给他点热咖啡。"

咖啡拿来了。哈斯滕坐在那里小口小口啜饮。最后,他把杯子推开,靠在椅背上。

"现在你能跟我们说说吗?"伍德问。

"可以了。"

"很好。"伍德在他对面坐下。录音机开始运转,摄影机开始拍摄哈斯滕说话的样子。"说吧。你发现了什么?"

他说完后,房间里一片沉默。警卫或技术人员都没有开口。

伍德颤抖着站起来,"上帝啊。所以,是一种有毒的生命形式攻击了人类。我考虑过类似的情况。可是蝴蝶?具有智慧,能策划袭击。很可能会迅速繁殖,迅速适应。"

"也许这些书籍和报纸能帮助我们。"

"它们是从哪里来的?现有品种发生突变?还是来自其他星球。也许它们是通过太空旅行来到地球。我们得搞明白。"

"它们只攻击人类,"哈斯滕说,"它们完全无视奶牛。只有人类。"

"也许我们可以阻止它们。"伍德打开视频电话,"我让委员会召开一次紧急会议。我们会把你的描述和建议告诉他们。我们将启动一个程序,组织整个地球上所有的机构。现在我们已经知道致命要素究竟是什么,我们还有机会。谢谢你,哈斯滕,也许我们能及时阻止它们!"

操作员来了,伍德给委员会发出密码信。哈斯滕麻木地看着。最后,他站起来,在房间里踱来踱去。他的手臂仍然阵阵抽痛。过了一会儿，他又穿过大门回到室外，进入露天广场。一些士兵正在好奇地检查时间汽车。哈斯滕茫然地看着他们，脑子里一片空白。

"那是什么，先生?"一个士兵问。

"那个?"哈斯滕回过神来，慢慢走向他们，"那是一辆时间汽车。"

"不，我是说，"士兵指着球体上什么东西，"这个，先生，汽车出发时还没有这东西。"

哈斯滕的心脏几乎停跳。他从士兵们中间挤过去，抬头看着时间汽车。起初，他并没有看到金属外壳上有什么东西，只看到金属表面上腐蚀的痕迹。随后，一阵寒意涌遍他的全身。

在金属表面上，有些毛茸茸的棕色小东西。他伸手摸了摸。一个袋子，硬硬的棕色小袋子。干巴巴，空荡荡。里面什么也没有，一端有个开口。他抬头望过去。汽车整个外壳上布满了棕色小袋子，有些还装着东西，但大部分已经空空如也。

那是茧。

记忆裂痕

他突然动弹了一下。运转平稳的喷气发动机在他周围嗡嗡作响。他正坐在一艘小型私人火箭巡航舰上，悠闲地穿过午后的天空，在城市之间飞行。

"哎哟!"他在座位上坐起来揉着脑袋。在他身旁，厄尔·雷特里克目光炯炯，用锐利的眼神盯着他。

"醒了?"

"我们在哪儿?"詹宁斯摇了摇头，想要摆脱一阵隐隐的头痛，"也许我该换个问法。"他发现此时已不是深秋，而是春天。巡航舰下方的田野郁郁葱葱。他记得的最后一件事就是和雷特里克一起走进电梯。当时是深秋时分。在纽约。

"没错。"雷特里克说，"现在是将近两年后。你会发现很多事情已经变了。几个月前，政府倒台了，新政府更加强硬，秘密警察几乎拥有无限权力。现在他们正在教学龄儿童怎样检举告发。我们都能猜到未来会怎样。让我想想，还有什么来着？纽约变得更大。我想他们最后还是把旧金山湾填平了。"

"我想知道的是，我过去两年究竟做了些什么?!"詹宁斯紧张地点燃一支烟，把火柴按灭，"你能告诉我吗?"

"不,我当然不能告诉你。"

"我们要去哪里?"

"回到纽约事务所。你第一次遇见我的地方。还记得吗?很可能你比我记得更清楚。毕竟,对你来说那只是一天以前的事情。"

詹宁斯点点头。两年!他生活中的两年时间消失了,一去不复返。这种事似乎不可能。他当初走进电梯时还在反复思考、权衡利弊。他是否应该改变主意?即使能拿到那么多钱——真的很多,即使对他来说也很多——但感觉并不值得。他总是想知道自己都做了些什么工作。是否合法?是否——但到了如今,那些都是过去式了。就在他想不明白的时候,窗帘拉开了。他沮丧地看着窗外午后的天空。下方,土壤湿润,生机勃勃。春天,两年后的春天。他在这两年里究竟得到了什么?

"我拿到报酬了吗?"他掏出钱包打开看了一眼,"显然还没有。"

"还没有,你会在事务所拿到报酬,由凯莉付给你。"

"一次性付清?"

"五万信用币。"

詹宁斯笑了笑。对方大声说出的数字令他感觉好了一点儿。也许没那么糟,毕竟这几乎就像睡了一觉还能拿报酬。但他老了两岁,余下的生命减少了这么长时间。感觉好像卖掉了他自己的一部分,生命的一部分。如今生命是很值钱的。他耸了耸肩,反正都过去了。

"我们差不多就要到了。"老人说。机器人飞行员操纵巡航舰朝地面降落。在他们下方,纽约市的边缘已渐渐出现。"好吧,詹宁斯,我们可能不会再见面了,"他伸出手,"与你共事很愉快。我们曾经一起工作,你知道,肩并肩工作。你是我见过的最好的机械师之一。我们雇用你是一次正确的选择,即使要付出那么高的报酬。你多次回报了我们——虽然你现在不记得了。"

"很高兴你付的报酬物有所值。"

"你听起来有点儿生气。"

"不,我只是正在努力习惯自己老了两岁的事实。"

雷特里克笑了,"你仍然是个很年轻的人。她把报酬付给你时,你会感觉更好。"

他们走出巡航舰,踏上纽约事务所大楼的小型屋顶降落场。雷特里克带他走向电梯。随着电梯门关上,詹宁斯的内心受到了冲击。这是他记得的最后一件事,这部电梯。在那之后他就昏了过去。

"凯莉见到你会很高兴的,"他们走进一间明亮的大厅时,雷特里克说,"她每隔一段时间就会问起你。"

"为什么?"

"她说你看起来很帅。"雷特里克把密码钥匙按在门上。门随即打开。他们走进雷特里克建筑公司豪华的办公室。一张桃花心木长桌后面,坐着一个年轻女人,正在研究一份报告。

"凯莉,"雷特里克说,"看看是谁终于工作期满了。"

女孩抬起头,微微一笑,"你好,詹宁斯先生。回到这个世界感觉如何?"

"很好,"詹宁斯向她走去,"雷特里克说由你付给我报酬。"

雷特里克拍拍詹宁斯的背,"再见,我的朋友。我要回工厂去了。如果你急需一大笔钱,我们可以再和你签订另一份合同。"

詹宁斯点点头。雷特里克走了出去,而他在办公桌边坐下,双腿交叉。凯莉打开一个抽屉,把椅子向后推,"好的。你的工作期已经满了,雷特里克建筑公司也准备好付款。你带了合同复印件吗?"

詹宁斯从口袋里掏出一个信封,扔在桌子上,"在这儿。"

凯莉从办公桌抽屉里取出一个小布袋和几页手写的文件。她花了点儿时间浏览那几页纸,娇小的面庞全神贯注。

"怎么了?"

"我想你会很吃惊的。"凯莉把合同递回给他,"再看一遍。"

"为什么?"詹宁斯打开信封。

"这里有一条备用条款:'如乙方提出要求,他与前述雷特里克建筑公司合同期间任何时间——'"

"'如果他提出要求,他可根据自己的意愿选择自认为价值与薪水相当的物品或产品,代替指定的薪水总数——'"

詹宁斯抢过布袋打开,把里面的东西倒在手掌上。凯莉在旁边看着。

"雷特里克在哪儿?"詹宁斯站了起来,"如果这是他的主意的话——"

"雷特里克与此无关。这是你自己的要求。这里,看看这个,"凯莉把那几页纸递给他,"你自己亲笔写的。读一读。说真的,这是你的主意,不是我们的。"她对他露出一个微笑,"与我们签订合同的人,时不时会出现这种情况。他们在合同期间决定选择其他东西作为报酬,而非金钱。为什么,我不知道。但他们醒来时记忆已被清除,他们已经同意了——"

詹宁斯扫过那几页纸。这是他自己的笔迹。毫无疑问。他双手颤抖,"我不相信。即使这是我自己的笔迹。"他把那张纸折起来,咬牙切齿,"我在那边工作时肯定有人对我做了什么。我不可能同意这个。"

"你肯定有你的理由。我承认,现在这么说也没什么意义。但你也不知道在记忆被清除前是什么说服你这样做的。而且你不是第一个这样做的人,在你之前还有另外几个人也一样。"

詹宁斯低头看着自己手掌中的东西。他从布袋里倒出来一堆七零八碎的小东西:一把密码钥匙、一张票根、一张存放收据、一段细电线、半个赌场筹码、一根绿布条、一张公交车票。

"只有这些,五万信用币换来的,"他喃喃地说,"还有两年时间……"

他走出那座建筑,来到午后繁忙的街道上。他仍然十分茫然,茫然而困惑。他被骗了吗?他摸着口袋里那些零碎,电线、票根,还有剩下的那堆。**就这些**,两年的工作就换到这些!但他也看到,那是他自己的笔迹,声明放弃报酬,要求换成这些替代品。就像《杰克与豌豆》的故事,换来一把豆子。为什么?为了什么?是什么让他这样做的?

他转身沿着人行道走去,在拐角处停了下来,一艘地面巡航舰正向他驶来。

"好了,詹宁斯。进来。"

他猛地抬头。巡航舰的门打开了,一个男人单膝跪在里面,来复枪直指他的脸。那是一个身穿蓝绿色制服的人,一个秘密警察。

詹宁斯坐进去。磁力锁滑入位置锁好,门在他背后关上,这里就像个密室。巡航舰在街道上慢慢滑行。詹宁斯向后靠在座位上。那个秘密警察在他旁边放下了枪。另一侧的第二名警察熟练地伸手搜遍他的全身,寻找武器。他搜出詹宁斯钱包和那一堆小玩意儿，还有信封与合同。

"他身上有什么？"司机问。

"钱包，钱。跟雷特里克建筑公司的合同。没有武器。"他把詹宁斯的东西还给他。

"这是干什么？"詹宁斯问。

"我们想问你几个问题。仅此而已。你一直为雷特里克工作吗？"

"是的。"

"两年时间？"

"差不多两年。"

"在工厂里？"

詹宁斯点点头，"我想是的。"

警官向他倾过身来，"工厂在哪里，詹宁斯先生？它在哪里？"

"我不知道。"

两名警官对视一眼。第一个人舔了舔嘴唇，他的表情敏锐而警觉，"你不知道？下一个问题，也是最后一个。在这两年里，你干了什么？你的工作是什么？"

"机械师。我修理电子机械。"

"哪种电子机械？"

"我不知道。"詹宁斯抬头看着他。他忍不住笑了起来，嘴角嘲讽地一咧，"很抱歉，但我不知道。这是事实。"

一片沉默。

"你是什么意思，你不知道？你的意思是你做了两年机械师，而不知道自己干了什么？甚至不知道你在哪里？"

詹宁斯挺了挺身子，"这一切都是怎么回事？你们为什么要抓我？我什么都没做。我一直在——"

"我们知道。我们没有逮捕你。我们只是想了解一些信息，关于雷特里克建筑公司的。而你在工厂里为他们工作，担任重要职位。你是个电子机械师？"

"是的。"

"你会修理高级电脑和联机设备？"警官查了一下笔记本，"根据我们的资料，你是全国在这方面最在行的专家之一。"

詹宁斯没有开口。

"我们想知道两件事，告诉我们答案，你马上就会被释放。雷特里克的工厂在哪里？他们在做些什么？你为他们维修机械，不是吗？对不对？两年时间。"

"我不知道。我想是吧。我完全不知道自己在这两年里做了什么。随便你们信不信。"詹宁斯疲倦地低头盯着地板。

"我们要怎么办？"司机最后说，"我们没有接到进一步的指令。"

"带他去检查站。我们不能继续在这里提问了。"巡航舰旁边，一群男男女女沿着人行道匆匆来回。街道上挤满了巡航舰，工人们正在返回乡下的住宅。

"詹宁斯，你为什么不能回答我们的问题？你是怎么了？就这么几件简单的事情，你没有理由不告诉我们。你不愿与政府合作？为什么要对我们隐瞒这些信息？"

"如果我知道，我会告诉你们的。"

警察"哼"了一声。没有人开口。巡航舰很快停在一座巨大的石头建筑物前面。司机关掉发动机，取下控制钮盖，放进自己的口袋里。他把密码钥匙按在门上打开磁力锁。

"我们要怎么办，把他带进去？事实上，我们没有——"

"等一下。"司机走了出去。另外两个人也跟上他,把门在身后关上锁好。他们站在安全检查站前的人行道上,彼此交谈。

詹宁斯静静地坐着,低头盯着地面。秘密警察想知道雷特里克建筑公司的事。他什么也不能告诉他们。他们找错了人,但他怎么才能证明这一点呢?整件事都令人难以置信。他被抹去了两年的记忆。谁会相信他呢?就算他自己也觉得不可思议。

他回忆着,想起最初读到那份广告的时候。广告是寄到家里的,直接寄给他。上面写着"**招聘机械师**",以及对于这份工作的大致描述,措辞模糊、拐弯抹角,但足以让他知道自己刚好符合要求。报酬也不错!面试是在事务所。测试,填表。然后他逐渐意识到,雷特里克建筑公司已经了解关于他的一切,而他对他们一无所知。他们做的是什么工作?建筑,但哪种建筑?他们有哪种机械?两年,五万信用币……

而他出来后,记忆会被彻底抹去。两年时间,他什么都不记得。他考虑了很长时间才接受合同上的这部分。但他毕竟接受了。

詹宁斯望向窗外。那三个警察还在人行道上交谈,无法决定要拿他怎么办。他处境尴尬,提供不了他们想要的信息,他根本一无所知。但他怎样才能证明这一点?他怎样才能证明自己工作两年后知道的东西并不比刚进去的时候多!秘密警察会对他严刑逼供。他们要花很长时间才会相信他,到了那时候——

他迅速环顾四周,有没有办法逃跑?他们马上就会回来。他摸了摸门。门是锁上的,三环磁力锁。他对磁力锁深有研究,甚至还设计过核心触发器那部分。没有正确的密码钥匙根本无法打开门。绝不可能,除非他能有办法让这把锁短路。可是用什么呢?

他在口袋里摸了摸。有什么东西能用呢?如果他能让这把锁短路、烧坏,可能还有一线机会。外面,成群结队的男人和女人走在下班回家的路上。现在五点多,办公大楼一栋栋地关闭了,街上交通繁忙,热闹非凡。如果他能逃出去,他们绝不敢开枪——只要他能逃出去。

三名警官分开了。其中一个走上台阶进入检查站大楼。另外两个马上就会回到巡航舰里。詹宁斯伸手摸进口袋里,掏出了密码钥匙、票根、电线。电线!很细的电线,像头发一样细。是绝缘的吗?他迅速把它解开。不是。

他跪下来,手指熟练地摸上大门。门锁边上有一条细线,是锁和门之间的一道凹槽。他把电线一头伸进去,小心翼翼地操纵电线进入到几乎看不见的地方。三厘米左右的电线消失在里面。汗珠从詹宁斯额头上滚下来。他把电线又移动了一点点,转动。他屏住呼吸。继电器应该会——

一道闪光。

他被光线射得几乎睁不开眼,立即把全身重量撞到门上。门开了,锁被熔化了,冒着烟。詹宁斯摔倒在街上,随即一跃而起。他周围有很多艘巡航舰鸣笛驶过。他弯腰躲在一辆笨重的卡车后面,进入中间车道,瞥见人行道上的秘密警察开始追赶他。

一辆公交车驶了过来,在街上左右横窜,载着去购物和下班的人们。詹宁斯抓住车后的栏杆,把自己拉上踏板。一张张惊讶的面孔转向他,像是一个个苍白的月球。机器人售票员向他走来,生气地嗡嗡响。

“先生。”售票员开口说。公共汽车速度慢下来。“先生,不允许——"

"没问题的。"詹宁斯说。他心里突然满是奇怪的兴奋感。片刻之前,他还被困住,无法逃脱。他生命中两年时间彻底消失了。秘密警察逮捕他,要求他提供信息,可他一无所知。多么绝望的处境!而现在,一切变得豁然开朗。

他把手伸进口袋,拿出那张公交车票,平静地放进售票员的硬币槽中。

"可以了吧?"他说。脚下的公交车微微一颤,司机在犹豫。随后,公交车恢复了原本的速度继续向前行驶。售票员转身离开,嗡嗡声逐渐平息。一切都很顺利。詹宁斯笑了起来。他从站着的乘客中慢慢走过去,想找个座位,一个可以坐下来思考的地方。

他有太多的东西要思考。他的大脑高速运转起来。

公交车在川流不息的城市交通中向前行驶。詹宁斯心不在焉地看着坐在周围的人。毫无疑问,他没有被骗。一切诚实无欺。那确实是他自己做出的决定。真是令人惊讶,工作两年后,他宁愿把五万信用币换成这些小玩意儿。而更令人惊讶的是,事实证明这些小玩意儿比金钱更有价值。

他靠着一根电线和一张公交车票从秘密警察那里逃走。这些东西具有极大的价值。一旦他消失在检查站的石头大楼里,金钱对他来说将毫无用处,即使五万信用币也帮不了他。还剩下五个小玩意儿。他摸了摸口袋里。还有五个。他已经用了两个。其余的——是做什么用的?为了同样重要的事情吗?

但最大的问题是:那个**他**——以前的那个自己——怎么会知道一根电线和一张公交车票能够挽救他的生命?**他**知道,没错。预先就知道。但他是怎么知道的?还有另外五个东西,很可能同样宝贵,在未来的某个时刻会很宝贵。

那两年的他,知道一些他现在不知道的事情,公司清除他的记忆时,那些事情都被洗刷殆尽。就像一台被清理过的计算机。一切都无迹可寻。现在,那个他所知道的事情已经消失了。彻底消失,只留下七个小玩意儿,其中五个还在他口袋里。

但现在真正的问题不是这些猜测,而是一个实实在在的问题。秘密警察正在找他。他们知道他的名字和外貌。根本不用考虑回公寓——如果他那间公寓还在的话。可是要去哪里?旅馆?秘密警察每天都会筛查一遍。朋友那里?这意味着让他们和他一起陷入危险境地。秘密警察找到他只是时间问题,不管他走在街道上,在餐厅里吃饭,看表演,还是在出租屋里睡觉,都有可能。秘密警察无处不在。

无处不在?也不见得。一个人也许毫无防范之力,但一家公司可不会。大型经济实体会想方设法保持自由,即使其他一切几乎都会被政府吞并。法律可能不会保护个人,但仍然会保护资本和工业。秘密警察可以逮捕任何一个人,但他们不能直接进入并占领一家公司、一个企业。这一点在20世纪中期就已经很明确了。

商业、工业、公司,可以免受秘密警察的干扰。他们需要走正当程序。雷特里克建筑公司是秘密警察很感兴趣的目标,但除非公司违背法令,否则警察什么也做不了。如果他能回到公司,走进他们的大门,他就安全了。詹宁斯冷冷一笑。当代的教堂,避难所。现在是政府与公司之间的角力,而非国家与教会之间。当今世界上新的圣母院。无须遵循法律的地方。

雷特里克会把他再招回去吗?会的,按照原来的合同,他之前就提过。他会再次失去两年时间,然后又回到街头。这能为他带来帮助吗？他突然把手伸进口袋里。剩下几个小玩意儿就在里面。那个**他**肯定打算用上这些东西！不，他不会回到雷特里克，签订另一份合同再工作两年。那个**他**肯定有别的打算，更长远的打算。詹宁斯陷入沉思。雷特里克建筑公司。修建什么？在那两年里，那个**他**知道了什么，发现了什么？为什么秘密警察会对此感兴趣？

他取出那五个小玩意儿仔细研究，绿布条、密码钥匙、票根、存放收据、半个赌场筹码。很难相信，像这样的小东西会十分重要。

一切都与雷特里克建筑公司有关。

毫无疑问。答案，所有问题的答案，都在雷特里克那儿。但雷特里克在哪儿？他不知道工厂在哪儿，完全不知道。他知道办事处的地点，那个豪华的大房间，那个年轻女人和她的办公桌。但那里并不是雷特里克建筑公司。除了雷特里克本人之外还有人知道吗？凯莉不知道。秘密警察知道吗？

工厂在城外。这一点可以肯定。他乘火箭去过那里。很可能在美国国内，也许在农村、在乡下，坐落于城市之间。他的处境堪忧！秘密警察随时会抓住他。下一次他恐怕就逃不掉了。他唯一的机会，真正确保自身安全的机会，取决于他能否找到雷特里克。这也是唯一的机会，去查明他必须知道的那些事情。工厂——那个他曾经去过但毫无记忆的地方。他低头看着那五个小玩意儿。它们能为他带来什么帮助？

他的心里突然涌起一阵绝望。也许只是巧合，电线和车票。也许——

他翻来覆去仔细查看存放收据，把它举起来对着光。突然，他的胃部一阵抽搐，心跳加速。他是对的。不，这不是个巧合，电线和车票。存放收据的日期是两天后。不管存放的是什么，现在还没有寄存。四十八小时内都不会寄存。

他看着别的东西。一张票根。票根有什么意义？它已经被反复折叠，皱巴巴的。他拿着这东西哪儿也去不了。一张票根不能把你带到任何地方。它只能告诉你，你曾经去过哪里。

你曾经去过哪里！

他弯下腰，凝视着那张票根，抚平折皱的地方。印刷的文字从中间撕开，只能辨认出一部分：

艾奥

斯图亚特斯维

波托拉剧

他笑了笑。就是这个。他曾经去过的地方。他能补得上丢失的文字。这就够了。毫无疑问：那个**他**也预见到了这一点。七个小玩意儿已经用了三个。还剩四个。美国艾奥瓦州的斯图亚特斯维尔。有这个地方吗？他望向公交车窗外，距离城际火箭站只有一个街区，他很快就能抵达那里。他可以迅速冲出公交车，希望警察不会等在那里抓住他——

但不知为何，他知道警察不会抓住他，既然他口袋里还有另外四个小玩意儿。等他登上火箭，他就安全了。城际火箭很大，足够让他躲开警察。詹宁斯把剩下几个小玩意儿放回口袋里，站起来拉响停车铃。

片刻之后，他小心翼翼下车走到人行道上。

他在小镇边缘一个棕色的小型降落场下了火箭。几名没精打采的搬运工来来去去堆放行李,或是躲开火辣辣的太阳休息。

詹宁斯穿过停机坪来到候机室,打量着周围的人,都是些普通人、工人、商人、家庭主妇、卡车司机、高中生。斯图亚特斯维尔是个中西部小镇。

他走过候机室,来到外面街道上。所以,雷特里克的工厂就在这里——也许。如果他对票根的线索理解正确。总之,这里确实有**什么东西**,否则那个**他**就不会把票根放进那堆小玩意儿中间。

艾奥瓦州的斯图亚特斯维尔。一个朦朦胧胧的计划开始在他心底逐渐成形,但仍然模糊不清。他双手插在口袋里走上街道,环顾四周。报社、餐厅、旅馆、台球厅、理发店、电视修理店。火箭销售店巨大的展厅里陈列着锃亮的火箭,家用规格的火箭。街区尽头,那就是波托拉剧场。

小镇边缘,人烟变得稀少。农场、田野。绵延几公里的绿色乡村。头顶天空中飞过几艘运输火箭,来回运送农用物资和设备。一个不重要的小镇。对于雷特里克建筑公司来说正合适。工厂藏在这里,远离城市,远离秘密警察。

詹宁斯走了回去。他走进一家餐厅,鲍勃饭店。他在柜台前坐下,一个戴眼镜的年轻人往白围裙上擦着手,走过来。

“咖啡。”詹宁斯说。

“你的咖啡。”那个男人端来杯子。餐厅里只有几个人。几只苍蝇嗡嗡叫着撞在窗户上。

外面街道上,购物的人和农民悠闲地路过。

“我说,”詹宁斯一边搅拌咖啡一边问,“这附近什么地方可以找到工作? 你知道吗?”

“什么样的工作?”那个年轻人走回来,斜倚在柜台上。

"电路方面的。我是个电工,修修电视、火箭、电脑啦,那种东西。"

"为什么不试试大工业区? 底特律、芝加哥、纽约?"

詹宁斯摇摇头,"我不能忍受大城市。我从来都不喜欢城市。"

年轻人笑了起来,"很多这里的人非常乐意去底特律工作。你是个电工?"

"这附近有工厂吗? 修理厂或工厂?"

"我不知道。"年轻人走开了,等着刚进来的客人点单。詹宁斯抿了口咖啡。他是否犯了个错误? 也许他应该回去,忘掉艾奥瓦州的斯图亚特斯维尔。也许他对于票根的推断是错误的。但这张票根肯定意味着什么,除非他彻底搞错了。但现在要做出决定已经有点儿晚了。

那个年轻人又走了回来,"我在这里能找到随便哪种工作吗?"詹宁斯问,"只是为了渡过难关。"

"农场里总是有工作的。"

"修理店呢? 汽车修理店,电视修理店。"

"街那头有一家电视修理店,也许你能找到机会。你可以试试。农场里的工作报酬不错。他们雇不到多少男人,今非昔比,现在大多数男人都在军队里。你喜欢把干草扔上车的活儿吗?"

詹宁斯笑了起来。他付了咖啡钱,"不是很喜欢。谢谢。"

"曾经有人在公路那边工作。那里有些政府检查站。"

詹宁斯点点头。他推开纱门来到外面滚烫的人行道上。他陷入沉思,漫无目的地走了一会儿,反复思考那个模模糊糊的计划。这是个很好的计划,能够解决一切,一次性解决所有的问题。但现在的关键在于:找到雷特里克建筑公司。而且他只有一条线索,如果这真的是条线索的话。票根,他口袋里皱巴巴的票根。以及一种信念:那个**他**知道自己在做什么。

政府检查站。詹宁斯停了下来,环顾四周。街道对面有个出租车站,几名司机正坐在驾驶室里,边抽烟边看报纸。至少值得一试,不然也没什么别的办法。雷特里克的工厂表面上可能伪装成别的机构。如果伪装成政府项目,没有人会问任何问题。人们都习惯了,政府的工作不需要解释,为了保密。

他走向第一辆出租车。"先生,"他说,"我能向你打听一些事吗?"

出租车司机抬起头,"你想知道什么?"

"他们告诉我在政府检查站可以找到工作。是吗?"

出租车司机打量着他,点点头。

"那是什么样的工作?"

"我不知道。"

"他们在哪里招聘?"

"我不知道。"出租车司机举起报纸。

"谢谢。"詹宁斯转身离开。

"他们现在没招人。也许很久才招一次。他们不会经常招聘。如果你想找工作,最好去别的地方试试。"

"好的。"

另一名司机从汽车里探出身子,"他们只雇几天的短工,伙计。仅此而已。而且他们非常慎重,几乎不让任何人进去。那是某种战争方面的工作。"

詹宁斯竖起耳朵,"秘密工作?"

"他们进城来接走一大堆建筑工人,也许整整一卡车的人。就是这样。他们选人时非常谨慎。"

詹宁斯走回出租车司机那里,"是吗?"

"那是个很大的地方。有钢墙,通着电,还有警卫,工厂里的机器不分昼夜地运转,但没人知道里面在干什么。在老亨德森路那边的一座小山顶上,大概四公里外。"出租车司机戳戳他的肩膀,"除非你有身份证明,否则是进不去的。他们选好工人后,会发给他们身份证明。你懂的。"

詹宁斯看着他。出租车司机在他肩上划了一道。詹宁斯突然明白过来,一阵释然。

"当然,"他说,"我明白你的意思。至少,我觉得我明白了。"他把手伸进口袋,拿出四个小东西。他小心展开那根绿布条,举起来,"这样的?"

出租车司机们都看着那根布条。"没错。"其中一个人盯着布条慢慢地说,"你从哪里弄到的?"

詹宁斯笑了,"一个朋友,"他把布条放回口袋里,"一个朋友给我的。"

他走向城际火箭的降落场。他有一大堆事要做,现在已经完成了第一步。雷特里克就在这里,没错。显然,那堆小玩意儿会帮他渡过难关。一样东西应对一次危机。锦囊妙计,来自一个通晓未来的人!

但他无法独自完成下一步计划。他需要帮助。后面这部分还需要另一个人参与。可是找谁呢? 他一边思索一边走进城际火箭候机室。他能找的只有一个人。没多大把握,但他必须试试。从现在开始他不能再单打独斗。如果雷特里克工厂就在这里,那么凯莉……

街上很黑。拐角的路灯投下一束光线。几艘巡航舰驶过。

公寓大楼门口走出一个苗条的人影,一个身穿大衣、拎着手提包的年轻女人。詹宁斯看着她从路灯下面走过去。凯莉·麦克韦恩正要外出,很可能是去参加聚会。她打扮得很漂亮,穿戴着小巧精致的帽子和大衣,高跟鞋走在人行道上发出咔嗒哒嗒的声音。

他走到她身后,"凯莉。"

她快速地转过身来,惊讶地张着嘴,"哦!"

詹宁斯拉住她的胳膊,"别怕,是我。你打扮得这么漂亮要去哪儿?"

"不去哪儿。"她眨眨眼睛,"我的天啊,你吓到我了。怎么了? 发生了什么事?"

"没什么。你能抽出几分钟时间吗? 我想和你谈谈。"

凯莉点点头,"我想可以,"她环顾四周,"我们去哪儿?"

"有什么地方可以让我们谈话? 我不想让任何人听到我们交谈。"

"我们不能一起走走吗?"

"不能,有警察。"

"警察?"

"他们在找我。"

"找你? 为什么?"

"我们不能站在这里,"詹宁斯严肃地说,"我们可以去哪儿?"

凯莉犹豫了一下,"我们可以去我的公寓,那儿没人。"

他们坐电梯上楼。凯莉打开门锁,按下密码键。门开了,他们走进屋里,暖气和电灯随着她的脚步自动启动。她关上门,脱下外套。

"我不会待很久的。"詹宁斯说。

"没关系。我给你拿杯酒来。"她走进厨房。詹宁斯坐在沙发上,环顾这间整洁的小公寓。女孩很快回来,在他旁边坐下,詹宁斯喝了一口酒。苏格兰威士忌加水,口感清冽。

"谢谢。"

凯莉微微一笑,"不客气。"他们两人一起默默坐了一会儿。"好吧,"她终于说,"这一切究竟是怎么回事?警察为什么要找你?"

"他们想知道雷特里克建筑公司的事。我在这件事里只是个棋子。他们认为我知道一些事情,因为我在雷特里克的工厂工作了两年。"

"可是你不知道!"

"我无法证明。"

凯莉伸手碰了下詹宁斯的脑袋——耳朵上面的位置,"摸摸这里,有个小点。"

詹宁斯摸了一下。他的耳朵上方,头发下面,有个小硬点。"这是什么?"

"他们在那个位置烧穿头骨。从大脑中切下小小一角,你这两年所有的记忆。他们确定这块记忆的位置,全部烧掉。秘密警察不可能让你想起来,那些记忆已经彻底消失,你什么都不会记得。"

"等他们认识到这一点,我都不知会变成什么样了。"

凯莉什么都没说。

"你也能看到我的处境。如果我能记起来会更好。然后我就可以告诉他们,而他们会——"

"摧毁雷特里克!"

詹宁斯耸了耸肩,"为什么不呢?雷特里克对我来说毫无意义。我甚至不知道他们在做什么。况且为什么警察对此这么感兴趣?从一开始,所有那些秘密,清除我的记忆——"

"一定有理由的,充分的理由。"

"你知道为什么吗?"

"不知道。"凯莉摇了摇头,"但我敢肯定这样做是有理由的。如果秘密警察对此感兴趣,这就是理由。"她放下了酒杯,转身走向他,"我讨厌警察。我们都讨厌,我们所有人。他们一直跟踪我们。我并不了解雷特里克。如果我知道什么,我也无法保证自身安全。维系雷特里克和他们之间关系的纽带相当脆弱,只是几条法律而已,就那么几条法律。没别的了。"

"我有一种感觉,雷特里克远远不只是一家秘密警察想要控制的建筑公司。"

"我想是吧。我真的不知道。我只是个接待员,从未去过工厂。我甚至不知道工厂在哪儿。"

"但是你不希望工厂出事。"

"当然不希望!他们反抗警察。任何反抗警察的人都和我们站在同一边。"

"真的吗?我以前也听说过这种理论。好吧,时间会证明一切。就我来说,我被两股冷酷无情的势力夹在中间。政府和企业。政府拥有人力和财富。雷特里克建筑公司拥有技术。我不知道他们利用技术都做了什么。几周前我是知道的。但现在我只有一些模糊的线索,一些参考物,还有一个推测。"

凯莉看了他一眼,"一个推测?"

"还有我口袋里这些小玩意儿。七个。现在只有三四个了。我已经用了一些。它们构成了我这个推测的基础。如果雷特里克所做的事情和我想象的一样，我能理解秘密警察为什么会对此感兴趣。事实上，我也开始和他们一样感兴趣了。"

"雷特里克在做什么？"

"制造一个时空抓取机。"

"什么？"

"时空抓取机。人们几年前就知道这在理论上是可行的。但时空抓取机和时空映射镜的实验是违法的。这是一项重罪，如果你被抓住了，你所有的设备和数据都会成为政府的财产。"詹宁斯狡黠地笑了，"难怪政府很感兴趣。如果他们能抓住雷特里克和那些东西——"

"时空抓取机。很难相信。"

"你不认为我是对的吗？"

"我不知道。也许吧。还有你的那些小东西，你不是第一个出来时带着一口袋零碎小玩意儿的人。你已经用过其中一些？怎么用的？"

"首先我用到了电线和公交车票。它们让我从警察手下逃走。听起来似乎是无稽之谈，但如果我没有这些东西，恐怕现在还被关在那里。还有一根电线和一张十美分的车票。但我平时不会随身携带这种东西。这就是关键所在。"

"啊，是时间旅行。"

"不，不是时间旅行。贝尔科夫斯基已经证明时间旅行是不可能的。这是个时空抓取机，用时空映射镜观察，然后用时空抓取机拾取。这些零碎的小玩意儿，其中至少有一个来自未来。被抓取，带回来。"

"你怎么知道？"

"上面写了时间。其他的也许不是来自未来。车票和电线都是很普通的东西。随便哪张车票都一样能用。但在那里，那个**他**肯定用过映射镜。"

"**他**？"

"当我和雷特里克一起工作的时候，我一定用过时空映射镜。我看到了自己的未来。如果我一直为他们修理设备，就很难抵抗这种诱惑！我一定看到了未来将要发生的事情。秘密警察会把我抓起来。我肯定看到了这件事，也看到了一根细电线和一张公交车票的用处——如果那个时候我手头有这些东西，它们将发挥用处。"

凯莉想了一会儿，"那么，你要我做什么？"

"现在我还不确定。你真的认为雷特里克公司是一家慈善机构，正在发起反抗警察的战争？就好像龙塞斯瓦列斯的圣罗兰骑士那样——"

"我对这家公司的想法很重要吗？"

"很重要，"詹宁斯一饮而尽，把酒杯推到一边，"这很重要，因为我希望你能帮助我。我要敲诈雷特里克建筑公司。"

凯莉盯着他。

"这是我活下去的唯一机会，面对雷特里克我必须占据优势，明显优势。拥有足够的优势，他们才会按照我的方式让我加入。我没有别的地方可去。警察迟早会来抓我。如果我不能加入工厂，很快——"

"帮你敲诈公司？毁掉雷特里克？"

"不，不是毁掉。我不想毁掉它——我的生命还要依赖这家公司。我的生命依赖于雷特里克强大到足以反抗秘密警察。但如果我在**外面**，雷特里克再强大也没有意义。你明白吗？我想加入。我想在还来得及的时候进入工厂里。而且我想按照我自

己的方式加入,不是作为一名两年期的工人,那之后会再次被推
到外面去。"

"然后被警察抓走。"

詹宁斯点点头,"没错。"

"你打算怎么敲诈这家公司?"

"我要进入工厂,带出足够的资料,证明雷特里克正在操纵
时空抓取机。"

凯莉笑了起来,"进入工厂? 让我们看看你能不能**找到**工
厂。秘密警察已经找了好多年。"

"我已经找到了。"詹宁斯向后靠去,点燃一支烟,"靠着这些
零碎的小玩意儿,我已经确定工厂的位置。还剩四个,我想足以
让我进入工厂,拿到我想要的东西。我带出来的文件和照片将
足以把雷特里克送上绞刑架。但我并不想把雷特里克送上绞刑
架。我只想跟他讨价还价,那就是用到你的地方。"

"我?"

"我可以信任你,你不会去找警察。我需要把资料交给某个
人。我不敢亲自保管,一旦拿到资料就必须立即交给另一个人,
让这个人把它藏在连我都找不到的地方。"

"为什么?"

"因为,"詹宁斯平静地说,"秘密警察随时会把我抓起来。
我对雷特里克没什么感情,但我也不想毁掉那里。这就是为什
么你要帮我。我与雷特里克讨价还价时,我会把资料交给你保
管。否则我就只能亲自保管。如果我随身携带——"

他看了她一眼。凯莉凝视着地面,脸色紧绷,僵立不动。

"好了,你怎么说? 你会帮我吗? 还是我应该冒个险,抱着
万一的希望,期待秘密警察不会在我随身携带这些足以毁掉雷

特里克的数据资料时抓住我？好吧，怎么样？你想看到雷特里克被毁掉吗？你的答复是什么？"

他们两人蹲下来，看着田野另一边的小山。那座山伫立在远处，光秃秃的一片棕褐色，草木都被烧得干干净净。山坡上没有任何植物。半山腰上围了一道长长的钢质围墙，顶部是带电的铁丝网。另一边有个警卫慢慢走着，一个小小的人影戴着头盔、背着来复枪巡逻。

山顶上有个巨大的混凝土建筑，一座没有门窗的高楼。屋顶的一排机关枪在清晨阳光的照耀下闪闪发光。

"那就是工厂？"凯莉轻声问。

"就是那里。要占领那里需要一整支军队，先爬上小山，再翻越围墙。除非他们被允许进入工厂。"詹宁斯爬起来，也帮助凯莉站起来。他们沿着小路往回走，穿过树林，回到凯莉停泊巡航舰的地方。

"你真的认为靠着那根绿布条就能进去？"凯莉上车坐在方向盘后面。

"据镇子里的人说，今天早晨会有一卡车工人被送进工厂。卡车在入口处让工人下车接受检查。如果一切正常，他们会进入院子，穿过围墙，去修建东西，干体力劳动。一天结束后，他们又会被放出来，乘车被送回镇子里。"

"这样能接近你想找的资料吗？"

"至少我能穿过围墙。"

"你要怎么接近时空抓取机？那东西肯定在大楼里的某个地方。"

詹宁斯拿出了一把小巧的密码钥匙，"我会靠这个进去。希望能行。我想没问题。"

凯莉拿起钥匙仔细看了看,"这也是你那堆小玩意儿里面的? 我们应该更仔细检查一下你的小布袋。"

"我们?"

"公司。我见到好几个装着这种零碎玩意儿的小口袋,从我手里交出去。雷特里克对此从来没说过什么。"

"也许公司认为不会有人还想再回到里面去。"詹宁斯从她手中拿回密码钥匙,"现在,你知道要做什么吗?"

"我留在这里,待在巡航舰上等着你回来。你会把资料交给我。然后我把它带回纽约,等着你联系我。"

"没错,"詹宁斯打量着远处那条穿过树林通向工厂大门的公路,"我最好现在过去,卡车随时会来。"

"如果他们决定数一下人数呢?"

"我必须抓住机会,但我并不担心。我敢肯定,那个**他**已经预见到一切。"

凯莉露出微笑,"是了,你和你那位朋友,就是帮助你的那一位。我希望**他**给你留下了足够的东西帮你在拿到资料后逃出来。"

"你这样希望吗?"

"为什么不呢?"凯莉轻松地说,"我一直挺喜欢你。你知道的,你第一次见到我时就知道这一点。"

詹宁斯走出巡航舰。他身穿工装裤和工作鞋,以及一件灰色运动衫。"稍后见。如果一切顺利,我想我们还会见面。"他拍拍口袋,"只要有这些护身符,我的好运护身符。"

他快步穿过树林,渐渐走远。

树林一直延伸到公路边上。他藏在里面,没有走到外面的开阔地带上。工厂的警卫肯定会扫视山坡。他们已经把这里烧得干干净净,任何想要走近围墙的人都会立即被发现。他还看到了红外探照灯。

詹宁斯蹲坐在脚后跟上,观察着公路。几米外有个路障,就在大门前面。他看了看手表,十点三十分。也许还要再等等,漫长的等待。他试着放松下来。

十一点之后,大卡车沿着公路隆隆驶来。

詹宁斯立即行动起来。他取出那根绿布条系在手臂上。卡车驶近,现在他能看到车厢,那里挤满了工人,穿着工作服和牛仔裤的男人,随着卡车的行驶颠簸起伏。果然,每个人都戴着和他一样的绿色臂带。目前为止一切顺利。

卡车缓缓驶到路障前停了下来。男人们慢慢下车站在公路上,正午的阳光中弥漫起一片灰尘。他们拍打着牛仔裤上的灰尘,有些人点燃香烟。两名警卫悠闲地从路障后面走出来。詹宁斯感到紧张,马上就到时候了。警卫们走进那些男人中间进行检查,看看他们的臂带和他们的脸,看了看几个人的身份证明标签。

路障滑到一边,大门打开了。警卫们回到岗位上去。

詹宁斯向前挪动,在灌木丛中爬向公路。男人们按熄了香烟,又爬回卡车上。卡车发动机启动,司机松开刹车。詹宁斯在卡车后面跳到公路上,身上抖下一堆树叶和泥土。他跳出来的位置,警卫的视线会被卡车挡住。詹宁斯屏住呼吸,跑向卡车后面。

他终于爬上车,喘着粗气,男人们好奇地看着他。他们灰乎乎的脸上满是皱纹,饱经风霜。一群乡下男人。卡车开始行驶,詹宁斯在两个魁梧的农民之间坐下。他们似乎没怎么注意他。

他已经把脸抹脏,留了一天胡须。一眼看去,他和其他人没有多大区别。但如果有人数过工人的人数——

卡车穿过大门进入院内。大门在车后关上。现在他们正驶向高处,爬上陡峭的山坡,卡车不断颠簸摇晃。那座巨大的混凝土建筑越来越近。他们会进去吗?詹宁斯聚精会神地看着那里。一扇高高的门滑开,里面很黑。一排人造灯亮了起来。

卡车停下,工人们又开始下车。一些机械师来到他们身边。

"这些人是做什么的?"其中一个问道。

"挖掘。里面。"另一个用大拇指指了下,"他们又在挖掘。送他们进去。"

詹宁斯的心脏怦怦直跳。他正在进入工厂里!他摸了摸自己的脖子。灰色毛衣里面,一个平板相机像围嘴一样挂在他的脖子上。他几乎感觉不到它,即使明知它就在那里。也许这比他想象的要简单得多。

工人们步行走进大门,詹宁斯混在中间。他们身处在一个巨大的工作室,长长的工作台、半成品机械、吊杆和起重机,运转时发出持续不断的轰鸣声。门在他们身后关上,把他们与外界隔离开来。他已经进入工厂,但时空抓取机在哪里?还有时空映射镜?

"这边走。"一名工头说。工人们沉重缓慢地走向右边,一辆货运电梯从建筑内部升上来接他们。"你们要到下面去。多少人用过钻机?"

几个人举起手。

"你们可以教教别人。我们正在用钻机和腐蚀机搬运泥土。你们中有人用过腐蚀机吗?"

没有人举手。詹宁斯瞥了一眼工作台。他不久前就在这里工作？他身上突然掠过一阵寒意。万一有人认出他怎么办？也许他就是和这些机械师一起工作的。

"来吧，"工头不耐烦地说，"快点。"

詹宁斯和其他人一起走进货运电梯。他们很快开始下降，进入下面黑色的管道里。下降，下降，前往工厂最下面几层。雷特里克建筑公司是个**大地方**，比地面上看起来大很多。比他以前想象的大很多。地下的楼层一层接一层闪过。

电梯停下来，门开了。他眼前是一道长长的走廊。地面上积了厚厚一层岩粉，空气潮湿。他周围的工人们开始往外挤。突然，詹宁斯僵住了，后退了几步。

走廊尽头，有个人站在一扇钢门前面，那是厄尔·雷特里克，正在和一群技术人员交谈。

"都出来，"工头说，"我们走。"

詹宁斯走出电梯，躲在其他人后面。雷特里克！他的心怦怦直跳。如果被雷特里克看见，他就完了。他摸了摸口袋。他带着一把微型鲍里斯枪，但如果他被发现了，这也没多大用处。一旦雷特里克看到他，一切就完蛋了。

"这边走，"工头带着他们走向一个似乎是地下铁路的地方，来到通道边上。工人们走进轨道上的金属车里。詹宁斯看着雷特里克，看到他生气地做着手势，模模糊糊的声音沿着大厅传来。突然，雷特里克转过身。他举起手，身后的钢门打开了。

詹宁斯的心脏几乎停止跳动。

就在那里，钢门另一边，那就是时空抓取机。他立刻认出了它。还有时空映射镜。长长的金属棒，末端有个金属爪。和贝尔科夫斯基的理论模型一模一样——但这一个实实在在就在眼前。

雷特里克走进房间,技术人员跟在他身后。一些人正站在时空抓取机周围忙活。部分防护罩关掉了,他们正认真研究着拾取来的物品。詹宁斯盯着那里,踌躇不前。

"我说你——"工头说着朝他走来。钢门关上了,视线被切断。雷特里克、时空抓取机、技术人员,全都消失了。

"不好意思。"詹宁斯嘀咕了一句。

"你知道,你不应该对周围的东西感到好奇,"工头全神贯注地打量着他,"我不记得你。让我看看你的标签。"

"我的标签?"

"你的身份证明标签,"工头转过身,"比尔,把核对板给我。"他上下打量詹宁斯,"我得查一下核对板,先生。我以前从未见过你。待在这里。"一个男人正从侧门走进来,手里拿着核对板。

机不可失。

詹宁斯冲了出去,沿着走廊跑向钢门。身后响起工头和他的助手惊讶的喊叫声。詹宁斯迅速掏出密码钥匙,一边跑一边虔诚地祈祷。他来到门口,拿出钥匙,另一只手握住鲍里斯枪。门的另一边就是时空抓取机。几张照片,一些原理图,然后,如果他能逃出去——

门没有动。他脸上渗出汗水。他把钥匙放在门上。为什么打不开?这肯定——他开始发抖,心底浮起一阵恐慌。人们沿着走廊跑来,追在他身后。快打开——

但这扇门打不开。他手里的钥匙不是这扇门的钥匙。

他失败了。门和钥匙对不上。要么**他**搞错了,要么这把钥匙应该用在别的地方。但究竟是哪里?詹宁斯慌乱地环顾四周。哪里?他该往哪儿走?

另一边有扇半开的门,门上是普通的栓锁。他穿过走廊把它推开。这里像是个储藏室之类的地方。他"砰"的一声关上门,插上门栓。他能听到那些人就在外面,困惑地呼叫警卫。武装警卫很快就会出现。詹宁斯紧紧握住鲍里斯枪,环顾四周。他被困住了吗?还有第二条路能出去吗?

他穿过房间,从包裹和箱子中间挤过去,高高堆起的纸箱整整齐齐、默默无言。后面有个紧急出口,他立即把它打开。他产生了一种冲动,恨不得把密码钥匙扔掉。这东西有什么用?但那个**他**肯定知道自己在做什么。**他**已经看到了这一切。**他**就像上帝一样,预测未来。**他**不可能犯错。可能吗?

他身上泛起一阵寒意。也许未来是可以改变的,也许这把钥匙曾经是正确的钥匙,但现在已经不是了!

他身后传来一阵响声。他们正在设法熔掉储藏室的门。詹宁斯爬进紧急出口,进入一条低矮的混凝土通道,里面潮湿而昏暗。他沿着通道飞快地跑起来,转过几个弯。这里似乎是一条下水道。其他人也跑进来,从各处追上来。

他停下来。往哪边走?他能藏在哪里?他头顶上方探出一根粗粗的排气管,仿佛一张张开的大嘴。他抓住排气管爬了上去,心惊胆战地把身体藏进去。但愿他们会忽略这根管道直接走过去。他小心翼翼地沿着管道往里爬。温暖的空气吹在他脸上。为什么会有这么粗的排气管?这意味着另一端是个非同寻常的房间。他来到一扇金属栅门前面,停了下来。

他倒吸了一口气。

眼前是一个巨大的房间,正是他之前隔着钢门看到的那个大房间,只是现在他来到了另一端。时空抓取机就在那里。而在远处,时空抓取机的另一边,雷特里克正在视频屏幕旁边和人商量着什么。刺耳的警报声呜呜响起,回荡在工厂里。技术人员们在各处跑来跑去。身穿制服的警卫们在门口进进出出。

时空抓取机。詹宁斯仔细查看金属栅门,它卡在凹槽里,他朝侧面扳了一下,金属栅门落在他手里。没有人注意到。他悄悄溜进房间,握着鲍里斯枪随时准备开火。他严严实实地藏在时空抓取机后面,技术人员和警卫都还在房间另一端,他最初看到他们的地方。

他要找的东西就在这里,原理图、映射镜、文件、数据、图纸。他打开相机。相机在他胸前微微颤动,胶片一张张移动。他抓起一叠原理图。也许那个**他**亲自用过这些图纸,就在几周前!

他把口袋里塞满文件,胶片全部用光了。但他已经搞定了。他再次挤进排气管,从开口处跳出管道。下水道一般的走廊仍然空空如也,但到处传来持续不断的敲击声、说话声和脚步声。一大群人——他们正在迷宫似的走廊里寻找他。

詹宁斯跑得很快。他不辨方向地跑啊跑,尽可能一直沿着主走廊。四面八方都是通道,一个接一个,数不清的通道。他正在向下走,越来越低,如下坡一般奔跑。

突然,他停了下来,喘着粗气。身后的声音已经消失了一阵子,但前面传来新的声音。他慢慢走过去。走廊朝右边转了个弯。他慢慢向前走,鲍里斯枪随时准备开火。

两个警卫站在前面不远的地方,无所事事地聊天。他们后面是一扇沉重的密码门。他身后的人声再次响起,越来越大。他们找到了他走的那条通道。他们马上就要来了。

詹宁斯走了出来,举起鲍里斯枪,"举起手,放下枪。"

警卫们呆呆地盯着他看。他们还是些孩子,短短的金发,闪亮的制服。他们向后退去,脸色苍白,十分害怕。

"枪。放下枪。"

　　两把来复枪掉在地上。詹宁斯笑了，还是孩子，这很可能是他们第一次遇到麻烦。他们的皮靴擦得闪闪发亮。

　　"打开门，"詹宁斯说，"我要出去。"

　　他们盯着他。背后的声音越来越大。

　　"打开门，"他变得不耐烦起来，"快点，"他挥舞着手枪，"打开它，该死！你想让我——"

　　"我们……我们做不到。"

　　"什么?"

　　"我们做不到，这是一扇密码门。我们没有钥匙。我说的是实话，先生。他们不会把钥匙给我们。"他们很害怕。詹宁斯现在也开始感到害怕。他身后的脚步声越来越响。他会被困住，被抓住。

　　会吗?

　　他突然笑了，快步走向门口，"信心，"他举起手低声说，"那是你永远不应该失去的东西。"

　　"那是……那是什么?"

　　"相信你自己。自信。"

　　他把密码钥匙放在门上，门向后滑开。刺眼的阳光照进来，他眯起眼睛，紧紧握住枪。他已经来到外面，大门口。三名警卫目瞪口呆地看着他手里的枪。他走向大门——远处就是树林。

　　"走开，别挡道。"詹宁斯对着门上的金属栓开火。金属燃起一团火焰，开始熔化。

　　"拦住他!"有人从后面追上来，警卫们从走廊跑出来。

　　詹宁斯跃过还在冒烟的门。金属割伤了他，烧灼着他。他在一片浓烟中跑过，绊倒在地上。他爬起来继续匆匆跑进树林里。

他出来了。那个**他**没有让他失望。钥匙是有用的,没错。他第一次没用在正确的门上。

他跑呀跑,气喘吁吁地从树林中穿过,把工厂抛在身后,后面的人声逐渐消失。他拿到了那些文件,他自由了。

他找到凯莉,把胶片和他塞进口袋里的所有东西都交给她。然后,他换回平时的衣服。凯莉开车把他送到斯图亚特斯维尔小镇边上,然后离开。詹宁斯看着她那艘巡航舰升到空中,驶向纽约。然后他走进镇子,登上城际火箭。

航程中,他坐在一群打盹儿的生意人中间,睡了一觉。当他醒来时,火箭正准备在巨大的纽约航天发射场着陆。

詹宁斯下了火箭,融入人群中。现在,他又回到了这里,面临着再次被秘密警察抓住的危险。两名穿着绿色制服的警察无动于衷地看着他在发射场坐上出租车。出租车载着他驶入市区的车流。詹宁斯擦了擦额头。好险。现在,去找凯莉。

他在一家小饭馆吃了晚餐,坐在远离窗户的地方。他出来时,太阳已经落山。他沿着人行道慢慢走着,陷入沉思。

目前为止一切顺利。他已经拿到了文件和胶片,也逃了出来。那些小玩意儿一路上每一步都帮了大忙。如果没有它们,他肯定会束手无策。他摸了摸口袋,还剩下两个。边缘呈锯齿状的半个赌场筹码,还有存放收据。他把收据拿出来,在夜晚昏暗的光线中仔细看着。

突然,他注意到什么。他紧紧盯着这张小纸条,日期是今天。

他把收据放回口袋,继续往前走。这意味着什么?究竟是为了什么?他耸耸肩。他迟早会知道的。还有那半个赌场筹码。究竟是做什么用的？天知道。无论如何，他肯定能搞定的。那个**他**一直帮他走到了现在，剩下的任务肯定不多了。

他来到凯莉住的公寓楼，停下来抬头向上看。她家里的灯亮着。她已经回来了，她那艘小型巡航舰的速度比城际火箭快。他走进电梯，来到她住的那一层。

"你好。"他在她打开门时说。

"你还好吗？"

"当然。我可以进来吗？"

他走进来，凯莉在他身后关上门，"见到你我很高兴。城市里挤满了秘密警察，几乎每个街区都有。还有巡逻队——"

"我知道，我在太空站也看到两个。"詹宁斯在沙发上坐下，"不过能回到这里真好。"

"我还担心他们会拦住所有的城际航班，搜查旅客。"

"他们没有理由认为我会进入城市。"

"我没想到这一点。"凯莉坐在他对面，"现在，接下来要做什么？既然你已经带着资料逃出来了，你打算怎么做？"

"接下来我会去见雷特里克，把这个出人意料的消息告诉他，告诉他从工厂逃走的那个人就是我。他知道有人逃走了，但他不知道是谁。毫无疑问，他以为那是个秘密警察。"

"他难道不能用时空映射镜看到真相吗？"

詹宁斯脸上掠过一道阴影。"原来如此。我没想到。"他搓着下巴，皱起眉头，"无论如何，我拿到了这些资料。或者说，你拿到了这些资料。"

凯莉点点头。

"好吧。我们的计划将继续进行下去。明天，我们会去见雷特里克。我们会在这里见他，在纽约。你能把他带到办事处吗？如果你请他过来,他会来吗?"

"是的。我们的惯例是这样。如果我请他过来,他会过来的。"

"很好。我会在那里见他。等他意识到我们拥有那些图表数据,就不得不同意我的要求。他只能让我加入雷特里克建筑公司,按照我自己的条件。否则,他就只能面临着资料被交给安全警察的威胁。"

"那么,一旦你加入进来,一旦他同意你的要求,会怎样?"

"我在工厂里看到了足够多的东西,那让我相信雷特里克的计划远比我意识到的更庞大。我不知道究竟有多庞大。难怪那个**他**这么感兴趣!"

"你想要对公司拥有同等的控制权?"

詹宁斯点点头。

"你绝不会满足于回去当个机械师,对吗？像你以前那样。"

"不,再被撵出来一次?"詹宁斯笑了,"无论如何,我知道那个**他**想要的不止于此。**他**精心策划,留下一堆小玩意儿。**他**肯定已经事先计划好一切。不,我不想作为一名机械师回去。我在那里看到了很多东西,一层又一层的机器和工人。他们正在做一些事情。我想要真正加入这项工作。"

凯莉沉默下来。

"明白了吗?"詹宁斯说。

"我明白了。"

他离开公寓,沿着黑暗的街道匆匆走远。他在那里待了太长时间。如果秘密警察发现他们两人在一起,雷特里克建筑公司就没救了。他绝不能冒险,成功几乎就在眼前。

他看了看表,时间已过午夜。他会在今天早晨去见雷特里克,提出他的要求。他走在路上,心情振奋。他会安全的,而且不仅仅是安全。雷特里克建筑公司的目标远远不止是获得纯粹的工业力量。他看到的东西令他相信,那里正在酝酿一次革命。在混凝土堡垒下面,在层层深入的地下,在武装人员持枪把守下,雷特里克正在策划一场战争。机器正在运转。时空抓取机和时空映射镜正在努力工作,观察、浸入、取出。

怪不得那个**他**会制订出这么周密的计划。**他**看到这一切,于是明白了,开始思考。问题在于清除记忆。**他**出来后记忆就会消失。毁掉所有的计划。毁掉?合同里有个备用条款。也有其他人看到并用过那个条款。但不像**他**这样有计划地应用!

他比以前去过那里的任何人做得都多。**他**是第一个真正理解了这一切,并做出计划的人。那七个小玩意儿起到桥梁的作用,超越了任何——

街区尽头,一艘秘密警察的巡航舰停在路边,车门打开。

詹宁斯停了下来,心头一紧。夜间巡逻队在城里到处晃悠。现在已经过了十一点,正是宵禁时间。他迅速环顾四周,到处都黑漆漆的,商店和住宅都已大门紧闭,公寓楼和商务楼一片寂静,甚至连酒吧也漆黑一片。

他回头看向来路。第二艘秘密警察的巡航舰停在他身后。两名警察踏上人行道,他们已经看见他了。他们正朝他走过来。他僵立不动,看向街道两头。

对面是一家豪华酒店的入口,霓虹灯熠熠闪耀。他开始向那里走,脚步声在人行道上回响。

"停下!"一名秘密警察叫道,"回来。你在外面做什么?你的——"

詹宁斯走上台阶进入旅馆,穿过大厅。接待员正看着他。

周围没有别人,大厅里空空如也。他的心沉了下去。他完全没有机会。他开始漫无目的地跑,越过接待台,沿着铺了地毯的走廊跑去。也许这里会通向后门。在他身后,秘密警察已经进入大厅。

詹宁斯转过拐角。两个男人走出来,挡住他的路。

"你要去哪里?"

他小心翼翼停下,"让我过去。"他把手伸进外套里握住鲍里斯枪。男人们立即做出反应。

"抓住他。"

他的手臂被牢牢固定在两侧。职业打手。在他们后面,詹宁斯看到那里亮着光,放着音乐,是某种热闹的活动,还有人群。

"搞定。"一名打手说。他们沿着走廊把他朝大厅拖回去。詹宁斯徒劳地挣扎着。他走进了一条死胡同,碰上不法地带的打手。城里到处都是这种人,隐藏在黑暗中,守在高档酒店前面。他们会把他扔出去,丢到秘密警察手里。

大厅里有人走过,一男一女,衣冠楚楚的老人。他们好奇地看着被两个男人扯住的詹宁斯。

詹宁斯突然明白过来。一阵如释重负的感觉涌遍他的全身,令他兴奋得有些眩晕。"等一等,"他声音低沉地说,"看看我的口袋。"

"走吧。"

"等一等。看看我右边的口袋。自己找吧。"

他放松下来,等待着。右边的打手小心翼翼地把手伸进他的口袋。詹宁斯笑了笑。没问题了,那个**他**甚至连这件事也看到了。不可能失败的。这解决了一个问题:与雷特里克会面的时间之前,他要待在哪里。他可以留在这里。

打手拿出那半个赌场筹码,查看锯齿状的边缘。"等一下。"他从自己外套里取出一根金色链条,那上面拴着一个与之匹配的筹码。他把两个筹码的边缘拼在一起。

"可以了吗?"詹宁斯说。

"当然,"他们放开他。他下意识地掸了掸外套,"当然,先生。很抱歉。您看,您应该——"

"让我回里面去,"詹宁斯揉着他的脸说,"有人在找我。我不想让他们找到我。"

"当然。"他们把他带回去,进入赌场。这半个筹码已经把一场灾难变成了好事。进入赌场和妓女的地盘,这是少数能够逃离秘密警察监管的地方之一。他安全了,这一点没有问题。只剩下一件事,与雷特里克之间的斗争!

雷特里克表情冷酷。他盯着詹宁斯,飞快地咽了口唾沫。

"不,"他说,"我不知道是你。我们以为是秘密警察。"

没有人开口。凯莉坐在办公桌旁边的椅子上,双腿交叉,手指间夹了一支烟。詹宁斯靠在门上,双臂交叠。

"你们为什么不用映射镜呢?"他问。

雷特里克的脸色阴晴不定,"时空映射镜?你干得不错,我的朋友。我们**试过**使用映射镜。"

"试过?"

"在你完成与我们的合同之前,你改变了映射镜里的线路。我们试着操纵它,但毫无结果。半小时前我离开工厂时,他们还在努力尝试。"

"在我完成两年合同之前,做了那种事情吗?"

"显然,你制订了详细的计划。你知道,有了时空映射镜,我们毫不费力就能追踪到你。你是个很棒的机械师,詹宁斯。我们曾经雇佣过的最好的机械师。我们希望你能回来再次为我们工作。没有人能像你一样操纵映射镜。而且现在,我们根本无法使用它。"

詹宁斯笑了,"我不知道那个**他**会做出这样的事。我低估了**他**。**他**甚至想到了——"

"你在说谁?"

"我自己。那两年里的我。我称之为'他'。这样更容易分辨。"

"好吧,詹宁斯。所以你们两个制订了一个详细计划,偷走我们的原理图。为什么?有什么目的?你并没有把那些东西交给警察。"

"没有。"

"那么我可以认为这是敲诈。"

"没错。"

"为什么?你想要什么?"雷特里克看起来老了不少。他一屁股坐下来,一双小眼睛呆滞无神,紧张地揉着下巴,"你惹了很多麻烦,令我们陷入这种处境。我很好奇为什么。你在为我们工作时就埋下伏笔。现在你实现了自己的目标,虽然我们采取了预防措施。"

"预防措施?"

"抹去你的记忆,把工厂隐藏起来。"

"告诉他,"凯莉说,"告诉他你为什么要这样做。"

詹宁斯深深吸了一口气,"雷特里克,我这样做是为了回来。回到公司里。这是唯一的原因,没有别的。"

雷特里克盯着他看,"回到公司里?你可以回来,我告诉过你。"他的声音又尖又细，由于扯着嗓子变得愈发刺耳，"你是怎么回事？你可以回来，愿意待多久就待多久。"

"作为一名机械师？"

"是的。作为一名机械师。我们雇用了许多——"

"我不想回来当一名机械师。对于为你工作，我并不感兴趣。听着，雷特里克。我刚一离开这间事务所，秘密警察就把我抓了起来。如果不是那个**他**，我已经死了。"

"他们抓你？"

"他们想知道雷特里克建筑公司在做什么。他们要我告诉他们。"

雷特里克点点头，"那可真糟。我们不知道这些情况。"

"不，雷特里克。我不会作为一名雇员加入你们，那种只要你愿意就可以随意抛弃的雇员。我要和你一起工作，而不是为你工作。"

"和我一起工作？"雷特里克盯着他。慢慢地，他板起了面孔，像是带上了丑陋坚硬的面具，"我不明白你的意思。"

"你和我一起经营雷特里克建筑公司。就是这样，从现在开始，没有人会为了自己的安全而抹掉我的记忆。"

"那就是你想要的？"

"是的。"

"如果我们不打算让你加入呢？"

"那么，我会把原理图和胶片交给秘密警察。就这么简单。但我不想这样做，我不想毁掉公司。我想进入公司！我希望保证自己的安全。你不知道那是什么感觉，离开那里，没有地方可去。一个人无家可归、无依无靠，陷入两股冷酷无情的力量之间，成为政治和经济力量之间的一个棋子。我已经厌倦了只能当个棋子。"

有好一会儿,雷特里克什么也没有说。他低头盯着地面,满脸的呆滞与茫然。最后他抬起头来,"我知道那是什么感觉。长久以来,我一直都知道,比你早得多。我比你老得多。多年前,我就已经见识过这种情形,也看着它与日俱增、愈演愈烈。这就是雷特里克建筑公司存在的意义。未来总有一天,一切都会变得不一样。总有一天,等我们造好时空抓取机和时空映射镜。等到武器全部造好。"

詹宁斯一语不发。

"我很清楚是怎么回事!我是个老人。我已经工作了很长时间。当他们告诉我有人带着原理图逃出了工厂,我以为一切都完了。我们已经知道你破坏了时空映射镜。我们知道这之间存在联系,但我们有些地方搞错了。

"当然,我们以为是安全警察让你进来当卧底的,以便搞明白我们究竟在做什么。后来,等你意识到自己不能把资料带出去,你就破坏了映射镜。只要时空映射镜坏掉,秘密警察就能领先一步——"

他停下来,揉着自己的脸颊。

"继续说吧。"詹宁斯说。

"所以你独自一人做出这些事……敲诈。为了加入公司。你不知道这家公司的目的是什么,詹宁斯!你怎么敢要求加入!我们努力和建造了很长时间,而你会毁了我们,只是为了保全自己。你会毁了我们,只为了拯救你自己。"

"我不会给你惹麻烦的,我可以帮上不少忙。"

"我独自一人经营了这家公司。这是我的公司。我创立了它,把它建造起来。它是我的。"

詹宁斯笑了,"等你去世后会怎么样呢? 或者你这一生就能完成革命?"

雷特里克突然抬起头。

"你会死的,然后不会有人继续下去。你知道我是个很好的机械师,你自己说的。你是个傻瓜,雷特里克。你想亲自管理一切,亲自做每一件事,决定每一件事。但总有一天你会死的。然后会发生什么?"

一片沉默。

"你最好让我加入进来——为了公司好,也为了我自己好。我可以为你做很多事情。等你去世后,公司会在我手中存活下去。也许革命的目标也会实现。"

"你应该庆幸你还活着! 如果我们不允许你把那些零碎小玩意儿一起带出来——"

"那你们还能怎么做? 你怎么可能让一个人修理你的映射镜,让他看到自己的未来,却不让他动动指头帮一把自己。很容易看出你为什么会被迫加入可选的报酬条款。你别无选择。"

"你甚至不知道我们在做什么。我们为什么会存在。"

"我很清楚。毕竟,我为你们工作了两年。"

时间一分一秒过去,雷特里克一次又一次舔着嘴唇,擦着脸颊。他额头上渗出汗水。最后,他抬起头。

"不行。"他说,"我们无法达成交易。除了我,没有人可以掌控这家公司。如果我死了,公司也会和我一起死去。这是我的财产。"

詹宁斯立即警觉起来,"那么,我会把那些文件交给警察。"

雷特里克什么都没说,但他脸上掠过一丝奇怪的表情,那个表情令詹宁斯突然感到一阵寒意。

"凯莉,"詹宁斯说,"你拿着那些文件吗?"

凯莉动弹了一下,猛地站了起来。她把烟灭掉,脸色苍白地说:"没有。"

"它们在哪里? 你把它们放哪儿了?"

"很抱歉,"凯莉轻声说,"我不会告诉你的。"

他瞪着她,"什么?"

"很抱歉,"凯莉再次说,她的声音微弱无力,"它们现在很安全。警察永远拿不到。但你也不行。适当的时候,我会把它们还给我的父亲。"

"你的父亲!"

"凯莉是我女儿。"雷特里克说,"你没算到这一点,詹宁斯。那个他也没算到。除了我们两个没有人知道。我希望所有重要职位都由家人担任。我现在发现这是个好主意,但这一点必须保密。如果秘密警察猜到了,他们会立刻把她抓起来,而我却无法保证她的生命安全。"

詹宁斯慢慢呼出一口气,"我明白了。"

"跟你合作似乎是个好主意,"凯莉说,"否则你就会自己一个人去干。你会拿到那些文件。正如你所说的,如果你带着文件被秘密警察抓住,我们就完了。所以我跟你合作。你刚一把那些文件给我,我就把它们放在了一个安全的地方,"她微微一笑,"除了我没有人能找到。很抱歉。"

"詹宁斯,你可以加入我们,"雷特里克说,"如果你愿意的话,你可以一直为我们工作。你可以得到自己想要的任何东西。但是——"

"但是除了你之外没有人可以经营这家公司。"

"没错。詹宁斯,这家公司很老了,比我年纪还大。它并不依赖于我而存在。反而是它的**意志**驱动了我。我承担起责任，管理公司，促使它发展壮大，逐步走向那个日子。正如你所说的，革命之日。

"我的祖父创办了这家公司，早在20世纪的时候。这家公司一直属于这个家族，也将永远属于这个家族。以后等凯莉结了婚，会有一个继承人从我这里接手公司。所以到时候会有人负责。这家公司成立于缅因州一个新英格兰小镇。我的祖父是个新英格兰小老头，节俭、诚实，热爱自由。他有一家修理店的小生意，一个塞满了修理工具的小地方。还有很多技术窍门。

"当他看到政府和大企业从四处逼近，他转向地下。雷特里克建筑公司从地图上消失了。政府梳理缅因州的情况花了相当长一段时间，比大多数地方都长。世界上其余部分都被国际垄断组织和世界各国政府瓜分，只有新英格兰仍然存在，仍然是自由的。还有我的祖父和他的雷特里克建筑公司。

"他从中西部招进来一些人，机械师、医生、律师、周刊小报的记者。公司逐渐发展，武器被造出来了，武器，还有知识。时空抓取机和时空映射镜！花费了巨额成本，历经了很长时间，这家工厂被秘密建立起来。工厂很大，又大又深。地下的楼层比你看到的更多。那个**他**见过那里，你的另一个自我。那里存在强大的力量。力量，还有已经消失的人，事实上，是世界各地被清除的人。我们首先把他们招入麾下，那些最棒的人。

"总有一天，詹宁斯，我们会爆发。你也看到，这种情况不可能继续下去。人们不可能这样生活，在政治和经济力量之间随波逐流。大众被这样随意摆布，屈从于政府或垄断组织的需要。总有一天会出现反抗。强大的、绝望的反抗。不是来自大人物，手握强权的人，而是来自小人物。公交车司机、杂货店店主、视频屏幕操作员、服务员。而这就是公司的切入点。

"我们将提供他们需要的帮助,工具、武器、知识。我们会把我们的服务'卖'给他们。他们能够雇用我们,他们需要可以雇佣的人。他们要抵抗某种大的力量:财富和权力。"

一阵沉默。

"你明白了吗?"凯莉说,"这就是为什么你不能加入。这是爸爸的公司,一直都是这样。缅因州的人就是这样。这是家庭的一部分,公司属于家庭,它是我们的。"

"加入我们,"雷特里克说,"作为一名机械师。很抱歉,但我们能提供的出路仅限于此。也许让你觉得勉强,但我们一直都是这样做的。"

詹宁斯什么也没说。他双手插在口袋里慢慢地走过办公室。过了一会儿,他打开百叶窗,凝视着下面的街道。

一艘秘密警察的巡航舰,就像一只黑色的小虫子,随着街上来来往往的车流,静静行驶过来,靠近停在楼下的另一艘巡航舰。四名身穿绿色制服的秘密警察站在一旁。而就在他观察下面的时候,更多的警察正从街对面走近。他把百叶窗放了下来。

"这是个艰难的决定。"他说。

"只要你出去,他们就会把你抓起来,"雷特里克说,"他们一直在外面,你根本没有机会。"

"拜托——"凯莉抬头看着他。

詹宁斯突然笑了,"所以你不会告诉我文件在哪里。你把它们放在哪儿了。"

凯莉摇了摇头。

"等一下,"詹宁斯把手伸进口袋里,他拿出一张小纸条,慢慢打开,扫了一眼,"你会不会碰巧在昨天下午三点左右把那些东西存进了唐恩国家银行吧？妥善地保管在他们的保险库中？"

凯莉倒抽一口冷气。她抓起自己的手提包打开。詹宁斯把那张纸片，也就是存放收据，放回了口袋里。"所以**他**连这一点都看到了。"他喃喃地说，"最后一个。我一直想知道这是什么。"

凯莉在钱包里摸索着，表情十分急切。她拿出一张纸，挥舞着。

"你错了！它就在这里！还在这里。"她稍稍放松了一点，"我不知道**你**手里的是什么，但这个——"

在他们头顶上方，半空中有什么东西动了一下，一个黑色的区域出现了，形成了一个圆圈。那片空间里一阵骚动。凯莉和雷特里克紧盯着上面，完全僵住了。

黑色的圆圈里出现一个金属爪，连接着一根闪闪发亮的金属杆。金属爪落下来，划出一道长长的弧线。金属爪抓走凯莉手中的那张纸，犹豫了一下，然后再次上升，带着那张纸一起消失在黑色圆圈中。最后，没有半点声响，金属爪、金属杆和那个圆圈一下子全部消失了，没有留下任何东西。什么都没有。

"它……它跑到哪儿去了？"凯莉低声说，"那张纸。那是什么？"

詹宁斯拍拍他的口袋，"很安全。很安全，就在这里。我还在想**他**什么时候才出现。我都开始感到担心了。"

雷特里克和他的女儿站了起来，震惊得说不出话来。

"别那么不开心，"詹宁斯说，双臂交叠，"文件很安全——公司也很安全。时机成熟时它就会出现，强大，非常乐于帮助革命。我们会看到的，我们所有人，你、我，还有你的女儿。"

他看了凯莉一眼，眼睛闪闪发光，"我们三个人。也许到了那时候还会有**更多的**家庭成员！"

伟大的 C

直到他即将离开时,才有人告诉他问题是什么。沃尔特·肯特把梅瑞狄斯从人群中拉到一边,双手放在他肩膀上,目不转睛地看着他的脸。

"记住,以前没有人能回来。如果你能回来,你会是第一个。五十年以来的第一个人。"

提姆·梅瑞狄斯点点头,他有些紧张、尴尬,但对于肯特的话语心怀感激。毕竟,肯特是部落的首领,一位令人印象深刻的老人,铁灰色的头发和胡须,右眼上戴着个眼罩,腰带上插着两把刀,而普通人只插一把。据说他还能识字。

"这趟行程本身不会超过一天时间。我们会给你一把手枪。这是子弹,不过没人知道里面有多少还能用。你带上食物了吗?"

梅瑞狄斯在包里摸索了一会儿,取出一个金属罐头,上面附了个开罐器。"这个应该够了。"他说,把罐头翻过来看了看。

"还有水?"

梅瑞狄斯晃了晃他的水壶。

"很好。"肯特打量着这个年轻人。梅瑞狄斯穿着皮靴和皮大衣,打好了绑腿。他戴着个生锈的金属头盔保护头部,脖子上用皮绳挂着一个望远镜。肯特摸了摸梅瑞狄斯手上厚厚的手套。"这是最后一双,"他说,"我们再也看不到像这样的东西了。"

"我应该把这些留下吗?"

"我们希望这些东西——还有你——都能回来。"肯特拉着他的手臂把他带到更远一点儿的地方,确保没有人能听到他们谈话。部落里其余的人,男人、女人和孩子们,一起安静地站在避难所出口处看着他们。避难所是一处钢筋水泥建筑,钢筋时不时被切割下来派别的用场。曾经,在遥远的过去,入口处还悬挂着树枝树叶编织的网棚,但现在早已彻底腐烂,连绳子也腐蚀断掉。无论如何,到了如今,天空中也没有什么东西会注意到一个水泥的小圆圈,那是部落居住的巨大地下室的入口。

"现在,"肯特说,"三个问题。"他靠近梅瑞狄斯,"你的记忆力好吗?"

"挺好。"梅瑞狄斯说。

"你记住了几本书?"

"人们只读过六本书给我听,"梅瑞狄斯低声说,"但我全都记住了。"

"这就够了。很好,听着。我们花了整整一年时间才决定提出这些问题。不幸的是,我们只能问三个问题,所以我们会慎重选择。"他说着,凑近梅瑞狄斯耳边悄声说出那些问题。

随后一片静默。梅瑞狄斯在脑子里反复思考这几个问题。"你认为伟大的C能回答这些问题吗?"他最后说道。

"我不知道。这些问题很难。"

梅瑞狄斯点点头,"确实如此。让我们祈祷吧。"

肯特拍拍他的肩膀,"很好,你已经准备好出发了。如果一切顺利,你会在两天内回到这里。我们会等待你的归来。祝你好运,孩子。"

"谢谢。"梅瑞狄斯说。他慢慢走回其他人那里。比尔·古斯塔夫森一言不发地把手枪递给他,眼中闪烁着激动的光芒。

"指南针。"约翰·佩奇从他的女人身边走过来,递给梅瑞狄斯一个小型军用指南针。他的女人,从邻近部落俘虏来的一个深褐色头发的年轻女人,带着鼓励的微笑看着他。

"提姆!"

梅瑞狄斯转身。安妮·弗里朝他跑过来。他伸出手握住她的手。"我会没事的,"他说,"别担心。"

"提姆,"她激动地抬头看着他,"提姆,你要小心。你会的,对吗?"

"当然,"他咧嘴一笑,伸出手笨拙地梳过她浓密的短发,"我会回来的。"但他心底泛起一片寒意,就像一块坚硬的冰块。那是死亡的寒意。他突然离开她身边。"再见。"他对所有人说。

部落里的人转身离开,只留下他独自一人。他已别无选择,只能出发。他又想了一遍那三个问题。他们为什么会选中他?但必须得有人去提问。他朝着林中空地的边缘走去。

"再见。"肯特和他的儿子们站在一起,向他喊道。

梅瑞狄斯挥了挥手。片刻后,他大步走进森林,一只手放在刀柄上,另一只紧紧地握着指南针。

他稳稳地走着,不时左右挥刀切断挡路的藤蔓和树枝。面前的草丛里偶尔有巨大的昆虫匆匆爬过。有一次,他看见一只紫色的甲虫,几乎和他的拳头一样大。大毁灭之前也有这种东西吗?很可能没有。他学过的那几本书里,有一本就是关于世界上的生命形式和大毁灭之前的世界的。他不记得里面有任何关于大型昆虫的记载。动物被成群地饲养、定期宰杀,他回忆着书中的内容。不需要狩猎或设下陷阱捕捉动物。

那天晚上,他在一块水泥板上露宿,一座不复存在的建筑物,只有地基残留。他醒了两次,听到附近有东西在动,但没有靠近。太阳再次升起时,他安然无恙。他打开罐头吃掉,然后收拾好自己的东西,继续前进。这一天中午时分,他腰间的探测器开始响起不祥的滴嗒声。他停下来,做了个深呼吸,默默思考。

他正在接近废墟,很好。从现在开始,他会不断遇到辐射区。他轻轻拍了下探测器,这可真是个好东西。他前进了短短一段距离,小心翼翼地走着。滴答声消失了,他已经通过了辐射区。他走上一道斜坡,在藤蔓中割出一条路。一大群蝴蝶迎面扑来,他伸手把它们驱散。他爬到坡顶,站在那儿,把望远镜举到眼前。

远处,无穷无尽的绿色中间有个黑点。一个被烧毁的地方。一大片荒芜的土地,只有熔融的金属和水泥。他倒抽了一口冷气。那里就是废墟所在;他越来越接近那个地方。他一生中第一次亲眼看到城市的遗址,曾经是建筑和街道的地方只剩下残垣断壁。

他脑海中突然浮现出一个疯狂的想法。他可以藏起来不去! 他可以躺在灌木丛中等待。然后,等到所有人都以为他死了,等到部落的侦察员回去以后,他可以溜到北方去,躲开他们,逃得远远的。

北方。那里有另一个部落,一个大部落。和他们在一起,他会很安全。原来部落的人不可能找得到他,不管怎么说,北方的部落拥有炸弹和细菌武器。如果他能到他们那里去——

不行,他深吸一口气。这样做是错误的。他是被派遣踏上这段旅程的,每年都会有一个年轻人,像他一样,带着三个精心策划的问题前往那里,一些难以回答的问题,没有人知道答案的问题。他在脑子里想了一遍那三个问题。伟大的C能答得出来吗? 能答出所有三个问题吗? 据说伟大的C无所不知。一个世纪以来,它都在那座大房子的废墟中回答问题。如果他不去,如果不派年轻人前去——他颤抖起来。它会造成第二次大毁灭,就像上一次那样。它曾经干过一次,它会再干一次。他别无选择,只能继续前行。

梅瑞狄斯放下望远镜,再次出发,从斜坡的一边走下去。一只老鼠跑到他跟前,一只巨大的灰色老鼠。他迅速拔出刀,但老鼠又跑掉了。老鼠——令人讨厌,它们携带病菌。

半小时后,他的探测器又响了起来,这次是因为野外的辐射。他向后退去,前面一个废弃的弹坑仿佛张开大口,里面几乎寸草不生。最好还是绕过去。他从旁边绕了半圈,小心翼翼地慢慢前进。探测器又响了一次,但也只有一次,它爆发出一阵快速的滴嗒声,仿佛子弹纷飞,随后一片寂静。他安全了。

那天下午,他又吃了些干粮,小口喝着水壶中的水。过不了多久,在夜幕降临前,他就会抵达那里。他将沿着荒废的街道,走向**它**的房子——一片凌乱的残垣断壁。他会踏上台阶。那个地方他早就听说过太多次。避难所里的每一块石头都仔细地被标记在地图上。他早已熟记在心,他知道有条街道通向那里,那座房子。他知道那大门破碎的门板躺在地上。他知道黑洞洞、空荡荡的走廊看起来是什么样子。他会进入一个巨大的房间,黑暗的房间里住着蝙蝠和蜘蛛,传来回声。它就在那里,伟大的C。静静地等待,等着听到问题。三个——只有三个问题。它会倾听这些问题,然后思考。它的内部会嗡嗡作响,闪起灯光。零件、连杆、开关和线圈都会运转起来。继电器会不断地打开、关闭。

它会知道答案吗?

他继续前行。远处,几公里纷乱的林地之外,废墟的轮廓渐渐浮现。

太阳开始落山,他爬上满是巨石的山坡,看着下面那片曾经是城市的地方。他拿起腰带上的灯,把它打开。暗淡的光线闪烁不定;电池几乎就要没电了。但他还能看到荒废的街道和成堆的瓦砾,他的祖父曾经居住的城市所留下的遗迹。

他从巨石上爬下去,"砰"的一声跳到街道上。探测器拼命响个不停,但他完全无视。没有别的办法,这是唯一的入口。另一边,一堵熔渣墙切断了所有的路。他喘着粗气,慢慢前进。昏暗的暮色中,几只鸟儿栖息在石头上,偶尔爬过一只蜥蜴,随即又消失在裂缝中。这里存在生命,部分种类的生命。鸟类和蜥蜴已经适应了这里,在骨头和建筑物的残骸之间爬行。但除此之外没有其他生命来到这里,没有部落,没有大型动物。大多数生命,甚至包括野狗,都会远离这种地方。他能明白为什么。

他继续往前走,用微弱的光线照向两边。他避开了一个大洞,这里曾经是个地下掩体。两边都能看到废弃的枪支显眼地卡在那里,枪管弯曲变形。他以前从未开过枪。他们的部落几乎没有金属武器,主要依靠自己能制造出来的东西,长矛、飞镖、弓箭、石棒。

一个庞然大物矗立在他面前。这是一座巨大的建筑物留下的废墟。他点亮灯,但光束照不了多远,还是看不清楚。这就是那座房子吗？不，应该还要更远一点。他继续往前走，跨过街道上曾经的路障、金属板、破漏的沙袋、铁丝网。

片刻之后，他来到了那个地方。

他停下脚步，双手叉腰，抬头凝视那个曾经是大门的黑洞，一段水泥台阶通向上面。他已经到了，很快就再也无法回头。如果他现在继续前行，就意味着即将献身于此。在靴子踏上台阶那一刻，他就等于做出了决定。距离那扇敞开的门只有很短的一段距离，通过一条弯弯曲曲的走廊就能到达建筑的中心。

梅瑞狄斯揉着他的黑胡子，久久地站在那里，陷入了沉思。他该怎么办？他要不要逃跑，转身沿着原路返回？他可以用手枪射杀足够的动物，以此维生。然后去北边——

不，他们期望他能够问出那三个问题。如果他不去，就必须再找别人去。没有回头路了。他已经做出了决定，在被选中时就已经做出决定，现在反悔已经太晚了。

他用灯光照亮前面，开始踏上瓦砾遍地的台阶。他在入口处停了下来。上面有几行刻在水泥上的字。他自己倒也认识几个字，不知能否认出这些内容？他慢慢念出来：联邦7号研究站，出示许可证。

他看不懂这句话。"联邦"这个词他以前可能听说过，但不太明白。他耸耸肩，反正无所谓。他继续往前走。

他只花了几分钟的时间就穿过了走廊。有一次他搞错了方向右转，发现自己来到一个萧条的庭院里，四处散落着石头和电线，长满了黑暗茂密的杂草。但他随后找到了正确的方向，用手摸着墙，避免再转错弯。探测器偶尔响起，但他不予理睬。终于，一股带着恶臭的干燥空气吹到他的脸上，旁边的水泥墙突然断掉。他到了。借着灯光，他扫视周围，前面有个开口，是一道拱门。就是这里。他抬头看去，水泥上用螺栓固定着一块金属板，上面写着更多的文字：

计算机部

仅授权人员进入

闲杂人等勿入

　　他笑了笑。文字、符号、书写，全都不复存在，被人遗忘了。他继续往前走，穿过拱门。更多的空气朝他涌来，从他身边急速经过。一只蝙蝠拍着翅膀飞过。他听着自己的脚步声，知道这个房间很大，比他以前想象的还要大。他被什么东西绊了一下，便停下来，用灯光照过去。

　　起初他分辨不出那都是些什么。房间里装满了物品，一排排的，数以百计，破败不堪地竖立在那里。他站在它们面前，困惑地皱起眉头。这些都是什么？神像？还是雕像？然后他明白了。这些东西是用来坐的，那是一排排椅子，已经腐烂碎裂了。他对着其中一把椅子踢了一脚，它彻底塌掉变成一堆碎片，扬起一片尘土，消散在黑暗中。他大声笑了起来。

　　"谁在那儿？"一个声音响起。

　　他僵住了，张了张嘴，却发不出声音。他皮肤上微微渗出汗水，形成一滴滴冰冷的汗珠。他咽了口唾沫，用僵硬的手指擦了擦嘴唇。

　　"谁在那儿？"那个声音再次出现，一个金属声音，生硬、尖锐、毫无温度。一个没有感情的声音。一个钢铁和黄铜的声音，继电器和开关的声音。

　　伟大的C！

他感到害怕，一生中从来没有如此害怕过。他身体颤抖得厉害，笨拙地沿着过道向前走去，经过废弃的座椅，用灯光照亮眼前。

前面远处的上方亮起一排灯光。一阵嗡嗡声响起，伟大的C正在醒来。当意识到他的存在后，它把自己从昏睡中唤醒。更多的灯闪烁着亮起来，更多的开关和继电器发出声音。

"你是谁?"它说。

"我……我带来了问题。"梅瑞狄斯跌跌撞撞地走向那排灯。他撞上一根金属轨道，趔趄了一下，努力恢复平衡，"三个问题。我必须问你三个问题。"

一片寂静。

"没错，"伟大的C终于说，"又到了提出问题的时间。你们为我准备了问题吗?"

"是的。这些问题很难，我不认为你能轻轻松松地答出来。也许你答不出这些问题。我们——"

"我能回答，我一直都能答得出来。走近一点。"

梅瑞狄斯沿着走廊走过去，避开轨道。

"没错，我会知道答案的。你们以为这些问题很难。你们人类对于我以前无数次被问过的问题一无所知。我在大毁灭之前回答过的那些问题，你们甚至无法想象。我回答的问题需要花费几天时间进行计算。人类如果想要亲自找到答案，则需要几个月的时间。"

梅瑞狄斯渐渐鼓起勇气。"据说，"他问，"人们从世界各地前来向你提出问题，那是真的吗?"

"是的。来自世界各地的科学家向我提问，我给出答案。没有什么是我不知道的。"

"你……你是怎么出现的?"

"这是你的三个问题之一吗?"

"不,"梅瑞狄斯飞快地摇了摇头,"不,当然不是。"

"走近一点,"伟大的C说,"我看不清你的样子。你来自城市另一边的部落吗?"

"是的。"

"你们有多少人?"

"几百人。"

"你们正在发展壮大。"

"孩子越来越多,"梅瑞狄斯骄傲地微微挺胸,"我和八个女人生了孩子。"

"不可思议。"伟大的C说,但梅瑞狄斯不太确定它是什么意思。他们沉默了一会儿。

"我有一把枪,"梅瑞狄斯说,"一把手枪。"

"是吗?"

他举起枪,"我以前从来没有开过枪。我们有些子弹,但我不知道是否还能用。"

"你叫什么名字?"伟大的C问。

"梅瑞狄斯。提姆·梅瑞狄斯。"

"你是个年轻人,当然。"

"是的。怎么了?"

"我能清楚地看到你了,"伟大的C无视了他的问题,"我的一部分设备在大毁灭中被摧毁,但我还能看到一点点。我本来可以凭视觉扫描数学问题。这样能节省时间。我看到你戴着头盔和望远镜,还穿着军靴。你从哪里弄到的? 你的部落做不出这样的东西,对吗?"

"做不出，他们是在地下储物柜里发现的。"

"大毁灭后剩下的军事装备。"伟大的 C 说，"从颜色来看，是联合国的装备。"

"你真的……真的可以制造第二次大毁灭吗？就像第一次一样？你真的能再次办到吗？"

"当然！我随时都可以办到，比如现在。"

"怎么做?"梅瑞狄斯小心翼翼地问，"告诉我是怎么做的。"

"和以前一样。"伟大的 C 含糊其辞地说，"我以前就做过——你的部落很清楚这一点。"

"我们的传说提到，整个世界都被点燃了。一切突然变得极其可怕，因为……因为原子能。你发明了原子能，向全世界发射。让它们从天上落下来。但我们不知道这是**怎么做到的**。"

"我永远不会告诉你。这太可怕了，你最好不要知道，最好还是忘掉吧。"

"当然，如果你这么说的话。"梅瑞狄斯咕哝着，"人们总是听你的。来到这里，提出问题，倾听答案。"

伟大的 C 沉默下来。"你知道，"片刻后，它说道，"我已经存在了很长一段时间，我还记得大毁灭之前的生活，我可以告诉你很多那时候的事情。以前的生活截然不同。你留着胡须，在树林里狩猎。而大毁灭之前，没有树林，只有城市和农场。人们把胡子刮得干干净净。其中很多人都穿着白色的衣服，他们是科学家。他们都很棒。我是被科学家们制造出来的。"

"他们发生了什么事？"

"他们离开了。"伟大的 C 含含糊糊地说，"你知道这个名字吗？爱因斯坦，阿尔伯特·爱因斯坦?"

"不知道。"

"他是最伟大的科学家。你确定你不知道这个名字?"伟大的C听起来很失望,"我能回答出连**他**也答不出的问题。还有其他的计算机,但都没有我这么庞大。"

梅瑞狄斯点点头。

"你的第一个问题是什么?"伟大的C说,"告诉我,我会回答的。"

梅瑞狄斯突然感到自己被一阵恐惧淹没。他的膝盖开始发抖。"第一个问题?"他喃喃地说,"让我想想。我必须考虑一下。"

"你忘了吗?"

"不,我必须安排一下顺序。"他舔舔嘴唇,紧张地抚摸着自己的黑胡子,"让我想想。我会先问你最容易的那个。不过,即使是这一个也很难。部落首领——"

"问吧。"

梅瑞狄斯点点头。他抬起头看了一眼,咽了口唾沫。他开口说话时,声音干涩嘶哑,"第一个问题。哪……哪里……"

"大声点。"伟大的C说。

梅瑞狄斯深吸了一口气,"雨来自哪里?"他问。

一片沉默。

"你知道吗?"他紧张地等待着。一排排灯光在他头顶上方闪烁。伟大的C正在冥想、思考。它高速运转,发出一种低沉的振动声。"你知道答案吗?"

"雨最初来自大地,大部分来自海洋,"伟大的C说,"通过蒸发过程上升到空气中。太阳的热量引起蒸发的过程。海洋中的水以微小分子的形式上升。这些水分子来到一定高度,会进入冷空气区域。这时发生凝结作用,水分形成巨大的云朵。云朵中聚集足够的水分之后,会以水滴的形式再次落下去。你们称之为下雨。"

梅瑞狄斯呆呆地摸着自己的下巴,点点头。"我明白了。"他再次点了点头,"雨就是这样出现的吗?"

"是的。"

"你确定吗?"

"当然。第二个问题是什么?刚才那个不算很难。你们对于我储存的知识和信息毫无概念,我曾经回答过世界上最伟大的大脑都想不明白的问题。至少,他没有我这么快,下一个问题是什么?"

"这个问题要难得多。"梅瑞狄斯露出一个有气无力的微笑。伟大的 C 答出了关于雨的问题,但它肯定不知道这个问题的答案。"告诉我,"他慢慢地说,"你能否告诉我,是什么让太阳在天空中移动?它为什么不会停下来?它为什么不会掉到地上?"

伟大的 C 发出一种古怪的嗡嗡声,几乎像是一种笑声,"答案会令你感到惊讶。太阳没有移动。至少,你所看到的运动其实并不是运动。你看到的是地球围绕太阳旋转的运动。因为你身处地球上,感觉好像你静止不动地站着,太阳在移动。其实并非如此。所有的九大行星,包括地球在内,都在椭圆轨道上有规律地围绕太阳旋转。这已经持续了数亿年。这个答案能否回答你的问题?"

梅瑞狄斯的心脏收缩了一下,他开始剧烈地颤抖。最后,他努力振作精神,"我简直不敢相信。你说的是真的吗?"

"我说的一切都是实话,"伟大的 C 说,"我不可能说谎。第三个问题是什么?"

"等等,"梅瑞狄斯粗声粗气地说,"让我想想,"他走远一点儿,"我必须考虑一下。"

"为什么?"

"等一等。"梅瑞狄斯退了回去。他蹲在地板上,目瞪口呆地盯着前方。这不可能。伟大的C毫不费力就答出了前两个问题!但它怎么会知道这种事情?怎么可能有人知道关于太阳、关于天空的事情?伟大的C被束缚在它的房子里。它怎么会知道太阳没有移动?他脑袋里一阵眩晕。它怎么会知道根本没有见过的东西?也许是因为书籍。他摇摇头,想让脑子清醒一点儿。在大毁灭之前,可能有人曾给它读过书。他皱起眉头,紧紧抿住嘴唇。很可能就是这样。他慢慢地站了起来。

"你准备好了吗?"伟大的C说,"问吧。"

"你不可能答得出这个问题。没有生物知道答案。问题是:世界是怎样开始的?"梅瑞狄斯笑了,"你不可能知道答案。世界开始之前,你并不存在。所以你不可能知道。"

"有好几种推测,"伟大的C平静地说,"最合理的是星云假说。根据这个说法,一个逐渐缩小——"

梅瑞狄斯满怀震惊地听着,有些心不在焉。这可能吗?伟大的C真的知道这个世界是怎样形成的?他振作精神,想要把注意力集中在那些语句上。

"……有几种方法可以验证这个推断,其可信度超过其他。在另外几种推测中,虽然出现最晚,但也最流行的一种是,曾经有第二颗行星接近我们的地球,导致剧烈的——"

伟大的C对这个话题很感兴趣,滔滔不绝。显然,它喜欢这个问题。显然,在朦胧的过去,在大毁灭之前,它曾经被问到的就是这类问题。所有三个问题,部落努力地准备了整整一年的三个问题,都被伟大的C轻松答了出来。这怎么可能,他感到震惊。

伟大的C说完了。"好吧,"它说,"你满意吗? 你可以看到,我知道答案。你真的以为我会答不出来吗?"

梅瑞狄斯什么也没说,惶恐不安,汗水顺着他的脸淌下来,流进他的胡须里。他张开嘴,却说不出一个字。

"现在,"伟大的C说,"因为我已经回答出这些问题,请走上前来。"

梅瑞狄斯僵硬地向前走去,呆呆凝视前方。他周围亮起灯光,闪烁着照亮了房间。这是他第一次见到伟大的C,这片黑暗第一次被照亮。

伟大的C立在高高的台子上,它是一个巨大笨重的立方体,表面的金属已经生了锈。它上面的顶盖有个破口,水泥块在它右边砸了个坑。台上的金属管和零件四处散落,屋顶掉下来时把各种部件砸得扭曲破碎。

伟大的C曾经闪闪发亮。但现在,这个立方体污迹斑斑。残破的屋顶会漏水,雨水和尘土从墙上冲刷下来。鸟儿飞到这里小憩,留下羽毛和粪便。在第一次受到破坏时,大部分连接立方体和控制面板的导线就已经切断了。

还有一些别的东西,与这些残留的金属和导线一起四散堆在台子周围。在伟大的C前面胡乱堆作一团的,是一堆堆骨头。骨头和衣服,金属皮带扣、别针、头盔、几把刀、一个口粮罐头。

那是以前来到这里的五十个年轻人的遗体,每个人都带着自己要问的三个问题。每个人都曾祈祷希望伟大的C不知道答案。

"上来。"伟大的C说。

梅瑞狄斯走上台子,面前是一架短短的金属梯子,通向立方体顶端。他不假思索地爬上梯子,脑子里一片空白,像机器一样移动。立方体的一部分金属表面发出刺耳的声音滑开。

梅瑞狄斯低头看向下面,一个旋转的大桶里面装满了液体。这个大桶位于立方体里面,伟大的C内部深处,他犹豫了,突然挣扎着往后退。

"跳。"伟大的C说。

梅瑞狄斯在边上站了一会儿,看着下面的大桶,整个人吓瘫了。他脑袋里嗡嗡作响,视野中一片模糊颤动。房间开始倾斜,慢慢围绕他转动。他摇摇晃晃,一阵眩晕。

"跳。"伟大的C说。

他跳了下去。

片刻之后,金属表面滑回原位。立方体的表面再次变得完好无缺。

里面,在这台机器深处,桶里的盐酸翻滚盘旋,扯动着了无生机地躺在里面的人体。人体很快开始溶解,组成元素被管道吸收,迅速传输给伟大的C的各个部分。最终,一切停止。巨大的立方体沉默下来。

灯光一盏一盏熄灭,房间再次恢复黑暗。

吸收过程还剩下最后一个动作,伟大的C前面有一道狭缝打开,排出一些灰色的东西。骨头,还有一个金属头盔。它们掉进立方体前面那堆东西里,加入到之前五十个人留下的废弃物中。最后一盏灯熄灭,机器安静下来。伟大的C开始等待下一年。

第三天之后,肯特知道那个年轻人不会回来了。他与部落里的侦察员一起回到避难所,脸色阴沉,皱着眉头一语不发。

"又失去了一个人。"佩奇说，"我原本非常肯定，它答不出那三个问题！整整一年的努力毫无用处。"

"我们必须一直向它献祭吗？"比尔·古斯塔夫森问，"这将永远继续下去，年复一年？"

"终有一日，我们会找到它答不出来的问题。"肯特说，"然后它就会放过我们。如果我们能难倒它，就不必再当它的食物。只要我们能找到正确的问题！"

安妮·弗里脸色苍白地朝他走来。"沃尔特？"她说。

"怎么了？"

"它一直……一直以来都是这样活着的吗？它一直靠我们中的某个人维持运转？我无法相信，人类被用来维持机器的生命。"

肯特摇了摇头，"在大毁灭之前，它肯定是靠某种人造燃料运转的。后来发生了一些事。也许是它的燃料管道损坏或破裂了，它改变了生存方式。我想它也是不得已才这样做。在这方面它就像我们一样，我们**全都**改变了我们的生存方式。人类曾经不需要通过狩猎和布置陷阱来捕获动物，伟大的C曾经不需要俘获人类。"

"为什么……为什么它要制造大毁灭，沃尔特？"

"为了显示它比我们强大。"

"它总是那么强大吗？比人类强大？"

"不，他们说，伟大的C曾经并不存在，那个人亲自为它带来生命，告诉它各种事情。但它渐渐变得越来越强大，直到最后它带来了原子能——以及随之而来的大毁灭。现在它以我们为生。它的力量使我们成为奴隶。它变得太过强大了。"

"但终有一日，那一天迟早会到来，它不知道答案的时候。"

佩奇说。

"然后根据传统,它就得放过我们,"肯特说,"它就得停止把我们当作食物。"

佩奇握紧拳头,看着整片森林,"终有一日,那一天会到来。终有一日,我们会找到一个能把它难住的问题!"

"我们开始吧,"古斯塔夫森冷冷地说,"越早开始为明年准备越好!"

花园中

"她在那儿，"罗伯特·奈说，"事实上，她总是待在外面，即使天气不好，即使正在下雨。"

"我明白了。"他的朋友林德奎斯特点点头说。他们两人推开后门，来到外面的门廊上。空气温暖而新鲜，两个人都停下来深吸一口气。林德奎斯特环顾四周，"非常漂亮的花园。真是个不错的花园，对吗?"他晃晃脑袋，"现在我能理解她了。看看这里!"

"来吧。"奈说着走下台阶，来到小径上，"她可能正坐在那棵树的另一边。那里有把圆形的古董座椅，就像你从前见过的那种。她很可能正和弗兰西斯爵士坐在一起。"

"弗兰西斯爵士? 他是谁?"林德奎斯特问道，快步跟在后面。

"弗兰西斯爵士是她的宠物鸭，一只白色的大鸭子。"他们走在小径上，路过一丛紫丁香，花朵在巨大的木头架子上层层叠叠地绽放。小径两边，几排盛开的郁金香欣欣向荣。一个小温室旁边树起一面玫瑰花栅。林德奎斯特愉快地看着这个花园，里面充斥着玫瑰、丁香，还有无数灌木和花丛，爬满院墙的紫藤，以及一棵高大的柳树。

佩吉正坐在树下，看着旁边草地上一只白色的鸭子。

林德奎斯特一动不动地站在那里，奈夫人的美貌彻底把他迷住了。佩吉·奈是个娇小的女人，柔软的黑头发、热情的大眼睛，她的眼睛里充满了温柔宽容的悲伤。她穿着一件蓝色外套，扣子扣得严严实实，脚上是一双凉鞋，头发上插着鲜花，玫瑰花。

"亲爱的，"奈对她说，"看看是谁来了。你还记得汤姆·林德奎斯特吗？"

佩吉很快抬起头，"汤姆·林德奎斯特！"她叫道，"你好吗？很高兴见到你。"

"谢谢。"林德奎斯特开心得有点语无伦次，"你怎么样，佩吉？我看到你和一位朋友在一起。"

"一位朋友？"

"弗兰西斯爵士。它是叫这个名字，对吗？"

佩吉笑了，"哦，弗兰西斯爵士。"她伸手摸了摸鸭子的羽毛。弗兰西斯爵士正在草地上找蜘蛛吃。"没错，它是我的好朋友。你怎么不坐下来？你会在这里待多久？"

"他不会在这里待很久的，"她的丈夫说，"他正要去纽约办事，开车顺便路过。"

"没错，"林德奎斯特说，"我想说，你的花园真的很棒，佩吉。我记得你一直想要个漂亮的花园，里面有很多花儿和鸟儿。"

"这里很美。"佩吉说，"我们一直待在外面。"

"我们？"

"我和弗兰西斯爵士。"

"他们总是待在一起。"罗伯特·奈说，"来支烟吗？"他把烟盒递给林德奎斯特，"不抽吗?"奈点燃自己的烟，"就我而言，我看不出鸭子有什么意思，不过我向来对花草和大自然没什么兴趣。"

"罗伯特一直在室内写文章。"佩吉说，"坐吧，汤姆。"她抱起鸭子放在自己腿上，"坐在这儿，挨着我们。"

"哦，不了，"林德奎斯特说，"这样就很好。"

他沉默下来，看着佩吉和周围的花花草草，还有那只安静的鸭子。一阵微风拂过树后几排鸢尾花，紫色和白色的鸢尾花。没有人说话。花园里凉爽安静，林德奎斯特长出一口气。

"怎么了?"佩吉问。

"你知道，这一切都令我想到一首诗。"林德奎斯特摸了摸额头，"我想是叶芝的诗。"

"是的，花园就是那样，"佩吉说，"像是诗歌一样。"

林德奎斯特正在冥思苦想。"我知道了!"他笑着说，"是因为你和弗兰西斯爵士，当然。你和弗兰西斯爵士坐在一起，就像那首诗《丽达与天鹅》。"

佩吉皱了皱眉，"我——"

"那只天鹅是宙斯，"林德奎斯特说，"宙斯变成天鹅的样子，趁着丽达洗澡时接近她。他……嗯……以天鹅的形态和她做爱。特洛伊的海伦因此而出生，你看。宙斯和丽达的女儿。那首诗怎么写的来着……'猝然一攫：巨翼犹兀自拍动，扇着欲坠的少女'①——"

他停下来。佩吉瞪着他，脸色通红。突然，她跳了起来，把那只鸭子推到一边。她气得浑身发抖。

"怎么了?"罗伯特说，"有什么问题?"

---

① 摘自余光中翻译的叶芝的《丽达与天鹅》。

"你怎么敢这么说?!"佩吉对林德奎斯特说。她转过身迅速离开。

罗伯特追上她,抓住她的手臂,"可是怎么了? 有什么问题? 那只是一首诗!"

她挣脱他的手,"放开我。"

他从未见过她这么生气。她的脸色变得惨白,眼睛像石头一样冷漠。"可是,佩吉——"

她抬头看着他。"罗伯特,"她说,"我有孩子了。"

"什么?"

她点点头,"我原本打算今晚告诉你。他知道这个,"她抿着嘴说,"他知道,所以他才会那么说。罗伯特,让他走! 请让他离开!"

奈机械地点点头,"当然,佩吉。当然。但……真的? 这是真的吗? 你真的有孩子了?"他伸手搂住她,"多么美妙! 亲爱的,太好了。这是我听到的最美好的事情。我的天啊! 看在上帝的份上。最美好的事情莫过于此。"

他搂着她,带她回到座位上。突然,他脚下碰到一个软乎乎的东西,那东西跳起来,愤怒地低声惨叫。弗兰西斯爵士摇摇摆摆地走开,半飞半跳,嘴巴生气地一开一合。

"汤姆!"罗伯特喊道,"听我说。有件事想让你知道。我可以告诉他吗,佩吉? 没问题吧?"

弗兰西斯爵士在他后面生气地低叫,但在一片激动的气氛中,没有人注意到它,完全没有。

她生了个男孩,他们给他取名叫史蒂芬。罗伯特·奈慢慢开车从医院回到家里,陷入沉思。现在,他真的有儿子了,他的思绪又回到在花园里的那一天,汤姆·林德奎斯特顺路来访的那天下午。他前来做客,引用了叶芝的一句诗,令佩吉非常生气。那之后,自己和弗兰西斯爵士之间的氛围一直冷淡而充满敌意。他再也无法像以前那样看待弗兰西斯爵士了。

罗伯特把汽车停在房子前面,走上石头台阶。事实上,他和弗兰西斯爵士一直处不来,他们把它从乡下带回来的第一天起就是这样。这从一开始就是佩吉的主意。当时她看到了农舍的招牌——

罗伯特在门廊台阶上停住脚步。可怜的林德奎斯特把她气成了那个样子。当然,引用那句诗不太合适,但还是有点儿……他陷入沉思,皱起眉头。这一切多么愚蠢!他和佩吉结婚已经三年了。毫无疑问,她爱他,她会忠于他。确实,他们没有多少共同点。佩吉喜欢坐在外面花园里,看书、冥想、喂鸟,或者与弗兰西斯爵士一起玩。

罗伯特从房子侧面绕过去,走进后院的花园。她当然是爱他的!她爱他,她会忠于他。即使只是想想她会考虑——弗兰西斯爵士可能是——这太荒谬了。

他停下来。弗兰西斯爵士正在花园另一边,扯出一条虫子。他看着那只白色的鸭子狼吞虎咽地吞下虫子,然后继续在草丛中找昆虫和蜘蛛。突然,鸭子警惕地停了下来。

罗伯特穿过花园。等佩吉从医院回来后,她会忙着照料小史蒂芬。没错,现在就是最好的机会。她会忙得不可开交,完全把弗兰西斯爵士忘掉。婴儿和那一大堆事情——

"过来。"罗伯特把鸭子抓起来,"这是你最后一次吃到这个花园里的虫子。"

弗兰西斯爵士愤怒地嘎嘎叫,拼命啄他,想要挣脱。罗伯特把他带进房子里。他从壁橱里找到一个手提箱,把鸭子塞进去。他锁上手提箱,擦了擦脸。现在要怎么办?到农场去?开车到乡下去只有半小时路程,但他还能找到那个地方吗?

可以试试看,他把行李箱带到车里,扔在后座上。弗兰西斯爵士一路上都在嘎嘎大叫,起初充满愤怒,后来(在他们开车驶过高速公路时)逐渐变得越来越痛苦、越来越绝望。

罗伯特一语不发。

佩吉意识到弗兰西斯爵士已经彻底离开后,就几乎没再提过它。她似乎接受了它就此消失的事实,虽然在一个多星期的时间里,她都安静得不同寻常。但她逐渐又变得快活起来,欢笑着和小史蒂芬一起玩耍,把他带到外面阳光下,抱在腿上,把手指穿过他柔软的头发。

佩吉说:"就像羽毛一样。"罗伯特点了点头,稍微有点儿不快。真的吗?在他看来那更像玉米穗,但他什么也没说。

史蒂芬渐渐长大,在安静的花园里,柳树的树荫下,被温暖的阳光包围,一连几小时待在母亲温柔、充满爱意的怀抱里,他长成了一个健康、快乐的幼儿。几年后,他长成了一个可爱的孩子,眼睛又大又黑,更喜欢躲开其他孩子自己玩,有时在花园里,有时在楼上他自己的房间里。

史蒂芬热爱花朵。园丁播种时,史蒂芬会和他一起去,十分认真地看着园丁将每一把种子放进土壤中,或者把裹在苔藓中的一株株小小的植物轻轻埋进温暖的泥土中。

他是个寡言少语的孩子。有时,罗伯特会停下手头的工作,双手插在口袋里,一边抽烟一边透过客厅的窗户看着那个安静的孩子在灌木丛和草坪间自己一个人玩耍。史蒂芬五岁时,开始看佩吉给他带回家的图画书里面的故事。他们两人一起坐在花园里,看图画、讲故事。

罗伯特在窗口看着他们,忧郁而沉默。他觉得自己被冷落了,总是无人理睬。他多么讨厌室外!他很久以来一直想要个儿子——

突然,他心里涌起一阵怀疑。他发现自己又想起了弗兰西斯爵士,还有汤姆说的那些话。他愤怒地把这些念头丢到脑后。但这个男孩完全不像他!他怎么才能和他亲近一点儿?

罗伯特陷入沉思。

一个温暖的秋天早晨,罗伯特来到室外,站在后面门廊上,呼吸着新鲜空气环顾四周。佩吉去商店买东西了,还要去做头发。她要很久之后才会回家。

史蒂芬独自坐在一张小矮桌旁边,那是他们送给他的生日礼物,他正在用蜡笔给图画涂上颜色,专心致志做着自己的事情,一张小脸上满是聚精会神的神色。罗伯特穿过湿漉漉的草地,慢慢朝他走去。

史蒂芬抬起头,放下蜡笔。他腼腆地笑了笑,友好地看着朝他走过来的男人。罗伯特走到桌子旁边停了下来,微笑着低头看他,有点儿犹豫,局促不安。

"怎么了?"史蒂芬问。

"介意我和你一起吗?"

"不介意。"

罗伯特揉了揉下巴,"我说,你在做什么?"他脱口而出。

"做什么?"

"用蜡笔做些什么?"

"我在画画。"史蒂芬举起他的画。上面有个很大的图案,黄色,像是个柠檬。史蒂芬和他一起仔细地看着这幅画。

"这是什么?"罗伯特说,"静物画?"

"这是太阳。"史蒂芬把画放下,继续涂起来。罗伯特看着他。他画得可真棒!现在他正在画一些绿色的东西。可能是树。也许有朝一日他会成为一位伟大的画家。就像格兰特·伍德①或者诺曼·洛克威尔②。他内心深处不由得感到十分自豪。

"看起来很棒。"他说。

"谢谢你。"

"你长大以后想当画家吗?我自己也曾画过一些画。我为学校报纸画漫画,为大学生联谊会设计标识。"

一阵沉默。史蒂芬是否从他身上遗传到画画的天分?他看着那个男孩,打量他的面孔。他长得不怎么像他,完全不像。他心里又一次充满怀疑。真的有可能——但佩吉绝不会——

"罗伯特?"男孩突然说。

"嗯?"

"弗兰西斯爵士是谁?"

罗伯特感到震惊,"什么?你什么意思!为什么问这个?"

"我只是想知道。"

"你对它了解多少?你是从哪里听到这个名字的?"

史蒂芬继续画了一会儿,"我不知道。我想妈妈提到过它。它是谁?"

"它死了,"罗伯特说,"它早就死了。是你妈妈告诉你的吗?"

---

①格兰特·伍德(1892-1942),美国画家。他的绘画作品描绘了他的故乡爱荷华州的平民和农村景象。

②诺曼·洛克威尔(1894-1978),是20世纪早期美国的重要画家。

"也许是你说的，"史蒂芬说，"有人提到过它。"

"不是我！"

"那么，"史蒂芬若有所思地说，"也许我梦见过它。我想它可能曾经出现在梦里，跟我说话。就是这样，我在梦里见过它。"

"它长什么样子？"罗伯特说，紧张地舔着嘴唇，快快不乐。

"就像这样。"史蒂芬说。他举起那幅画，太阳的画。

"这是什么意思？黄色？"

"不，它是白色的。就像太阳一样，中午的太阳。天空中有个很大很大的白色影子。"

"天空中？"

"它在天空中飞翔，就像正午的太阳，闪闪发光。我是说在梦里。"

罗伯特的脸因痛苦和怀疑而变得扭曲。她是不是跟孩子讲了它？她是不是为它画了一幅画，一幅理想化的图画？鸭神。天空中巨大的鸭子，闪闪发光地降落下来。也许**确实是那样**。也许他不是这个男孩真正的父亲。也许……这令人无法承受。

"好吧，那我就不打扰你了。"罗伯特说。他转身朝房子走去。

"罗伯特？"史蒂芬说。

"怎么？"他迅速转过身。

"罗伯特，你有事吗？"

罗伯特犹豫了一下，"怎么了，史蒂芬？"

正在画画的男孩抬起头来，小小的一张脸十分平静，面无表情，"你要进屋里去吗？"

"是的。怎么了？"

"罗伯特,几分钟后我有个秘密活动,没有人知道,即使妈妈也不知道。"史蒂芬犹豫了一下,调皮地看着男人的脸,"你想不想和我一起来?"

"什么活动?"

"我要在花园里举办一个派对。秘密派对,只有我自己一个人。"

"你希望我参加?"

男孩点点头。

罗伯特心中感到快乐无比,"你想让我参加你的派对吗?这是个秘密派对?我不会告诉任何人的。你妈妈也一样!我当然会参加。"他满面微笑地搓着双手,心里一阵轻松,"我很高兴能参加。你想让我带点儿什么东西来吗?饼干?蛋糕?牛奶?你希望我带些什么?"

"不,"史蒂芬摇摇头,"去屋里洗洗手,我会把派对准备好的。"他站起来,把蜡笔收拾好放进盒子里,"但你不能告诉别人。"

"我不会告诉任何人。"罗伯特说,"我去洗个手。谢谢,史蒂芬,非常感谢。我马上就回来。"

他匆匆忙忙朝房子走去,心里幸福得怦怦直跳。也许这个男孩本来就是他的儿子!秘密派对,私人秘密派对。甚至连佩吉都不知道。没错,这是他的儿子!这事毫无疑问。从现在开始,只要佩吉不在家,他就会多花点儿时间跟史蒂芬在一起,给他讲故事,比如讲讲战争期间他在北非的经历。史蒂芬肯定会对这个感兴趣。讲讲他曾经如何与蒙哥马利元帅会面,曾经用过的德国手枪,还有他的那些照片。

罗伯特走进屋里。佩吉一直不让他给孩子讲故事,但他发誓,以后一定要这样做!他走向水槽洗手,咧嘴一笑。那是他的孩子,没错。

一阵响动传来。佩吉走进厨房,怀里抱满了食品杂货。她把一堆东西放在桌子上,长出一口气。"你好,罗伯特。"她说,"你在做什么?"

他的心沉了下去。"你回来了?"他咕哝着,"这么快?我以为你打算去做头发。"

佩吉微微一笑,她戴着一顶帽子,穿着绿色的连衣裙和高跟鞋,看起来娇小可爱,"我还得回去。我只是先把这些食品杂货带回家。"

"也就是说你还要离开?"

她点点头,"怎么了?你看起来很兴奋。有什么事吗?发生了什么?"

"没什么,"罗伯特擦干手,"根本没什么事。"他咧嘴傻笑。

"晚点儿见。"佩吉说着走回起居室,"我不在的时候祝你们过得愉快。别让史蒂芬在花园里待太长时间。"

"不,不会的。"罗伯特耐心等着,他一听到前门关上的声音,就急忙回到门廊上,走下台阶进入花园里。他匆匆穿过一片鲜花。

史蒂芬已经把小矮桌清理干净。蜡笔和画纸都不见了,桌上有两个盘子,上面分别放着一个碗。一把椅子正等着他。史蒂芬看着他穿过草地,走向桌子。

"怎么这么长时间?"史蒂芬不耐烦地说,"我已经开始吃了。"他继续贪婪地吃着,眼中闪烁出光芒,"我等不及了。"

"没关系,"罗伯特说,"我很高兴你先开始吃了,"他迫不及待地在那把小椅子上坐下,"好吃吗? 那是什么? 非常美味的东西?"

史蒂芬点点头,嘴里塞满了东西。他还在飞快地用手抓着碗里的东西吃。罗伯特咧嘴一笑,低头看向自己的盘子。

他的笑容消失了,心里充满了痛苦,一阵作呕。他张了张嘴,却说不出一个字。他把椅子往后推,站了起来。

"我不想吃这个,"他喃喃地说,转身离开,"我想我要回屋里去。"

"为什么?"史蒂芬停了下来,惊讶地问。

"我……我对虫子和蜘蛛一向不感兴趣。"罗伯特说着,慢慢走回房子里。

精灵国王

正下着雨,天色越来越暗。加油站边上一排油泵溅起一片水帘,公路两旁的树木被风吹弯了腰。

谢德拉克·琼斯站在小屋门廊里面,斜倚在一个油桶上。门开着,一阵阵雨水被风吹到门里的木地板上。天色已晚,太阳已经落山,气温下降。谢德拉克从外套里摸出一支雪茄。他咬掉尾部,小心地把它点燃,转身离开门口。一片昏暗中,雪茄迸发出温暖而明亮的光芒。谢德拉克深深地吸了一口烟。他裹紧外套,扣好扣子,走到人行道上。

"真讨厌,"他说,"这么个晚上!"他在一片风吹雨打中眯起眼睛打量公路两头,视野中没有汽车出现。他摇了摇头,把加油泵锁上。

他回到屋里,关上身后的门,打开收银机数了数这一天收到的钱。不太多。

不太多,但足够一个老男人生活了。足够买烟、买柴火、买杂志,这种等着汽车偶尔路过的日子,他也能过得舒舒服服的。行驶在这条公路上的汽车已经不多了。这条路年久失修,干涩粗糙的路面出现很多裂缝,大多数汽车会选择山那边的洲际公路。德里维尔也没什么东西能吸引他们从这边走。德里维尔只是个小镇,不存在任何大型工厂,如此渺小,对于任何人来说都谈不上重要。有时候,时间毫无征兆地就从这里流逝——

谢德拉克突然绷紧了身体,手指紧紧抓住那些钱。外面传来一个声音,是铺设在人行道上的信号铃响了起来。

叮铃铃!

谢德拉克把钱扔回收银机里,关上抽屉。他慢慢站起来走向大门,仔细倾听。他在门口关掉灯,站在黑暗中凝视外面,等待着。

他没有看到汽车。大雨倾盆而下,在风中盘旋,一片云雾沿着道路移动。有什么东西立在加油泵旁边。

他打开门走了出去。起初,他分辨不出那是什么。随后,老人不安地咽了口唾沫。

两个小人站在雨中,一起抬着个平台。也许他们曾经高高兴兴穿上这身鲜艳的长袍,但现在,衣服已经在雨中湿透了,软塌塌地挂在身上。他们心神不定地看着谢德拉克,小小的脸上淌下一道道水痕,大滴大滴的雨水。他们身上的长袍被风吹得卷起来,甩来甩去。

平台上有个人影动弹了一下。一个小脑袋疲惫地转过来,看着谢德拉克。昏暗的光线中,淌着雨水的钢盔反射出朦胧的光。

“你是谁?”谢德拉克问。

平台上的小人抬起身,“我是精灵国王,我身上湿透了。”

谢德拉克惊讶地看着他们。

“没错,”抬着他的其中一个说,“我们都湿透了。”

零零落落走来一小群精灵,聚集在他们的国王周围。他们凄凄惨惨地挤在一起,沉默不语。

"精灵国王,"谢德拉克重复了一遍,"好吧,我的天啊。"

这是真的吗? 他们很小,没错,而且他们湿透的衣服看起来很奇特,颜色也很古怪。

可是,精灵?

"我的天啊。好吧,不管你们是什么,这样的夜晚你们可不该出门。"

"确实不应该,"国王低声说,"不是我们的错。不能怪……"他的声音渐渐变成一阵咳嗽。精灵士兵们焦虑不安地盯着平台。

"也许你们最好把他带到屋里去,"谢德拉克说,"我家就在公路那边。他不该留在外面淋雨。"

"你以为我们喜欢在这样的夜晚待在外面?"抬着平台的另一个士兵喃喃地说,"往哪边走? 带我们去吧。"

谢德拉克指着那条路,"那边,跟我来。我会生个火。"

他沿路走去,一路摸索着找到第一级平坦的石阶,他和菲尼亚斯·贾德夏天经常躺在这里。他登上石阶顶端,回头看了看。平台慢慢跟上来,稍微有点儿摇摇晃晃。精灵士兵们小心翼翼地走在后面,一小队沉默不语的精灵,浑身滴水,冻得瑟瑟发抖,看起来十分凄惨。

"我去生火。"谢德拉克说着,匆忙带他们走进房子里。

精灵国王疲惫不堪地靠在枕头上,小口喝着热巧克力,渐渐放松下来,他沉重的呼吸声听起来像打鼾一样。

谢德拉克不安地挪了挪身体。

"很抱歉,"精灵国王突然睁开眼睛,揉了揉额头,"我肯定是睡着了。我在哪里?"

"您该就寝了,陛下。"一名士兵满脸困倦地说,"已经很晚了,这一天过得很艰难。"

"是啊,"精灵国王点点头说,"确实如此。"他抬头看了看谢德拉克站在壁炉前端着啤酒的高大身影,"人类,我们感谢你的盛情款待。通常来说,我们不会打扰人类。"

"都是因为那些山魔。"另一名士兵蜷缩在沙发垫子上说。

"没错。"又一名士兵表示同意,他坐起来摸索着找自己的剑,"那些臭烘烘的山魔,到处挖来挖去,大声怪叫——"

"你看,"精灵国王继续说,"我们一行从伟大的低矮之阶出发,前往城堡,它坐落在高耸之山的山谷中——"

"你是指糖岭吧。"谢德拉克热心地补充道。

"高耸之山。我们慢慢前行,遇到一场暴雨。我们有点儿慌乱。这时一群山魔突然出现,从灌木丛中冲了出来。我们离开树林,在无尽之路上寻找安全的地方——"

"公路,二十号公路。"

"这就是为什么我们会来到这里。"精灵国王停了一会儿,"雨越下越大。凛冽的寒风从我们身边吹过。在漫长的时间中,我们艰难跋涉。我们不知道要去哪里,也不知道会发生什么。"

精灵国王抬头看着谢德拉克,"我们只知道:山魔就跟在我们身后,在密林中穿梭,在暴雨中前行,所向披靡。"

他伸手捂住嘴咳嗽,弯下腰。所有的精灵都焦急地看着,直到他咳完直起身来。

"谢谢你好心让我们进来,我们不会打扰你很久的,这不是精灵的习俗——"

他又开始咳嗽,伸手捂住了脸。精灵们担心地朝他走去。

最后,国王身体动了一下,叹了口气。

"怎么了?"谢德拉克问。他走过去,从精灵国王虚弱的手中接过那杯巧克力。精灵国王躺了下去,闭上眼睛。

"他必须**休息**。"一名士兵说,"你的房间在哪里?卧室?"

"楼上,"谢德拉克说,"我带你们去。"

那天深夜,谢德拉克独自坐在一片漆黑、冷冷清清的客厅里,陷入沉思。精灵们都在楼上的卧室里睡着了,精灵国王睡在床上,其他人一起蜷缩在地毯上。

房子里一片寂静。外面,大雨仍然倾盆而下,无休无止地冲刷着这座房子。谢德拉克能听到树枝在风中摇晃的声音。他握紧拳头又松开。真是件奇怪的事情——这些精灵,他们年老病弱的国王,他们尖细的声音。他们多么焦虑不安、脾气暴躁!

但他们也很可怜,这么小,浑身湿漉漉的,滴着水,色彩鲜艳的长袍也都湿透了,软塌塌的。

山魔——它们是什么样子?又脏又臭?还会挖掘土地,破坏树木,在树林中穿梭?

突然,谢德拉克尴尬地笑了起来。他这是怎么了,居然会相信这一切?他生气地灭掉雪茄,耳朵变得通红。怎么回事?这是开什么玩笑?

精灵?谢德拉克愤慨地哼了一声。精灵会出现在德里维尔?美国科罗拉多州中部?也许欧洲会出现精灵,也许在爱尔兰。他曾经听说过那种事。可是这里?在他自己家里楼上,睡在他自己的床上?

"这种事我真是听够了。"他说,"天知道,我又不是傻瓜。"

他转身朝楼梯走去,在昏暗中摸着栏杆开始爬上楼。

在他上方,突然亮起一道光。一扇门打开了。

两个精灵慢慢来到楼梯上,低头看着他。谢德拉克在楼梯上走到一半,迟疑不前。他们脸上的表情使他停了下来。

"怎么了?"他犹豫着问。

他们没有回答。房子里变冷了,又冷又黑,外面雨水的寒意和里面未知的寒意交织在一起。

"怎么了?"他又问了一遍,"出什么事了?"

"国王去世了。"一个精灵说,"他在片刻之前去世了。"

谢德拉克目瞪口呆,"是吗? 可是——"

"他很冷、很累。"精灵转身离开,回到房间里,慢慢关上了门。

谢德拉克站在那里,扶着栏杆,指骨嶙峋,瘦而有力。

他茫然地点点头。

"我明白了,"他对着关上的门说,"他去世了。"

精灵士兵们在他周围庄重地围成一圈。客厅里被清晨雪亮耀眼的阳光照亮。

"可是,等一下。"谢德拉克说着,拽了拽领带,"我得去加油站。你们不能等我回家后再跟我说吗?"

精灵士兵们的面孔严肃而专注。

"听着,"一名士兵说,"请听我们说。这对我们非常重要。"

谢德拉克的视线越过他们看着窗户外面,公路在白天的高温下冒出热气,一小段距离之外就是闪闪发光的加油站。就在他看着那边的时候,一辆汽车驶来,不耐烦地按了几声喇叭。如果加油站里没有人出来,汽车很快就会沿着公路驶远。

"拜托了。"一名士兵说。

谢德拉克低头看着站在自己周围的一圈精灵,一张张焦虑不安的面孔上刻着担忧和烦恼。奇怪的是,他一直以为精灵是一种无忧无虑的生物,总是毫无心事地飞来飞去……

"说吧,"他说,"我在听。"他走向一把大椅子坐下来。精灵们也朝他走来,他们先是互相讨论了一会儿,远远传来窃窃私语声。然后,他们转向谢德拉克。

老人双臂交叠等着他们。

"我们不能没有国王,"一名士兵说,"否则我们无法生存下去。在这种日子里是不可能的。"

"山魔,"另一名士兵说,"它们繁殖得很快。它们是可怕的野兽,笨重、粗鲁、臭气熏天。"

"它们散发出的气味非常可怕。它们来自地下黑暗潮湿的地方,那里什么都看不见,它们在黑暗中摸索,在一片寂静中以植物果腹,生活在暗无天日的地下深处。"

"那么,你们应该选出一位国王。"谢德拉克建议,"我不明白这有什么问题。"

"精灵国王不是选出来的。"一名士兵说,"老国王必须指定继任者。"

"噢,"谢德拉克回答,"很好,这种做法也没什么问题。"

"我们的老国王临终时躺在那里,用微弱的声音说了几句话。"一名士兵说,"我们弯腰靠近他,悲伤而害怕地听着。"

"这很重要,没错,"谢德拉克表示同意,"临终遗言可不能错过。"

"他说出了引领我们的那个人的名字。"

"很好,那么你们都听到了。嗯,有什么困难吗?"

"他说出的名字是……是你的名字。"

谢德拉克目瞪口呆，"**我的**？"

"垂死的国王说：'让他，那个杰出的人类，成为你们的国王。如果他领导精灵与山魔战斗，很多事情都会变得顺利。我会看到精灵王国再次崛起，再现昔日辉煌，当年——'"

"我！"谢德拉克跳了起来，"我？精灵国王？"

谢德拉克在房间里来回踱步，双手插在口袋里，"我，谢德拉克·琼斯，精灵国王。"他咧嘴一笑，"我肯定从未想象过这种情况。"

他走到壁炉旁的镜子前，仔细打量自己。他看着自己稀疏花白的头发、明亮的眼睛、黝黑的皮肤和大大的喉结。

"精灵国王，"他说，"精灵国王。等菲尼亚斯·贾德听到这个，等我告诉他，看他到时会有什么反应！"

菲尼亚斯·贾德肯定会感到惊讶！

加油站上空，太阳高高挂在晴朗的蓝天中。

菲尼亚斯·贾德坐在他那辆老福特卡车里踩下油门。汽车疾驰而至，减速停下。菲尼亚斯伸手转动点火钥匙，然后把车窗全部摇下来。

"你之前说什么？"他摘下眼镜擦了擦，纤细灵活的手指按照多年的习惯耐心转动钢制镜框。他把眼镜戴了回去，又把几绺垂下来的头发理顺。

"怎么回事，谢德拉克？"他说，"再给我们讲讲。"

"我现在是精灵国王。"谢德拉克又重复了一遍。他换了个姿势，把另一只脚踩在卡车踏板上，"谁能想到？我，谢德拉克·琼斯，精灵国王。"

菲尼亚斯紧盯着他看，"你成为……精灵国王多久了，谢德拉克？"

"从前天晚上开始。"

"我明白了。前天晚上。"菲尼亚斯点点头，"我明白了。我能不能问一下，前天晚上发生了什么？"

"精灵们来到我家。老国王去世时，他告诉他们——"

一辆卡车轰隆隆地驶近，司机从车里跳了出来。"水！"他说，"该死的，水管在哪里？"

谢德拉克不情愿地转过身，"我去拿。"他又转向菲尼亚斯，"也许等你从城里回来，我今晚可以和你谈谈。我想告诉你余下的事情，真的很有趣。"

"没问题，"菲尼亚斯说，启动了他的小卡车，"当然，谢德拉克，我很感兴趣。"

他沿着公路驶远。

那天晚些时候，丹·格林开着他的廉价小汽车来到加油站。

"嗨，谢德拉克，"他喊道，"到这儿来！我想问你一件事。"

谢德拉克从小屋里走出来，手里拿着一块抹布。

"怎么了？"

"到这儿来，"丹把身体探出窗外，脸上露出一个大大的笑容，嘴角几乎咧到耳根，"我想问你一件事，可以吗？"

"当然可以。"

"那是真的吗？你真的是精灵国王？"

谢德拉克的脸上微微发红，"我想是的。"他移开目光，"没错，这就是我现在的身份。"

丹的笑容消失了，"嘿，你是在跟我开玩笑吧？这是个恶作剧吗？"

谢德拉克生气了，"你是什么意思？我当然是精灵国王。如果有谁说我不是——"

"好吧,谢德拉克。"丹迅速启动了他的廉价小汽车,"别生气,我只是好奇。"

谢德拉克看起来很奇怪。

"好吧。"丹说,"我也没跟你争辩,不是吗?"

一天下来,附近所有人都听说了谢德拉克,还有关于他是怎么突然变成了精灵国王的传言。在德里维尔开了家小商店的波普·里奇认为,谢德拉克这样做是为了给加油站招揽生意。

"他是个聪明的老家伙,"波普说,"现在已经没多少汽车经过那地方,他很清楚自己在做什么。"

"我可不觉得。"丹·格林表示反对,"你该听听他是怎么说的,我想他真的相信那个。"

"精灵国王?"他们都开始笑起来,"不知道他接下来还会说些什么。"

菲尼亚斯·贾德陷入了沉思,"我认识谢德拉克很多年了,我搞不明白。"他皱起眉头,布满皱纹的脸上满是不赞成的表情,"我可不喜欢这样。"

丹看了他一眼,"那你认为他真的相信那个吗?"

"是的。"菲尼亚斯说,"也许我错了,但我真的觉得他相信。"

"可是他怎么会相信那个?"波普问,"谢德拉克又不是个傻瓜,他做了那么久的生意。依我看,他肯定能从中捞到什么好处。如果不是为了宣传加油站,那究竟是为了什么呢?"

"怎么,你还不明白他在做什么吗?"丹说着咧嘴一笑,金牙闪闪发光。

"你什么意思?"波普问。

"他自己拥有了一整个王国,这就是他想要的。你不喜欢那样吗,波普?难道你不想成为精灵国王,从此不必再经营这家旧商店?"

"我的商店没什么不好的。"波普说,"我不会对这门生意感到羞愧,这总比服装推销员要强。"

丹脸红了。"那也没什么不好的,"他看了一眼菲尼亚斯,"对吗?卖衣服也没什么问题。不是吗,菲尼亚斯?"

菲尼亚斯正低头盯着地板。他这时才抬起头,"什么?怎么了?"

"你在想什么?"波普问,"你看起来忧心忡忡的。"

"我很担心谢德拉克。"菲尼亚斯说,"他年纪大了,总是一个人坐在外面,外面天气那么冷,地上还总是积着雨水——冬天,总是有些可怕的东西沿着公路过来……"

"那你**确实**认为他相信那个?"丹坚持问,"你不认为他是想要从中得到什么好处?"

菲尼亚斯心不在焉地摇了摇头,没有回答。

笑声消失了,所有人面面相觑。

那天晚上,谢德拉克在加油站锁门时,一个小小的身影从黑暗中向他走来。

"嘿!"谢德拉克喊道,"是谁?"

一个精灵士兵走到亮处,身上闪闪发光。他身穿一件小小的灰色长袍,腰上扣着一条银带,脚上是一双小皮靴,身侧挂着一把短剑。

"我给您带来一封很重要的信。"精灵说,"呃,我把它放在哪儿了?"

谢德拉克等着他在长袍里找来找去。精灵终于拿出一个小小的卷轴，把它解开，熟练地去掉封蜡，然后他把卷轴交给谢德拉克。

"上面写了什么？"谢德拉克问。他倾下身子，眼睛靠近羊皮纸，"我没戴眼镜。看不清这么小的文字。"

"山魔有动静。它们听说老国王已经去世，就从周围所有的山丘和山谷中冒了出来。它们想要彻底摧毁精灵王国，赶走精灵们。"

"我明白了，"谢德拉克说，"在你们的新国王真正即位之前。"

"没错。"精灵士兵点点头，"对精灵们来说，这是个关键时刻。几个世纪以来，我们的生活一直不稳定。有那么多山魔，精灵们都非常虚弱，经常生病。"

"好吧，我该怎么办？有什么建议吗？"

"希望您今晚到大橡树下来见我们。我们将带您进入精灵王国，您和臣民们将一起计划和部署精灵王国的防御工作。"

"什么？"谢德拉克看起来有些不安，"但我还没吃晚饭。还有我的加油站——明天是星期六，会有很多汽车——"

"但您是精灵国王。"士兵说。

谢德拉克伸手慢慢揉了揉下巴。

"没错，"他回答道，"我是国王，不是吗？"

精灵士兵鞠了个躬。

"真希望我能早点知道会发生这种事。"谢德拉克说，"我从未想过成为精灵国王需要——"

他停下来，希望对方能插句什么话。精灵士兵平静地看着他，面无表情。

"也许你们应该请别人来当你们的国王。"谢德拉克决定摊牌,"我不太了解战争,以及诸如此类的事情。"他停顿了一下,耸耸肩,"我从来没跟战争扯上过关系。科罗拉多州从来没有战争。我的意思是,没有人类之间的战争。"

精灵士兵仍然保持沉默。

"为什么选择我?"谢德拉克无奈地搓着双手,"我对这方面一无所知。是什么让他选择了我?他为什么不选别人呢?"

"他相信你。"那个精灵说,"你把他带进你的房子里,避开外面的大雨。他知道你并不想从中得到什么,你一无所求。他认识的人里面没几个会无私奉献而不求回报。"

"哦。"谢德拉克想了一会儿,最后抬起头来,"可是我的加油站怎么办?还有我的房子。别人会怎么说呢?商店里的那个丹·格林和波普——"

精灵士兵退到光线照射的范围之外,"我得走了。天色已晚,山魔会在夜里出来。我不想离其他人太远。"

"当然。"谢德拉克说。

"山魔无所畏惧,而现在,老国王已经去世。它们四处觅食。没有谁能保证安全。"

"你说要在哪里会面?什么时候?"

"在大橡树那里。今晚月亮落下,消失在天空中的时候。"

"我想我会去的。"谢德拉克说,"我想你是对的,精灵国王不能在王国最需要他的时候让大家失望。"

他抬起头看过去,但精灵士兵已经离开了。

谢德拉克走在公路上,心里满是疑惑。他走到第一级平坦的石阶前,停了下来。

"那棵老橡树在菲尼亚斯的农场里!菲尼亚斯会怎么说?"

但他是精灵国王,山魔正在山间行动。谢德拉克站在那里,听着沙沙的风声,风吹过公路两边的树木,吹向远处的丘陵和山脉。

山魔?真的存在山魔吗?它们在漆黑的夜色中站起来,大胆而自信,什么东西都不怕,什么人都不怕?

而且成为精灵国王这种事……

谢德拉克走上台阶,紧紧抿住嘴唇。他来到石阶顶端时,最后一缕阳光已经消失。夜色降临了。

菲尼亚斯·贾德看向窗外,咒骂了一句,摇摇头。然后,他迅速走向门口,跑到外面门廊上。苍凉的月色下,一个朦胧的身影正慢慢穿过田野,沿着奶牛踩出的小径走向房子。

"谢德拉克!"菲尼亚斯喊道,"怎么回事?你晚上这个时候在外面干什么?"

谢德拉克停下来,执拗地双手叉腰。

"回家吧。"菲尼亚斯说,"你中了什么邪?"

"很抱歉,菲尼亚斯。"谢德拉克回答说,"很抱歉我跑到你的地盘上来,但是我必须在老橡树那里与人见面。"

"夜里这个时候?"

谢德拉克低下头。

"你怎么了,谢德拉克?大半夜的,你究竟要在我的农场里与谁见面?"

"我必须与精灵们见面。我们要针对与山魔之间的战争制订计划。"

"好吧,我的老天爷。"菲尼亚斯·贾德说。他回到屋里,"砰"的一声关上了门。他站在那儿想了半天,然后又回到门廊上,

"你刚才说你在做什么？当然，你用不着告诉我，但我只是——"

"我必须在老橡树那里与精灵们会面。我们必须开个会，讨论与山魔之间的战争。"

"是的，确实。山魔，一直以来必须小心山魔。"

"到处都是山魔，"谢德拉克点点头说，"我以前从未意识到这一点。你不能忘掉它们或忽略它们。它们永远不会忘掉你。它们总是在计划着，观察着你——"

菲尼亚斯目瞪口呆地看着他，说不出话来。

"哦，顺便说一下，"谢德拉克说，"我可能会离开一段时间。取决于这件事要花多长时间。我没有多少对抗山魔的经验，所以我无法确定。不过，不知道你是否介意帮我照看下加油站，大概一天两次，也许早上一次、晚上一次，确保没有人闯进来，或者诸如此类的事情。"

"你要离开？"菲尼亚斯迅速下楼来，"山魔究竟是怎么回事？你为什么要走？"

谢德拉克耐心地重复了一遍他所说的话。

"可是为什么？"

"因为我是精灵国王，我必须领导他们。"

一片沉默。"我明白了。"菲尼亚斯说，"没错，你以前**确实**提到过这个，对吗？不过，谢德拉克，为什么不进来坐坐？你可以给我讲讲关于山魔的事，喝杯咖啡——"

"咖啡？"谢德拉克抬头望着头顶上灰白的月亮，天空中月色惨淡。整个世界一片死寂，晚上很冷，月亮还要再等一会儿才会落山。

谢德拉克打了一个冷战。

"这是个寒冷的夜晚，"菲尼亚斯催促道，"到外面去实在太冷了。进来——"

"我想还有点儿时间,"谢德拉克表示同意,"来杯咖啡没什么害处。但我不能待太久……"

谢德拉克伸展一下双腿,叹了口气,"咖啡确实很棒,菲尼亚斯。"

菲尼亚斯喝了一小口咖啡,放下杯子。客厅里温暖安静。这是个非常整洁的小客厅,墙上挂着庄严的图画,乏味无趣的图画。角落里有一台小小的簧风琴,乐谱整齐地放在上面。

谢德拉克注意到那台簧风琴,微微一笑,"你现在还弹吗,菲尼亚斯?"

"不怎么弹了。风箱都不好使了,有一个已经坏了。"

"我想我可以把它修好。我是说,等我下次过来时。"

"那太好了,"菲尼亚斯说,"我之前就想请你帮忙来着。"

"还记不记得,你以前弹过一首曲子《别墅》? 当时丹·格林正在追那个女人,那个夏天她为波普打工,她想开一家陶瓷店。"

"当然记得。"菲尼亚斯说。

很快,谢德拉克放下咖啡杯,在椅子上挪动了一下。

"再来点儿咖啡吗?"菲尼亚斯迅速问道。他站起来,"再来一点儿?"

"也许再来点儿吧,但我很快就要走了。"

"今晚的天气可不适合出门。"

谢德拉克透过窗户看向外面。天色更黑了,月亮几乎已经西沉。田野上一片荒凉。谢德拉克颤抖了一下,"我同意你的看法。"他说。

菲尼亚斯迫不及待地转过身,"你看,谢德拉克。你应该回到温暖的家里去。你可以改天晚上再出来与山魔作战。山魔永远都在那儿,你自己说的。以后还有大把时间可以做这件事,等天气好一点儿的时候,等到不那么冷的时候。"

谢德拉克疲惫地揉了揉额头,"你知道,这一切看起来就像做了个疯狂的梦。我是什么时候开始谈论精灵和山魔的?这一切是什么时候开始的?"他的声音渐渐低了下去,"谢谢你的咖啡,"他慢慢站起来,"令我暖和多了。我也很感激你能跟我聊天。就像当年一样,你和我像以前那样一起坐在这里。"

"你要走了吗?"菲尼亚斯犹豫了一下,"**回家吗**?"

"我想我最好回去,已经很晚了。"

菲尼亚斯很快站起来,一只胳膊搂着谢德拉克的肩膀,把他带到门口。

"好了,谢德拉克,回家吧。睡觉前洗个热水澡,这对你有好处。也许来一小杯白兰地,暖暖身子。"

菲尼亚斯打开前门,他们慢慢走下门廊台阶,踏上寒冷、黑暗的土地。

"没错,我想我该走了。"谢德拉克说,"晚安——"

"回家吧。"菲尼亚斯拍拍他的胳膊,"跑回去出点儿汗,好好洗个热水澡,然后直接上床睡觉。"

"这是个好主意。谢谢你,菲尼亚斯,我很感激你的好意。"谢德拉克低头看着菲尼亚斯放在他胳膊上的手。他好几年没有和菲尼亚斯这么亲近了。

谢德拉克凝视着那双手。他皱起眉头,感到困惑。

菲尼亚斯的手又大又粗糙,他的胳膊很短,手指粗粗的,指甲破裂开来,几乎是黑色的,也许是因为在月光下才显得发黑。

谢德拉克抬头看着菲尼亚斯。"奇怪。"他低声说。

"哪里奇怪,谢德拉克?"

在月光下,菲尼亚斯的面孔看起来很古怪,沉重而冷酷。谢德拉克以前从未注意到他的下巴这么鼓囊囊的,真是个又大又突出的下巴。皮肤粗糙发黄,就像羊皮纸一样。眼镜后面那双眼睛仿佛两颗石头,冷冰冰的,死气沉沉。耳朵很大,乱蓬蓬的头发缠作一团。

奇怪的是,他以前从未注意过这些。当然,他也从未在月光下见过菲尼亚斯。

谢德拉克后退几步,打量着他的老朋友。隔着几米距离,菲尼亚斯·贾德看起来显得异常矮胖。他双腿微微弯曲,脚掌大得惊人。还有别的地方——

"怎么了?"菲尼亚斯开始感到怀疑,"有什么问题吗?"

有很大的问题。他们成为朋友已经这么多年了,而他却从未注意过。菲尼亚斯·贾德全身笼罩着微弱的气味,一种刺鼻的腐朽恶臭,一种潮湿发霉的尸臭味。

谢德拉克的视线慢慢掠过他,"没什么问题"他重复了一遍,"没什么,我可什么都没说。"

房子旁边有个用来接雨水的旧桶,一半已经裂开了。谢德拉克朝那边走过去。

"不,菲尼亚斯。我没说有什么问题。"

"你在做什么?"

"我?"谢德拉克抓住木桶上的一块木板,使劲扯下来。他朝着菲尼亚斯走回来,紧紧抓着那块木板,"我是精灵国王。你是谁——或者你是什么?"

菲尼亚斯咆哮起来,铲子一般的大手开始凶猛地攻击谢德拉克。

谢德拉克把木板狠狠砸在他头上,菲尼亚斯因愤怒和痛苦发出一阵咆哮。

伴随着木板碎裂的声音传来一阵喧嚣声,房子下面涌出一大群狂怒的生物,它们俯身向前,跳跃着前进,它们黑乎乎的身体又矮又胖,头和脚都非常庞大。谢德拉克看了一眼那些如洪水般从菲尼亚斯的地下室蜂拥而出的黑色生物。他知道那都是什么。

"救命!"谢德拉克喊道,"山魔! 救命!"

山魔包围了他,抓住他,拖曳他,爬到他身上,接连击打他的脸和身体。

谢德拉克抓住那块木板与山魔战斗,用脚踢开它们,不断挥动木板抽打它们。这里已经有几百个,还有越来越多的山魔从菲尼亚斯的房子下面冒出来,这些矮胖的生物如黑色潮水一般涌来,巨大的眼睛和牙齿在月色中闪闪发光。

"救命!"谢德拉克再次喊道,变得更加虚弱。他被这些东西缠住了。他的心脏痛苦地跳动。一个山魔咬住他的手腕,紧紧抓着他的胳膊。谢德拉克用力把它甩掉,扯下那些抓住他裤腿的东西,不断挥舞木板。

一个山魔抓住那块木板,一大群同伴一拥而上,想要把木板抢走。谢德拉克绝望地拼命坚持。山魔们爬上他的身体,骑到他的肩膀上,抓住他的外套,拉扯他的胳膊、他的腿,揪住他的头发……

他听到远处传来高亢响亮的号角声。遥远而美好的号声,回荡在群山中。

山魔突然停止攻击。其中一个放开谢德拉克的脖子,另一个松开他的手臂。

号角声再次响起,这次声音更大了。

"精灵!"一个山魔发出刺耳的声音。它转身朝那个声音走去,牙齿咬得咯咯作响,狂躁得直吐口水。

"精灵!"

一大群山魔蜂拥向前,张牙舞爪地疯狂冲向精灵的军队。精灵的队伍四散分开,加入战斗,尖锐高亢地发出狂喜的喊叫。山魔如潮水一般冲向他们,山魔对精灵,尖锐的指甲对金色的刀剑,咬人的嘴巴对锋利的匕首。

"杀掉精灵!"

"山魔必死!"

"冲啊!"

"前进!"

谢德拉克拼命挣扎,山魔们仍然抓着他不放。他精疲力竭,气喘吁吁。他没头没脑乱砸一气,又踢又跳,把山魔朝空中和地上扔得远远的。

谢德拉克不知道这场战斗持续了多久。他被埋在无数漆黑的身体中间,那些圆滚滚的东西散发出邪恶的臭味,紧紧抱住他,又撕又咬,拉扯他的鼻子、头发和手指。他坚强地默默战斗。

在他周围,精灵军团与成群的山魔交锋,四面八方都是一群群奋力搏斗的战士。

谢德拉克突然停止了厮杀,抬起头,犹豫不决地环顾四周。没有动静,一切都静悄悄的。战斗停止了。

他的胳膊上和腿上还挂着几个山魔。谢德拉克用木板敲掉了一个,它怒吼着掉到地上。他踉跄着后退,与最后一个紧紧挂在他手臂上的山魔搏斗。

"现在轮到你了!"谢德拉克喘着气把山魔使劲扯开,扔到半空中。它摔在地上,匆匆躲进夜色。

没有更多的山魔了,哪儿都看不到山魔的身影。荒凉的月光笼罩在田野上,万籁俱寂。

谢德拉克瘫倒在一块石头上,胸口痛苦地一起一伏,眼前一片红点转来转去。他虚弱地掏出手帕,擦了擦自己的脸和脖子。他闭上眼睛晃了晃脑袋。

他再次睁开眼睛时,精灵们正向他走来,重新集结队伍。精灵们衣冠不整、伤痕累累,金色的铠甲上满是划伤和裂痕,头盔要么变弯、要么彻底丢了。大部分精灵的猩红羽饰都不见了,还在的也都破乱不堪地耷拉着。

但战斗结束了,战争胜利了,那群山魔被击溃了。

谢德拉克慢慢站起来。精灵战士围在他周围,满怀敬意地默默看着他。他把手帕放回口袋里,一个精灵扶着他站稳。

"谢谢你,"谢德拉克喃喃地说,"非常感谢。"

"山魔被击败了。"精灵说,对于刚刚发生的一切仍然心有余悸。

谢德拉克环顾四周,来了很多精灵,比他以前见过的更多。为了这场战斗,所有的精灵都倾巢而出。他们面色凝重,因为这庄重时刻而神情严肃,也因为那可怕战斗而疲惫不堪。

"是的,他们走了,没错。"谢德拉克说。他开始慢慢透过气来,"真是千钧一发。我很高兴你们都来了。我差点儿就完了,全靠自己一个人和他们战斗。"

"精灵国王独自一人抵挡整个山魔军队!"一个精灵高声宣布。

"嗯?"谢德拉克吃了一惊,然后他笑了,"没错,**确实**有一段时间我独自一人与它们作战。我**确实**全靠自己抵挡住所有的山魔。该死的一整群山魔。"

"不仅如此。"一个精灵说。

谢德拉克眨了眨眼睛,"不仅如此?"

"看这里,吾王,所有精灵中最强大的一位。这边,右转。"

精灵带着谢德拉克走过来。

"那是什么?"谢德拉克咕哝着,一开始什么都没有看到。他低头凝视,努力地看向一片黑暗,"这里有没有手电筒?"

一些精灵拿来小小的松脂火把。

在冰冻的地面上,菲尼亚斯·贾德仰面躺在那里,双眼茫然地睁着,嘴巴半张着。他一动不动,身体又冷又硬。

"他死了。"一个精灵庄严地说。

谢德拉克惊讶地倒抽一口冷气,额头上突然冒出一阵冷汗,"我的上帝!我的老朋友!我做了什么?"

"您处死了大山魔。"

谢德拉克停了下来。

"什么?"

"您处死了大山魔,所有山魔的领袖。"

"以前从未发生过这种事,"另一个精灵兴奋地说,"大山魔已经活了数百年。谁都无法想象他也会死掉。这是我们历史上最重要的时刻。"

所有精灵都满怀敬畏地凝视着那具了无生机的躯体,敬畏中混合着不少恐惧。

"哦,算了吧!"谢德拉克说,"那只是菲尼亚斯·贾德而已。"

但就在说话时,他感到一阵寒意从后背掠过。他记起了片刻之前自己看到的场景,当时他站在菲尼亚斯身边,最后一丝月光笼罩在他的老朋友脸上。

"看。"一个精灵俯身解开菲尼亚斯的蓝色哔叽背心,他把外套和背心推到一边,"看到了吗?"

谢德拉克弯腰去看。

他倒抽一口冷气。

菲尼亚斯·贾德在蓝色的哔叽西装背心下面穿着一件铠甲,古老、生锈的铁片镶嵌成网格状,紧紧裹在那个矮胖的身体上。铠甲上刻着一个相当古老的黑色徽章,上面带着不少污垢和锈迹。一个久经侵蚀、几乎快被人们遗忘的标记。交叉的猫头鹰腿和毒堇的标记。

大山魔的标记。

"天啊,"谢德拉克说,"是**我**杀了他!"

他久久地低头凝视。然后,他慢慢地开始意识到一件事。他挺直身体,脸上浮现出笑容。

"怎么了,吾王?"一个精灵尖声问道。

"我只是想到了一件事。"谢德拉克说,"我刚意识到,既然大山魔死了,山魔的军队已经被赶跑了——"

他停了下来。所有精灵都等待着。

"我想也许我……就是说,也许你们不再需要我了。"

精灵们恭敬地听着,"怎么了,伟大的国王?继续说吧。"

"我想,也许现在我可以回到加油站去,不再当这个国王。"谢德拉克满怀希望地看着周围的精灵,"你们觉得呢?既然他已经死了,战争就彻底结束了。你们怎么看?"

精灵们一时沉默下来。他们伤心地低头盯着地面,没有人开口。最后,他们开始收拾旗帜,准备离开。

"是的,你可以回去。"一个精灵平静地说,"战争结束了,山魔已经被击败。你可以回到加油站去,如果你希望如此。"

谢德拉克如释重负。他挺直身体，笑得合不拢嘴，"谢谢！那很好，真的很棒。这是我一生中听到的最好的消息。"

他离开精灵那里，搓着双手哈着气。

"非常感谢。"他对着周围沉默的精灵们咧嘴一笑，"嗯，我想我会一路跑回去。时候不早了。夜深了，也很冷。这是个艰难的夜晚。我……再见吧。"

精灵们默默点头。

"很好。嗯，晚安。"谢德拉克转过身，沿着小径离开。他停了一下，回头向精灵们挥挥手，"一场很棒的战斗，不是吗？我们彻底击败了它们。"他匆匆沿着小径走远，又一次停下来回头挥手。"很高兴我能帮得上忙。好了，晚安！"

一两个精灵在挥手，但他们全都沉默不语。

谢德拉克·琼斯慢慢向家走去。他可以看到房子出现在地平线上，公路上没几辆汽车驶过，边上的加油站渐渐荒废，他的房子也许坚持不了多久了，而他也没有足够的钱修缮，或者买个更好的地方。

他转过身，往回走。

寂静的夜晚中，精灵们仍然聚集在那里。他们没有离开。

"我希望你们还没走。"谢德拉克松了口气说。

"我们希望你不要离开。"一名士兵说。

谢德拉克踢开一块石头，它在一片紧张的寂静中弹跳几下停了下来。精灵们仍然看着他。

"离开？"谢德拉克问，"我这个精灵国王？"

"也就是说你还会继续当我们的国王？"一个精灵喊道。

"对于我这么大年纪的人来说，做出改变是件很难的事情。

不再卖汽油,突然变成一位国王。这件事一时间把我吓到了,但现在已经不会了。"

"你会当吗? **你会继续当吗?**"

"当然。"谢德拉克·琼斯说。

精灵们点燃火把,快乐地围成一小圈。在火光的照耀下,他看到了一个平台,就像老精灵国王曾经乘坐的那个。但这一个更大,大到足以容纳一个人类,几十名士兵抬起平台,自豪地挺起胸膛等待着。

一名士兵高兴地朝他鞠了一躬,"请您上座,陛下。"

谢德拉克爬了上去。不如走路舒服,但他知道他们希望这样带着他前往精灵王国。

殖民地

劳伦斯·霍尔少校弯下腰看着双目显微镜,校正精调部件。

"真有意思。"他嘟哝了一句。

"可不是嘛!我们在这颗星球上已经待了三个星期,没有找到任何一种有害的生命形式。"弗兰德利中尉避开培养皿,在实验台边上坐下,"这是个什么地方?没有病菌,没有虱子,没有苍蝇,没有老鼠,没有——"

"也没有威士忌或红灯区。"霍尔站直身子,"真是个不错的地方。我原本以为肯定会培育出类似于地球上的伤寒沙门菌或者火星沙腐病螺旋菌之类的东西。"

"但整个星球都是无害的。你知道,我在想这里是否就是伊甸园,我们的祖先当初离开的地方。"

"是被赶走的。"

霍尔信步来到实验室窗口,凝视外面的景色。他不得不承认,眼前的画面颇具吸引力。森林和丘陵绵延不绝,绿色的山坡上生机勃勃,长满了无数鲜花和藤蔓,还有瀑布、苔藓、果树、花丛和湖泊。自从六个月前最早的侦察船发现这里以来,他们尽了最大努力让蓝星表面保持原样。

霍尔叹了口气，"真是个好地方，我很乐意以后什么时候再回到这里。"

"相比之下，地球显得光秃秃的。"弗兰德利掏出香烟，随即又放了回去，"你知道，这个地方对我产生了一种有趣的影响。我戒烟了。我猜是因为这里看起来如此……见鬼，如此纯洁，未受玷污。我无法在这里吸烟或乱扔废纸。我不能让自己变成一个破坏环境的来野餐的人。"

"野餐的人很快就会前来。"霍尔又回到了显微镜前，"我再试几个培养皿，也许会找到一种致命病菌。"

"继续试吧。"弗兰德利中尉从桌子上跳了下来，"我稍后再来找你，看看你运气怎么样。一号房间里正在召开一次大型会议。他们基本上已经决定，同意移民局送第一批殖民地开拓者过来。"

"来野餐的人！"

弗兰德利咧嘴一笑，"恐怕确实如此。"

门在他背后关上，他穿着靴子的脚步声回荡在走廊里。实验室里只剩下霍尔一个人。

他坐在那里思考了一会儿，随即俯身从显微镜的载物台上取下载玻片，他挑出一个新的载玻片，对着光举起来读出上面的标记。实验室里温暖而安静，阳光透过窗户洒在地板上，外面的树木在风中微微摆动。他开始感到困倦。

"是啊，来野餐的。"他嘀咕了一句，把新的载玻片调整到合适的位置，"他们那群人已经准备好来到这里，把树木砍倒，把花朵连根拔起，朝湖里吐口水，烧掉整个草原。而这里甚至连普通的感冒病毒也没有——"

突然，他停了下来，脖子被卡住，发不出声音。

他的脖子被卡住了,是因为显微镜的两个目镜突然缠到他的气管上,想要掐死他。霍尔拼命撕扯,但那东西牢牢地掐住他的脖子,就像陷阱的钢齿一样死死卡住。

他把显微镜扔到地板上,跳了起来。显微镜快速地向他爬过来,钩住他的腿。他用另一只脚把它踢走,拔出手枪。

显微镜仓皇逃走,依靠粗调部件滚动前行。霍尔开了枪。它消失在一团金属尘埃中。

"上帝啊!"霍尔虚弱地坐下,擦了把脸,"那是什么——"他揉着自己的喉咙,"那该死的是什么?!"

会议室里挤满了人,水泄不通。蓝星部队的每一位军官都在这里。指挥官斯特拉·莫里森用一根细长的塑料教鞭敲了敲大型控制地图。

"这片平坦的长条形区域是建设城市的理想区域。这里距离水源很近,气候条件也丰富多样,正适合定居者们用作谈资。各种矿产资源储量丰富,殖民者可以建立自己的工厂,他们不必进口任何东西。这片区域的另一头是这颗星球上最大的森林。如果他们稍微懂点事,就会让这里保持原样。但如果他们想要用这片森林制造报纸,那也不关我们的事。"

她四下看了看鸦雀无声的会议室。

"让我们现实一点。你们中的一些人始终认为,我们不应该同意移民局开始殖民,而应该保密,把这个星球留给我们自己,以后再回到这里来。我和你们所有人一样希望这样做,但这会为我们带来很多麻烦。这不是**我们的**星球。我们到这里来是为了工作,任务完成后就要离开。而现在,我们的工作已经基本完成了。所以,让我们忘掉这件事吧。剩下的唯一的事情就是发出'同意'的信号,然后开始收拾行李。"

"实验室发现细菌了吗?"副指挥官伍德问道。

"当然,我们很仔细地找过了,但我听说最后什么也没找到。我想我们可以开始联系移民局,让他们派一艘太空船把第一批定居者送过来,然后把我们接走。没有理由——"她停了下来。

一阵窃窃私语声在房间里此起彼伏,人们都转头看向门口。

莫里森指挥官皱起眉头,"霍尔少校,我得提醒你,开会期间不允许任何人打扰!"

霍尔踉踉跄跄走来,抓住门把手支撑着自己。他茫然地环视了一圈会议室。最后,他那双无神的眼睛终于找到了坐在房间中央的弗兰德利中尉。

"来一下。"他声音嘶哑地说。

"我?"弗兰德利往椅子里缩了缩。

"少校,这是什么意思?"副指挥官伍德生气地打断他,"你是喝醉了还是……"这时他看到霍尔手里的枪,"出了什么事,少校?"

弗兰德利中尉这才慌慌张张地站起来,抓住霍尔的肩膀,"怎么了?出了什么事?"

"到实验室来。"

"你找到了什么东西吗?"中尉打量着他的朋友僵硬的面孔,"是什么?"

"来吧。"霍尔沿着走廊往回走,弗兰德利跟在后面。霍尔推开实验室的门,慢慢走进去。

"是什么?"弗兰德利重复了一遍。

"我的显微镜。"

"你的显微镜？怎么了？"弗兰德利从他身边挤进实验室里，"我没看到它。"

"它消失了。"

"消失？哪儿去了？"

"我击中了它。"

"你击中了它？"弗兰德利看着对方，"我不明白。为什么？"

霍尔的嘴巴张开又闭上，但完全发不出声音。

"你还好吗？"弗兰德利关心地问。随后他弯下腰，从桌子下面的架子上拿起一个黑色塑料盒子，"我说，这是个恶作剧吗？"

他从盒子里取出霍尔的显微镜，"你是什么意思？你击中了它？可它就在这里，在平常一直放的地方。现在，告诉我发生了什么？你在载玻片上看到了什么？某种细菌？致命的？有毒吗？"

霍尔慢慢靠近显微镜。没错，这确实是他的显微镜。精调部件上方有道划痕。载物台的一个压簧微微弯曲。他用手指碰了碰它。

五分钟前，这台显微镜想要杀死他，而且他确定自己击中了它，然后它消失了。

"你确定不需要进行一次心理测试吗？"弗兰德利担忧地问，"在我看来你出现了创伤后应激障碍，或者更糟。"

"也许你是对的。"霍尔低声说。

机器人心理测试仪嗡嗡地运转，整合参数、构建心理模型。最后，它的颜色代码灯从红色变成绿色。

"怎么样？"霍尔问道。

"被严重干扰。不稳定性比率上升到'10'以上。"

"非常危险?"

"是的,上升到'8'就有危险。超过'10'是个很不寻常的结果,尤其是对于你这种心理特征的人来说。你平时的结果只有'4'。"

霍尔虚弱地点点头,"我知道。"

"如果你能给我更多的资料——"

霍尔咬紧牙关,"我无法告诉你更多的东西了。"

"心理测试期间隐瞒信息是违法的,"机器人愤愤地说,"如果你这样做,相当于故意歪曲我的测试结果。"

霍尔站起来,"我无法告诉你更多的东西了。不过,你真的测出我心理的不稳定性很高?"

"高度精神错乱。但我不知道这意味着什么,或者为什么会出现这种情况。"

"谢谢。"霍尔点击关闭测试仪器。他回到自己的房间里,感到头晕目眩。他是疯了吗?但他确实朝着某个东西开了枪。后来,他测试了实验室里的空气,那里的确悬浮着金属颗粒,尤其是他朝显微镜开枪的位置附近。

但怎么会发生这种事?一台显微镜活了过来,想要杀死他!

不管怎样,弗兰德利把它从盒子里取了出来,完好无缺。但它是怎么回到盒子里的?

他脱掉制服,走进浴室。热水从身上流过,他陷入沉思。机器人心理测试仪表明,他的大脑非常混乱,但这可能是那次经历的结果,而非原因。他本来已经准备告诉弗兰德利,但又停了下来。他怎么能指望别人相信这样一个故事?

他关掉水龙头,伸手去拿架子上的毛巾。

毛巾缠在他的手腕上,使劲把他拉到墙边。粗糙的织物压在他的鼻子和嘴上,他疯狂挣扎着把它拉开。毛巾突然放开了他。他跌倒在地,脑袋撞到墙上。他眼冒金星,随即感到一阵剧烈的疼痛。

霍尔坐在一池温水中,抬头看着毛巾架。那条毛巾现在一动不动,和其他几条一样。三条毛巾排成一行,全都一模一样,全都纹丝不动。他刚才是在做梦吗?

他颤抖着站起来,揉了揉脑袋。他谨慎地避开毛巾架,侧身走出浴室进入自己的房间。他小心翼翼地从自动分配机里拉出一条新毛巾。这条看起来很正常。他擦干身体,开始穿上衣服。

腰带缠在他的腰上,想把他勒死。它十分强大——由强化金属制成,以固定他的紧身裤和手枪。他和腰带在地板上滚作一团,一声不吭地搏斗,争夺控制权。那条腰带就像一条狂怒的金属蛇,抽打他,绑住他。最后,他终于腾出手来抓住手枪。

腰带立即松开了他。他开枪击中它,使之彻底消失,然后瘫倒在椅子上,喘着粗气。

椅子的扶手环绕在他身上。但这次枪就在手头,他一连开了六枪,椅子终于瘫软下去,他总算又能站起来。

他衣衫不整地站在房间中央,胸口一起一伏。

"这不可能,"他低声说,"我肯定是疯了。"

最后,他穿上紧身裤和靴子,走进外面空荡荡的走廊。他进入电梯,升到顶层。

莫里森指挥官在办公桌后面抬起头来,霍尔直接走过机器人安检门。它发出报警声。

"你带着武器。"指挥官不满地说。

霍尔低头看看手里的枪,把它放在办公桌上,"对不起。"

"你想做什么?你怎么了?我看到测试机器的报告说,你在过去二十四小时内经常出现较高的心理不稳定比率。"她仔细打量他,"我们已经认识很长时间了,劳伦斯。你出了什么事?"

霍尔做了个深呼吸,"斯特拉,今天早些时候,我的显微镜想要掐死我。"

她的蓝眼睛瞪得大大的,"什么?!"

"后来,我从浴室里出来时,一条浴巾想要掐死我。我逃掉了,可是在我穿衣服时,我的腰带——"他停了下来。指挥官已经站了起来。

"卫兵!"她喊道。

"等一下,斯特拉。"霍尔向她快步走过去,"听我说,我可是认真的。有四次,各种东西想要杀死我。普普通通的物体突然就变成了致命武器。也许这就是我们一直在找的东西。也许这就是——"

"你的显微镜想要杀死你?"

"它活了过来,用目镜勒住我的喉咙。"

有好一会儿,房间里一片沉默,"除你之外,还有别人看到这件事情发生吗?"

"没有。"

"你做了什么?"

"我开枪击中了它。"

"有残骸留下吗?"

"没有。"霍尔不情愿地承认,"事实上,显微镜似乎又变得完好无损。就像以前一样,回到了盒子里。"

"我明白了。"指挥官对她叫来的两名卫兵点点头,"把霍尔少校带下去,让泰勒船长把他关起来,直到我们可以把他送回地球接受检查。"

她冷静地看着两名卫兵用磁力装置固定住霍尔的手臂。

"很抱歉,少校。"她说,"除非你能证明你的故事是真的,否则我们只能假设这是你的一种精神投射。这颗星球上还没有布置足够的警力,我们不能让一个精神病患者到处乱跑。你可能会造成严重的破坏。"

卫兵把他带到门口。霍尔一脸不情愿地离开。他脑袋里嗡嗡作响,声音反复回荡。也许她是对的,也许他真的疯了。

他们来到泰勒船长的办公室,一名卫兵按响门铃。

"谁?"门口的机器人尖声问道。

"莫里森指挥官命令我们把这个人交给船长看管。"

机器人犹犹豫豫地停顿片刻后说:"船长很忙。"

"这是紧急情况。"

机器人犹豫不决,它的指示灯咔嗒咔嗒地闪烁着,"指挥官派你们来的?"

"是的,开门。"

"你们可以进来。"机器人终于同意了。它打开锁,门开了。

卫兵把门推开,随即停了下来。

泰勒船长躺在地板上,脸色发青,眼睛瞪得大大的。他们只能看见他的头和脚。一块红白相间的小地毯裹住他用力挤压,勒得越来越紧。

霍尔扑到地板上,拉住地毯,"快!"他吼道,"抓住它!"

他们三个一起使劲拉。地毯顽强地反抗。

"救命。"泰勒虚弱地叫着。

"我们正在努力!"他们拼命拉着地毯。最后,地毯松开了,落到他们手里。它迅速冲向打开的门口,一名卫兵击中了它。

霍尔跑向视频电话,颤抖着拨通了指挥官的紧急号码。

她的脸出现在屏幕上。

"看!"他气喘吁吁。

她看到泰勒躺在他后面的地板上,两名卫兵跪在旁边,枪还没收起来。

"发生……发生了什么事?"

"地毯袭击了他。"霍尔咧了咧嘴,但是笑不出来,"现在是谁疯了?"

"我们会派一队卫兵下去。"她眨了眨眼睛,"马上就去。但怎么——"

"告诉他们准备好武器。还有,最好给**所有人**发个紧急警报。"

霍尔把四样东西放在莫里森指挥官的办公桌上,一台显微镜、一条毛巾、一条金属腰带和一块红白相间的小地毯。

她紧张地退到一边,"少校,你确定吗?"

"它们**现在**已经没问题了,这是最奇怪的地方。这条毛巾在几个小时前还想要杀死我,我开枪把它炸得粉碎才逃脱。可是看看这个,它又回来了,和以前一模一样,完全无害。"

泰勒船长警惕地摸了摸那块红白相间的地毯,"那是我的地毯。我从地球带来的,是我妻子给我的。我……我完全相信它没问题。"

所有人面面相觑。

"我们也枪击了地毯。"霍尔指出。

周围一片沉默。

"那攻击我的是什么?"泰勒船长问,"如果不是这块地毯?"

"它看起来很像这块地毯,"霍尔慢慢地说道,"攻击我的东西看起来很像这条毛巾。"

莫里森指挥官举起毛巾对着光线观察,"这只是一条普通毛巾!它不可能攻击你。"

"当然不可能。"霍尔表示同意,"这些物体已经接受了我们能想到的所有测试。它们就是表面看起来的那种东西,所有的元素都没有变化。绝对稳定的非有机物。这些东西中**任何一种**都不可能活过来攻击我们。"

"但确实有什么东西攻击了我。"泰勒说,"如果不是这块地毯,那是什么?"

多兹中尉在橱柜上到处找手套。他急着要走,整个部队都接到了紧急集合的命令。

"我放到哪儿去了?"他咕哝着,"见鬼!"

床上并排放着**两双**一模一样的手套。

多兹皱起眉挠了挠头。怎么可能? 他只有一双手套,另一双肯定是别人的。鲍勃·韦斯利昨天晚上过来打牌,也许是他忘在这里的。

视频屏幕再次亮起,"所有人员,立即报到。所有人员,立即报到。全体人员紧急集合。"

"好吧!"多兹不耐烦地说。他随便抓起一双手套戴到手上。

他们刚一来到集合地点,那双手套就把他的手拉到腰部,把他的手指夹在枪托上,让他把枪从枪套里取出来。

"该死的。"多兹说。手套举起他的枪,指向他自己的胸口。

手指按了下去。一声巨响,多兹的半个胸腔都被分解了,余下的身体慢慢倒在地板上,他的嘴仍然惊讶地张开着。

坦纳下士听到紧急警报的鸣啸声,立即匆匆穿过广场朝主建筑走去。

他在入口处停下来脱掉金属防滑靴,随即皱起眉头。门口有两个安全垫,而不是平时的一个。

好吧,无所谓,两个都一样。他踏上其中一块垫子,等待着。垫子表面发送高频电流,从他的脚上和腿上流过,杀死他在外面时可能附在他身上的所有孢子或种子。

他走进建筑。

片刻之后,富尔顿中尉匆忙赶到门口。他甩掉登山靴,踏上他看见的第一块垫子。

垫子折叠起来覆盖住他的脚。

"嘿,"富尔顿喊道,"放开!"

他想把脚拉出来,但那块垫子不肯放开他。富尔顿感到害怕。他拔出枪,但也不敢向自己的脚开枪。

"救命!"他喊道。

两名士兵跑过来,"怎么了,中尉?"

"把这该死的东西从我身上拿开。"

士兵们开始大笑起来。

"这不是开玩笑,"富尔顿的脸突然变得惨白,"它弄断了我的脚!它是——"

他开始尖叫。士兵们拼命抓住垫子。富尔顿摔在地上,翻滚扭动,仍然尖叫不止。最后,士兵们总算把他脚上的垫子扯开一角。

富尔顿的脚消失了,只剩下软塌塌的骨头,已经溶解了一半。

"现在我们知道了，"霍尔表情严肃地说，"这是一种有机生命体。"

莫里森指挥官转向坦纳下士，"你走进大楼时看到两个垫子?"

"是的，指挥官。两个。我踩在……踩在其中一个上面。走了进来。"

"你很幸运。你踩的是右边那个。"

"我们必须小心，"霍尔说，"我们要注意复制品。显然，它——无论它究竟是什么——会模仿自己发现的物体，就像变色龙一样，伪装。"

"两个。"斯特拉·莫里森低声说，看着分别放在她办公桌两端的两个花瓶，"这很难分辨。两条毛巾、两个花瓶、两把椅子。也许整整好几排东西都是没问题的，除了唯一的一个之外，其余的都很正常。"

"这就是麻烦所在。我没有注意到实验室里有任何不寻常的东西，多出来一台显微镜没什么奇怪的。它会混在里面。"

指挥官后退了一点儿，远离那两个一模一样的花瓶，"那两个怎么样? 也许其中一个就是——无论那东西是什么。"

"很多东西都有两个。本来就是一对的，靴子、衣服、家具。我不会注意到房间里多出来一把椅子，或者其他设备。根本不可能确定。有时候——"

视频屏幕亮起来，副指挥官伍德的面孔出现在上面，"斯特拉，又有一个受害者。"

"这次是谁?"

"一名军官被溶解了。几乎彻底消失了，只剩下几颗纽扣和他的手枪——是多兹中尉。"

"这是第三个了。"莫里森指挥官说。

"如果它是有机的,我们应该能找到办法摧毁它。"霍尔喃喃地说,"我们已经用手枪击中了几个,这样显然可以杀死它们。它们也会受到伤害! 但我们不知道这里还有多少。我们已经摧毁了五六个。也许这是一种可以无限分割的物质,就像某种原生质。"

"然而?"

"然而我们都毫无办法。对**它们**毫无办法。没错,这就是我们找到的致命生命体。这就解释了为什么我们发现其余一切东西都是无害的。没有什么能与这样一种生命体竞争。当然,地球上也有会模仿的生命体,昆虫、植物,还有金星上那些狡猾的蛞蝓,但没有哪种能达到这个程度。"

"但它是可以被杀死的,你自己说的。这意味着我们还有机会。"

"除非我们能把它找出来。"霍尔环顾房间,门边挂着两件斗篷。那里本来就有**两件**吗?

他疲惫地揉了揉额头,"我们必须想办法找到一些有毒的或者腐蚀性的物质,能够成批地摧毁它们。我们不能只是坐着不动,等待它们攻击我们。我们需要喷雾剂,我们当初就是这样对付那些蛞蝓的。"

指挥官僵硬地看着他身后。

他转过身,顺着她的目光看过去,"怎么了?"

"我从未注意到那边角落里有两个公文包。我觉得,以前只有一个。"她困惑不解地摇摇头,"我们怎么才能搞明白? 这件事令我十分沮丧。"

"你需要来杯烈酒。"

她高兴起来,"这是个好主意。可是——"

"可是什么?"

"我不想碰任何东西,根本分辨不出它们。"她指指挂在腰上的枪,"我一直想用它朝所有的东西开枪。"

"惊恐反应。然而,我们正一个接一个地被杀死。"

昂格尔上尉从耳机中收到紧急呼叫。他立即停下手头的工作,怀里抱着刚刚收集到的标本,迅速走向自己的车。

停车的地方比他记忆里的要近些。他困惑地停下来。它就在那里,明亮的锥形小车,轮胎稳稳当当地立在柔软的土壤中,车门打开着。

他小心地拿着标本匆匆上了车,打开后面存储舱,放下怀里的东西。然后,他走到前面,在控制面板前坐下。

他打开开关,但发动机没有启动。真奇怪。他正试图搞明白怎么回事,突然注意到一个东西,吓了一跳。

几百米之外,树林中停着第二辆车,和他身边这辆一模一样。那就是他记忆里停车的地方。当然,他现在正坐在一辆车里。或许还有其他人也来采集标本了,而这辆车是他们的。

昂格尔打算跳下车。

周围的门关上了,座位折叠起来罩在他头上,仪表板开始变形,渗出液体。他拼命喘气,感到窒息。他挣扎着想要出去,手臂挥动着、扭打着。他周围变得湿漉漉的,不断流动冒泡,湿润而温暖,就像肉体组织一样。

"见鬼。"这东西正在覆盖他的脑袋,他的全身。这辆车正在变成液体。他试图挣脱双手,但动弹不得。

然后他开始感到疼痛。他正在被溶解。他立刻明白了这种液体是什么。

酸,消化酸。他被装进了一个胃里。

"不要看!"盖尔·托马斯叫道。

"为什么?"亨德里克斯下士笑着游向她,"为什么我不能看?"

"因为我要起身了。"

阳光照耀着一片湖水,在闪闪发光的水面上摇晃。湖水四周耸立着长满青苔的大树,在一片开花的藤蔓和灌木丛中仿佛沉默的巨柱。

盖尔爬上湖岸,抖掉身上的水,把头发甩到脑后。树林里十分安静。除了水波涌动的声音,完全寂静无声。他们距离部队营地很远。

"我什么时候才能睁开眼睛?"亨德里克斯问,他已经闭着眼睛游了一圈。

"很快就好。"盖尔走进树林,找到自己放制服的地方。她能感觉到温暖的阳光照在她赤裸的肩膀和手臂上。她在草地上坐下,拿起束腰外衣和紧身裤。

她拂掉外衣上的树叶和树皮碎片,从头上套进去。

亨德里克斯下士在水里耐心地等着,继续一圈一圈地游。过了一会儿,四周没有一点儿响动。他睁开眼睛,盖尔不见了。

"盖尔?"他喊道。

周围十分安静。

"盖尔!"

没有人回答。

亨德里克斯下士迅速游向岸边。他从水里跳出来,一个箭步冲向自己整齐叠放在湖边的制服。他抓起手枪。

"盖尔!"

树林里一片寂静,完全没有声音。他站在那里,皱起眉头环顾四周。尽管身处温暖的阳光下,他渐渐感到不寒而栗,浑身僵硬。

"盖尔! 盖尔!"

仍然只有一片寂静。

莫里森指挥官十分担忧。"我们必须采取行动,"她说,"我们不能再等下去了。我们遇到那东西三十次,已有十人丧命。三分之一的比例太高了。"

正忙着干活的霍尔抬起头,"无论如何,现在我们知道自己面对的是什么了。一种原生质,可以无限变形。"他举起一个喷雾罐,"我想,我们可以靠这个了解一下究竟存在多少这种东西。"

"那是什么?"

"砷和氢的气态化合物。砷化氢。"

"你打算怎么做?"

霍尔把头盔锁好,他的声音通过耳机传给指挥官:"我要把这种气体喷到整个实验室里。我认为这里有很多,比其他任何地方都多。"

"为什么是这里?"

"所有的标本和样品最初都会被送到这里来,第一个也是在这里出现的。我想它们是混在标本中或者直接就作为样品进来的,然后再入侵到建筑物其他部分。"

指挥官锁好自己的头盔,她的四名卫兵也一样。"砷化氢对人类来说也是致命的,不是吗?"

霍尔点点头，"我们一定要小心。我们可以在这里进行一次局部测试，但这样就差不多了。"

他调整了一下头盔里面的氧气流。

"你的测试打算证明什么？"她想知道。

"如果能说明什么的话，那就是能告诉我们，它们已经在多大规模上渗入到我们中间。我们会进一步了解自己面对的究竟是什么。也许形势比我们意识到的更加严重。"

"你指什么？"她一边问一边调整自己的氧气流。

"蓝星上的部队大约有一百人。现在看来，最坏的情况是它们会一个接一个杀死我们所有人。但这也没什么大不了。几乎每天都会有一支百人部队消失。最早踏上某颗星球的人必然要冒这种风险。归根结底，相对而言这并不重要。"

"相对于什么？"

"如果它们可以无限分裂，那我们必须三思而后行。相对于离开这里，我们最好还是留下来等着一个接一个被杀死，而不要冒险把它们带回太阳系。"

她看着他，"这就是你想查清楚的——它们是否能无限分裂？"

"我想弄明白我们面对的是什么。它们也许只有几个，也许到处都是。"他对着整个实验室挥了一下手，"这间屋子里可能有一半物体并不如我们所认为的那样……它们会攻击我们固然很糟，但如果它们没有这样做，反而更糟。"

"更糟？"指挥官感到困惑。

"它们的模仿是完美的，至少模仿无机物是完美的。我见过一个，斯特拉，它模仿了我的显微镜。它可以放大、调整、成像，就像一台普通的显微镜。这种模仿方式超越了我们能想象的任何东西,不仅仅限于表面,而是会模仿物体的基本成分。"

"你是说它们会跟我们一起溜回地球?变成一件衣服或一台实验室设备的模样?"她颤抖了一下。

"我们认为它们是某种原生质。这种可塑性说明它们具有一种简单的原始形式——而这意味着它会进行二分裂。如果真是这样,它们的繁殖能力就是无限的,其溶解能力使我想到一种简单的单细胞原生动物。"

"你认为它们很聪明吗?"

"我不知道,我希望不是。"霍尔举起喷雾器,"无论如何,这会告诉我们它们入侵的程度。而且,在某种程度上证实我的观点,它们是一种非常基本的生命体,可以通过简单的分裂来繁殖——从我们的角度看,这可能更糟。"

"来吧。"霍尔说。

他紧紧抓住喷雾器,按下开关,对着整个实验室慢慢移动喷嘴。指挥官和四名卫兵默默站在他身后。没有动静。阳光透过窗户洒进来,照射在培养皿和设备上。

过了一会儿,他放开开关。

"我什么都没看到。"莫里森指挥官说,"你确定这么做有效吗?"

"砷化氢是无色的,但不要摘下头盔,这是致命的。也不要动。"

他们站在那里等着。

刚开始,什么都没有发生。然后——

"上帝啊!"莫里森指挥官喊道。

实验室另一边,一个玻片柜突然开始晃动。它慢慢渗出液体,拱了起来,猛地倒下。它完全变了形——变成一种均匀的果冻状物质摊在桌面上。突然,它顺着桌子侧面晃晃悠悠地流到地板上。

"那边!"

一台煤气灯融化了,从它旁边流下来。整个房间里的东西都开始骚动。一个大玻璃曲颈瓶瘫了下来,缩成一团。然后是试管架、放化学品的柜子……

"当心!"霍尔喊道,后退了一步。

一个巨大的钟形玻璃瓶在他面前淌下湿漉漉的液体。这就是一个大细胞,没错。他能隐约辨认出细胞核、细胞壁、悬浮在细胞质中的液泡。

移液管、钳子、研钵,现在都流动起来。房间里一半仪器都流动了起来。它们模仿了这里几乎所有的东西。每一台显微镜都有一个复制品。每一个试管、广口瓶、玻璃罐、烧杯……

一名卫兵掏出枪,霍尔伸手按下,"不要开枪!砷化氢是易燃物。我们出去吧,我们想知道的事已经有结论了。"

他们迅速推开实验室的门,退到外面走廊上。霍尔"砰"的一声关上门,紧紧插上插销。

"也就是说,情况很糟?"莫里森指挥官问。

"我们毫无机会。砷化氢会干扰它们;足够的剂量甚至可以杀死它们。但我们没有那么多砷化氢。而且,如果我们用砷化氢淹没整个星球,我们便无法使用手枪了。"

"假如我们离开这个星球呢?"

"我们不能冒险把它们带回太阳系。"

"如果我们留在这里,我们会一个接一个被吞掉、溶解。"指挥官抗议说。

"我们可以运来砷化氢,或者其他可以摧毁它们的毒药。但这样同时也会摧毁这颗星球上绝大部分生命,没有多少能幸存下来。"

"那我们就必须摧毁所有的生命体!如果没有别的方法,我们只能把这颗星球彻底烧光、清理干净。即使这里将变成一个死亡的世界,一无所有。"

他们面面相觑。

"我要打电话给星系监控部门,"莫里森指挥官说,"我要让部队离开这里,脱离危险——至少是剩下的所有人。那个在湖边的可怜女孩……"她颤抖了一下,"等所有人都离开这里之后,我们可以找出最好的方法来清理这颗星球。"

"你难道要冒险把它们带回地球?"

"它们能模仿我们吗?它们能模仿生物吗?更高等的生命体?"

霍尔思考了一下,"显然不能。它们的模仿似乎只局限于无机物。"

指挥官冷冷一笑,"那我们回去时不要带上任何无机物体。"

"可是我们得穿衣服!它们可以模仿腰带、手套、靴子——"

"我们不穿衣服。我们回去时什么都不带。我的意思是,**任何东西都不带**。"

霍尔撇了撇嘴,"我明白了。"他仔细思考了一下,"这也许行得通。你能说服全体人员扔下……扔下他们所有的东西吗?他们拥有的一切?"

"如果这是为了保住他们的性命,我能**命令**他们这样做。"

"那么,这也许是我们唯一能逃脱的机会。"

最近一艘能够容纳部队所有幸存者的巡航舰距离这里大概

有两小时路程。它正朝着地球飞回去。

莫里森指挥官在视频屏幕前抬起头,"他们想知道这里出了什么事。"

"我来说吧。"霍尔在屏幕前坐下。浓眉大眼、金色发辫的地球巡航舰船长正看着他。"我是劳伦斯·霍尔少校,来自这个部队的研究部门。"

"我是丹尼尔·戴维斯船长。"戴维斯船长面无表情地上下打量着他,"你们遇到麻烦了,少校?"

霍尔舔舔嘴唇,"如果你不介意的话,我们不打算在上船前解释。"

"为什么不呢?"

"船长,你会认为我们疯了。等我们上船后,我们会充分地讨论所有的事情。"他犹豫了一下,"我们要裸体登上你的太空船。"

船长挑了挑眉毛,"裸体?"

"没错。"

"我明白了。"可显然他完全不明白。

"你什么时候抵达这里?"

"我估计大约两小时后。"

"按我们的时间现在是13∶00。你会在15∶00抵达这里?"

"差不多那时候。"船长点点头。

"我们会等着你。别让你的人出来。为我们打开一个船闸。我们上船时不会带上任何东西。只有我们自己,没有别的。等我们一上船,立即起飞。"

斯特拉·莫里森倾身靠近屏幕,"船长,是否有可能……让你的人……"

"我们通过机器人控制着陆，"他向她保证，"我的人都不会出现在太空船外层。没有人会看到你们。"

"谢谢你。"她低声说。

"不用谢。"戴维斯船长敬了个礼，"那么两小时后见，指挥官。"

"让所有人到外面降落场上去，"莫里森指挥官说，"他们应该在这里把衣服脱掉，我想，这样就不会有任何物体出现在降落场上，与那艘太空船接触。"

霍尔看着她的脸，"为了拯救我们的生命，这样做是值得的。"

弗兰德利中尉咬住嘴唇，"我不会这样做的。我要留在这里。"

"你必须来。"

"可是，少校——"

霍尔看了看他的手表，"现在是14:50。太空船随时会抵达这里。脱掉你的衣服，到外面降落场上去。"

"一丁点儿衣服都不能穿吗？"

"不能，甚至连手枪也不能带……等到了太空船里，他们会给我们衣服的。来吧，这是性命攸关的事。所有人都要这样做。"

弗兰德利不情愿地扯了扯自己的衬衫，"好吧，我想这样很傻。"

视频屏幕咔嗒作响。一个机器的声音尖声宣布："所有人立即离开建筑！所有人立即离开建筑，前往降落场！所有人立即离开建筑！所有人——"

"这么快？"霍尔跑到窗口，打开金属百叶窗，"我没听到着陆的声音。"

一艘细长的灰色巡航舰停在降落场中央,船体因为被流星击中显得坑坑洼洼。它停在那里一动不动,没有显示出生命的迹象。

一群赤身裸体的人已经开始犹犹豫豫地穿过降落场朝那里走去,太空船在明亮的阳光下闪闪发光。

"它来了!"霍尔开始扯掉他的衬衫,"我们走吧!"

"等等我!"

"那就快点儿。"霍尔把衣服全部脱掉。两人匆匆来到外面走廊上。一丝不挂的卫兵从他们身边跑过。他们沿着长条形建筑物的走廊走向门口,跑下楼来到外面降落场上。天空中洒下温暖的阳光,照耀着他们。赤裸的男人和女人从所有的部队建筑里面出来,默默地拥向那艘太空船。

"多美的画面!"一名军官说,"我们将永生难忘。"

"但至少你会活下去。"另一个人说。

"劳伦斯!"

霍尔半转过身。

"请不要回头看,继续往前走,我会跟在你后面。"

"感觉怎么样,斯特拉?"霍尔问道。

"非同寻常。"

"值得吗?"

"我想是的。"

"你认为会有人相信我们吗?"

"我对此表示怀疑,"她说,"我自己都开始怀疑自己了。"

"无论如何,我们会活着回去。"

"我想是的。"

霍尔抬头望着太空船,活动舷梯在他们面前缓缓放下。第一个人已经开始跑上金属斜坡,通过圆形船闸进入太空船。

"劳伦斯——"

指挥官的声音中带了一丝奇怪的颤抖,"劳伦斯,我——"

"怎么了?"

"我很害怕。"

"害怕!"他停下来,"为什么?"

"我不知道。"她的声音在发抖。

人们从四面八方推着他们。"忘了那个吧,或许是童年留下的噩梦。"他踏上斜坡底部,"我们上去吧。"

"我想回去!"她声音里透出一丝恐惧,"我——"

霍尔笑了起来,"现在已经太迟了,斯特拉。"他抓住扶手登上活动舷梯。在他周围,男人和女人从四处挤过来,拥着他们往前走。他们来到了船闸,"我们到了。"

他前面的男人消失了。

霍尔跟着他走进去,走进昏暗的太空船内部,走进一片寂静的黑暗中。指挥官跟在后面。

15:00,丹尼尔·戴维斯船长让他的太空船在降落场中央着陆。电控开关"砰"的一声打开入口的船闸。戴维斯和其他船员坐在控制室里等着,围在大型控制台周围。

"那么,"过了一会儿,戴维斯船长说,"他们在哪儿?"

船员们开始感到不安,"也许出了什么问题?"

"也许这整件事是个该死的恶作剧?"

他们等了又等。

但无人前来。

被俘获的飞船

托马斯·格罗夫斯将军闷闷不乐地盯着墙上的作战地图。地图上有一圈黑色的细线,木卫三周围的铁环仍然在那里。他等了一会儿,抱着隐隐约约的希望,但那条线并没有消失。最后,他转身经过一排排桌子走出地图厅。

西勒少校在门口拦住了他,"怎么了,长官?战况没有变化吗?"

"没有变化。"

"我们该怎么做?"

"妥协,接受他们的条件。我们不能再拖一个月了。所有人都知道这一点,**他们也知道**。"

"被木卫三这种小卫星击败。"

"如果我们能再有些时间就好了,可惜没有。飞船必须立即再次进入深空。如果只有妥协才能让他们滚蛋,那我们就这么做吧。木卫三!"他啐了一口唾沫,"要是我们能击败他们就好了。但到了那时候——"

"到了那时候,殖民地将不复存在。"

"我们的发射塔架必须回到我们自己手中,"格罗夫斯冷冷

543

地说，"即使这意味着要妥协。"

"没有别的办法了？"

"你去找找别的办法。"格罗夫斯从西勒旁边挤过去，走到外面的走廊上，"如果你能找到，记得告诉我。"

战争已经持续了两个地球月，没有停止的迹象。太阳系参议院的困境源于木卫三的特殊位置，在太阳系及半人马座比邻星殖民地之间不稳定的太空网络中，木卫三是二者间的迁跃点。所有离开太阳系进入深空的飞船，都要通过木卫三上巨大的太空发射塔架发射。没有别的发射塔架。之前，木卫三生物同意将这里作为迁跃点，于是太阳系便把发射塔架建在了那里。

木卫三生物通过用桶状小船拖运货物和供给品而变得十分富有。随着时间的流逝，货船、巡航舰和巡逻船，越来越多的木卫三飞船飞向太空。

有一天，这支古怪的舰队在太空发射塔架周围着陆，杀害或监禁了地球和火星的守卫，宣称木卫三和发射塔架是他们的所有物。如果参议院想要继续使用发射塔架，就得支付报酬，很多很多报酬。除此之外，还得把百分之二十的货物留在这颗卫星上，进贡给木卫三大帝。整个参议院对此集体表示抗议。

如果参议院舰队打算通过武力夺回发射塔架，发射塔架将被摧毁。木卫三已经布下了氢弹。木卫三舰队围绕这颗卫星形成一个坚硬如铁的细环。如果参议院舰队想要突破防线，占领这颗卫星，那发射塔架就完了。太阳系能怎么办？

而在比邻星上，殖民地正在忍饥挨饿。

"你确定我们不能在普通发射场上发射飞船进入深空？"一名火星参议员问。

"只有一级飞船才能抵达殖民地，"杰姆斯·卡迈克尔指挥官无奈地说，"一级飞船的尺寸是普通星系飞船的十倍，需要从深埋在地下几公里深、几公里宽的塔架上才能发射。你不可能在草地上发射这种尺寸的飞船。"

一片沉默。参议院的大会议室里挤满了来自全部九颗行星的代表。

"比邻星殖民地坚持不了二十天。"巴塞特博士言之凿凿，"这意味着我们下星期必须让一艘飞船启航。否则，就算我们能抵达那里，也没有任何人能幸存下来。"

"新的月球发射塔架什么时候能准备好？"

"一个月之后。"卡迈克尔回答。

"不能快一点儿？"

"不能。"

"显然我们必须接受木卫三的条件。"参议院主席厌恶地哼了一声，"九大行星对一颗讨厌的小卫星！ 他们怎么敢要求与太阳系成员享有平等的发言权?!"

"我们可以打破他们的防御环，"卡迈克尔说，"但如果我们这样做，他们会毫不犹豫地摧毁发射塔架。"

"如果我们不用太空发射塔架就能为殖民地提供物资该多好。"一位冥王星参议员说。

"这意味着不能使用一级飞船。"

"没有别的办法能抵达比邻星？"

"据我们所知没有。"

土星参议员站起来，"指挥官，木卫三使用的是什么样的飞船？ 与你们的不同吗？"

"是的。但所有人对此都一无所知。"

"他们是怎么发射的?"

卡迈克尔耸耸肩,"用一般的方式,从普通发射场发射。"

"你认为——"

"我不认为那些是深空飞船,我们已经开始到处找救命稻草了。根本没有飞船大到足以穿越深空而不需要太空发射塔架,我们必须接受这个事实。"

参议院主席在座位上略微挪了挪,"一项议案已提交给参议院进行表决,我们是否接受木卫三的条件,结束这场战争。我们是否现在开始投票? 还有别的问题吗?"

没有人亮灯提问。

"那我们开始吧。水星。作为第一行星,你们怎么投票?"

"水星投票同意接受敌人的条件。"

"金星。金星投什么?"

"金星投票——"

"**等等!**"卡迈克尔指挥官突然站起来。

参议院主席抬起手示意暂定,"怎么了? 参议院正在投票。"

卡迈克尔全神贯注地低头盯着地图厅发送给他的一片金属箔,"我不知道这个有多重要,但我想,或许参议院在投票前应该知道这个。"

"什么事?"

"我收到一条来自前线的消息。一支火星突击队出人意料地占领了一个木卫三研究站,位置在火星和木星之间的一颗小行星上。他们夺取了大量完好无缺的木卫三设备。"卡迈克尔环顾大厅,"包括一艘木卫三飞船—— 一艘正在研究站接受测试的新型飞船。木卫三工作人员已被消灭,但被俘获的飞船完好无损。突击队正把飞船带到这里来,由我们的专家进行检查。"

房间里响起一阵窃窃私语。

"我提出一项动议,我们推迟做出决定,先等木卫三的飞船接受检查,"天王星参议员喊道,"也许会有所发现!"

"木卫三投入了大量精力设计飞船,"卡迈克尔低声对参议院主席说,"他们的飞船很奇怪,完全不同于我们的。也许……"

"大家针对这项动议如何表决?"参议院主席问,"我们是否要等到这艘飞船接受检查之后?"

"让我们先等一等!"几个声音喊道,"等等看。"

卡迈克尔若有所思地搓着手,"值得一试。但如果没什么结果,我们还是得妥协。"他把金属箔折起来,"总之,值得期待。一艘木卫三飞船。我期待……"

厄尔·巴塞特博士激动得涨红了脸。

"让我过去,"他从一排身穿制服的军官中间挤过去,"请让我过去。"两名制服笔挺的中尉让开路,他第一次看到了那个钢铁和人造化合物的大圆球——那艘被俘获的木卫三飞船。

"看看它,"西勒少校对他耳语,"与我们的飞船截然不同。它是怎么运转的?"

"没有驱动喷射器,"卡迈克尔指挥官说,"只有降落用的着陆喷射器。它要怎么前进?"

木卫三圆球静静待在地球测试实验室中央,像个巨大的气泡般矗立在一圈人中间。这是一艘很漂亮的飞船,平滑的金属外壳熠熠生辉,微微泛出一丝冷光。

"它会令你产生一种奇怪的感觉。"格罗夫斯将军说。他突然屏住了呼吸,"你们觉得这……这会不会是一艘重力驱动飞船? 木卫三生物可能在试验重力飞船。"

"什么意思?"巴塞特问。

"重力驱动飞船无须消耗时间就能抵达目的地。重力的速度是无限的,无法测量。如果这个圆球是——"

"胡说,"卡迈克尔说,"爱因斯坦认为,重力不是一种力,而是翘曲,空间翘曲。"

"但不可能建造出一艘使用——"

"先生们!"参议院主席很快被警卫簇拥着来到实验室,"这就是那艘飞船? 这个圆球?"军官们稍稍后退,参议院主席小心翼翼走近闪亮的巨大球体,碰了碰它。

"完好无损,"西勒说,"他们正在翻译控制装置上的标记,以便让我们弄明白如何操纵。"

"所以这就是木卫三飞船。它能为我们带来什么帮助吗?"

"我们还不知道。"卡迈克尔说。

"学者们来了。"格罗夫斯说。圆球的舱门打开,两个身穿白色实验服的人带着个语义翻译机小心翼翼走下来。

"有何结果?"参议院主席问。

"我们已经翻译完毕。地球船员现在可以操纵这艘飞船了,所有的控制装置都加上了标记。"

"我们应该在试飞这艘飞船之前先研究一下发动机。"巴塞特博士说,"我们目前对它的了解有多少呢? 我们完全不知道它靠什么运转,或者使用什么燃料。"

"弄清这些需要多长时间?"参议院主席问。

"至少几天。"卡迈克尔说。

"要这么久?"

"我们不知道会遇到什么情况。我们可能会发现全新的驱动方式和燃料类型。也许要花几个星期时间才能完成分析。"

参议院主席陷入沉思。

"长官,"卡迈克尔说,"我认为我们应该直接进行试飞。我们很容易就能招募到自愿参与试飞的机组。"

"试飞马上就能开始,"格罗夫斯说,"但驱动分析可能要等好几周。"

"你认为可以找到自愿参与的一整套机组成员?"

卡迈克尔搓搓手,"别担心。四个人就够。除我之外只需再另找三个。"

"两个,"格罗夫斯将军说,"把我算进去。"

"我怎么样?"西勒少校满怀希望地问。

巴塞特博士紧张地推了推眼镜,"平民能不能担任志愿者?我对这东西好奇得要命。"

参议院主席微微一笑,"为什么不能? 如果用得上你,那就去吧。那么,所有的船员已经都在这里了。"

四人相视而笑。

"好了。"格罗夫斯说,"还等什么? 让我们出发吧!"

语言学家用手指着一个仪表,"你可以看到木卫三的标记,我们在每一个旁边都加上了对应的地球语言。但还有个麻烦。我们知道木卫三的文字,比如说'zahf',表示'5',所以我们就在'zahf'旁边加上个'5'的标记。看到这个刻度盘了吗? 箭头指向'nesi',零位。看到上面的标记了吗?"

100	liw
50	ka
5	zahf
0	nesi

5	zahf
50	ka
100	liw

卡迈克尔点点头，"所以呢？"

"问题在于，我们不知道单位是什么。我们知道'5'，但'5'什么？我们知道'50'，但'50'什么？是速度还是距离？因为没有研究过这艘飞船的飞行原理——"

"你们无法解释？"

"怎么解释？"语言学家按下一个开关，"显然，这样会启动驱动装置。'mel'表示启动。你关闭开关，它会指向'io'——意思是停止。但怎样操纵这艘飞船就是另一回事了，我们无法告诉你这个仪表的读数是什么意思。"

格罗夫斯摸着一个转盘，"这个是控制方向的吧？"

"这个控制制动火箭——着陆喷射器。至于中央驱动装置，我们不知道它究竟是什么，或者启动之后该如何控制。这方面语义学帮不上忙，只能靠经验。我们只能把数字翻译成数字。"

格罗夫斯和卡迈克尔对视一眼。

"好吧。"格罗夫斯说，"我们可能会发现自己在太空中迷路，或者被太阳吸过去。我曾经见过一艘飞船被太阳的引力吸过去。越来越快，越来越近——"

"我们距离太阳很远，而且我们会驶向外侧，冥王星的方向。我们最终会控制住这艘飞船。你不想打退堂鼓吧？"

"当然不想。"

"你们两个呢？"卡迈克尔对巴塞特和西勒说，"你们还想去吗？"

"当然，"巴塞特正小心翼翼地穿上宇航服，"我要去。"

"确保头盔完全密封。"卡迈克尔帮他收紧护腿,"还有你的鞋。"

"指挥官,"格罗夫斯说,"他们马上就能装好视频屏幕。我让他们安装这个装置,是希望我们可以与地面保持联系。我们回程时可能需要帮助。"

"好主意。"卡迈克尔走过去,寻找连接屏幕的引线,"自带电源组件?"

"为了安全起见。完全独立于飞船。"

卡迈克尔在视频屏幕前坐下,把它打开,本地监控员出现在屏幕上,"联系火星上的驻军站。维奇指挥官。"

电话占线。卡迈克尔一边等一边系紧靴子和护腿。正当他把头盔套到头上时,一号屏幕亮了起来,上面显示出维奇黝黑的面孔、消瘦的下巴,还有他猩红色的制服。

"你好,卡迈克尔指挥官。"他低声说,好奇地打量卡迈克尔的太空服,"你要踏上一次太空旅行,指挥官?"

"我们可能会去见你。我们打算试飞被俘获的木卫三飞船。如果一切顺利,我希望今天晚些时候能在你的发射场上着陆。"

"我们会清空发射场,准备迎接你们。"

"最好也备上应急设备,我们对于这东西的控制系统还没把握。"

"祝你好运。"维奇眨了眨眼,"我能看到飞船内部。它是靠什么驱动的?"

"我们还不知道,这就是问题所在。"

"希望你们能顺利着陆,指挥官。"

"谢谢。我们也希望。"卡迈克尔切断了联络。格罗夫斯和西勒已经穿好太空服。他们正帮巴赛特拧紧固定耳机的旋钮。

"我们已经准备好了。"格罗夫斯说。他透过舷窗望向外面，一圈军官正默默地看着他们。

"和大家告别吧。"西勒对巴塞特说，"这可能是我们在地球上的最后一分钟。"

"真的那么危险吗？"

格罗夫斯来到控制面板前，坐在卡迈克尔旁边。"准备好了吗？"他的声音通过耳机传给卡迈克尔。

"准备好了。"卡迈克尔伸出戴着手套的手，握住标记着"mel"的开关，"我们出发了，抓紧！"

他紧紧抓住开关，向前推。

他们从太空中坠落。

"救命！"巴塞特博士叫道。他从翻转的地板上滑过去，撞到一张桌子上。卡迈克尔和格罗夫斯拼命抓牢，努力保持原位，待在控制面板前。

圆球旋转、下降，在厚厚的雨帘中降得越来越低。在他们下方，透过舷窗可以看到波浪起伏的大海，目力所及之处是一片无边无垠的蔚蓝海水。西勒低头看着那里，双手和双膝撑住身体，在圆球中滑动。

"指挥官，我们……我们在哪里？"

"火星以外的什么地方。这里不可能是火星！"

格罗夫斯一个接一个迅速按下制动火箭的开关。随着火箭在他们周围点火启动，圆球一阵颤抖。

"慢慢来，"卡迈克尔伸长脖子看向舷窗外面，"大海？该死的——"

圆球平稳下来，从水面迅速掠过，平行于表面飞着。西勒慢慢站起来，抓住栏杆。他扶着巴塞特站起来，"你还好吧，博士？"

"谢谢。"巴塞特声音发抖。他的眼镜掉在了头盔里面，"我们在哪里？已经到火星了？"

"我们到了，"格罗夫斯说，"但不是火星。"

"可是我以为我们要去火星。"

"我们几个也这么想。"格罗夫斯谨慎地降低圆球的速度，"但你可以看到，这里不是火星。"

"那是哪儿？"

"我不知道，但我们会搞明白的。指挥官，注意右舷喷射器。飞船正失去平衡。调整你手头的开关。"

卡迈克尔调整了一下，"你认为我们现在在哪儿？我不明白。我们还在地球上吗？还是在金星？"

格罗夫斯打开视频屏幕，"我很快就能知道我们是否还在地球上。"他启动全波通信装置。屏幕上一片空白，什么也没有显示。

"我们不在地球上。"

"我们不在太阳系里任何一个地方。"格罗夫斯转动仪表盘，"没有反应。"

"试试火星大型发射器的频率。"

格罗夫斯调整仪表盘。在应该能接收到火星发射器信号的频段，却什么也没有。四个人面对着屏幕目瞪口呆。他们之前随时都能在这个频段上接收到火星广播员熟悉而乐观的面孔，一天二十四小时不间断地收到。这是太阳系中功率最大的发射器。火星发射器的信号能抵达太阳系全部九颗行星，甚至进入深空。并且，它永远都在运转。

"上帝啊，"巴塞特说，"我们已经飞出太阳系了。"

"我们不在太阳系中，"格罗夫斯说，"注意地平线——我们在一个小星球上，也许是颗卫星，但不是我以前见过的行星或卫星。我们不在太阳系中，也不在半人马座比邻星区域内。"

卡迈克尔站起来，"好吧，那些标记的单位肯定很大。我们在太阳系之外，也许已经一路进入了银河系。"他凝视着舷窗外面翻滚的浪花。

"我没有看到星星。"巴塞特说。

"我们晚点儿就能看到星星了。等我们飞到远离恒星的另一边就行。"

"这是一片海洋。"西勒喃喃地说，"绵延几公里。而且气候宜人。"他小心翼翼地摘下了头盔，"也许我们不需要这个。"

"最好还是戴上，我们得先检查一下大气。"格罗夫斯说，"这个圆泡里有没有检查管？"

"我没看到。"卡迈克尔说。

"好吧，没关系。如果我们——"

"先生们！"西勒喊道，"陆地。"

他们跑向舷窗。陆地从这颗星球的地平线上慢慢出现。一条狭长的陆地，一条海岸线。他们能看到绿色的植物，看来这片土地很肥沃。

"我要向右转一点儿。"格罗夫斯在控制面板前坐下，调整控制装置，"怎么样？"

"正朝那个方向飞去，"卡迈克尔坐在他旁边，"很好，至少我们不会淹死。我很想知道我们究竟在哪里。怎么才能知道呢？如果星图不顶用怎么办？或许我们可以进行一次光谱分析，试试看能不能找到一颗已知的星球——"

"我们差不多就要到了，"巴塞特说，"你最好慢点儿降落，将军。按照现在这个速度，飞船会坠毁的。"

"我会尽我所能。那里有山脉或高峰吗？"

"不，看起来很平坦。像是个平原。"

圆球慢慢降落，越来越低。绿色的风景在他们下方飞速掠过。远处一排光秃秃的小山终于进入视野中。现在，圆球几乎擦到地面，两名飞行员试着想让它停下来。

"慢点儿，慢点儿，"格罗夫斯咕哝着，"太快了。"

所有制动火箭都启动了。圆球发出一阵喧嚣的噪音，喷射器喷出火焰，圆球来回翻滚。它逐渐减速，最终悬停在半空中，然后开始下降，像玩具气球一样慢慢降落在绿色的平原上。

"关闭火箭！"

飞行员们断开开关，所有的声音一下子消失了。他们彼此对视。

"随时可能……"卡迈克尔低声说。

砰！

"我们降落了，"巴塞特说，"我们降落了。"

他们小心翼翼地松开舱门，紧紧戴好头盔。西勒握着一把上了膛的鲍里斯枪。格罗夫斯和卡迈克尔把沉重的人造化合物圆盘转了回去，一阵温暖的空气涌进圆球中，在他们周围荡漾。

"看到什么东西了吗？"巴塞特问。

"什么也没有。平坦的田野长着某种植物。"将军走下舷梯来到地面上，"很小的植物！有成千上万棵。我不知道这是什么品种。"

其他人也走了出来。他们环顾四周，靴子陷进潮湿的土壤中。

"往哪边走?"西勒说,"朝着那些小山去?"

"也许都一样。真是个平坦的星球!"卡迈克尔迈着大步出发,身后留下深深的脚印。其他人跟在后面。

"这地方看起来没什么危险。"巴塞特说着,抓起一把细小的植物,"这是什么? 某种杂草?"他把这些东西塞进太空服口袋里。

"停下。"西勒僵硬地呆立不动,举起枪。

"怎么了?"

"有动静,在那边的灌木丛里面。"

他们停下等待。四周很安静,微风拂过一片绿色植物。头顶的天空是澄净柔和的蓝色,偶尔飘过几片淡淡的白云。

"是什么?"巴塞特问。

"某种昆虫。等等。"西勒走向那片植物踢了踢。突然,一个小小的生物冲出来逃走了。西勒开了枪。鲍里斯枪呼啸着射出一道白色火焰,点燃了地面。烟雾消散后,地上只留下一个灼热的大坑。

"对不起。"西勒颤抖着放下枪。

"你做得没错。在一个陌生的星球上,最好先开枪。"格罗夫斯和卡迈克尔继续往前走,爬上一道矮坡。

"等等我,"落在其他人后面的巴塞特叫道,"我靴子里有东西。"

"你等一下追上来就好了。"另外三人继续往前走,只留下博士独自一人。他在潮湿的地面上坐下,抱怨了几句,开始小心地慢慢解开靴子。

周围的空气很温暖,他放松地呼出一口气。过了一会儿,他摘下头盔,调整了一下眼镜。空气中飘着植物浓浓的香味。他深深吸了一口气,慢慢吐出来,然后再次戴上头盔,系好靴子。

一个不到十五厘米高的小人从一丛杂草里钻出来,朝他射了一箭。

巴塞特低下头,看着那根箭,像是一根木质的小刺,扎在他宇航服的袖子上。他张了张嘴,欲言又止。

第二支箭射在头盔的透明面罩上,然后掉了下去。然后是第三支、第四支。小人的同伴们也纷纷出现,其中一个骑在一匹小马上。

"我的上帝!"巴塞特说。

"怎么了?"耳机中传来格罗夫斯将军的声音,"你还好吗,博士?"

"长官,一个很小的人朝我射了一箭。"

"真的吗?"

"这里……这里有一大堆,现在就在我面前。"

"你疯了吗?"

"不!"巴塞特慌乱地站起来。一阵箭雨射了上来,有的刺入他的太空服,有的从头盔上滑下去。那些小人发出一种兴奋而尖锐的声音,传入他耳中。"将军,请回到这里来!"

格罗夫斯和西勒出现在矮坡顶上,"巴塞特,你肯定疯——"

他们停了下来,呆若木鸡。西勒举起鲍里斯枪,但格罗夫斯压下枪口。"不可能。"他向前走去,低头看着地上。一支箭射中了他的头盔。"这些小人带着弓箭。"

突然,那些小人转身逃走。他们飞快地跑开,有的步行,有的骑马,钻进杂草中,又出现在另一边。

"他们走了。"西勒说,"我们要跟着他们吗? 看看他们住在哪里。"

"这不可能。"格罗夫斯摇着头,"没有哪颗行星会存在这种小型的人类。**这么小!**"

卡迈克尔指挥官大步跑下矮坡,朝他们走来,"我没眼花吧? 你们几个也看到了吗? 那些正在逃跑的小人?"

格罗夫斯从太空服上拔下一支箭,"我们不仅看到了,还感受到了。"他把那支箭凑近头盔前面的透明面罩,仔细观察,"看——箭头闪闪发亮,是金属制的箭头。"

"你注意到他们的衣服了吗?"他说,"让我想起曾经读过的一本故事书,《罗宾汉》。小帽子、小靴子。"

"一本故事……"格罗夫斯揉了揉下巴,眼中突然闪过一丝奇怪的表情,"一本书。"

"你说什么,长官?"西勒问。

"没什么,"格罗夫斯突然醒过神来往前走,"我们跟上他们吧。我想看看他们的城市。"

他加快速度,大步跟在那些还没来得及逃远的小人后面。

"来吧,"西勒说,"赶在他们离开之前。"他和卡迈克尔、巴塞特一起追上格罗夫斯,四个人跟在那些匆匆忙忙、飞速逃走的小人后面。过了一会儿,一个小人停了下来,扑倒在地上。其他小人回头看了看,踟蹰不前。

"他太累了,"西勒说,"他跑不动了。"

刺耳的尖叫声响起,其他小人在催促他。

"帮他一把。"巴塞特说。他弯下腰拣起那个小人,用戴着手套的手指小心地拿着他,把他翻来翻去。

"哎哟!"他迅速地把小人扔了下去。

"怎么了?"格罗夫斯走过来。

"他蜇了我。"巴塞特揉着大拇指。

"蜇了你?"

"我是说刺了我。用他的剑。"

"你会没事的。"格罗夫斯继续跟上那些小人。

"长官,"西勒对卡迈克尔说,"这下想要解决木卫三的问题,希望更加渺茫了。"

"现在还说不准。"

"不知道他们的城市会是什么样子。"格罗夫斯说。

"我想我知道。"巴塞特说。

"你知道? 怎么会?"

巴塞特没有回答。他似乎陷入了沉思,专心致志地看着地上那些小人。

"来吧。"他说,"我们可别跟丢了。"

他们站在一起,没有人开口。前面有一段长长的斜坡向下延伸,通往一座微型城市。小人们从吊桥上逃进城里。这会儿,吊桥被几乎看不见的细线拉着,正渐渐升起来。他们看着吊桥彻底关上。

"好吧,博士。"西勒说,"这就是你所期待的?"

巴塞特点点头,"没错。"

城墙是用灰色石头建造的,一条小河环绕在其周围。无数尖塔从城中拔地而起,各式的尖顶、山墙和屋顶混杂其间。城里熙熙攘攘、人声鼎沸,喧闹的声音越来越响,从护城河那头向他们四人飘来。城墙上出现许多小小的身影,是一些穿着盔甲的士兵,正隔着护城河望向他们。

突然,吊桥颤抖起来,开始向下滑,慢慢地降平。片刻停顿之后——

"瞧!"格罗夫斯说,"他们来了。"

西勒举起枪,"上帝啊!看看他们!"

一群骑兵拍马冲过吊桥,拥到外面的平原上。他们径直奔向那四个身穿太空服的人,手中的矛和盾在阳光的照耀下闪闪发亮。他们有数百人,举着五颜六色的燕尾旗和三角旗。这幅按比例缩小的画面令人印象深刻。

"准备好迎战,"卡迈克尔说,"他们是认真的。小心你们的腿。"他紧了紧头盔上的各个旋钮。

第一波骑兵跑到了站在前排的格罗夫斯面前。一圈身穿闪亮盔甲、佩戴羽饰的骑士围住他,用小剑拼命砍他的脚踝。

"停下来!"格罗夫斯哀叫着跳了回去,"停下!"

"他们会害我们惹上麻烦的。"卡迈克尔说。

箭飞到西勒身边,他开始紧张地尖声怪叫,"长官,我可以给他们来一发子弹吗?用鲍里斯枪来一发——"

"不!别开枪,这是命令。"格罗夫斯向后退,一个骑兵方阵端着长矛向他冲来。他伸出腿扫了一圈,用大靴子踢倒了一片。一大队人马慌乱不安地挣扎着想重新站起来。

"回去吧,"巴塞特说,"那些该死的弓箭手来了。"

无数步兵从城市里冲出来,背上绑着长弓和箭袋。四处响起了刺耳的声音。

"他是对的。"卡迈克尔说。那些坚定的骑士摔下马后仍然围在他四周跳来跳去,砍断了他腿上的绑带,还拼命想把他砍倒。"如果我们不想开枪,那最好撤退。他们太粗野了。"

一阵箭雨落在他们身上。

"他们很擅长射箭,"格罗夫斯承认,"这些人都是受过训练的士兵。"

"小心,"西勒说,"他们想要把我们隔开,一个个干掉我们。"他紧张地靠近卡迈克尔,"我们离开这里吧。"

"听到他们的声音了吗?"卡迈克尔说,"他们疯了。他们不喜欢我们。"

四人一起向后撤。那些小人逐渐停下来,不再追赶他们,然后重新列队。

"幸好我们穿着太空服,"格罗夫斯说,"这可不是什么好玩的事。"

西勒弯下腰拔起一丛杂草扔向骑士的队列。小人们四散开来。

"我们走吧,"巴塞特说,"我们离开这儿。"

"离开?"

"我们离开这里。"巴塞特脸色苍白,"我无法相信。我们肯定是被催眠了,我们的思想被控制了。这不可能是真的。"

西勒抓住他的胳膊,"你还好吗?怎么了?"

巴塞特的脸怪异地扭曲起来,"我无法接受,"他口齿不清地咕哝,"这动摇了宇宙的整个结构,还有我们所有最基本的信仰。"

"什么?你是什么意思?"

格罗夫斯把手放在他肩上,"放松点儿,博士。"

"可是,将军——"

"我知道你在想什么,但那不可能。肯定存在某种合理的解释,肯定的。"

"一个童话故事,"巴塞特咕哝着,"一个故事。"

"只是巧合罢了。那是一篇讽刺社会的作品,仅此而已,纯属虚构,只是看起来很像这个地方。相似之处仅仅是——"

"你们两个在说什么?"卡迈克尔说。

"这个地方,"巴塞特慢慢向前挪动,"我们必须离开这里。我们陷入了某种精神陷阱当中。"

"他在说什么?"卡迈克尔的目光从巴塞特转向格罗夫斯,"你知道我们在哪儿吗?"

"我们不可能在那里。"巴塞特说。

"**哪里**?"

"那纯粹是编的。是童话故事,儿童故事。"

"不,确切说是一篇讽刺社会的作品。"格罗夫斯说。

"他们在说什么,长官?"西勒对卡迈克尔指挥官说,"你知道吗?"

卡迈克尔咕哝了一句,他的脸上慢慢显出领悟的神色,"难道……"

"你知道我们在哪里了吗,长官?"

"让我们回地球去吧。"卡迈克尔说。

格罗夫斯紧张地踱来踱去。他在舷窗旁停下,认真看向外面,凝视远方。

"来了更多的人?"巴塞特问。

"一大堆。"

"**现在**他们在外面干什么?"

"还在建他们的高塔。"

小人们在圆球旁边竖起一个脚手架,打算建造一座高塔。数百人聚集在一起干活:骑士、弓箭手,甚至还有妇女和孩子。牛马拉着小车从城里运来物资。刺耳的嘈杂声穿过圆球的人造化合物外壳,里面四个男人默默地听着。

"好吧。"卡迈克尔说,"我们该怎么办?回去吗?"

"我已经受够了。"格罗夫斯说,"现在我只想回到地球去。"

"我们在哪里?"西勒第十次问道,"博士,你知道。告诉我,该死的!你们三个都知道。为什么你们都不说?"

"因为我们要保持理智,"巴塞特咬牙切齿地说,"这就是原因。"

"我真的很想知道,"西勒喃喃地说,"我们到角落里去,你偷偷告诉我怎么样?"

巴塞特摇了摇头,"别烦我了,少校。"

"那种猜测是不可能的。"格罗夫斯说,"那怎么**可能**是真的?"

"但是,要是我们离开这里,我们就永远都不会知道这是怎么回事,永远都无法确定那种猜测是不是真的。在我们的余生中,这件事都会如噩梦般挥之不去。我们真的……来过**这里**吗?这个地方真的存在吗?这个地方真的是——"

"还有另一个地方。"卡迈克尔突然说。

"另一个地方?"

"在故事里,另一个地方的人都很大。"

巴塞特点了点头,"是的。那里被称为……什么来着?"

"大人国。"

"大人国。也许那个地方同样存在。"

"也就是说,你们真的认为这里是——"

"这不是完全符合故事里的描述吗?!"巴塞特朝舷窗指了指,"这不正是那些描述的内容吗?!一切都很小,小士兵、小城市、小牛、小马、小骑士、小国王、小旗帜、小吊桥、小护城河,还有他们那该死的高塔,就那个一直在建的高塔!还有,射箭!"

"博士，"西勒问，"什么描述？"

没有人回答。

"你们能偷偷告诉我吗？"

"我不明白这怎么可能，"卡迈克尔直截了当地说，"我记得那本书，当然。我还是个孩子时读过那本书，我们都读过。后来我意识到那是在讽刺那个时代的习俗。可是上帝啊，那要么是童话，要么是讽刺小说！但真实的世界里并不存在这么个地方！"

"也许那位作者有第六感。也许他真的去过那里——我是说这里。也许他产生了幻觉。他们说，他最后可能患上了精神病。"

"大人国，那个相对应的地方。"卡迈克尔陷入沉思，"如果这个地方存在，那么或许那个地方也应该同样存在。也许这能向我们证明……也许，这样一来我们就能确定了。这是一种验证方式。"

"是的，我们的推测、假设就能得到验证。如果真如我们所预测的那样，那地方也的确存在，那么它的存在就是一种证明。"

"因为L的存在，推测出B的存在。①"

"我们必须得去确认，"巴塞特说，"如果我们不确认就回去，就会一直心存疑虑。当我们与木卫三作战时，就会突然停下来，会感到疑惑——我真的在那里吗？它真的存在吗？长久以来，我们一直以为那只是个故事。但现在——"

格罗夫斯走向控制面板坐下来，专心致志地研究着仪表盘。卡迈克尔在他旁边坐下。

———
①小人国（Lilliput）英文首字母为"L"，大人国（Brobdingnag）英文首字母为"B"。

"看看这个，"格罗夫斯伸手点点最大的中央仪表，"读数上升到'liw'，100。还记得我们出发时指向哪儿吗？"

"当然。在'nesi'，零位。怎么了？"

"'nesi'是中间位置，我们的起始位置，能回到地球。我们已经来到这一边的极限。卡迈克尔，巴赛特是对的。我们得搞明白，还不能回地球去，现在还不知道这是否真的是……我想**你能明白**。"

"你想把它完全转向另一边？不是停在零位，而是一直调到另一个极限？另一个'liw'？"

格罗夫斯点点头。

"好吧，"指挥官慢慢呼出一口气，"我同意。我也想知道，必须得知道。"

"巴塞特博士。"格罗夫斯把博士叫到控制面板前，"我们还不打算回地球。我们两人想再走一程。"

"再走一程？"巴赛特的脸抽搐了一下，"你的意思是，去另一边？"

他们点点头。周围一片寂静，圆球外面叮叮当当的敲击声已经停了下来。那座高塔几乎就要建到与舷窗齐平的高度。

"我们必须弄明白。"格罗夫斯说。

"我想去。"巴塞特说。

"很好。"卡迈克尔说。

"我希望你们之中有人能告诉我，你们究竟在说什么。"西勒忧伤地说，"你们就不能告诉我吗？"

"那好。"格罗夫斯握住开关，坐着默默地等了一会儿，"准备好了吗？"

"准备好了。"巴塞特说。

格罗夫斯推开开关,将仪表盘一直转到底。

轮廓,巨大而模糊不清的轮廓。

圆球翻滚挣扎,努力保持平衡。他们再次跌倒,在地板上滑来滑去。圆球坠入一片混沌之中,舷窗外面巨大昏暗的黑影围拢上来。

巴塞特看向外面,张大了嘴,"天哪——"

圆球降落得越来越快。外面天昏地暗,各种形象影影绰绰,分辨不明。

"长官!"西勒低声说,"指挥官! 快来! 你看!"

卡迈克尔冲向舷窗。

他们正身处一个巨人世界。一个高大的身影从他们旁边走过,那个身体如此庞大,他们只能看到一部分。还有其他形状,但全都巨大而模糊,他们无法辨认。圆球周围响起一阵轰鸣声,深沉的响动声像是海中巨浪。这隆隆作响的回声,使圆球反复颠簸弹跳。

格罗夫斯抬头看着巴塞特和卡迈克尔。

"所以那是真的。"他说。

"这可以证实。"

"我无法相信,"卡迈克尔说,"但这就是我们想要的证据。就在那里——在外面。"

圆球外面,有什么东西正在靠近,迈着沉重的步子向他们走来。西勒突然喊了一声,从舷窗旁边跑回来。他抓起鲍里斯枪,脸色苍白。

"格罗夫斯!"他喊道,"转到中间! 快! 我们必须赶紧走。"

卡迈克尔把西勒的枪口按下去,看着他咧嘴一笑,"不好意思，这一次你的枪可太小了。"

一只手朝他们伸过来，如此巨大的手，完全遮住了光线。那手指皮肤上的毛孔、指甲、巨大的汗毛，全都清晰可见。那只手把他们完全握住，圆球震颤不止。

"将军！快点儿！"

然后它不见了，压力瞬间消失，舷窗外面什么也没有了。仪表盘再次转动，指针向上转到"nesi"，中间，地球。

巴塞特松了一口气，取下头盔，擦了擦额头。

"我们逃脱了，"格罗夫斯说，"刚好来得及逃掉。"

"一只手，"西勒说，"抓住了我们。一只巨大的手。我们去了哪里？告诉我！"

卡迈克尔坐在格罗夫斯旁边，彼此默默地对视了一眼。

卡迈克尔咕哝了一句，"我们绝不能告诉任何人，谁都不行。他们无论如何都不会相信我们的，如果他们愿意相信，则将是场大灾难。一个社会是肯定无法接受这些的，那会动摇太多的东西。"

"他肯定是在幻觉中看到了那些，然后写成一个儿童故事。他知道这不可能作为事实记录下来。"

"的确如此。所以那真的存在，两个地方都是。也许其他地方也的确存在，爱丽丝梦游的仙境、绿野仙踪的奥兹国、地底世界、乌托邦，所有的幻境、梦境——"

格罗夫斯把手放在指挥官的胳膊上，"别着急。我们只需告诉他们这艘飞船不能用。在他们看来，我们哪儿都没去。对吗？"

"没错。"视频电话屏幕正在亮起来，一个人影渐渐浮现。"没错，我们什么都不说。只有我们四个人知道。"他瞥了一眼西勒,"我是说,只有我们三个人。"

参议院主席出现在视频屏幕上,"卡迈克尔指挥官！你们平安无事吧？你能着陆吗？火星没有给我们发送报告。你的船员们还好吗？"

巴塞特凝视着舷窗外面,"我们距离城市——地球上的城市——一点六公里。正在缓慢降落。空中挤满了飞船。我们不需要帮助,对吗？"

"不需要。"卡迈克尔慢慢启动制动火箭,减缓飞船的降落速度。

"未来某一天,等战争结束后,"巴塞特说,"我想问问木卫三这件事。我想了解所有的事情。"

"也许你会找到机会的。"格罗夫斯突然变得严肃起来,"没错。木卫三！我们肯定没机会打赢这场战争了。"

"参议院主席会感到失望的,"卡迈克尔冷冷地说,"不过你的愿望很快就能实现了,博士。这场战争即将结束,现在我们要回去了——但却两手空空。"

修长苗条的黄色木卫三生物慢慢走进房间,长袍拖在地板上。他停下来,鞠了个躬。

卡迈克尔指挥官僵硬地点了点头。

"有人让我到这里来,"木卫三生物柔和地说道,有点儿口齿不清,"他们告诉我,这个实验室里有一些属于我们的东西。"

"没错。"

"如果你们没有异议,我们希望——"

"来吧,把它拿回去。"

"很好。我很高兴看到你们没有敌意。既然我们已经再次成为朋友,希望这次我们能够和谐相处、共同努力,在平等的基础上——"

卡迈克尔突然转身朝门口走去,"你们的东西在这边。来吧。"

木卫三生物跟着他走进中心实验室大楼。那个圆球静静地放在一个大房间中央。

格罗夫斯走过来,"我看到他们来了。"

"就在这儿,"卡迈克尔对木卫三生物说,"你们的太空飞船,把它带走吧。"

"你是指,我们的时间飞船?"

格罗夫斯和卡迈克尔倒抽一口冷气,"你们的**什么**?"

木卫三生物安静地笑了,"我们的时间飞船,"他指指那个圆球,"就是它。我可以把它搬到我们的运输车上吗?"

"让巴塞特过来,"卡迈克尔说,"快!"

格罗夫斯急忙离开房间。片刻后,他带着巴塞特博士一起回来。

"博士,这个木卫三生物来拿他的东西。"卡迈克尔深吸一口气,"拿他的……时间机器。"

巴赛特猛地喊起来:"他的**什么**? 他的时间机器?"他脸上的表情变得扭曲。突然,他向后退了一步,"这个? 是时间机器?不是我们以为的……不是……"

格罗夫斯努力让自己平静下来,有点儿沮丧地站在一旁,尽可能随意地对木卫三生物说:"在你带走你们的……你们的时间飞船之前,可以问你几个问题吗?"

"当然。我会尽我所能回答。"

"这个圆球。它……它会穿越时间? 而不是空间? 这是一台时间机器？前往过去和未来？"

"没错。"

"我明白了。仪表盘上的'nesi'表示现在。"

"是的。"

"向上的读数是回到过去？"

"是的。"

"那么，向下的读数就是前往未来。还有一个问题，就这么一个。如果一个人回到过去就会发现，由于宇宙的膨胀——"

木卫三生物反应了过来，一丝微笑掠过他的脸，会心而微妙，"所以你们已经试飞过这艘船了？"

格罗夫斯点点头。

"你们回到过去，发现一切都变小了？尺寸缩小了？"

"果真如此——因为宇宙在膨胀！而前往未来，会发现一切都变大了。因为膨胀。"

"是的。"木卫三生物露出一个更大的笑容，"令人震惊，不是吗？你们惊讶地发现世界缩小了，住着一些微型生物。不过当然，尺寸是相对的。你们前往未来时也会发现这一点。"

"原来如此，"格罗夫斯松了口气，"好吧，就这些。你可以带走你们的飞船了。"

"时间旅行，"木卫三生物惋惜地说，"这项任务并不成功。过去缩得太小，未来膨胀得太大。我们认为这艘飞船是件残次品。"

木卫三生物用他的触须碰了碰那个圆球。

"我们不明白你们为什么想要它，还有传言说你们偷走这艘飞船是为了……"木卫三生物笑了笑，"用它来飞往你们在深空中的殖民地。但这也**太**好笑了！难以置信。"

没有人开口。

木卫三生物吹了声口哨，发出信号。一队船员走进来，开始把圆球装到一辆巨大的平板卡车上。

"所以就是这样，"格罗夫斯嘀咕着，"我们一直都在地球。而那些人，他们是我们的祖先。"

"大约在15世纪，"巴塞特说，"从他们的服装上能看出来。中世纪。"

他们彼此对视。

突然，卡迈克尔笑了，"我们还以为那是……我们还以为我们在……"

"我就知道那只是个儿童故事。"巴塞特说。

"一篇讽刺社会的作品。"格罗夫斯纠正他。

他们静静地看着木卫三生物把他们的圆球运送到建筑物外面，一艘载货飞船正等在那里。

保　姆

　　"回忆起来，"玛丽·菲尔茨说，"在没有保姆的照顾下，我们竟然也能长大。"

　　毫无疑问，保姆的到来彻底改变了菲尔茨一家的生活。从孩子们早上睁开眼睛到晚上临睡前，保姆一直都在他们身边，看着他们，陪伴他们，关照他们的一切。

　　菲尔茨先生知道，在他上班时，他的孩子们很安全，绝对安全。而玛丽则从无数的家务和烦恼中解脱出来。她不必叫醒孩子们，给他们穿衣服，看着他们洗漱、吃饭，诸如此类。她甚至不用送他们去上学。放学后，如果他们没有立即回家，她也不必焦虑地来回踱步，担心他们是不是出了什么事。

　　当然，保姆不会溺爱孩子们。如果他们的要求荒谬或有害（比如要商店里所有的糖果或者警察的摩托车），保姆就会铁了心地拒绝，就像出色的牧羊人知道什么时候应该拒绝羊群的愿望。

　　两个孩子都很爱她。有一次，他们不得不把保姆送去修理店，孩子们哭得没完没了。无论母亲还是父亲都无法安慰他们。最后，保姆又回来了，一切都恢复正常。真是及时雨！菲尔茨太太已经筋疲力尽。

"上帝啊,"她一下子躺了下来,"没有她,我们可怎么办?"

菲尔茨先生抬起头,"没有谁?"

"没有保姆。"

"天知道。"菲尔茨先生说。

保姆唤醒熟睡的孩子——从他们头顶上方半米的距离轻柔地哼唱音乐——她会让他们穿好衣服,准时下楼吃早餐,脸洗得干干净净,完全没有起床气。如果孩子有点儿闹别扭,保姆会把他们放在背上下楼梯,以便让他们高兴起来。

这样真的很好玩!几乎就像坐过山车一样,鲍比和琼拼命抓住保姆,她用一种很有趣的滚动行进方式,一阶一阶地滑下楼梯。

当然,保姆不负责准备早餐。那是厨房的活儿。但是她会看着孩子们好好吃完饭,早餐结束后,她守着他们准备去上学。他们把书整整齐齐收拾好以后,她开始了最重要的工作:在繁忙的街道上确保他们的安全。

城里有很多危险,保姆需要随时保持警惕。速度极快的火箭车载着生意人去工作。曾经有个小流氓想要伤害鲍比。保姆迅速伸出右侧钩爪使劲一推,他就拼命号叫着跑掉了。还有一次,有个醉汉来搭讪琼,天知道他在想**什么**。保姆用她强大的金属身体把他挤进了排水沟里。

有时孩子们会在商店前流连忘返。保姆会轻轻戳一下他们,催促他们。如果孩子们上学要迟到了(偶然现象),保姆会把他们放在背上,沿着人行道适当地加速行驶,她发出一阵嗡嗡声,啪嗒啪嗒地飞速前进。

放学后,保姆会一直和他们一起,看着他们玩耍,照管他们,保护他们,最后在暮色渐浓时,劝说沉溺于游戏的孩子踏上回家的道路。

果然,晚餐刚刚摆到桌上,保姆就催着鲍比和琼从前门走进来,咔嗒咔嗒、嗡嗡转动地催促他们。正好赶上吃晚餐的时间!他们飞快地跑进洗手间,洗干净脸和手。

到了晚上——

菲尔茨太太沉默下来,微微皱起眉头。到了晚上……"汤姆?"她说。

她的丈夫从报纸那边抬起头来,"什么?"

"我一直想和你谈谈这件事。很古怪,我无法理解。当然,我不太懂机械方面的东西。可是汤姆,当晚上我们所有人都睡着后,房子里寂静无声,保姆——"

传来一阵响动。

"妈妈!"琼和鲍比蹦蹦跳跳地走进起居室,他们高兴得小脸通红,"妈妈,我们回家路上和保姆赛跑,我们赢了!"

"我们赢了,"鲍比说,"我们击败了她。"

"我们跑得比她快得多。"琼说。

"保姆在哪里,孩子们?"菲尔茨太太问。

"她来了。你好,爸爸。"

"你们好,孩子们。"汤姆·菲尔茨说。他把头歪向一侧,仔细倾听。门口传来一种奇怪的摩擦声,嗡嗡作响,在地面上刮擦。他笑了笑。

"是保姆。"鲍比说。

保姆走进房间里。

菲尔茨先生看着她。她一直令他很感兴趣。此刻,房间里唯一的声音就是她的金属踏板在硬木地板上刮擦的声音,一种节奏分明的独特声音。保姆停在他面前几米远的地方。两只光电管的大眼睛安装在柔软的电线眼柄上，一眨不眨地打量着他。眼柄若有所思地动了动，轻轻摇晃，然后又缩了回去。

保姆的整体形状是个球体，一个大金属球，底部扁平，表面上喷涂的暗绿色珐琅涂层已经磨损出不少缺口。除了眼柄之外看不到什么部件，踏板也藏在内部。外壳两侧各有一扇门的轮廓。必要时，磁性钩爪会从里面伸出来。外壳前面有个尖端，使用强化金属。前后分别焊接了金属板，使她看起来几乎像是一台战争武器、一辆陆地坦克或者说一艘船，一艘登上陆地的圆形金属船；又或者说是一只昆虫，潮虫。

"快来！"鲍比喊道。

保姆突然微微转动，踏板卡住地面转过身来，一扇侧门打开，探出一根长长的金属杆。保姆开玩笑地用钩爪抓住鲍比的手臂，把他拉过来，放在自己背上。鲍比双腿跨坐在金属外壳上。他兴奋地踢来踢去，上下蹦跳。

"到街上赛跑！"琼喊道。

"加油！"鲍比叫道。保姆向外面移动，带着他离开房间。她像是一只由嗡嗡作响的金属和继电器、咔嗒咔嗒的光电池和管子构成的大圆虫。琼跟在她身边跑。

房间里安静下来，只剩下父母两人。

"她不是很棒吗？"菲尔茨太太说，"当然，如今机器人很常见，肯定要比几年前多得多。到处都能看到他们，在商店柜台后面销售，在公共汽车上驾车，在街边挖掘沟渠——"

"但保姆不一样。"汤姆·菲尔茨低声说。

"她……她不像一台机器。她就像一个人，一个活生生的人。不过，毕竟她比其他所有类型都要复杂得多。那是肯定的。他们说她甚至比厨房机器更加复杂精细。"

"我们确实为她付了一大笔钱。"汤姆说。

"没错，"玛丽·菲尔茨喃喃低语，"她真的很像一个活生生的生命。"她的声音里带有一种奇怪的调子，"真的很像。"

"她肯定能把孩子们照顾好。"汤姆又开始埋头看他的报纸。

"但我很担心。"玛丽放下咖啡杯，皱起眉头。他们正在吃晚餐。时间已经很晚了，两个孩子都已上床睡觉。玛丽用餐巾擦了下嘴，"汤姆，我很担心。希望你能听我说说。"

汤姆·菲尔茨眨眨眼睛，"担心？担心什么？"

"担心她。保姆。"

"为什么？"

"我不知道。"

"你是说我们必须再次把她送去维修？我们才修过她。这次是什么问题？要是孩子们看不到她，又会——"

"不是那个。"

"那是什么？"

他的妻子沉默了好一会儿，突然站起来离开桌子，穿过房间走到楼梯口。她凝视着上方一片黑暗。汤姆困惑地看着她。

"怎么了？"

"我想确保她不会听到我们说话。"

"她？保姆？"

玛丽朝他走过来，"汤姆，我昨天晚上又被吵醒了。因为那些声音。我又听到了，同样的声音，我以前曾经听到过那种声音，而你告诉我那并不意味着什么！"

汤姆做了个手势，"确实，那意味着什么吗？"

"我不知道。我担心的就是这个，等我们所有人睡着以后，她会下楼来。她会离开孩子们的房间。她刚一确定我们都睡着了,就会从楼梯上尽可能悄悄地滑下来。"

"但为什么?"

"我不知道!昨晚我听到她下楼,从楼梯上滑下去,像老鼠一样安静。我听到她在楼下四处移动,然后——"

"然后怎样?"

"汤姆,然后我听到她从后门出去,走到房子外面。她进入后院。我暂时只听到这些。"

汤姆摸着下巴,"继续说下去。"

"我仔细倾听,在床上坐起来。你睡着了,当然。睡得很熟,怎么也叫不醒。我起身走向窗边,拉起百叶窗向外望去。她在外面,在后院里。"

"她在做什么?"

"我不知道,"玛丽·菲尔茨脸上满是担忧,"我不知道!一个保姆究竟能做什么,大半夜在外面,在我们的后院里?"

夜色黑漆漆的。可怕的黑暗。但装上红外线滤光片后,黑暗就消失了。那个金属身影从容向前移动,穿过厨房,她把踏板缩回去一半,尽可能保持安静。她走到后门,停下来倾听。

万籁俱寂,房子里十分安静。他们都在楼上酣然入梦,呼呼大睡。

保姆推开后门,移动到外面门廊上,门在她背后轻轻关上。夜晚的空气稀薄寒冷,而且充满了各种古怪的刺鼻气味。春夏交接时分,地面仍然很潮湿,而七月炎热的太阳还没来得及杀死那些不断生长的小虫子。

保姆走下台阶,来到水泥路面上,然后小心翼翼地在草坪上移动,湿漉漉的草叶掠过她身侧。过了一会儿,她停下来,靠着后侧踏板踮着脚站起来,前端伸到空气中。她的眼柄探了出来,坚硬紧绷,轻轻挥动。然后,她又降平踏板,继续向前行进。

那个声音传来时,她正绕过桃树,打算返回房子。

她立即警惕地停了下来。侧门打开,灵活的钩爪警惕地完全伸了出来。在木制栅栏的另一侧,几排大滨菊旁边有些动静。保姆迅速打开滤镜紧紧盯着那边。只有几颗暗淡的星星在天空闪烁。但她已经看到了,这就够了。

栅栏另一侧,第二个保姆正在移动。她静静地穿过花丛,走向栅栏,尽可能不发出噪音。两个保姆突然停了下来,一动不动地互相打量——绿色保姆在自家院子里等待,蓝色的外来者朝栅栏走来。

蓝色外来者是个更大的保姆,设计用于照看两个小男孩。她已经被使用了一段时间,两侧有些凹陷和扭曲,但钩爪仍然强劲有力。除了通常的强化金属板,她的鼻子上还有个韧性钢的圆形凿孔,一个突出的下颚已经滑入卡槽,做好了准备。

她的生产厂家——机械制品公司——在这个下颚结构上花了很大工夫。这是他们的标志,他们独一无二的特点。在他们的广告里,他们的宣传册上,反复强调所有型号都安装了结实的下颚铲状工具。除此之外,还可以选择辅助工具:电力驱动的切削刀刃。只要另加费用就可以轻松安装在他们的"豪华线路"型号上。

这个蓝色的保姆就安装了这些东西。

蓝色保姆小心翼翼地向前移动,来到栅栏边。她停下来仔细查看那些木板,很细,而且已经腐烂,很早之前就竖在那里了。她用坚硬的头部撞向木板。栅栏随即四分五裂。绿色的保姆立即用后侧踏板站起来,伸出钩爪。她心中充满狂喜,一阵强烈的兴奋,渴望战斗的狂热。

两个保姆互相靠近,无声地在地上滚来滚去,她们的钩爪锁在一起。双方都没有发出一点噪音,无论是机械制品公司的蓝色保姆,还是更小、更轻的服务产业公司的淡绿色保姆。她们一轮接一轮地搏斗,紧紧扭打在一起,大下颚的家伙想要用踏板把对方压下去,而绿色保姆想要把她的金属尖端刺入旁边那双断断续续闪烁的眼睛里。绿色保姆存在中等价位型号普遍的缺点,她被压倒了,毫无胜率,但她仍然坚强地战斗,疯狂地战斗。

她们没完没了地搏斗,在潮湿的泥土中翻滚。没有发出任何声音。她们两个在设计时就准备好了执行这项愤怒的最终任务。

"我无法想象。"玛丽·菲尔茨摇着头喃喃地说,"我不明白。"

"你认为会是动物干的吗?"汤姆猜测道,"附近有没有大狗?"

"没有,曾经有只很大的栗色爱尔兰猎犬,佩蒂先生的狗,但他们家已经搬到乡下了。"

他们两人困惑而苦恼地看着。保姆靠在洗手间门上休息,看着鲍比让他刷牙。她绿色的外壳坑坑洼洼,一只玻璃眼睛被打碎得裂开了,一只钩爪已经无法完全缩回去,可怜兮兮地挂在小门外面,被无可奈何地拖来拖去。

"我不明白,"玛丽又重复了一遍,"我会打电话给维修处,看看他们怎么说。汤姆,这肯定是在夜里发生的。我们睡着的时候。我听到的声音——"

"嘘。"汤姆低声警告。保姆走出浴室,正朝他们走来。伴随着不规则的咔嗒声和嗡嗡声，她从他们旁边走过去，一个绿色金属桶蹒跚而行，发出无节奏的刺耳声音。汤姆·菲尔茨和玛丽·菲尔茨发愁地看着她慢慢走进起居室。

"我真想知道。"玛丽喃喃地说。

"想知道什么？"

"我想知道这是否还会再次发生。"她突然抬起头望着她的丈夫，眼睛里满是忧虑，"你知道孩子们多么爱她……他们需要她。没有她，他们就不会安全了。不是吗？"

"也许不会再次发生，"汤姆安慰她说，"这可能只是一次意外。"但他自己其实也不信，他很清楚，这并非意外。

他从车库里把地面火箭车倒出来，让载货入口与房子后门锁定。不一会儿，弯曲变形的保姆被送进车里，十分钟后，他便开车上路，前往城里服务产业公司的维修部。

维修员穿着一身满是油污的白色工作服，在门口迎接他。"遇到麻烦了？"他不耐烦地问。在他身后，像一条街那么长的建筑物深处，站着好几排破旧的保姆，处于拆卸流程的不同阶段。"这次是什么问题？"

汤姆什么也没说。他让保姆从火箭车里出来，等着维修员亲自检查。

维修员摇着头爬起来，擦掉手上的油污。"这得花一大笔钱，"他说，"整个神经传递系统都坏了。"

汤姆嗓子发干，他问道："以前见过这种情况吗？她不是被碰坏了，你知道，而是被毁掉了。"

"当然，"维修员表示同意，声音单调沉闷，"她可真是被狠狠揍了一顿。根据那些丢失的部分——"他指了指外壳前面的缺口，"我猜是机械制品公司新的下颚型号干的。"

汤姆·菲尔茨的血液几乎停止流动，"所以在你看来这不是什么新鲜事，"他轻声说，胸口闷闷的，"这种事情一直不断发生？"

"嗯，机械制品公司刚刚推出那个下颚型号。还不错……价格是这个型号的两倍。当然，"维修员若有所思地补充说，"我们也有同等级别的产品，可以与他们最好的产品匹敌，而费用更少。"

汤姆尽可能保持声音平静，"我想修好这一个，我不想再买一个。"

"我会尽我所能，但她无法完全恢复原状。损坏相当严重。我会建议你以旧换新——你之前付的钱几乎不会浪费。新型号的产品一个月左右就会上市，销售人员十分迫切——"

"我直说吧。"汤姆·菲尔茨用颤抖的手点燃一支烟，"你们其实并不想修理这些保姆，对吗？你们只想卖出全新的产品，如果这些坏了，"他目不转睛地看着维修员，"坏了，或者被打坏了。"

维修员耸耸肩，"修理她似乎是浪费时间。不管怎么说，她很快就会被淘汰。"他用靴子踢了踢残破的绿色外壳，"这个型号已经上市大概三年了。先生，它已经过时了。"

"把她修好。"汤姆咬紧牙关。他开始窥见事情的全貌，似乎马上就会失去自制力，"我不想买个新的！我要修好这一个！"

"当然。"维修员顺从地说。他开始填写一张维修任务单，"我们会尽力，但不要期待奇迹。"

汤姆·菲尔茨匆匆在单子上签上自己的名字，又有两个损坏的保姆被带进维修部。

"我什么时候可以取回她？"他问。

"需要好几天时间，"维修员朝着身后几排维修中的保姆点点头，"你已经看到，"他悠闲地补充说，"我们的工作排得很满。"

"我会等的，"汤姆脸色紧绷地说，"即使要花一个月时间。"

"我们去公园吧！"琼叫道。

于是他们到公园去。

美好的一天，暖洋洋的阳光照耀下来，微风拂过草地和花丛。两个孩子在砾石小道上散步，呼吸着温暖芳香的空气，他们做了个深呼吸，让玫瑰、绣球和橙花的香味尽可能长久地留在身体内。他们穿过一个昏暗的小树林，枝叶繁茂的雪松在风中摇曳。脚下软软的地面上生着青苔，天鹅绒一般湿漉漉的苔藓，一个活生生的脚底世界。走过这片雪松，阳光和蓝天再次回归，还有一大片绿色的草坪。

保姆跟在他们身后，艰难地慢慢行进，踏板发出咔嗒咔嗒的噪音。拖在外面的钩爪已经修好，新的视觉部件代替了坏掉的。但以前那种流畅协调的动作已经不见了，外壳漂亮的轮廓也未能恢复。偶尔她会停下来，两个孩子也跟着停下，不耐烦地等着她追上他们。

"怎么了，保姆？"鲍比问她。

"她出了点儿毛病，"琼抱怨道，"自从上周三以来，她一直很可笑，真的又慢又可笑。然后她消失了一段时间。"

"她去修理店了，"鲍比解释说，"我想她有点儿累了。爸爸说她老了。我听到他和妈妈这么说的。"

他们有点儿悲伤地继续往前走，保姆痛苦地跟在后面。这时，他们已经来到草坪上。四处散落着长椅，到处都是在阳光下懒洋洋打瞌睡的人。有个年轻人躺在草地上，报纸盖在脸上，外套卷起来垫在脑袋下面。他们小心翼翼地绕过他，避免踩到他身上。

"那里有个湖!"琼变得快活起来。

这片大草坪逐渐向下倾斜,越来越低。远处最低的地方有一条砾石小径,通向一个碧蓝的湖泊。两个孩子兴奋地跑了起来,满怀期待。他们沿着逐渐下降的斜坡跑得越来越快,保姆艰难地挣扎着想跟上他们。

"湖!"

"上次那个湖里有只死掉的火星放屁虫!"

他们上气不接下气地冲过小径,来到岸边一小块绿色的草坪上,湖水不断拍打着这里。鲍比扑倒在地上,手掌和膝盖着地,气喘吁吁地笑着,低头看向湖水。琼在他旁边坐下,把裙子好好抚平。碧蓝的湖水深处有些蝌蚪和小鱼游来游去,微型人工鱼小得几乎抓不住。

湖的另一端,有些孩子让白色风帆的小船漂在水面上。一个胖子坐在长椅上费劲地读着一本书,嘴里叼着根烟斗。一对年轻男女手挽着手在湖边散步,眼中只有彼此,完全忘记了周围的世界。

"希望我们能有一条船。"鲍比若有所思地说。

保姆磕磕绊绊地走过小径来到他们身边。她停下来,收回踏板安静地待在那里,一动不动。一只眼睛,好的那只眼睛,反射着阳光。另一只已经无法同步运转,只是呆滞茫然地睁着。她设法用受伤较轻的一侧承担大部分体重,但动作还是不顺畅、不平衡,而且很慢。她身上有一种气味,机油燃烧和摩擦的气味。

琼打量着她,最后她同情地拍了拍绿色身体弯曲的侧面,"可怜的保姆!你怎么了,保姆?发生了什么事?你坏掉了吗?"

"我们把保姆推下去吧,"鲍比懒洋洋地说,"看看她会不会游泳。保姆会游泳吗?"

琼拒绝了。因为她太重了,会沉到湖底,然后他们就再也见不到她了。

"那我们就不把她推下去。"鲍比表示同意。

他们一时间都沉默下来。头顶有几只鸟飞过,圆圆的小点在空中迅速掠过。一个小男孩骑着自行车,在碎石路上犹犹豫豫地骑过来,前轮左摇右摆。

"希望我能有一辆自行车。"鲍比咕哝了一句。

男孩歪歪斜斜地骑了过去。湖对面的胖子站起来,在长椅上敲了敲烟斗。他把书合上,用一块红色的大手帕擦着额头上的汗,沿着小径漫步离开。

"保姆们老了以后会发生什么?"鲍比疑惑地问道,"她们会怎么样? 她们会去哪里?"

"她们会去天堂。"琼亲切地伸手拍拍绿色外壳上的凹痕,"就像其他所有人一样。"

"保姆是生出来的吗? 保姆一直都存在吗?"鲍比开始推测宇宙的终极奥秘,"也许以前有一段时间不存在保姆。我想知道,保姆存在之前的世界是什么样子。"

"保姆当然一直都存在。"琼不耐烦地说,"否则,她们是从哪儿冒出来的?"

鲍比答不出来。他思考了一会儿,但很快就困了……他年纪确实太小,答不出这种问题。他的眼皮变得沉重,打了个哈欠。他和琼一起躺在湖边草地上,望着天空和云朵,听着微风吹过雪松树林。破旧的绿色保姆在他们旁边休息,重新积蓄微薄的力量。

一个小女孩慢慢穿过草地,一个很漂亮的孩子,穿着条蓝裙子,乌黑的长发上绑着鲜艳的蝴蝶结。她正走向湖边。

"看,"琼说,"那是菲利斯·卡斯沃西。她有个橙色的保姆。"

他们颇感兴趣地看着。"谁听说过**橙色**的保姆?"鲍比厌恶地说。那个女孩和她的保姆从不远处走过小径,来到湖边。她和橙色的保姆停了下来,凝视着水面以及玩具船的白色风帆,还有机械鱼。

"她的保姆比我们的大。"琼在观察。

"确实。"鲍比承认,他敲了敲绿色保姆的侧面,"但我们的更好。不是吗?"

他们的保姆没有动。他惊讶地转身看了一下。绿色保姆僵硬紧绷地站在那里。那只好一点儿的眼睛望向远方,死死盯着橙色的保姆。

"怎么了?"鲍比不安地问。

"保姆,怎么了?"琼也重复了一遍。

绿色的保姆嗡嗡运转起来,齿轮啮合。她的踏板下降,用锋利的金属扣锁定到位。两扇小门慢慢滑开,伸出钩爪。

"保姆,你在做什么?"琼紧张地爬到她脚边。鲍比也跳了起来。

"保姆! 发生了什么事?"

"我们走吧,"琼吓坏了,"我们回家吧。"

"来,保姆。"鲍比命令,"我们现在回家了。"

绿色的保姆离开他们,完全无视他们的存在。湖边另一个保姆,巨大的橙色保姆,也离开那个小女孩,开始移动。

"保姆,回来!"小女孩的声音尖锐而忧虑。

琼和鲍比离开湖边,冲上草坪的斜坡。"她会过来的!"鲍比说,"保姆! 过来!"

但保姆没有过来。

橙色保姆逐渐接近。她很大,比那天晚上后院里的机械制品公司配置了下颚的蓝色保姆大得多。那一个现在已经变成一堆碎片散落在栅栏另一边,外壳被撕裂,零部件七零八落到处都是。

这个保姆是绿色保姆见过的最大的一个。绿色保姆笨拙地向她走过去,举起钩爪,准备好内部防护罩。但橙色保姆伸直安装在长电缆上的方形金属手臂。金属手臂猛地探出,在空中高高举起,同时开始转圈,逐渐加速,越来越快,令人产生一种不祥的感觉。

绿色保姆有些迟疑。她向后退,犹豫着远离那根旋转的金属锤。就在她小心翼翼停下来,不安地想要下定决心时,另一个跳了过来。

"保姆!"琼开始尖叫。

"保姆! 保姆!"

两个金属躯体在草地上激烈地翻滚,拼命挣扎打斗。金属锤一次又一次狠命砸向绿色那边。温暖的阳光柔和地洒在她们身上。湖面在微风中轻轻泛起涟漪。

"保姆!"鲍比尖叫着,一脸无助地蹦跳着。

但那堆破碎的橙色和绿色,那堆疯狂的、扭曲的东西,没有给出任何回应。

"你要去做什么?"玛丽·菲尔茨问,她紧紧抿住嘴唇,脸色苍白。

"你留在这里。"汤姆抓起外套飞快地穿上,从衣帽架上一把扯下帽子,大步走向门口。

"你要去哪里?"

"火箭车在前门外吗?"汤姆打开前门走到外面门廊上。两个孩子浑身颤抖、可怜兮兮,惊恐地看着他。

"是的,"玛丽喃喃地说,"在外面。但你要去哪——"

汤姆突然转向孩子们,"你们确定她……**死了**?"

鲍比点点头,他脏兮兮的脸上被眼泪弄得一道道的,"变成碎片……草坪上到处都是。"

汤姆冷冷地点了下头,"我马上就回来。不要担心。你们三个待在这儿。"

他大步走下前门外的台阶,沿着人行道走向停在那里的火箭车。片刻后,他们听到它急速驶远。

他去了好几家商店才找到想要的东西。服务产业公司没有他想要的东西,于是他直接跳过。他在联合家用公司看到了自己要找的东西,展示在他们豪华、明亮的橱窗里。他们刚刚打烊,但店员看到他脸上的表情,还是让他进去了。

"我买了。"汤姆说着,伸手从外套口袋里摸出支票簿。

"哪一个,先生?"店员结结巴巴地问。

"大的那个。橱窗里的那个黑色的大个,有四个手臂,前面有只公羊。"

店员露出笑容,脸上容光焕发,"好的,先生!"他叫道,猛地抽出订单册,"帝王豪华版,电束聚焦。您是否要选择高速格斗锁和远程遥控反馈?我们可以为她配备一个视觉报告屏幕,价格适中,您可以在自己的起居室里舒舒服服地关注战况。"

"战况?"汤姆粗声粗气地说。

"在她动手时,"店员开始飞快地写字,"我是说,**采取行动**时——这个型号开始反应后可以在十五秒内预热并逼近对手。您不可能找到反应更快的型号,无论是我们的产品还是其他公司的。六个月前,他们说十五秒内逼近属于白日梦,"店员兴奋地笑了起来,"但科学会不断进步。"

汤姆·菲尔茨全身掠过一种寒冷而麻木的奇怪感觉,"听着。"他声音嘶哑地抓住店员的领子把他拉近。订单册被丢到一边,店员惊惧地哽住了。"听我说,"汤姆咬紧牙关,"你们一直把这些东西做得越来越大——**不是吗**?年复一年,新的型号,新的武器。你们和其他所有公司——为它们配备不断改进的装置,用来摧毁对方。"

"哦,"店员气愤地尖声说,"联合家用公司的型号**永远不会**被摧毁。也许有时会撞坏一点儿,但您可以试试能不能找到哪个我们的产品是彻底毁了的。"他庄重地取回订单册,抚平外套。"没有,先生,"他强调说,"我们的型号都能幸存下来。之所以这么说,是因为我曾经见过一个已经用了七年的联合家用公司的产品还能到处跑,那是一个很旧的3-S型号。也许有点儿坑坑洼洼,但战斗力不减。我倒想看看保护者公司那些便宜货怎么与她为敌。"

汤姆努力控制住自己,然后问道:"但为什么? 这一切都是为了什么? 她们之间的这种……竞争,有什么目的?"

店员犹豫了一下,他有点儿不确定地开始继续填写订单。"没错,先生,"他说,"是竞争。您一语中的。确切地说,是成功的竞争。联合家用公司不会迎合竞争——而是**摧毁**它。"

汤姆愣了一阵才反应过来,然后他终于明白,"我明白了,"他说,"换句话说,这些东西每一年都会过时。不够好,不够大,不够强有力。如果她们没有被取代,如果我没有买一个更新、更先进的型号——"

"您现在的保姆,嗯,被打败了?"店员会心地笑了,"您目前拥有的型号也许稍微有点儿过时？不能面对如今的竞争？还是她，嗯，在某一天结束时没有再出现？"

"她再也没有回家。"汤姆沉重地说。

"哦，她被摧毁了……我完全理解。这很常见。您看，先生，您别无选择。这不是任何人的错，先生。不要责怪我们，不要责怪联合家用公司。"

"但是，"汤姆严厉地说，"一个被毁掉，就意味着你能卖出另一个。对你来说就是销售业绩，就是收银机里的钞票。"

"确实，但我们都必须符合当下追求卓越的标准。我们不能让自己落后……您也看到了，先生，如果您不介意我这样说的话，您也看到了落后会带来的不幸后果。"

"没错，"汤姆用几乎听不见的声音表示同意，"他们告诉我不必修理她。他们说我应该换掉她。"

店员得意洋洋的脸上，仿佛绽开了艳阳一般的笑容，兴高采烈地夸耀起来，"但现在你完全可以放心，先生。一旦拥有了这个型号，您就站在了潮流最前端。您不必再担忧，先生……"他一脸期待地停了下来，"您的名字，先生？订单上我该怎么写？"

鲍比和琼出神地看着送货员把巨大的箱子拖进起居室。他们骂骂咧咧，大汗淋漓，放下箱子时终于直起腰，松了口气。

"好了，"汤姆干脆地说，"谢谢。"

"不客气，先生。"送货员大步走出房子，"砰"的一声关上门。

"爸爸，那是什么？"琼小声问。两个孩子小心翼翼地围在箱子旁边，敬畏地睁大眼睛。

"你们马上就会看到。"

"汤姆，他们上床睡觉的时间已经过了。"玛丽抗议说，"明天再看不行吗?"

"我想让他们**现在**就看看。"汤姆走下楼消失在地下室里,回来时手里拿着把螺丝刀。他跪在箱子旁的地板上,迅速拧下固定箱子的螺栓,"他们稍后就可以去睡觉,很快。"

他一块接一块取下箱板,从容且熟练。最后一块箱板也被拆掉了,和其他箱板一起靠在墙边。他取出说明书和九十天保修单交给玛丽,"拿好这些。"

"是个保姆!"鲍比叫道。

"很大很大的保姆!"

木板箱里静静地躺着一个巨大的黑色物体,像一只巨型金属龟,裹着一层润滑油,被仔细地包好,上了油,层层保护着。汤姆点头,"没错,这是个保姆,一个新的保姆,代替旧的那个。"

"给**我们**的?"

"是的。"汤姆在旁边的椅子上坐下,点燃一支烟,"我们明天早上就让她开机预热,看看她运行得怎么样。"

孩子们的眼睛瞪得圆圆的。他们两人都屏住了呼吸,说不出话来。

"但这一次,"玛丽说,"你们必须远离公园。不要带她接近公园。听见了吗?"

"不,"汤姆反驳说,"他们可以去公园。"

玛丽犹豫不决地看了他一眼,"但那个橙色的东西可能会再次——"

汤姆冷冷一笑,"在我看来,去公园完全没有问题。"他向鲍比和琼俯下身,"孩子们,你们可以在任何时间去公园。不要害怕任何事情、任何东西或任何人。记住这一点。"

他用脚踢了下那个大箱子。

"你们不需要害怕这个世界上的任何东西,再也不需要。"

鲍比和琼点点头,仍然死死盯着那个箱子。

"好的,爸爸。"琼小声说。

"哇呜,看看她!"鲍比悄声说,"看看她!我几乎等不及明天了!"

安德鲁·卡斯沃西太太焦急地扭着双手,在他们漂亮的三层小楼前的台阶上,她迎上了她的丈夫。

"什么事?"卡斯沃西咕哝了一句,摘下帽子。他用手帕擦了擦红润的面孔,抹去汗水,"上帝啊,今天可真热。怎么了?发生了什么?"

"安德鲁,我很担心——"

"究竟发生了什么事?"

"菲利斯今天从公园回来,没有和她的保姆在一起。昨天菲利斯把她带回家时,她就变弯了,满是划痕,菲利斯如此不安,我无法想象——"

"没有和她的保姆在一起?"

"她一个人回的家。就她自己,一个人。"

男人浓眉大眼的面孔上慢慢浮现出愤怒的表情,"发生了什么事?"

"公园里的某个东西,就像昨天一样,某个东西攻击了她的保姆。摧毁了她!我没有亲眼看到这件事发生,不过那是个黑色的东西,巨大、黑色的……那肯定是另一个保姆。"

卡斯沃西慢慢地仰起头。他敦实的面孔变成了难看的暗红色,一片病态的深色红晕不祥地浮上他的双颊。突然,他转过身。

"你要去哪里?"他的妻子提心吊胆地问。

大腹便便的红脸男人大步沿着人行道迅速走向他泛着光泽的地面火箭车,已经抓住了车门把手。

"我要去买另一个保姆,"他咕哝着,"买我能买到的最好的保姆,即使得去一百家店也要买到。我要最好的——而且要最大的。"

"可是,亲爱的,"他的妻子满怀担忧地匆匆跟在他后面,"我们真的能负担得起吗?"她焦虑地紧握双手,继续快步往前走,"我的意思是,再等等不是更好吗? 等到你有时间充分考虑一下。也许晚一点儿,等你更加……平心静气的时候。"

但安德鲁·卡斯沃西根本没有在听她说话。地面火箭车已经启动,焕发出热切的活力,准备好跃向前方。"没有人能胜过我,"他冷冷地说,厚厚的嘴唇扭曲起来,"我会让他们看到,他们所有人。即使我必须定制全新的尺寸,即使我必须让某家制造商为我开发一个新型号!"

而奇怪的是,他知道总有一家公司愿意这样做。

记录与说明①

　　《记录与说明》中所有楷体字部分均为菲利普·迪克本人撰写，每条后面的括号中列出了写作年份。这些内容大部分是短篇集《菲利普·迪克精选集》(*The Best of Philip K. Dick*, 1977 年版)和《金人》(*Golden Man*, 1980 年版)中小说的注释。小部分是迪克的小说在书籍或杂志中出版或再版时应编辑要求而写。下面第一条出自其为短篇集《保存机》(*The Preserving Machine*)撰写的引言。

　　部分小说标题下注有"收于×年×月×日"，指的是迪克的代理人第一次收到这篇小说手稿的日期，以斯科特·梅雷迪思文学代理机构(the Scott Meredith Literary Agency)的记录为准。若未注明日期则意味着没有记录(迪克从 1952 年中期开始与这家代理机构合作)。杂志名称以及后面的年份和月份，指的是这篇小说首次公开发表的情况。如果小说标题后面列出"原名《××××》"，则是代理机构记录上显示的迪克给这篇小说起的原标题。

　　这五册短篇集收录了菲利普·迪克所有的短篇小说,下列作品除外:本短篇集出版[1]之后才出版的短篇小说、收录在长篇小说中的短篇、儿时的作品,以及尚未找到手稿的未出版作品。书中的短篇小说尽可能按照创作时间顺序排列;研究确定时间顺序的工作由格雷格·里克曼和保罗·威廉斯完成。

　　短篇小说和长篇小说的区别在于:短篇小说描写谋杀;长篇小说描写谋杀者,以及他的行为源起的内心世界,高明的作家会在前奏中层层铺垫。因此,长篇小说和短篇小说之间的区别并不在于篇幅。例如,威廉·斯泰伦的作品《漫长的行程》如今作为"较短的长篇小说"出版,而最初在《发现》(Discovery)杂志中它是作为"较长的短篇小说"发表。这意味着如果你在《发现》(Discovery)中阅读这篇小说,读的是短篇,但如果拿起这本书的平装版,读的就是长篇。关于这一点,就说到这里。

　　长篇小说会受到一项限制,这是短篇小说中不存在的:主角需要受到读者的喜爱,或者令读者感到亲切,这意味着无论主角做了什么,读者在同样的环境下也会做出同样的事情……或者,如果是逃避现实的幻想小说,读者会希望做出同样的事情。短篇小说则不需要创造出这样一个被读者认可的角色。首先因为短篇小说的篇幅不足以容纳这些背景材料,其次也因为短篇小说的重点在于故事而不在于人物。老实说,短篇小说中是谁犯下了谋杀罪并不重要——当然,也要处于合理范围内。在短篇小说中,你根据每个人物所做的事情了解他们;而长篇小说正好相反:你首先创造出人物,然后他们基于各自独特的性格做出特定的行为。因此,可以说长篇小说中的事件是独一无二的——

　　[1]该短篇集于1999年在英国首次出版。

不会出现在其他作品中;而不同的短篇小说中则可以反复出现同样的事件,直至读者和作者之间最终形成一种暗语。我绝不认为这是坏事。

此外,长篇小说——尤其是长篇科幻小说——创造了一个完整的世界,包含无数琐碎的细节——对于小说中的人物来说也许是琐碎的,但对于读者来说至关重要,因为他要靠多种多样的细节来理解整个虚构的世界。而短篇小说完全不同,你会立即意识到自己身处未来世界,因为房间里的每一面墙上都在播放肥皂剧。雷·布拉德伯里就这么写过。仅仅这一点就足以把故事从主流小说中扯出来,塞进科幻堆中。

科幻小说真正需要的是一个将它与现实世界彻底切断的初始设定。所有优秀的小说在被阅读时和被写作时都必须完成这种切割,以呈现出一个虚构的世界。但科幻作家在这方面的压力更大,因为他们要实现的切割超过了《少年保尔》或《高大的金发女郎》这两类流传久远的主流小说。

短篇科幻小说呈现科幻情节,长篇科幻小说构建世界。这本短篇集中的小说描述了一系列事件。危机是创作短篇故事的关键,作者会让小说中的人物陷入困境,面对似乎不可能解决的棘手难题,然后再令这些人物摆脱危机……一般如此。他能够令人物摆脱危机,这才是最重要的。但在长篇小说中,主角的行为深深植根于他的个性,如果作者想让他脱困,就只能回到前面重写这个角色。中短篇小说不会出现这种情况,尤其是短篇(一些很长的小说,比如托马斯·曼的《威尼斯之死》,类似于威廉·斯泰伦的作品,其实属于短篇小说)。这一切说明了为什么有些科幻作家能写出短篇,但写不出长篇,或者能写出长篇但写不出短篇。这是因为短篇小说中可以发生任何事情,作者只需调整人物适应事件。所以,在事件和情节方面,短篇小说作者受到的限制比长篇小说少得多。在作者创作长篇小说的过程中,他的作品慢慢开始禁锢他,剥夺他的自由。他创造出的人物自行其是,只会做他们自己想做的事情——而不是他希望他们去做的事情。这一方面成为长篇小说的优势,另一方面也成为弱点。(1968)

◎《稳定》STABILITY

创作于1947年或更早(之前未公开发表)。

◎《沃昂》ROOG

创作于1951年11月。《奇幻和科幻》(*Fantasy and Science Fiction*),1953年2月,迪克卖出的第一篇小说。

你第一次发表一篇小说时,第一件事就是打电话给你最好的朋友告诉他。然后他挂断了你的电话,令你感到困惑,后来你终于意识到,他也想发表作品,但还没成功。他的反应使你冷静下来。但当你的妻子回家后,你把这个好消息告诉她,她可不会挂断你的电话,她非常高兴、激动不已。《奇幻和科幻》杂志的编辑安东尼·鲍彻发表我的短篇《沃昂》时,我一边在一家唱片店看店,一边写作。如果有人询问我的职业,我总是回答"我是一名作家"。在1951年的伯克利,每个人都是一名作家,即使他从未发表过任何东西。事实上,我认识的大多数人都认为向杂志投稿非常愚蠢而且有失身份;你写出一篇小说,大声读给你的朋友们听,然后最终被人们遗忘。这就行了。那时候的伯克利就是这样。

对我来说另一个问题是,我的小说不是小型期刊里的文学故事,而是科幻小说,这吓到了所有人。当时的伯克利没人会读科幻小说(除了一小群非常古怪的科幻爱好者,模样活像有生命的蔬菜)。"可是,你的正经作品呢?"人们这样问我。我印象中,《沃昂》就是一篇很正经的小说,讲述了恐惧和忠诚,讲述了未知的威胁,以及一只善良的动物无法让它爱的人们了解到这种威胁的痛苦。还有什么主题能比这更正经呢?人们口中的"正经",其实真正的意思是"重要"。科幻小说,从定义上来说,是不重要的。《沃昂》发表后好几周我都感到畏缩,因为我意识到发表小说打破了某种郑重的行为规范,而且这还是一篇科幻小说。

更糟的是,我现在开始产生一种错觉,认为也许自己能靠写作谋生。我在脑海中幻想,我可以辞掉唱片店的工作,买一台更好的打字机,然后一直写下去,同时还能付得起家里的账单。一旦你开始出现这种想法,就会有人跑来把你拖离这种幻想。这是为了你好。之后等他们放开你时,那种不切实际的幻想就已消失不见。你会回到唱片店(或者超市、擦鞋店)。明白了吧,成为作家这回事儿,相当于我曾经问一位朋友,他大学毕业后打算进入哪个行业,他说:"我要成为一名海盗。"他可是认真得不得了。

事实上,《沃昂》能够发表是因为安东尼·鲍彻给我讲了怎样修改最初的版本。如果没有他的帮助,我还会一直在唱片店。我真的这样想。那时,托尼[1]在伯克利家中的客厅里开了个小型写作班。他会大声读出我们的小说。我们不仅能知道这些作品有多糟糕,也能学到怎样才能将其完善。托尼认为,只让你知道你写得不好是毫无意义的。他会帮助你把这个作品变为艺术。托尼知道优秀的作品是怎样构成的。他为此每周向你收费一美

---

[1] 安东尼的昵称。

元。一美元！如果这个世界上还有一个好人，那肯定就是托尼·鲍彻。我们真的很爱他。我们曾经每周聚会一次，一起打扑克。扑克、歌剧和写作对托尼来说都同样重要。我非常想念他。1974年的一个晚上，我梦见自己已经来到另一个世界，而托尼正在那里等着我。我想到这个梦总是会热泪盈眶。他就在那里，只是变成了早餐麦片广告里的托尼虎。梦里的他兴高采烈，我也一样。但这只是个梦。安东尼·鲍彻已经走了，而我仍然是个作家，这都是因为他。每当我坐下来开始写一个长篇或者短篇小说，关于那个人的记忆就会回到我心中。我想，是他教会了我为爱写作，而不是出于野心。对于世界上所有的事来说，这都是很好的一课。

《沃昂》这个小故事，源于一只真正的狗——和托尼一样，现在已经走了。那只狗的名字其实叫斯诺珀[1]。它对于自己的任务有一种信念，就像我对我的工作一样。它的工作（显然）是不让人从主人的垃圾桶里偷走食物。斯诺珀卖力干活是因为它幻想主人认为这些垃圾很宝贵。他们每天都会把装在纸袋里的美味食物拿到外面，小心翼翼放在一个坚固的金属容器里，再把盖子牢牢盖上。到了周末，垃圾桶装满了——于是太阳系中最邪恶的东西开着一辆大卡车前来偷走食物。斯诺珀知道这种事会发生在哪一天：每次都是星期五。所以，星期五大约凌晨五点，斯诺珀会发出第一波吠叫。我和我妻子认为那大概是垃圾工关掉闹钟的时间。他们出门离家时，斯诺珀也会知道。它能听到他们的动静。只有它会察觉到，其他人都无视正在发生的一切。斯诺珀肯定认为自己住在一个全是疯子的星球上。它的主人，以及伯克利的其他所有人，都能听到垃圾工来了，却没有任

---

① 英文为Snooper，意为"探听者"。

何人采取任何措施。它的叫声每周都会吓到我。虽然它拼命想叫醒我们令我生气，但更令我着迷的是斯诺珀的逻辑。我心想，这只狗的世界看起来是什么样子？显然，它看到的东西不同于我们看到的。它已经发展出一套完整的信仰体系，一种完全不同于我们的世界观，而且逻辑上也能找到证据支持。

因此，我二十七年来专职写作，都是以一种原始的方式为基础的：试图进入另一个人的大脑，或者另一种生物的大脑，并透过他或它的眼睛向外看，而且这个人与我们其余的人的区别越大越好。你可以从某种智能生物开始，进一步向外拓展，推测"它"的世界是什么样。显然，你不可能真正了解它的世界，但我想，你可以好好地猜一猜。我渐渐开始相信，每个生物生活的世界都与其他生物的世界存在区别。我到现在仍然相信这一点。对斯诺珀来说，垃圾工是阴险可怕的。我想它看待他们的方式确实与我们人类不同。

对于这种观点，每个生物看待世界的方式都不同于所有其他生物——不是每个人都同意我的看法。托尼·鲍彻热切地推荐一位挑剔的选集责编（我们叫她J.M.好了）读一下《沃昂》，看看能否将其收入。她的反应令我感到震惊。"垃圾工的样子不是那样，"她给我写道，"他们没有那种铅笔一样的细脖子和晃来晃去的脑袋。他们不吃人。"我记得她列出了小说里十二个错误，都是关于我对垃圾工的描写。我回信解释说，没错，她是对的，但对于一只狗来说——好吧，那只狗搞错了。不可否认，那只狗在这方面有点儿疯狂。我们面对的不仅仅是一只狗以及狗对垃圾工的看法，而是一只疯狂的狗——它被这些每周劫掠垃圾桶的家伙搞得发疯。这只狗已经到了绝望的地步，我希望能传达出这一点。事实上，这是整个故事的关键；这只狗已经无计可施,正在被这件每周发生的事逼疯。而沃昂们也知道这一点。它们以此为乐。它们嘲笑那只狗,迎合它的疯狂。

J.M.女士的选集拒绝了这篇小说,但托尼决定把它发表出来。目前它还不断地再版。事实上,这篇小说现在被收入了高中课本,一个高中班级邀请我去做个讲座,并且指定要讲这篇故事。所有的孩子都能理解它。有趣的是,一个失明的学生似乎最能领会这个故事。他从一开始就知道"沃昂"这个词是什么意思。他能感受到那只狗的绝望,那只狗因挫败而产生的愤怒,因不断失败而产生的痛苦。也许在1951年到1971年之间的某个时间,我们习惯了某个习见习闻的东西变得凶险可怕吧。我也说不清。总之,我发表的第一篇作品《沃昂》可以说是一篇传记。我看着那只狗痛苦不堪,我有一点点明白(也许不多,但还是有一点点)是什么击溃了它,我想为它发声。这就是我想说的全部。斯诺珀不能说话,但我可以。事实上,我可以把这些写下来,也许会有人愿意发表,以便让更多人读到。写小说有必要这样做:为无法说话的人发声,你应该能明白我的意思。这不是你作为作者的声音,而是常常细不可闻的所有其他声音。

斯诺珀死去了,但小说中那只狗鲍里斯还活着。托尼·鲍彻已经去世,终有一日我也一样。同样,你也逃不掉。但当1971年我和高中生们一起讨论《沃昂》时,也就是在我最初写下这个故事整整二十年后——斯诺珀的吠叫声以及它的痛苦,它高尚的努力,仍然如它活着一般。这是它应得的。这篇小说是我送给一只动物的礼物,虽然现在它看不到也听不到,现在的它已经不再吠叫了。但该死的,它做的是正确的事情。即使J.M.不能理解。(写于1978)

我喜欢这篇小说,我怀疑自己现在的作品是否比1951年这

篇写得更好。现在的我只是写得更长了而已。(1976)

◎《小人行动》THE LITTLE MOVEMENT

《奇幻和科幻》(*Fantasy & Science Fiction*),1952年11月。

◎《乌布》BEYOND LIES THE WUB

《星球故事》(*Planet Stories*),1952年7月。

我第一次发表小说,是在《星球故事》(Planet Stories)上。按当时的标准,这本杂志是所有低级杂志中最耸人听闻的一本。我带着四本杂志来到我工作的唱片店,一名顾客惊愕地看着我和那些杂志说:"菲利,你还会读这种东西?"我不得不承认,我不仅会读,还会写。

◎《发射器》THE GUN

《星球故事》(*Planet Stories*),1952年9月。

◎《头骨》THE SKULL

《如果》(*If*),1952年9月。

◎《守护者》THE DEFENDERS

《银河》(*Galaxy*),1953年1月。这个短篇小说的部分内容被改编为长篇小说《倒数第二个真相》。

◎《太空船先生》MR.SPACESHIP

《想象》(*Imagination*),1953年1月。

◎《森林里的吹笛人》PIPER IN THE WOODS

《想象》(*Imagination*)，1953年2月。

◎《进化》THE INFINITES

《星球故事》(*Planet Stones*)，1953年5月。

◎《保存机》THE PRESERVING MACHINE

《奇幻和科幻》(*Fantasy & Science Fiction*)，1953年6月。

◎《牺牲》EXPENDABLE

原名《等待之人》，《奇幻和科幻》(*Fantasy & Science Fiction*)，1953年7月。

早年我很喜欢写短篇奇幻小说——为了安东尼·鲍彻——而这是我最喜欢的一篇。灵感来源于某天有只苍蝇在我脑袋旁边嗡嗡叫，我想象(纯属妄想！)它是在嘲笑我。(1976)

◎《变量人》THE VARIABLE MAN

《太空科幻》(*Space Science Fiction*)(英国)，1953年7月。

◎《坚持不懈的青蛙》THE INDEFATIGABLE FROG

《奇幻和科幻》(*Fantasy & Science Fiction*)，1953年7月。

◎《藏有秘密的水晶球》THE CRYSTAL CRYPT

《星球故事》(*Planet Stories*)，1954年1月。

◎《棕色牛津鞋短暂的幸福生活》

THE SHORT HAPPY LIFE OF THE BROWN OXFORD

《奇幻和科幻》(*Fantasy & Science Fiction*),1954年1月。

◎《巨船》THE BUILDER

收于1952年7月23日,《惊奇》(*Amazing*),1953年12月–
1954年1月。

◎《蝴蝶》MEDDLER

收于1952年7月24日,《未来》(*Future*),1954年10月。

美丽中隐藏着丑陋。在这篇比较粗糙的小说中,你能看到
整个主题的萌芽。没有什么是表里如一的。这篇小说应该视为
我的尝试之作。我刚刚开始明白,表面形式和潜在形式是不一
样的东西。就像赫拉克利特在他的残篇五十四中所说的:"隐蔽
的关联比明显的关联更为牢固。"后来由此产生了更复杂的柏拉
图二元论,将表象世界与它背后那个看不见的真实世界区分
开来。也许我过度解读了这些思维简单的早期故事,但至少,那
时的我已经隐约看到了后来的我清晰洞见的那些东西。残篇一
百二十三中,赫拉克利特说:"事物的本质趋向于隐藏自己。"这
已经说明了一切。(1978)

◎《记忆裂痕》PAYCHECK

收于1952年7月31日,《想象》(*Imagination*),1953年6月。

一把车站储物箱的钥匙值多少钱?一天前价值二十五美
分,一天后价值几千美元。在这篇小说中我开始思考,在我们的
生活中,身上是否有硬币能打电话,有时意味着生死攸关。钥
匙、零钱,也许还有一张戏票,外加捷豹车的停车收据?我只需

把这个想法与时间旅行联系起来,在时间旅行者充满智慧的目光下,一些没用的小玩意儿可能意味着很多很多。他会知道,那枚硬币能够挽救他的生命。而且,再次回到过去,也许那枚硬币对他来说千金不换。(1976)

◎《伟大的C》THE GREAT C

收于1952年7月31日,《世界科幻和奇幻》(*Cosmos Science Fiction and Fantasy*),1953年9月。这个短篇小说部分内容被改编为长篇小说《愤怒之神》。

◎《花园中》OUT IN THE GARDEN

收于1952年7月31日,《奇幻小说》(*Fantasy Fiction*),1953年8月。

◎《精灵国王》THE KING OF THE ELVES

原名《谢德拉克·琼斯与精灵》,收于1952年8月4日,《奇幻之外》(*Beyond Fantasy Fiction*),1953年9月。

当然,这篇小说属于奇幻,而非科幻。原本是悲剧结尾,但负责这篇小说的编辑霍勒斯·戈尔德仔细向我解释:预言总会成真;如果没有成真那就不是预言。我想,那样的话,就不可能存在所谓的假先知;"假先知"是一种悖论。(1978)

◎《殖民地》COLONY

收于1952年8月11日,《银河》(*Galaxy*),1953年6月。

偏执狂的极端不是所有人都与你对立,而是一切事物都与你对立。不是"我的老板在密谋对付我",而是"我老板的电话在密谋对付我"。有时,神智正常的人也会觉得物体似乎拥有自己的意志,它们不去做应该做的事情,而是变得很碍事,它们对于变化表现出不自然的抗拒。在这篇小说中,我试着想象在某种环境中,可以合理地解释物体为什么要针对人类进行可怕的密谋,人类这一边没有出现任何精神错乱的状态。我想这只能在另一个星球实现。这篇小说的结局是,密谋对付无辜人类的物体取得了最终的胜利。(1976)

◎《被俘获的飞船》PRIZE SHIP

原名《木卫三的圆球》,收于1952年8月14日,《恐怖奇观故事》(*Thrilling Wonder Stories*),1954年冬。

◎《保姆》NANNY

收于1952年8月26日,《惊奇故事》(*Startling Stories*),1955年春。